DROEMER

Über die Autorin:
Juliet Grames wurde in Hartford, Connecticut, geboren und wuchs in einer amerikanisch-italienischen Familie auf. Sie ist Lektorin bei Soho Press in New York, wo sie als Verlagsleiterin ein Krimi-Label verantwortet. *Die sieben oder acht Leben der Stella Fortuna* ist ihr erster Roman.

Juliet
Grames

Die sieben oder acht Leben der Stella Fortuna

Roman

Aus dem amerikanischen Englisch
von Werner Löcher-Lawrence

DROEMER

Die amerikanische Originalausgabe erschien 2019 unter dem Titel »The Seven or Eight Deaths of Stella Fortuna« bei Ecco Press / HarperCollins, New York.

Besuchen Sie uns im Internet:
www.droemer.de

Aus Verantwortung für die Umwelt hat sich die Verlagsgruppe Droemer Knaur zu einer nachhaltigen Buchproduktion verpflichtet. Der bewusste Umgang mit unseren Ressourcen, der Schutz unseres Klimas und der Natur gehören zu unseren obersten Unternehmenszielen.
Gemeinsam mit unseren Partnern und Lieferanten setzen wir uns für eine klimaneutrale Buchproduktion ein, die den Erwerb von Klimazertifikaten zur Kompensation des CO_2-Ausstoßes einschließt.
Weitere Informationen finden Sie unter: www.klimaneutralerverlag.de

MIX
Papier aus verantwortungsvollen Quellen
FSC® C083411
FSC www.fsc.org

Vollständige Taschenbuchausgabe November 2020
Droemer Taschenbuch

Redaktion: Ilse Wagner
Covergestaltung: ZERO Werbeagentur, München
Coverabbildung: © ILINA SIMEONOVA / Trevillion Images und Beauty Stock, trabantos / shutterstock.com
Satz: Adobe InDesign im Verlag
Druck und Bindung: CPI books GmbH, Leck
ISBN 978-3-426-30687-1

2 4 5 3 1

Für meine eingewanderten Großeltern
Antonette Rotundo und Serafino Pasquale Cusano
und besonders die nicht leibliche Großmutter
Concetta Rotundo Sanelli.

Santa Maria
Addolorata
Alte Wäscherei
Assuntas Haus
Chiazza
Marcantoni
Feroleto
Orto
Cimitero
Orto
Pianopoli

IEVOLI
Schule
Via Fontana
Chiazza
Polverini

STELLA FORTUNAS FAMILIE

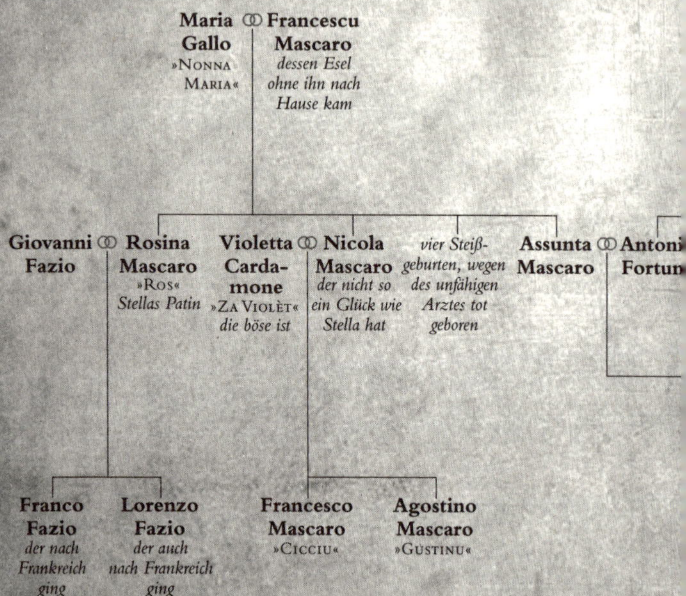

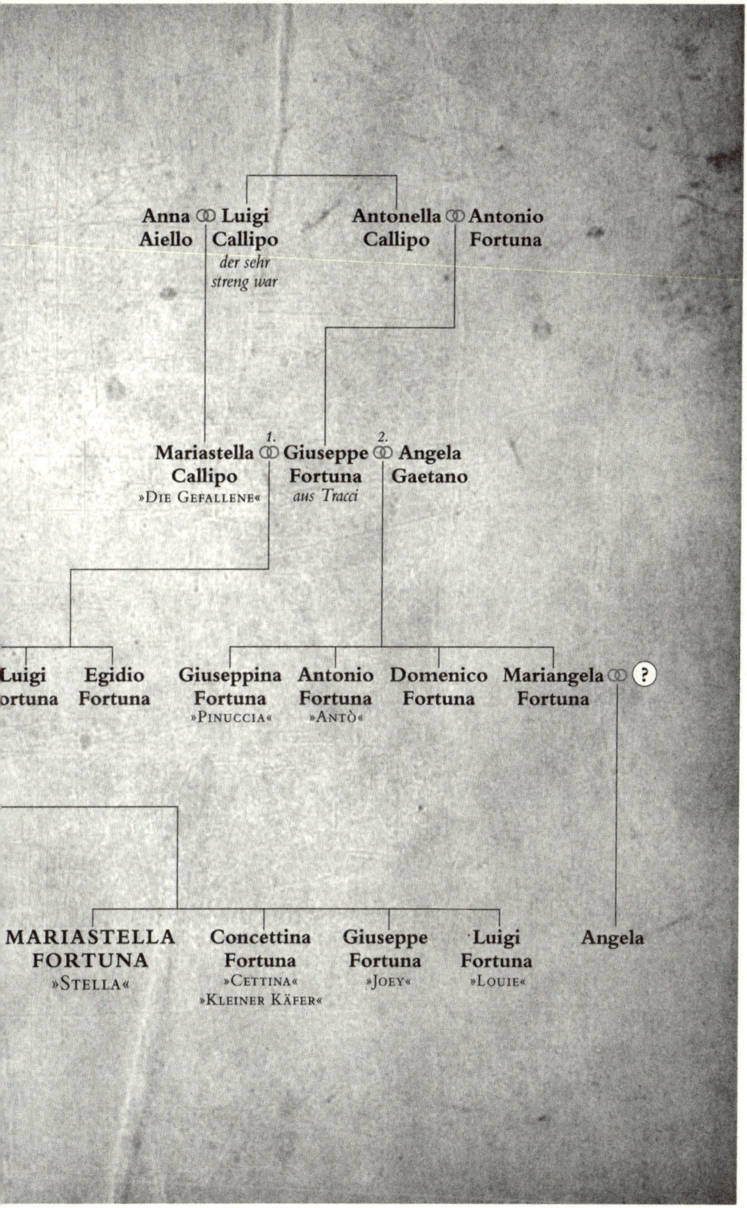
Anna Aiello
Luigi Callipo
der sehr streng war
Antonella Callipo
Antonio Fortuna
Mariastella Callipo
»Die Gefallene«
1.
Giuseppe Fortuna
aus Tracci
2.
Angela Gaetano
Luigi
ortuna
Egidio Fortuna
Giuseppina Fortuna
»Pinuccia«
Antonio Fortuna
»Antò«
Domenico Fortuna
Mariangela Fortuna
?
MARIASTELLA FORTUNA
»Stella«
Concettina Fortuna
»Cettina«
»Kleiner Käfer«
Giuseppe Fortuna
»Joey«
Luigi Fortuna
»Louie«
Angela

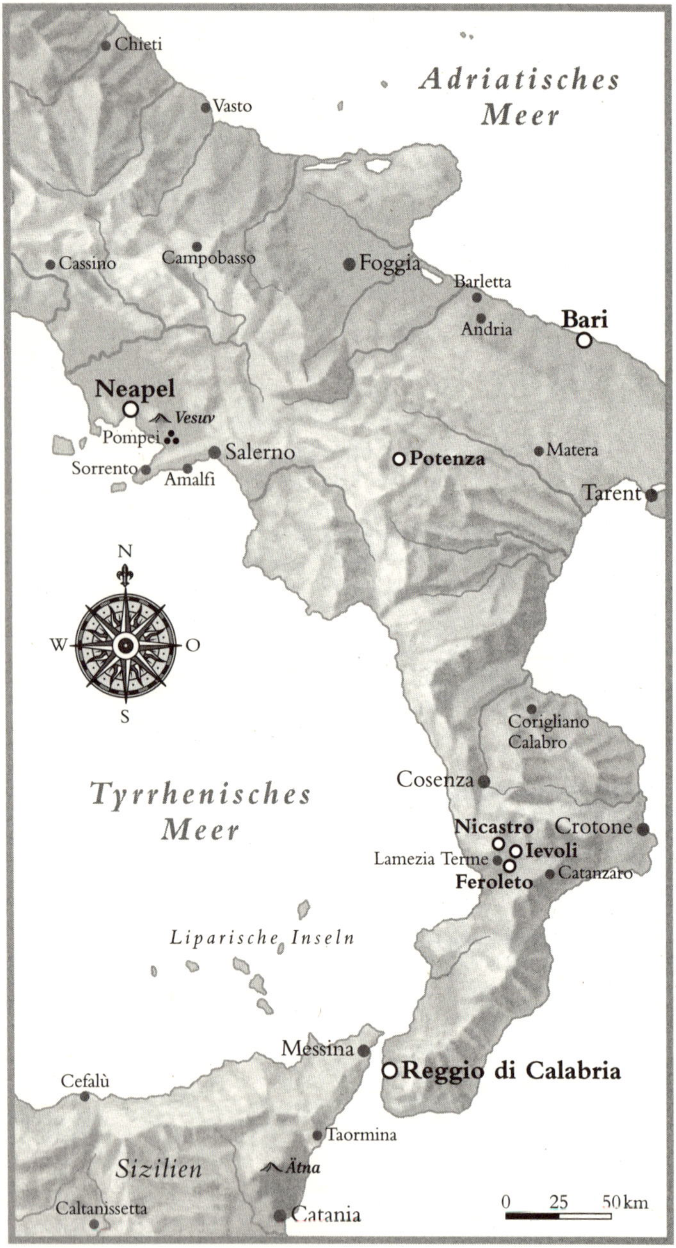
Chieti
Adriatisches
Meer
Vasto
Cassino
Campobasso
Foggia
Barletta
Andria
Bari
Neapel
Vesuv
Pompei
Sorrento
Amalfi
Salerno
Potenza
Matera
Tarent
N
W
O
S
Corigliano
Calabro
Cosenza
Tyrrhenisches
Meer
Nicastro
Crotone
Ievoli
Lamezia Terme
Feroleto
Catanzaro
Liparische Inseln
Messina
Reggio di Calabria
Cefalù
Taormina
Sizilien
Ätna
Caltanissetta
Catania
0
25
50 km

INHALT

VORWORT

Dies ist die Geschichte Mariastella Fortunas, der Zweiten, ehedem aus Ievoli, einem Bergdorf in Kalabrien. Später zog sie nach Wethersfield, Connecticut, in die Vereinigten Staaten von Amerika. Ihr Leben währt bereits mehr als ein Jahrhundert, und in dieser Zeit hatte sie viel Unglück und Elend zu ertragen. Diese Geschichte erzählt davon, wie sie dennoch so alt wurde.

Während ihrer hundert Lebensjahre hatte die zweite Stella Fortuna (von der ersten erzähle ich in einer kleinen Weile) acht Nahtod-Erlebnisse oder sieben, je nachdem, wie man zählt. Sie wurde niedergestreckt, ausgeblutet und lobotomisiert, erstickte fast, ein Teil von ihr wurde mit kochendem Öl übergossen, und zwei Mal wurde sie bis ins Gedärm aufgeschlitzt, dann wieder wurde ihr Leben allein durch einen Tippfehler gerettet. Und ein Mal hätte sie beinahe zufällig Selbstmord begangen.

War es unglaubliches Pech, dass die zweite Stella das alles erleiden musste, oder unglaubliches Glück, dass sie immer wieder überlebte? Ich kann es nicht sagen. In jedem Fall sind es reichlich heikle Situationen für ein einziges Leben, aber wir Kalabrier sind zähe Leute. Wir sind bekannt dafür, über jede Vernunft hinaus stur zu sein, ohne jede Sorge um uns und unser Wohlergehen. So viele Jahrhunderte unserer Geschichte hatten wir so wenig, für das sich zu kämpfen lohnte, dass dieser eine Instinkt unbezähmbar ist: Wenn wir uns etwas in den Kopf gesetzt haben, ist die Kraft unseres Willens größer als jeder drohende Schaden, als Schande oder Tod. Wofür Stella Fortuna so stur kämpfte, das war ihr Leben, sieben (oder acht) verschiedene Male. Ich wünschte, ich könnte sagen, niemand hätte ihr das je angekreidet.

Fast alles, was ich über Stellas außergewöhnliche Lebensgeschichte weiß, habe ich von ihrer kleinen Schwester Concettina, die ebenfalls noch lebt. Sie ist Ende neunzig und wird Tina Caramanico genannt, »Tina«, weil »Concettina« zu altmodisch für Amerika war, und »Caramanico«, weil eine Frau hier in den Vereinigten Staaten, so wurde ihr gesagt, den Namen ihres Mannes annimmt und nicht den ihres Vaters behält.

Großtante Tina lebt in Connecticut, in den sumpfigen Tiefen Dorchesters, in einem Haus, das ihr Mann ihr im Jahr 1954 gebaut hat. Ihr Mann ist tot, womit ich, wenn ich zu ihr komme, die einzige Person bin, für die sie kochen muss. Wahrscheinlich besuche ich sie nicht so oft, wie ich sollte, und wenn ich komme, beleidige ich sie immer wieder damit, wie wenig ich esse. Das Ganze wirkt wie ein italienischer Großmutter-Witz, aber ich bin sicher, dass Tina die Sache ziemlich ernst nimmt. Es gibt zwei Möglichkeiten, mit der Überfütterungssituation umzugehen: Man kann schimpfen, sie soll nicht so viel auf den Teller schaufeln, und sich anschließend schuldig fühlen, weil man eine alte Frau nicht auf diese Art angehen sollte. Oder man vermeidet den Konflikt, isst in Ruhe und fühlt sich hinterher körperlich schlecht. Als ich meinen Mann das erste Mal zum Kennenlernen mitbrachte, sagte Tante Tina voller Bewunderung: »Er ist so ein guter Esser.« Italienische Großmütter lieben Männer, die sich nicht wegen der Größe der Portionen beschweren.

Man kann leicht vergessen, dass Tante Tina bereits Ende neunzig ist. Sie wirkt so rosig, verschwitzt und energisch, als wäre sie fünfundsechzig. Ihre braunen Augen sind etwas milchig, aber hell, ihre Handknöchel treten kraftvoll hervor, und die Sehnen ihrer Hände wachsen ungehalten die Arme hinauf, als wollten sie etwas zu fassen bekommen, einen hölzernen Löffel, ein Fleischmesser, die Wange eines Urenkels. Ihre Stirn glänzt ständig leicht verschwitzt, so aktiv ist sie, und auf der Oberlippe sammelt sich der Schweiß gar in Perlen. Sie ist mit dem Alter kleiner geworden und misst nur mehr einen Meter achtundfünfzig, obwohl sie doch mal einssiebzig war, eine große Frau, nur ihre Arme sind immer noch dick und muskulös. Berühmt ist die Geschichte, wie sie »geholfen« hat, das Haus meiner schwangeren Cousine Lyndsay zu putzen, und den geflochtenen Küchenteppich so heftig mit dem Teppichklopfer bearbeitete, dass er sich auflöste und über die Veranda davonwehte. Zumindest war er jetzt richtig sauber.

Familiengeschichten sind eine knifflige Sache. Einige erzählen wir uns, bis wir sie leid sind, andere werden unerklärlicherweise gleich wieder vergessen. Oder vielleicht auch nicht unerklärlicherweise, vielleicht stören sie das Bild der Familie. Eine Generation will nichts von ihnen wissen, und schon hat die nächste nie von ihnen gehört. Damit sind sie verschwunden, von sanfteren Tönen überschrieben.

Ich denke, ich war bereits erwachsen, als ich zum ersten Mal von Stella Fortunas sieben (oder acht) Beinahe-Toden erfuhr. Es war ein ganz normaler Nachmittag, und ich saß an Tante Tinas Tisch und aß Zucchini-Brot, als sie mir davon erzählte.

»Alle wissen von dem Unfall«, sagte sie, wie ich mich erinnere, »aber weißt du auch von der Aubergine?«

»Was für einer Aubergine?«, fragte ich.

»Als Stella beinahe von einer Aubergine getötet wurde?«

»Von einer Aubergine?« Ich sah aus dem Fenster zu den meterlangen Zucchini am Spalier in Tante Tinas Garten hinaus. Ich hatte noch nie gehört, dass jemand von einem Stück Gemüse umgebracht worden war, doch es schien durchaus im Bereich des Möglichen.

»Woher, denkst du, hat sie die Narben auf ihren Armen?«

Und dann es gab noch sechs weitere Male, bei denen sie fast ums Leben gekommen wäre, sechs, aber vielleicht auch nur fünf. Tante Tina zählte sie an ihren knotigen, beigefarbenen Fingern auf – die Sache mit den Schweinen, der Schule, dem Schiff (wozu es gegensätzliche Meinungen gab), dem Vergewaltiger, dem dummen Doktor und dem Ersticken.

Während Tina sich in ihrer Litanei der Traumata verlor, stieg eine warme Übelkeit in mir auf. Wie oft Stella dem Tod entkommen war und welche schon unwirkliche Gewalt ihr Körper ausgehalten hatte! Dass sie all das hatte überleben können, schien so unwahrscheinlich. Während ich Tinas Erzählung lauschte, wurde mein Mund ganz trocken, und ich vermochte das sowieso schon schwere Zucchini-Brot kaum noch zu schlucken. Mich überkam das gleiche hilflose Gefühl, das man hat, wenn man im Bus neben einer übel hustenden Person sitzt und weiß, genau weiß, dass man sich das, was immer ihn oder sie plagt, längst selbst eingefangen hat. Tinas Geschichte hatte mich infiziert, die Geschichte vom Leben Stella Fortunas am Rande des Todes.

»Tante Tina«, sagte ich, als sie zum Ende kam, »geht das noch mal von vorn? Damit ich es aufschreiben kann?« Ich suchte bereits in ihrer Kramschublade herum und zog eine alte Telefonrechnung mit freier Rückseite hervor.

Sie zögerte und sah auf meinen schreibbereiten Stift. Später, als sie mir tatsächlich alles erzählt hatte, fragte ich mich, was in jenem Moment durch ihren Kopf gegangen sein mochte. Dann hatte das Zögern ein Ende gehabt, und sie sagte entschieden: »Also gut, ich erzähle es dir noch einmal ausführlich, und du schreibst es auf.«

»Ja, bitte«, sagte ich und sah in ihre wässrigen, rosa geränderten Augen, ohne erkennen zu können, ob ihr Blick erregt oder bitter war. »Erzähl mir, an was du dich erinnerst.«

»Einige Teile der Geschichte sind nicht so schön«, warnte sie mich fairerweise.

Aber wer versteht oder glaubt schon so eine Warnung?

Unter meinen Quellen ist Tina Caramanico die wichtigste. Ich denke, nach all den Jahren wollte sie endlich Klarheit schaffen. Sie kannte und kennt die Einzelheiten besser als jeder andere, lebend oder tot, da sie immer an Stellas Seite war. Und für sie stand bei der Sache am meisten auf dem Spiel, was der triftigste Grund war, mir die ganze Wahrheit zu erzählen – vielleicht aber auch das eine oder andere zu verbergen.

Tante Tina ist immer noch an Stellas Seite, obwohl die beiden Schwestern seit dreißig Jahre nicht mehr miteinander reden.

Stella sitzt auf der anderen Seite der Straße, gegenüber von Tinas kleinem weißen Ranchhaus, in einem Sessel am Fenster ihres eigenen kleinen weißen Ranchhauses. Die Situation ist ideal, um sich gegenseitig auszuspionieren. Die beiden entfremdeten Schwestern halten die Zufahrt der jeweils anderen im Blick, um zu sehen, wer von der Familie zu Besuch kommt. Stella sitzt fast den ganzen Tag dort vorn, häkelt und trennt die Anfänge von Decken wieder auf, die sie nie beenden wird. Wie der Rest der Familie ist sie in ihren Gedanken gefangen, wobei nur sie selbst weiß, wie es in ihrem Gedankengefängnis aussieht.

Gegen elf Uhr vormittags verschwindet sie von ihrem Fenster, um sich ein Weilchen hinzulegen. Dann nimmt Tina, was immer sie für Stella vorbereitet hat, eine Gemüsesuppe oder ein Schweinekotelett, eilt über die Straße, stiehlt sich durch die Hintertür in Stellas Haus, stellt das Essen auf den Herd und läuft so schnell wie möglich wieder zurück, und das mit fast hundert Jahren. Stella isst das, was ihre Schwester kocht, nur dann, wenn sie so tun kann, als wüsste sie nicht, woher es stammt. Später kommt Tinas Neffe Tommy, spült das Geschirr und bringt Topf oder Teller zurück über die Straße.

Zu Stella Fortunas achtem Beinahe-Tod, von dem allgemein als dem »Unfall« gesprochen wird, kam es im Dezember 1988. Er führte zu einer Gehirnblutung. Stellas Leben wurde mit einer Art Lobotomie gerettet. Dieser spezielle Eingriff war zu der Zeit eher noch ein Versuch, und der Chirurg, der ihn vornahm, sagte, die Chance sei nicht sehr groß, dass Stella ihn überlebe, und wenn, werde sie wohl den Rest ihres Lebens im Rollstuhl verbringen und künstlich ernährt werden müssen. Der Mann wurde, wie wir wissen, widerlegt. Stella, die Überlebenskünstlerin, überlebte ein weiteres Mal. Aber nach dreißig Jahren und den Geschehnissen während dieser Zeit können wir sagen, dass der Unfall dennoch gleich mehrere Leben ruiniert hat.

Der schlimmste Bruch danach, der finsterste, war der zwischen Stella und Tina. Siebenundsechzig Jahre waren die beiden die besten Freundinnen, ständig zusammen, doch als Stella aus dem Koma erwachte, weigerte sie sich, je wieder mit ihrer Schwester zu sprechen. Warum, das konnte sie nie erklären. Vielleicht hat auch niemand zuhören wollen, als sie es versuchte.

Von klein auf waren Stella und Tina fest miteinander verbunden, die Längs- und Querfäden ein und desselben Stoffes. Vierundzwanzig Jahre schliefen die Schwestern im selben Bett, bis eine Ehe sie auseinanderriss. Später lebten sie in benachbarten Häusern, aus denen man auf denselben sumpfigen Garten hinaussah, aßen und redeten weitere vierzig Jahre täglich miteinander. Was in Stellas beschädigtem Hirn brachte sie dazu, sich gegen ihre Schwester zu wenden? Gegen Tina, die liebe, alte Frau, die während der zehn langen Jahrzehnte ihrer beider Leben für sie gekocht, hinter ihr hergeräumt und ihre Tränen mitgeweint hat?

Was kann es sein?

Tante Tinas einsames Schicksal, das der selbstlosen, zurückgewiesenen Schwester, die sich immer noch nicht sichtbar um ihre verlorene beste Freundin kümmert, hat mich stets für sie eingenommen. Eine menschliche Tragödie, dachte ich. Mit zunehmendem Alter jedoch wurde mir klar, dass es da noch eine weitere Tragödie gibt, gut sichtbar – die Stellas. Wenn die Leute an Stella Fortuna denken (und sich einmal auch so an sie erinnern werden), sehen sie nur die Frau, die sie während des letzten Drittels ihres Lebens war, dement und verbittert. Ich habe miterlebt, wie die dreißig Jahre, die sie sich um sie gekümmert haben, den Familienzusammenhalt ausgehöhlt haben. Erzählen sich die Verwandten Geschichten über Stella, sind es nur die üblen, wobei ich nicht glaube, dass ihnen das bewusst ist. Ich mache ihnen keinen Vorwurf, es waren keine leichten dreißig Jahre. Stella ist noch nicht tot, und wenn es mit ihr so weitergeht, stirbt sie womöglich nie, doch das Gute, das sie in dieser Welt getan hat, ist längst vergessen und begraben.

Das ist der Grund, warum ich eine Zeit lang alles andere in meinem Leben beiseitegeschoben und dieses Buch geschrieben habe. Ich hoffe, meine schon obsessive Beschäftigung mit ihr wird die wahre Stella Fortuna zurück ans Licht holen, ihr denkwürdiges Leben erklären und ihren guten Namen wiederherstellen. Ich versuche, in diesem Buch die Teile ihres Vermächtnisses zu rekonstruieren, die in dem, was die allgemeine Erinnerung an sie ausmacht, fehlen. Ich tu mein Bestes und verlasse mich dabei neben Tante Tinas Bericht auf eigene, aktive Nachforschungen sowie die verschiedensten Geschichten und Anekdoten. Und so entbiete ich der Familie, Freunden, Feinden, Wohlwollenden, Opfern, Nachbarn und anderen *conoscenti* Mariastella Fortunas, dir mir so großzügig Zeit und Beachtung geschenkt und mit ihren Erinnerungen geholfen haben, meinen tiefen, ehrlichen Dank. Alle Irrtümer und Fehleinschätzungen sind allein mir als Autorin zuzuschreiben.

Brooklyn, New York,
im Jahr 2018

TEIL I:
KINDHEIT

I ligna cumu su fhanu e vrasce, e l'agianti cumu su fhanu e cose.
Ein Feuer ist so gut wie das Holz, das in ihm brennt, Arbeit so gut wie die Menschen, die sie tun.

Kalabrisches Sprichwort

Quandu u gattu un c'è i surici abbalanu.
Wenn die Katze nicht da ist, tanzen die Mäuse.

Kalabrisches Sprichwort

TOD 1: VERBRANNT (GEISTIGE ENTWICKLUNG)

Das Dorf Ievoli, ins felsige Antlitz der Hochebene eines mittleren Berges Zentralkalabriens getrieben, war nie sehr groß. Selbst in seiner robustesten Zeit, als Stella Fortuna ein kleines Mädchen war, wohnten kaum mehr als sechshundert Menschen in den dicht aneinandergedrängten, kleinen Steinhäusern. Aber wenn ich sage, Stella Fortuna war ein besonderes Mädchen, sollte niemand denken, nur nach dörflichen Maßstäben. Viele Leute haben sie während ihres langen Lebens unterschätzt, und kein Einziger von ihnen hat es am Ende nicht bereut.

Zunächst mal war da ihr Name, dem keine weniger bedeutende Frau gewachsen gewesen wäre. Sie wurde nach ihrer Großmutter benannt, was in Ordnung war, aber trotzdem: Stella *und* Fortuna, »Sternenglück« oder vielleicht auch »Glücksstern«, es war schon furchterregend, ein kleines Mädchen so zu nennen. Nichts beschwört mehr Unheil herauf, als mit seinem Glück anzugeben, und ein Name wie Stella Fortuna fordert das Unglück geradezu heraus. Ob man nun an Dinge wie den bösen Blick glaubt oder nicht, jeder muss zugeben, dass Stella reichlich Pech hatte.

»Ich habe schon eine Menge überstanden«, erinnerte Stella ihre Mutter Assunta oft, die eine große Schwarzseherin war und nicht unbedingt die tollste Erzieherin.

Ja, Stella Fortuna hob sich von allen ab, und das nicht nur durch ihren Namen. Es war auch ihr Aussehen. Mit sechzehn Jahren, als sie Ievoli verließ, um nach Amerika zu gehen, war Stella das schönste Mädchen im Dorf. Ihre großen Brüste bebten, wenn sie lachte, und wogten hypnotisch auf und ab, wenn sie die steile Straße durchs Dorf hinunterlief. Sie hatte sie von ihrer Mutter geerbt. Cettina war da weniger erfolgreich, sie hatte nur Mutters Hintern mitbekommen, wobei auch der sich, das muss gesagt werden, sehen lassen konnte. Stella hatte reine, gebräunte Wangen, glatt wie Oliven, und ihre vollen Lippen sahen so rosa und fleischig aus wie das Innere einer reifen Feige – alles in allem war sie ein Fruchtsalat männlichen ievolitanischen Verlangens. Da waren ihre Narben, richtig, der in eine Braue geschnittene Halbmond und die Stellen an ihren Armen, wo sie genäht worden war. Aber Narben haben etwas Anziehendes, wenn man weiß, woher sie stammen, und in einem Dorf so groß wie Ievoli wussten es alle. Stella war so mühelos provokativ wie kategorisch unnachgiebig. Wenn sie zu einem kleinen Abendbummel auf die Straße trat, verstummte der Flecken, atemlos – was Stella nicht bemerkte, oder es war ihr egal. Die weichen Rundungen ihres Körpers lenkten ehrgeizige Männer und Jungen von ihrem schonungslosen Blick ab, und schon schlug sie zu und machte die Hingerissenen zu Narren.

Stella gab kaum etwas darauf, so begehrt zu sein. Sie hatte längst beschlossen, nie zu heiraten, und versuchte nicht, mit ihrem Aussehen Verehrer anzuziehen. Stattdessen schockierte sie die gute, gehorsame Cettina damit, wie grob sie die Hoffnungsvollen behandelte. Später sollten die Schwestern durch dreißig Jahre, die sie nicht miteinander sprachen, getrennt sein, richtig, doch das sah niemand auf dieser Welt kommen, denn als Mädchen waren sie die besten Freundinnen. Mögliche Verehrer näherten sich ihnen beiden, waren sie doch ständig zusammen.

»Du musst netter sein, Stella!«, sagte Cettina ihrer Schwester ängstlich. Sie war die Jüngere, sorgte sich aber fast so um Stella, wie Assunta es tat. Was, so wie Stella vom Pech verfolgt wurde, kein Wunder war. »Sie sagen, du bist ein Luder!«

»Wessen Problem ist das?«, antwortete Stella daraufhin. »Nicht meines.«

Sie war nicht unbedingt eitel, was ihr Äußeres anging, sie hatte sich ja noch nicht mal in einem Spiegel gesehen, aber natürlich befriedigte es sie doch, zu wissen, dass sie die Hübscheste war. Stella hatte gern Macht über andere, und ihre Ausstrahlung war ihre große Stärke. Ansonsten hatte eine Frau in einem süditalienischen Dorf in jenen Jahren zwischen den Kriegen kaum eine Möglichkeit, sich gegenüber anderen zu behaupten.

Aber vergessen wir nicht ihre natürlichen Fähigkeiten. Stella war gern die Beste, und das war sie tatsächlich in fast allen Dingen. So war sie die beste Näherin des Dorfes, ihre Seidenraupen produzierten die meiste Seide, und sie löste an einem Erntetag bei Don Mancuso mehr Kastanien aus der Schale als alle anderen. Sie war gut mit Zahlen und im Kopfrechnen, ihr Gedächtnis arbeitete ausgezeichnet, und sie verlor kaum eine Debatte, wusste sie doch stets besser als ihr Gegenüber, was genau er oder sie bereits gesagt hatte. Auch mit Tieren wusste sie umzugehen, sogar die verdammten Hennen legten mehr Eier, wenn sie morgens von ihr gefüttert wurden. Allerdings war sie nicht die beste Köchin, und so fasste sie keinen Kochtopf an. Es war wichtig, die eigenen Grenzen zu kennen und keine Zeit mit dem Versuch zu verschwenden, etwas mäßig zu beherrschen, was auch jemand anders tun konnte. Stella war schlagfertig und unabhängig, nicht zu ignorieren oder gar auszunutzen. Sie verfügte über die Disziplin ihrer Mutter und das durchdringende Misstrauen ihres Vaters, was sie hart arbeiten, aber auch verschlagen sein ließ. Stella Fortuna wusste sich durchzusetzen, und man hoffte, sie auf seiner Seite zu haben, nicht gegen sich.

Und zu guter Letzt, und das wusste ihr kalabrisches Dorf besonders zu schätzen, es brachte ihr aber auch den meisten Ärger ein, als sie wegging: Stella Fortuna war zäh und robust. Das Leben hatte da bereits mehrfach versucht, ihr übel mitzuspielen, aber dem hatte sie widerstanden. Alles Schlimme, was ihr zustieß, machte sie nur noch sturer und kämpferischer und weniger kompromissbereit. Stella erlaubte sich keine Schwächen und besaß auch kein Verständnis für die Schwächen anderer. Die einzige Ausnahme war ihre Mutter, die besondere Zugeständnisse verlangte.

Mit sechzehn Jahren, als sie Ievoli verließ, war Stella Fortuna schon fast dreimal gestorben, daher die wilden Narben. Ihre ievolitanischen Beinahe-Tode, von denen ich erzählen will, wurden von ihrer Familie mitfühlend mit »die Auberginen-Attacke«, »das Mal mit den Schweinen« und »die Geistertür« bezeichnet. Meiner Meinung nach sind es die merkwürdigsten Todesgeschichten Stellas, aber wie auch nicht: In einem abgelegenen Bergdorf vor hundert Jahren war alles ein wenig merkwürdiger. Die Modernität hat der Art, wie wir leben und sterben, in jeder Hinsicht etwas von ihrer Magie genommen.

* * *

Ievoli war ein Geheimnis, das sich zweihundert Jahre lang selbst gehütet hatte. Wie die meisten anderen kalabrischen Dörfer war es arm und mit Absicht nur schwer zugänglich angelegt, ohne Verbindungsstraßen zu anderen Dörfern. Lediglich ein paar Eselspfade schnitten sich durch buschige Mimosengewächse und Misteln. Die Ievolitaner hatten nicht viel, waren aber vor Barbaren sicher, vor Eindringlingen, der Außenwelt – nur vor sich selbst nicht. Tja, und die Banditen in den Wäldern stahlen gelegentlich eine Ziege und behelligten Reisende, was ein weiterer Grund war, das Dorf nicht zu verlassen.

Die Männer von Ievoli waren *contadini*, Tagelöhner, die der Sonne zu den Feldern folgten, auf denen es Arbeit gab, ganz gleich, welcher reiche Landbesitzer sie dafür bezahlte. Eigenes Land besaßen sie nicht. Die Männer verdienten gerade genug, um ihre Familien am Leben zu erhalten, solange auch ihre Frauen genug aus ihren terrassierten Berggärten herausholten und die Kinder auf den Feldern zu helfen begannen, sobald sie dazu fähig waren.

Ganz Kalabrien ist ein Land abweisender Bergdörfer wie Ievoli, deren Straßen so steil sind, dass man bergauf fast auf allen vieren geht. Sie wurden aus Verteidigungsgründen so angelegt.

Zweitausend Jahre lang wurde Kalabrien belagert und erstürmt – von den Römern, die dem Land das Holz nahmen, den Byzantinern, die es orthodox machten, den nordafrikanischen Sarazenen, die den Islam brachten, und den Festungen bauenden Normannen, die den Katholizismus einführten. Von Bourbonen, Angevinern, Habsburgern und am Ende den Italienern. Jede Erobererwelle versklavte die Menschen aufs Neue, raubte, plünderte, brach mit gezückten Schwertern durch die üppigen Oliven- und Zitrushaine und vergoss Blut und DNA auf den fruchtbaren Berghängen. Unser Volk floh vor Piraten, Vergewaltigern und Feudalherren, suchte Zuflucht in den Bergen, und in den absurd steilen Dörfern eingenistet zu sein, das wurde zu seiner Lebensweise, wenn die Bedrohung durch Malaria und Sarazenen, je nachdem, wen man fragt, dieser Tage auch ein wenig nachgelassen hat.

In den Gesichtern der Kalabrier finden sich Hinweise auf die durchziehenden Eroberer, es ist ein buntes Volk, auch was Sprache und Küche angeht. Die Landschaft ist übersät mit normannischen Burgen und den Ruinen griechischer, drei Jahrhunderte vor Christi Geburt errichteter Tempel. Die Menschen waren nie die Herren im eigenen Land, und so leben sie denn auch völlig unbewegt zwischen den Relikten ihrer ehemaligen Eroberer.

Stella Fortunas Lebensgeschichte ist wie die der meisten Frauen nur zu verstehen, wenn man die ihrer Mutter kennt. Stella liebte ihre Mutter mehr als alles auf der Welt, die harte Stella mit ihrem kalten, steinernen Herzen. Aber alle liebten Assunta. Sie war eine Heilige, wie es einem jeder, der sich an sie erinnert, sagen wird, und es gibt immer noch Leute, die sie gekannt haben. Die Herzen der Menschen in den italienischen Bergdörfern sind stark und gesund, und wer die Überraschungen des Lebens meistert, lebt hier sehr lang.

Assunta wurde am 15. August 1889 in Ievoli geboren, an Mariä Himmelfahrt, dem Fest der heiligen Jungfrau, Santissima Maria,

Madre de Dio. Daher ihr Name, Assunta, nach *assunzione.* Sie war eine fromme Frau, die über das normale Maß hinaus betete, um den Umstand auszugleichen, dass ihr Mann es nicht tat. Es gab viele solcher Frauen in Ievoli, und ich nehme an, es gibt sie noch immer. Assunta wurde von ihrer Mutter Maria im reinen, allumfassenden Glauben an Jesus Christus und den Himmel Gottes erzogen, in den sie einst nach ihrem Tod eingehen würde, wenn sie tat, was der Priester ihr sagte. Assunta war keine einfache, gehorsame Kirchgängerin, sie *glaubte.* In der Messe, besonders als junges Mädchen in den hormonell heftigen Jahren einsetzender Weiblichkeit, wurde sie oft von ihren Gefühlen überwältigt, wenn sie an das leidende Herz der heiligsten Jungfrau dachte, und begann, in ihrer Bankreihe zu schluchzen. Ihre öffentlichen Tränen waren einer von zwei Gründen für ihre Tochter Stella, sich zu geloben, nie, nie zu weinen, und sie brach ihr Gelübde achtundvierzig Jahre lang nicht.

Der Grund, aus dem Assunta bereits mit vierzehn Jahren ihren Mann Antonio Fortuna heiratete, was selbst damals etwas jung schien, bestand darin, dass ihr Vater plötzlich starb und die Frauen in einer Notlage zurückließ. Ganz gleich, wie hart ein Contadino auf den Feldern seines Padrone arbeitete, ihm gehörte nichts als seine Arbeitskraft, und als er starb, vermochte er seiner Frau kaum etwas zu hinterlassen. Assunta hatte nur eine sehr kleine Aussteuer, und je länger sie bei ihrer verwitweten Mutter lebte, desto weniger blieb für beide übrig. Es war besser, wenn sie in einem anderen Haushalt versorgt wurde.

Assunta schien jedoch auch bereit für die Ehe. Sie besaß schon früh etwas Matronenhaftes, nicht zuletzt wegen des bereits erwähnten Hinterteils, das sie ihren Töchtern vererben sollte. Assunta wirkte fürsorglich, bewegte sich mit großer Selbstsicherheit und hatte ein bemerkenswertes Gesicht mit großen, dunklen Augen, die sich wie umgedrehte Halbmonde über den Wangen wölbten. Sie war ein auffallend frauliches Mädchen. Wenn die Nachbarinnen kamen, dachten sie darüber nach, wer von den jungen Männern des Dorfes sie wohl heiraten würde, oder vielleicht auch einer aus Galli, Polverini oder Marcantoni, wo Soundso einen geeigneten Cousin oder Neffen hatte.

Am Ende war es ein junger Mann aus Tracci, das etwa eine Stunde zu Fuß in südlicher Richtung lag. Antonio Fortuna war siebzehn Jahre alt, ein Maurer, der nach Ievoli kam, um an der neuen Schule mitzubauen. Assunta sah ihn oft, wie er mit den anderen Männern unter dem einen großen, uralten Baum auf der *chiazza*, dem Kirchplatz, zu Mittag aß. Antonio folgte ihr mit lüsternen Blicken, wenn sie zum Brunnen kam, um Wasser zu holen. Ihr gefiel, wie er aussah, breitschultrig und stark, ein handfester Bursche mit dichten, schwarz glänzenden Locken, und sie mochte auch, dass er sein Interesse an ihr nicht verhehlte. Ihr Taschentuch gab sie ihm jedoch nie. Assunta war schüchtern, was Jungen anging, und erfolgreich dazu erzogen worden, die Jungmädchenenergie, die da zwischen ihren Beinen wirkte, auf die Reinheit der heiligen Jungfrau zu konzentrieren und den Rosenkranz zu beten. Sie war die Art Mädchen, die Liebeslieder mochte, aber nie an sich selbst dachte, wenn sie mitsang.

Assunta sagte ihrer Mutter nichts über den gut aussehenden Maurer, denn was wäre da zu sagen gewesen? Schließlich ging es so, wie es in solchen Fällen immer ging: Einer der Maurer aus Ievoli erwähnte seiner Frau gegenüber, dass Antonio Fortuna, der Sohn Giuseppe Fortunas aus Tracci, ein Auge auf Assunta geworfen habe, die jüngste Tochter des armen verstorbenen Francesco Mascaro. Daraufhin stattete seine Frau Assuntas Mutter einen Besuch ab und erzählte von dem Jungen aus Tracci, und dann, nun ja. Wenn man nur genug über etwas redet, erfuhren es bald schon alle anderen, und obwohl Assunta und Antonio nie ein Wort miteinander gewechselt hatten, erzählten ihnen alle so viel übereinander, dass es schien, als wäre bereits alles entschieden, ohne dass sie etwas hatten sagen müssen.

Das war die ganze Brautwerbung. Es klingt nicht nach viel, war aber äußerst aufregend für Assunta, die den Winter damit verbrachte, voller Nervosität an einer in aller Eile zusammengestellten Aussteuer mitzunähen. Währenddessen sah sie sich, umringt von lauter Babys, in ihrer eigenen Küche stehen und betrauerte den bevorstehenden verfrühten, ihr den Magen zusammenziehenden Verlust ihrer Jungfräulichkeit. Es gab keine lange formelle Verlobungszeit, da die jungen Männer jetzt nach und nach zum Militärdienst eingezogen wurden. Keiner hatte ein Interesse daran, zu warten, bis Antonio wieder nach Hause kam, und so heiraten Assunta und er im Februar 1914, drei Monate nachdem sie zum ersten Mal ein Wort miteinander gewechselt hatten.

Am Tag ihrer Hochzeit fiel seltener Schnee vom Sila-Gebirge herunter, und als Assunta den Berg zur Kirche hinaufstieg, nahm ihre Schwester Rosina einen der Tischläufer, den die Braut für ihre Aussteuer bestickt hatte, um deren schwarzes Hochzeitskleid zu schützen. Hagelkörner sammelten sich wie Salz in den Körben mit den *mustazzoli*, die das Blumenmädchen, Assuntas neunjährige Schwägerin Mariangela, unter den Besuchern der Messe verteilte.

Die Hochzeitsnacht verbrachte das Paar in seinem neuen Zuhause, einer Souterrainwohnung in einem steinernen Haus, das terrassenartig in den Hang gebaut war, an der dritten Gasse, die von der Via Fontana abging. Aus der Wohnung sah man auf das Tal mit seinen Olivenbäumen hinaus, seitlich war mit Holzbohlen eine steile Treppe in den Berg gerammt, über die man von der Straße zum Eingang gelangte. Antonio hatte die Wohnung von der Eigentümerin, einer Witwe namens Marianina Fazio, gemietet, und die Abmachung war, dass Assunta der Frau beim Putzen und im Garten half. Die Wohnung war nur schwer auszuräuchern, weil es keinen Kamin gab, lediglich die breiten Fenster, vor denen die Hühner und die beiden gefleckten Ziegen der Witwe herumliefen.

In der ersten Nacht der beiden Frischvermählten roch das

neue Zuhause intensiv nach Hühnerfedern. Die nackten Wände waren feucht, und Assunta lag lang wach, kratzte mit einem Fingernagel im Mörtel herum und überlegte, wie merkwürdig es doch war, so nahe neben einem schnarchenden Mann zu liegen. Wie merkwürdig die Schatten in den unvertrauten Ecken waren, wie merkwürdig der Schmerz.

Mitten in der Nacht dann ertönte ein lauter Schrei vor ihrem Fenster, ein unmenschlicher Schrei, der dennoch fast wie der eines Menschen klang und Antonio und Assunta aus ihrem verlegenen ersten gemeinsamen Schlaf riss. Antonio sprang in seine Hose und entzündete die Lampe.

Der schreckliche Schrei erklang ein weiteres Mal, bevor sie die Tür erreichten, und Assunta brauchte wertvolle Momente, bis sie begriff, was sie durch den Schleier des herabsinkenden Schnees sah: Über dem noch atmenden Körper einer der Ziegen der Witwe standen zwei graue, langgesichtige Wölfe. Sie mussten vom Schnee aus den Wäldern getrieben worden sein, Wölfe kamen nur bis herunter nach Ievoli, wenn sie Hunger hatten. Ihre Mäuler waren rot, die Augen saßen klein und schwarz in ihren spitzen Gesichtern. Schnee bedeckte Nacken und Körper der Tiere, und die Luft zwischen ihnen war von gallertartigem weißen Nebel erfüllt. Reglos standen sich Mensch und Tier gegenüber.

Antonio, der Mann im Haus, war vor Schreck oder vielleicht auch vor Verwirrung wie erstarrt. Assunta, die, ob nun zu Recht oder nicht, keine Angst vor Wölfen hatte, packte den eisernen Schürhaken, der hinter ihr auf dem Boden lag, duckte sich unter Antonios Arm hindurch und lief barfuß in den Schnee hinaus. »Weg mit euch!«, schrie sie und stürzte auf die Nächste der beiden Bestien los, die sich niederkauerte und knurrte, dann aber zurückwich. »Verschwindet!« Es war gut, dass sie selbst die Initiative zu ergreifen verstand, denn während des weiteren Verlaufs ihrer fünfundfünfzigjährigen Ehe würde ihr Mann kaum einmal da sein, um Wölfe zu vertreiben.

Zum Glück für die Frischvermählten hatten die Schreie der sterbenden Ziege auch die Nachbarn geweckt, und die Männer eilten den Fortunas mit Schaufeln und Äxten zu Hilfe. Als die Wölfe schließlich vertrieben waren, wussten etliche Zeugen die Geschichte zu erzählen, wie Assunta in ihrem ehelichen Nachthemd und der barbrüstige Antonio die Hochzeitsnacht-Wölfe vertrieben hatten. Es konnten natürlich noch weitere Räuber da sein, und so half Gino Fragale, der zwei Häuser weiter wohnte, Antonio, die Ziege für die bestürzte Witwe Marianina zu häuten, und Assunta trieb die Hühner nach drinnen und sperrte sie in die Küche. Dann versuchte sie, so viel von dem Ziegenblut wie nur möglich mit dem Schnee und ihrem Besen wegzuwischen. Sie wollte nicht, dass die Wölfe zurückkamen. Den Rest ihrer Hochzeitsnacht verbrachten Assunta und Antonio damit, den aufgeregten Hühnern nebenan zu lauschen, die auf dem Steinboden der Küche herumscharrten.

Acht Monate nach der Hochzeit der Fortunas schloss sich Antonio dem Regiment in Catanzaro an. Die Anwerbeoffiziere der Armee waren durch Ievoli gekommen, um dafür zu sorgen, dass alle fähigen jungen Männer einberufen wurden. Die junge Nation Italien baute eine Armee auf, um ihren rechtmäßigen Platz als Weltmacht neu zu übernehmen. Tausendsechshundert Jahre zuvor hatte es ihn verloren, Sie erinnern sich, als die Westgoten die Hauptstadt des großen Reiches geplündert hatten. Nicht, dass Assunta eine Vorstellung von der römischen Geschichte gehabt hätte oder der Katastrophe, die Europa bereits zerriss.

Als er seinen Dienst antrat, versprach Antonio seiner Frau nicht, Briefe zu schreiben. Er konnte lesen und schreiben, mochte beides aber nicht. Assunta konnte weder das eine noch das andere. Sie nahm an, dass er zu ihr zurückkam, wenn er es überlebte, aber nur *il Signore*, Gottvater, wusste, wie lange er wegbleiben würde.

Die im sechsten Monat schwangere Assunta ging mit Antonio

den Berg hinunter zum Bahnhof in Feroleto, dem größten der Dörfer im näheren Umkreis. Maria führte den Esel mit Antonios Gepäck. Es war kein sehr romantischer Abschied. Als der Zug kam, küsste Antonio seine Frau auf die Wangen, nahm seine Tasche auf den Rücken und verschwand in einem der Wagen. Während der kurzen Zeit ihrer Ehe hatte Assunta gelernt, dass Antonio kein Romantiker war, ihm ging es vor allem um das Körperliche.

Die Frauen standen auf dem Bahnsteig, bis der Zug den Berg hinunterrumpelte, auf das ferne Catanzaro zu. Assunta weinte still mit offenen Augen, die Tränen rannen ihr über das Gesicht und fielen auf ihren vorgewölbten Leib. Sie weinte nicht zuletzt auch aus Erleichterung darüber, dass Antonio wegging. Jetzt würde sie seinem unersättlichen Hunger bei Tisch und im Bett nicht mehr genügen müssen, was angesichts ihrer fortgeschrittenen Schwangerschaft äußerst mühsam geworden war. Dass sie das so empfand, erfüllte sie mit Schuldgefühlen, wie es, so hatte der Priester in der Beichte gesagt, auch richtig war.

Das Baby kam am Nachmittag des 11. Januar 1915 zur Welt. Assunta wachte mit Krämpfen auf, und dann, beim Saubermachen der Feuerstelle, platzte die Fruchtblase. Nervös wischte sie den Boden und überlegte, ob sie sich den Berg hinunterschleppen und es ihrer Mutter sagen sollte oder ob sie es dann nicht mehr die Via Fontana hinauf schaffen würde, um das Kind im eigenen Haus zu gebären. Ihre Besorgnis lähmte sie, doch zum Glück kamen just in dem Moment Maria und Rosina. So ist das Leben im Dorf: Wenn man jemanden den ganzen Tag nicht gesehen hat, versichert man sich, dass alles in Ordnung ist.

Die älteren Frauen erhitzten Wasser und hängten Minze über Assuntas Bett, um den bösen Blick abzuwenden, fassten die werdende Mutter bei den Ellbogen und liefen mit ihr im Kreis. Sie halfen ihr, den Nachttopf zu benutzen, und gaben ihr Kamille, um ihre Muskeln und ihren Geist zu entspannen. Später am

Nachmittag, als die Wehen in kürzeren Abständen kamen, ging Ros hinauf zur Kirche und holte die Nonne, *suora* Letizia. Die Suora war sehr heilig und kannte sich mit Frauendingen aus, auch wenn sie selbst nie ein Kind bekommen hatte. In ihren fünfundsiebzig Lebensjahren hatte sie viele Geburten begleitet und alle möglichen Dinge gesehen: Babys, die mit den Füßen zuerst auf die Welt kamen, sich in ihrer Nabelschnur verheddert oder unversehens als Zwillinge entpuppt hatten. Ihr singender nördlicher Akzent beruhigte die in den Wehen liegenden Mütter. Alle fühlten sich besser, wenn sie da war.

Assunta war nervös, sie wollte nicht sterben, was aber durchaus im Bereich des Möglichen lag. Maria und Ros hatten keine Angst, sie vertrauten völlig auf Gott und seinen Willen. Assunta wusste, dass auch sie das tun sollte, und so kam zu ihrer Sorge, sie könnte sterben, noch die darüber hinzu, dass sie sich überhaupt sorgte. Am Ende kam das Baby ohne alle Komplikationen zur Welt, nur mit so viel Schmerz und Elend, wie sie nun mal zu einer gesunden Geburt gehören. Es war ein rosiges, dickes kleines Mädchen mit einem schwarzen Haarschopf, der den ganzen Kopf bedeckte, die Augen hellbraun wie die ihres Vaters.

Antonio hatte Anweisungen hinterlassen, wie sein Kind heißen sollte: Giuseppe, wenn es ein Junge wurde, nach Antonios Vater, und Mariastella, wenn es ein Mädchen war, nach seiner Mutter. Aber das Kind war noch keine Stunde alt, da hatte Assunta den Namen schon zu Stella verkürzt. »Mein kleiner Stern«, sagte Assunta, weil es sich so leicht sagte und weil das Baby so schön war.

Maria und Ros segneten die Kleine und führten die *cruce*-Beschwörung durch, um alles Unglück von ihr abzuwenden. Sie waren, wie bereits erwähnt, tiefgläubige Frauen, die voll und ganz auf die rettende Gnade Jesu vertrauten – vom praktischen Standpunkt aus betrachtet, konnte es jedoch nicht schaden, seine Bemühungen mit ein wenig Berg-Hexerei zu stützen.

Im Mai 1915, als Assuntas sorgfältig gepflegter Bohnengarten voller lila und gelber Blüten stand, kam die Nachricht, dass Italien gegen Österreich in den Krieg zog. Die kleine Stella war vier Monate alt und gut genährt. Sie hatte die Art rundliches, lächelndes Babygesicht, das direkt auf der Brust aufsaß. Damit war sie, was nicht extra gesagt werden muss, äußerst beliebt bei den Nachbarinnen, die ihr die Bäckchen liebevoll mit Lippen und Fingern herzten. Stellas Mutter wusste weder, wie lange die goldenen Tage des Babyspecks andauern würden, noch ahnte sie, welche Entbehrungen ihnen bevorstanden.

»Wie lange dauert ein Krieg?«, fragte Assunta ihren Bruder Nicola, als er ihr die Neuigkeiten überbrachte.

Nicola hatte darauf keine Antwort. Er war von Assunta durch die vier Babys getrennt, die ihre Mutter verloren hatte, und mit seinen fünfunddreißig Jahren zu alt für eine Einberufung. Dennoch, Ievoli hatte siebzehn *ragazzi* losgeschickt, eine ganze Generation, keine Familie im Dorf war unberührt davon.

Im Juni dann, an dem Tag, an dem sich die kleine Stella zum ersten Mal ohne Hilfe ihrer überschwänglichen Mutter aufsetzte, bekam Assunta einen Brief von Antonio, den Nicola ihr vorlas. Antonios Division wurde nach Norden an die österreichische Grenze geschickt. Der Brief war mindestens einen Monat alt.

Während des Krieges gab es zwei Hungerjahre. Der Winter 1916/17 war der strengste seit Beginn der Aufzeichnungen. Im Isonzo-Tal, wo die jungen Männer aus dem Dorf kämpften, fielen dokumentierte acht Meter Schnee, und der Frühling wollte einfach nicht kommen. Der Winter reichte bis ins Jahr 1918 hinein, und als es auf einigen der umkämpften Alpengipfel endlich wieder taute, wurden ganze Brigaden von Leichen freigelegt, die achtzehn Monate lang unter dem Schnee begraben gewesen waren.

Zu Hause in Ievoli erbrachte die misslungene Ernte nur die Hälfte des gewohnten Weizens, und als die Abgaben eingesammelt wurden, brach Assunta in Tränen aus. Wie gern hätte sie geglaubt, dass der Weizen, der ihr genommen wurde, seinen Weg zu Antonio an die österreichische Front finden würde, doch als der Eselskarren des Steuereintreibers die Straße nach Pianopoli hinunterfuhr, konnte sie sich des Gedankens nicht erwehren, dass dieser Mann nichts als ein weiterer Gebirgsräuber war, der mit dem Siegel des Königs tat, wozu andere ein Gewehr brauchten.

Assuntas Gemüsegarten, ihr *orto*, litt unter dem ungewöhnlich kalten Sommer. Die Kartoffeln blieben klein, und die Tomaten weigerten sich zu reifen und verschrumpelten an den Stauden. Schon als der Sommer in den Herbst überging, gab es fast nichts mehr zu essen. Es kursierten Geschichten von Hausfrauen, die den puderigen Stuck von den Wänden kratzten, um damit das Mehl zu ersetzen, das sie nicht hatten. Aber an Assuntas Wänden war kein Stuck, und sie gehörten ihr auch nicht.

In ihren siebzehn Lebensjahren hatte Assunta nie so hungern müssen. Sie war ohne Geld, Vater oder Mann, der für sie sorgte, und hatte keine Möglichkeit, selbst Geld zu verdienen. Sie konnte das Wetter nicht ändern, um die Früchte in ihrem Garten sprießen zu lassen, und fühlte sich hilflos wie ein Kind. Jeder Tag schien so schlimm wie nur möglich, und manche waren noch schlimmer.

Stella war zu einem schüchternen, sanftmütigen Kleinkind herangewachsen, das kaum einmal schrie. Ohne zu klagen, aß sie die seltsamen und aus immer größerer Verzweiflung erdachten Dinge, mit denen Assunta sie fütterte: an einem Tag zerdrückte Ackerbohnen und am nächsten eine Gemüsesuppe aus den übrig gebliebenen Schalen. In Olivenöl gebratene Zwiebeln, aber ohne Brot, auf dem man sie essen konnte. Eine Brühe aus Fichtenrinde oder bitteren Bergkräutern. Unreife Orangen, die Assunta von den Bäumen an der Straße nach Tracci gestohlen hatte und so lange kochte, bis die Schalen weich genug waren, um essbar zu sein. Assunta kochte die letzten Kastanien der

Herbsternte, trank das leicht danach schmeckende Wasser und fütterte die kleine Stella mit den weichen Früchten. An vielen Tagen hatte die junge Mutter selbst nichts und genoss das Knurren ihres Magens als Beweis, dass es kein Opfer gab, das sie noch nicht für ihre *bambina* erbracht hatte.

Assunta tat ihr Bestes. Sie kam durch, ihr Baby gedieh. Als Stella aus ihren Babysachen herauswuchs, hatte ihre Mutter keinen Stoff, um etwas Größeres zu schneidern. Also nähte sie alte Küchentücher zusammen, und Stella lernte in einem Kleid laufen, mit dem früher der Tisch abgewischt worden war. Alle im Dorf um sie herum wurden dünner. Die Tiere wurden weniger und verschwanden, auch die, die normalerweise nicht gegessen worden wären, die Esel zum Beispiel. Die Kalabrier lieben ihre Esel mehr als ihre Frauen, heißt es in einem alten Lied. Selbst Marias alte *ciucciu* überlebte den Krieg nicht. Ich bin nicht sicher, was mit ihr geschah. Ich kann mir nicht vorstellen, dass Maria oder die sentimentale Ros sie geschlachtet und gekocht hätten, aber ich habe auch nie hungern müssen.

Die dunklen Jahre vergingen, und Ievoli betete. Eine nach der anderen ersetzten neue Witwen und schmerzerfüllte Mütter ihre roten Pacchiana-Röcke durch Trauerkleider.

Der Krieg gegen Österreich endete am 3. November 1918. Ein berittener Bote verbreitete die Nachricht in den Gemeinden entlang der Straße von Nicastro. Bei Sonnenuntergang läuteten die Glocken im *campanile* jeder einzelnen Kirche, und der Dank der Lebenden und die Gebete für die Toten hallten über das Land. Ievoli hatte der Krieg elf junge Männer genommen, ein schrecklicher Schlag für ein so winziges Dorf. Angelo und Franceschina, die an der Straße nach Pianopoli wohnten, verloren all ihre drei Söhne und dazu noch zwei Neffen, einen auf seiner, einen auf ihrer Seite.

Assunta und Ros nahmen die kleine Stella mit nach Feroleto zum Zug, mit dem die Soldaten nach Hause kamen. Assunta war nicht sicher, wann er eintreffen würde, und hatte Angst, zu spät zu kommen, und so machten sich die beiden Frauen schon bei Tagesanbruch auf den Weg. Diesmal gab es keinen Esel für Antonios Tasche. Stella lief den halben Weg mit ihren stämmigen Beinchen und ließ sich dann von ihrer Mutter tragen.

Assunta war leicht in Panik, was das Wiedersehen mit ihrem Mann anging. Sie war nicht sicher, ob sie sich daran erinnerte, wie er aussah, und sie sang für Stella und ließ das kleine Mädchen auf ihrer Hüfte hüpfen, um ihre Nerven zu beruhigen. Der Bahnhof war voller Frauen und alter Männer, und fast alle waren schwarz gekleidet. Während sie auf den Zug warteten, ging Assunta mit Stella auf der gepflasterten Chiazza auf und ab, die sich wie eine Festungsplattform um den Berg legte, von der aus sich das Tal überwachen ließ. Assunta und Stella warfen einen Blick in die Handwerksläden. Die Bambina grüßte die Leute darin höflich, wie sie es gelernt hatte: *Buon jurno*, und die Leute lachten und sagten, wie klug das kleine Mädchen doch sei, *benedic'*, Gott segne sie.

Der Zug kam kurz nachdem die Glocken von Santa Maria zehn Uhr geläutet hatten, an. Er war die ganze Nacht durchgefahren und die Nacht davor auch schon. Es war eine zermürbend langsame Fahrt von Triest nach Rom und nach Neapel, in jedem Dorf hatten sie gehalten und Männer und Särge ausgeladen. Endlich ging es dann nach Kalabrien hinein, den vom Kriegsgeschehen entferntesten Teil der Halbinsel, um auch die letzten Überlebenden nach Hause zu bringen. Die Rückkehrer aus Feroleto, Pianopoli und den kleineren umliegenden Dörfern stiegen aus. Assunta sah ihnen in die Gesichter und fragte sich mit neu aufflammender Angst, wer von ihnen Antonio war. Alle sahen aus, als könnten sie er sein, und doch schien ihr keiner wirklich vertraut.

Stumm stand Assunta da, aber die schlaue Ros rief seinen Spitznamen: »Tonnon!«, und schon kam einer der Männer auf sie zu. Dieser Antonio sah wie der ältere, schlankere Bruder des

Mannes aus, den Assunta geheiratet hatte. Sein Gesicht war straff, der Körper kantiger. Den kräftigen, gut genährten jungen Mann, der von hier aus in den Krieg gezogen war, gab es nicht mehr. Aber er hatte keine sichtbaren Narben oder Verletzungen, nur oben auf den Ohren schälte sich die Haut ein wenig und würde es immer tun, denn Kälte und Frost hatten das Gewebe zerstört.

»Antonio«, sagte Assunta. Sie versuchte zu lächeln, doch die Schluchzer stiegen ihr wie ein Schluckauf in die Kehle. Sie hatte ihn nicht als so gut aussehend in Erinnerung, aber da stand er, stark, wenn auch abgemagert, und die dunklen, bernsteinfarbenen Augen funkelten. Sie bekam ihren Mann zurück, wo so viele Frauen ihren nie wiedersehen würden. Gott vergebe ihr, dass sie seine Abwesenheit je genossen hatte.

Er küsste sie auf die Wangen, links, dann rechts. Sein Gesicht war von tagealten Stoppeln bedeckt. »Ist das meine Tochter?«, fragte er und küsste auch Stella auf die Wange. »Mariastella, meine Tochter.«

Stella wandte sich ab und drückte ihr Gesicht an Assuntas Brust. Ros lachte und griff nach Antonios Arm, damit er auch sie auf die Wangen küsste. »Sie ist schüchtern«, erklärte sie ihm. »Aber sie freut sich sehr, dass du wieder zu Hause bist. Nicht wahr, Stella, mein kleiner Stern?« Stella sah zu ihrer Tante Ros hinüber, wollte ihren Vater jedoch nicht ansehen. »Den ganzen Morgen hat sie von dir geredet und gesagt, ich sehe meinen Papa bald, wo ist mein Papa, stimmt's, Stella?« Es war die Art Lüge, wie Tanten sie erzählen.

* * *

Fünf Tage lebten die drei Fortunas als Familie zusammen.

Am Tag von Antonios Rückkehr aßen sie alle zusammen in Marias Haus zu Mittag, die Mascaro-Frauen, Nicola und seine Familie. Antonio war ruhig, trank während des Essens sehr viel und lehnte schwer auf Assuntas Arm, als sie weiter den Berg hinaufgingen. Kaum dass sie in ihrer Wohnung waren, schloss Antonio die Tür ab und schob Assunta aufs Bett. Er hob ihre Röcke und drang in sie ein, ohne sich auch nur die Hose auszuziehen. Seine Frau war überrascht, unvorbereitet und trocken, und der Akt als solcher dauerte, so weit sie sich erinnerte, länger als noch im ersten Jahr ihrer Ehe, was ihr plötzlich so lange, lange her schien, eine vergessene Welt, ein vergessenes Leben.

Assunta erduldete es schweigend, wobei sie der Gedanke quälte, dass die kleine Stella ihnen zusah und sie ihren Mann aufhalten sollte, es aber nicht konnte, nicht, nachdem er dreieinhalb Jahre weg gewesen war, so lange gewartet hatte und das jetzt ihre Pflicht ihm gegenüber war. Assunta hatte sich so an ihre Keuschheit gewöhnt, dass es ihr nicht mal in den Sinn gekommen war, sich ihrem Mann in dem Raum hingeben zu müssen, in dem auch ihre Tochter schlief. Würde es von nun an immer so gehen? Sie drehte den Kopf zur Wand, um nicht in Stellas große, fragende Augen blicken zu müssen.

Als es vorbei war, fiel Antonio so tief in Schlaf, dass Assunta mit dem leblosen Gewicht seiner Beine zu kämpfen hatte, um ihm die Stiefel auszuziehen. Den Nachmittag verbrachte sie damit, die Wohnung zu putzen und Stella dazu zu drängen, leise zu spielen. Assunta hätte die Kleine nicht zur Ruhe anhalten müssen, nichts hätte ihren Mann aufwecken können.

Den zweiten Tag zu Hause verschlief Antonio. Gratulanten kamen, die ihn küssen und segnen wollten. Sie weinten und waren voller Fragen zu ihren Kindern, die nicht zurückgekommen waren, oder anderen, von denen sie gehört hatten. Assunta begriff, wie schrecklich das für Antonio sein musste, und verschloss Fenster und Türen, um weitere Besucher abzuhalten, dennoch klopften einige. Dann öffnete sie die Tür einen Spalt und verscheuchte sie. »Morgen«, flüsterte sie, »oder übermorgen.« Währenddessen kochte sie, damit ihr Mann, wenn er hungrig aufwachte, gleich etwas zu essen hatte. Brot konnte sie ihm keines anbieten, es gab immer noch kein Mehl in diesem Winter, und sie sorgte sich, wie sie aus den schrumpeligen Kartoffeln und dem Trockenobst, das sie hatte, eine *minestra* hinbekommen sollte. Die kleine Stella sah ihr trübsinnig zu. Sie begriff, wie gewichtig das war, was ihre Mutter da tat.

An seinem dritten Tag in Ievoli wollte Antonio gleich wieder weg. »Wir gehen nach Nicastro«, erklärte er seiner Frau. Er hatte eine kleine, aber bedeutungsvolle Summe Geldes, seine Abfindung nach dem aktiven Dienst, und bereits entschieden, wofür er sie ausgeben wollte.

Es war ein Donnerstag und für Anfang Dezember nicht so kalt. Assunta sah nicht ein, warum sie gleich nach Nicastro mussten, doch jetzt, da sie wieder einen Mann hatte, war es ihre heilige Pflicht als Christin, das zu tun, was er sagte. »Ich bringe die Kleine zu meiner Mutter«, sagte sie.

»Nein, Mariastella kommt mit«, erwiderte Antonio, denn es ging ja auch um sie. »Zieh sie an.«

»Sie kann nicht so weit gehen«, protestierte Assunta. Es waren wenigstens zwei Stunden zu Fuß. Assunta selbst war erst zweimal im Leben in Nicastro gewesen. Sie dachte an die breiten palmengesäumten Straßen und die fremden Männer in den Cafés entlang des *corso*. Ein furchterregender Ort für ein Kind.

»Ich trage sie«, sagte Antonio.

Was er wollte, war ein Familienfoto. Die Vorstellung war ihm während seiner Tage in den verschneiten Alpen zu einer fixen Idee geworden. So viele Männer hatte Fotos dabeigehabt, und am Ende des Krieges wusste Antonio, wie all ihre Frauen aussahen, konnte sich aber an seine eigene kaum mehr erinnern. So hatte er denn beschlossen, wenn du eine Familie hast, solltest du auch ein Bild von ihr haben, um sie zeigen zu können.

Der Fotograf in Nicastro schaffte Platz für die Fortunas, auch wenn sie keinen Termin gemacht hatten, worauf Antonio nicht gekommen war. Der Fotograf war Leute wie Antonio gewohnt, Tölpel aus den Bergdörfern, die einfach so zu ihm kamen und, wenn überhaupt, nur vom Hörensagen wussten, wie so eine Porträtsitzung ablief. Angesichts all der jungen Männer, die in den Krieg zogen, und der Auswanderer, die nach Amerika wollten, war der Bedarf nach Andenken aneinander groß, und er hatte auch in den entbehrungsreichen letzten Jahren immer viel zu tun gehabt.

Viele der Leute, die fotografiert werden wollten, waren arm und sahen selbst in ihren besten Sonntagssachen schäbig aus, und so hatte der Fotograf eine ganze Truhe mit Kleidung für sie. Vier Kleider für die Frauen in verschiedenen Farben und Größen, zwei vollständige Männeranzüge und reichlich Sachen für Kinder, kam doch manchmal die ganze Familie mit. Für die Kleidung stellte er nichts zusätzlich in Rechnung, er wollte nicht, dass sich die Leute beklagten, sie sähen auf seinen Fotos nicht gut aus, auch wenn der Grund dafür bei ihnen lag und es nichts mit der Qualität des Fotos zu tun hatte. Der Fotograf zeigte den Fortunas, wie sie sich am besten hinstellten, und sagte, sie sollten das Baby still halten, sie hätten nur eine Aufnahme.

Das Foto würde erst in einer Woche fertig sein. Antonio konnte die Hälfte des Preises jetzt anzahlen und den Rest bei Abholung der Fotos begleichen. Oder er zahlte gleich den vollen Betrag, zuzüglich einer Gebühr, und das Foto wurde ihm gebracht. Doch der Fotograf warnte ihn, das könne länger dauern, da es davon abhinge, wie viele Auslieferungen er habe, um den Weg hinauf in die Bergdörfer zu rechtfertigen. Antonio wählte die erste Möglichkeit. Er verschwendete kein Geld, wenn es eine andere Möglichkeit gab, so unbequem sie auch sein mochte.

Am nächsten Tag, dem vierten zu Hause in Ievoli, machte sich Antonio mit den Seinen nach dem Mittagessen auf den Weg, seine Familie in Tracci zu besuchen. Antonio ließ Assunta das Geschenk einpacken, das sie in Nicastro gekauft hatten, einen Mariniertopf aus der berühmten weißen Squillacer Keramik, mit Blumen und Blättern in Ocker, Gelb und Grün bemalt. Mitnehmen solle sie auch alles, was sie für eine Übernachtung brauchten. Tracci lag eine Stunde zu Fuß von Ievoli entfernt, und Assunta wäre am liebsten nach dem Abendessen noch zurückgegangen, statt über Nacht zu bleiben. Aber in letzter Zeit hatte es Ärger mit Banditen gegeben, und Assunta wollte ihre Tochter auch nicht den bösen Nachtwinden aussetzen, die Krankheiten wie die Cholera mit sich trugen. Nur Niederträchtige liefen nach Sonnenuntergang noch draußen herum und atmeten die giftige Nachtluft ein, damit sie andere mit ihr infizieren konnten. Assunta war nicht niederträchtig.

Unterwegs übte sie Sätze ein, die sie zu Antonios Mutter sagen konnte. Sie kannte sie kaum. Mariastella Callipo hatte Assunta und Stella während des Krieges nur ein einziges Mal besucht, und es war eine unangenehme Begegnung gewesen. Assunta fand die ältere Frau schroff, es war schwierig, sich mit ihr zu unterhalten. Antonios Mutter gehörte zu der Art Frauen, die immer nur Schwarz trugen, auch an Feiertagen, obwohl sie gar nicht verwitwet waren. Es war eine verdrießliche Art christlicher Sittsamkeit, die Assunta wohl hätte bewundern sollen, die sie aber für rückständig hielt. Mariastella Callipo kleidete auch ihre Töchter in Schwarz, und wenn Assunta an ihre Familie dachte, sah sie Antonios Mutter und seine Schwestern in identischen schwarzen Kleidern und Schleiern vor sich aufgereiht, so wie sie auch zu ihrer Hochzeit gekommen waren, sogar die kleine Mariangela, die Assuntas Blumenmädchen gewesen war.

Drei Jahre später, an diesem Dezembernachmittag des Jahres 1918, trafen Assunta, Antonio und die kleine Stella während der Siesta nach dem Mittagessen ein, als die Straßen leer und ruhig waren, sah man von ein paar gedämpften Küchengeräuschen ab, dem Platschen, Schrubben und Schaben von spülenden, aufräumenden Frauen, das durch die hölzernen Fensterläden auf die Straße drang.

Es dauerte lang, bis Assuntas Schwiegermutter an die Tür kam. Mariastella Callipo war eine große Frau von etwa vierzig

Jahren mit einer tief gefurchten Stirn und schmalen, zusammengekniffenen Augen. Seit Assunta sie das letzte Mal gesehen hatte, war ihr Haar völlig weiß geworden.

»Oh, du bist zurück«, sagte Antonios Mutter, hielt ihm die Wange für einen Kuss ihn und winkte die drei herein, wo sie sich ohne einen weiteren Kommentar an den Tisch setzte und mit der Näharbeit fortfuhr, bei der sie offenbar unterbrochen worden war. Assunta verwirrte dieses gefühllose Wiedersehen. Nachdem ihr Sohn, Fleisch ihres Fleisches, so lange im Krieg gewesen war? Hatte sie nicht um sein Leben gefürchtet und jeden Tag für ihn gebetet, wie es Assunta getan hatte?

Das Haus der Fortunas war alt und von der Art, wie man sie nicht mehr baute, aus Angst, dass sie nicht gut genug belüftet waren. Die Decke war so niedrig, dass selbst Assunta mit der Hand an sie herankam, und es gab nur ein Fenster auf die Straße hinaus. Auf dem Bett, das das halbe Innere des Zimmer ausfüllte, saß ein Mädchen, das ein kleines Geschwisterchen im Arm hielt. Assunta erkannte Mariangela, Antonios Schwester, die jetzt zwölf sein musste. Antonio gab ihr einen Kuss, strich dem Baby über den Kopf und ging hinaus, um nach seinem Vater zu sehen, der im Garten ein Stück den Berg hinunter arbeitete.

Assunta packte den Keramiktopf aus Squillace aus und zeigte ihn der älteren Mariastella, die ihre Näharbeit gerade lang genug zur Seite legte, um ihn in ein Regal zu stellen. Dann, weil ihr so ohne jede Unterhaltung unwohl war, sagte Assunta: »Hast du gesehen, wie sehr meine Mariastella gewachsen ist?«

Das war das Stichwort für die Kleine, ein Stück vorzutreten, aber sie war schüchtern. Stella fasste ihren Rock mit beiden Händen, drehte sich von Seite zu Seite und starrte auf den Boden.

»Stella, geh und begrüße deine *nonna*«, sagte Assunta. »Kannst du ihr einen Kuss geben?«

Stella ging gehorsam zur Großmutter, die sich vorbeugte, um den nass glänzenden Lippen der Kleinen die Wange darzubieten. »Wusstest du«, erklärte Assunta ihrer Stella, als sie zurück in die mütterliche Sicherheit gelaufen kam, »das du deinen Namen von deiner Nonna Mariastella hast, deiner Großmutter?«

Stella legte sich einen Finger auf den Mund, um ihre Verlegenheit zu verbergen. Die ältere Mariastella winkte ihr steif zu. Assunta verspürte Mitleid mit dieser durch die Jahre hart gewordenen Frau, die so unbeholfen war, sogar gegenüber ihren Enkelkindern.

»Und das ist deine Tante Mariangela«, sagte Assunta und drehte ihre Tochter zu dem heranwachsenden Mädchen und dem Baby hin, das sie in den Armen wiegte. »Sagst du Hallo zu deiner *zia*?«

»Ciao, Za«, sagte Stella.

Mariangela lächelte. Ihr Haar war fettig, und auf Kinn und Stirn sah man rote Pickel, aber ihre großen, dunklen Augen waren sehr schön, dachte Assunta.

»Wie heißt das Kleine?«, fragte Assunta und deutete auf das Baby, das, wie sie annahm, drei oder vier Monate alt war.

»Angela«, sagte Mariangela.

»Oh, fast wie du«, sagte Assunta und fragte sich, wie man zwei Schwestern so ähnlich nennen konnte. »Stella, siehst du das kleine Baby? Das ist deine Tante Angela. Ist das nicht witzig, dass du eine Tante hast, die noch kleiner ist als du?«

Stella lachte und versteckte ihr Gesicht im Rock ihrer Mutter. Assunta legte die Hand auf den runden Kopf ihrer Tochter und spürte die Hitze. »Sei nicht so schüchtern«, sagte sie. »Eines Tages ist deine Tante Angela so groß, dass ihr zwei miteinander spielen könnt.«

»Nicht Angela wie ich«, verbesserte Mariangela ihre Schwägerin. Sie hielt das schlafenden Baby so tief, damit Stella es ansehen konnte. »Sie heißt Angela nach meiner toten Mutter.«

Assunta zögerte und sah ihre Schwiegermutter an, doch die ältere Frau war mit ihrer Näharbeit beschäftigt und erwiderte ihren Blick nicht. »Nach deiner *toten* Mutter?«, wiederholte Assunta.

»Ja, sie ist gestorben, als ich noch klein war.« Mariangela sah Assunta eindringlich an. »Ich war erst drei, doch ich kann mich noch an sie erinnern. Nur ein bisschen, aber ich erinnere mich an sie.«

Assuntas Schwiegermutter stand abrupt auf, ließ ihre Näharbeit aufs Bett fallen und ging hinaus, wobei sie die untere Hälfte der zweigeteilten Tür heftig hinter sich zuschlug. Offenbar gefiel ihr das Gespräch nicht.

»Das wusste ich nicht«, sagte Assunta. »Es tut mir leid.« Das Mädchen erwiderte nichts, und so fragte Assunta zögerlich: »Wie ist sie gestorben?«

Mariangela sah auf das Geschwisterkind in ihren Armen. »Bei einer Geburt, das Baby ist auch gestorben.«

»Das tut mir leid«, sagte Assunta wieder. »Wie traurig.« Hatte Mariangela gesagt, dass die ältere Mariastella nicht ihre Mutter war? Hieß das, sie war auch Antonios Stiefmutter? Verhielt sie sich deswegen ihm gegenüber so gefühllos?

Assunta dachte an eines der Sprichwörter ihrer Mutter: *I guai da pignata i sapa sulu a cucchjiara cchi c'è vota.* Die Probleme im Topf kennt nur der Löffel, der darin rührt. Mit anderen Worten: Nur die Familie selbst kennt die eigenen Geheimnisse. Assunta solle sich um ihre Angelegenheiten kümmern, würde ihre Mutter sie schelten. Aber die Familie ihres Mannes war auch die Familie ihrer Tochter. Wurde sie damit nicht zu Assuntas Sache?

»Wo sind deine Brüder?«, fragte sie Mariangela vorsichtig.

»Sie werden auf der Chiazza spielen, denke ich.«

»Was ist mit den großen?« Es gab zwei Ältere, wusste Assunta. Sie wünschte, sich an ihre Namen erinnern zu können. Mit einem Mal kam es ihr komisch vor, dass Antonio nie von ihnen sprach. »Arbeiten sie?«

»Sie sind letztes Jahr nach Amerika gefahren«, sagte das Mädchen nach langem Zögern. »Mamma wollte nicht, dass sie wie Tonnon in den Krieg mussten.«

Jetzt nannte Mariangela Mariastella »Mamma«, obwohl sie

doch gerade gesagt hatte, dass sie nicht ihre Mutter war. War es möglich, dass das Mädchen verrückt war oder verwirrt?

Assunta fragte nicht weiter nach.

Der Besuch zog sich hin. Es war das Fest des heiligen Nicola, und so ging die ganze Familie zur Abendmesse in die winzige Kapelle von Tracci. Assunta atmete auf, weil die ermüdenden Stunden bei den Schwiegereltern dadurch etwas schneller vergingen. Danach, wieder zu Hause, setzte Mariastella Wasser für Pasta auf, eine Feiertagsbesonderheit, für die sie die letzten Reste eines wertvollen Sacks Mehl benutzte. Die Frau schien sich endlich mit dem Gedanken anzufreunden, dass es sich um einen besonderen Tag handelte. Dennoch, als die Sonne unterging und Mariastella Callipo den Teig in Streifen schnitt, um *gemelli* daraus zu formen, bedauerte Assunta, dass es zu spät für sie und Antonio war, mit dem Kind zurück nach Ievoli zu gehen.

Die Nacht war das Schlimmste, lange Stunden der Langeweile und Furcht, während derer Assunta die Augen nicht geschlossen halten konnte. Alle zusammen lagen sie in einem breiten Bett: Mariangela an der Wand, dann Baby Angela mit der älteren Mariastella, dann Assuntas Schwiegervater, daneben Antonio und schließlich Assunta, die völlig verkrampft war, um nicht von der Matratze zu fallen. Stella lag auf Assuntas Brust und kam ebenfalls nicht zur Ruhe. Die beiden kleinen Jungen, Luigi und Egidio, schliefen auf dem Boden, damit die Gäste Platz hatten.

Assunta war es nicht gewohnt, mit so vielen Menschen im selben Raum zu schlafen. Das Bett roch dumpf nach vielen Jahren ungewaschener Schläfer, und Assunta hatte beim Abendessen einen Floh auf ihrem Bein entdeckt und kam nicht von dem Gedanken los, dass das Bett voller Ungeziefer steckte. Aber sie hatte keine Wahl, sie musste sich dem ausliefern, bis es hell genug war, um mit Stella nach Hause zurückzukehren.

Im trüben Zwielicht, das sich in der Stunde vor Sonnenaufgang ausbreitet, meldete sich Baby Angela. Es folgte ein mütterliches Murmeln von der anderen Seite des Bettes und das Geräusch von Stoff, der über Haut glitt, als sich die Mutter aufsetzte, um die Kleine zu beruhigen. Assunta hörte das vertraute schmatzende Geräusch eines trinkenden Babys, das über das stetige, klamme Schnarchen der älteren Mariastella kaum zu vernehmen war, die, da war Assunta sicher, nicht aufwachen würde. Die kleine Angela war also nicht die Schwester der zwölfjährigen Mariangela, sie war ihre Tochter.

Sobald es hell genug war, um den Weg zu sehen, brachen Antonio und Assunta auf und gingen zurück nach Ievoli. Assunta wollte unbedingt nach Hause, wollte sich und Stella alle Kleider herunterreißen und nach Läusen und Flöhen suchen.

Während sie den Eselspfad durch die Schlucht zwischen den beiden Dörfern entlanggingen, nahm Assunta allen Mut zusammen und sagte zu Antonio: »Ich wusste nicht, dass deine Mutter gestorben ist, als du noch klein warst.«

»Was, zum Teufel, redest du da?« Antonio wandte sich von ihr ab und sah in einen Olivenhain hinaus. »Meine Mutter ist nicht tot. Meine Mutter hat uns gestern Abend das Essen gekocht.«

Stella wog schwer in Assuntas Armen, sie döste an der Brust ihrer Mutter. Wie Assunta hatte sie in dem schlecht riechenden, übervollen Bett kaum geschlafen. Assunta verlagerte das Gewicht ihrer Tochter und probierte es noch einmal: »Aber gestern hat Mariangela mir erklärt, dass ... dass das neue Baby nach ihrer toten Mutter benannt worden ist.«

Assunta wartete nervös, bis ihr Mann endlich sagte: »Mariangela hatte eine andere Mutter als ich. Meine ist die, die du kennst.«

Das ergab noch weniger Sinn. Es sei denn ... Hatte Antonios Vater eine Geliebte gehabt? War Mariangela ein Bastard? Aber Antonio wollte zu dem Thema nichts weiter sagen. »Gib mir die Kleine, dann kommen wir schneller voran.« Er nahm Stella auf den Arm und ging schneller, sodass Assunta kaum noch mitkam.

Assunta zog Stella ihr verschmutztes Kleid aus und legte sie gleich, als sie nach Hause kamen, ins Bett. Sie selbst hätte sich auch gern hingelegt, doch Antonio war gegangen, um Feuerholz aufzufüllen, und wenn er zurückkam, würde er etwas Warmes essen wollen.

Sie war voller Unruhe wegen dem, was sie bei ihren Schwiegereltern erlebt und erfahren hatte. Dass ihre unverheiratete, heranwachsende Schwägerin einem unerklärten Baby die Brust gab: Die Gottlosigkeit war schockierend. Mariangela, die vor fünf Jahren noch ein süßes Blumenmädchen gewesen war, hatte sich vor der Ehe von einem Mann schwängern lassen. Schon der Gedanke an so etwas machte Assunta Angst, es war eine Todsünde, ein die Seele vernichtendes Vergehen an der Tugend eines Mädchens. Es machte ihr Angst, auch wenn sie diese Sünde selbst nie würde begehen können. Und dann noch jemand, der so jung war wie Mariangela. Assunta hatte bei ihrer Heirat kurz vor ihrem fünfzehnten Geburtstag gestanden und konnte sich nicht vorstellen, dass jemand den Schritt noch früher tat. Mit zwölf Jahren war sie noch ein Kind gewesen, ohne monatliche Blutungen. Wie hatte Mariangela auf derartige Abwege geraten können?

Assunta wurde es schlecht, wenn sie darüber nachdachte, und mit einem Mal war sie unsicher, was die Familie ihres Mannes anging, ihre Moral und Verkommenheit. Sie hielt sich beschäftigt, zog ihr Tracci-Kleid aus und das schönere an, in dem sie normalerweise nur zur Messe ging, ließ Stella schlafend zurück und lief die Via Fontana hinauf zur Zisterne, wo sie ihre schmutzigen Sachen auf dem Boden des Waschtrogs sauber schrubbte. Das kalte Bergwasser betäubte ihre Finger. Sie hatte in diesem Jahr keine Seife, weil es kein überschüssiges Olivenöl gab, um welche zu machen. Aber jetzt, wo Antonio zu Hause war, würde es besser werden. Um ihre finsteren Gedanken zu vertreiben, sagte sie mehrmals laut: »Der Krieg ist vorbei. Jetzt beginnt ein neues Leben. Das Schlimmste liegt hinter uns.«

Stella schlief noch, als Assunta zurück nach Hause kam. Das

arme Ding. Assunta hängte die Wäsche an die Leine über den Hühnern von Witwe Marianina, ging noch einmal hoch zur Zisterne, um den Kochtopf mit Wasser zu füllen, und schürte das Feuer an. Sie schälte eine Handvoll geröstete Kastanien, gab sie in den Topf und fügte klein geschnittene Kartoffeln und eine getrocknete Birne hinzu und etwas Salz. Anschließend füllte sie eine Schüssel mit gerade reif werdenden Kakis vom Baum im Garten, setzte sich an den Tisch und fühlte sich immer noch unruhig. Bald würde Antonio zum Essen nach Hause kommen, und sie mussten aufs Neue lernen, ein gemeinsames Leben zu führen. Nach der Hochzeit waren es nur ein paar Monate gewesen, und Assunta hatte das Gefühl, sich an einen völlig neuen Ehemann gewöhnen zu müssen, ganz so, als gäbe es keine gemeinsame Geschichte und keine Zuneigung zwischen ihnen.

Das waren ihre Gedanken, während die Kirchenglocke von Santa Maria Addolorata die Viertelstunden zählte. Es war nicht nur Antonio, begriff sie. Auch sie hatte sich seit seinem Weggehen verändert. Sie war jetzt eine Mutter und verstand, was Mütter verstanden: dass nichts auf der Welt wichtiger war als die winzigen Atemzüge ihres Kindes – nicht der Gehorsam ihrem Mann gegenüber, keine Romantik, kein Verlangen, ja nicht einmal der eigene Körper. Um jedoch eine gute christliche Frau zu sein, würde sie sich daran erinnern müssen, seinen, Antonios, Bedürfnissen den Vorrang zu geben, wie sie es auch zu Beginn ihrer Ehe getan hatte, als es nichts Wichtigeres als ihn gab.

Als die Glocke ein Uhr schlug, sah Assunta nach Stella. Sollte sie das kleine Mädchen aufwecken, damit es etwas aß? Sie legte die Hand auf die Stirn ihrer Tochter, die ihr ein wenig warm vorkam. Sie dachte an die schwere Luft in der schlecht gelüfteten Hütte in Tracci, und ihre Unruhe wurde noch größer. Assunta beschloss, Stella schlafen zu lassen.

Antonio kam mit mehr Holz nach Hause, als Assunta gedacht hatte, dass ein Mann würde tragen können. Er stapelte es im Garten, setzte sich und aß, was sie vor ihn hinstellte. Er lobte sie nicht, beklagte sich aber auch nicht. Dann ging er wieder hinaus, vielleicht, um sich mit den Männern in der Kneipe zu besprechen.

Assunta spülte ab und versuchte, ihre Tochter zu wecken. »Hast du Hunger, mein Sternchen?« Endlich öffnete Stella die Augen und schien verwirrt wie jedes unglücklich aufgeweckte Kleinkind. »Lass uns etwas Suppe essen«, sagte Assunta. Sie nahm Stella, in die Decke gewickelt, auf den Arm – ihr Kleidchen hing draußen an der Leine – und holte sie an den Tisch. Stella wollte nicht recht und aß nur wenig von den Kartoffeln. Assunta setzte ihre Tochter aufs Töpfchen, aber es kam nicht viel, legte sie zurück ins Bett und fragte sich, ob sie vielleicht noch mehr Wärme ausstrahlte als bereits zuvor.

Es sah nach Regen aus, und Assunta holte die Wäsche herein, um sie beim Feuer zu trocknen. Die Unruhe hatte mittlerweile ganz von ihr Besitz ergriffen, und so betete sie einen Rosenkranz, und das so langsam wie nur möglich: Sie konzentrierte sich auf die Jungfrau und ihre Gnade und war etwa zu zwei Dritteln vorangeschritten, als ihre Schwester Ros kam, die das Gebet mit ihr beendete.

Ros befühlte die Stirn des kleinen Mädchens. »Ich glaube, sie hat was, Assunta.« Flüsternd vollführte sie eine Cruce-Beschwörung, nahm etwas von der Minze aus dem kleinen Bündel um ihren Hals und strich damit über Stellas Stirn, um den bösen Blick zu vertreiben.

»Was soll ich tun?«

Ros studierte Stella. »Babys kriegen ständig Fieber, die armen kleinen Würmer. Vielleicht verschwindet es einfach wieder. Lass Sie etwas *gagumil'* trinken und warte zwei Stunden. Wenn das Fieber dann immer noch steigt, solltest du einen Doktor rufen.«

Assunta war sich unsicher. »Wenn ich nach Feroleto muss, sollte ich vielleicht besser jetzt gehen.« Es würde noch zwei Stunden hell sein, und Assunta konnte es vor Einbruch der Dunkelheit mit ihrer Tochter nach Feroleto schaffen, wo es den nächsten Arzt gab, wobei die nasse Dezemberluft draußen womöglich das Schlechteste für Stella war. Assunta konnte auch allein gehen und den Arzt holen, aber sie hatte keine Vorstellung davon, wie viel so ein Hausbesuch kosten würde. Ohne Geld musste sie auf Antonio warten, damit sie ihn darum bitten konnte.

»Hör zu, Assù. Versuchen wir es erst mal mit dem *gagumil'*, und wenn es damit nicht besser wird, kannst du immer noch gehen.« Die winzige Ros hob ihre kindlich kleine Hand und legte sie der Schwester auf die Schulter. Assunta spürte die beruhigende Wärme durch den Stoff ihres Kleides. »Sorg dich nicht vor der Zeit, sonst fasst du noch schlechte Entschlüsse. Wenn du gehen musst, wirst du es wissen. Und dann gehst du auch.«

Rosina holte ihre Kräuter und kam mit Maria zurück. Sie brauten einen Trank aus Kamille, getrockneter Zitronenschale und Anis, um alles Schlechte zu vertreiben, das sich im Blut der kleinen Stella gesammelt haben mochte. Stella saß eine Weile bei ihrer Großmutter und ihrer Tante, nippte brav an dem Tee und lächelte, als sie ihr einige ihrer Lieblingslieder vorsangen, ihre kleinen Hände hielten und die Füßchen drückten. Aber das Kind wirkte matt, ihre Augen schienen eingefallen und traurig, und Assunta zog ihr das endlich wieder trockene Kleidchen an und legte sie zurück ins Bett. Maria und Ros blieben bei Assunta, häkelten und lauschten dem Regen, bis Antonio zurückkam. Dann gingen sie nach Hause.

Zum Essen gab es die Reste der Minestra, die Assunta mit ein paar Möhren und einer Zwiebel gestreckt hatte. Schweigend saßen sie bei Tisch, Assunta von Unruhe gequält. Antonio roch säuerlich, nachdem er stundenlang getrunken hatte. Normalerweise hätte es Assunta unglücklich gemacht, aber heute war sie so besorgt um ihre Tochter, dass sie nicht weiter über ihren Mann nachdachte.

Nach dem Abwasch sah sie wieder nach Stella, deren Stirn jetzt erschreckend heiß war. Es war so viel schlimmer geworden, dass Assunta um Luft rang. »Antonio«, sagte sie, als sie wieder zu Atem kam, »wir müssen nach Feroleto. Wir müssen den Doktor für Stella holen.«

Antonio kam zum Bett herüber und prüfte Stellas Temperatur. Assunta schluckte, als sie seine große grobe, raue Hand auf ihrer Tochter sah, aber Stella rührte sich nicht.

»Sie hat nur Fieber«, sagte Antonio. »Das geht vorbei. Wenn es morgen nicht besser ist, gehe ich nach der Messe nach Feroleto und hole den Doktor.«

Assunta dachte an das, was Ros ihr gesagt hatte: Dass sie wissen würde, wenn sie gehen müsse. Sie wusste es, sie wusste es. Sie musste nach Feroleto und sagte es.

»Das ist lächerlich«, erwiderte Antonio. »Hör, wie es regnet. Und weißt du, wie viel Uhr es ist? Es ist nicht sicher, so spät in der Nacht noch aus dem Haus zu gehen.«

»Antonio, bitte.« Assunta schluchzte. Ihr war bewusst, dass ihr Mann es nicht mögen würde, wenn sie weinte, doch sie konnte nicht anders. »Sie braucht einen Doktor. Ich gehe, ich habe keine Angst.«

»Der Doktor kommt um diese Uhrzeit vielleicht gar nicht!«, rief Antonio. »Und denkst du, ich bin so reich, dass wir jedes Mal, wenn die Kleine Fieber kriegt, den Doktor nachts zu einem Hausbesuch herholen können? Bist du verrückt?«

Assunta schluckte einen Mundvoll Luft und wischte sich mit dem Ärmel Tränen und Rotz aus dem Gesicht. »Das verstehst du nicht«, sagte sie und kämpfte darum, nicht hysterisch zu klingen. »Du bist nicht ihre Mutter. Ich *weiß* es. Ich *weiß*, dass sie einen Doktor braucht.«

»Ich bin ihr Vater«, sagte er, »und ich *weiß*, dass das bis morgen warten kann.«

»Ich ...«

Antonio hob die Faust. Er schlug Assunta nicht, es war nur eine Geste, aber das Gespräch war beendet. Er wandte sich von ihr ab und ging zurück zum Feuer.

»Setz dich«, sagte er. »Beruhige dich. Du wirst sehen, es geht vorbei. Wenn nicht, hole ich am Morgen den Doktor.«

Assunta wusste nicht, was sie tun sollte. Sie kroch ins Bett zu Stella, zog ihr Kleid aus und drückte den heißen Körper ihrer Tochter an sich. Sie hoffte, das Fieber aus ihr herausziehen zu können. Stella lag an sie gepresst, glühte vor Hitze und blieb eine Weile so liegen, stöhnte dann aber und schob sich weg. Assunta weinte und schluckte ihr Keuchen hinunter, um ihr Kind nicht zu erschrecken und den Groll ihres Mannes nicht noch zu vergrößern. Sie glaubte, ihre Tränen auf die Matratze tropfen und zischen zu hören, als sie in den Stoff des Lakens drangen.

In ihrer Panik kreisten ihr wieder und wieder die gleichen Gedanken durch den Kopf: die Banditen, der Regen, der lange finstere Weg nach Feroleto und dass Antonio sich als Vater sah, obwohl er nie mit seiner Tochter zusammengelebt hatte und der Glaube an seine eigene Urteilskraft irrig war. Hätte sie sich ihm heftiger widersetzen sollen? Sie hatte das Gefühl, kein einziges richtiges Wort gefunden zu haben. Die Entscheidung, die sie erlaubt hatte, war falsch, aber ihr wollte auch nicht einfallen, was sie stattdessen hätte sagen oder tun sollen.

Assunta erinnerte sich, das weiche Orange der Dämmerung in den Ritzen der Fenster gesehen zu haben, also war sie bis Tagesanbruch nicht eingeschlafen. Dann aber doch, oder?, und zwar tief nach zwei schlaflosen Nächten, erschöpft, panisch. Als Antonio sie wachrüttelte, läutete es laut, die Glocke rief zur Messe. Es musste fast zehn Uhr sein, sie hatte das Beten des Rosenkranzes verpasst. Noch bevor sie die Augen öffnete, streckte sich ihre Hand nach Stella aus und traf auf das kalte Fleisch des Armes ihrer Tochter.

Assunta fuhr hoch, hellwach und blass vor Angst. Antonio fasste ihre Schulter, seine Griff tat ihr weh.

»Assunta. Das Kind ist tot.«

Das war nicht die Stella Fortuna, die sieben (oder acht) Tode überlebte. Es war die erste Stella, die ältere Schwester, nach der sie benannt wurde. Die Stella, die starb.

* * *

Es gibt eine Theorie, eine je nach den religiösen Empfindungen umstrittene Theorie dazu, warum die zweite Stella in ihrem Leben so oft fast gestorben wäre. Manche Leute fragen sich, ob sie vom Geist ihrer toten Schwester verfolgt wurde, des ersten Kindes, dessen Stelle sie einnahm und dessen Namen sie trug. Es ist nicht sehr katholisch, an Geister zu glauben, und wer wirklich glaubt, würde eine solche Vorstellung niemals in Erwägung ziehen, zumindest sagte sich Assunta das und betete umso intensiver.

Die zweite Stella nahm die abgebrochene Geschichte der ersten auf und machte all die unschönen Dinge durch, denen ihre Schwester durch ihren tragisch jungen Tod entgangen war. Es ist einfacher, sich an die erste Stella als das perfekte kleine Mädchen zu erinnern, das sie war, als sie sich als den Menschen vorzustellen, der sie nie werden konnte, eine reale Person wie die zweite Stella. Eine Frau, die erwachsen wird, erleidet Beschädigungen. Eine herangewachsene erste Stella hätte von ihrem Mann geschlagen werden können, vielleicht hätte sie ihn auch betrogen und wäre dabei ertappt worden. Vielleicht wäre sie ein unchristlicher, hässlicher Mensch geworden, launisch, egozentrisch, verbittert und dumm. Oder sie wäre sowieso früh gestorben. Gelebte Leben enden in Hinfälligkeit, Missgunst und verpassten Möglichkeiten, in schwindenden Fähigkeiten, nicht wiedergutzumachenden Enttäuschungen und Einsamkeit. Die hässlichen Unbilden der Wirklichkeit machen den Unterschied zwischen den beiden Stellas aus, der ersten, die mit dreieinhalb Jahren starb, und der zweiten, die einfach nicht sterben wollte.

* * *

Stella wurde am Montagnachmittag beerdigt. Das ganze Dorf kam zur Messe. Jeder einzelne Platz war besetzt und der Gang voll mit denjenigen, die zu spät gekommen waren. Alle liebten Assunta und litten mit ihr und ihrem jungen Ehemann, der doch gerade erst aus dem Elend des Krieges heimgekehrt war und gleich so ein Leid erfahren musste.

Assunta vermochte sich später nicht mehr an die Messe zu erinnern, nur dass die Sonne, als die Türen geöffnet wurden und die Trauernden die Chiazza bis zu den eisernen Balkonen an ihren Rändern füllten, bereits ihren winterlichen Untergang ins Tyrrhenische Meer begonnen hatte. Ein schwarzgrauer Sturm näherte sich über die Berge, und kalte Regenspritzer folgten der Prozession der Gemeinde hinunter zum Friedhof. Aber im Westen war der Himmel klar, und das Meer leuchtete in einem kräftigen Aquamarinblau.

Den Sarg trugen Assuntas Bruder Nicola, der Pate der kleinen Stella, und Vater Giacomo selbst, dessen priesterliches Gewand durch den feuchten Schmutz glitt. Normalerweise gab es sechs Träger, aber Stellas Sarg war so klein, dass man ihn zu zweit tragen konnte. Der Deckel war mit einer Schnur zugebunden, damit der kleine Körper, sollte einer der Träger auf dem steilen Pfad straucheln und der Sarg zu Boden stürzen, nicht herausfallen konnte. Assunta ging hinter ihrer toten Tochter, ihre Mutter und ihre Schwester hielten sie bei den Armen. Maria und Rosina schluchzten, Assunta nicht. Sie zügelte ihre Trauer mit aller Kraft, da sie wusste, wenn sie ihr nachgäbe, wäre es ihr Ende.

Etwa hundert Trauernde folgten dem Sarg bis hinunter zum Friedhof, einer ummauerten kleinen Stadt aus marmornen Grabstätten, die wie Miniaturhäuser entlang gleichförmiger enger Durchgänge standen. Familienmitglieder wurden paarweise in ihnen untergebracht, ein Namensschild führte ihre jeweiligen Lebensdaten auf. Es war noch keiner von den Fortunas in Ievoli bestattet worden, und so wurden die sterblichen Überreste der kleinen Stella ins erste Fach eines leeren Todeshauses geschoben, wo sie auf ihre Familie warten würde.

Assunta und Antonio standen vor dem steinernen Vorbau und empfingen die Trauernden. Es gab viele nasse Gesichter, und sie beeilten sich mit dem Händedrücken und Wangenküssen, damit die Nächsten aus der Reihe vortreten konnten. Niemand wollte nach Einbruch der Dunkelheit noch draußen sein, niemand in die gleiche kranke Luft geraten, die dem kleinen Mädchen den Tod gebracht hatte.

Zwei Tage vor Weihnachten klopfte es nachmittags an der Tür. Assunta lief barfuß hin und machte auf. Das Kleid, das sie anhatte, trug sie bereits seit vier Tagen. Draußen stand ein Mann in schönen Lederstiefeln im Matsch von Marianinas Hühnerwiese. Assunta kannte ihn, konnte sich jedoch nicht erinnern, woher.

»Guten Tag, Signora«, sagte der Mann, was ihr auch nicht weiterhalf. Er hatte eine Ledertasche dabei, die ihr auffiel.

»Ciao«, sagte sie. Sie hatte Schwierigkeiten, sich, benommen, wie sie war, zu konzentrieren.

»Sie sind nicht gekommen«, sagte der Mann, »und ich war in der Gegend. Ich musste nach Marcantoni, und da dachte ich, ich klopfe bei Ihnen an, um Ihnen den Weg zu ersparen.«

Sie konnte nicht mehr so tun, als wüsste sie, wer er war, ihr fehlte die Energie. »Wohin gekommen?«

»Um das Foto abzuholen, das Sie haben machen lassen, was sonst?«

Ach ja, jetzt erkannte sie ihn. Es war der Porträtfotograf aus Nicastro. »Wir brauchen das Foto nicht mehr«, war das Erste, was ihr einfiel.

Der Adamsapfel des Fotografen schnellte hoch. Er schluckte entrüstet. »Ich bekomme noch Geld von Ihnen«, sagte er. »Ihr Mann hat nur die Hälfte angezahlt, die andere Hälfte war bei Abholung fällig.«

»Signore«, sagte Assunta und hätte statt des Fotografen auch

Gott selbst zurechtweisen können, »wir haben gerade unser letztes Geld für die Bestattung unserer Tochter ausgegeben. Das kleine Mädchen auf dem Foto, das sie von uns gemacht haben, *capito?*« Sie wollte nur, dass dieses Gespräch ein Ende nahm und sie zurück ins Bett gehen konnte.

Der Fotograf hatte ein Herz, und der Geschäftsmann in ihm sah, dass hier nichts zu erreichen war. »Das tut mir leid, Signora«, sagte er. »Mein herzliches Beileid, und hören Sie, ich schenke Ihnen das Foto. Vergessen Sie das Geld.« Er zog einen braunen Umschlag aus der Tasche. »Nein, es ist nichts. Nehmen Sie das Foto als Andenken an Ihre Tochter.« Er gab ihr den Umschlag, hob die Hand an den Hut und ging.

Irgendwo, denke ich, muss das Foto noch sein, falls die zweite Stella es bei der Säuberung nicht zerstört hat. Es hat sich mir ins Gedächtnis gebrannt, wobei ich zugebe, dass es viele Jahre her ist, dass ich es gesehen habe.

Die neunzehnjährige Assunta mit ihrem vollen Busen und dem verwitterten Gesicht erweckt auf dem Foto den Eindruck einer weit älteren Frau. Sie trägt ein langärmeliges schwarzes Kleid und guckt genauso jämmerlich in die Kamera wie so viele Einwanderer jener Zeit. Offenbar sind sie nervös, und die Anweisungen des Fotografen verwirren sie. Antonio dagegen, mit den eckigen Knöpfen auf seiner Weste und dem schwarzen Schnauzbart, sieht wie die Karikatur eines Patriarchen aus. Die erste Stella, die verlorene Bambina, spannt sich wie ein Rosenkranz zwischen ihnen, wobei die jesusartig nach innen gedrehten Füßchen über ein kleines Tischchen ragen. Es ist ein gespenstisches Foto: So in Schwarz und Grau hat das Gesicht der Kleinen mit den tiefen Schatten unter den dunklen, ins Leere blickenden Augen etwas Melancholisches und ganz und gar nicht Kleinkindhaftes. Sie wirkt wie jemand, der das Tal jugendlicher Frivolität bereits durchschritten hat und froh ist, das alles nicht noch einmal durchmachen zu müssen.

Assunta und Antonio haben nie wieder förmliche Porträts von ihren kleinen Kindern machen lassen. Zum einen war es teuer, und zum anderen hatten sie ihre Lektion gelernt: Man feierte nichts, das noch nicht fest in seinen Körper gefunden hatte. Assunta wurde den Gedanken nicht los, dass sie ihre Tochter durch das Foto dem Tod geweiht hatten.

Assunta war eine streng gläubige Frau, doch der Tod ihrer Tochter ließ sie zweifeln. Sie hatte die Liebe und das Licht ihres Lebens verloren, das kostbare kleine Mädchen, das zu ihrem Ein und Alles geworden war, das meistgeliebte Kind von ganz Ievoli, für das sie gehungert und das sie in ihrer einsamen Kellerwohnung an sich gedrückt hatte, das sie mit seiner Klugheit und Wärme entzückt und ihr durch die lange Zeit geholfen hatte, in der sie nicht wusste, ob ihr Mann wieder zu ihr zurückkehren würde. Assunta wusste ihre Trauer nicht zu bezwingen, und in der dunkelsten Stunde ihres Lebens fehlte ihr nicht nur ihre Tochter, sondern, für eine Weile, auch Gott. Sie zauderte. Sollte sie nicht glauben, dass das Paradies, in das getaufte Christen eingingen, weit besser als das Leben auf dieser verkommenen Erde war? Wäre sie wirklich gläubig, hätte sie nichts zu betrauern, musste ihre Tochter jetzt doch unendlich glücklich sein. Sie sollte glauben, dass es Gottes Wille war, Stella zu sich holen, und Gott machte keine Fehler.

Aber sie kämpfte mit sich. Sie konnte nicht anders, sie vermisste ihre Tochter so bitterlich und wurde den Gedanken nicht los, dass Stella für immer von ihr gegangen war. So viel sie auch betete, es verschaffte ihr keinen Trost. Das wiederum ließ sie an der Reinheit ihres Glaubens zweifeln, so wie sie ihn auch an ihre Tochter weitergegeben hatte, was sie mit der Frage quälte, ob sie und ihr Kind überhaupt ins Paradies eingelassen werden würden. Aber trotz dieses heftigen Drucks, sich zusammenzunehmen, um sich und Stella nicht aus Gottes Himmel auszuschließen, konnte Assunta ihre Tränen nicht aufhalten.

Bald hörten sie in Ievoli von der Grippe, die auf den Schlachtfeldern ausgebrochen war und sich mit den heimkehrenden Soldaten über ganz Europa ausgebreitet hatte. Es war ein zusätzliches Kriegselend, das bereits leidende Familien weiter zerriss. Suora Letizia erklärte Assunta, was es damit auf sich hatte, als sie zu ihr kam, um mit der trauernden Mutter zu beten. Zwei weitere Ievolitaner fielen den gleichen Symptomen wie Stella zum Opfer. Die Diagnose ergab durchaus Sinn, bestand doch die Möglichkeit, dass Antonio die Krankheit mitgebracht hatte.

»Du musst aufhören, dir selbst die Schuld zu geben«, sagte die Suora. »Es hätte nicht geholfen, wenn du nach Feroleto gelaufen wärst, um den Arzt zu holen. Kein bisschen hätte es geholfen«, wiederholte sie, wie wir Italiener die Dinge gern vielmals und wortreich ausdrücken. »Du hättest nur dir selbst geschadet, wärst du im Dunkeln durch den Regen gelaufen, dazu noch all die Banditen in den Wäldern, die dir womöglich etwas angetan oder dich umgebracht hätten oder auch beides.«

In einer gottlosen Gewissensprüfung fragte sich Assunta, wie sie ihrem Mann sein Überleben und seine Rückkehr vergeben konnte, wenn ihr Kind tatsächlich an der Grippe gestorben war, die er aus dem Krieg mitgebracht hatte. Warum hatte er nicht einer der sieben Männer aus Ievoli sein können, die auf der Asiago-Ebene umgekommen waren? Wäre er gestorben, würde ihre Stella noch leben.

Assunta, die nicht einschlafen konnte, tat so, als verhandelte sie mit Gott darüber, dass er ihr für ihren Mann ihre Tochter wiedergab. Sie würde diese ganz und gar unziemliche Fantasie eines Tages beichten und heftig dafür Buße tun, doch einstweilen stellte sie sich den Handel wieder und wieder vor, nur für den Fall, dass ihr leidenschaftlicher Wunsch diesen Ausgleich tatsächlich irgendwie möglich machen konnte.

Es nach solch einem Schlag noch einmal neu zu versuchen, das ist unmöglich, wenn man darüber nachdenkt.

»Grüble nicht so viel«, sagte Maria zu ihrer Tochter. Sie hatte selbst mehrere Kinder verloren, vier bei der Entbindung, weil es, bevor Suora Letizia nach Ievoli kam, nur den dummen Doktor gegeben hatte, der nicht wusste, wie mit einer Steißgeburt umzugehen war. »Tu's einfach. Anders geht es nicht.«

Assunta folgte ihrem Rat. Vielleicht war es die beste Möglichkeit, es durchzustehen. Tatsächlich tun musste sie kaum etwas dafür, nicht mal aus dem Bett musste sie oder sich umziehen. Antonio nahm, was er kriegen konnte. Ihr wundes Herz floss über vor Traurigkeit, und sie drückte den Kopf ins Kissen, weil sie ihren Mann nicht anzusehen vermochte, der schnell lernte, dass es für beide das Leichteste war, wenn er sie von hinten nahm, sodass jeder seine eigenen Dinge denken konnten. Es war das Geschmackloseste, was Assunta sich vorstellen konnte, diese lieblose Hingabe an ihren Mann, während ihr das Herz in der Brust schmerzte, aber es war die einzige Möglichkeit, ein neues Baby zu bekommen.

So verging ein Jahr im Haus der Fortunas. Weder sie noch er waren die Menschen, die sie bei ihrer Hochzeit gewesen waren, nachdem sie beide durch ihre eigene Hölle hatten gehen müssen. Aber sie schafften es, sie kamen durch. Assunta arbeitete in Garten und Haus und betete zu der heiligsten Jungfrau, die auch ein Kind verloren hatte und Assuntas Schmerz verstand. Ihre Traurigkeit verließ sie nicht, doch sie wurde weniger, und ohne zu bemerken, wann genau es geschah, begann sie, an das neue Baby zu denken, das in ihr heranwuchs.

Der Krieg hatte Antonio gezeichnet. Es war erst einundzwanzig Jahre alt, aber bereits angegraut, mit Falten in der Stirn von den anstrengenden Wacheinsätzen in der trockenen, kalten Gebirgsluft der Alpen. Und er trank. In einem Ort wie Ievoli wird Trunkenheit traditionell missbilligt. Zwar gehört ein Glas Wein immer dazu, auch tagsüber, aber öffentlich betrunken zu sein ist eine Schmach. Der Krieg hatte das geändert, Antonio hatte gelernt, sich besinnungslos zu trinken.

Assunta verdross es, und es machte ihr Angst. »Was werden die Leute sagen?«, fragte sie ihn.

»Es ist mir gottverdammt egal, was die Leute sagen!«, dröhnte er. Wenn seine Frau ihn kritisierte, ging er sie derart an, dass sie sich in Tränen auflöste. Er genoss es, sie so zu sehen, und es war nicht schwierig, es reichte schon, ihr gegenüber die Stimme zu heben. »Soll ich dir was sagen? Noch nie hat einer einen Reichen gefragt, was die Leute sagen werden. Keiner sagt einem Reichen, er soll sich schämen. Warum ich also!«

Das war etwas anderes, was ihr Mann aus dem Krieg mitgebracht hatte: einen frischen, siedenden Hass auf die Oberschicht. Die Offiziere, unter denen er gekämpft hatte, waren reiche, schwache junge Männer gewesen, die keinerlei Achtung vor den Bauern hatten, die sie auf die Schlachtbank schickten. Sie spuckten auf Leute wie Antonio, und er spuckte zurück.

»Ich habe die Nase voll von diesem Land und den *stronzi*, die es anführen. Für uns ist hier nichts zu holen.«

Antonio hatte sich darauf versteift, auszuwandern. Etliche Männer aus der Gegend um Nicastro wollten an einen Ort, der Pennsylvania hieß, um dort Eisenbahnen zu bauen. Er beantragte einen Pass, damit er im Frühling gleich losfahren konnte, direkt nachdem sein Sohn auf die Welt gekommen war.

Assunta sagte es nicht, aber sie war froh, dass sich Antonio entschieden hatte, auszuwandern. Sie hatte vor Gott geschworen, ihn zu lieben, und sie war keine Frau, die einen Schwur brechen würde, aber es würde weit leichter für sie sein, wenn er nicht bei ihr im Haus lebte. Sie wünschte, er würde mit seiner Abreise nicht warten, bis das Baby geboren war. Es war neben allem anderen seine bloße Anwesenheit im Haus, die sie schwer erträglich fand. Antonio zerstörte die häusliche Harmonie mit seinen körperlichen Bedürfnissen, seiner erhobenen Stimme, seinen Fürzen und dem Schnauzbart, der den Küchentisch mit kurzen schwarzen Haaren bedeckte.

Assuntas zweites Baby wurde in der bitterkalten Nacht des 11. Januar 1920 in Marianinas Kellerwohnung geboren, auf den Tag genau fünf Jahre nach der ersten Stella Fortuna.

Antonio war ein weiteres Mal enttäuscht. Wieder ein Mädchen. »Nun, was soll man machen«, sagte er zu Assunta. »Wenigstens hast du jetzt eine neue Mariastella.«

Das Herz voll mit der Verzagtheit der jungen Mutter, suchte Assunta im Gesicht des Babys nach Ähnlichkeiten. Aber damals schon sah die neue Stella ganz anders aus als Assuntas Erstgeborene. »Bist du meine Stella, meine *piccirijl*?«, fragte sie, kam sich aber dumm vor, als sie das sagte. Das war nicht ihre Stella, das war jemand anders. Eine andere Stella.

Assunta dachte an all die Liebe, die sie der ersten Mariastella nicht hatte geben können. Dieses Baby war ihre zweite Chance. Keine beiläufige Liebe mehr, keine Fehler mehr.

Drei Wochen nach der Geburt der zweiten Mariastella brach Antonio nach Amerika auf, Anfang Februar 1920. Er hatte einen *padrone*-Vertrag unterzeichnet, um an der Eisenbahn mitzuarbeiten, und blieb bis tief in den Herbst hinein. In Amerika gab es im Winter Schnee, mannshoch an manchen Tagen, und die Arbeiten wurden bis zum Frühling unterbrochen. Für die Zeit des Schnees kam Antonio nach Hause, da war die zweite Stella zehn Monate alt, aber jetzt, wo er Amerika kannte, ertrug Antonio Ievoli nicht mehr und blieb nur den Winter über. Lang genug, um ein weiteres Baby in Assuntas Leib zu pflanzen.

Concettina, das arme Ding, war von Beginn an eine Enttäuschung.

Schon zu Beginn der Schwangerschaft stellte sie eine Heimsuchung für ihre Mutter dar. Im Gegensatz zu den beiden Stellas kehrte das dritte Baby Assuntas Inneres viermal am Tag nach außen. Die Frauen des Dorfes erklärten Assù, die Übelkeit werde nach der Hälfte der Schwangerschaft aufhören, doch sie täuschten sich. Derweil lernte die zweite Stella, noch keine zwei Jahre alt, aber ein Frühentwickler, schwierige Ausdrücke wie »*Mamma malata*« und streichelte den Bauch ihrer Mutter, um den Zorn ihres unsichtbaren Geschwisterchens zu beruhigen.

Assunta verbrachte die schweißtreibenden Augustnachmittage im Bett. In den frühen Morgenstunden arbeitete sie auf den Knien im Garten, jätete Unkraut, solange es noch kühl genug war, und beugte sich zwischendurch vor, um die Kartoffeln mit etwas mehr Erbrochenem zu düngen. Sie erzählte schluchzend ihrer Mutter, dass sie Antonio hasste, der sie allein mit seinem Samen im Bauch sterben ließ, da sie diese Schwangerschaft niemals überleben werde. Maria rieb Assuntas Rücken und wiederholte ihre Vermutung, dass sie einen starken, kräftigen Jungen auf die Welt bringen würde.

Antonio kam im Oktober 1921 aus Amerika zurück, um bei der Geburt seines ersten Sohnes dabei zu sein. Er war seit einer Woche zu Hause, als die Wehen einsetzen. Assunta brühte ihm gerade seinen Morgenkaffee, und es dauerte den ganzen Tag und bis in die Nacht hinein. Die Presswehen begannen um Mitternacht. Suora Letizia, Rosina und Maria waren bei Assunta, und Antonio war natürlich auch zu Hause, weil er um die Uhrzeit nirgendwo hingehen konnte. Während der letzten Stunden saß er ungeduldig da, das geladene Gewehr neben sich, damit er die traditionellen zwei Schüsse abfeuern und das Dorf wissen lassen konnte, dass ein Erbe geboren worden war.

»*Mannaggia!*«, fluchte Antonio, als das Baby herauskam und eine winzige rosa Vagina hatte. Er nahm sein Gewehr und stampfte hinaus. Rosina und Suora Letizia säuberten das Kind und wechselten Blicke, als die beiden zu schnell aufeinander folgenden Schüsse in dem kleinen Raum widerhallten.

»Ich denke, es ist ihm egal, dass es am Ende doch kein Junge ist«, sagte Suora Letizia ruhig.

Das kleine Mädchen war völlig kahl. »Sie sieht aus wie ein Käfer«, sagte ihr Vater, als er wieder hereinkam.

»Antonio«, schimpfte Rosina.

»Ja, sie ist mein kleiner Käfer, Tonnon«, sagte Assunta. »*Muscarella mia.*« Sie war sehr müde. Das Baby war sehr groß, und die Entbindung hatte viel Kraft gekostet.

Das Baby hatte Giuseppe genannt werden sollen, nach Antonios Vater. Da der Name nun nicht passte, sagte Assunta hoffnungsvoll: »Wir könnten sie Maria nennen, nach meiner Mutter.«

»Nein!« In diesem Moment hätte Antonio zu allem nein gesagt, auch zu Dingen, mit denen er nichts zu schaffen hatte. »Sie heißt Concettina, nach der Mutter meiner Mutter.«

Assunta war zu müde, um zu widersprechen.

Stella war ein Jahr und neun Monate älter als Cettina, was bedeutete, dass die Kleinere als Baby immer weit hinter ihr zurücklag.

Zunächst war es schwierig für Stella, so wie es für alle älteren Kinder schwierig ist, ein jüngeres, dümmeres Geschwisterchen zu bekommen, das sich weder fortbewegen noch richtig kommunizieren kann und dem alle Beachtung schenken, weil es so hilflos ist.

Die Eifersucht zwischen Geschwistern ist die älteste menschliche Interaktion nach der zwischen Mann und Frau – lesen Sie das erste Buch Mose.

Eifersucht ist aber auch das schädlichste aller menschlichen Gefühle, und es gilt, sich um jeden Preis davor zu schützen. Assunta wusste um ihre zerstörerische Kraft und tat ihr Bestes, sie bereits im Ansatz zu ersticken.

»Du musst auf Cettina aufpassen«, erklärte sie Stella. »Sie ist noch so klein und nicht so klug wie du. Sie braucht dich, du musst sie beschützen und ihr helfen.«

»Concettina *muscarella*«, antwortete Stella.

»Genau, sie ist unser kleiner Käfer.« Assunta half Stella, den weichen dunklen Kopf des Babys zu streicheln. »Unser kleiner Käfer.«

»Mein kleiner Käfer«, sagte Stella.

Assunta lachte. »*Certo*, sie ist dein kleiner Käfer. Aber du musst immer auf sie aufpassen.«

Im Februar 1922 fuhr Antonio erneut nach Amerika und ließ ein weiteres Mal ein Baby in Assuntas Leib zurück. Diesmal wurde es ein Junge, der den Namen seines Großvaters Giuseppe tragen würde, aber Antonio war seine neuerliche Vaterschaft gleichgültig, und er machte sich nicht die Mühe, zur Geburt nach Hause zu kommen. Tatsächlich machte er sich auch nicht mehr die Mühe, seiner Frau Geld zu schicken oder auch nur zu schreiben, um sie wissen zu lassen, dass er nicht in einen Graben gefallen und gestorben war. Assunta mit ihren dreiundzwanzig Jahren und drei Kindern, die noch keine drei Jahre alt waren, brauchte so viel Erfindungsreichtum wie schon während des Krieges, um sie alle über die Runden zu bringen.

So vergingen die Jahre. Assunta umsorgte ihre drei lebenden Kinder und betete für das verstorbene. Sie flickte ihre Kleider, wusch sie und ihre Windeln und fütterte sie mit dem Brot, das sie mit Mehl aus dem von ihr im Garten gezogenen Weizen backte. Sie kochte ein, pökelte und füllte Vorräte auf, sodass sie nicht hungern mussten, wenn es sonst nichts gab. Um alle warm durch den Winter zu bringen, sammelte sie Feuerholz in den Bergen und trug es in ein Leintuch gewickelt auf dem Kopf nach Hause, den kleine Giuseppe vor der Brust, Stella links und Cettina rechts an der Hand. Assunta grub ihre eigenen Steine aus, die eigene Erde um, beschnitt die eigenen Bäume und holte fünf bis zehn Mal täglich Wasser aus dem Brunnen, um zu kochen, zu putzen und zu waschen.

Das war das Problem mit dem Auswandern, es demontierte das Patriarchat. Denn wozu brauchte Assunta einen Mann, wenn sie, verdammt noch mal, alles allein machte?

* * *

Stella Fortunas zweitfrüheste Erinnerung ist die an den Tag, an dem sie zum ersten Mal beinahe gestorben wäre – die Geschichte mit der Aubergine. Die meisten von uns haben Erinnerungen aus der Zcit, da wir drei, vier Jahre alt waren, oft verschwommen, bruchstückhaft, einzelne Farben oder Wörter statt eines ganzen, vollständigen Bildes. Bei Stella ist es anders. Ihre Erinnerung an jenen Tag ist lebendig und umfassend: Sie war viereinhalb Jahre alt und wachte in einem verschatteten braunen, süßlich nach verrottender Minze riechenden Raum auf. Sie hatte starke Schmerzen.

Später im Leben sah Stella darin einen Beweis für die Güte Gottes: dass er ihr jede Erinnerung an den Vorfall mit der Aubergine selbst ersparte. Bedauerlich war allerdings, dass er die Nachwirkungen nicht ebenfalls aus ihrem Gedächtnis gestrichen hatte. Aber was für ein Himmlischer Vater wäre er, wenn er uns nicht helfen würde, aus unseren Fehlern zu lernen?

Woran Stella sich nicht erinnert, ist, wie Assunta in ihrer gusseisernen Pfanne, ihrem besten Stück, auf dem offenen Herd Auberginenscheiben briet. Die kleine Stella konnte gerade über den Pfannenrand blicken, drückte einen Finger oben auf die brutzelnde Panade und zog ihn vor Schreck über die plötzliche Hitze mit einem Ruck zurück. Dabei riss sie die Pfanne in ihre Richtung, das kochende Olivenöl schwappte ihr über den rechten Arm und drang durch den Ärmel ihres Kleidchens, von der Hand bis hoch zur Brust. Vielleicht schrie Stella, vielleicht blieb sie aber auch stumm wie später im Leben, wenn es besonders schlimm kam. Ihre kleine Schwester Concettina sah, wie Stella vor dem Herd zusammenbrach, und rief nach der Mutter.

Assunta konnte nichts mehr tun, rote Blasen sprossen auf dem Arm ihrer Tochter. Sie versuchte, den öldurchtränkten Ärmel herunterzuziehen, doch der Stoff hatte sich fest mit Stellas Haut verbunden. Er wollte sich nicht von ihr lösen, leistete aber dennoch kaum Widerstand und schnellte hoch. Das Fleisch darunter zog den Stoff dem Arm vor, und das Blut brach so plötzlich hervor, dass weder Mutter noch Tochter einen Laut hören ließen.

Stella war bewusstlos, während Assunta mit ihr den Berg hinunter nach Feroleto stürmte. Tief in Stellas Unterbewusstsein war das Wiegen-und-Rucken, Wiegen-und-Rucken des holpernden Laufs ihrer Mutter, die sie an die Brust drückte, jedoch präsent, und sie stellte sich ihren keuchenden Atem vor, der ihr Gesicht mit Speichel sprenkelte. Eine dreiviertel Stunde lang ging es über den aufgeweichten, unebenen Eselspfad durch den mit Misteln bewachsenen Eschen- und Erlendschungel. Später sagten alle, es sei verrückt gewesen, das Kind den Berg hinunterzubringen. Sie hätte es zu Hause lassen und den Doktor holen sollen. Aber Assunta hatte Angst, es würde zu lang dauern, bis der Doktor seine Utensilien zusammengepackt hatte, und dass er es vielleicht nicht ernst genug nähme, wenn er Stella nicht selbst sähe. Und wer kann sagen, dass sie nicht recht hatte?

Assunta rannte den Berg an diesem Tag auch noch deshalb so schnell hinunter, weil sie es an jenem Dezembertag vor fünf Jahren nicht getan hatte. Weil sie beim letzten Mal gezögert, sich von ihrem Mann hatte bereden lassen, und als sie am nächsten Tag aufgewacht war und feststellen musste, dass es keinen Grund mehr gab, sich wegen der Kosten für den Besuch des Doktors Gedanken zu machen. Wenn auch die zweite Stella sterben sollte, dann zumindest nicht, weil ihre Mutter nicht gleich losgerannt war.

Und so nahm Assunta – und die Geschichte sollte in Ievoli immer wieder aufs Neue erzählt werden, denn alle mögen Heldengeschichten mit über sich hinauswachsenden Müttern – ihre Tochter und rannte.

Stella erinnert sich an nichts von den achtzehn Stunden in der Praxis des Arztes und der Nacht, in der Assunta sie zweimal beinahe verloren hätte. Eine Hauttransplantation war noch neu und risikoreich, und der Arzt brauchte mehr als eine Stunde, um der verzweifelten Mutter zu erklären, dass er in ihre Tochter hineinschneiden musste, da ihre Wunde sonst womöglich nicht verheilte und die Gefahr einer Infektion groß war.

Stella sollte sich nicht an Tücher erinnern, mit denen sie ihr Blut auffingen, so viel aus einem so kleinen Körper!, wie konnte da noch was in ihr drin sein?, oder an das Abtragen der Haut von ihrem Arm, die so wenig Widerstand bot wie Kürbisblüten spät im Juli, die man von ihren Trägern löste. An nichts von der Hauttransplantation und wie der Arzt in das gute, reine Fleisch des rechten Armes schnitt und, als er mehr brauchte, auch in ihre Hinterbacken. Assunta konnte später nicht wirklich sagen, was der Doktor alles gemacht hatte, da sie aus der Praxis hinausgeschickt worden war. Wirres Zeug hatte sie geredet, sich selbst ins Gesicht geschlagen und war bereits in Trauer und Wehklagen ausgebrochen.

Es war nur gut, dass Assunta nicht mehr von dieser Transplantation mitbekam, die der emsige, unverheiratete Arzt in dem von Kerzen erleuchteten Hinterzimmer eines Bergdorfes ohne fließendes Wasser durchführte, und das zu einer Zeit, da die konventionelle Medizin nicht mehr als einen Spritzer Zitronensaft als Antiseptikum kannte. Assunta konnte nicht wissen, welches Glück sie hatte, dass dieser Arzt mit seinen kleinen, behaarten Händen, der nach Hühnerhaut roch, nach Sizilien gegangen war, um seinen Beruf zu erlernen, trotz all der unappetitlichen Dinge, die ihm sein Vater über Sizilien erzählt hatte. Dort pflegte man die Medizin seit fast fünfhundert Jahren und gehörte zu den Pionieren in Sachen Hauttransplantation.

Die ganze Nacht über wachte Assunta vor der Tür der Praxis, klopfte immer wieder an und war überzeugt, dass ihre Tochter bereits tot war und der Doktor sich vor dem Zorn der Mutter versteckte. Vor Schmerz über ihr Versagen, erst eine Stella, jetzt die zweite, fast wahnsinnig, schlang sie die Arme um den Körper und spürte die steife, kalte erste Stella in ihnen. Die Erinnerung an jenen Morgen erfüllte sie, der Klang der Glocke ließ ihren Körper aufs Neue erbeben, sie fühlte sie in ihren Händen, die weder die eine noch die andere Stella je wieder liebkosen würden.

Als der Arzt endlich auftauchte, fand er Assunta auf dem Boden vor der Tür, das Gesicht halb in den Schmutz gedrückt, schlafend, doch mit weit aufgerissenen Augen. Die Fäuste fest geballt, beide mit einem Büschel ausgerissener schwarzer Haare. Von diesem Tag an trug Assunta ein Kopftuch, um die kahlen Stellen zu bedecken. Das neu sprießende Haar war grau, obwohl sie erst fünfundzwanzig Jahre alt war.

Wenn Stella fünfzehn Jahre später die Ärmel aufkrempelte, um abzuwaschen, hielt sie kurz inne und betrachtete ihre Narben. Sie kannte ihre Arme nicht ohne sie, trotzdem waren sie immer wieder interessant. Ihr rechter Unterarm war in faltige braune Haut gehüllt, weiß umrandet wie ein eigenständiger Inselstaat auf einer alten Karte. Die Narbe auf dem linken Arm war nicht so offensichtlich: Eine präzise, gerade Linie führte über das fleischige Äußere, wie mit dem Lineal gezogen, und nur wenn man genauer hinsah, erkannte man das Ungleichmäßige der von Hand geschlossenen Naht, die im Sommer klarer hervortrat, wenn die Sonne die Haut außenherum bräunte.

Sie fragt sich oft, was sie als Fünfjährige, die es besser hätte wissen müssen, die Hand nach einem brutzelnden Stück Aubergine hatte ausstrecken lassen? Gier? Hunger? Neugier? Als Erwachsene wusste sie, dass es diese drei Gefühle waren, die sie meist antrieben. Aber sie konnte einfach nicht glauben, dass sie solch einen Fehler gemacht hatte, auch als Kind nicht.

Und noch merkwürdiger war, dass ihre Mutter in dem Moment nicht da gewesen war. Schließlich war Assunta immer so ängstlich und überfürsorglich wie viele Mütter gewesen, die Kinder verloren haben. Stella hatte fast keine Erinnerungen an ihre Kindheit ohne Assunta, die bereitstand, aufpasste oder doch irgendwo in der Nähe war. Es gab keine Erklärung dafür, warum Assunta ihre Töchter allein bei einem offenen Feuer und einer Pfanne mit kochendem Öl gelassen hatte – es sei denn, sie war verhext worden.

Frischer Wundschmerz, eine alles umhüllende braune, minzige Hitze. Stellas Arme begannen aufzuwachen und lagen pochend auf dem Laken. Doch schon als der Schmerz von ihr Besitz ergriff, schränkte sich ihr neu gewonnenes Bewusstsein wieder ein. Der Schrecken und die Angst waren wie ein Glitzern vor ihren Augen und der Schmerz so ungleich: Der rechte Arm brannte vor Hitze und war so wund wie unberührbar, die Haut des linken schien entlang von Schnitt und Naht heftig eingeklemmt zu werden.

Der Minzgeruch war das Vertrauteste: scharf, halb verrottet, gleichzeitig stinkend und antiseptisch. Die zweite Stella war in einer Wolke aus Minze auf die Welt gekommen, genau wie jetzt, Minze, die ihr die Großmutter, ihr erster menschlicher Kontakt außerhalb des Mutterleibes, um den Hals gebunden hatte. Es gab nichts Besseres als Minze, um das Böse fernzuhalten. Ihr Geruch sollte auf ewig die unsagbarsten Erinnerungen in Stella wachrufen: zwielichtig-finstere Wände, die Enge schweißnasser Laken, Blut, das in ihr und um sie pochte, ein nebliges, grünbraunes Gewölbe ineinandergewundener Traumata.

Und in diesem doppelten Schmerz beugte sich Assunta über sie und zeichnete ihr mit dem Daumen ein Kreuz auf die Stirn. Assuntas gehauchtes Flüstern tauchte in Stellas Bewusstsein und hielt sie in der Gegenwart, in dem Schmerz, der in ihr wühlte und sich dehnte, während ihre Nerven zum Leben erwachten. Assunta atmete tief ein, saugte die Luft durch gespitzte Lippen, sodass man ihren Atem pfeifen hörte. Mit jedem Ausatmen sang sie stimmlos und schnell die verschliffenen Verse eines gespenstischen Gedichts, dessen Bedeutung Stella nicht wirklich verstand. Es war eine Beschwörung, um den Fluch des Bösen zu vertreiben, der auf ihrer Stirn liegen musste.

Um Stellas Krankenbett saßen Nonna Maria, Stellas kleine Patin Za Rosina und die Frau ihres Onkels Nicola, Za Violetta, mit der unglücklichen zweijährigen Concettina auf dem Schoß. Stella, trunken vor Schmerz, hörte, wie ihre Mutter ihre Sicht der Geschichte erzählte. »Ich erinnere mich nicht, auch nur einen Moment weggesehen zu haben«, beteuerte sie. »Es ist so merkwürdig. Ihr wisst, dass ich die Mädchen nie allein lasse.«

Za Ros legte Stella die warme Hand wie zu einer Segnung auf den Kopf. »Wer hat den bösen Blick auf dich gerichtet, mein *piccirijl*?«, fragte sie.

Stella lernte erst noch, rhetorische Fragen zu verstehen. »Cettina«, antwortete sie und sah ihre Schwester an, die daraufhin das Gesicht verzog. Die Antwort kam ohne Überlegung aus ihr heraus, schien aber wahr sein zu können, kaum, dass sie ausgesprochen war.

Die vier Frauen lachten schnell und sagten: »Nein, nein«, um den schlimmen Gedanken abzuwenden.

»Hör zu, *piccirijl*«, sagte Za Ros mit sanfter Stimme. »Zu sagen, dass jemand den bösen Blick auf dich gerichtet hat, heißt, er wünscht dir großes Unglück, also nennen wir keine Namen, verstehst du? Stattdessen bitten wir il Signore und die Heiligen, dich zu schützen und alles Unglück von dir abzuwenden.«

Stella betrachtete die Gesichter ihrer Tanten und versuchte zu begreifen, was sie Falsches gesagt hatte.

»Ah, aber vielleicht weiß sie es, Ros«, erwiderte Za Violetta. Sie war eine harte, rundliche Frau mit klaren, bösen Augen. »Warum soll sie es nicht sagen, wenn sie es weiß? Warum soll sie sich nicht zu schützen versuchen, wenn sie weiß, vor wem?«

»Violèt!« Die Stimme der kleinen Ros hob sich, was ungewöhnlich war. »Du musst dich vor der ganzen Welt schützen. *Invidia* ist überall.« Sie hob die Hände, und die Frauen dachten, sie könnten den Gifthauch in dem staubdurchwirkten Licht des späten Nachmittags über sich hängen sehen. »Neid und Eifersucht können von jedem ausgehen, sogar von jemandem, der dich liebt. Aber mit dem Finger auf ihn zu deuten und zu sagen, er hat dich verflucht, das ist so schlimm, wie ihn selbst zu verfluchen. *Capit?*«

»Denke immer daran, *piccirijl*«, sagte Nonna Maria zu Stella. »Du kannst nur die Sünden eines anderen benennen, wenn du sie kennst.« Das war ein Sprichwort. Stella sollte es ihre Großmutter noch oft sagen hören. »Mühe dich, ein guter Mensch zu sein, und sorge dich nicht darum, ob andere gut sind oder nicht, denn sie müssen ihren eigenen Frieden mit Gott machen.«

Der *mal'oicch*, wie er auf Kalabrisch genannt wird, der böse Blick, ist die vergiftete Atmosphäre, die aus unterdrückten Gefühlen herrührt, Neid, der die Kraft hat, jemanden zu verwunden, zu ruinieren, in den Wahnsinn zu treiben, ja sogar zu töten. Für gesegnete, schöne und wohlhabende Menschen, die oftmals das größte Glück und das größte Pech zu haben scheinen, ist der *mal'oicch* besonders gefährlich, ziehen sie doch zu viel *invidia* auf sich. Die wirklich Guten unter uns mag das Glück unserer geliebten Nächsten nicht quälen, aber für alle anderen sind Neid und Eifersucht ein schändliches, böses Geheimnis. Der Mittelmeerraum ist die Heimat verschiedener alter Religionen und Kulturen, und den bösen Blick gibt es gleichermaßen bei maghrebinischen Berbern, andalusischen Sephardim, Griechisch-Orthodoxen, türkischen Muslimen, palästinensischen Arabern und den Katholiken des Mezzogiorno. Auch in Ievoli war der *mal'oicch* unheilvoll und manchmal nur mit quasi christlicher Hexerei abzuwenden.

Assunta fragte sich, ob es stimmte, was Rosina sagte, und ob es wirklich unmöglich war, zu erraten, wer der Neidische, Eifersüchtige war, ohne selbst zur Quelle von Neid und Eifersucht zu werden. Sie wusste nicht, wie sie ihre Kinder vor ihren Fehlern schützen sollte, aber den bösen Blick, den zumindest wusste sie abzuwenden. Die Beschwörung, mit der sie es tat, einen Minzezweig in der Hand, war eine Abfolge magischer Worte, die sie von ihrer Mutter gelernt hatte, heiliger Worte, die nicht niedergeschrieben werden durften, auch hier nicht, ein Jahrhundert später. Der stimmlose, halb eingesaugte Reim, zu dem Stella an diesem schrecklichen, schmerzerfüllten Morgen erwachte, sollte ihr so vertraut werden, dass sie seinen Rhythmus im Dunkeln hörte, wann immer sie einschlief. Selbst noch als Erwachsene, besonders in den aus der Zeit gefallenen Nächten, wenn es stürmte, zu heiß war und sie keine Ruhe zu finden vermochte, hörte sie den atemlosen Gesang ihrer Mutter.

Stella lernte die Beschwörungsformel selbst nie. Dazu fehlte ihr Assuntas Offenheit. Sie war nie eine wahre Gläubige, und ohne Glaube gibt es keine Wunder, nur Zufälle.

Assunta erfüllte alle Riten und fragte sich insgeheim, ob es nicht doch der böse Blick war, der hinter dem Unglück ihrer Tochter steckte. Vielleicht auch aus Selbstschutz dachte sie, dass sie ihre Töchter niemals allein bei dem siedend heißen Öl gelassen hätte, wäre sie ganz bei sich gewesen. Jeden wachen Moment spürte sie den Geist ihrer toten Tochter an ihrem Gewissen zerren, spürte das Gewicht von Schuld und Trauer, wusste jedoch, das alles existierte nur in ihrem Kopf und ihrem Herzen. Assunta glaubte nicht an Geister, weil sie zu ihrem wahren Glauben an il Signore zurückgekehrt war, der sich im Himmel um die erste Stella kümmerte.

Nun, kleine Zweifel blieben.

Das Unglück mit der Aubergine war etwas, das fürchterlich nach einem Fluch aussah.

Was, wenn Assunta den Unfall durch ihre Nachlässigkeit hervorgerufen hatte, indem sie, abgelenkt durch ihre lebenden Kinder, die Trauer um ihre verlorene Stella vergessen hatte?

Sie nahm das Foto, das der Fotograf gebracht hatte, und hängte es in der Ecke an die Wand, wo die Sonne es nicht ausbleichen würde. Auf ihrer Anrichte baute sie einen kleinen Altar und zündete eine Kerze an, wann immer sie das Geld dafür hatte.

Aber wenn es tatsächlich einen Geist gab, den Assunta zu beschwichtigen versuchte, reichte der Altar dazu nicht aus, war doch das siedend heiße Öl nicht das größte Unglück der zweiten Stella, sondern nur sein Anfang.

TOD 2: AUSGEWEIDET (WACHSENDE SCHMERZEN)

Der zweite Beinahe-Tod der zweiten Stella Fortuna war wahrscheinlich der dramatischste, wie es ein Ausweiden ganz allgemein ist, und das alles geschah nur, weil die arme, von ihrem Mann verlassene Assunta, die keine Lira besaß, plötzlich zu so etwas wie einem Fitzel Wohlstand gekommen war und ihn dazu nutzen wollte, das Leben ihrer Kinder schöner zu gestalten. Armut ist gefährlich, aber auch Wohlstand kann tödlich sein, besonders, wenn jemand blind für seine Fallstricke ist.

Wohlstand war das, was Antonio in Amerika zu finden hoffte, und Assunta war ihm deswegen nicht böse, auch wenn er Geld hätte nach Hause schicken können, wie es andere Männer taten. Nur ein kleines bisschen Geld hätte alles so viel leichter gemacht.

Wie viel Zeit muss vergehen, bevor sich mit Sicherheit sagen lässt, dass ein Mann seine Familie vergessen hat? Es ist schwer zu entscheiden, wo die Grenze zu ziehen ist.

Za Ros war Assuntas Ersatz-Ehemann. Wie das Glück es wollte, oder Gott, hatte die verwitwete Rosina mit Ausnahme von Assunta und ihren Kindern niemanden mehr, dem sie ihr Leben widmen konnte. Ros war siebzehn Jahre älter als ihre Schwester. Sie war eine winzige Frau und nicht viel größer als ihre Nichten und ihr Neffe, die sie deswegen umso mehr liebten. Ros war streng, aber gütig, weit organisierter und disziplinierter als Assunta und erklärte geduldig, wie man zum Beispiel eine Laus zerquetschte oder einem Huhn ein Ei wegnahm, ohne dessen Schnabel zu spüren zu bekommen. Stella liebte es, ihre Tante zu beeindrucken, und das Schlimmste war, sie zu enttäuschen.

Im Jahr 1924 waren Rosinas zwei erwachsene Jungen, Franco und Lorenzo, nach Südfrankreich gegangen, um dort ihr Glück zu machen, und Ros lebte allein in ihrem Haus oben auf dem

Berg beim Kirchplatz. Nach der spätsommerlichen Seidenraupenernte beschloss Ros, zu ihrer Mutter zu ziehen und ihrer ums Überleben kämpfenden Schwester das Haus und das dazugehörende Stück Land zu überlassen.

Assunta protestierte natürlich: »Wo sollen deine Söhne wohnen, wenn sie zurückkehren? Wo sollen ihre Frauen unterkommen?«

Ros zuckte mit den Schultern. Sie hatte das Gefühl, dass sie nie zurück nach Ievoli kommen würden. Die Welt hatte sich geändert. Sie half Assunta, ihre Sachen zu Bündeln zusammenzubinden, die sie auf den Köpfen die steile Via Fortuna hinauftrugen.

Rosinas verstorbener Ehemann hatte das Haus direkt vor dem Krieg für sie im modernen Stil gebaut, mit einer etwa drei Meter hohen Decke, damit die Luft gut zirkulieren konnte, und einer dicken Steinmauer, sodass es drinnen auch im Sommer kühl war. Die Steine hatten sie mit Eseln aus dem Fluss von Pianopoli herbeigeschafft und mit Mörtel verbaut. Gut zwei Handbreit waren die Mauern dick, um einem Erdbeben wie dem zu widerstehen, dass 1905 große Teile Kalabriens zerstört hatte. In jeder Wand war ein Fenster mit Fensterladen, es gab Haken, an denen Assunta ihre Töpfe aufhängen konnte, und ein Doppelbett, das genügen würde, bis die Kinder größer waren.

Das Haus war die Hilfe, die Assunta brauchte. Seit ihrer Heirat hatte sie Gemüse für die Familie im kleinen *orto* ihres toten Vaters unten beim Friedhof angebaut. Jetzt hatte sie genug Platz, um so viel Weizen zu säen, dass sie immer Brot haben würden. Sie würde kein Mehl mehr kaufen müssen, und ihr Wohlstand würde wie von selbst wachsen. Überhaupt erst einmal Tritt zu fassen, das war das Schwierigste für Frauen wie Assunta mit einem Arm voller kleiner Kinder, die es zu füttern galt, und nicht einem freien Moment, um eine Lira mehr zu verdienen, als sie brauchten, um ihre Familie am Leben zu erhalten.

Jetzt konnte sie einen eigenen Hühnerstall bauen. Und einen Schweinekoben.

1925, kurz nach Ostern, als ein Schweinehändler durchs Dorf kam, kaufte Assunta zwei Ferkel. Sie waren kaum größer als ihre Hand, schnüffelnde kleine Babys, mit wackelnden Hinterteilen und leuchtenden schwarzen Augen in ihren gefleckten Gesichtern. In neun Monaten würden beide sechshundert Pfund geräuchertes, gepökeltes, getrocknetes Fleisch sein, *prosciutto* und durchwachsenes *capicolo*, würzige *suppressata*-Würste, die sie ins Gedärm der Schweine füllen und mittags für ihre Kinder aufschneiden würde. Bisher hatte Assunta zweimal im Jahr Fleisch gegessen, Huhn zu Weihnachten und Ziege zu Ostern, jetzt würden ihre Kinder jeden Tag welches bekommen.

Aber Schweine, so lernte Assunta, ließen dich für den Wert ihres Fleisches arbeiten. Sie fraßen, nun, wie Schweine, grunzten vor Vergnügen, wenn sie gefüttert wurden, und voller Ärger, wenn es nichts gab. Und ja, sie waren widerlich. Klug wie Hunde, mit intelligenten Menschenaugen, und doch machten sie ihr Geschäft, wo immer sie gerade waren, rollten darin herum, und wenn Assunta nicht aufpasste, fraßen sie sogar, was hineingeriet. Assunta säuberte den Koben jeden Morgen, was zusätzliche Gänge zur Zisterne oberhalb der Kirche erforderte. Wenn sie einmal nicht sauber machte, auch nur ein oder zwei Tage, begann er übel zu stinken, und es war ein saurer, gottloser Gestank. Die Luft im Koben war dann so schwer und widerlich, dass Assunta dachte, durch ein Fass mit dem Urin eines kranken alten Mannes schwimmen zu müssen. Und der Gestank setzte sich in den Kleidern fest und war kaum aus ihnen herauszuwaschen. Er waberte über den Weg in die Küche und verdarb ihr den Appetit auf das, was sie kochte. In diesem Jahr begann Assunta, sämtliche Oberflächen im Haus mit Zitrone abzureiben. Zitrone half, den Geruch der Schweine zu vertreiben.

Im Sommer waren die Schweine bereits zu groß, um nur mit Resten gefüttert zu werden, und sie musste Kartoffeln für sie abzweigen. Im Dezember schüttete Assunta auf den Rat ihrer Schwägerin Violetta hin unwillig die wertvollen Kastanien, die sie im Herbst gesammelt hatte, mit in den Schweinetrog, warf süße, knusprige Perlen vor die Säue. Violetta hatte ihr versprochen, die Kastanien würden das Schweinefleisch weiß, zart und fett machen.

Stella und Concettina liebten die Schweine, wie sie alle Tiere liebten, die Katzen, die durch Ievolis Gassen streiften, genau wie die gutmütigen streunenden Hunde, die sich über kleine Abfälle freuten. Stella verbrachte Stunden damit, mit den beiden Schweinen zu spielen, die mit ihr kuschelten, als wäre sie eine Schwester. Die beiden Mädchen rannten zwischen ihnen herum, tätschelten und streichelten sie, kletterten über sie und ließen sich von ihren Rücken herabkullern. Assunta hoffte, der bevorstehende Schlachttag würde keine zu schmerzvolle Lektion für ihre beiden Töchter sein.

Im Winter 1925/26 schneite es in Ievoli ungewohnt viel. Viermal lag der Schnee hoch genug, dass sich Stella und Concettina damit bewerfen konnten. Morgens, bevor er wieder zu schmelzen begann, rollten sie in ihm herum und warfen Schneebälle nach den anderen Kindern, die sich duckend und kreischend über die steile, eisige Bergstraße rannten. Assunta war überzeugt, dass sie sich den Tod holen würden. Cettina hatte eine rote, triefende Nase, aber Stella schien die Kälte nicht mal zu spüren. Seit sie die Verbrennungen erlitten hatte, war die Haut auf ihren Armen und ihrem Körper ständig wie fiebrig, und sie mochte das Gefühl, wenn ihr der Schnee durch die Kleider drang, was Assunta nicht unbedingt beruhigte.

Am Tag der Sache mit den Schweinen im Januar 1926 verwandelte sich der über Nacht gefallene Schnee schon bei Sonnenaufgang in Matsch. Assunta hatte vergessen, abends die Wäsche hereinzuholen, und verbrachte ein Gutteil des nebeligen Morgens damit, die Sachen drinnen beim Ofen zum Trocknen auszubreiten. Schließlich kam die Sonne heraus, und sie hängte sie erneut draußen an die Leine, die von ihrem Dach hinüber zum

Schweinestall gespannt war. Der Erde darunter war aufgewühlter, kalter Matsch.

Stella und Cettina standen in der Tür und sahen ihrer Mutter beim Wäscheaufhängen zu. Stella versperrte den Durchgang, damit der kleine Giuseppe nicht hinauslaufen konnte. Sie war über den Sommer gewachsen, der Babyspeck von ihren straffen Kinderschenkeln geschmolzen, und ihre Locken glänzten mittlerweile so schwarz wie die ihres Vaters. Sie überragte die vierjährige Cettina um mehr als einen Kopf und hatte wie so oft den Arm um ihre kleine Schwester gelegt. Assunta fiel auf, dass die beiden die Gasse hinunterblickten, sie folgte ihrem Blick und sah ihre Schwägerin Violetta den Berg heraufkeuchen. Sie kam jeden Tag, um zu tratschen und frömmelnde Ratschläge zur Kindererziehung zu geben. Assunta war nicht gerade begeistert, sie zu sehen, rief ihrer Ältesten aber über die Wäsche hinweg zu: »Stella, bitte deine Za Violèt doch herein, während ich die Wäsche aufhänge.«

Violetta, die ein paar Pfunde zu viel hatte, blieb vor dem Haus stehen und rang nach Luft. Sie hielt ein eng geschnürtes Stoffbündel in der Hand.

»Stella«, rief Assunta.

Stella schob die Lippen vor und sah zu, wie ihre dicke Tante nach Luft schnappte. Sie mochte Za Violetta nicht, und das Gefühl beruhte auf Gegenseitigkeit. Kürzlich erst waren die beiden aneinandergeraten, was damit begonnen hatte, dass Violetta Stella ermahnte, sie müsse Erwachsenen gegenüber mehr Respekt zeigen, woraufhin Stella antwortete, dass sie Violetta nicht respektiere, weil sie sie nicht möge. Was Violetta dazu brachte, ihr eine Ohrfeige zu geben. Stella, die aus Prinzip nicht weinte, sagte daraufhin zu ihrer Tante: »Deshalb mag ich dich nicht. Du bist nicht nett.« Und sie lief hinaus und kam erst zurück, als Violetta wieder gegangen war.

Assunta hatte so etwas noch nicht erlebt. Das Mädchen war noch nicht mal sechs Jahre alt. Ros, die an dem Tag ebenfalls zu Besuch kam, lachte, dass ihr die Tränen kamen.

»Das ist nicht komisch, Ros«, sagte Violetta. »Jemand muss der Kleinen Respekt beibringen, Assunta, oder du wirst ein wirkliches Problem mit ihr haben.«

»Uh, sie weiß sich zu wehren«, sagte Ros und wischte sich die Augen trocken.

Jetzt stand Violetta vor dem Haus, neigte den Kopf zur Seite und hoffte, dass Stella ihr einen Anlass dafür gab, sie auszuschelten. Stella sah sie an und erwiderte ihren finsteren Blick.

Assunta versuchte es noch einmal: »Sag, bitte komm herein, Za.«

»Bitte komm herein, Za«, wiederholte die vierjährige Cettina, die immer allen gefallen wollte. Stella trat aus der Tür, um ihre Tante durchzulassen.

Als Assunta schließlich in die Küche kam, hatte ihre Schwägerin bereits den Inhalt ihres Bündels auf dem Tisch ausgebreitet. Vier Laibe Brot, die sie mit Assuntas Messer viertelte.

»Das ist altes Brot von letzter Woche«, erklärte Violetta. »Ich dachte, das wäre was für die Schweine.«

Assunta hob Giuseppe vom Boden hoch, der gerade keine Hose anhatte, und schob ihren Ellbogen unter seinen nackten, kalten Po. »Das ist sehr lieb von dir, Violèt.«

Violetta zuckte mit den Schultern. »Das ist nichts. Für dich verzichte ich gern darauf.« Ah, da war sie wieder, ihre Bitterkeit. Die arme Frau konnte nicht mal ein Geschenk etwas Schönes sein lassen.

»Nun, danke.« Assunta trug Giuseppe zu ihrer Schwägerin. »Gib deiner Tante einen Kuss, Giuseppe.« Er tat, wie ihm geheißen, und lächelte. »Guter Junge.« Er sagte noch nicht viel, war aber bereits das kontaktfreudigste ihrer Kinder. Assunta setzte ihn zurück auf den Boden. »Und jetzt zieh dir deine Hose an.«

Violetta wischte sich die Krümel von den Händen. »Wollt ihr den Schweinen etwas davon bringen?«, fragte sie die Mädchen und gab ihnen beiden zwei Krusten.

»Sollen wir die Schweine füttern, Mamma?«, fragte Stella mit vielsagender Stimme. *Ich tu's nur, wenn du es mir sagst, Mamma.*

Assunta versuchte, nicht zu lachen. Was für ein gewitztes kleines Ding sie doch war mit ihrem pfiffigen Gesichtchen! Wie eine Erwachsene, so schlitzohrig wie eine Erwachsene. »Ja, ja, geht sie füttern«, sagte sie, »und dann kommt zurück, und wir machen etwas zu essen.«

Es gab absolut keinen Grund, sich um ihre Töchter Sorgen zu machen, als sie hinaus in die Wintersonne traten.

Die beiden Mädchen gingen ohne Furcht in den Stall, und die Schweine kamen, wie erwartet, um sich streicheln zu lassen. Cettina gab ihnen ihre Brotstücke, und sie schnappten danach und schnaubten und schmatzten und stießen mit ihren Körpern, deren Bugfleisch bald schon zu köstlicher *pancetta* werden würde, gegen die Mädchen, die der quirligen Kraft der Tiere nichts entgegenzusetzen hatten. Als eines der Schweine mit Cettinas Brot fertig war, wandte es sich Stella zu, die schwarz umrandeten Augen auf einer Höhe mit ihrem Schlüsselbein. Der schnüffelnde Schweinerüssel an ihrem Handgelenk ließ Stella zurückfahren, und es war wie ein unerklärlicher Krampf, mit dem sie das Brot fest gepackt hielt und den rechten Arm wegzog.

Auch das zweite Schwein sah jetzt, dass noch mehr Brot zu ergattern war, drängte sich vor, und im Kampf um die ihnen vorenthaltene Kruste drückten sich beide Schweine gegen Stellas Brust. Stella wurde zurückgedrängt und stemmte sich – weniger spielerisch als sich schützend – gegen die Tiere.

»Die Schweine, Stella«, sagte Cettina. Ihre speichelnassen Hände pressten sich an ihren Rock, und sie machte große Augen. »Die Schweine.«

Stella begriff, dass sie ihnen nur das Brot geben musste, und die Schweine würden es nehmen und sie in Ruhe lassen. Also tat sie es. Zwar beschloss ihr Kopf, es zu tun, doch ihre Hand öffnete sich nicht. Und in diesem Moment des Ungehorsams, als sich Stella fragte, was mit ihrer Hand geschehen war, stieß eines der beiden Schweine sie auf die matschige Erde. Sie landete auf dem Rücken, ihr Rückgrat erzitterte, und die Schweine traten auf sie, schrien, bissen und schnaubten wie wild. Erschreckt starrte Stella auf ihre Hand. Es war, als ob – und sie sollte sich für den Rest ihres Lebens genau an dieses Gefühl erinnern können – als ob sich eine zweite Hand um ihre legte und so fest drückte, dass das Brot zwischen ihren kleinen Fingern eingeklemmt blieb.

Es war still da draußen, und Cettina sah völlig verwirrt zu, wie Stella und die beiden Schweine gegeneinander kämpften. Erst Stellas Schrei, der durch die feuchte Luft schnitt, holte Assunta und Violetta aus dem Haus. Es war ein durchdringender, volltönender Kinderschrei, während die kauenden, schnaubenden Schweine eins nach dem anderen auf ihren Bauch traten, der aufplatzte und sein Inneres offenlegte, so wie Schweinebäuche dazu bestimmt waren, aufgeschnitten zu werden, um Würste zu füllen.

So kam es zu Assuntas zweitem Lauf den Berg hinunter zum Arzt, und er war so viel hoffnungsloser als der erste. Der Bauch ihrer Tochter war aufgeplatzt wie die Mitte einer gekochten Kastanie, und die Schweine hatten reichlich Dreck in ihre Innereien gemischt.

Den Körper ihrer Tochter fest in ehedem weiße Wäsche gebunden, die erschreckend rot leuchtete, schien es offensichtlich, dass dies Assuntas letzte Momente mit ihrer zweiten Stella waren, und das wegen einer dummen Brotkruste von ihrer widerlichen Schwägerin. Assunta keuchte, schmeckte Blut in ihrem wunden Rachen und kämpfte auf dem schmalen, matschigen Eselspfad um ihr Gleichgewicht. »Heilige Maria, Mutter Gottes, voll der Gnade, der Herr ist mit dir«, krächzte sie wieder und wieder in die nasse Winterluft, zum Rest des Rosenkranzes kam sie nicht. Sie war sicher, dass ein Fluch auf ihrer Tochter lastete.

An diesem Nachmittag und in der Nacht, als sie gesäubert und genäht wurde, und am nächsten Tag, während sie darauf warteten, ob eine Infektion einsetzte, war Stella in höchster Gefahr. Ihre Innereien – der Doktor erklärte Assunta jedes einzelne Organ mit nüchterner Stimme, hatte sie doch noch nie ein Säugetier geschlachtet und war sich nicht sicher, was da aus ihrer Tochter hervorgequollen war – hatten das Schweinegetrampel unbeschadet überstanden. Der Arzt mit seinem mittlerweile schon vertrauten Geruch nach Hühnerhaut wusch sie, entfernte allen Schmutz, drückte sie mit bloßen Händen zurück in den Leib und fixierte die blutige Gewebemasse mit Nadel und Faden, genau so, wie Assunta eine Bluse ausgebessert hätte. Stellas Augen waren geöffnet und starrten während der gesamten Prozedur ins Leere. Niemand, nicht einmal Stella selbst, wusste, ob sie bei Bewusstsein war oder nicht. Mehrere Rippen waren gebrochen, aber keine schien sich in die Lunge gebohrt zu haben, da das Kind keinerlei Blut hustete. Dass ansonsten nichts gebrochen war, vor allem Rückgrat und Genick nicht, schrieb der Doktor den weichen, elastischen Kinderknochen zu, die das erdrückende Gewicht der Schweine offenbar abgefangen hatten. Die große Frage sei jetzt jedoch, erklärte er, ob irgendwelche Gifte ihre Bauchhöhle infiziert hätten. Sollte sie die Woche überleben, musste man immer noch abwarten, ob ihre Fortpflanzungsorgane intakt geblieben waren und ob sie als erwachsene Frau Kinder empfangen und gebären konnte.

Assunta weinte stumme Tränen und dachte über diese letzte Bemerkung des Arztes nach, während sie im Krankenzimmer seiner Praxis die Hand ihrer Tochter hielt. Wie interessant, dass ihm dieser Gedanke jetzt kam, in diesem Moment, da er Stellas Blut noch in den Falten seiner Hände trug. Im selben Atemzug hatte er Assunta gesagt: *Vielleicht überlebt sie diese Woche nicht*, und dann: *Wenn ja, kann sie vielleicht keine Kinder bekommen.* War das eine spontane medizinische Beobachtung? Oder etwas, wozu er von anderen Dorfmüttern immer wieder befragt wurde? War das, was der Doktor sagte, nichts als eine Feststellung, oder ging es um etwas Bedeutenderes? War ein Leben ohne Kinder überhaupt ein Leben für eine Frau? Assunta würde es nie sagen können, da sie bereits Kinder bekommen hatte, als sie selbst noch ein Kind war. Aber wie auch immer, sie betrachtete diese Fragen eher mit philosophischem Desinteresse. Wirklich wichtig war allein, ob die Wundernadel des Doktors Stella zurück in diese Welt genäht hatte.

Als der ledige Doktor sie mit ihrer Tochter allein ließ, beugte sich Assunta über das Bett und legte die Hände seitlich auf Stellas Leib, fern von den Nähten. Stellas Bauch kochte wie ein Topf auf dem Herd. Als alles Kühle aus ihren Handflächen gewichen war, drehte Assunta sie um, so wie sie es auch 1918 getan hatte, als ihre erste Stella gegen ihr Fieber angekämpft und Assunta versucht hatte, die Hitze aus der Haut ihrer Tochter zu saugen.

Stella erwachte und hörte die gedämpfte Stimme ihrer Großmutter, öffnete die Augen jedoch nicht. Ihr war fürchterlich schlecht, und sie hatte das Gefühl, ihr Leib müsse platzen. Reglos in der Dunkelheit ihrer geschlossenen Augen liegend, überlegte sie, ob sie sie je wieder öffnen wollte, nahm den Raum um sich wahr, den Geruch, der an die Körperflüssigkeiten unzähliger Fremder erinnerte, und ja, Minze, eindringlich süß.

»Minze«, sagte Stella mit rauer Stimme. »Die Minze.«

Der Arzt, der nicht zu zuversichtlich gewesen war, was die Überlebenschancen seiner Patientin betraf, fand das entnervend, Maria jedoch nicht.

»Ja, kleine Maus, die Minze«, sagte sie. Ihre Enkelin bat um einen Zauber, um den bösen Blick abzuwenden. Bevor der Arzt sah, was er nicht sehen sollte, entwand ihm Maria seine Kerze und trieb ihn damit aus seinem eigenen Operationsraum.

Während Assunta mit Maria an der Entzauberung arbeitete, versuchte sie, nicht daran zu denken, wessen Eifersucht wohl den Fluch über ihre kleine Tochter gebracht haben mochte. Das war jetzt schon das zweite Mal, dass ihre Stella durch groteskes

Unglück in die Nähe des Todes gebracht wurde. Wessen böser Blick war auf sie gerichtet? Der einer warmherzig wirkenden Dorfbewohnerin, die insgeheim neidisch auf Assuntas schönes, schlaues Kind war? Oder auf Assunta, weil sie Stella bekommen hatte?

Oder war es die Eifersucht eines Geistes, der jedes Jahr etwas mehr von ihrer Familie vergessen wurde, während sein Ersatz wie ein Stern in ihrem Herzen leuchtete?

Der Arzt wollte Stella wenigstens eine Woche nicht aus dem Bett lassen, damit sich ihre neu eingesetzten Innereien nicht lösten und durcheinandergerieten. Sie würde in Feroleto bleiben müssen, Assunta konnte auf dem Boden schlafen. Als er das sagte, kam er taktvollerweise nicht auf die zusätzlichen Kosten zu sprechen.

Antonio hatte seit Jahren kein Geld mehr geschickt, und Assunta saß neben dem Bett, saugte an ihren Zähnen und versuchte, nicht daran zu denken, wie sie das alles bezahlen sollte, schließlich hatte genau das ihre erste Stella umgebracht.

Sie schlachteten eines der Hühner des Arztes und kochten es. Das Huhn würde mit auf Assuntas Rechnung kommen. Aber als sie Stella die Brühe geben wollten und sie den Mund öffnete, rann ihr die Brühe über die Wangen. Es war, als hätte sie einen Luftball in der Kehle, der alles zurückwies, was durch sie hindurchwollte. Stella konnte sprechen, allerdings war es eher ein Krächzen. Maria gab ihr Minze zu kauen, was zumindest ein wenig Speichel fließen ließ.

»Die Schweine haben dich angegriffen, kleine Maus«, erklärte Nonna Maria ihrer Enkelin.

Stella erinnerte sich. »Nein, haben sie nicht. Sie wollten nur das Brot. Ich hatte es, und sie wollten es fressen.«

»Dummes Mädchen«, sagte Maria mit tröstender Stimme. »Das nächste Mal gibst du es ihnen gleich.«

»Ein nächstes Mal gibt es nicht!«, sagte Assunta, die jetzt wusste, was sie von Schweinen zu halten hatte.

»Ich habe versucht, ihnen das Brot zu geben.« Stella stieß die Worte aus. »Aber es ging nicht.«

»Wie meinst du das, es ging nicht?«, fragte Maria und streichelte Stella über den Kopf, was der einzige Teil von ihr war, den man streicheln konnte.

Stella war erleichtert, jemandem erklären zu können, was sie gefühlt hatte – dass jemand ihr die Furcht nehmen würde. »Da war eine Hand. Wie die.« Mit der rechten ergriff sie ihre linke Hand und drückte die Finger zusammen, dass die Spitzen wie Weintrauben aussahen, die vor den Augen der Frauen reiften, weil sich das Blut darin staute. »Eine Hand hat mich festgehalten.«

»Wessen Hand?«, fragte Maria. »Concettinas?«

»Nein, Cettina war da drüben.« Stella gestikulierte nach links. Wie frei sich ihre Arme bewegten, ohne jeden Schmerz! Ansonsten bestand sie nur aus ihrem brennenden Bauch. »Es war eine unsichtbare Hand.«

Maria und Assunta verstummten, das klang schrecklich übernatürlich für sie. Schließlich nahm Maria ihren Rosenkranz, und die beiden Frauen stimmten ein getragenes »Gegrüßet seist du, Maria« an. Cettina saß auf dem Boden und starrte zu ihrer Schwester hinauf, die ruhig auf dem Bett lag und zurückstarrte. Sie mussten einander nichts sagen und hatten sich auch nichts zu sagen. Stella war diejenige, auf der die Schweine herumgetrampelt hatten, Cettina hatte zusehen müssen.

Als das leidende Kind einschlief, sagt Assunta zu Maria: »Ich glaube nicht, dass es der böse Blick war, Ma.«

Maria antwortete nicht. Ihre Hand lag auf der Stirn ihrer Enkelin, und sie zog einen Mundwinkel hoch.

Am sechsten Tag erlaubte der Doktor Assunta, ihre Tochter nach Hause zu bringen. Sie schien einer Infektion entgangen zu sein. Nachdem der Doktor Stellas Leib noch einmal neu verbunden hatte, gab ihm Assunta ein Bündel Lire, sein Honorar, das Geld für die Operation, fünf Übernachtungen, ein Huhn, alles gleich in voller Höhe bezahlt, ein Ratenplan wurde nicht gebraucht. Die einstmals geliebten Schweine waren an Zu Salvatore verkauft worden, der den Laden im Zentrum führte und in dessen Keller bereits ihre Hälften hingen. Rechnete man die Kosten ihres Futters für ein Jahr und die Arztrechnung zusammen, hatten sich die Schweine fast selbst finanziert.

Eine dicke Kruste bildete sich über der Wunde, die Stellas Bauch zweiteilte, und das Mädchen musste viele Wochen im Bett liegen, was für eine Sechsjährige äußerst hart war. Während dieser Zeit unterhielt ihre Patin Za Ros sie damit, dass sie ihr verschiedene Dinge beibrachte, zum Beispiel, wie man Taschentücher bestickte oder immer kompliziertere Spitze häkelte. Stella, von Natur aus ehrgeizig, konzentrierte ihre überschüssige Energie darauf, sämtliche Tricks zu erlernen, und sonnte sich in der Bewunderung der Erwachsenen. Alle sagten, wie geschickt sie doch sei.

An einem für die Jahreszeit ungewöhnlich warmen Tag im Februar, nach vier mühseligen Wochen, in denen sie das Bett nur verlassen durfte, um den Nachttopf zu benutzen, überzeugte Stella ihre Mutter, dass sie sich gut genug fühlte, um aus dem Haus zu gehen. Assunta fasste ihre Tochter am Arm, als sie die vierzig Stufen hinunter zur Chiazza stiegen, weiter wollte sie Stella nicht gehen lassen. So standen sie auf dem Platz und genossen schweigend den Ausblick auf die Berge. Eine schwache Frühjahrssonne schnitt zwischen den grauen Wolkenschleiern hindurch, beschien das Olivental unter ihnen und schuf eine gelbe Insel zwischen den Bergen.

Wegen dieses unglaublichen Ausblicks hatten Stellas Vorfahren vor dreihundert Jahren hier auf diesem Plateau angefangen, das Dorf Ievoli zu bauen. Von der Chiazza aus, auf der ebendiese

Vorfahren ihre Kirche errichtet hatten, konnte man rechts bis hinunter zum Tyrrhenischen und links bis zum Ionischen Meer blicken. Die Vulkaninsel Stromboli glühte auf ewig am Rand der flechtengrünen Bucht, und Stella und Assunta verfolgten gemeinsam, wie sie aus dem dunstigen Horizont hervorwuchs, als die Sonne hinter ihr versank.

Das war Stellas Welt, dieser Berg der ihre, um darauf zu leben, trotz all der Geschehnisse, die sie zu töten versuchten. Ihr Leib schmerzte, Stella schob ihre Hand zurück in die ihrer Mutter, und sie gingen nach Hause, zum Abendessen. Aber morgen schon würde sie wieder herkommen, um die Sonne aufs Neue untergehen zu sehen.

TOD 3: NIEDERGESTRECKT (ERZIEHUNG)

Der dritte Beinahe-Tod Stella Fortunas fiel mit dem Ende ihrer Schulzeit zusammen. Es war der 16. August 1929. Stella war neuneinhalb Jahre alt.

Ganz allgemein war die Schule von Ievoli kein sehr gefährlicher Ort, weil die Kinder dort nicht viel Zeit verbrachten. Im Italien Mussolinis herrschte eine dreijährige Schulpflicht, doch die war in Dörfern wie Ievoli nur schwer durchzusetzen, hielt sich der Nutzen daraus, sein Kind in die Schule zu schicken, doch in Grenzen.

Das Schulgebäude war ein kastenförmiger Bau aus Stein und Holz am hinteren Endes der Chiazza. Es hatte eine vier Meter hohe Gewölbedecke und große Fenster, um viel Licht hereinzulassen. Im Winter wurde es drinnen sehr kalt, weshalb von Advent bis Ostern kein Unterricht stattfand. Auch im ganzen August nicht, um den Ferragosto, Mariä Himmelfahrt, herum und im September zum Fest der Mater Dolorosa, der schmerzensreichen Mutter, der Schutzpatronin Ievolis. Und zur Olivenernte.

Den Unterricht hielten zwei Lehrerinnen ab, Maestra Giuseppina für die Knaben und Maestra Fiorella für die Mädchen. Maestra Giuseppina war auf die höhere Schule in Nicastro gegangen und hatte einen Universitätsabgänger geheiratet, den sie vor dem Großen Krieg kennengelernt hatte. Die beiden lebten in einer Wohnung über der Schule, wo er Geschichtsbücher schrieb, während sie die Söhne Ievolis unterrichtete.

Maestra Fiorella war eine etwas andere Geschichte. Sie lebte allein, ihre Eltern waren beide tot, und sie war erst dreiundzwanzig Jahre alt, in den Augen der Frauen des Dorfes, denen sie leidtat, aber bereits eine alte Jungfer. Es war kein leichtes Leben als unverheiratete Frau ohne Hoffnung auf einen passenden Mann, und die hatte Fiorella nicht, denn es gab keine unverheirateten jungen Männer in ihrem Alter mehr. Wer nicht im Krieg gefallen war, den hatte es mit der großen Auswanderungswelle nach Amerika getragen, was viele Ievolitanerinnen zu »weißen« Witwen machte. Im Übrigen fehlten Fiorella die fraulichen Qualitäten, die ein Mann von seiner Braut erwartete. Sie konnte nicht kochen und hielt ihre vier Wohnung nur mäßig sauber. Einige Frauen besuchten sie während ihrer Nachmittagsruhe, um den Schmutz an den Wänden zu taxieren und heimlich mit der Hand über ihre Anrichte zu wischen. Fiorella hatte eine schreckliche Haut, was mit ihren ständigen Krankheiten zu tun haben musste (wegen derer der Mädchenteil der Schule oft ohne weitere Erklärung geschlossen war). Obschon von geduldiger Natur, war sie nicht gescheit und nur deshalb Lehrerin, weil schnell klar geworden war, dass sie nicht für viel anderes taugte.

Für gewöhnlich bestand der Unterricht für die Mädchen darin, dass die Maestra aus der Fibel vorlas, wobei sie die Wörter ausließ, die sie nicht verstand. Das Vorgelesene war todlangweilig und oft unverständlich, nicht nur wegen der ausgelassenen Wörter, sondern auch, weil es eine italienische Fibel war und sich das Italienische stark vom Kalabrischen unterschied, das die Kinder zu Hause sprachen. Es gab nur eine gesprungene Tafel, die sich die Mädchen teilen mussten, das heißt, diejenigen, die sich die Mühe machten, zur Schule zu gehen. Ich meine, seien wir ehrlich, es kommt einem nicht immer gelegen, besonders wenn die Chancen nicht schlecht stehen, dass die Lehrerin auch nicht da ist. Diejenigen, die kamen, wechselten sich damit ab, die Buchstaben des Alphabets auf die Tafel zu schreiben. Rechnen mochte Fiorella nicht, und so lernten ihre Schülerinnen weder Multiplizieren noch Geometrie, was vor allem für Stella schade war, die sich mit Zahlen leichttat. Wahrscheinlich hätte sie da gut abgeschnitten.

Stella kam zu Ostern 1927 in die Schule, da war sie sieben Jahre alt. Assunta hatte darauf gedrängt, dass Stella wartete, bis Cettina groß genug war, um mit ihr gehen zu können. Die Schwestern saßen zusammen an einem Tisch oder knieten auf den Kieseln in der Ecke, wenn die Maestra sie beim Schwätzen erwischt hatte. Stella war klug und genoss es, von den anderen Schülerinnen bewundert und beneidet zu werden. Aber der Unterricht der Maestra war langweilig, und so taten sie und Cettina manchmal nur so, als gingen sie zur Schule. Sie zogen sich an, gaben ihrer Mutter einen Abschiedskuss und verbrachten den Morgen damit, Kirschen von den Bäumen anderer Leute zu pflücken oder auf dem steinernen Rand der mit Algen gefüllten Zisterne zu sitzen und zu versuchen, die bergamottegrünen Eidechsen zu fangen, die herauskamen, um sich zu sonnen.

Wenn sie in die Schule gingen, dauerte der Unterricht von neun bis zwölf, manchmal war früher Schluss. In der Kastanien- und Erdbeerzeit ging Maestra Fiorella mit den Mädchen hinaus und ließ sie heruntergefallene Früchte einsammeln, die sie selbst mit nach Hause nahm. Die Kinder sollten ihren Eltern nicht von diesen Unterbrechungen erzählen, aber natürlich sahen alle, wie die Kleinen auf die Chiazza herauskamen, und die Eltern schimpften darüber, dass Fiorella sie für sich arbeiten ließ, statt sie zu unterrichten. Aber niemand ging dazwischen, es wäre zu unangenehm gewesen.

Maestra Giuseppina, die Lehrerin der Jungen, war eine überzeugte Faschistin. Jeden Morgen um fünf vor neun kam sie in die Klasse, wo die kleinen Ragazzi bereits in ihren Uniformen angetreten waren, um sie und das Bild Mussolinis an der Wand zu grüßen. Aber wenigstens lernten sie lesen.

Die Mädchen hatten ja auch zu Hause schon so viel zu tun: Sie mussten kochen, im Garten arbeiten, sich um die kleinen Geschwister kümmern, waschen und putzen. Ständig gab es etwas zu stopfen und zu nähen, die Wäsche musste geschleudert werden, Kleider waren zu flicken und auszubessern. Darüber hinaus galt es, die Aussteuer für die Hochzeit zusammenzustellen, all die Bettwäsche, die Küchentücher, die Unterwäsche – die Arbeit daran begannen sie bereits im Alter von neun oder zehn Jahren. In dem Alter mussten sie auch bei der Seidenproduktion des Dorfes mithelfen, die im Juli zu nichts anderem mehr Zeit ließ.

Das Wichtigste für ein kleines Mädchen war jedoch seine spirituelle Erziehung, damit es einmal ein gute christliche Ehefrau und Mutter wurde. Stella und Cettina gingen von Ostern 1928 an in den Katechismus-Unterricht, da war Stella acht, bereits ein wenig zu alt, und Cettina sechs Jahre alt, noch ein wenig zu jung dafür.

Der Unterricht fand samstagnachmittags im Gemeindesaal bei der Kirche statt. 1928 war Signora Giovannina die Lehrerin, der der Pfirsichhain gehörte und auf der die große Verantwortung lastete, all die unsterblichen Seelen der Kinder mit Gottesfurcht zu füllen.

Stella tat sich leicht mit dem Katechismus. Sie lernte die Sprüche und Bibelverse so schnell, wie sie die Texte der Volkslieder behielt. Cettina dagegen hatte von Woche zu Woche neu damit zu kämpfen, das Auswendiggelernte nicht wieder zu vergessen. Wenn Stella ihr vorzusagen versuchte, schrie Signora Giovannina sie an, woraufhin Cettina erstarrte und alles vergaß, was womöglich in ihrem kleinen Kopf vorhanden gewesen war. Es war eine verzwickte Sache, Stella hasste es, ihre Schwester leiden zu sehen, doch wenn sie ihr zu helfen versuchte, machte sie alles nur noch schlimmer.

Stella dachte immer an das, was ihre Mutter ihr gesagt hatte, nämlich, dass sie auf Cettina aufpassen sollte, da sie noch so klein und nicht so klug war wie sie. Schwer zu sagen, ob sie tatsächlich nicht so klug war oder ob sie es einfach nicht schaffte, zu ihrer älteren Schwester aufzuschließen, obwohl von ihr erwartet wurde, an Stellas Seite zu bleiben.

Die beiden waren mittlerweile alt genug, um erkennen zu lassen, was für Erwachsene sie einmal sein würden. Stella bekam mit, was die Frauen im Dorf über sie und ihre Schwester sagten. Cettina sei ein gutes Mädchen, sagten sie, ein gehorsames Mädchen, das hart zu arbeiten verstehe, nur etwas primitiv sei, da ihr der gesunde Menschenverstand fehle. Stella dagegen sei hübsch und klug – schnell, gescheit und starrköpfig, *capotost'*, das sturste und eigensinnigste Mädchen, das man je gesehen habe. Stella war stolz auf das, was die Frauen über sie sagten, sie wollte stark und robust sein. Gegen alle Wahrscheinlichkeit hatte sie zwei Beinahe-Tode überlebt und hielt sich gern für stärker und widerstandsfähiger als alle um sich herum.

Es hieß, Cettina sei die bessere der beiden Schwestern, aber insgeheim waren alle weit interessierter an Stella, der Neunjährigen, die das längst begriffen hatte. Und sosehr Stella ihre Schwester liebte, hatte sie doch nichts dagegen, dass das so war.

Zu Ostern 1929 ging Stella zur ersten heiligen Kommunion. Cettina war noch nicht so weit, sie brauchte wenigstens noch ein weiteres Jahr Katechismus-Unterricht. Das war ein Schlag für sie, die sich zurückgelassen fühlte. Sie hasste den Katechismus und würde fortan allein am Unterricht teilnehmen müssen, ohne ihre Schwester. Zur Kommunion zu gehen war jedoch nicht etwas, worauf man verzichten konnte, Cettinas Platz in Gottes Reich hing davon ab. Sie würde es allein schaffen müssen.

Cettina weinte den ganzen Tag, als sie erfuhr, dass Stella zur Kommunion gehen würde und sie nicht, auch noch, als sie und Stella im Bett lagen.

»Du schaffst das schon, kleiner Käfer«, erklärte Stella ihr und fuhr mit den Beinen unter der kalten Decke hin und her, um sie aufzuwärmen. »Du hast immer noch Marietta und Vicenzina, die mit dir gehen.«

Cettina schniefte in ihr Kissen. Stella stellte sich vor, dass es voller Rotz war.

»Ich wollte ein weißes Kleid tragen«, sagte ihre kleine Schwester, als sie wieder reden konnte. »Mit einem ... wie heißt das? In der Hand, die Blumen?«

»Ein Bukett«, sagte Stella.

»Ich wollte ein Bukett und mit dir in die Kirche und zur heiligen Kommunion gehen.«

»Du gehst mit den Mädchen in deinem Alter zur Kommunion, im nächsten Jahr. Wenn ich dieses Jahr nicht gehe, bin ich zu alt. Die Größte.«

Cettina schluchzte wieder. »Was, wenn ich es nicht schaffe, weil ich zu dumm bin?«

»He!«, sagte Stella. Das war ein Verweis, das hatte sie von ihrer Mutter gelernt. »Genug. Alle gehen zur Kommunion, und du bist viel klüger als viele andere Kinder.«

Das Ärgerlichste für Cettina war, dass sie, wäre sie in diesem Jahr schon gegangen, ihr eigenes weißes Kleid bekommen hätte, im nächsten Jahr jedoch würde sie das von Stella tragen müssen. Aber so ist es, wenn man die jüngere Schwester ist.

»Chi tutto vo', tutto perdi«, erinnerte Assunta ihre Töchter. Es war eines ihrer liebsten Sprichwörter: *Wer alles will, verliert alles.* Assuntas Feind war immer noch *invidia*, der Neid. Sie tat, was sie konnte, um ihren Töchtern beizubringen, nicht neidisch zu sein, besonders nicht aufeinander.

Stella hatte ein neues weißes Kleid, Cettina nicht. »Aber sieh, was *du* hast.« Assunta gab ihrer jüngeren Tochter eine Zitrone, eine von den sauren mit der dicken Schale. Andere wuchsen so hoch in den Bergen nicht. »Du hast eine Zitrone, und wenn du willst, wird es ein Zitronenbaum.«

Cettina liebte Pflanzen, und sie wollte einen Zitronenbaum. Stella hatte ein weißes Kommunionskleid, aber Cettina etwas, aus dem ein Zitronenbaum werden würde. Vielleicht.

Aus dem Frühling wurde Sommer, und der kleine Sämling wuchs. Im Juli half Assunta Cettina, ihn in den Garten zu pflanzen. Sie suchten einen besonderen Platz direkt beim Haus aus, wo Cettina ihn vom Bett aus sehen konnte, wenn das Fenster offen war.

Nach ihrer ersten Kommunion stand Stella in der Kirche mit ihrer Mutter auf, um die Eucharistie zu empfangen. Währenddessen musste Cettina in der Bank sitzen bleiben und Giuseppe auf dem Schoß halten, damit er nicht auf den Gang lief. Am Donnerstag ging Stella mit Assunta zur Beichte.

Es war nach der Beichte am letzten Sonntag im Juli, dass Vater Giacomo Assunta gegenüber die Verginelle ansprach. Stella saß in Hörweite vom Beichtstuhl, hatte die Absolution erhalten und betete ihren Rosenkranz.

»Ich möchte Mariastella einladen, in diesem Jahr bei der Prozession der Verginelle mitzugehen«, sagte der Priester zu Assunta. »Würden Sie es ihr erlauben?«

»Natürlich«, sagte Assunta sofort. Stolz wärmte ihr die Brust, und ihre Augen füllten sich mit Tränen. Am Vorabend vor Himmelfahrt führten dreizehn kleine Mädchen zwischen neun und zwölf Jahren den jährlichen Pilgerzug ins Tal hinunter zum alten Heiligtum der Jungfrau in Dipodi an, das im Jahr 314 von Konstantin dem Großen errichtet worden war. Die Verginelle, ganz in Weiß gekleidet, würden dort die Nacht durch bei Kerzenlicht knien und der Muttergottes ihre süßen, jungfräulichen Gebete darbringen. Die Gläubigen hinter ihnen in den Bänken sangen bis zum Morgen die Liturgie. Bei Sonnenaufgang zog die Prozession zurück in die Bergdörfer, wo die Frauen sich gleich ans Kochen machten. Das Festessen begann am Mittag, und alle befanden sich in einem erschöpft euphorischen Rausch.

Die Verginelle waren für Assunta etwas ganz Besonderes, war sie doch schon durch ihren Namen mit der Himmelfahrt Mariens verbunden. Sie hatte die Prozession nur das eine Mal verpasst, als sie mit Cettina im siebten Monat schwanger und in einem schrecklichen Zustand gewesen war. Assunta war mit elf

Jahren eine der dreizehn Verginelle gewesen. Sie dachte sehr gern daran zurück, wie ein Engel hatte sie sich während jener heiligen Stunden gefühlt. Und jetzt stellte sie sich ihre hübsche kleine Stella mit dem weißen Blumenkranz im Haar vor. Ohne Zweifel hatte auch Vater Giacomo dieses Bild vor Augen.

Beim Abendessen, als Assunta verkündete, dass Stella für die Verginelle ausgesucht worden war, wartete Stella, bis ihre Tante und ihre Großmutter sich wieder beruhigt hatten, und sagte dann: »Mamma, ich kann nicht bei den Verginelle mitmachen.« Sie legte einen Arm um ihre Schwester, deren Augen vor Kummer dunkel glänzten. »Nicht, wenn Cettina nicht mit dabei ist. Bitte, sag das Vater Giacomo.«

»Stella!« Assunta lachte. »Cettina ist noch so klein. Sie wird in einem anderen Jahr mitgehen.«

»Nein, Mamma«, antwortete Stella, »wir sind Schwestern. Wir sollten zusammen sein.«

Stella hatte sich das seit der Kirche überlegt und war äußerst zufrieden mit sich, dass ihr das eingefallen war. So stand sie wie eine selbstlose Märtyrerin da, was noch besser war, als nur für die Verginelle ausgesucht zu werden. Eine Heldin würde sie sein. Eine Heilige.

Assunta hatte Sorge, den Priester und die Muttergottes zu beleidigen, wenn sie Bedingungen für die Teilnahme ihrer Tochter stellte, andererseits war sie überwältigt von dem Mitgefühl, mit dem Stella sich um ihre Schwester kümmerte. Sie würde einen Weg finden, den Priester zu überzeugen, mit irgendeinem besonderen Opfer, auch wenn sie in diesem Sommer kein Geld hatte. Von ihrem Mann hatte sie seit sechs Jahren nichts gehört. Aber ein Huhn würde sie wohl entbehren können.

Stella war froh, dass ihre Mutter nicht begriff, wie hinterhältig ihr Plan war. Wenn sie ihre Mutter von ihren guten Absichten überzeugen konnte, musste sie sich wegen der anderen Leute keine Sorgen machen.

Am 14. August 1929 führten vierzehn statt dreizehn kleine, weiß gekleidete Mädchen mit ebenfalls weißen Papierblumenkronen im Haar den Pilgerzug zum Heiligtum der Muttergottes vor dem Fest ihrer Himmelfahrt an. Eine von ihnen war zu jung, noch nicht mal acht Jahre alt. Während der nächtlichen Wache schlief sie auf dem Schoß ihrer Schwester ein. Alle waren sehr glücklich.

Vielleicht wusste die Muttergottes um Stellas finsteres kleines Herz, denn am Tag nach dem Himmelfahrtsfest wäre Stella fast ein drittes Mal gestorben.

Es war ein glühend heißer Augustnachmittag, und die Chiazza zwischen Kirche und Schule war voller Kinder. Stella und Cettina stießen nach dem Mittagessen dazu, hielten nach ihrer pechschwarzen Lieblingskatze Ausschau und spielten mit Giulietta, einem blassen, vogelartigen Mädchen, das auch keinen Vater hatte, Hüpfkästchen. Giulietta war fünf Jahre älter als Stella, eigentlich zu alt, um noch auf dem Kirchplatz zu spielen, und etwas einfältig, aber sie war nicht größer als Stella, und sie war schnell, und Stella rannte gern mit ihr über die Pfade im Wald.

Das Hüpfspiel machte erst noch Spaß, doch die Freude an der Bewegung verging rasch, und Stella verlor die Lust. Sie trat zur Seite und verschränkte die Arme. Nachdem sie einmal ausgesetzt hatte, kam Cettina zu ihr. »Was ist, Stella?«

»Es ist zu heiß, um hier draußen zu spielen«, sagte sie. Ihr war langweilig, und es juckte überall. Der Geruch der Holzfeuer vom Kochen vermischte sich mit dem ihres verschwitzten Kleides. »Gehen wir in die Schule«, sagte sie. »Da ist es kühler.«

Das Schulhaus sollte in den Schulferien eigentlich verschlossen sein, aber alle wussten, dass sich die Tür hinten nicht richtig abschließen ließ. Sie war zweigeteilt und der Riegel kaputt, der den oberen mit dem unteren Teil verband. Wenn man nur fest genug gegen die untere Hälfte stieß, schwang sie auf, und man konnte hinein. Die Mütter sagten ihren Kindern, sie sollten nicht in der Schule spielen, weil ältere Jungs in die Klassen gingen, um schlimme Dinge zu tun. Aber die Decken waren so hoch, dass es sogar im August kühl und feucht dort drinnen war, und die Dorfkinder schlichen sich hinein, bis Maestra Giuseppina kam und sie vertrieb.

Cettina, immer die brave Kleine, wollte nichts Verbotenes tun. »Das ist unartig, Stella. Was wird Mamma sagen?«

»Nichts. Warum sollte sie etwas sagen?« Stella stellte sich vor, wie schön es sein würde, sich auf den kühlen Steinboden der Jungenklasse zu legen, in die sie nicht durfte.

Cettina gefiel das nicht, aber sie folgte ihrer Schwester, wie sie es immer tat. Stella drückte fest gegen die dicke hölzerne Tür und öffnete sie. Giulietta hörte ebenfalls mit dem Hüpfen auf und folgte ihnen. Kichernd drückten sie den unteren Türteil hinter sich wieder zu und liefen auf ihren schmutzigen nackten Füßen in die stillen, dunklen Räume.

Sie verbrachten eine Stunde im Schulhaus, stöberten herum und stahlen sich in die Jungentoilette, um zu sehen, ob es dort irgendwelche Jungengeheimnisse zu entdecken gab. Sie legten sich genau so auf den Klassenboden, wie Stella es sich ausgemalt hatte, spürten, wie die kalten Steinplatten ihre Körperwärme aufnahmen, und schliefen schließlich im schummrigen Nachmittagslicht ein.

Als Stella aufwachte, war sie ausgekühlt, eine Gänsehaut überzog ihre Arme. Cettina döste neben ihr, und Giulietta sang leise vor sich hin. Die Sonne versank im Oliventál, und als Stella allmählich wieder zu sich kam, sah sie einen dunklen Klecks auf der Wand, einen beunruhigenden Fleck im spärlichen zitronengelben Licht. Sie spürte, wie ihr ein Schauder die Arme heraufzog, und versuchte zu ergründen, was an dem Fleck nicht richtig war. Dann bewegte er sich, und sie kreischte – es war eine dieser fetten, langbeinigen Spinnen, wie sie sich in Feuerholzstapeln verstecken.

Stella mochte Spinnen ganz und gar nicht, und sie war auch schon auf den Beinen und stieß ihrer Schwester mit dem Fuß in die Rippen, obwohl ihr Geschrei sie längst aufgeweckt hatte.

»Das ist nur eine Spinne, Stella«, sagte Giulietta, aber auch sie kam auf die Beine. Sie hatten alle genug von diesem Abenteuer.

Die drei Mädchen liefen aus der Jungenklasse und durch den großen Flur. Stella tastete nach dem kaputten Riegel der Hintertür. Die Sonne stand bereits tief genug, sodass kein Licht mehr auf den Rahmen fiel.

Sie fand den Riegel und zog daran, doch die Tür wollte sich nicht öffnen. Stella verspürte eine wütende Verdrossenheit, ein merkwürdiges Unwohlsein im Magen und dazu diese Kälte in ihren Armen. Sie zog noch einmal, mit all ihrer Kraft. Vorher hatte sich die Tür so leicht öffnen lassen, warum war sie jetzt so stur? Vor Stellas Augen blitzte ein Bild auf, loderte wie ein Feuer, das Bild einer anderen Hand auf der anderen Seite der Tür, deren übernatürliche Aura durch das Holz hindurchleuchtete und die verhinderte, dass Stella die Tür aufmachen konnte. Verblüfft ließ sie den Riegel los, starrte auf ihre Hände und begriff blinzelnd, dass es die eigene Hand gewesen war, die sie da gesehen hatte, so wie man silbrige Punkte vor den Augen sieht, wenn man sie sich zu fest reibt.

»Was ist, Stella?«

Stella sah Cettina an, die in den Schatten nicht mehr als ein dunkles, vorwurfsvolles Augenpaar war.

»Nichts«, fuhr Stella sie an. Was war los mit ihr, sie konnte nicht mal eine Tür aufmachen? »Der Riegel klemmt«, sagte sie.

Sie fasste den Riegel ein zweites Mal und zog mit all ihrem Gewicht, und diesmal machte die Tür keine Schwierigkeiten, sondern schwang auf. Stella stolperte zurück, aber da war Cettinas Fuß unter ihrem, und sie rutschte weg, beugte sich vor, um nicht zu fallen, und stürzte gegen die Tür.

Das war es, nicht mehr als ein kleiner Schlag gegen den Kopf. Aber so unwahrscheinlich es auch sein mag, vielleicht kam sie dem Tod dieses Mal näher als bei all ihren sieben (oder sechs) anderen Beinahe-Toden – weil niemand wusste, wie man sie von der Schwelle ins Jenseits zurückholen sollte.

Die Hintertür der Schule war aus massiver Eiche, und Stella hatte genau die richtige oder besser: die falsche Größe. Als sie nach vorn stürzte, schlug sie sich die Stirn an der unteren scharfen Kante des oberen Teils auf, ihr Kopf wurde zurückgerissen, und sie fiel rücklings auf die Bodenplatten. Mit einem hässlichen Krachen schlug sie mit dem Hinterkopf auf den Steinen auf.

Das Geschrei der kleinen Mädchen holte Suora Letizia aus der nahen Kirche. Es war alles voller Blut, wie es bei Kopfwunden immer ist. Die kleine Nonne wickelte ihre Schürze um Stellas klaffende Wunde, hob sie hoch und trug sie nach Hause zu Assunta. Stella atmete, aber sie wachte nicht auf, nicht mal, als sie ihr kaltes Wasser ins Gesicht spritzen. Ihr Körper war leblos und reagierte nicht. Cettina war völlig außer sich, und Assunta raufte sich panisch die Haare. Diesmal war es die achtzigjährige Suora Letizia, die hinunter nach Feroleto lief.

Der Doktor brachte seine Operationsinstrumente mit, und zum dritten Mal flickte er Stella wie einen zu stopfenden Strumpf zusammen. Die Platzwunde auf ihrem Kopf war lang, und die Haut da oben ist dünn und schwer wieder zusammenzubringen, wenn sie erst einmal aufgerissen ist. Obwohl der Doktor die für ihn kleinstmöglichen Stiche machte, würde eine lange silberne, halbmondförmige Narbe zurückbleiben, nicht deutlich, aber doch sichtbar, mit einer Verschiebung zum Haaransatz.

Stella wachte nicht auf. Es sei eine sehr merkwürdige Sache, sagten alle. Am zweiten Tag, als sie immer noch nicht aufwachen wollte, lief Za Ros hinunter nach Feroleto, um den Arzt zu fragen, was sie tun sollten. Der Arzt glaubte ihr erst nicht und sagte dann, Stella befinde sich wahrscheinlich im Heilungsprozess und werde sicher bald die Augen öffnen. Als Za Ros dann am dritten Tag wieder bei ihm vor der Tür stand, ging er zum zweiten Mal hinauf nach Ievoli und vermochte seine Reaktion vor Assunta nicht zu verbergen. Sein Gesicht war grau wie ein Stück

Leber. Sie riss sich nicht ohne Grund die Haare aus. Stella würde sterben.

Der Doktor wusste nicht, was er tun sollte. Er hatte so etwas noch nicht gesehen. Er versuchte alles, was ihm einfiel, um sie wieder zu Bewusstsein zu bringen, aber nichts wirkte.

Für Stella dauerte das Dahindämmern nur einen Moment. Als sie nach vier Tagen endlich aufwachte, zog ihr der Hunger den Magen zusammen. Sie setzte sich auf, und ihr war ganz schlecht und schwindlig, durch die Gehirnerschütterung, die sie erlitten hatte, und weil sie tagelang nichts getrunken und gegessen hatte.

»Ich will eine Tomate«, krächzte sie. Die Sonne lag hellgelb auf den Wänden, der offenen Tür, der glatten Oberfläche des Tischs. Ein Schmerz schoss ihr durch den Kopf, und sie kniff die Augen schützend vor der grellen Helligkeit zusammen. Da saßen ihre Mutter, Cettina und Za Ros, alle sprachlos vor Überraschung. »Eine Tomate«, wiederholte sie.

»Sie will eine Tomate«, sagte Za Ros und gab Cettina einen Klaps, die aufsprang und in den Garten rannte.

Gegen den Schwindel war kaum anzukommen. Stella stützte sich an der Wand ab, und die silbernen Punkte vor ihren Augen erinnerten sie an die gespenstische Hand, die sie durch die Tür hindurch gesehen hatte. Das war ihre letzte Erinnerung, die eigenartig klemmende Tür mit der leuchtenden Hand.

»*Stella mia*, du bist wach. Sie ist wach.« Die Frauen umringten ihr Bett und verschatteten die gleißende Sonne. Sie berührten sie und beteten. Stella war es egal, was sie sagten, sie hatte einen Bärenhunger.

Cettina kam zurück und hatte die kleinen Hände voller Tomaten. Ihr dunkles, rotes Fleisch war von der Augustsonne verwöhnt. Sie waren vollkommen, saftig und weich, und sie schmeckten nach der heimischen Erde.

»Brot«, sagte Stella und keuchte, und sie brachten ihr Brot und Wasser und Oliven und Bohnen. Sie fütterten sie, bis sie endlich zufrieden war.

Assunta brachte kein Wort heraus, sie weinte vor Erleichterung. Ros sagte zu Stella: »Sag mir, mein Schatz, warum hast du so ein Pech? Ich habe noch nie von jemandem gehört, der Unfälle hat wie du.«

»Ich habe kein Pech«, antwortete Stella. Das Bild eines Geistes stand ihr vor Augen. Vor drei Jahren im Schweinestall hatte sie angenommen, dass jemand ihre Hand festgehalten hatte, jetzt war sie sicher. »Es ist der Geist der anderen Stella. Sie versucht, mich umzubringen.«

Ros schnalzte missbilligend mit der Zunge, und Cettina sagte: »Sie ist verflucht.«

Ros lachte. »Verflucht, oder ist es ein Geist? Oder eine Hexe?«

Stella schüttelte den Kopf, in dem es schmerzvoll pochte. »Ich weiß es nicht«, sagte sie, ihre Stimme klang wie das Blöken einer Ziege.

»Vielleicht alles zusammen«, sagte Cettina.

Nach dem Zusammenstoß mit der Tür ging Stella nicht wieder in die Schule. Auch Cettina nicht. Bis zum Ende ihrer Schulzeit, mit neun beziehungsweise sieben Jahren, hatten sie die Buchstaben des Alphabets schreiben gelernt. Und die Grundbegriffe des Italienischen. Sie wussten römisch zu grüßen, *il saluto romano*, konnten Zahlen zusammenzählen und voneinander abziehen (was ihre Mutter sie zu Hause gelehrt hatte) und Maestra Fiorellas Lieblingslieder singen. Ihnen war beigebracht worden, dass es wichtig war, Jungen und Mädchen zu trennen, und wenn es nicht genug für alle gab, dass dann die Jungen zuerst kamen. Am Beispiel ihrer Lehrerin hatten sie gelernt, wie man Almosen erzwingt, Wohlwollen manipuliert und sich nicht schuldig fühlen muss, aus jeder Situation persönlichen Nutzen zu ziehen. Einiges von dem Gelernten hatte eine größere Wirkung als anderes.

* * *

In der Woche nach Stellas drittem Beinahe-Tod tauchte plötzlich Antonio Fortuna völlig unangekündigt in Ievoli auf. Seit sieben Jahren hatte seine Frau nichts von ihm gehört. Assunta versuchte, ihr Entsetzen zu verbergen, Stella jedoch konnte sie nichts vormachen.

Es war das erste Mal, dass Stella alt genug war, um sich später an den Besuch ihres Vaters zu erinnern. Er hinterließ den sehr starken Eindruck bei ihr, dass das Leben ohne *capo de famiglia*, einen Mann im Haus, besser war. Seine Stimme und sein Geruch waren zu viel für ihr Ein-Zimmer-Haus. Er redete kaum mit seinen Kindern, und wenn er etwas zu sagen hatte, überschlug sich seine Stimme fast. Die Mädchen bekamen Schläge auf den Hintern, wenn sie sich nicht damenhaft verhielten, durchs Haus rannten oder bei Tisch sprachen. Das alles war bisher nicht bestraft worden, und Stellas Stolz litt und ihre Wut wuchs unter Antonios Herrschaft.

Stella war gesagt worden, dass sie ihren Vater liebe, genau wie er sie, aber jetzt, wo sie aufeinandertrafen, waren sie unterschiedlich große Fremde, die außer Assunta nichts gemeinsam hatten. Stella war nicht mal sicher, ob Antonio wusste, wie sie hieß, sprach er ihren Namen doch nie aus. Am meisten aber ärgerte sie, welche Wirkung er auf ihre Mutter hatte. Assuntas Gesicht war verkniffen, ihr Blick müde, sie schien gleichzeitig gereizt und erschöpft. Sie räumte hinter ihm her und senkte den Kopf, wenn er sie anschrie. Und sie musste einsam sein, weil Za Ros und Nonna Maria nicht länger zu Besuch kamen. Das Haus war zu einem verdrießlichen, freudlosen Ort geworden, und Stella war alt genug, sich zu fragen, was für einen Sinn es hatte, einen Mann oder Vater zu haben, wenn er allein eine Quelle von Willkür und Leiden war.

Ich fürchte, Antonios Besuch kam zu einem wirklich unglücklichen Zeitpunkt. Vielleicht wäre Stellas Leben anders verlaufen, hätte sie ihren Vater früher erlebt, als sie noch zu jung war, um seine Herrschaft kritisch zu sehen. Vielleicht wäre sie zu einer jungen Frau mit vorhersehbaren Wünschen geworden, zu einer, die Romantik und Ehe als einen Preis verstanden hätte, den man gewinnen kann, und nicht als ein Urteil, das man ertragen muss.

Das Abscheulichste war, zusehen zu müssen, wie er den Körper ihrer Mutter benutzte. Es geschah fast jede Nacht, in oder beim zweiten Bett, das Antonio am Tag seiner Rückkehr an der nördlichen Wand gebaut hatte. Stella war es gewohnt gewesen, sich an den üppigen Busen Assuntas zu schmiegen und in den Schlaf getätschelt und gestreichelt zu werden, doch jetzt schlief ihre Mutter im neuen Bett auf der anderen Seite des Zimmers, und Stella wurde von der flüsternden Stimme ihrer Mutter aus dem Schlaf gerissen: *Heute schon wieder? Bist du nicht müde?*, oder: *Sei ruhiger, die Kinder hören dich sonst.* Ihre geflüsterten Sätze mischten sich unter andere Geräusche und unterdrücktes Stöhnen, das Stella gut hören konnte, auch wenn ihr Bruder und ihre Schwester tief und schwer atmeten. Und sie beobachtete, was immer zu sehen war, weil es keinerlei Sinn ergab, warum ihre Eltern die gleiche Sache wieder und wieder machten. Das gelbe Hinterteil ihres Vaters hüpfte im Licht des Sommermonds auf und ab, und die Schenkel ihrer Mutter ruckten in den Falten ihres hochgeschobenen Nachthemds. Wenn sie im Dunkel einen Blick auf das Gesicht ihrer Mutter erhaschen konnte, schien es immer besorgt.

In der Woche vor der jährlichen *fhesta* der schmerzensreichen Mutter, Santa Maria Addolorata, geschah es dann. Irgendwie war es in all den Nächten, in denen Stella die Wangen eingesaugt und zugesehen hatte, wie ihr Vater ihre Mutter bearbeitete, nie dazu gekommen, doch an diesem Abend sah er mitten in der Erregung herüber und fing den Blick seiner Tochter auf. Stellas Leib krampfte sich zusammen, sie drückte das Gesicht in die Matratze und zog den Arm über den Kopf, aber es war zu spät. Als er mit Assunta fertig war, kam er zum Bett der Kinder.

»Tonnon«, hörte Stella ihre Mutter aus ihrem Bett flüstern.

»Einen Moment.«

»Lass sie schlafen.«

Unter ihrer Achsel hervorblickend, zitterte Stella, der vor Angst ganz schlecht war, als seine nackten Beine vor ihrem Bett stehen blieben.

»Ich weiß, dass du wach bist«, sagte er zu ihr. »Du kleine Perverse.«

Stella hatte das Gefühl, sich übergeben zu müssen. Sie hatte das Wort schon einmal gehört, war jedoch nicht sicher, was es bedeutete. Sie versuchte, völlig reglos dazuliegen.

»Sieh mich an«, sagt ihr Vater. Stella rührte sich nicht.

»Tonnon!«, rief Assunta jetzt mit mehr Nachdruck.

»Ruhe, Frau.« Seine Füße verschoben sich auf dem Boden. Die schwarzen Haare auf seinen Waden waren borstig wie die eines Schweins. »Mariastella. Sieh mich an, oder ich schlage dich tot.«

Es half nicht. Sie tat so, als stünde sie nicht kurz davor, sich übergeben zu müssen, zog den Arm zur Seite und setzte sich sittsam auf. Sie konnte nichts sagen und sah ihren Vater nur finster an. Vor ihrem Gesicht hing sein Penis, den sie sich nicht anzusehen zwang, obwohl er im grauen Sternenlicht wie poliert schimmerte.

Antonio blickte einen Moment auf sie herab. »Du siehst gern zu, was?« Er packte sie am Kinn und trat noch näher, sodass ihr der Geruch seines Gemächts, verschwitzt und metallen, in die Nase stieg. »Guckst Papas Ding gern an, wie? Warum? Magst du es, von Männerdingern zu träumen? Wirst du eine kleine Schlampe?«

Stella biss sich innen auf die Wangen. Ein gallig-saurer Geschmack füllte ihren Mund, und sie schluckte die halb weiche Erinnerung an das Abendessen hinunter, die ihr in der Kehle aufgestiegen war.

»Wirst du eine Schlampe?« Er grub ihr die Finger ins Kinn. Stella weinte nie, doch der Druck seines Griffs trieb ihr Tränen in die Augen. »Das machst du besser nicht.«

»Antonio, lass sie in Ruhe.« Ein Anflug von Panik lag in Assuntas Stimme. »Sie ist doch noch ein Kind.«

»Ein Kind, das von seiner Mutter zu einer Schlampe gemacht wird«, sagte Antonio. »Gut, dass ich hergekommen bin. Keine Tochter von mir wird eine Schlampe. Hörst du?«

Steif vor Angst und Wut sagte Stella nichts. Sie konzentrierte sich darauf, die Galle unten zu halten und die Tränen zurück in ihre Augen zu befehlen.

»Ich sagte, *hörst* du?«, wiederholte Antonio. Und dann beugte er sich mit einer abrupten Bewegung vor, rammte seine Hand unter ihr Nachthemd und kniff in die feste, zarte Haut ihres Geschlechts. Stella schrie auf, ebenso vor Schreck wie vor Schmerz.

»Antonio!«, kreischte Assunta.

»Hörst du?« Ihr Vater kniff sie so fest, dass sie das Blut durch das weiche Gewebe pulsieren fühlte. »Das ist für deinen Mann. Für niemanden sonst. Wenn du dich da von einem anderen anfassen lässt, bringe ich dich höchstpersönlich um.«

Er ließ sie los und zog seine Hand zurück, was ihm nicht gleich gelang, weil er sich für einen absurden Moment in Stellas Nachthemd verhedderte. Stellas Empfinden, Denken und ihr Körper waren ein trüber Sud aus Angst, Abscheu, Wut und Schmerz. Sie spürte kaum die Umarmung ihrer Mutter, als sich Assunta zu ihren Kindern ins Bett legte und den Arm um den zitternden Leib ihrer Tochter schlang.

»Du darfst deinen Vater nicht so aufregen, mein kleiner Stern«, flüsterte Assunta Stella ins Ohr und strich ihr über das Haar. »Sei nicht bockig ihm gegenüber und mach ihn nicht wütend, sonst tut er dir weh.«

Stella hörte sie nicht. Ihr Zittern wurde schlimmer, zu unkontrollierbaren Zuckungen. Ihr zartes Geschlecht schmerzte und schwoll an, und der Schmerz schoss ihr durch Becken und Leib. Nie wieder würde sie sich dort von einem Menschen anfassen lassen. Nie wieder würde sie sich fragen, ob sie ihren Vater liebte oder er sie.

Es war nicht klar, wie lange Antonio bleiben wollte. Würde er womöglich nie wieder weggehen? Er sprach von Amerika, als wäre es sein Zuhause, also fuhr er am Ende vielleicht doch wieder dorthin. Aber die Wochen zogen sich, und Antonio blieb.

Jeden Abend, jede Nacht, seit er sie gekniffen hatte, war Stella voller Angst, dass er sie im Schlaf angreifen könnte, was sie trotz aller Erschöpfung kaum einschlafen ließ. Wachte sie irgendwann auf und hörte ihn schnarchen, konnte sie an nichts anderes als ihn dort auf der anderen Seite des Raumes denken. Sie schlief außen im Bett, um Cettina mit ihrem Körper zu schützen, die, wie sie wusste, selbst nicht dazu fähig sein würde.

Als der September kam, trat Stella ihre erste Arbeit an, den Berg hinunter in *Barona* Monacos Olivenhainen. Es war Stellas Idee, arbeiten zu gehen, aber natürlich kam Cettina mit. Sie gingen nicht mehr in die Schule, und es hatte keinen Sinn, zu Hause zu sitzen, wenn sie auch Geld verdienen konnten – besonders da es bedeutete, von ihrem Vater wegzukommen.

Zu den Hainen der Barona nahmen sie die steinerne Brücke über die Schlucht, gingen dann aber nicht rechts nach Feroleto, sondern über einen sich windenden Maultierpfad den steilen, bewaldeten Berg hinunter. Und innerhalb eines Atemzugs wurde der nasse, würzige Duft des Waldes durch den heißen, erdigen Geruch der kultivierten Felder und der graugrünen Weite der *uleveti* abgelöst. Die Olivenbäume sahen aus wie buschige Tiere, eine große Herde mit einem Blätterpelz, der im Wind die Farbe wechselte. Wenn Stella die Augen unscharf stellte, wurde das Tal zu einer weichen, endlosen blau-grau-grünen Decke wie die Flechten in der Zisterne, wenn sie ihrer Mutter beim Waschen der Kleider half.

Gaetano und Maurizio Felice, die Nachbarjungen, die ein paar Jahre älter als die beiden Mädchen waren, stellten sie dem Aufseher der Barona vor.

Am ersten Tag halfen Stella und Cettina den Felice-Jungen,

aber am zweiten wussten sie, was sie mitzubringen hatten: alte Decken, Brot fürs Mittagessen, eine leere Glasflasche für jede und einen kleinen Stoffbeutel. Die Jungen zeigten ihnen, wie's ging: Man schüttelte den Baum, und zwar heftig. Daraufhin fielen die reifen Oliven herab, und Stella und Cettina sammelten sie in ihre gerafften Schürzen ein. Sie mussten dabei vorsichtig sein und keine nehmen, die nicht fest waren und vielleicht schon vor dem Schütteln auf der Erde gelegen hatten. Bereits eine einzige ranzige Olive konnte einen fettigen Schmierfilm auf dem Mahlstein hinterlassen und den Geschmack einer ganzen Ladung verderben.

Gegen vier Uhr nachmittags, wenn die Luft spürbar kühler wurde, knoteten die Mädchen die Oliven in die Erntetücher und balancierten sie auf ihren Köpfen durch den Hain bis hinunter zur Presse bei Barona Monacos riesigem Haus. Ein ertragreicher Tag erbrachte fünf Flaschen Olivenöl. Während der Müller ihre Oliven inspizierte und auf der großen Steinplatte verteilte, zapften sich die Mädchen beide eine Flasche Öl ab. Das war ihr Lohn für die Arbeit an diesem Tag.

Die kleinen Stoffbeutel, die die Mädchen jeden Tag mitbrachten, waren natürlich dazu da, Oliven zu stehlen. Wenn sie mit dem Sammeln fertig waren und ihre Bündel schnürten, füllten sie die Beutel mit glatten, festen Früchten, die ihre Mutter frisch beim Abendessen auftragen oder für den Winter einlegen würde. Stella und Cettina banden sich die Beutel so unter die Röcke, dass sie nicht auffielen und keinen Verdacht erregten, falls der stets verkniffen wirkende Aufseher sie auf dem Nachhauseweg aufhalten würde.

Stella liebte die Feldarbeit. Sie liebte die Blätter und den Schweiß, und es befriedigte sie, zu sehen, wie sie über den Tag hinweg Schürze um Schürze mehr zusammentrug. Ihr Denken klärte sich wie bei einem langen Gebet, als spräche Gott durch den warmen Schmutz an ihren Füßen und das Brennen in ihren Schenkeln zu ihr. Sie genoss sogar die verwirrenden Momente, wenn sie einen Fuß zu schnell auf die Erde senkte und eine kühle, glatte Olive ihre Zehen auseinanderdrückte.

Nach dem Krieg zwang eine Landreform die Erben der abwesenden Barona Monacos, das Land zu verkaufen, und die Contadini, die bis dahin für sie gearbeitet hatten, konnten die Oliven nun für sich ernten – wenn sie denn genug Geld zusammenkratzen konnten, um ein Stück des Landes zu kaufen. Da würde Stella schon lang weg sein, aber ein Cousin zweiten Grades, den sie nie kennenlernte, kaufte genau den Morgen Olivenbäume, auf dem sie an ihrem ersten Tag gearbeitet hatte.

Aus dem Herbst wurde Winter, und Antonio blieb und blieb. Irgendwann würden alle Oliven geerntet und Stella zu Hause mit ihrem Vater eingesperrt sein. Sie hoffte, dass er bis dahin endlich wieder abgereist war.

Für Assunta war es bereits zu spät, sie trug ein weiteres Baby in sich. Ihr Körper blähte sich auf, und sie musste ganze Nachmittage liegen. An ihren Beinen traten die Adern hervor, und ihre Füße wollten nicht mehr in ihre Sonntagsschuhe passen. Es war so unfair, dachte Stella, dass ihre Mutter den Preis für die Lust ihres Vaters zu zahlen hatte. Für etwas, das sie nicht wollte.

Am Abend bevor Antonio endlich wieder verschwand, im Februar 1930, kochte Assunta ein Abschiedsessen, Tagliatelle *aglio e olio*, mit ihrem eigenen Peperoncino-Öl. Antonio mochte Bohnen nicht und sagte, in Amerika äßen die nur arme Leute, was Assuntas Speiseplan ziemlich einschränkte, gab es im Winter doch nicht viel.

Während des Essens erklärte Antonio seiner Familie, dass er nicht wieder zurückkommen werde. »Ich bin mit dem Drecksleben hier durch«, sagte er. »Kein Fleisch zu essen, kein fließendes Wasser und immer die Sorge, dass die Wölfe dich angreifen, wenn du im Wald scheißen gehst. Es ist so hinterwäldlerisch hier, und ihr merkt es nicht mal, weil ihr wie Tiere lebt. Was Besseres könnt ihr euch nicht vorstellen.« Antonio trank sein Glas Wein in einem Zug aus und schenkte sich nach. »Ich verschwende so viel Geld für das Hin-und-her-Fahren, gebe Jobs auf und muss mir jedes Mal einen neuen suchen. Aber das war's jetzt. Ich komme nicht wieder.«

Stella versuchte, sich nicht zu große Hoffnungen zu machen, ihr Vater hatte schon öfter so dahergeredet.

»Deshalb war ich diesmal so lange hier«, fuhr er fort. Er schob sich die Pasta beim Essen mit einem Stück Brot auf die Gabel. »Um Zeit mit meiner Mutter zu verbringen. Ich werde sie wahrscheinlich nicht wiedersehen, es sei denn, sie kommt nach Amerika.«

Assunta zupfte ihr Kopftuch zurecht. Sie musterte ihren Mann, der bei dieser Lüge nicht von seinem Teller aufsah. Cettina fing Stellas Blick auf, und Stella schüttelte vorsichtig den Kopf, damit ihre Schwester ihn nicht unterbrach. Stella nahm ein paar Pasta-Stücke mit den Fingern, eines nach dem anderen, beobachtete ihre Eltern und wartete, was passieren würde.

Als es endlich lang genug still gewesen war, sagte Antonio: »Wir werden bald alle Amerikaner sein. Das Erste, was ich mache, wenn ich wieder drüben bin, ist meine Einbürgerungsprüfung, und dann hole ich euch nach.«

»Ich gehe hier nicht weg«, sagte Assunta. »Ievoli ist mein Zuhause. Hier lebt meine Familie.«

Der Widerspruch ihrer Mutter erschreckte Stella ebenso sehr wie die Drohung ihres Vaters.

»*Wir* sind die Familie, Frau«, sagte Antonio. »Ein Fleisch, vor Gott und den Menschen. Das sind meine Kinder, die ich dir geschenkt habe.«

Stella fühlte, wie ihr Angst die Brust erfüllte. *Bitte, weine nicht, Mamma.* Er würde sie schlagen, er würde sie alle schlagen.

Aber Assunta weinte nicht. »Ich meinte, *meine* Familie«, sagte sie, und ihre Stimme war hart wie eine Kastanie. »Wer würde sich um meine Mutter kümmern, wenn ich weggehe, wer um das Grab des Babys?«

Antonio zuckte mit den Schultern. »Ihr kommt nach Amerika. *Dort* sind wir eine Familie. Ich kaufe ein großes Haus auf einem Morgen Land, und wir fahren mit einem Automobil von Ort zu Ort. Du wirst nie wieder einen Esel sehen müssen.«

Das war gemein. Sie alle liebten ihren Esel.

»Ich brauche kein anderes Haus. Ich habe eines«, sagte Assunta. »Das hier ist mein Haus, in dem du gerade sitzt und isst.«

Es war das erste Mal, dass Antonio sich bei einem Gespräch aufregte. Er schlug mit der flachen Hand auf den Tisch. »Essen, das du mit dem Geld gekauft hast, das ich dir gegeben habe.«

»Ich habe schon ein Haus«, wiederholte Assunta. Sie stand auf und stellte die schmutzigen Teller der Kinder aufeinander. »Jahrelang habe ich deine Kinder ohne jedes Geld von dir gefüttert. Wir haben hier alles, was wir brauchen.«

Antonio lachte verärgert. »Denkst du, ich brauche *dich*? Denkst du, es gibt in Amerika nicht genug Frauen? Ich kriege so viele Frauen, wie ich will, da drüben. Frauen, die mir weniger Ärger machen.«

Assunta sah aus wie vom Blitz getroffen. Sie legte eine Hand auf ihren Leib, vielleicht unbewusst, vielleicht, um etwas auszudrücken.

Stella spürte, wie sich die zerkaute Pasta in ihrem Inneren zu einem unangenehmen Klumpen verband. Sie war erst zehn Jahre alt, doch sie wusste, was ihr Vater meinte. Sie trug das Bild in ihrem Kopf, das Bild seiner sich im Mondlicht auf und ab bewegenden Hinterbacken, seinen Blick, der auf den Po einer Frau gerichtet war.

Antonio begriff, dass er das nicht hätte sagen dürfen, aber er war kein Schwächling, und das würde er ihnen zeigen, so wie es sein gutes Recht war, wenn es drunter und drüber ging und seine Frau ihm mit Widerworten begegnete. Er stand auf, warf dabei seinen Hocker um und packte Assunta am Kinn.

»Hör zu«, sagte er. »Ich brauche dich nicht, und du brauchst mich nicht. Aber *du* hast bei Gott geschworen, mir zu gehorchen und mir zu dienen.« Er ließ sie los und trat einen Schritt zurück. »Ich biete dir an, für dich und unsere Kinder zu sorgen. Das ist das, was ich tun sollte. Jetzt entscheide *du.* Du kannst als meine Frau nach Amerika kommen, oder du bleibst hier und bist nicht mehr meine Frau. Ich werde nicht mit dir darüber streiten.«

Und damit ging er mit seinen Freunden trinken.

Stella verabschiedete sich nicht von ihrem Vater, weil ihn die Kutsche nach Neapel so früh am Morgen abholte, dass sie so tun konnte, als schliefe sie noch. Erleichtert nahm sie an, ihn nie wieder sehen zu müssen.

TEIL II: JUGEND

Ich wollte nach Amerika, weil ich gehört hatte, hier seien die Straßen mit Gold gepflastert. Als ich dann herkam, lernte ich drei Dinge: Erstens, die Straßen waren nicht mit Gold gepflastert. Zweitens, sie waren gar nicht gepflastert. Drittens, von mir wurde erwartet, dass ich sie pflasterte.

Eine alte italienische Geschichte, Ellis Island

Cchi vue, a vutte chjina o la mugliere mbriaca?
Was willst du, eine volle Flasche oder eine betrunkene Ehefrau?

Kalabrisches Sprichwort

TOD 4: ERTRINKEN (EINWANDERUNG)

Am 9. Dezember 1988, als sie fast neunundsechzig Jahre alt war, kam es zum achten und letzten Beinahe-Tod Stella Fortunas, der in unserer Familie als der »Unfall« bezeichnet wird. Wie Sie bereits wissen, waren einige Dinge nach ihrer lebensrettenden Gehirnoperation nicht mehr wie früher. Nachdem man ihr den präfrontalen Cortex entfernt hatte, kannte sie keine Hemmungen mehr und konnte ihre Impulse nicht länger kontrollieren: Wenn sie einem süßen Kind in die Wange kniff, konnte das zu einem Bluterguss führen, und sie weigerte sich, irgendeine andere Farbe als Rot zu tragen. Jede stehende Flüssigkeit musste sie unbedingt sofort aufwischen – so durfte man sie beispielsweise nicht mit einem Teller Suppe allein lassen, weil sie dann gleich ihre Serviette zerknüllte und hineindrückte. Das Schlimmste aber war, dass Stella mit einer rasenden Wut auf ihre Schwester Concettina aus ihrem Koma nach der Operation aufgewacht war.

Da gibt es noch weit mehr zu erzählen, doch das tue ich später. Hier möchte ich zunächst nur über eine seltsame kleine Randerscheinung berichten.

Seit ihrer Ankunft in Amerika und seit sie gelernt hatten, dass ein Geburtstag etwas war, das man feierte, begingen die Fortunas Stellas Geburtstag immer am 12. Januar, so wie es in ihrem Pass und auf ihrer Sozialversicherungskarte stand. Als sie jedoch aus dem Koma erwachte, bestand sie unerschütterlich darauf, am 11. Januar Geburtstag zu haben. Sie kämpfte um die richtigen Worte, um es zu erklären. Ihr Sprachvermögen kam erst langsam zurück, was sie frustrierte, und so verstummte sie und blickte finster drein. Sie sagte, wenn sie am 12. eine Party veranstalteten, werde sie nicht kommen. Die Familie hatte die Mount Car mel Hall gemietet, die Anzahlung konnten sie abschreiben. »Ich habe am 11. Geburtstag«, sagte Stella. Ende der Diskussion.

Die verrückte Stella mit ihren roten Kleidern und ihrer durchlöcherten Wirklichkeit. Alle rangen die Hände, und sie verlegten die Party auf den 11. Januar. Was sollten sie tun? Mit ihr streiten? Seitdem sind sie lachend dreißig Jahre lang, am 11. Januar, zu Stellas »neuem Geburtstag« zusammengekommen. Tippen sich mit dem Zeigefinger an die Schläfe und verdrehen die Augen. »Wer weiß, was bei ihr da oben vorgeht.«

Ich war in Ievoli und habe im Gemeindebüro das Familienbuch eingesehen. Die Standesbeamtin war höchst freigiebig mit ihrer Zeit und hat mir die ganze Familiengeschichte kopiert, die bis zurück ins Jahr 1826 reicht.

Sie, die kluge Leserin, der kluge Leser, wissen bereits, was ich im unheimlichsten Moment meines Lebens entdeckte. Dort im Familienbuch stand neben dem Namen *Mariastella Fortuna (seconda)* das Geburtsdatum: *11 Gennaio 1920.*

Stella Fortuna wurde am 11. Januar geboren, nicht am 12. Stella mag nach ihrem Unfall ja »verrückt« aus dem Koma erwacht sein, in einem Punkt, in Bezug auf ihren Geburtstag, hatte sie jedoch recht und alle anderen unrecht.

Warum hatte sie ihre Familie all die Jahre den gleichen Fehler machen lassen? Und was ließ sie schließlich, nach ihrem Unfall, aufbegehren und ihn korrigieren?

Nach meiner Rückkehr aus Kalabrien besuchte ich Tante Tina und fragte sie, ob sie eine Erinnerung daran habe, wann oder warum der Geburtstag ihrer Schwester ursprünglich geändert worden sei?

»Es war immer der 12. Januar«, erklärte sie mir. Dass das Standesamt tatsächlich den verrückten neuen Geburtstag verzeichnet habe, meinte sie, sei nichts als ein Zufall.

Doch das war es nicht. Tina täuschte sich. Was passieren kann. Wenn jemand so lange mit einer falschen Erinnerung lebt, kann diese ein tatsächliches Datum auslöschen.

Stella, die verrückte Stella, kannte die Wahrheit, auch wenn niemand sie ernst nahm. Welche anderen Wahrheiten waren da noch in ihrem Kopf eingesperrt? Woran sonst noch erinnern wir uns nicht richtig?

Hier, nach langen Nachforschungen, kann ich Ihnen die Erklärung dafür geben, warum Stella Fortunas Geburtstag geändert wurde und warum sie es so lange geheim hielt, nämlich neunundvierzig Jahre, dass sogar ihre Schwester es vergaß. Es ist gleichzeitig die Geschichte, wie Stella Fortuna zum vierten Mal beinahe gestorben wäre – beinahe ertrunken wäre bei ihrem Versuch, in die Vereinigten Staaten auszuwandern.

Ihr vierter Beinahe-Tod ist der von einigen in Abrede gestellte, weil er am wenigsten eindeutig war und die Gefahr erst lang nachdem sie vorbei war, erkannt wurde. Es mag nicht ganz richtig sein, ihn unter den übrigen Beinahe-Toden aufzulisten, aber es ist die beste Geschichte, und manchmal ist eine gute Geschichte wahrer als die Wahrheit.

* * *

Antonio Fortuna war ein ziemlich undurchschaubarer Schuft. Warum mischte er sich jetzt, nach all den Jahren, während derer ihm seine Familie egal gewesen war, in ihr Leben ein und zwang sie, ihm nach Amerika zu folgen?

Antonio hatte seine Gründe, so obskur sie erscheinen mögen. Einige davon mögen sogar selbstlos gewesen sein. Heute erinnern wir uns nur noch, ob nun zu Recht oder zu Unrecht, an die scheußlichen Dinge, die er sagte und tat. Die ganze Wahrheit ist jedoch komplizierter als ihre Teile, die für sich so hässlich wie einfach sind. Um ehrlich zu sein, gibt es Zeiten in Antonios Leben, über die ich nichts zu sagen weiß. Er war ein energischer Kerl, aber nicht unbedingt gesprächig und hat viele seiner Geheimnisse mit ins Grab genommen.

Aber nicht alle. Ein paar kenne ich.

Tracci war, wie Sie wissen, ein Flecken südlich von Ievoli. Es gibt eine sich an die Berge schmiegende Straße, die die Dörfer wie Perlen auf einer Kette erscheinen lässt. Folgt man ihr von Ievoli eine halbe Stunde über Polverini hinaus, kommt man zum verfallenden Campanile der Kapelle von Tracci, die kaum so groß ist wie ein Stall für zwei Pferde. Tracci selbst gibt es nicht mehr. Die Häuser, die noch stehen, sind leer und ihre letzten Bewohner längst weggezogen. An der Wende zum zwanzigsten Jahrhundert jedoch hatte das Dorf etwa fünfzig Einwohner. Es gab einmal eine Zeit, da Tracci Pilger anzog, einer Marienfigur wegen, der verschiedene kleinere Wunder zugeschrieben wurden. Berühmt war sie, weil sie einen Priester beschützt hatte, der mit ihr unterwegs gewesen und von Wölfen angegriffen worden war. Heute steht sie, mit leicht glänzenden Flechten überzogen, in einer in den Berg geschlagenen Nische. Ein rostiges Eisentor schützt die kleine Grotte, und einige Leute aus der Gegend müssen sie noch besuchen, stecken doch einzelne Plastikblumen zwischen den Steinen zu ihren Füßen.

Im Jahr 1886 war Antonios Vater, Giuseppe Fortuna, achtzehn Jahre alt und mit einem Mädchen aus Tracci namens Angela Gaetano verlobt. Im September dieses Jahres, zwei Monate vor seiner Hochzeit, ging Giuseppe zu einem Onkel mütterlicherseits nach Pianopoli, Luigi Callipo, um bei der Olivenernte zu helfen. Der Onkel hatte vier Kinder, allesamt Cousins und Cousinen ersten Grades von Giuseppe. Mariastella, die Älteste, war ein Jahr älter als Giuseppe. Sie hat nie jemandem erzählt, was zwischen ihr und ihrem Cousin geschehen war – ob sie schwach wurde oder ob Giuseppe sie bedrängte. Aber acht Monate nachdem er wieder zu Hause war und seine Verlobte Angela geheiratet hatte, brachte Mariastella Antonio auf die Welt.

Es ließ sich nichts tun, der Vater des Kindes war vor Gott bereits mit einer guten Christin verheiratet. Dennoch schickte Mariastellas Vater seine armselige Tochter, noch bevor sie sich von der Geburt richtig erholt hatte, mit ihrem wimmernden Baby den Berg hinauf nach Tracci, um den Cousin mit den Tatsachen zu konfrontieren. Luigi Callipo verlangte, dass Giuseppe ihr das Kind abnahm, aber Giuseppes schwangere Frau Angela, deren eheliches Glück an jenem Tag für immer zerstört wurde, begehrte dagegen auf. Sie geriet derartig in Wut über den Treuebruch ihres Mannes, dass sie hyperventilierte und kaum mehr damit aufhören konnte. Alle hatten Angst, sie könnte ihr Baby verlieren. Luigi verlangte Geld, um die verlorene Ehre seiner Tochter wiederherzustellen, doch Giuseppe hatte nichts, genauso wenig wie sein Vater. Mariastellas Ehre war das Problem der Callipos, nicht der Fortunas.

Die nächsten zehn Jahre lebte Mariastella im Haus ihres Vaters, eine unverheiratbare, ruinierte Frau, deren bloße Anwesenheit eine ständige Erinnerung an ihr Vergehen war. Nicht jede Familie wäre so gefühllos gewesen, manche andere hätte das uneheliche Kind der Tochter mit Liebe aufgezogen und darauf gehofft, dass die Schande mit der Zeit verblassen würde. Aber die Callipos waren streng, was die weibliche Tugend anging, und Mariastella wurde es nicht erlaubt, ihre Sünde zu vergessen. Viel mehr kann ich Ihnen über die ersten zehn Jahre von Antonios Leben nicht sagen, nur dass es keine glücklichen waren.

Angela, Giuseppes Frau, starb 1909 bei der Geburt ihres fünften Kindes. Sie war sechsundzwanzig Jahre alt und eine so abgezehrte, eingeschüchterte Person, dass sich niemand mehr an sie erinnerte, als die Kinder ihrer Kinder damit aufwuchsen, Mariastella Callipo *Nonna* zu nennen. Denn nach dem Tod von Angela nahm Giuseppe seine gefallene Cousine zur zweiten Frau und errettete sie damit aus einem Leben nicht zu tilgender Schande. Er brauchte eine Frau, die sich um seine vier kleinen Kinder kümmerte, und Mariastella war die richtige Wahl – und eine Chance, mit Gott zu einem Ausgleich über vergangene Unbesonnenheiten zu kommen und eine Familienwunde zu heilen.

Schon 1909 befand sich Tracci auf dem absteigenden Ast. Das Haus der Fortunas, in das Mariastella und ihr Sohn zogen, war alt und schäbig und die Quelle fast zwei Kilometer entfernt, was es schwierig machte, auf Sauberkeit zu achten und die Wäsche zu waschen. Aber wenigstens war Antonio nun ein eheliches Kind mit einem Zunamen.

Antonio bekam vier Halbgeschwister, und Mariastella brachte noch zwei weitere Babys auf die Welt, bevor sie zu sehr von Gebärmuttervorfällen und -infektionen geplagt wurde, um noch eine attraktive Sexualpartnerin zu sein. Am Ende starb sie dreiundsiebzigjährig, im Jahr 1950, an einer Harnwegsinfektion. Niemand erkannte die Anzeichen einer Blutvergiftung, selbst als sie nur in eine Decke und die ihr von Gott geschenkte Haut gehüllt über die Chiazza lief. Alle dachten, sie hätte den Verstand verloren.

Ich weiß, es ist nicht leicht, kalabrischen Familiengeschichten zu folgen, weil sich unsere Namen so oft wiederholen. Unsere Stammbäume sind taxonomisch unfassbar, linnéische Albträume mit Wurzeln, die nicht zahlreich genug sind, die Stämme zu tragen. Ungesunde Zeugungslinien verschwinden im Durcheinander sich überlappender Namen. Bei den Fortunas muss man nicht weit zurückgehen, um wirre Wurzeln zu entdecken, man stößt gleich auf sie, in Antonios Generation.

Giuseppe Fortuna und seine Familie wohnten, wie Sie längst wissen, in einem Ein-Zimmer-Haus mit einem großen, alten quadratischen Bett, in dem die Kinder zunächst gezeugt wurden, dann mussten sie darin schlafen. Natürlich wurde es zu viel, aber nur nach und nach, Schritt für Schritt, jedes der Kinder nahm ein Pfund nach dem anderen zu und dann noch eins. Es war eine anschwellende Sinfonie dicker Babybeine und spitzer werdender Ellbogen. Es ist schwierig, den Wendepunkt auszumachen, den Tag, an dem es zu weit ging. Ganz besonders, da das Geld für mehr Möbel fehlte und auch der Platz, sie irgendwo unterzubringen. Manchmal besteht die einzige Möglichkeit darin, zu denken: Klar, es ist schlimm, wir müssen etwas unternehmen, es dann aber dabei zu belassen und sich aufs Neue dem Kreislauf aus Plackerei, Erschöpfung und Schlaf zu ergeben.

Haben Sie sich je gefragt, warum Antonio Fortuna, der Rastlose, der junge, gut aussehende Macho, schon mit siebzehn Jahren Assunta Mascaro heiratete? Jetzt wissen Sie es. Die Ehe war die einfachste Lösung, um aus dem schäbigen, grotesken Haus und dem Gemeinschaftsbett herauszukommen. Nicht alle vermochten daraus zu fliehen.

Das ist der große Trugschluss der berühmten süditalienischen sexuellen Eifersucht, der poetischen Inspiration für den weltbekannten Männlichkeitswahn, für Messerstechereien und das autoritäre Patriarchat. Es gab keinen Grund, auf eine Ehefrau oder Angebetete eifersüchtig zu sein. Es gab kein Bett für sie, in dem sie untreu sein konnte, keinen freien Augenblick während der schweren, Kräfte zehrenden, die Körper beugenden Arbeit von früh bis spät. Der wahrscheinlichste Ort, an dem einer Frau ein Baby gemacht wurde, war ihr Zuhause.

Im Sommer 1918 bekam Antonios Halbschwester Mariangela ein kleines Mädchen, das sie Angela nannte. Die Mutter war zwölf Jahre alt, der Vater einer der beiden Brüder, die noch zu Hause wohnten, entweder Anto oder Domenico. Wer von ihnen, konnte nicht mit Sicherheit gesagt werden.

Trotz ihrer verlorenen Tugend fand Mariangela am Ende doch noch einen Mann. Wir tun so, als wäre die Jungfräulichkeit alles, der einzige Aktivposten einer Frau, tatsächlich aber ist das Einzige, worauf es ankommt, die Frage, ob sie arbeiten kann. Keiner von Angelas noch lebenden Halbgeschwistern, die alle weit jünger sind, scheint zu wissen, was mit ihr nach dem Krieg geschehen ist, als sie aus allen schriftlichen Nachweisen oder Einträgen verschwand. (Um ehrlich zu sein, ist es nicht einmal leicht, die Sprache auf sie zu bringen, selbst meine offensten Gesprächspartner versuchen, von ihr abzulenken.) Ich frage mich, ob Angela je das Dorf verlassen hat, in dem sie geboren wurde, und wenn ja, ob sie sich von der Geschichte ihres Ursprungs hat lösen können. Ich frage mich, ob sie Kinder hatte, ob sie kämpfen musste oder ob sich alles am Ende auflöste, wie es nun einmal ist und immer war.

Ich würde auch noch gern ein paar andere Dinge wissen, aber es gibt niemanden, den ich fragen könnte. Zum Beispiel:

Wie konnte es geschehen, dass Mariangela vergewaltigt wurde? Wie konnte es sein, dass ihre Eltern nicht mitbekamen, was geschehen ist? Oder wussten sie Bescheid und sahen weg? Hat Giuseppe, das Familienoberhaupt, seine Söhne für die Ungeheuerlichkeit ihres Verhaltens geschlagen oder seine Tochter, weil sie ihren einzigen wertvollen Besitz aufgegeben hatte?

Und dann, was geschah dann? Lebten sie alle weiter zusammen, und wie lange? Musste Mariangela auch weiterhin ein Bett mit ihren Vergewaltigern teilen? Und wie kamen diese mit der Schande zurecht, als sie sahen, dass ihre Taten Früchte trugen?

Litten die Vergewaltiger unter dem, was sie getan hatten? Oder wurde es als jugendlicher Ausrutscher gesehen, Jungs sind nun mal so. Versuchen wir, das alles zu vergessen. Betrachtet so ein Vergewaltiger seine kleine Tochter mit Liebe? Verspürt er den Wunsch, sie zu schützen und für sie zu sorgen, wo er doch, halb Junge, halb Mann, ganz offenbar nichts in der Art für die Mutter des Kindes empfunden hat? Wie genau funktioniert der Mensch in solch einer Situation?

Ich weiß, dass Anto am Ende in Kalifornien landete, Domenico ging nach Südamerika, wobei niemand sagen kann, wohin genau. Vielleicht waren die Brüder wegen ihrer Schuld verjagt worden, vielleicht hatten sie aber auch nur nicht in die Armee gewollt, wie es Mariangela Assunta erklärte. Die Geschwister blieben nicht in Kontakt.

Diese Geschichte ist ein Tabu, und deshalb darf sie nicht erwähnt werden, unter keinen Umständen.

Wobei ich sie dennoch aufgedeckt habe, was zeigt, dass nur bestimmte Geheimnisse zu bewahren sind. Ich gebe zu, dass ich nicht wirklich sagen kann, wo dafür der Grund liegt. Vielleicht schreibe ich das alles deshalb auf.

Auf jeden Fall war das die Kindheit, die Antonio Fortuna hinter sich ließ, als er heiratete und in Ievoli wohnte, als er in den Krieg zog und dann nach Amerika ging. Ich will nicht sagen, dass Antonio Fortuna kein Ungeheuer war. Ich erkläre Ihnen nur, woher er kam.

Sosehr er seine Herkunft hinter sich lassen wollte, meldete sich Antonio nicht freiwillig zur Armee. Er wurde eingezogen wie die meisten der fünf Millionen Italiener, die an die Front kamen.

In Italien lässt sich nur schwer etwas über den Ersten Weltkrieg, den Großen Krieg, lesen, zum einen, weil es nicht viel darüber gibt (die Wahrheit wurde von Mussolini unter einem Wust an Propaganda versteckt), zum anderen ist das, was geschah, so niederschmetternd. Der Preis des Krieges war absurd: Hunderttausende Männer wurden wegen ein paar Kilometern landwirtschaftlich nicht nutzbarer, verschneiter Berge an der österreichisch-ungarischen Grenze in den Tod geschickt.

Es war ein fürchterliches Gemetzel, was fast während des ganzen Krieges pro Quadratmeter Territoriumsgewinn an Blut vergossen wurde, und übertraf noch die Verluste an der Westfront. Die Soldaten rückten über Berghänge und -grate vor, kletterten über die eigenen Toten und waren mit bis dahin unbekannten Waffen und Technologien konfrontiert, mit Giftgas, Stacheldraht, Maschinengewehren, Granaten – und im Rücken hatten sie die eigene Militärpolizei, die sie weiter vorwärts trieb.

So ging es tagein, tagaus, mehr als drei Jahre lang.

Sie kämpften in der winterkalten, verschneiten Öde der Alpen, ständig von Lawinen bedroht, dem weißen Tod, der mehr italienische Soldaten umbrachte als österreichischen Granaten zum Opfer fielen. Es gab nie genug Helme oder Waffen. Wasserflaschen waren aus Holz und voller Schimmel. Die Gasmasken, von denen es sowieso viel zu wenige gab, schützten nicht vor dem Chlorgas und den Phosgenen, die in giftigen Wolken über die Bataillone hinwegzogen und reihenweise verkrümmte Leichen mit Schaum vor dem Mund zurückließen.

Die italienischen Soldaten waren wegen des mangelhaften Nachschubs so dehydriert, dass ihre angeschwollenen Füße nicht mehr in ihre Stiefel passten und sie barfuß weitermarschieren mussten. Erfrierungen waren die Folge. Ihre Uniformen waren so verdreckt und verlaust, dass sie sogar Frauenkleider trugen, die sie in verlassenen Dörfern fanden. Sie aßen tote Pferde und die Ratten, die sie in ihren Gräben fingen. Sie erleichterten sich, wo sie schliefen, weil sie zu große Angst hatten, von Scharfschützen erwischt zu werden. Sie starben an Typhus und Cholera, Trommelfelle platzten durch nahe Explosionen, sie stolperten und stürzten über aufgerissene Erde und tote Kameraden, gerieten auf grausige Weise unter Eigenbeschuss und stürmten völlig desorientiert in den Tod.

Befehligt wurden sie von einem unfähigen General, einem sturen, unentschlossenen verrückten Egomanen, dessen Autorität niemand überprüfte und dem das Leben seiner Soldaten egal war. Der Mann hieß Luigi Cardona, und ich nenne seinen Namen hier nur, weil ich denke, es sollte bekannt sein, was für ein Ungeheuer er war. Wer immer sagen mag, dass er nur unfähig und kein Verbrecher war, dem möchte ich entgegenhalten, dass die Unfähigen die moralische Verantwortung tragen, ihre Schwächen zu erkennen und keine derartigen Machtpositionen anzunehmen.

Und was das alles noch elendiger werden lässt, ist die Tatsache, dass die italienischen Soldaten für nichts und wieder nichts starben. Was immer Italien für seinen Kriegseintritt versprochen worden war, zählte nicht, als es endlich Frieden gab. Am Ende des vierjährigen Blutvergießens waren anderthalb Millionen Italiener tot, dazu kamen siebenhunderttausend Invaliden. Und wie bei allen Kriegen fehlen Zahlen darüber, wie viele Frauen in den umkämpften Gebieten vergewaltigt worden waren. Nicht zu vergessen ist auch die halbe Million Zivilisten, die, von den heimkehrenden Soldaten angesteckt, an der Spanischen Grippe starben. Kein Land hat es schlimmer getroffen.

Noch bis lang nach Kriegsende gab es weitere Opfer, sogar heute noch. Italien brauchte fünfzig Jahre, um seine Kriegsschulden zu bezahlen. Die Wirtschaft des Landes war am Boden, die Industrialisierung unwiderruflich nach Norden verschoben, was der Todesstoß für eine stabile Entwicklung des italienischen Südens war. Genau da liegt der Grund dafür, dass Kalabrien auch heute noch seine jungen Leute zur Arbeit in ferne Städte schickt, wo sie sich niederlassen, ohne je zurückzukehren.

Irgendwie hatte Antonio Fortuna den Krieg überlebt.

Mit seinen siebzehn Jahren hatte er zu den ersten Einberufenen gehört und kam doch ohne eine Kugel oder einen Granatsplitter im Leib wieder nach Hause. Er überlebte die Offensive 1915 auf San Michele, wo die Hälfte der Catanzaro-Brigade hingemetzelt wurde. Er überlebte den Angriff der Brigade auf die Ebene von Asagio, eine Katastrophe, bei der die italienischen Soldaten in Schlammkratern und Stacheldraht festsaßen, das Catanzaro-Regiment 141 drei Viertel seine Männer verlor und die Soldaten, die nicht vom feindlichen Feuer niedergemäht worden waren, die bitterkalte Nacht frierend zwischen den Toten liegen bleiben mussten, bis sie im Morgengrauen fliehen konnten.

Die Leute sagen, der Krieg ist ein Feuer, in dem Männer geschmiedet werden. Ich würde hinzufügen, dass dabei genauso leicht ein Ungeheuer herauskommen kann. Manch einer findet im Krieg zu Gott, andere verlieren ihn für immer. Zu Letzteren gehörte Antonio.

Aber er überlebte.

Vielleicht war Stellas Fähigkeit, dem Tod zu trotzen, ererbt. Sie hat ihren Vater nie gemocht, aber vielleicht verdankte sie gerade ihm diese besondere Kraft.

Als Antonio Fortuna nach vier Jahren in der Armee zurück nach Hause kam, war Ievoli zu klein für ihn, und so fuhr er im Februar 1920 zum ersten Mal nach Amerika und war damit einer von insgesamt vier Millionen italienischen Auswanderern. Die meisten von ihnen stammten aus dem Süden, aus Sizilien, Kampanien, Apulien, der Basilicata und Kalabrien, wo die italienische Vereinigung am stärksten geschmerzt hatte und der Krieg und die Steuern die Contadini verarmen ließen. Der Süden verlor seine erwachsenen Männer. In Kalabrien hatten dreißig Prozent der Familien keinen *capo* mehr, kein männliches Oberhaupt.

Die italienischen Männer wanderten aus, weil sie ein besseres Leben suchten, weil sie arbeiten, die Armut und die Ausbeutung hinter sich lassen wollten, obwohl beides auch in Amerika weit verbreitet war. Italienische Arbeiter, fast immer Männer, oft Analphabeten, überquerten den Ozean im Zwischendeck großer Schiffe, um im gelobten Land in Züge gepackt und zu den Kohlebergwerken Virginias verfrachtet zu werden oder um Schienen durch die Wälder Pennsylvanias zu legen. Sie ließen unbefestigte, entwaldete, von Malaria heimgesuchte Dörfer ohne fließend Wasser zurück, Hunger, Cholera, einen tief verwurzelten Feudalismus und ein unüberwindliches Klassensystem. Sie ließen ihre Familien zurück und hofften, unter besseren Voraussetzungen wieder mit ihnen zusammenzukommen. Sie brachten ihre Liebe zum Essen und zu schön angelegten Gärten mit, ihre Sprachen und Vorurteile, ihre geheimnisvolle Dreifaltigkeit und eine Unzahl Heilige; ihre Riten, Lieder und Feste. Die Verehrung ihrer Mütter und ihre Mütter selbst. In vielen Fällen wollten sie wieder zurück, was unsere italienischen Vorfahren von den meisten Einwanderern unterschied. Am Ende taten sie es dann oft aber nicht, was uns mit den anderen gleichstellte.

Antonio war spät dran, um nach Amerika hineingelassen zu werden, und wäre er nur ein paar Jahre später gekommen, nach 1924, als die US-Regierung mit dem National Origins Act ethnische Quoten erstellte, hätte er sich wahrscheinlich ein anderes Ziel suchen müssen, vielleicht Kanada, Argentinien, Australien oder Frankreich, wo viele Kalabrier endeten.

Als Antonio das erste Mal losfuhr, wusste er nicht, wohin es ging. Er sprach kein Englisch, doch er sorgte sich nicht. Er hatte in den österreichischen Alpen, wo die Offiziere und die Männer, die sie befehligten, kaum miteinander kommunizieren konnten, gelernt, wie man sich körperlich am Leben erhielt, und er war ein Mann mit Kraft.

Antonio hatte Glück, hatten andere doch bereits den Weg für ihn geebnet. 1920 gab es in jeder großen amerikanischen Stadt ein italienisches Viertel, und auf diejenigen, die schon eine Generation früher ausgewandert waren, hatten noch ganz andere Gefahren gelauert. Ohne lesen und schreiben zu können, unterschrieben die Männer alles, was ihnen vorgelegt wurde, verkauften ihre Seelen und waren auf die Gnade ihrer Arbeitgeber angewiesen, die eine sehr unterschiedliche Auffassung von Menschlichkeit hatten. Viele Einwanderer kamen um, durch Überarbeitung, Unfälle, Explosionen. Einige verschwanden einfach. Andere fielen den sich herausbildenden italienisch-amerikanischen Verbrechersyndikaten zum Opfer, die unter ihren entwurzelten, verängstigten Landsleuten Schutzgelder erpressten und schnell an Macht gewannen.

Aber wie ich bereits sagte: Antonio hatte Glück. Zunächst einmal, weil sein Schiff Ellis Island erreichte. In der Geschichte der Menschheit haben sich viele Menschen dazu entschieden, ein Schiff zu besteigen, um zu einem fremden, feindseligen Ort aufzubrechen. Können Sie sich vorstellen, wie verzweifelt sie sein müssen, das in dem Wissen zu tun, dass sie ihr Ziel womöglich nie erreichen werden? In jüngster Zeit sind es vor allem Menschen, die versuchen, nach Italien zu gelangen, nicht welche, die es verlassen wollen, und ihre Überfahrt ist nicht leichter oder sicherer als die ihrer Vorgänger. Tausende Flüchtlinge aus Syrien, Libyen, Eritrea, Somalia, Ghana und Nigeria sind auf dem Weg zu den Küsten Italiens in den letzten zehn Jahren gestorben, gekentert, ertrunken oder mit in Brand geratenen Booten untergegangen. Die Geschichte schreitet fort, Namen und Ziele ändern sich, aber nicht die Ungerechtigkeiten, die wir einander zufügen.

Antonio Fortuna kam im Februar 1920 auf einem Schiff namens *Providence* in New York an. Sie können es selbst nachschlagen, wenn Sie wollen, es steht im Register von Ellis Island.

Er war von Neapel aus losgefahren, zusammen mit einem Freund aus der Armee, Nico Carbone aus Catanzaro. Als die beiden jungen Männer in Neapel ankamen, hatten sie keine anderen Freunde als sich selbst und die vage Vorstellung, dass sie in Amerika reich werden könnten. Sie hatten Schiffspassagen und Arbeitsverträge von einem Padrone, für den sie das Frühjahr und den Sommer über im Westen Pennsylvanias Gleise verlegen sollten. Ich kann nur vermuten, dass diese erste Zeit in Amerika schwierig war, weil Antonio, sobald er es sich erlauben konnte, zurück nach Italien fuhr.

Im November 1920 kam er in Ievoli an, mit seinen Sachen auf dem Rücken und einer Geldbörse mit amerikanischen Münzen. Er hatte kaum etwas von seiner Zeit in Amerika vorzuweisen und gerade mal seine Schulden für die Überfahrt zurückzahlen können, dafür aber viel über den Gang der Welt gelernt. Und er lebte. Die Eisenbahn war nicht schlimmer als der Krieg gewesen. Auch nicht schlimmer als Tracci.

Beim zweiten Mal fiel Antonio nicht wieder auf die Padrone-Geschichte herein. Er bezahlte seine Passage von dem Geld, das er mit zurückgebracht hatte, und besorgte sich selbst einen Job bei der Eisenbahn. Er sprach genug Englisch, um im Büro in der Pennsylvania Station in New York erklären zu können, dass er bereits Erfahrung habe, und bekam gleich Arbeit beim Neubau der Mittelatlantik-Strecke.

Seine zweite Reise war noch kürzer als die erste, weil Antonio bei der Geburt seines ersten Sohnes dabei sein wollte – die Geschichte kennen Sie bereits. Mittlerweile gab es Zeugen für das, was er drüben gemacht hatte. Einer von ihnen war ein zurückhaltender Mann aus den Abruzzen namens Tomaso Maglieri. Tomaso war doppelt so alt, aber um ein Drittel kleiner als Antonio. Sie arbeiteten in derselben Gleislegermannschaft, gruben, rodeten, verankerten Schwellen und fügten Schienen aneinander. Antonio Fortuna und Tomaso Maglieri hatten wenig gemeinsam, aber auch Tomaso hatte an der österreichischen Front gekämpft.

Im Mai, nachdem sie drei Monate gearbeitet hatten, bekamen sie beide am selben Tag Post aus Italien. In Antonios Brief stand, dass Assunta schwanger war und das Baby im Oktober kommen würde. Tomaso erfuhr, das seine Frau Cristina am Ostersonntag einen gesunden kleinen Jungen auf die Welt gebracht hatte. Sie hatte ihn Carmenantonio genannt.

»Vielleicht bekommst du eine Tochter«, scherzte Tomaso Maglieri, »und eines Tages heiratet mein Sohn sie.«

»Nein, die ersten beiden waren Mädchen, das jetzt muss ein Junge werden«, erklärte Antonio. »Aber dein Carmenantonio kann meine Mariastella heiraten.«

»Oh, eine ältere Frau.« Tomaso lachte. »Der Traum eines jeden Mannes. Hier, geben wir uns die Hand darauf, dann haben wir später nicht mehr die Sorge, sie unter die Haube zu bringen.«

Tomaso und Antonio sahen sich zwanzig Jahre nicht. Sie hielten auch keinen Kontakt und dachten wahrscheinlich nicht mehr aneinander. Es war ein Witz, denke ich – denken wir alle. Nun, Carmenantonio »Carmelo« Maglieri hatte immer was für Witze übrig, auch wenn Stella seinen Humor nicht unbedingt teilte.

Bei seiner dritten Rückkehr nach Amerika ging Antonio nach seiner Ankunft zu seinem Kriegskameraden Nico Carbone in New York City. Nico wohnte in der Mott Street in Little Italy, in einem fensterlosen Wohnheim, in dem sich acht junge Männer ein paar Etagenbetten und Liegen teilten. Ein Job in Nicos Bautrupp wartete auf Antonio, als er eintraf. Manhattan wuchs wie ein Gemüsegarten im Juni, Haus an Haus wurde gebaut, und es gab reichlich Arbeit für junge Italiener. Während der nächsten sieben Jahre baute Antonio eine Bank, eine Klosterkirche, einen Subway-Bahnhof sowie ein palastartiges Gebäude, das, wie sich herausstellte, eine Universitätsmensa wurde.

In den schneereichen kälteren Monaten, wenn New York in seinem frenetischen Bauboom innehielt, frequentierte Antonio mit seinem Kumpel Nico die Kneipen in der Elizabeth Street. Die Wilden Zwanziger waren auch Antonios wilde Zwanziger, und, um es rundheraus zu sagen, er vergaß seine Familie. Er war keine Väter gewohnt, die ihren Nachwuchs liebten, und ihm kam gar nicht der Gedanke, dass er seine Kinder lieben könnte. Mit seinen Baujobs und den Sicherheitsjobs nebenher muss er gut verdient haben, er hat aber nie auch nur einen Dollar nach Hause geschickt. Während Assunta auch noch die letzte verfügbare Frucht einkochte, damit die Kinder im Winter nicht hungern mussten, setzte Antonio Fett an, aß Rindersteaks und trank den billigen Gin, den sie in den illegalen Kneipen ausschenkten. Was übrig blieb, gab er für Frauen aus.

Aber im Frühjahr 1928 wurde er an seine Vaterschaft erinnert, auf der Beerdigung von Rocco Scavetta, dem großen, dickbäuchigen alten Lebensmittelhändler aus der Mott Street. Die ganze Nachbarschaft kam, um ihm die letzte Ehre zu erweisen, sogar die Mobster, mit denen er sich über die Jahre angelegt hatte. Antonio saß in der zweitletzten Reihe, sah Hunderte gebeugte Köpfe und dachte an seine eigene Beerdigung. Signore Scavetta war ein Mann mit einem Vermächtnis: Sieben Söhne und zwei Töchter, Enkel und Urenkel und alle ihre Freunde betrauerten ihn. Antonio begriff endlich, wozu Kinder gut waren.

Nur ein paar Wochen später machte ihn ein Mann aus Pianopoli ausfindig. Tony Cardamone war der jüngere Bruder von Assuntas Schwägerin Violetta. Da Antonio seit seiner Hochzeit nicht viel Zeit in Ievoli verbracht hatte, hatten sich sein und Tonys Wege nur selten gekreuzt.

Die beiden Männer saßen an einem der Tische mit schwerer Marmorplatte vor einem Café in der Mott Street und tranken trüben Filterkaffee, der so stark war, dass man den Geruch des verbotenen Anisschnapses nicht roch, den der Besitzer hineingegeben hatte. Tony Cardamone war auf der Durchreise, auf dem Weg zurück zu seiner Frau in Hartford. Er hatte eine Weile für die Eisenbahn gearbeitet, mittlerweile aber einen festen Job bei einer Baufirma. Er schien nichts von Antonio zu wollen, trotzdem war der auf der Hut.

»Wenn es Zeit ist, deine Familie herzuholen«, sagte Tony Cardamone bedeutungsvoll, »solltest du dir überlegen, nach Hartford zu ziehen. Da könnt ihr in einem richtigen Haus wohnen, nicht wie hier wie Hühner in einem Stall.«

Zum Abschied schüttelte Antonio dem Mann die Hand, und sie wünschten sich gegenseitig alles Gute. Tony Cardamone musste den Zug nach Hause erwischen und konnte nicht zum Essen bleiben. »Komm nach Hartford«, sagte er noch einmal, bevor er ging, »wir kümmern uns um dich. Helfen dir, dich niederzulassen.«

Es gab keinen besonderen Grund für diese Großzügigkeit, den Antonio erkennen konnte. Wahrscheinlich hatte Tony Cardamone Mitleid mit Assunta, die, wie alle wussten, eine Heilige und seit sehr langer Zeit auf sich gestellt war. Aber er drängte nicht. Wenn etwas geschehen sollte, würde es schon geschehen.

Ein Jahr verging. Im August 1929 stand Antonio mit Nico Carbone vor einem Saloon auf der Lower East Side, und sie wurden in eine Kneipenschlägerei verwickelt, bei der ein Mann umkam. Ich kann nicht sagen, ob es da irgendeinen dunkleren Hintergrund gab oder ob es ganz einfach nur ein besonders unglücklich verlaufender Saufabend war. Aber ich weiß, dass der Name des Getöteten Johnny Mariano lautete, und der war einer der Schläger von Frank Costello. Und es war Antonios Messer, das Johnny zwischen die Rippen fuhr. Antonio rannte davon und ließ den bewusstlos geschlagenen Nico zurück, der das Ganze dann auszubaden hatte. Antonio versteckte sich zwei Tage im Kleiderschrank seiner Vermieterin, bis er sich auf ein Schiff nach Neapel schleichen konnte. Nico Carbone wurde für den Mord an Johnny Mariano zu fünfzehn Jahren Gefängnis verurteilt und zwei Monate nach seiner Festnahme tot in seiner Zelle aufgefunden. Ich weiß nicht besser als Sie, ob es tatsächlich Selbstmord war.

Antonio war sich darüber im Klaren, dass er so schnell nicht zurück nach New York konnte, aber es verdross ihn, in Ievoli zu sein, diesem Ort, den er längst weit hinter sich gewähnt hatte. Tony Cardamones Angebot ging ihm durch den Kopf, während er den Winter 1929 abwartend bei seiner Familie verbrachte, und als er das Gefühl hatte, dass es sicher war, aufs Neue amerikanischen Boden zu betreten, bat er seine Schwägerin Violetta um die Adresse ihres Bruders in Hartford.

* * *

Assuntas letztes Baby, mit dem Antonio sie in jenem Winter in Ievoli geschwängert hatte, wurde Anfang Juli 1930 geboren. Stella half ihrer Großmutter bei der Entbindung.

Assunta kniete im Garten und sah zu, wie Stella und Cettina Bohnen pflanzten, als die Fruchtblase platzte. Das Fruchtwasser rann ihr die Schenkel hinunter und verschwand in der Erde unter ihr. Einen Moment lang überlegte sie, ob sie dort sitzen bleiben und das Baby im Garten in der heißen Sommersonne zur Welt bringen sollte. Die Kirchenglocke hatte eben erst zwölf Uhr geschlagen, und das Tuch über Assuntas Stirn war schweißnass. Die brennende Sonne auf ihrem vorgewölbten Leib ließ sie an einen runden Brotofen denken, mit einem darin backenden Baby. Minuten vergingen, während sie diesen Gedanken nachhing, doch dann rappelte sie sich auf. »Cettina, geh und sag deiner Nonna und Za Ros, dass das Baby kommt. Stella, hilf mir nach drinnen.«

Stella führte Assunta voller nervöser Erwartung ins Haus, und Cettina lief die Via Fontana hinunter. Am Ende verbrachte Cettina die Nacht bei Za Ros und ihren Seidenraupen, die während der Häutungsphase rund um die Ihr gefüttert werden mussten. Es war besser für die Kleine, in dieser Situation nicht bei ihrer Mutter zu sein.

Stella dagegen war zehn Jahre alt und damit groß genug, bei der Geburt zu helfen. Sie setzte ihre Mutter auf einen hölzernen Schemel und befolgte Assuntas knappe, ruhige Instruktionen, bis Maria eintraf. Tu dies, hol das. Assunta schrie oder weinte während der ganzen Prozedur nicht, war es doch besser, dass die Nachbarn erst davon erfuhren, wenn alles vorüber und entschieden war. Besser, nicht den bösen Blick anzulocken.

Stella gehorchte ihrer Mutter. Sie breitete die alte Erntedecke über das Bett, um den Großteil der Sudelei aufzufangen, und entfachte das Kohlenfeuer neu, was die Narben auf ihren Armen pulsieren ließ. Sie hatte noch nie erlebt, wie ein Baby geboren wurde, und war zu jung, um sich an die letzte Geburt ihrer Mutter zu erinnern. Sie starrte ihr ins Gesicht, während die Wehen heftiger wurden. Die Adern an Assuntas Schläfen und am Hals traten hervor, ihre Augen waren blutunterlaufen, und die Haut schien anzuschwellen. Stella war alt genug, um zu begreifen, dass, ihre Mutter sterben konnte, wenn hier etwas schiefging. Während sie hinauf zur Zisterne hastete, dachte sie, dass das jetzt womöglich die letzten Minuten waren, die sie mit ihrer Mutter hatte, und sie kämpfte darum, ruhig zu bleiben, vorsichtig, aber schneller zu laufen, um nicht einen Moment zu verschwenden.

Nonna Maria kam mit ihrem Beutel Minze, das Gesicht gerötet von der Anstrengung, in der Mittagssonne den Berg hinaufzueilen. Stella empfand nur einen Teil der Erleichterung, die sie beim Anblick ihrer Großmutter gern verspürt hätte. Maria sah alt und schwach aus. Suora Letizia war heute in Nicastro, und so waren es nur sie beide, Stella und ihre kleine Großmutter, die Assunta helfen konnten, das Baby auf die Welt zu bringen.

Tatsächlich war es keine schwere Geburt, sie dauerte nur fünf Stunden. Aber für Stella, die das alles nicht einzuordnen wusste, war es eine erschütternde Erfahrung. Sie war reif genug, zu begreifen, dass eine Geburt die eine Situation im Leben war, in der das tabuisierte weibliche Geschlecht kein Tabu sein durfte, sondern vor anderen Frauen bloßgelegt werden musste, damit das Baby herauskommen konnte. Aber die violettbraune Vagina ihrer Mutter zu sehen, die sich, mehrlagig wie die ledrigen Falten einer riesigen Feige, zuckend um den haarigen Kopf des Babys öffnete (Stella war so sicher, dass das Baby tot war, der Kopf bewegte sich so lange nicht), dazu die gelbbraune Schlange Kot, die unter dem Kopf des Babys auftauchte, die Stella, fuhr Maria sie an, wegwischen sollte und die noch warm und weich war in ihrer Hand, als sie sie in den Nachttopf warf, mit dem Lappen und allem, die schleimverklebten Augen des Babys, als es schließlich herauskam, die merkwürdige blau-weiße, um seine Schultern gewundene Schnur – auf das alles war Stella nicht vorbereitet. Sie war kein Kind mehr und hätte es stoisch ertragen sollen, bereit, zu helfen, wo immer sie konnte. Das tat man, wenn man eine Frau war, das war Stellas Einführung in die geheime Welt ihrer erwachsenen Geschlechtsgenossinnen, aber ihr Herz und ihr Verstand wollten die Hässlichkeit nicht akzeptieren. Sie sah, wie ihre geliebte Mutter in diesem schrecklichen Moment zu einem Tier reduziert wurde, ohne Kontrolle über ihr eigenes Schicksal.

Es war eine prägende Erfahrung für Stella, der Ursprung ihrer zweiten Phobie, der erschreckende Nachhall der ersten.

Drei äußerst schlimme Dinge ereigneten sich im Jahr 1931.

Das Erste war, dass Za Ros nach Frankreich ging, wo ihre beiden Söhne lebten. »Sie haben da ein gutes Leben«, erklärte Rosina Assunta. »Sie werden nie zurückkommen, nicht einmal, um mich zu besuchen. Also muss ich zu ihnen.«

Assunta verstand natürlich, dass sie ihre Kinder vermisste. Aber Ros hatte Assunta den toten Vater ersetzt und den fehlenden Ehemann. Ros war ihr moralischer Halt und hatte sie zu einem besseren, frommeren Menschen gemacht. Assunta konnte sich ihr Leben nicht ohne ihre winzige Schwester vorstellen. Sie weinte von dem Moment an, da Ros es ihr gesagt hatte, bis sie zwei Wochen später den Zug nach Norden bestieg. Ihre Tränen waren nicht unberechtigt, denn sie sollte ihre Schwester nie wiedersehen. Genau wie Stella, die ihre Patentante liebte.

Ros war eine von den Guten, wie man so sagt. Ich frage mich, wie es für die Fortunas gelaufen wäre, wenn sie geblieben wäre. Aber sie traf die richtige Entscheidung für sich. Das Dorf südwestlich von Marseille, wo ihre Söhne sie unterbrachten, war ein entzückender Ort mit Menschen, die nett zu ihr waren. Ros verstand sich so gut mit ihnen, dass sie, obwohl sie doch schon über sechzig Jahre alt war, einen französischen Witwer heiratete und die Stiefmutter von fünf erwachsenen Kindern wurde. Jeden Nachmittag ihres Lebens trank sie ein Glas Grappa und wurde einhundertfünf Jahre alt. Zu ihrem hundertsten Geburtstag 1972 erschien ihr Bild auf der Titelseite der örtlichen Zeitung, die Jubilarin mit einem zahnlosen Lächeln.

Es war ein Glück für Ros, Ievoli zu diesem Zeitpunkt verlassen zu haben. Hätte sie noch etwas länger gewartet, hätte sie sich wohl nicht mehr dazu entscheiden können.

Die zweite schlimme Geschichte ereignete sich im September. Assuntas Bruder Nicola pflügte mit dem Pferd ein Stück Land, um neue Bäume zu pflanzen, verlor die Kontrolle über das temperamentvolle Tier, wurde umgeworfen, und der Pflug zerriss seinen Schenkel. Nicola hatte nicht das Glück seiner Nichte Stella und verblutete, da der Pflug eine Arterie durchtrennt hatte und die Blutung nicht gestoppt werden konnte.

Innerhalb eines halben Jahres verlor Assunta damit Schwester und Bruder, Nonna Maria eine Tochter und einen Sohn. Maria war eine starke Frau, weit stärker als Assunta, aber ich glaube, beide verzweifelten nur deswegen nicht völlig, weil sie einander hatten.

Im Dezember dann der dritte Schlag: ein Brief von Antonio.

Frau Assunta,
es ist Zeit, dass du mit unseren Kindern zu mir nach Amerika kommst. Schreib mir ihre Geburtsdaten, damit ich einen Familienpass beantragen kann. Ich lass euch holen, wenn die Papiere fertig sind.
Antonio Fortuna

Sie hatte seit seiner Erklärung, dass er sie nicht brauche, wenn sie ihm keine Frau sein wolle, nichts mehr von ihm gehört. Sie hatte gedacht, ihre Welt sei vor weiteren Einmischungen von ihm sicher und dass sie als weiße Witwe in ihrem geliebten Dorf leben und ihre Kinder in Frieden großziehen könne. Sie ließ sich den Brief so oft von Suora Letizia vorlesen, bis sie ihn auswendig konnte, antwortete aber nicht darauf. Vielleicht würde er sie dann nicht holen lassen können.

Im Frühjahr darauf machte Nonna Maria Feuerholz hinter ihrem Haus, das Blatt der Axt traf auf einen Ast, und ihr flog ein Splitter ins Auge. Es war ein erstaunlich präziser Treffer, schnell und sauber. Der Schreck verzögerte den Schmerz, und Maria brauchte einen Moment, um zu sich darüber klar zu werden, was geschehen war. Sie ließ die Axt fallen, als das Pochen in ihrem Kopf heftiger wurde, aber erst, als sie auf die Erde blickte und ihr eigenes Auge zu ihr hochsehen sah, rund und gelb und überraschend groß, begriff sie.

Sie bückte sich, nahm das Auge und drehte es zwischen Daumen und Zeigefinger. Es füllte die ganze Hand. Mit dem Auge in der einen und dem Stock in der anderen Hand stieg sie den Berg hinauf und rief: »Assù! Assù, ich habe ein Problem.«

Es war der erste medizinische Notfall in der Familie seit Stellas Kollision mit der Schultür (Nicola war nicht zu helfen gewesen). Dieses Mal schickte Assunta Stella nach Feroleto, damit sie bei Maria bleiben konnte.

»Du musst den Doktor herholen, Stella«, sagte Assunta. »Weißt du noch, wo sein Haus ist?«

Stella war sicher, dass sie es finden würde. »Was, wenn er nicht kommt?«

Assunta schüttelte den Kopf. »Du musst ihn holen, ganz gleich, was passiert.«

Assunta legte Marias Auge in eine Schüssel Wasser, um es feucht zu halten, und Stella band sich die Röcke hoch und lief den Berg hinunter. Ein von der Regierung in Catanzaro beauftragtes Kommando hatte eine richtige Straße nach Feroleto gebaut, mit einer eigenen Brücke über die Schlucht, aber Stella hielt sich an den Maultierpfad, den sie kannte.

Instinktiv fand sie das Haus des Doktors mit seinen gelben Stuckverzierungen, nach links sieben Türen die gepflasterte Straße mitten durch den Ort. Auf dem Schild stand DOTTORE und darunter MASCARO AGUSTINO. Sie hatte nicht gewusst, dass der Doktor den gleichen Name wie ihre Mutter hatte.

Das Haus war leer, doch Stella wusste, wo sie zu suchen hatte. Es war die nachmittägliche Ruhestunde, zu der sich so gut wie alle Männer der Stadt auf der Chiazza vor der Bar trafen, die Rücken dem Tal zugewandt. Einige sahen Stella missbilligend an, aber niemand fragte, was sie wollte. Stella dachte an ihre am Küchentisch sitzende, blutende Großmutter, an das Auge in der Suppenschüssel, holte tief Luft und rief: *»Duttore! U duttore è ca?«* Dann erinnerte sie sich an das korrekte Italienisch, das sie in der Schule gelernt hatte und das für eine Gelegenheit wie die jetzt wahrscheinlich angemessen war, und versuchte es noch einmal: *»Il dottore è qui?«*

Die Männer verstummten, während sie sich umsahen, aber der Doktor war nicht da. Dann erinnerte sich ein Kerl mit einem mächtigen grauen Schnauzbart, dass der Doktor in Nicastro war, um seine medizinischen Vorräte aufzufüllen. Stella würde warten müssen.

Stella setzte sich neben die mitten auf der Chiazza stehende Kastanie, wo sie den Doktor nicht verpassen konnte, wenn er zurückkam. Die Männer um sie herum schwatzten angeregt, doch ihr pochte das Blut in den Ohren, und sie konnte nicht hören, was sie sagten. Es war möglich, dass ihre Nonna starb. Wieder und wieder überlegte sie, ob sie zurück nach Hause laufen sollte, um bei ihrer Großmutter zu sein, doch jedes Mal hörte sie die Stimme ihrer Mutter: »Du musst ihn holen, ganz gleich, was passiert.« So wartete sie, tastete über die Narben auf ihrem linken Arm und fragte sich, ob der Arzt noch wusste, wie er sie zusammengenäht hatte, auch wenn sie sich nicht mehr daran erinnerte.

Stella hatte Glück, weil es zwei Stunden bis Nicastro waren und der Arzt sich auch hätte entscheiden können, über Nacht zu bleiben, tatsächlich aber ließ er sie nur anderthalb Stunden warten.

»Ich bin Stella Fortuna«, sagte sie zu ihm. »Sie haben mir schon dreimal das Leben gerettet, und jetzt müssen Sie meine Großmutter retten.«

Er war wahrscheinlich müde von dem langen Weg, folgte ihr aber hinauf nach Ievoli, wo die Glocke von Santa Maria Addolorata zur Abendmesse rief. Maria lag mit einem klein gefalteten Tuch rechts über dem Gesicht auf Assuntas Bett. Stellas Magen verkrampfte sich bei ihrem Anblick. Ohne recht zu wissen, warum, erinnerte sie sich an das Gefühl, wie ihr ein Verband von einer Wunde gezogen wurde, und stellte sich den Doktor vor, wie er das Tuch wegnahm und ihm Blut aus Großmutters Augenhöhle entgegenspritzte.

So war es nicht. Es war eine saubere Wunde, so sauber wie Wunden durch einen Holzsplitter nun mal sind. Der Arzt spülte sie mit einer Lösung aus, die Maria vor Schmerz zurückzucken ließ, und verband die Augenhöhle mit einem weißen Tuch, das er locker mit einem Schal um den Kopf fixierte.

»Sie müssen ausruhen und es heilen lassen«, sagte er und sah Maria in ihr gesundes Auge. »Fassen Sie nicht hin, was immer Sie tun.« Zu Assunta sagte er: »Das Wichtigste ist, aufzupassen, dass sich die Wunde nicht entzündet. Da ist viel offene Haut« – er fuhr sich mit der Hand um das eigene Auge –, »und es kann schnell zu einer Infektion kommen. Halten Sie die Wunde auf jeden Fall sehr sauber.«

Assunta nickte. »Verstanden«, sagte sie, so schwer es ihr auch fiel, etwas zu sagen.

»Was mache ich mit meinem Auge?«, fragte Maria. Ihre Stimme klang so wie immer, dachte Stella.

Der Doktor zuckte mit den Schultern. »Was Sie wollen.« Dann ging er nach Hause zu seiner Frau zum Abendessen. Wenigstens war er mittlerweile verheiratet.

Am nächsten Nachmittag war Nonna Marias Gesicht ganz heiß, und es war klar, dass die Warnung des Arztes nicht umsonst gewesen war. Fünf Tage lang roch das Haus nach Minze und reinigenden Kamillenblüten, die Assunta kochte, um damit Marias Wunde sauber zu halten.

Die Infektion ging zurück, aber erst, nachdem sie auch auf Nonna Marias linkes Auge übergegriffen hatte. Als das Fieber endlich besiegt war, war sie völlig blind.

Nachdem Maria ihr Augenlicht verloren hatte, betete Assunta nervös um Rat, was sie tun sollte. Der Rat blieb aus, und nach einigem Herumgedruckse gab sie Mancini, dem Postboten aus Pianopoli, Geld, damit er für sie einen Brief an Antonio nach Hartford schrieb. Darin erklärte sie, dass sie Ievoli nicht verlassen könne, weil ihre Mutter erblindet sei und sterben würde, wenn sie nicht für sie sorge. Es tue ihr leid, dass sie ihm nicht gehorchen und nach Amerika kommen könne, aber sie werde immer seine Frau sein, vor Gott mit ihm vermählt. Sie stotterte, als sie Signore Mancini das diktierte, und verließ weinend das Postamt.

Antonio antwortete nicht auf ihren Brief. Er schrieb Assunta nie wieder.

Es kam kein Geld aus Amerika für die Fortunas. Um sie herum in Ievoli wurde gebaut, und doch leerte es sich, da die jungen Männer nach Argentinien und Frankreich gingen, Geld nach Hause schickten und dann zurückkamen, um zu heiraten. Mit dem Geld, das sie erhielten, kauften die Frauen im Laden ein und gingen nicht länger barfuß oder ohne Unterwäsche aus dem Haus.

Stella sah, wie sich das Dorf um sie herum veränderte, während sie zu einer jungen Frau heranwuchs. Ihre Nachbarn wurden dicker und gaben mehr Geld bei der Kollekte. Die Kirche wurde mit Stuck verziert und gelb gestrichen, die Chiazza mit runden Platten befestigt. Familien bauten neue zweistöckige Häuser. Mandevilla kletterte an den schönen Pastellfassaden empor, und die Kinder blieben in der Schule, bis sie lesen konnten.

Die Fortunas wohnten immer noch in Assuntas Haus oben im Dorf, einem steinernen Würfel mit roh verputzten Wänden. Alles bei ihnen war etwas schäbiger, und die Kinder saßen sonntags barfuß in der letzten Reihe der Kirche. Stella blickte aus dem Garten ihrer Mutter oben auf dem Berg auf die Nachbarn hinunter, Nachbarn, von denen sie annahm, dass sie ihre Mutter verachteten.

Stella war alt genug, um zu begreifen, dass ihr davongelaufener Vater der Grund für ihre Not war. Nun, sie brauchten ihn und sein amerikanisches Geld nicht. Stella und Cettina halfen nach Kräften mit. Im September ernteten sie grüne und im Januar schwarze Oliven. Im März und April pflückten sie Orangen unten auf den Hängen rund um Feroleto. War es mit den Orangen vorbei, kümmerten sie sich um ihren eigenen Garten. Im Juli galt morgens und abends *baco da seta*, das Füttern und Kochen der

Seidenraupen. Dann gab es eine Pause und das Himmelfahrtsfest im August, und schon ging es wieder in die Oliven.

Zwischen den Olivenernten arbeiteten sie auf Don Mancusos Kastanienhof. Sie trafen schon bei Sonnenaufgang ein, um den Eichhörnchen zuvorzukommen, die ernsthafte Gegner waren. Die Schwestern durchsuchten das lange Gras unter den Bäumen nach den stacheligen, erbsengrünen Schalen der reifen Früchte, die über Nacht heruntergefallen waren. Sie schnipsten sie mit Stöcken in Körbe, um sich nicht an ihnen zu stechen. War ein Korb voll, leerten sie ihn auf die Erntedecke, schälten sie und warfen die leeren Schalen in den Wald, wo sie beim Sammeln am nächsten Tag nicht stören konnten. Ein Viertel ihrer Ernte durften sie behalten, der Rest ging an Don Mancusos Aufseher Pepe.

Die Mädchen hatten beide Kastanienhandschuhe, die Nonna Maria ihnen gegeben hatte und in die innen ein Stück rissiges Leder eingenäht war. Dennoch boten sie keinen vollständigen Schutz, sodass Finger und Handgelenke immer rot und zerstochen waren. Cettina schälte die Kastanien schnell und ohne große Vorsicht, als machte es ihr nichts, und Stella schnipste die schwierigeren, noch fest geschlossenen Kastanien heimlich zu ihr hinüber und überließ ihrer Schwester die unangenehmere Arbeit. Cettina war entweder dumm oder klug genug, sich nie darüber zu beschweren.

Im Oktober des Jahres, in dem sie ihren dreizehnten Geburtstag gefeiert hatte, wurde Stella zur Frau, im Kastaniengarten von Don Mancuso. Schon seit dem vorangegangenen Nachmittag fühlte sie sich unwohl, ihr war schlecht, ihr Bauch empfindlich, und doch musste sie sich nicht übergeben. Dieses Gefühl, das unangenehme, krampfartige Ziehen im Leib, war ihr beim nächsten Mal bereits vertraut, und sie wusste, um was es ging. Dieses erste Mal jedoch machte es ihr Angst, auch darauf hatte sie niemand vorbereitet.

Als sie und Cettina kurz vor Sonnenaufgang losgingen, dachte

Stella, sie würde es schon durchstehen, doch der Druck im Bauch wurde im Verlauf des Morgens immer größer, und sie fragte sich, ob etwas mit ihr ernsthaft nicht stimmte. Vielleicht gab es ja eine neue Choleraepidemie, und sie war die Erste, die es traf. Es war schließlich bereits vier Jahre her, dass sie das letzte Mal beinahe gestorben wäre. Es ging ihr schon seit einer Weile im Kopf herum, dass der Fluch, der auf ihr lastete, verdächtig inaktiv war. Wo versteckte sich der böswillige kleine Geist? Ein Teil von Stella sah den Tod hinter jeder Ecke lauern. Vielleicht war es das, heute. Während sie sich bückte, um die Kastanien aufzusammeln, pochte der Schmerz in ihr, und sie hatte das Gefühl, etwas sickere aus ihr heraus. Ein mächtiges unsichtbares Gewicht zog sie in die Erde.

Als die Schwestern etwas später mit den eingesammelten Kastanien auf der Decke saßen, um sie zu enthülsen, stellte Stella fest, dass es ihr viel besser ging. Die Erleichterung währte aber nur so lange, wie sie ruhig sitzen blieb. Kaum, dass sie ihr Gewicht verlagerte, weil ihr linkes Bein einzuschlafen drohte, spürte sie die Feuchtigkeit. Ihre Wade, auf der sie gesessen hatte, war voller Blut. Mit pochendem Herzen rieb sie mit der schmutzigen Hand über die Haut, um zu sehen, ob sie, ohne es zu bemerken, Flohbisse aufgekratzt hatte, wofür ihre Mutter sie immer ausschimpfte. Aber sie konnte keine offene Stelle oder sonst etwas in ihrer Haut entdecken und sah stattdessen, dass ihre Schenkel ebenfalls verschmiert waren, als käme das Blut aus ihrem Bauch.

Cettina arbeitete unbeirrt weiter, und Stella war froh, dass ihre Schwester nichts bemerkt hatte. Es wäre zu viel, wenn es Cettina jetzt auch noch mit der Angst bekäme. »Ich muss nach Hause, Cettina«, sagte Stella mit ruhiger Stimme. Wobei sie nicht sicher war, ob sie es überhaupt schaffen würde. Was, wenn sie auf dem Maultierpfad tot umfiel, so wie es Nonno Franciscu passiert war?

»Was?« Cettina sah sie an. »Das geht nicht. Wir müssen Don Pepe erst die Kastanien bringen.«

»Ich fühle mich nicht gut«, sagte Stella, die mit jedem Atemzug sicherer wurde, dass sie sterben musste. »Etwas stimmt nicht. Ich muss zu Mamma.«

»Was stimmt nicht?« Cettina stand auf. »Was stimmt nicht, Stella?« Ihre Stimme wurde immer schriller.

Stella wollte sich über ihre Schwester ärgern, doch vor allem wollte sie weinen. Sie musste sich daran erinnern, dass sie nicht schwach war. Lieber würde sie allein auf dem Maultierpfad sterben, als dass sie hier zu weinen anfing. Sie stand auf, und Cettina sah das Blut an ihren Händen und schnappte nach Luft.

»Stella! Stella, da ist Blut!« Das genügte. Cettina fing an zu schluchzen.

Gestärkt durch die Hysterie ihrer Schwester, die sie daran erinnerte, dass zumindest eine von ihnen erwachsen zu sein hatte, erklärte Stella: »Das ist nichts. Ich muss nur zu Mamma, damit die sagt, ob ich den Doktor brauche.« Den würde sie nicht brauchen, denn da würde sie längst tot sein, aber es hatte keinen Sinn, Cettina das zu erläutern.

»Ich komme mit dir«, sagte Cettina und wischte sich den Rotz aus dem Gesicht.

»Sei nicht dumm! Mach das hier fertig und bring die Kastanien zu Don Pepe.«

Aber das konnte Cettina nicht. Der Gedanke, allein zurückgelassen zu werden, verstärkte ihre Panik noch, und sie schluchzte umso mehr. So würde eben heute ein anderer die Früchte ihrer Arbeit ernten. Später sollte Stella wünschen, sie hätten wenigstens einige der bereits geschälten Kastanien mitgenommen, aber nein, ein ganzer Tag Arbeit war vergeudet worden.

Sie liefen den Berg hinunter nach Hause, was eine halbe Stunde dauerte. Assunta saß auf dem Bett und stillte Luigi, der drei Jahre alt war und längst schon abgestillt hätte sein sollen. Ein wenig schuldbewusst schob Assunta ihre Brust zurück in ihr Kleid und stand auf. Luigi guckte verdrießlich.

»Mädchen«, sagte sie, »was ist?«

Cettina, völlig außer Atem und in Tränen aufgelöst, brauchte Trost und schlang die Arme um ihre Mutter. Stella stand unsicher in der Tür, würde sie ihren kleinen Bruder anstecken? Sie hob die Röcke und zeigte ihre verstaubten braunroten Beine. »Ich blute, Mamma. Es kommt aus meinen Beinen und meinem Bauch. Alles tut weh.«

»Oh, Mariastella«, sagte ihre Mutter. Was hatte dieser Ton zu bedeuten? Machte sie ihr einen Vorwurf? *Wie konntest du das geschehen lassen?* Als ältere Frau, wenn Stella sich an diesen Moment zurückerinnerte und das Gesicht ihrer Mutter wieder vor sich sah, las sie deren Betroffenheit anders: *Wie kann es bei meinem Mädchen jetzt schon so weit sein?* Aber diese Schlussfolgerung entsprang der Weisheit des Alters. In der Situation selbst hatte es nichts gegeben, was sie von ihrer Scham hätte erlösen können, als ihre Mutter sie zu einem Hocker führte, ohne Angst vor einer Ansteckung, ihr den Kopf tätschelte und sie sich jung und dumm fühlen ließ, weil sie so eine Angst hatte.

»Es ist alles gut«, sagte sie, und dann kamen die Worte, die jedes Mädchen in diesem barbarischen, unguten Moment seines Lebens zu hören bekommt: »Das bedeutet nur, dass du jetzt eine Frau bist.« Stella spürte, wie sie puterrot anlief, vom Hals bis zur Stirn, während ihre Mutter ihr zeigte, wie sie ein Tuch zusammenlegen und in sich hineinstecken sollte. »Das musst du etwa eine Woche lang tun«, sagte sie. »Und denk daran, dass du die blutigen Tücher auf keinen Fall einen Mann sehen lassen darfst. Verstecke sie, bis du sie waschen kannst. Du solltest anfangen, eine Unterhose zu tragen, damit nichts herausfällt. Kannst du dir welche machen?«

»Das kann ich«, sagte Stella, die sich tief gedemütigt fühlte. Sie hatte an diesem Tag nichts anderes mehr zu tun, nachdem sie all die Kastanien verloren hatten.

So saß sie auf ihrem Hocker, das Tuch in sich hineingestopft, wo nie zuvor etwas gewesen war, eine feuchte, schwere Erinnerung daran, dass sie ihr eigenes Leben nicht zu kontrollieren vermochte, und aus ihrer Scham wurde Wut. Ihre Mutter hatte gewusst, dass das passieren würde, und sie hätte sie davor warnen können. Es gab keinen Grund, weshalb Stella zwischen den Kastanien hatte kauern und denken müssen, dass das heute der Tag war, an dem sie sterben musste. Diese eine Sache sollte Stella ihrer Mutter nie ganz vergeben.

Cettina bekam einen Monat nach Stella ihre erste Periode, obwohl sie gerade erst zwölf Jahre alt geworden war. Sie hielt es offenbar nicht aus, von ihrer Schwester auf diese Weise getrennt zu sein; sogar die Zeiten ihrer Periode glichen sich einander an. Wie verdrossen das Stella machte – jeden Monat zur gleichen Zeit wie Cettina Schmerzen zu haben und indisponiert zu sein. Sie wusste, dass es nicht Cettinas Schuld war. Es war schließlich nicht so, als wenn sie es sich ausgesucht hätte. Aber ehrlich.

* * *

Cettina war gut in der Küche und half Assunta auf ihre aufopfernde Art. Stella sah immer ein wenig eifersüchtig zu, wenn ihre Mutter und ihre Schwester gemeinsam kicherten, schnipselten und rührten. Sie tröstete sich mit dem Wissen, dass sie ihnen umso kostbarer war, da sie auf Distanz blieb und die Nase rümpfte über alles, was mit der Küche zu tun hatte. Sie zogen sie damit auf, was für eine Prinzessin sie doch sei, aber sie verwöhnten sie auch und servierten ihr das Essen bereits vorgeschnitten auf einem Teller. Sie klagten einander, wie faul Stella sei, räumten ihr aber eifrig hinterher.

Nun, das gefiel Stella. Sie war keine Küchensklavin, sie hatte raffiniertere Talente, sie wusste im Dorf am besten mit der Nadel umzugehen. So verbrachte sie die heißen Stunden des Tages. Ihre blinde Großmutter lag auf dem Bett neben ihr und stimmte alte, sich reimende Geschichten an, während Stella mit ihren Händen vollkommene Dinge schuf. Winzige komplizierte Muster flossen ihr ganz selbstverständlich aus den Fingern. Sie produzierte Tischtücher, Zierdeckchen und Spitzen für festliche Kleider und war so gut darin, dass die Mädchen aus Ievoli sie um Hilfe bei ihrer Aussteuer baten. Ihre Mütter bezahlten Stella mit Hühnern, Käse und Oregano-Pizzen, die so groß waren, dass sie Assuntas Küchentisch halb bedeckten. Wenn keiner hinsah, verdrückte Giuseppe sie dennoch ganz allein, der Schlingel.

»Schade, dass dich die Mädchen nicht damit bezahlen können, dir mit *deiner* Aussteuer zu helfen«, klagte Assunta. »Aber keine ist so gut wie meine Stella.« Das zu sagen, forderte das Glück heraus, und Assunta bekreuzigte sich hastig.

»Ist schon gut so. Ich brauche sowieso keine Aussteuer, Ma.«

»Keine Aussteuer?«, schnaubte Assunta. »In was für Bettwäsche willst du schlafen, wenn du erst verheiratet bist? Willst du deinem Mann sein Essen auf einem Tisch ohne Tischdecke servieren?«

»Ich werde nicht heiraten«, sagte Stella. »Nicht, wenn es auch anders geht.«

»Heilige Mutter Gottes, hab Erbarmen mit meiner Tochter.« Assunta schnalzte mit der Zunge und bekreuzigte sich. »Sag solche Dinge nicht, Stella. Heute findest du es witzig, aber eines Tages verfluchst du dich, weil du dein Glück herausgefordert hast.«

Stella sagte nichts weiter dazu, da es keinen Sinn hatte, ihre Mutter zu erschrecken. Aber sie fing bereits an, ein paar Beschlüsse zu ihrer Zukunft zu fassen. Sie war nicht daran interessiert, einen Mann wie ihren schrecklichen, herumschreienden Vater zu heiraten und sich den Leib zu zerreißen, um ihm ein Kind zu schenken. Je länger sie darüber nachdachte, desto weniger konnte sie sich vorstellen, überhaupt je einen Mann zu heiraten.

Während ganz Ievoli nach dem Mittagessen bis zum ersten Läuten für die Messe um halb sechs Uhr in eine tiefe Ruhe verfiel, saß Stella am Fenster mit Blick auf den Zitronenbaum und konzentrierte sich auf ihre Stickarbeit. Die Häuser rundum waren still und dunkel, nur die Blüten der Bougainvilleen bewegten sich heiter in der leichten Brise. Der Brunnen, die Lebensquelle der Dorfes, plätscherte vor sich hin, ungestört von Wäsche waschenden Hausfrauen, die Gärten waren so leer, als hätten sie sich selbst angelegt, und die blanken Gesichter von Tomaten und Pfefferschoten schimmerten rot an ihren Stängeln. Ein Reisender, der um diese Tageszeit durch das Dorf käme, könnte annehmen, dass es von seinen Bewohnern verlassen und von den Geistern perfektionistischer Gartenbauer heimgesucht worden war.

Das Haus der Fortunas gehörte mittlerweile zu den schäbigsten. Die Mädchen waren sozial benachteiligt, ohne Vater und Mitgift. Dennoch galten sie 1935, als Stella fünfzehn Jahre alt war und Cettina bald vierzehn werden würde, als die schönsten Mädchen Ievolis. Sie waren hübsch, hatten eine saubere Haut und volle Lippen, den Unterschied aber machten Stellas und Cettinas Kleider.

Mit dem bisschen zusätzlichen Geld vom Verkauf der Seide und ihrer Spitzen hatte Stella von einem reisenden Händler Stoff gekauft, um für sich und ihre Schwester ein paar schöne neue Sachen zu schneidern. Sie experimentierte mit flotten Puffärmeln und schmalen, eng anliegenden Taillen. Die Mädchen trugen die Kleider abends zur Messe, was eine Eitelkeit war, die der Herr sicher guthieß, gab sie doch allen im Ort einen Grund, in die Kirche zu kommen – um über die hübschen, eitlen Fortuna-Mädchen zu tratschen.

Immer ehrgeizig, nähte Stella sich und Cettina im Sommer 1935 eine *pacchiana*, eine Festtracht. Das war ungeheuer kompliziert, und Stella lernte nach und nach dazu. Die meisten Frauen bestellten ihre Pacchiana bei einer spezialisierten Schneiderin. Väter sparten Jahre darauf, ihrer Tochter eine solche Tracht kaufen zu können, die dann für das ganze Leben war, wobei die Röcke ausgetauscht wurden, grün für die noch unverheiratete Frau, rot für die verheiratete und schwarz für die Witwe.

Nun, Stella hatte nicht viel Geld, aber den Willen, es zu schaffen. Sie und Cettina würden in diesem Jahr zur *fhesta* gehen, zum ersten Mal in ihrem Leben nach Nicastro. Ihr Nachbar Gae Felice hatte erzählt, das Fest in Nicastro sei viel größer als das in Ievoli, zwei Tage Tanz und Musik und Verkaufsstände, an denen es alles – von Anisbonbons bis zu Goldschmuck und handgemalten Postkarten von den Franziskanern in Paola – gab. Assunta hatte versprochen, ihren Töchtern zu erlauben, zur Fhesta nach Nicastro zu gehen, wenn Stella die Kleider anfertigte, was praktisch unmöglich schien. Aber sie hätte wissen sollen, wie stur Stella sein konnte, wenn sie etwas wollte.

Stella brauchte eine Vorlage, an der sie sich orientieren konnte. Assuntas Pacchiana taugte dafür nicht. Sie war schnell und billig im Jahr vor ihrer Hochzeit geschneidert worden, als ihr Vater tot umgefallen war und Maria kaum Geld für Assuntas Mitgift hinterlassen hatte. Also arbeitete Stella nach Nonna Marias sehr schöner Pacchiana, die allerdings fünfzig Jahre alt war und modernisiert werden musste. Ihre blinde Großmutter legte die einzelnen Teile nacheinander an und zeigte Stella, wie sie zusammengehörten. Gemeinsam strichen sie mit den Händen über die Säume, Stella betrachtete und rekonstruierte, was sie sah, und ihre Nonna drehte sich, um ihr zu zeigen, wie sich der Rock zu heben hatte und das Schultertuch liegen musste. Marias welke Augenhöhle verschwand in ihrer Wange, als sie wie ein sorgloses junges Mädchen lächelte.

Eine Pacchiana bestand aus vielen Teilen, und Stella musste immer gleich zwei davon nähen, für sich und Cettina: einen langen weißen Unterrock, dann den Leinenrock, hellgrün wie die Blätter eines Orangenbaums, den man sich gerafft um die Taille wickelte, um eine Turnüre, ein Gesäßpolster, zu bekommen. Anschließend das schwarze Wolloberteil, das in eine knielange, mit Fransen besetzte Schürze überging. Oben über dem Brustkorb musste die Pacchiana eng anliegen, was Stella die Möglichkeit gab, ihre und Cettinas Figur zu unterstreichen. Die schwarzen Ärmel reichten bis zum Ellbogen, wo sie in eine durchbrochene, von Stella gehäkelte Spitze übergingen. Über dem Oberteil, das sittsam das Dekolleté bedeckte, erlaubte die Pacchiana einen einzelnen lebhaften roten Stoffstreifen, der aus den schwarz-weißen Stoffschichten herauslugte.

Cettinas Beitrag zu den Kleidern waren die Gürtel. Sie waren etwa fingerbreit und würden so fest wie möglich gebunden werden, um die Taillen der beiden in dem ganzen Stoffwust zu betonen. Cettina war eine geduldige Stickerin, solange sie ein Muster hatte, dem sie folgen konnte, und Stella stickte ein paar Blumen und Ranken, die ihre kleine Schwester bis ins winzigste Detail kopierte.

In der Woche des Ferragosto, nach dem Pilgergang zum Heiligtum der Jungfrau in Dipodi, waren die Kleider fertig. Cettina half Stella, sie auf dem Bett auszubreiten, damit ihre Mutter sie bewundern konnte. Assunta genügte das nicht. »Du musst sehen, ob alles so passt, wie es gedacht ist, Stella«, sagte sie, und so halfen sich die Schwestern gegenseitig, ihre neuen Kleider anzuziehen. Obwohl sie die einzelnen Teile während der letzten Monate immer wieder anprobiert hatte, fühlte es sich doch seltsam an, fast so, als überquerte sie eine Brücke, als Stella ihre Pacchiana anzog und sah, wie ihre Mutter und ihre Schwester sie betrachteten. Und dann stand auch ihre kleine Schwester in der vollständigen Tracht einer erwachsenen Frau da – ihre kleine Schwester, die zwei Zentimeter größer als Stella war, mit einem Busen, der das enge Oberteil so kraftvoll hob, dass man unmöglich nicht hinsehen konnte. Nun, das war der Sinn und Zweck eines solchen Kleides. Stella schaute auf ihren eigenen Busen, der sich ebenfalls stolz präsentierte. Auch den würden die Leute anstarren.

»Fhijlie mie«, sagte Assunta. Ihr rannen Tränen über die Wangen. »Meine Mädchen, ihr seid Damen.« Sie berührte Stellas Stirn und zeichnete mit dem Daumen dreimal ein Kreuz darauf, um den *mal'oicch* zu bannen, dann tat sie das Gleiche bei Cettina. »Jetzt müsst ihr euch besonders vorsehen. Jetzt werden alle neidisch sein.«

Die Fortunas brachen im Morgengrauen zur Fhesta nach Nicastro auf. Die Mädchen saßen in ihren brustbetonten Pacchianas steif im Karren der Felice-Brüder. Stellas Herz klopfte erwartungsvoll, wenn sie an das geschäftige Nicastro dachte und die zahllosen Leute, die zum Fest kommen würden. Der Karren kämpfte sich die holprige Bergstraße hinunter, und Stellas Brüste hüpften herausfordernd auf und ab, weit näher an ihrem Kinn als gewöhnlich, was gleichermaßen aufregend und beunruhigend war. Die Männer würden sie ansehen. War das etwas, was sie wollte? Die Erinnerung an die Warnung ihres nackten Vaters meldete sich unerklärlicherweise in ihr, und wie er sie in der Dunkelheit gekniffen hatte. Während die Sonne aufging, ihre ersten Strahlen auf sie warf und die Unterseiten der Olivenblätter rosa färbte, versuchte Stella, die widerliche Erinnerung an ihren Vater zu verdrängen.

Gae und sein Bruder Maurizio liefen die ganze Strecke über beschwingt neben dem Karren her und schwatzten wie alte Freunde mit Assunta. Die beiden hatten es raus, wie man mit älteren Frauen flirtete, und Assunta störte es nicht, so zu tun, als durchschaute sie sie nicht. Sie trug ihr gewohntes schwarzes Kopftuch – nur nicht zu festlich aussehen –, aber sie strahlte, was die Sorgenfalten verschwinden ließ.

Nicastro war eine alte Stadt, die sich unterhalb einer normannischen Burg den Berg hinaufzog. Alle Straßen waren mit Steinplatten gepflastert und von zerbröckelnden, aber doch unsterblichen normannischen Mauern gesäumt. Der zentrale Corso war ein richtiggehender Boulevard, breit wie ein Feld. Als sie ankamen, war er bereits voller Straßenhändler und Musikanten. So viele Menschen hatte Stella in ihrem Leben noch nicht gesehen oder sich vorstellen können. Schwarze Röcke und lange schwarze Männermäntel strömten zwischen den Karren und hölzernen Ständen auf der Chiazza hin und her. Es gab reiche, sahnehäutige Mädchen mit goldenen Kruzifixen und funkelnden *cornetto*-Amuletten, die schwer auf ihren Brüsten lagen und sich hoben und senkten, um das Sonnenlicht einzufangen. Stella versuchte, sich vorzustellen, wie viel diese Halsketten gekostet haben mochten.

Die drei Fortunas gingen schüchtern an den Händlern vorbei, mit Gae als freundlichem Aufpasser. Giuseppe, der natürlich auch dabei war, hatte sein Taschengeld bekommen und war mit Maurizio in der Menge verschwunden. Sie sahen die beiden erst wieder, als es Zeit fürs Mittagessen war. Mittlerweile hatte sich Stella an den Trubel gewöhnt und entspannt, trank Wein und klatschte zur Musik.

Das Gedränge der schwarzen Pacchiana-Röcke wurde von unerwarteten Farbflecken durchbrochen. Stella sah eine Frau in einem auffallenden Kleid, das so rosa wie eine Mandevilla war. Sie starrte sie an und konnte sich nicht mal vorstellen, wie man einen Stoff so zu färben vermochte. Die Frau trug ihr schwarzes Haar unbedeckt und offen und kam, wie Stella bewusst wurde, auf sie zu.

Assunta, die Cettinas Ellbogen hielt, sah die Frau ebenfalls näher kommen und griff mit einer schnellen Kehrtwendung nach ihren Töchtern.

»Eine *zingara*«, flüsterte sie den beiden zu. Eine Zigeunerin. Wobei sie nicht sicher gewesen wäre, das sagen zu können, hätte sie nicht gehört, wie eine andere Frau ihren Begleiter einen Moment zuvor darauf aufmerksam machte.

Cettinas Kopf fuhr herum, um diese Frau noch einmal anzusehen, und Assunta gab ihrer Tochter einen Klaps auf die Hand. »Sieh sie nicht an, oder sie stiehlt dir deine Geldbörse.«

Stella spürte, wie ihr Herz schneller schlug. Echte Zigeuner. Sie versuchte, einen Blick auf die Frau zu erhaschen, ohne den Kopf zu drehen.

»Seht einfach nicht hin«, sagte Gaetano, »und passt immer auf euer Geld auf.«

»Warum sind die hier?«, flüsterte Cettina.

»Um zu betteln«, sagte Gae, »und sich an Leuten zu bereichern, die nicht aufpassen.«

Cettina war errötet. »Nein, ich meine, warum sind sie hier in Nicastro, wenn keiner sie mag? Warum gehen sie nicht woanders hin?«

»Weil sie nirgends gemocht werden«, sagte Gae. »So einen Ort gibt es nicht.«

Cettina gab ihr Geld für ein frittiertes Gebäck aus. Stella sah fasziniert zu, wie der Verkäufer flüssigen Teig in das zischende Öl goss, ihn nach einer Weile wieder herausfischte, einen Löffel in ein Glas Kastanienblütenhonig eintauchte (wie viel so ein großes Glas kosten musste!) und bernsteinfarbene Tropfen auf dem heißen Gebäck verteilte, das er Cettina auf einem dünnen Stück Fichtenholz gab. Natürlich teilte sie sich die Köstlichkeit mit ihrer Schwester.

Stella nahm eine Anisnascherei, *liquirizia*. Sie war salzig und würzig und ließ ihre Zunge kribbeln, obwohl Stella die schärfsten Chilis essen konnte, ohne auch nur eine Träne zu vergießen. Mit sehnsüchtigen Blicken ging sie an den Ständen der Stoffhändler vorbei, betrachteten Tische voller Bänder, glänzender Fäden und Knöpfe. Es war gut, zu wissen, was ihr fahrender Stoffhändler nicht hatte und dass es Waren gab, bei denen sie in Zukunft etwas härter verhandeln konnte.

Assunta kaufte verschiedene Dinge – einen besonderen Hartkäse, getrocknete Sila-Steinpilze, die köstlicher als Fleisch sein sollten –, und dann sah sie einen dicken, kahlköpfigen Goldverkäufer mit einem Gefolge aus dunkelhäutigen jungen Männern, die seinen Stand beschützten. Assunta blieb stehen und betrachtete jedes einzelne Stück, das da lag. Dann schien sie etwas gefunden zu haben.

»Wie viel kostet das?«, fragte sie den Mann hinter dem Tisch.

Bevor der seinen Mund aufmachen konnte, trat Gaetano vor, stellte sich zu Assunta und grüßte den Goldverkäufer respektvoll, indem er kurz zwei Finger an den Hut legte. Der Mann nannte einen Preis, und Assunta sah Gae an, der nickte. Es war in Ordnung, der Preis war fair.

Stella, gegen ihren Willen beeindruckt von Gaes Courage, trat etwas näher, um das Stück besser sehen zu können. Es war ein winziges *cornetto*, ein Schutz vor dem bösen Blick, geformt wie eine Pfefferschote und aus weißem Knochen geschnitzt.

»So etwas brauchst du in deinem Alter«, sagte Assunta. Sie drehte sich nicht zu ihr um, aber Stella wusste, wen ihre Mutter meinte. Es war wegen des Busens, den Stella zeigte. »Um den Reiz zu bändigen.« Assunta fragte den Verkäufer: »Haben Sie noch eines?«

»Nein, Signora. Nur, was Sie hier sehen.« Er beugte sich über seinen Bauch nach vorn, um auf ein anderes Teil auf seinem Tisch zu deuten. »Da ist nur das da noch, auch aus geschnitztem Knochen, aber schwarz, nicht weiß.«

Assunta betrachtete das schwarze *cornetto* und beugte sich dabei so tief darüber, dass ihre Nase nur noch Zentimeter davon entfernt war. »Es ist anders«, sagte sie.

»Ja, die Farbe.« Die Stimme des Mannes klang gleichzeitig geduldig und müde. »Ansonsten ist es gleich, geschnitzter Knochen, der gleiche Preis.«

Assunta richtete sich wieder auf und wandte sich Gae zu. »Bitte, sag dem Mann, dass ich beide kaufen möchte.« Dabei klopfte sie sich etwas heftiger auf ihre rechte Brust, als es in der Öffentlichkeit angemessen war, und begriff nicht, dass sie so jedermann zeigte, wo sie ihr Geld aufbewahrte. »Wir sind in einer Minute wieder da.«

Stella und Cettina gingen mit ihrer Mutter in die nächste Seitengasse, wo Assunta sich, sehr verdächtig, vorbeugte, ihren Reichtum zwischen den Brüsten herausholte und die Münzen auf ihrer Hand ausbreitete, damit Stella sie zählen konnte. Die beiden Glücksbringer würden sie fast ihr ganzes Geld kosten. Aber dienten diese Feste nicht genau dazu? Dass man sich Dinge leistete, die man nicht jeden Tag bekam?

Sie kehrten zum Goldhändler zurück, wo Assunta Gae das Geld gab und der es an den dicken Mann weiterreichte. Die beiden Glücksbringer wurden an Lederbänder gehängt, bevor der Mann sie Assunta reichte.

»Eines Tages kauft euch jemand eine Goldkette dafür«, erklärte Assunta ihren Töchtern. »Vielleicht ich, vielleicht euer Ehemann.« Sie band ihnen die Glücksbringer um den Hals, Stella den weißen, Cettina den schwarzen. »Denkt daran, wenn es so weit ist: Eine breite Goldkette glänzt mehr, aber eine schmale hat mehr Gold, weil die Glieder enger zusammen sind. Wenn er euch eine sehr schmale Kette schenkt, wisst ihr, dass ihr einen guten Mann gefunden habt.«

Am Nachmittag kamen die Musiker, und das Einkaufen wurde von Gesang, Trinken und Tanz abgelöst. Stella scheute sich, als sie die anderen Mädchen tanzen sah, beneidete sie aber auch um ihre Anmut. Es war unmöglich, sich von ihren lächelnden Gesichtern und ihrem herumwirbelnden Haar nicht angezogen zu fühlen, und bald schon schmolz die Scheu dahin. Stella und Cettina fügten sich in den Kreis der lachenden jungen Frauen ein, die sie noch nie zuvor gesehen hatten, und drehten sich mit ihnen auf ihren nackten Fußballen zur nicht enden wollenden Musik der Ziehharmonika und der Geige – das war das Geheimnis der Tarantella: immer weiterzutanzen, damit die Spinne keine Chance hatte, dich zu beißen. Stella warf verstohlen Blicke auf den Ziehharmonikaspieler, einen gut aussehenden, lebhaften jungen Mann etwa Mitte zwanzig mit einem freundlichen Gesicht und lockigem Haar. Die Musik, die er machte, wühlte ihr Blut auf und vermochte fast die vergiftete Erinnerung an ihren Vater wegzuwischen, die sie den ganzen Tag schon verfolgte.

Stella war tief in Gedanken versunken, als eine Stimme hinter ihr sagte: »Hallo, *bella ragazza.*«

Wäre sie nicht so verblüfft gewesen, hätte sie womöglich anders reagiert, abwehrend oder sarkastisch. Stattdessen wirbelte sie herum, machte große Augen und sagte: »Wer? Ich?«

Der junge Mann hinter ihr stand nahe genug, dass sie ihn trotz der Musik und des lauten Gelächters hatte hören können. Er war gut zehn Zentimeter größer als sie und vielleicht drei Jahre älter, hatte lockiges dunkles Haar und eine saubere Haut. Er hob seine schwarze Mütze an und verbeugte sich.

»Oh, ich hätte *ragazze* sagen sollen«, verbesserte er sich. »Ihr seid zwei.« Stella spürte, wie Cettina neben ihr aufgeregt einatmete. »Zwei schöne Schwestern?« Keine von beiden sagte etwas. »Ihr seid nicht aus Nicastro. Ich würde eure Gesichter kennen, wenn ich euch schon einmal gesehen hätte. Woher kommt ihr?«

»Aus Ievoli«, antwortete Cettina und hätte womöglich noch mehr gesagt, aber Stella kniff sie fest genug in den Arm, dass sie aufschrie.

»Man sagt Fremden nicht einfach so, woher man kommt«, schalt Stella sie.

»Deine Schwester hat recht«, stimmte der junge Mann ihr zu, und Stella wusste, ohne hinzusehen, dass sich Cettinas Augen mit Tränen der Verlegenheit füllten. Der junge Mann spürte es vielleicht ebenfalls. »Aber ich bin auch kein Fremder, also solltest du dir keine Vorwürfe machen.« Er deutete mit dem Kinn auf Gae Felice, der unbemerkt zu ihnen getreten war. Eben noch hatte er den halben Corso hinunter bei einer Gruppe junger Männer gestanden. Offenbar wachte er wie ein Falke über sie. »Seid ihr mit ihm verwandt?«, fragte der junge Mann. »Er ist mein Freund.«

»Nicht verwandt, aber sie sind wie Schwestern für mich.« Gae trat vor und schlug dem Freund mit den dunklen Augen auf die Schulter. »Stefano, wie geht's?«

»Oh, nicht schlecht, Gae.« Stefano lächelte Stella zu, die spürte, wie ihr eine Gänsehaut die Arme hinaufzog. Er mochte sie und machte kein Geheimnis daraus. Zu Gae sagte er: »Willst du mich deinen Schwestern nicht vorstellen?«

Gae schlug ihn, gar nicht so sanft, mit der Hand auf die Brust. »*Wie* Schwestern, habe ich gesagt. Gehen wir nicht zu weit.« Zu

Stella und Cettina sagte er: »Meine Damen, ich möchte Ihnen Stefano Morello vorstellen, aus Sambiase. Kennt ihr Sambiase?« Die Mädchen verneinten, und Gae zeigte über die Chiazza hinweg zur Straße, die aus Nicastro in Richtung Meer führte. »In dieser Richtung der nächste Ort.«

»Sehr erfreut«, sagte Stella, obwohl sie, da sie nichts über den jungen Mann wusste, nicht zu ernst klingen wollte.

Stefano verbeugte sich noch einmal. »Und darf ich nach den Namen deiner geheimnisvollen, entzückenden Freundinnen fragen?«

Gae antwortete nicht gleich. Er starrte Stefano an – das war eine territoriale Herausforderung. »Mariastella und Concettina Fortuna. Und gleich da drüben« – er deutete zu dem Fels hinüber, an dem Assunta lehnte und sorglos zur Musik in die Hände klatschte, ohne zu merken, dass zwei junge Männer die Tugend ihrer Töchter bedrohten – »steht ihre Mutter, Signora Assunta Mascaro.«

»Ich freue mich darauf, ihr vorgestellt zu werden«, sagte Stefano so friedfertig wie selbstsicher. Gaes ritterliche Aufpasserrolle zeigte eine neue, besitzergreifende Art. Stella konnte nicht sagen, ob die beiden nur gute Freunde waren, die sich gegenseitig aufzogen, oder ob da mehr auf dem Spiel stand.

Gae und Stefano schwatzten ein paar Minuten, während Stella und Cettina Blicke wechselten, ohne wirklich ihre Meinung auszudrücken. Es war unmöglich, die beiden jungen Männer nicht zu vergleichen. Stella wusste, dass Gaetano von allen Mädchen Ievolis bewundert wurde, aber ihr gefiel Stefano besser, so schlank, sauber und dunkel. Sein Gesicht, umrahmt von vollen schwarzen Locken, war schmal und harmonisch.

»Nun«, sagte Stefano, und die Musik änderte sich, als wollte sie ihm helfend zur Seite stehen, »würdest du mir die Ehre eines Tanzes gewähren, *bella*?«

»Wir tanzen nicht mit Männern«, sagte Cettina. Die Regeln waren das Einzige, was ihr Sicherheit gab.

»O nein«, sagte Stefano übertrieben verdrossen, aber nicht überrascht. »Nun, vielleicht könnten wir dann zu eurer Mutter gehen und gemeinsam mit ihr die Musik genießen?«

Das taten sie. Assunta war dem unbekannten jungen Mann gegenüber skeptisch, doch das verlor sich, sobald der hoch in ihrer Achtung stehende Gae seinen Freund als vertrauenswürdig vorstellte. Stefano kaufte ihnen eine kleine Flasche Wein, die sie sich teilten, während Giuseppe wie eine verrückte Straßenkatze zwischen den Tanzenden herumlief. Stella entspannte sich und beschloss, Stefano Morello zu mögen – er schien klug und sanft und jagte keine möglichen anderen Tanzpartnerinnen, sondern war damit zufrieden, ihrer Mutter zu gefallen. Würde sie wollen, dass er ihr den Hof machte? Ihre Hand hielt und sie küsste? Sie schob den Gedanken beiseite und konzentrierte sich auf die Musik.

Sie blieben auf der Fhesta, bis die Glocken zur Sechs-Uhr-Messe riefen, gingen in der höhlenartigen Kirche Nicastros zur Kommunion und machten sich anschließend auf den Heimweg. Die Felice-Brüder begleiteten sie den Berg hinauf, Mauri ging mit einer Laterne voraus, damit der Esel nicht vom Weg abkam, und Stella, die erschöpft und berauscht zugleich war, döste immer wieder ein. Sie hatte ein Lied im Kopf, *Calabrisella Mia*, das die Musiker heute zweimal gesungen hatten. Es erzählte die Geschichte eines jungen Mannes, dem ein schönes, dunkeläugiges Mädchen das Herz bricht, weil es seine Liebe nicht erwidert.

Mit leidenschaftlichen Augen sahst du mich an, lautete der Text, *und ich hab dir dein schönes Tuch gestohlen. Meine Calabrisella, wir wollen uns lieben. Ich sterbe vor Verlangen.*

Es konnte nicht das erste Mal sein, dass sie das Lied gehört hatte, es war das kalabrische Volkslied, das jeder kalabrische Junge, ob verliebt oder zum Scherz, seinem errötenden oder genervten Mädchen vorsang. Für den Rest ihres Lebens dachte Stella an die Fhesta in Nicastro, wenn sie dieses Lied hörte, dessen Refrain ihr über Tage die Ohren füllte.

Tirulalleru lalleru lala! Sta Calabrisella muriri mi fa!

Zwei Wochen nach ihrem Ausflug kam Stefano samstagnachmittags den ganzen Weg von Sambiase nach Ievoli. Es musste durch die Mittagshitze gelaufen sein, um zum Abendessen da zu sein, übernachtete bei den Felices und klopfte am Sonntagmorgen nach der Messe in der Kirche Santa Maria Addolorata an Assuntas Tür. Ob er sie am Nachmittag besuchen dürfe, fragte er.

»Sie kommen von so weit her«, sagte Assunta.

»Aber nicht von zu weit.« Er lächelte. »Nicht zu weit, um wieder herzukommen.«

Sämtliche Frauen Ievolis redeten über den gut aussehenden, begüterten jungen Studenten, der den weiten Weg aus Sambiase auf sich genommen hatte, weil er von Stellas Schönheit verzaubert war. Alle im Ort beneideten sie, und Assunta vollführte immer wieder den Zauber gegen den bösen Blick, um sie vor der Eifersucht der anderen Mädchen zu schützen. Aber es stimmte, Stefano musste sehr verliebt sein. Über den Winter hin kam er vier weitere Male, sogar früh im Januar, als ein Sturm über das Land fegte. Alles war mit einer dünnen Schneeschicht bedeckt, auch noch, als Stefano ankam, unerwartet, zum Ende der Messe. Er hatte den Fortunas ein kleines Glas richtigen Kaffee mitgebracht. Sie brühten ihn in einem Topf über dem Feuer auf und ließen ihn auf den kalten, schneebedeckten Steinen draußen abkühlen. Stefano führte die kichernden Fortunas die nasse Straße hinunter und schnipste den sauberen Schnee von den Zweigen in eine Schüssel. Anschließend streuten sie ihn über den fast kalten Kaffee, gaben zwei Teelöffel wertvollen Honig dazu und aßen die seltene Köstlichkeit, eine *scirubetta*, indem sie drei Löffel herumreichten. Der fünfjährige Luigi bekam den Löwenanteil.

Neben dem Kaffee brachte Stefano den Fortunas auch andere Geschenke mit: eine Flasche Weinbrand, einen geschnitzten Servierlöffel und auch eine Kette für Stellas *cornetto*. Es war eine schmale Goldkette mit Gliedern von der Größe eines Nadelkopfs. Stella fragte sich, ob er Assuntas Rat vor all den Monaten auf dem Fest gehört oder es von seinen Eltern erklärt bekommen hatte.

Bei diesem Besuch bat er Assunta um Erlaubnis, der *fidanzato* ihrer Tochter zu sein.

»Nun, ich bin nicht ihr Vater. Das ist schwer zu sagen.« Assunta war sich nicht sicher, wie sie die Situation beurteilen sollte, aber sie wollte ihrer Tochter auch keine Steine in den Weg legen, und so sagte sie: »Aber ja, meine Erlaubnis hast du.«

Eine andere Mutter hätte vielleicht hinzugefügt: »Wenn sie nichts dagegen hat«, doch der Gedanke kam Assunta nicht. Stella war dankbar für die Gedankenlosigkeit ihrer Mutter, weil sie so selbst keinerlei Versprechen machen musste. Stefanos Aufmerksamkeit verwirrte sie und verursachte ihr ein gewisses Unwohlsein. Sie verbrachte seine Besuche hin- und hergerissen zwischen ihrer Freude über seine wundervolle Gesellschaft und der Angst davor, dass er sie zu seiner Ehefrau machen wollte. Warum fürchtete sie sich davor, seine Frau zu werden? Sie konnte sich die Frage selbst nicht beantworten, doch schon beim bloßen Gedanken daran zog sich ihr der Magen zusammen. Sie mochte Stefano und fand, dass er gut aussah. Aber je stärker sie sich von seiner Ausstrahlung angezogen fühlte, desto mehr wuchs ihre Abneigung gegen ihn. Wenn sie ihn zu nahe an sich heranließ, fasste er sie womöglich an. Vielleicht dort, wo ihr Vater sie angefasst hatte, band sie an sich und füllte sie mit seinem Samen. So gut Stefano auch aussah, sie konnte sich trotzdem nicht vorstellen, jemals einen Mann so zu mögen, dass es sich lohnen würde, sich in die Sklaverei einer Ehe zu begeben.

»Ich werde kein Contadino«, erklärte Stefano ihr. Wie hätte er wissen sollen, dass das Stella nur an ihren Vater denken ließ? »Du würdest keine Bauersfrau werden, die Brennholz schleppen und wie ein Ochse Felder pflügen muss.«

»Ich arbeite gern«, sagte Stella. »Ich bin eine gute Arbeiterin.«

Sie wollte ihn nicht mit falscher Zuversicht erfüllen. »Im Übrigen, was willst du denn werden, wenn nicht auch ein Contadino?«

»Ich werde mein eigenes Land haben«, sagte er, »und nicht für einen anderen schuften.«

Stella überlegte. Das klang gut, doch dann dachte sie, ein Huhn könnte auch sagen: *Ich lege keine Eier mehr. Von jetzt an bin ich ein Hahn.* »Wie willst du das Land bekommen? Das kostet viel Geld.«

»Mussolini bereitet große Veränderungen vor. Er nimmt Italien den reichen Prinzen weg und gibt es den Italienern zurück.« Er schüttelte den Kopf. Seine dunklen Locken beeindruckten die Frauen Ievolis. »Vielleicht ziehe ich nach Catanzaro oder nach Rom. Ich denke, vielleicht gehe ich in die Politik.«

Stella warf Cettina einen Blick zu. Sie waren nicht sicher, was In-die-Politik-gehen bedeutete. »Willst du Bürgermeister oder so was werden?«

»Ich will Teil einer neuen Welt sein«, antwortete Stefano und kniff die dunklen Augen zusammen. »Vielleicht ein Minister in der Regierung. Aber um so weit zu kommen, muss ich mir einen Ruf aufbauen, mir Respekt verschaffen. Also werde ich erst einmal Soldat.«

»Oh, ein General, das kann ich mir vorstellen.« Assunta beugte sich vor und hielt ihm eine Schüssel mit Schmalzgebäck hin, das sie gerade frisch gemacht hatte. »Die Uniform würde dir gut stehen.«

Den Rest seines Besuches über war Stella sehr still. Ihre Mutter schien in Bezug auf Stefano so sicher zu sein, und Stefano in Bezug auf Stella. Er war ein kluger, ehrgeiziger junger Mann, der für sie sorgen wollte. Und er war fraglos ein Hauptgewinn – adrett, gepflegt, gebildet und bereit, stundenlang aus einem anderen, reicheren Dorf unterwegs zu sein, um zu besuchen. Aber warum war offenbar niemand daran interessiert, was sie zu alledem zu sagen hatte? Es kam ihr vor, als bewegte sich die Welt um sie herum immer schneller, während sie selbst tiefer und tiefer in Unbehagen versank.

Dem musste sie jedoch nie Ausdruck geben, weil der Brief eintraf.

* * *

Antonios Brief kam Anfang April und war an Cicciu Mascaro adressiert, Nicolas älteren Sohn und nächsten männlichen Verwandten Assuntas, der als Aufpasser und Vertreter seiner Tante agieren sollte. Der Brief besagte, dass Antonio trotz der ausgebliebenen Hilfe seiner Frau einen Fünf-Personen-Pass für seine Familie bekommen hatte. Dieser Pass wartete bei einem Signor Vittorio Martinelli in Neapel auf sie, zusammen mit den bereits bezahlten Passagen auf einem Schiff namens *Monarch*. In fünf Wochen würden sie ablegen, am 17. Mai. Cicciu sollte die Geschäfte der Familie ordnen, Esel, Ziegen und Möbel verkaufen. Wenn sie in der Kürze der Zeit niemanden für das Haus fanden, sollte Cicciu sich darum kümmern, bis alles unter Dach und Fach war, und ihnen das Geld nachschicken. Er sollte Assunta und die Kinder nach Neapel bringen und helfen, Signor Martinelli zu treffen. Assunta würde für alle nötigen Ausgaben aufkommen.

Woher nahm Antonio das Recht, all das zu bestimmen? »Das kann nicht sein, Mamma«, sagte Stella. »Er kann doch nicht einfach unser Haus verkaufen. Er kann uns doch nicht zwingen, das alles zu tun.«

Assunta war sprachlos vor Kummer, aber Maria sagte traurig: »Doch, das kann er. Er ist ihr Mann.« Er konnte mit allem, was Assunta gehörte, machen, was er wollte. Ein Haus, das eine Frau, Ros, einer anderen, Assunta, geschenkt hatte, wurde vom Patriarchat geschluckt. Zack! Einfach so.

Ich muss Ihnen sicher nicht erklären, wie verzweifelt Assunta war. Zwei Tage lang lag sie auf ihrem Bett und schluchzte, unfähig, irgendetwas zu tun, ein Küchentuch über die Augen gebreitet.

Was sollte mit Nonna Maria werden? Sie stand nicht mit im Pass. Assunta war sicher, ihre Mutter würde sterben, blind und ohne Geld oder jemanden, der ihr etwas zu essen brachte oder ihre Wäsche wusch. Nun, da war Za Violetta, aber das war kaum ein Trost.

Während dieser Tage, in denen Assunta vor Verzweiflung zu nichts fähig war, kochte Cettina, und sie und Stella kümmerten sich um den Garten, wobei sie daran dachten, dass sie nichts von dem würden essen können, was sie angepflanzt hatten.

Stella war wie taub vor widerstreitenden Gefühlen, bedrückt und verschlossen. Und Zigeunern gleich, die um eine Fhesta kreisten und auf ihre Chance warteten, sich unter die Leute zu mischen, flackerte rings um ihre emotionale Betäubung Wut, Hass und Schmerz auf – Hass auf ihren Vater und Wut auf ihr Dorf, weil es nicht wohlhabender war. Das alles ergab keinen Sinn. Stella mochte es lieber eindeutig schwarz oder weiß, und so wehrte sie alles ab. Sie ertrug den Gedanken nicht, Ievoli zu verlassen, ihre Großmutter, ihren Lieblingsplatz auf der Chiazza, von dem aus sie den Sonnenuntergang verfolgte, die Straßenkatzen, die sich in den sonnenheißen Gassen an ihre Beine schmiegten. Doch das war nicht alles. In all ihrem Schmerz keimte und spross auch etwas anderes, der Traum von einem anderen Leben. Trotz des fürchterlichen Schocks, erleben zu müssen, dass ihr nichtsnutziger Vater ihre ganze Existenz aus den Angeln zu heben vermochte, fragte sich Stella, ob es nicht ein Geschenk Gottes war. Sie würde nach Amerika gehen und sich nicht entscheiden müssen, ob sie Stefano heiraten wollte oder nicht.

Cettina mit ihren dreizehn Jahren schwankte zwischen Tränen und Gleichmut. Ihr Gemütszustand folgte wie immer dem ihrer Mutter und ihrer Schwester, und so war das alles besonders verwirrend für sie. Stella wusste, dass Cettina mehr als sie leiden würde, denn sie war nicht so stark, und da Stella es ihr und ihrer

Mutter nicht noch schwerer machen wollte, fraß sie ihre Trauer in sich hinein, verwandelte ihre Verdrossenheit in Mitgefühl, bürstete und flocht ihnen das Haar, rieb ihnen die Rücken und nahm sich der praktischen Dinge, der Wirklichkeit, an.

Es gab so viel zu regeln, und während Assunta sich im Schoß ihrer blinden Mutter ausweinte, beschloss Stella, dass sie diejenige war, die die nötigen Vorbereitungen zu treffen hatte. Es war nicht genug Zeit, das Haus zu verkaufen, und so versuchten sie es erst gar nicht. Cicciu würde Antonio das Geld schicken, wann immer sich ein neuer Besitzer gefunden hatte. Die Kleider der Fortunas passten alle in den einen großen Koffer, den Stella in Salvatores Laden kaufte und allein den Berg hinauftrug. Er war unhandlich und schwer, und auf halbem Weg war Stella verschwitzt und wütend auf sich, weil sie keine Hilfe hatte annehmen wollen. Zu Hause dann legte Cettina den Boden mit Basilikum und Minze aus, um Ungeziefer, Krankheit und Unglück abzuwehren, und die beiden Schwestern fingen an zu packen.

Das im Januar geschlachtete Schwein würde verkommen, und deshalb aßen sie, so viel sie konnten, *suppressata* zu jedem Abendessen. Die Witwe Nicoletta hatte gehört, dass die Fortunas weggingen, und fragte, ob sie ihre Hühner haben könne. Sie hatte kein Geld, aber wenigstens hatten sie damit eine Sorge weniger. Es waren gute Legehennen, und Stella hoffte, dass Nicoletta sie nicht schlachtete, um ihren Faulenzer-Sohn damit zu füttern.

Den dreizehn Jahre alten Esel schenkte Stella Gae Felice. Sie wollte den armen Kerl nicht verkaufen, nicht an jemanden, der das alte Tier vor einen Pflug zu spannen versuchte. Sie hielt Gae für einen guten Menschen und glaubte, dass er sich liebevoll um dem *ciucciarijllu* kümmern würde. Sie musste das hinter Assuntas Rücken arrangieren, oder es wäre zu einem großen Spektakel gekommen, das niemand wollte.

Stefano kam an ihrem zweitletzten Sonntag noch einmal zu Besuch. Ihre Abreise traf ihn nicht, er selbst würde im Herbst in die

Armee eintreten. »Wir werden bald zusammen sein«, erklärte er Stella, die noch unsicherer als zuvor war, ob sie das wollte. »Der Ozean ist nicht schwer zu überqueren. Sobald ich genug Geld für ein schönes Haus habe, schicke ich nach dir. Du musst nicht lang dort drüben bleiben.«

Als Stella sich zum letzten Mal von Stefano verabschiedete, ließ sie sich von ihm auf die Wange küssen. Das wünschte sie sich von ihm für den Fall, das sie ihn nicht wiedersehen würde.

Fünf Wochen sind gar nichts, vor allem, wenn an ihrem Ende ein »für immer« steht.

Die ganze Familie unternahm einen Abstecher nach Nicastro, um Passfotos machen zu lassen. Als Stella ihr fertiges Foto sah, war sie überrascht. Ihr Gesicht erinnerte sie erschreckenderweise an ihren Vater.

Für ihre letzte Messe in Ievoli wuschen und parfümierten Stella und Cettina ihr Haar mit Zitrone und zogen ihre schönsten Kleider an. Stella wollte, dass das Dorf sie in bester Erinnerung behielt. Die Sonne brannte auf die schwarze Wolle herunter, und sie schwitzte in die bauschigen Ärmel, als sie in der Bank der Fortunas knieten. Stella hatte sich Basilikumblätter unter die Achseln gesteckt, um den Körpergeruch zu überdecken, aber sie würde das Kleid noch einmal waschen müssen, bevor sie es für die Reise einpackte. Sie konnte kaum ahnen, dass sie es in Amerika niemals tragen würde – dass nichts von dem, was die amerikanischen Frauen trugen, auch nur annähernd wie ihr bestes Kleid aussah. Sie war nervös und vermochte sich nicht auf Vater Giacomos Predigt zu konzentrieren, sondern betete zur Statue der schmerzensreichen Gottesmutter Maria, dass das Schiff, mit dem sie fahren würden, nicht mitten auf dem Ozean unterging.

Montags, den kleinen Luigi hinter sich, trugen sie ihre letzte Wäsche zum Waschen den Berg hinauf, und während Stella ihre Kleider auf den Steinen rieb, stellte sie sich Antonios Welt vor, in der das Wasser von ganz allein in die Häuser floss, als hätte man seinen eigenen, privaten Brunnen in der Küche. Eine Welt, in der man niemals einen Eimer auf dem Kopf den Berg hinuntertrug oder die Wäsche auf den Steinen eines Bachs wusch. Es würde sie nicht unglücklich machen, nie wieder Wäsche waschen zu müssen, dachte sie. Sie hatte ja keine Ahnung, wie sehr sie sich noch nach dem kalten, klaren Bergwasser aus Ievolis Zisterne sehnen würde oder dass sie in den kommenden Jahren, für den Rest ihres Erwachsenenlebens, vor allem waschen, waschen, waschen würde.

Am 15. Mai, dem Tag vor ihrer Abreise nach Neapel, schlich sich Stella aus dem Haus – allein, ausnahmsweise einmal wollte sie Cettina nicht dabeihaben. Sie stieg den Berg hinauf zu Don Mancusos Kastanienbäumen. Die Bäume waren voller silbriger Blütenkätzchen, und zwischen den messerförmigen Blättern summten und sirrten Bienen und Fruchtfliegen. Stella war der einzige Mensch weit und breit, niemand hatte um diese Jahreszeit einen Grund, hier zu sein. Sie fand den Baum, unter dem sie ihre erste Periode bekommen hatte, war so gut wie sicher, dass es der richtige war, und strich über seine gefurchte Rinde.

Nie wieder würde sie sich mit Kastanien die Finger zerstechen oder einen Stachel unter einen Nagel treiben. Ihre Tage der Feldarbeit waren vorbei. Stella wusste nicht, woher die Amerikaner ihre Kastanien bekamen, sicher nicht von Don Mancuso. Sie setzte sich unter den Baum, schloss die Augen und versuchte, das Summen der Bäume und den Geruch des warmen Sommerwinds in sich aufzunehmen.

Als es dämmerte, kam sie den Berg wieder herab, ging jedoch nicht nach Hause, sondern lief an ihrem Haus vorbei die Via Fontana hinunter, durch die Gassen mit den zum Teil mit Stuck verzierten, steinernen Häusern. Ohne jemanden ihren Blick auffangen zu lassen, durchquerte sie den Ort und nahm den Weg zum Friedhof.

Seit Jahren war Stella nicht mehr hier gewesen, aber sie erinnerte sich gut, wie sie als kleines Mädchen mit ihrer Mutter hergekommen war, um das Grab der verlorenen Mariastella zu besuchen. Assunta betete jeden Tag vor dem kleinen Schrein, den sie zu Hause für ihre erste Tochter errichtet hatte. Stella wusste nicht, wie oft ihre Mutter noch hierherkam.

Die purpurnen Blüten der Bougainvilleen schlugen im sanften Wind gegen die Friedhofsmauer, Blumensträuße balancierten auf den schmalen Simsen vor den Namensschildern und ließen gleich erkennen, wer am meisten vermisst wurde. Stella ging an allen vorbei und bog in die letzte Reihe ein, in der es schattig und kühl war.

Das war er, ihr Name, in Marmor gemeißelt. Es war das Teuerste, was ihre junge Mutter je gekauft hatte. Blumen gab es keine. Fühlte sich ihre verlorene Schwester vernachlässigt? Der Priester würde sagen, dass es hier niemanden gab, der sich vernachlässigt fühlen konnte, und dass Mariastella bei Gott im Himmel war. Aber wenn alle dem Priester glaubten, warum standen dann so viele Blumen auf den Gräbern?

»Mariastella«, sagte sie, und ihre Stimme klang trocken und kraftlos. Wie merkwürdig es war, jemand anderen mit dem eigenen Namen anzusprechen. Stella schluckte, um sich den Gaumen zu benetzen, und versuchte es noch einmal. »Mariastella.«

War sie hier?

Auf Stellas nackten, vernarbten Unterarmen stellten sich die Härchen auf, aber sie war so nervös, dass sie nicht dachte, dass es der Beweis für etwas war.

»Ich wollte dir sagen ...« Aber nein, sie *wollte* es ihr nicht sagen. »Ich dachte, du solltest wissen, dass wir von hier weggehen.« Der Wind hörte sich plötzlich lauter an, und da sie überzeugt war, sie sollte es tun, fuhr sie mit den Fingern über den in den Stein gemeißelten Namen. »Wir müssen dich verlassen. Es tut mir so leid.«

Es war, wie sie sagte: *Es tut mir so leid*, und sie spürte den

Druck hinter ihren Augen, die Tränen. Seit vielen Jahren hatte sie nicht mehr geweint, und sie würde es natürlich auch jetzt nicht tun.

Als sie sich wieder unter Kontrolle hatte, sagte sie ein wenig steif: »Wir werden dich nie vergessen. Bitte hab keine Angst.«

Ihre Stimme wurde ohne alle Wärme vom Stein zurückgeworfen. Verwirrt und ohne zu wissen, warum, schlang Stella die Arme um sich und ging.

* * *

Assunta musste sich am Abend vor ihrer Abreise von Maria verabschieden, denn es war zu schwierig für die blinde Frau, mit zum Bahnhof nach Feroleto zu kommen. Stella hatte ihre Mutter noch nie so still erlebt wie am folgenden Morgen. Assunta sah selbst wie eine alte Frau aus, schwer getroffen von der Trennung.

Noch keiner von den Fortunas war je mit der Eisenbahn gefahren, auch Cousin Cicciu nicht, der sie bis nach Neapel begleiten würde. Schon der bloße Gedanke hatte etwas Einschüchterndes, und sie wollten nichts falsch machen. Es war ein dunstiger Tag für die Jahreszeit, eine merkwürdige Feuchtigkeit stieg vom Meer her auf. Sie waren zu früh und warteten zwei Stunden auf der Chiazza von Feroleto. Als es endlich Zeit war, einzusteigen, kniff die kleine, runde Za Violetta Stella liebevoll in die Wange. »Ich werde dich vermissen, Stella«, sagte sie nur, und Stella sah ihrer Tante in die klaren braunen Augen und glaubte, dass sie es ehrlich meinte.

»Gott segne dich, Za«, sagte Stella und meinte es ebenfalls ehrlich.

Der Zug kam aus Catanzaro, und es saßen bereits Leute darin. Nervös wartete Stella und hielt sich am Ellbogen ihrer schweigenden Mutter fest, während Cicciu sich nach Plätzen für sie umsah. »Wir dürfen das Gepäck nicht einen Moment aus den Augen lassen«, warnte er sie. »Es gibt überall Diebe.«

Sie würden den ganzen Tag im Zug verbringen und erst spätabends in Neapel ankommen. Am nächsten Tag würden sie Signor Martinelli treffen und medizinisch untersucht werden, tags darauf dann ging es in der Früh mit der *Monarch* los. Stella hatte Essen für die Zeit bis zu ihrer Abfahrt vorbereitet und trug das Portemonnaie mit den gesamten Lire der Familie bei sich. Sie hatte damit gerechnet, dass Cicciu, ihr Aufpasser, sie bitten würde, ihm das Geld der Familie zu geben, aber bisher hatte er das noch nicht getan. Stella nahm an, dass er genauso nervös wie die Fortunas war.

Der Zug fuhr ruckelnd aus den Bergdörfern hinaus, vorbei an den Straßen und Wäldchen, die Stella so gut kannte, hinein in die weniger vertraute gelbe Ebene Nicastros, wo sie eine halbe Stunde Aufenthalt hatten, um mehr Leute aufzunehmen. Einige Passagiere nutzen die Gelegenheit, um mit ihren Ziegen den Bahnsteig auf und ab zu gehen. Hinter Nicastro änderte sich die Szenerie völlig. Da war das Meer, so nahe, dass sie das Gefühl hatte, sie müsse nur die Hand aus dem Fenster strecken, um es zu berühren.

Stella hatte das Meer ihr Leben lang von ihrem kleinen Berg aus sehen können und verfolgt, wie es seine Farbe wechselte, von Silber, wenn ein Gewitter darüberzog, zu Gold beim Sonnenuntergang. Aber jetzt, während der Zug über die schiefen Gleise wackelte, füllte es das ganze Fenster. Es gab keinen Horizont, nur das Nacheinander türkisfarbener Wellen, die sich weiß verfärbten, wenn sie auf dem beigefarbenen Sand der Küste ausliefen. Stella hatte sich das Meer nie mit Wellen vorgestellt, genauso wenig wie seine Endlosigkeit. Übermorgen schon würden sie in das Nichts da draußen hinausfahren. Sie verspürte ein unheimliches, aber doch vertrautes Gefühl von Angst.

Zwei Stunden nach Sonnenuntergang kamen sie in Neapel an. Die Passagiere drängten zum Ausgang und stießen mit Ellbogen und Gepäck gegen Assunta. Die Fortunas sammelten ihre Besitztümer zusammen, und Cicciu flehte sie besorgt an, sich zu beeilen, bevor der Zug weiterfuhr. Einer nach dem anderen stolperten sie die hölzernen Stufen auf den Bahnsteig hinunter. Stellas Augen mühten sich, ein einzelnes Gesicht in dem unendlichen Fluss aus Hüten und Tüchern zu erfassen. Einen Herzschlag lang stand sie wie betäubt da, während die Leute an ihr vorbeidrängten. Alle strebten in wortloser Übereinkunft auf den Ausgang zu, und da meldete sich ihr Überlebensinstinkt auch schon wieder, und sie packte Giuseppe am Arm. »Du bleibst bei mir«, fuhr sie ihn an und rief: »Mamma!« Assunta, das Gesicht immer noch vor Trauer ganz leer, kam an ihre Seite, Luigi auf dem Arm. Cettina, die Brave, folgte Stella, ohne dass man es ihr hätte sagen müssen, und drückte sich die Tasche der Fortunas an die Brust wie ein dickes Kleinkind. »Zu Cicciu, wir folgen dir«, sagte Stella nachdrücklich zu ihrem Cousin, der sich zusammenriss, ihren Koffer nahm und sie in den Strom der Leute führte.

Die Fortunas waren müde und erschöpft nach der zwölfstündigen Zugfahrt, aber doch nicht zu müde, um von der unglaublichen Szenerie überwältigt zu werden, die sich beim Verlassen des Bahnhofs vor ihnen auftat. Die nächtlichen Straßen wurden von Laternen mit großen Glaskugeln erleuchtet, und die Häuser ragten so hoch auf wie die Bäume. Es war warm und schwül hier am Meer, die Luft feucht und schwer. Trotz der späten Stunde waren überall Menschen, dahineilend, schlendernd, und unter dem Säuleneingang des Bahnhofs, in den Schatten, standen Gruppen von Zigeunern, wie Stella gleich erkannte. Neapolitanische Männer jeden Alters spazierten Arm in Arm dahin auf ihrer abendlichen *passeggià* oder schwatzten mit Frauen, die ihr Haar offen und Kleider in allen Farben trugen. Stella nahm an, dass auch das Zigeunerinnen waren, und fragte sich, warum die Männer mit ihnen sprachen. Hatten sie keine Angst, ausgeraubt zu werden? Cicciu sah, wie sie die Frauen anstarrte, beugte sich zu ihr hinab und flüsterte fast schon aufgeregt: *»Puttani.«* Vielleicht hatte Cicciu auch noch nie eine Hure gesehen und war ebenso fasziniert wie Stella. Das waren die gefallenen, die ehrlosen Frauen, die es von sich aus mit Männern machten und Geld dafür nahmen. Waren sie so auf die Welt gekommen? Oder hatten die Männer sie dazu gemacht? Konnte man es ihren Gesichtern ansehen?

Eine Pferdekutsche hielt rumpelnd vor ihr. »Soll ich euch fahren?«, rief der Kutscher ihnen mit einem schweren Akzent zu und riss Stella aus ihren Gedanken. Wie dumm, so dazustehen, wie die Idioten um sich zu starren und sich den Dieben und Betrügern dieser berüchtigten, gefährlichen Stadt förmlich anzubieten.

»Müsst ihr irgendwo hingebracht werden?«, rief der Kutscher wieder. Stella sah Cicciu an, erkannte die Unsicherheit in seinem Gesicht und spürte, wie sich ihr Magen zusammenzog. Cicciu wusste nicht, was sie tun sollten.

»Ich bringe euch«, sagte der Kutscher. »Eine Lira, wohin immer ihr wollt.«

Stella sah wieder Cicciu an, bemerkte seine Anspannung. Er war wie gelähmt.

»Kommt schon«, sagte der Mann jetzt streng. »Wisst ihr denn nicht, wie gefährlich diese Stadt ist? Jeder kann sehen, dass ihr hier neu seid, und euch ausnehmen. Ich bringe euch, wohin ihr müsst, bevor jemand kommt und euch ausraubt, oder schlimmer noch.«

»Eine Lira«, sagte Stella und war überrascht, die eigene Stimme zu hören. »Eine Lira, egal, wohin?« Diese Stadt war riesig und fremd. Stella würde nicht wissen, wie sie ihre Unterkunft finden sollten, wenn es nicht jemanden gab, dem sie trauen konnte. Sie hoffte, dass dieser Kutscher nicht einer von den üblen Menschen war.

»Eine Lira«, wiederholte der Mann.

Stella sah ihren Cousin noch einmal an, und der nickte. »Eine Lira«, sagte er, und sie stiegen in die Kutsche.

Cicciu nannte dem Mann den Namen des Hotels und die Straße, in der es lag, alles, was er aus Antonios Brief wusste. Der Kutscher fing eine Unterhaltung an, sah über die Schulter und rief ihnen in seinem unergründlichen neapolitanischen Akzent Fragen zu. Cicciu und Assunta sagten nichts, und Stella fühlte sich gedrängt, ihm zu antworten, woher sie kamen und dass sie nach Amerika fuhren. Sie fühlte sich jedoch zunehmend unwohl, diesem Fremden so viele persönliche Dinge zu verraten, antwortete nicht mehr und ließ ihn das Schweigen mit seinem Gerede brechen. Die feuchte Luft roch leicht säuerlich wie ein fauler Kürbis, den man unerwartet unten im Gemüsevorrat findet, nur salziger. Sie kamen an Läden und dunklen Gassen vorbei, und Stellas Herz klopfte, als sie daran dachte, dass sie eine ganze Lira für eine Kutschfahrt zu ihrem Hotel ausgaben, doch dann sagte sie sich, dass sie es selbst niemals gefunden hätten.

Als der Kutscher schließlich hielt, verglich Cicciu den Namen des Hotels noch einmal mit dem auf seinem Zettel, und Stella dachte, dass er ziemlich lang dafür brauchte. Sie sah, wie das Papier in seiner Hand zitterte. Die Fortunas kletterten aus der Kutsche, und der Mann half ihnen mit ihrem Koffer.

Stella holte die Geldbörse hervor, die sie in den Falten ihres Rockes versteckt hatte. Als sie die Münze herausnahm, um sie dem Fahrer zu geben, dachte sie an Ciccius zitternde Hand und bemühte sich, ihre Nerven zu beruhigen.

»Eine Lira pro Person, Signorina«, sagte der Fahrer.

Stellas Herzschlag beschleunigte sich. Sie wusste, dass das nicht stimmte, ein voller Tageslohn für eine kurze Kutschfahrt – er versuchte, sie zu betrügen. »Ich glaube, es sollte eine Lira für uns alle sein, Signore.« Kaum, dass die Worte aus ihrem Mund waren, schalt sie sich dafür, »ich glaube« gesagt und nachgiebig geklungen zu haben. Sie starrte ihn an. »Sechs Lire sind viel zu viel für diese kurze Fahrt.«

»Signorina, da haben sie unrecht.« Die tief liegenden Augen des Kutschers blickten ernst. »Vielleicht wissen Sie nichts von der Straßensteuer? Die Preise sind in den letzten beiden Monaten in die Höhe gegangen. Wenn ich den Beamten nicht die genaue Steuer für jede Person gebe, die ich transportiert habe, zahle ich eine hohe Strafe und verliere vielleicht sogar mein Geschäft. Und sie wissen immer, wer wen mitgenommen hat, diese Carabinieri. Sie haben nichts Besseres zu tun, als den ganzen Tag ehrbare Leute auszuspionieren. Wenn mich einer von denen mit sechs Leuten gesehen hat, und ich kann die Steuer nicht bezahlen … *pffft.*« Er fuhr sich mit der Hand über die Kehle, als wollte er sich den eigenen Kopf abschneiden.

Stella drehte den Kopf zu Cicciu, der auf die Erde sah. Er würde ihr nicht helfen. Sie kochte vor Wut und ertrank in Zweifel. Sie war sicher, dass der Kutscher sie betrog, aber dann auch wieder nicht. Und da standen ihre kleine Mutter, Cettina und die Jungen und sahen sie mit großen, angstvollen Augen an. Sie hatte das Geld. Sie musste eine Entscheidung treffen. Nun, bald würden sie in Amerika sein, und da konnten sie dieses Geld sowieso nicht mehr brauchen.

Sie grub in ihrer Börse und versuchte, eine Fünf-Lire-Münze zu finden. »Es tut mir leid, aber so ist es, Signorina«, sagte der Kutscher. »Ich weiß, es ist schwer für euch Emigranten, die ihr vom Land kommt, wo alles ganz anders ist. Ich stamme selbst auch nicht von hier.« Sie spürte, wie sich ihr Puls beruhigte, als sie ihm die Münze gab. Sein Blick schien mitfühlend. »Aber wenn man lang genug hier in der Stadt lebt, begreift man, wie die Welt funktioniert, wissen Sie.« Er sah in seine Hand. »Und der Rest, Signorina?«

Stella, die einen Moment nicht aufgepasst hatte, war sofort wieder wütend. »Wie meinen Sie das, der Rest? Reichen Ihnen die sechs Lire nicht?« Sie spürte, wie ihre Familie um sie herum mit den Füßen scharrte, spürte den Druck, keine Fehler zu machen. »Wollen Sie uns noch mehr abnehmen?«

Der Kutscher lachte nicht unfreundlich. »Nein, Signorina, sechs sind genug. Aber Sie haben mir nur zwei gegeben.« Er streckte die Hand aus und zeigte ihre zwei Ein-Lira-Stücke.«

»Oh«, sagte sie schroff und fühlte sich so klein wegen ihrer

Wut. *Kann ich so dumm gewesen sein?* »Entschuldigung.« Sie nahm die Lira zurück und tauschte sie gegen ein Fünf-Lire-Stück ein. Seine Finger schlossen sich darum, noch bevor sie gegen die andere Münze stoßen konnte. Schon kamen ihr neue Zweifel, aber da saß der Mann bereits wieder auf seinem Bock und schnalzte den Pferden zu.

Drinnen im Hotel blieben die Fortunas bei der Tür stehen und bildeten einen schützenden Ring um ihren Koffer und ihre Taschen, während Cicciu zur Rezeption ging, um mit dem Hotelier zu sprechen. Sie waren richtig, wie es schien. Es gab ein langes Gespräch zwischen den beiden Männern. Warum gab es so viel zu klären? Stella, die noch ganz aufgeregt war von der Auseinandersetzung mit dem Kutscher, stand bei ihrer Mutter, hatte sich Trost suchend bei ihr eingehakt und spürte Assuntas stotternden Puls in der dicken Ader ihres Ellbogens. Endlich rief Cicciu Stella, damit sie die beiden Zimmer bezahlte, eines für Cicciu, eines für die Fortunas, für zwei teure Nächte. Damit hatte sie jedoch gerechnet. Stella zählte vierzig wertvolle Lire auf die Theke und sah, was noch übrig war. Es war zu wenig.

»*Scusi*, Signore, könnten Sie mir sagen, was eine Kutschfahrt vom Bahnhof hierher kosten sollte«, fragte sie den Hotelier. »Für uns sechs?«

Der Mann zuckte mit dem Schultern. »Eine Lira, nicht mehr.«

Eine Lira. »Aber was ist mit der …« Stella versuchte, sich an die Worte des Kutschers zu erinnern. »Die Straßensteuer, die die … Carabinieri prüfen?«

»Es gibt keine Straßensteuer, Signorina.« Der Hotelier schüttelte den Kopf. »Es tut mir leid. Die *truffatori* meiner Stadt. Sie bringen uns alle in einen schlechten Ruf.«

Der Mann zeigte ihnen ihre Zimmer, wo sie sich verdrossen einrichteten. Stella war so zornig auf sich selbst, dass sie kein Wort herausbrachte. Als ihre Mutter ihnen ihr Essen gegeben hatte, leerte sie die Geldbörse, und richtig, es waren vier Lire zu wenig.

»Er hat mich betrogen«, sagte sie laut.

»Oh, Stella«, sagte ihr Mutter. »Es ist eine Schande, aber wir können nichts daran ändern. Fünf Lire, sie sind dahin.«

»Nein«, sagte Stella, und es brannte in ihr. »Er hat mich ein zweites Mal betrogen. Ich *wusste*, ich hatte ihm sechs gegeben, aber er muss die eine Münze schnell ausgetauscht haben, und ich habe ihm noch fünf gegeben.« Sie war so wütend auf den Mann wie auf sich selbst, dass es ihr den Blick vernebelte. Sie kniff die Augen zusammen und sah, wie Assunta und Cettina sie verständnislos anblickten. »Ich habe ihm«, erklärte sie, »eine Lira gegeben, dann noch fünf und noch mal fünf. Eine hat er mir zwar zurückgegeben, aber damit haben wir immer noch zehn Lire für eine Fahrt bezahlt, die eine Lira hätte kosten sollen.«

Als sie es endlich begriffen, schnappte Cettina nach Luft, und Assunta schnalzte mit der Zunge und sagte: »Madonna!« Cicciu konzentrierte sich auf seine *suppressata* oder vielleicht auch darauf, Stellas Blick auszuweichen.

Stella holte tief Luft. Sie musste sich beruhigen. »Wie kann jemand so schlecht sein? Menschen zu bestehlen, die sich nicht schützen können?«

»Die Welt ist voller schlechter Menschen, meine kleine Maus«, sagte Assunta. Ihre Augen waren immer noch gerötet von den Tränen, die sie wegen ihrer Mutter vergossen hatte, aber jetzt sah sie ihre Tochter an. Stella versuchte zu schlucken, doch ihr Fehler saß ihr in der Kehle fest. »Du kannst niemandem auf dieser Welt trauen, nur dir selbst. Du musst genau wissen, was du glaubst, damit du dich daran halten kannst. Sonst werden die Leute immer versuchen, dich zu betrügen oder zu verwirren.« Assunta klopfte auf das Bett neben sich. »Komm, setz dich her, Stella, und iss ein wenig Brot.«

Stella wandte sich zur Wand, um sich zu sammeln, sah jedoch weiter aus dem Augenwinkel auf ihre Mutter. Assuntas Rat, niemandem zu trauen, war etwas, das alle immer wieder sagten, ohne wirklich darüber nachzudenken, was es bedeutete. Doch das tat Stella jetzt. Darüber nachdenken, was es hieß, etwas zu glauben – sie hatte geglaubt, dass sie dem Fahrer sechs Lire gegeben hatte, und er hatte sie davon überzeugt, dass es nicht so war. Es war ihr Fehler, so schwach gewesen zu sein, dem nachzugeben.

Später lag Stella in dem unbequemen Bett, den Kopf neben den Füßen von Mutter und Schwester, und polierte den Kristall aus Wut und Scham in ihrem Herzen. Nie mehr würde sie schwach sein und sich keine Selbstzweifel mehr erlauben. Auf jede Situation würde sie vorbereitet sein und sich nie, nie wieder übervorteilen lassen. Und wenn, hatte sie es verdient.

Ein Junge, der nur ein paar Jahre älter war als Stella, holte die Fortunas am nächsten Morgen ab, um sie zu Signore Martinelli, dem Auswanderungsagenten, zu bringen. Er vergewisserte sich, dass sie ihre Passfotos dabeihatten, und führte sie ein kurzes Stück durch gepflasterte Straßen und über einen breiten Boulevard zum Büro der Agentur, wo bereits fünfzehn Personen warteten. Auf einer der Wartebänke war ein Platz für Assunta, aber für niemanden sonst.

»Heute ist viel zu tun, weil das Schiff morgen ablegt«, erklärte der Junge. »Warten Sie hier, Signor Martinelli wird Sie hereinrufen.« Ihre Begleitung verließ sie, um, wie Stella annahm, weitere Familien aus anderen Hotels abzuholen.

Sie warteten vielleicht eine Stunde. Zwischendurch öffnete sich mehrmals die Tür zum Sprechzimmer, eine Familie kam heraus, und Signor Martinelli las den Namen einer anderen von einer Liste ab. Die Wartenden wurden weniger und dann wieder mehr, weil neue dazukamen. Assunta, deren Stimmung wieder etwas besser war, sang dem kleinen Luigi Lieder vor. Cicciu brachte Giuseppe die Regeln eines neuen Kartenspiels bei. Cettina blieb ruhig, und auch Stella redete kaum. Sie wurde von einer Furcht heimgesucht, die ihre Erschöpfung in den Hintergrund treten ließ.

Stella hatte Hunger, als Signore Martinelli sie endlich zu sich hereinrief. Er saß hinter einem schönen polierten, hölzernen Schreibtisch, und Assunta und Cicciu nahmen auf den zwei Hockern davor Platz. Die Kinder blieben stehen, Cettina trug Luigi, der eigentlich zu groß dafür war, auf der Hüfte.

Signor Martinelli, ein Mann mit schütterem Haar, dessen Gesicht von einem buschigen grauen Schnauzbart dominiert wurde, blätterte ihre Papiere durch. Stella hatte eine Ahnung, dass etwas nicht stimmte. Sein Gesichtsausdruck bestätigte es ihr.

»Sie sind Signora Fortuna«, sagte er endlich mit dem gleichen neapolitanischen Akzent, den sie seit ihrer Ankunft hörten, aber er sprach langsam und klar. Er musste es gewohnt sein, dass die Auswanderer Dialekte aus Teilen der südlichen Provinzen sprachen. »Assunta Mascaro, richtig?«

»Das ist sie«, sagte Cicciu.

»Und Sie sind Mario?«, fragte Signor Martinelli.

Einen Moment lang sagte niemand etwas. »Nein«, antwortete Cicciu endlich, »ich bin ihr Cousin Francesco. Ich bringe sie nur zum Schiff.«

»Sie fahren nicht mit?«

»Nein, Signore.«

Signor Martinelli hob den Blick und musterte die vier Kinder. »Also gut. Wer von euch ist Mario?«

Wieder senkte sich Schweigen über den Raum. Stella meldete sich schließlich zu Wort, als Cicciu es nicht tat. »Es gibt keinen Mario, Signore. Wir sind Stella, Concettina, Giuseppe und Luigi.« Sie deutete auf ihre Geschwister, deren Namen sie nannte.

»Stella?«, wiederholte Signore Martinelli. »Stella und wie weiter?«

Stella blinzelte, das Blut rauschte ihr in den Ohren. »Mariastella Fortuna«, sagte sie. »Das bin ich.«

Signor Martinelli seufzte laut. »Das ist ein Problem, meine Freunde. Ein großes Problem.« Er drehte die Papiere um, als wollte er, dass sie es sahen, wobei sie nicht lesen konnten, was da stand. »Das Visum ist ausgestellt für die Frau von Antonio Fortuna, Assunta Mascaro, sowie ihre vier minderjährigen Kinder: Sohn Mario, sechzehn Jahre, Tochter Concettina, vierzehn Jahre, Sohn Giuseppe, dreizehn Jahre, sowie Sohn Luigi, fünf Jahre. Offenbar hat jemand Sie, Signorina Stella, durch einen Sohn mit anderem Namen ersetzt. Das Visum ist damit inkorrekt. Es tut mir leid, sagen zu müssen, dass sie morgen nicht fahren werden.«

Dieses Mal dauerte das Schweigen noch länger. Stella spürte, wie Cettina neben ihr zitterte. Endlich sagte sie: »Was?«

Signor Martinelli wiederholte es noch einmal. Er brauchte viele Worte, um es ein zweites Mal zu erklären.

»Das kann nicht sein«, sagte Cicciu. Stella war erleichtert, dass er endlich etwas sagte. »Das ist seit langer Zeit so geplant. Zu Antonio hat dafür bezahlt, dass die Papiere fertiggestellt werden. Sie haben alles zurückgelassen. Za Assunta und die Kinder müssen morgen auf das Schiff.«

»Es tut mir leid«, sagte der Agent. »Das ist sehr unglücklich, aber die Regeln sind streng.«

»Das kann nicht sein«, sagte Cicciu wieder. »Das kann nicht …«

»Wie können wir das in Ordnung bringen?«, unterbrach Stella ihn. Cicciu steckte fest, sie brauchten eine Lösung, und das schnell, bevor Signor Martinelli sie aus dem Büro hinausbeförderte.

»Das lässt sich nicht in Ordnung bringen«, erwiderte Martinelli, an Cicciu gerichtet, als hätte dieser gefragt. »Das Visum ist nicht gültig. Ich kann nichts tun, es wurde von der amerikanischen Regierung ausgestellt. Antonio Fortuna muss noch einmal einen neuen Antrag stellen.«

Stella suchte hektisch nach einer möglichen Lösung. Sie erinnerte sich, etwas von Telegrammen gehört zu haben, mit denen sich Briefe innerhalb von Stunden an weit entfernte Orte übermitteln ließen. Vielleicht konnte sie ihren Vater noch rechtzeitig in Amerika erreichen? »Wenn er den Pass heute noch ändern lässt, könnten wir heute Abend mit ...«

»Signorina«, sagte der Agent, knapp, aber freundlich, »es dauert Monate, das in Ordnung zu bringen. Vielleicht Jahre. Ihr Vater muss bei der Regierung der Vereinigten Staaten einen neuen Pass beantragen, und es gibt strenge Quoten, wie viele Pässe sie ausstellen.«

»Quoten«, wiederholte Stella. Das Wort klang vertraut, obwohl sie nicht sicher war, was genau es bedeutete. Sie war wie betäubt. »Ein kleines Versehen, das zu diesem Fehler geführt hat.« Sie glaubte, in hysterisches Lachen ausbrechen zu müssen. »Eine kleine Änderung, die niemandem aufgefallen ist. Können Sie das nicht einfach zurückändern?«

Martinellis Schnauzbart hob sich, als er seufzte. »Es tut mir leid, Signorina. Die Amerikaner sind sehr streng mit ihren Visa. Sie können Ihre ganze Familie zurückschicken, wenn es eine Unstimmigkeit gibt, und dann sind Sie und ich in großen Schwierigkeiten.« In seinem Gesicht war Mitgefühl zu erkennen, Betrübnis – aber so war es auch bei dem betrügerischen Kutscher gewesen. »Ich darf Sie nicht auf das Boot lassen.«

»Was sollen wir denn jetzt machen?«, fragte Cicciu Signor Martinelli. Assunta, die neben ihm stand, weinte.

»Fahren Sie alle zurück in ihr Dorf«, sagte der Agent.

Was konnten sie tun?

Die Fortunas fuhren wieder nach Hause.

Im Bahnhof zählte Stella die Münzen für die Rückfahrt. Sie hatte gemischte Gefühle gehabt, was Amerika anging, aber da sie nun plötzlich doch nicht fuhren, wurde sie von einem heftigen Gefühl der Sinnlosigkeit übermannt. Ihre letzten Ersparnisse dem dreckigen Fahrkartenverkäufer zu geben, um dahin zurückzukehren, von wo sie losgefahren waren. Was für einen Zweck hatte das alles?

Cettinas Gesicht war schweißnass, sie dachte das Gleiche. »So viele Sachen, die wir mit dem Geld hätten kaufen können«, flüsterte sie Stella so laut zu, dass man es noch in zehn Schritten Entfernung hören konnte. »So viele Paar Schuhe.«

»Wir brauchen keine Schuhe«, sagte Stella finster, »wenn wir sie nirgends tragen können.«

* * *

Das Schlimmste an schlechten Nachrichten sind oft nicht die Nachrichten selbst, sondern sie wieder und wieder erklären und die Reaktionen der Leute ertragen zu müssen, die es manchmal gut mit einem meinen, manchmal nur so tun und manchmal nicht mal das.

Ein großer Fehler. Wessen Fehler? Und da war nichts zu machen? Habt ihr wirklich alles versucht? Warum nicht dies, warum nicht das? All das Geld. Was für eine Verschwendung. Was wird dein Mann dazu sagen? Er wird wütend sein, was werdet ihr tun?

Ja, andere Leute sind manchmal das Schlimmste überhaupt.

Wenigstens hatten die Fortunas noch einen Platz zum Leben, da das Haus so kurzfristig nicht verkauft werden konnte. Aber zurück zu sein, das war sehr eigenartig. Sie waren nur ein paar Tage weg gewesen, und doch kam ihnen Ievoli mit einem Mal klein und erbärmlich vor. Stella war mit einem Zug gefahren, war am Meer gewesen, in einer großen Stadt. Sie hatte Geschäftsleute gesehen, Huren und Diebe. Ievoli war gleichzeitig der einzig sichere Ort im Mahlstrom verzweifelter Schicksale und doch nicht länger in der Lage, sie davor zu schützen.

Antonio Fortuna, fünftausend Kilometer weit weg, tobte. Er hatte Martinelli dafür bezahlt, den gesamten Papierkram zu übernehmen, um sicherzugehen, dass alles richtig gemacht wurde. Stattdessen war es komplett danebengegangen. Lag es an Antonios Handschrift? Er war es gewesen, der sich entschieden hatte,

»Maria« statt »Mariastella« zu schreiben, da das für ihn zu unamerikanisch klang. Er hatte gedacht, ein bekannter Name wie Maria würde die Bearbeitung der Einwanderungspapiere einfacher machen. Hatte er den Fehler verursacht, indem er etwas Neues und nicht ganz Korrektes ausprobierte? Oder war er betrogen worden?

Nach fünf Jahren in der Visums-Warteschlange waren Antonios Anstrengungen gescheitert. Aber er war Kalabrier, er würde nicht aufgeben und notfalls mit dem Kopf gegen die Wand rennen, bis der wie ein Kürbis platzte. Er reichte sämtliche Anträge noch einmal ein und füllte die Formulare sorgfältig Buchstabe für Buchstabe aus. Das war im Mai 1936, und wenn die mysteriöse Visums-Lotterie wieder so lange brauchte wie beim letzten Mal, würde er vielleicht 1941 mit seinen Kindern wiedervereint, von denen er eines nie gesehen hatte. Die anderen drei würden bereits erwachsen sein und Erwachsenenpässe brauchen. Aber das konnte er jetzt noch nicht planen, und so schickte er die Anträge los, damit sie unten in irgendeinem Stapel in einem Büro vor sich hin modern konnten, bis es fast schon zu spät war, noch etwas zu bewirken.

Die Nachricht über die *Monarch* erreichte Ievoli im Juli. Das Schiff war mitten auf dem Atlantik in Flammen aufgegangen und mit Mann und Maus in den Fluten versunken.

»Da wärst du fast wieder gestorben«, sagte Giuseppe. »Beinahe wärst du im Ozean ertrunken. Damit bist du jetzt viermal dem Tod so eben noch entkommen.«

Was sie erst zwei Monate später erfuhren.

Assunta betete viele Rosenkränze für die Menschen, die an Bord gewesen waren. Sie konnte den Gedanken kaum ertragen, dass all die Leute in Signor Martinellis Büro tot waren und die kleinen Babys, die zu ihren Füßen auf dem Boden gespielt hatten, auf dem Grund des Meeres lagen.

»Gott hat euch den Fehler mit Stellas Namen geschenkt, um

euch zu retten«, sagte Nonna Maria. »Gesegnet sei der Herr. Erst schien es ein dummer Fehler, dabei war es ein Geschenk Gottes.«

Stella dachte an ihr Gebet in der Kirche am letzten Sonntag, bevor sie nach Neapel gefahren waren. Hatte sie die Hand Gottes dazu gebracht, ihnen zu helfen? Sie dachte auch an ihren Besuch auf dem Friedhof, um sich von ihrer toten Schwester zu verabschieden, und an ihr Bedauern, sie allein zu lassen. Wenn die Fortunas auf See geblieben wären, hätten nicht mal ihre sterblichen Überreste dem Geist der ersten Mariastella Gesellschaft leisten können.

An einem windigen Sonntagnachmittag schlich sich Stella aus dem Haus, während Cettina damit beschäftigt war, ihr Haar zu waschen und zu entlausen. Stella hatte verschiedene Fragen, und sie musste allein sein, um sie stellen zu können. Sie lief die Via Fontana hinunter auf den Friedhof zu Mariastellas Grab, die Arme schützend vor der Brust verschränkt. Das Unheimliche ihres letzten Besuchs war verflogen, nicht aber das Gefühl einer drohenden Gefahr.

»Ich weiß, dass du hier bist«, sagte Stella zu der kalten Marmorplatte, ohne natürlich eine Antwort zu bekommen. »Ich möchte nur eine Sache klären. Hast du das ganze Schiff versenkt, um mich zu bekommen? Hast du all die Menschen umgebracht, weil du mich so sehr hasst?« Sie wartete in der Stille, solange ihre Geduld währte. »Oder war es andersherum?«, fragte sie. »Hast du mich gerettet, indem du meinen Namen auf dem Visum geändert hast?«

Die Sonne brannte auf ihren schwarzen Zopf herunter, und eine Böe wirbelte den Schmutz zwischen den Gräbern auf. Stella hatte gewusst, dass sie keine Antwort bekommen würde, war aber dennoch enttäuscht. »Ich weiß, dass du da bist«, sagte sie wieder, gab auf und ging nach Hause.

Warten, jahrelang. Statt fünf Wochen hatten sie jetzt eine unbestimmte Zeit, um sich zu verabschieden. Sie wussten, sie würden weggehen, wussten aber nicht, wann.

Vom sechzehnten bis zum neunzehnten Lebensjahr wartete Stella. Oft sind gerade diese Jahre die lebendigsten, die auch den größten Einfluss darauf haben, was für ein Erwachsener ein Mensch wird. Stella sah zu, wie sich die jungen Männer und Frauen um sie herum verliebten, entliebten, stritten und Kinder bekamen. Sie sah zu, wie sie zu sich selbst und zu ihrer Rolle in der Gemeinschaft fanden, während sie und ihre Schwester und warteten, warteten, warteten, dass sie etwas aus Amerika hörten.

Monate, Jahreszeiten zogen vorbei, messbar an dem, was geerntet wurde, an den Feiertagen und wie viel größer Baby Luigi und wie viel wilder Giuseppe wurde, der in einen Pubertätsstrudel geriet und sich in ihrer Ein-Zimmer-Frauen-Welt behaupten musste. Stella hatte mit elf Jahren aufgehört zu wachsen, nur ihr Busen nicht. Cettina war mittlerweile drei Zentimeter größer als sie, hatte starke Schultern und stämmige Hüften – ein geborenes Muttertier, scherzte Assunta. Die Mädchen sahen gut aus, sehr gut. Assunta dankte jeden Tag ihren Amuletten, dass sie ihre Töchter vor den neidischen Gedanken der Nachbarn schützten. Aber was nützte es, die Schönste im Ort zu sein, wenn man wusste, dass man bald schon weggehen würde?

Die Mädchen in Stellas Alter verlobten sich und heirateten. Seit einiger Zeit schien Cettina ständig Bräuten dabei zu helfen, *mustazzoli* zu machen, die sie nach der Trauung verteilen konnten. Die Mädchen von Ievoli bemühten sich, die verfügbaren Jungen einzufangen, die Mütter, ihre Söhne dazubehalten, indem sie sie mit Frauen und Kindern an Ievoli banden, denn sie alle wollten weg, auswandern. Stella beobachtete das Spektakel mit distanzierter Belustigung, die Winkelzüge der Mädchen, die öffentlichen Avancen, das theatralische Werben von einer oder beiden Seiten. Die Auswanderung hatte den Heiratsmarkt des Dorfes auf den Kopf gestellt, zwar war es immer noch das Vorrecht des Jungen, seine Wahl zu treffen, aber mittlerweile erwartete er, dass sich die Mädchen darum balgten, dass er sich die Ehre gab, statt seinerseits um sie werben zu müssen. Es war eine nervtötende Scharade, ging es für die meisten doch darum, wie ihr Leben einmal aussehen würde. Stella hatte keine Freundinnen außerhalb der Familie, nicht wie Cettina. Ihre Mutter und ihre Schwester waren ihr genug, und sie wunderte sich über den Wunsch, das eigene Nest zu verlassen und sich ein anderes Leben mit einem Mann zu schaffen. Aber so ging es, musste es gehen, gemäß Gottes Auftrag, sich zu mehren. Stella störte es nicht, dass der Priester darauf bestand, eine gute Christin müsse heiraten. Waren jungfräuliche Nonnen nicht heilig? Mit dieser Ansicht stand sie im Dorf jedoch allein da. Da fehlte etwas in ihr, etwas, das alle anderen Mädchen, ihre Schwester eingeschlossen, zu haben schienen.

Der liebe, gesittete Stefano besuchte sie im Sommer 1936 jeden Sonntag. Es war ein beschwerlicher Weg, doch er wollte nicht zugeben, dass er ihn leid wurde. Alle mochten ihn sehr, den Stefano, Stella ebenfalls, die beschlossen hatte, dass sie nett zu ihm sein konnte, ging er doch bald schon in die Armee. Später würde sie froh sein, ihm zumindest das gegönnt zu haben.

Im Herbst bei der Kastanienernte musste Stella daran denken, wie sie im Mai hierhergekommen war und geglaubt hatte, sich nie wieder die Finger an den stachligen Schalen wund zu stechen. Sie kam sich dumm vor, nicht vorhergesehen zu haben, dass die Auswanderung nicht klappen würde. Der Plan, nach Amerika zu fahren, hatte von Anfang an keinen Sinn ergeben.

Es wurde November, und Stefano verabschiedete sich in die Armee. Nach zwei Wochen schrieb er Stella einen ersten Brief. Stella las nicht sehr gut, aber sie sah, wie elegant er zu schreiben vermochte. Assunta bewahrte den Brief oben bei ihrem Sonntagsgeschirr auf, wo er sicher war, und sie zeigte ihn jedem, der zu ihnen ins Haus kam.

Frühling. Artischocken. Bohnen. Fastenzeit. Ostern. Tomaten. Kürbisse. Sommer. Seidenraupen. Seidenernte, lange Nächte. Ferragosto. Der Pilgerzug nach Dipodi, das Himmelfahrtsmahl. Herbst. Fhesta, Oliven, Kastanien. Winter. Oliven. Weihnachten, das Fest des heiligen Salvatore. Wieder Oliven. Schweineschlachten. Fenchel. Orangen, Mandarinen. Und Artischocken.

Blasen, Flöhe, eingerissene Fingernägel. Messe, Messe. Für Visa beten, für blinde Mütter. Hochzeiten anderer Mädchen. Babys anderer Mädchen. Jungen, die verschwanden, nach Afrika, nach Rom, nach Frankreich.

Warten.

Und nochmals warten.

Und wieder warten.

* * *

Dreieinhalb Jahre verstrichen. Es war Ende Oktober 1939. Die Welt zog in den Krieg, und ich kann Ihnen nicht wirklich sagen, wie Antonio es schaffte, Visa für seine Familie zu bekommen, bei dem allerletzten Kontingent, bevor alle Einwanderung gestoppt wurde. Einige der Leute, mit denen ich gesprochen habe, nehmen an, dass dabei Geld die Hände gewechselt hat. Diesmal waren es drei Pässe: ein Visum für eine Ehefrau und zwei minderjährige Kinder, Assunta, Giuseppe und Luigi, dazu zwei einzelne Erwachsenen-Visa für Mariastella und Concettina. Am 16. Dezember sollten sie von Neapel aus in See stechen, ihr Schiff war die *Countess of Savoy*. Antonio hatte ihnen Zweite-Klasse-Passagen gekauft, das hieß, sie würden nicht im Zwischendeck schlafen wie er, sondern stilvoll in ihre neue Heimat reisen. Die Überfahrt sollte sieben Tage dauern, und er würde sie am 23. Dezember im Hafen von New York in Empfang nehmen.

Za Ros' älterer Bruder Franco, der in Frankreich lebte, kaufte das Haus in der Via Fontana für seinen Sohn, der zurück nach Ievoli wollte, um sich dort eine Frau zu suchen. Stella wusste,

Assunta war froh, dass das Haus damit in der Familie Mascaro blieb, selbst wenn sie, der bis eben noch ein Haus gehört hatte, plötzlich nichts mehr besaß, einfach durch den Federstrich eines Mannes auf der anderen Seite der Welt. Aber so ging es nun mal. Warum sich deswegen verrückt machen?

»Was immer passiert«, sagte Cettina zu ihrem Cousin Cicciu, »bitte, du darfst nicht zulassen, dass Zu Franco den Zitronenbaum fällt.« Sie zeigte aus dem Fenster auf den kleinen Baum in der Sonne zwischen Haus und Stall, den sie als kleines Mädchen gepflanzt hatte.

»Natürlich werden sie den Zitronenbaum stehen lassen«, sagte Cicciu. »Ihn zu fällen würde Unglück bringen.« Aber sie taten es trotzdem. Sie fällten alle Bäume und bebauten Assuntas Land mit Häusern für die Söhne weiterer Männer.

Assunta und ihre vier Kinder fuhren Ende November zum Einkaufen nach Nicastro. Antonio hatte Geld geschickt, sie sollten sich Reisekleider kaufen. Der neunjährige Luigi sah in seinem ersten guten Hemd und der kurzen brauen Hose zum Anbeißen aus. Stella und Cettina suchten sich zwei dunkelblaue Konfektionskleider aus, die, wie die Schneiderin ihnen versicherte, genau richtig für eine Reise nach Amerika waren, mit langen Ärmeln, die Stellas Narben verbargen. Assunta konnte für sich zu keiner anderen Farbe als Schwarz überredet werden.

Vom Postamt in Nicastro schickte Stella eine Nachricht an Stefanos Mutter in Sambiase, mit ihrer Postadresse in Amerika. Stefano war mit der Infanterie-Division Catanzaro nach Afrika verlegt worden. Während seiner Jahre in der Armee hatte Stefano immer wieder geschrieben, ohne von Stella je eine Antwort zu bekommen. Sie wusste nicht, was sie schreiben sollte, und im Übrigen schämte sie sich für ihre Handschrift. Als er in die Armee eintrat, muss Stefano geglaubt haben, bis 1939 längst wieder Zivilist zu sein. Stella verstand nicht, wie er annehmen konnte, dass sie beide, wenn er zweiundzwanzig und Stella zwanzig Jahre alt war, noch frei sein würden. Stella betete für ihn, aber er war weit weg an einem Ort, den sie sich nicht einmal vorstellen konnte, sodass sich ihre Gebete leer und richtungslos anfühlten. Oder vielleicht auch unehrlich – durch ihre geheime Hoffnung, dass die Armee ihn auf unbestimmte Zeit von ihr fernhalten würde und sie nie seine Frau werden musste.

Stella ging nicht wieder auf den Friedhof, als sie Ievoli für immer verließ. Sie zählte die Tage bis zum 14. Dezember, wenn sie den Zug nach Neapel besteigen würden. Sie dachte immer: *Morgen ist es so weit,* doch das war es dann doch noch nicht.

Neapel war im Dezember nasskalt. Feuchte Winde wehten vom Hafen herein und blieben an den schäbigen Häusern direkt am Wasser hängen. Die Stadt vermochte Stella kein zweites Mal in Staunen zu versetzen, im Übrigen wurde sie von einem Gefühl von Hoffnungslosigkeit und der Furcht ergriffen, dass wieder etwas danebengehen und alles verderben würde. Ihr war mulmig zumute, wenn sie an ihren letzten Versuch zurückdachte und an die Passagiere der *Monarch* tief unten auf dem Grund des Meeres.

Die Fortunas kamen spätabends in Neapel an und gingen als Erstes morgens zur Kartenverkaufsstelle des Ozeanriesen. Mit ihren Passagen war alles in Ordnung, und diesmal stimmten auch die Namen in den Pässen.

Als der Agent der Schifffahrtslinie Stella ihr Visum zeigte, sah sie das Geburtsdatum neben ihrem Namen: *12 Gennaio 1920*. Sie wollte ihn schon auf den Fehler aufmerksam machen, ihr Zeigefinger schwebte bereits über der Zahl, als ihr Herz bei dem Gedanken, sie könnte aufs Neue der Grund dafür sein, dass ihre Familie abgewiesen wurde, heftig in ihrer Brust zu schlagen begann. *Nein, Stella,* sagte sie sich, *das muss niemand wissen.* Sie hustete, um die Worte, die bereits halb aus ihrer Kehle waren, zu überdecken. »*Scusi*«, sagte sie höflich.

Sie würde weder ihrer Mutter noch Cettina etwas über den

Fehler in ihrem Visum sagen, bevor sie nicht sicher die Einwanderungsprozedur im Hafen von New York hinter sich gebracht hatten. Die beiden wären damit womöglich nicht fertig geworden. Und dann stand es auch schon in all ihren Papieren. Der 12. Januar war ihr neuer Geburtstag.

Nachdem sie ihre Schiffspassagen sicher in der Tasche hatten, gingen sie zum Arzt, vom dem man die medizinische Bescheinigung bekam, ohne die niemand an Bord gelassen wurde. Die Reihe der Wartenden reichte bis auf die kalte Straße hinaus, aber die Fortunas mussten nur eine halbe Stunde ausharren. Die Untersuchung ging sehr schnell, der Mann sah ihnen nur in die Augen, den Hals und betrachtete ein Mal den Körper hinauf und hinunter.

Zurück im Hotel, teilten sie sich das Brot, das Cettina eingepackt hatte, und Cicciu machte abends einen Spaziergang mit ihnen. Aber sie hatten alle Angst, sich zu verlaufen, und so brachte er sie nach zehn Minuten schon wieder zurück. Es wurde ein langer, trister Abend. Die drei Frauen Fuß an Kopf auf dem säuerlich riechenden Bett, und Giuseppe und Luigi auf dem Boden waren die ganze dunkle Nacht über unruhig. Als es kurz vor Sonnenaufgang am nächsten Tag an der Tür klopfte, war Stella längst wach. Ihr Kopf brummte.

Es war Cicciu, aber er war nicht gekommen, um ihnen zu sagen, dass es Zeit war, mit ihren Sachen hinunter zum Kai zu gehen. Nein, er hielt eine Zeitung in der Hand, und sein Kopf war rot wie eine Paprika. Da stand es, quer über der Titelseite, und Stella hatte das Gefühl, auf genau diese Schlagzeile gewartet zu haben. Cicciu las sie ihnen vor: Mussolini hatte allen transatlantischen Verkehr gestoppt. Das Land bereitete sich auf einen Krieg vor. Kein Schiff durfte den Hafen von Neapel, kein Italiener das Land verlassen.

Das Kartenbüro wurde bereits von Leuten belagert, als die Fortunas dort ankamen. Der Vertreter der Schifffahrtslinie wollte niemandem das Geld zurückgeben und tat Drohungen und Flüche mit einer resignierten Handbewegung ab. Alle sollten sich gedulden, sie versuchten herauszufinden, ob das Schiff nicht doch noch fahren durfte, obwohl die Befehle aus Rom eindeutig schienen. Die Stunden zogen sich hin, und aus Wut und Aufregung wurde Erschöpfung. Die Menschen saßen auf Koffern und Truhen, liefen auf und ab, schrien und stritten. Einige Frauen weinten, Assunta gehörte diesmal aber nicht dazu. Stella studierte die Augen ihrer Mutter und fragte sich, was sie dachte. Hoffte sie womöglich, dass sie ein zweites Mal nach Ievoli zurückgeschickt wurden?

Sie warteten den ganzen Tag in der zugigen Verkaufsstelle. Assunta saß auf ihrem Koffer, die Krampfadern in ihren Beinen waren nach Luigis Geburt nie wieder abgeschwollen und schmerzten vom langen Stehen. Stella flocht und löste Assuntas langes Haar ein ums andere Mal. Luigi war ein braver Junge, drehte Runden durch der großen Raum, hockte sich schließlich auf den Boden, legte den Kopf in den Schoß seiner Mutter und machte ein Nickerchen. Giuseppe dagegen war nirgends zu finden. Stella stellte sich vor, wie er durch die schmutzigen, gefährlichen Straßen Neapels streunte, und fragte sich, wie weit er in dieser Stadt wohl kommen konnte, wo alles hundertmal mehr kostete, als ein normaler Mensch denken würde.

»Was, wenn das Schiff abfährt, und er ist noch nicht zurück?«, fragte Cettina.

»Das würde ihm recht geschehen«, erwiderte Stella.

Als die Glocken draußen auf der Piazza zur Abendmesse riefen, scheuchte der Schifffahrtslinienmann alle hinaus. »Kommen Sie morgen wieder her!«, rief er über das gereizte, müde Murmeln der Leute hinweg. »Gleicher Ort, gleiche Zeit. Das Schiff legt morgen früh um acht Uhr ab.«

Die zukünftigen Passagiere, einfältig oder vor Erschöpfung zu keinem klaren Gedanken mehr fähig, sahen einander an, dumpf, starrsinnig, und versuchten zu entscheiden, ob sie ihm glauben sollten. Die Helfer des Agenten machten die Runde, weckten Schlafende auf und wiederholten das Gesagte laut und langsam, damit auch die Alten und die Hinterwäldler alles verstanden.

Der Hotelier nahm sie für eine weitere Nacht auf. Zum Glück hatte er noch zwei Zimmer, die die Fortunas mit den Münzen bezahlten, die sie von der Schifffahrtslinie bekommen hatten. Cicciu bot an, ihnen etwas zu essen zu kaufen, doch Assunta winkte ab. Sie wusste, er brauchte, was er hatte, um zurück nach Ievoli zu kommen. Sie gingen früh und ohne Abendessen zu Bett.

»Was sollen wir tun, wenn das Schiff morgen auch nicht fährt?«, fragte Cettina Stella flüsternd, allerdings nicht leise genug. Luigi sah unter schweren Augenlidern zu seinen Schwestern hinüber. »Wir haben kein Geld mehr für noch eine Nacht in einem Hotel.«

»Keine Sorge«, sagte Stella ernst. »Das geht schon, auch wenn wir Giuseppe an den Drehorgelmann verkaufen müssen.«

»An wen?«, fragte Cettina bestürzt, die immer ein wenig langsam war, wenn es darum ging, einen Scherz zu erkennen.

»Du weißt schon, den Mann mit dem kleinen Affen auf der Chiazza«, sagte Stella.

»Oh, aber das wäre schrecklich, Stella«, sagte Cettina, und Stella verdrehte die Augen, weil ihre Schwester wieder mal so schwer von Begriff war, doch da sagte Cettina: »Du weißt, dass Giuseppe zu alt ist, um der Junge eines Drehorgelmanns zu werden. Ich denke, wir werden ihm Luigi verkaufen müssen.« Die beiden Schwestern grinsten, als Luigi jammernd zu seiner Mutter lief.

Schon die zweite Nacht starrte Stella zur schwarzen Decke hinauf, während Assunta und Cettina links und rechts von ihr schnarchten. Sie beneidete die beiden, die sich in den Schlaf heulen konnten, wenn sie müde waren, wie Babys mit ihren überbordenden Gefühlen. Die Erschöpfung arbeitete in Stellas

Kopf, aber Gott schenkte ihr keinen Seelenfrieden. Stattdessen fantasierte sie sich durch die Nacht, sah einen Ozean, der nie aufhörte, und ein Schiff, das entzweibrach und in den Wellen versank.

Die *Countess of Savoy* legte um acht Uhr am nächsten Morgen ab, einen Tag später als geplant. Sie war bis nach dem Krieg das letzte Auswandererschiff, das Italien verließ.

Folgenden Ereignissen entgingen die Fortunas, da sie Italien den Rücken kehrten.

Sechs Monate nach ihrer Abfahrt, im Juni 1940, erklärte Mussolini Frankreich und England den Krieg, und bevor der italienische Staat im September 1943 zusammenbrach, wurden vier Millionen italienische Soldaten in alle Welt geschickt, von Somaliland bis Russland. Eine halbe Million Italiener verloren ihr Leben, ein Drittel davon Zivilisten.

Für den normalen Italiener war es eine Zeit der Entbehrungen und der Angst. Soldaten, Mussolinis Faschisten, amerikanische und britische »Befreier« und schließlich, am grausamsten, die Deutschen, die bis 1943 Italiens Alliierte gewesen waren, besetzten kleine Dörfer auf dem Land, auch Ievoli, wo mir eine Frau zögernd erzählte: »Sie haben sich an unseren schönen Töchtern vergangen.« Ich lernte einen Mann kennen, der 1943 geboren war, drei Jahre nachdem sein Vater in den Krieg ziehen musste, und drei Jahre bevor dieser in russische Kriegsgefangenschaft kam. »Wir haben nie darüber gesprochen«, erklärte er mir. »Mein Vater musste akzeptieren, dass meine Mutter keine Wahl gehabt hatte.«

Wenigstens hatte Nonna Maria nicht unter dem Krieg zu leiden. Sie starb nur Monate nachdem Assunta weggegangen war. Genau wie der *ciucciu*, den niemand mehr liebte.

Im Jahr 1956 besuchte Cettina Ievoli während einer Italienreise, die sie mit ihrem Mann anlässlich ihres zehnten Hochzeitstags machte. Sie war bestürzt, wie sehr sich ihr Heimatdorf verändert hatte. Es war leer, apathisch, verwundet. Sie ließ sich von ein paar Verwandten, an die sie sich vage erinnerte, in eine Pacchiana stecken und vor der Kirche fotografieren. Die *Calabrisella bella.* Cettina lächelte, obwohl das alles sie sehr verwirrte, brachte die Negative mit nach Hause und zeigte sie bei ihren italoamerikanischen Freunden herum.

Stella fuhr nie wieder nach Ievoli. Nie wieder sollte sie das frühmorgendliche Sonnenlicht auf den reifenden Schalen der Zitronen sehen, die selbst nicht so zitronengelb wie die Sonne waren; nie wieder auf dem Kirchplatz stehen und den rauchenden Stromboli in den letzten Momenten des Sonnenuntergangs am orangefarbenen Horizont betrachten; nie wieder nach einem kurzen Kälteeinbruch im Januar den im dichten Nebel liegenden Bergpfad hinuntergehen und beobachten, wie die kalabrische Wintersonne den Nachtfrost auflöste und Dampf von den Stechpalmen aufstieg, oder sich sorgen, dass ein *cinghiale*, ein grauzahniger Eber, aus dem tief hängenden Nebel hervorstürmen könnte, hinter sich seine schnaubenden braunen Ferkel, um zwischen den Wurzeln der Olivenbäume nach Käfern und Pilzen zu suchen; nie wieder auf dem roten Erdhügel oben über dem Olivenhain sitzen und zusehen, wie sich die Blätter im Wind drehten, blausilber, grün, blausilber.

Du besteigst ein Schiff und weißt, es ist für immer, auf die eine oder andere Weise. Aber zu begreifen, was »für immer« bedeutet, davor versucht dich dein Herz zu schützen.

Der Ozean ist riesig. Sie und ich, wir mögen vergessen, wie beeindruckend er ist. Wir können die Augen schließen und ihn in ein paar Stunden überqueren. Für Stella waren es sieben Tage mit nichts als Wasser in jeder Richtung, mit einem ängstlichen Blick auf jeden Passagier, der die Asche aus seiner Pfeife klopfte und sie an die Toten auf dem Grund des Ozeans denken ließ.

Am Morgen des siebten Tages standen Stella und Cettina am

Bug, die Finger fest um die Reling gekrallt, damit sie nicht von den vordrängenden Leuten weggeschoben wurden, die sich versammelt hatten, um dem Hafen entgegensehen zu können.

Ein Mitglied der Mannschaft erklärte den Reisenden etwas in schnellem Italienisch, und Stella hatte Mühe, ein paar bekannte Wörter verstehen. Ein mittelalter Mann, der neben ihnen stand, fing Stellas Blick auf. »Sie können kein Italienisch?«, fragte er auf Kalabrisch.

»Nur ein wenig«, sagte Stella. Sie wusste, sie sollte nicht mit dem Mann reden, doch in diesem Moment schien sie die Regeln vergessen zu können. Im Übrigen war ihre Mutter weit weg und versteckte sich wegen ihrer Übelkeit in ihrer Koje.

Der Kalabrier mit dem grauen Filzhut übersetzte, was das junge Crew-Mitglied den Leuten weitschweifig erklärte. Das Schiff würde drei Stunden später als angekündigt ankommen, die wartenden Familien seien darüber informiert worden. Es ist Heiligabend, frohe Weihnachten allen. Der Herr hat uns seinen eingeborenen Sohn und eine sichere Überfahrt nach Amerika geschenkt. Vorn links werden Sie die Statue sehen können.

»Die Statue?«, fragten Stella und Cettina wie aus einem Mund.

»Die Madonna des New Yorker Hafens. Warten Sie ab«, sagte der Mann mit dem Filzhut und fügte freundlich hinzu: »Sie würden es mir sowieso nicht glauben, wenn ich es Ihnen sagte.«

Natürlich wissen Sie, wie der New Yorker Hafen aussieht, und haben eine Vorstellung davon, was für einen Anblick er 1939 bot. Aber jetzt stellen Sie sich einmal vor, sie kämen aus einer Welt, in der das größte Haus zwei Stockwerke hoch ist und Glas nur für Kirchenfenster benutzt wird. Stellen Sie sich vor, Sie haben einen Vater, der Ihnen nie eine Postkarte geschickt hat.

Der freundliche Kalabrier half ihnen mit dem Koffer, als sie von Bord gingen, und erklärte ihnen, was an den einzelnen Stationen der Einwanderungsbehörde passierte. Hier kommen wir zur medizinischen Untersuchung, aber das geht schnell, und es wird keine Probleme geben, weil Sie ja schon Ihre Untersuchungsbescheinigungen aus Neapel haben. Sie können alle zusammen hineingehen, ich bin gleich hinter Ihnen. Hier müssen Sie warten, um ins Register eingetragen zu werden. Das wird eine Weile dauern, gedulden Sie sich. Ihre Familie wartet auf der anderen Seite der Wand dort drüben. Jetzt bekommen Sie Ihre Ankunftsbescheinigung. Was immer Sie tun, verlieren Sie die nicht. Sie brauchen sie, wenn Sie die Staatsbürgerschaft beantragen.

Und schließlich, als er sie verließ, ein *paesan* aus seinem Dorf wartete im Vorraum auf ihn, hob er die Hand an den Hut und sagte etwas auf Englisch: »Das heißt *buon natale*«, erklärte er mit einem Augenzwinkern.

»Sagen Sie es noch einmal«, verlangte Giuseppe.

Der Mann wiederholte es langsam, und gemeinsam sagten sie: *»Me-ri Cris-mas.«*

Die Fortunas fühlten sich beschwingt, als sie in den Warteraum kamen, ihre Aufenthaltspapiere in Händen, glücklich erregt durch die Freundlichkeit des Fremden und vom Wunsch erfüllt, ihr neues Leben zu beginnen.

Aber Antonio war nicht da.

Stella suchte ihn zwischen den hoffnungsvollen und müden Gesichtern der Wartenden. Es war neun Jahre her, dass sie ihren Vater zuletzt gesehen hatte, und damals war sie noch ein Kind gewesen. Sie konnte eine tief sitzende instinktive Erinnerung an ihn in sich wachrufen, war aber nicht sicher, ob sie ihn wiedererkennen würde, wenn sie ihn sah. Sie blickte hilfesuchend zu ihrer Mutter. Assunta schien besorgt, sagte jedoch nichts zu ihren Kindern.

Verloren standen sie da mit ihrem großen Koffer, direkt beim Ausgang, bis ein junger Mann kam, etwas auf Englisch sagte, was sie nicht verstanden, und sie zur Seite führte, damit sie nicht im Weg waren. Er trug ein ordentliches schwarzes Hemd und eine schwarze Hose, was Stella wie eine militärische Uniform vorkam. Assunta sagte immer noch nichts, weder zu dem Mann noch zu den Kindern. Sie war völlig hilflos, selbst noch ein Kind. Es versetzte Stella einen Stich, sie so zu sehen. Sie hatte Mitleid mit ihr und spürte gleichzeitig, wenn hier etwas unternommen werden musste, würde sie, Stella, es tun müssen.

Wo war Antonio?

Die große Uhr an der Wand mit der fein verzierten Umrandung hatte auf fünf nach halb vier gestanden, als Stella zum ersten Mal nach der Zeit gesehen hatte. Sie verfolgte, wie sich der Minutenzeiger nach oben und wieder nach unten bewegte. Mit frischen Papieren versehene Einwanderer kamen herein und wurden von denen, die gekommen waren, um sie abzuholen, mit tränenreichen Umarmungen oder unsicherem Händedruck empfangen. Da drüben hinter der Wand lag New York, aber Stella konnte nichts davon sehen, nur das schwache weiße Licht, das durch die Fenster hoch oben hereindrang. Sie spürte, wie ihr die kalte Luft die Arme hinaufzog. Es war kalt hier, so kalt wie in einer Januarnacht in Ievoli. Wie kalt würde es draußen sein?

Schließlich gelang es Cettina, Assunta dazu zu bringen, sich auf den Koffer zu setzen, damit ihr die Beine nicht wehtaten. Was sollten sie tun, wenn Antonio nicht kam? Wohin sollten sie sich wenden? Stella ging die Möglichkeiten durch. Sie hatten seinen Brief mit der Adresse darauf. Würden sie sein Haus finden? Würden sie nach Hartford laufen können? Wahrscheinlich nicht, jetzt, da der Abend anbrach. Sie hatten kein Geld, sie konnten niemanden dafür bezahlen, dass er sie dorthin brachte. Ein Hotelzimmer konnten sie sich auch nicht leisten. In Stella rumorten Angst und Wut. Ihr ganzes Leben hatte sie anderen vertraut, und jetzt, wo keiner da war, wusste sie nicht, was tun.

Als sich der Zeiger wieder hob, kam der Mann in dem militaristischen Aufzug durch den fast leeren Warteraum zu ihnen. Er sprach wieder Englisch, deutete auf die Uhr, die Türen und machte ihnen mit Gesten klar, dass das Gebäude um sechs Uhr geschlossen werden würde. Stella nickte, versuchte, zuständig zu wirken, und sagte in ihrem besten Italienisch: »Danke, Signore. Wir warten hier bis sechs.« Die kleine Assunta auf dem Koffer nickte.

Die hellen Fenster hoch oben waren grau geworden und dann ganz verschwunden. Es wurde noch zugiger in der Halle, und Cettina drängte sich an Stella, damit sie sich gegenseitig wärmen konnten. Luigi und Giuseppe, die beide von ihren Schwestern vorher noch hatten ermahnt werden müssen, nicht so wild zu sein, schliefen, die Köpfe auf Assuntas Schoß. Stellas Füße schmerzten vom langen Stehen in ihren neuen Schuhen aus Nicastro.

Es wurde halb sechs, und Stellas Herz begann, heftiger zu schlagen. Einer nach dem anderen verließen die Angestellten, die Ärzte und Registraturbeamten das Gebäude, zogen knielange Wollmäntel über ihre Uniform und banden sich Schals um die Hälse, während sie durch den Warteraum und hinaus in den pfeifenden Wind gingen. Um fünf vor sechs kam der Mann mit dem schwarzen Hemd erneut zu ihnen und erklärte etwas. Stellas Magen drohte zu revoltieren, sie lächelte und nickte. Er wiederholte, was er gesagt hatte, und so nickte sie noch einmal. Daraufhin seufzte er und ging zurück in sein kleines Büro.

Um sechs Uhr wurden die Lampen oben ausgeschaltet, aber das Licht im Büro des Mannes mit der Uniform brannte weiter. Die Schwestern schwiegen. Cettina zitterte, hielt aber ausnahmsweise mal den Mund. Stella streichelte ihrer Mutter den Kopf wie einer Katze, um sich und sie zu beruhigen. Sie sah zu, wie sich der Zeiger wieder senkte. Das alles war ein dummer Irrtum, und Antonio dachte, sie kamen erst morgen. Antonio wartete auf sie an der falschen Stelle und würde kommen, sobald er herausfand, wohin er musste. Antonio suchte nicht nach ihnen. Antonio war tot. Es war alles ein Schwindel. Er wollte Assunta dafür bestrafen, dass sie eine schlechte Frau war, und jetzt waren sie ohne Dach über dem Kopf in einem fremden Land. Der Minutenzeiger hatte seinen Tiefpunkt erreicht und begann wieder aufzusteigen. Jeden Augenblick würde der Mann kommen und sie hinauswerfen.

Es war zwanzig nach sieben, als Antonio Fortuna schließlich eintraf, um seine Familie abzuholen. Er tauchte zusammen mit einem anderen Mann auf, der Stella vage bekannt vorkam, ohne dass sie hätte sagen können, woher.

»Wir sind ins Kino gegangen, als wir hörten, dass sich das Schiff verspäten würde.« Das war das Erste, was Antonio zu seiner Frau sagte, nachdem er sie fast zehn Jahre nicht gesehen hatte. »Aber wir sind heute Morgen so früh aufgestanden, um herzukommen, dass wir, als das Licht im Kino ausging, eingeschlafen sind.«

»Ihr müsst euch große Sorgen gemacht haben«, sagte der Fremde. Er hatte ein freundliches Gesicht mit einem Schnauzbart. »Ihr Ärmsten.«

»Das ist Zu Tony Cardamone«, verkündete ihr Vater. »Der Bruder von eurer Za Violèt. Er fährt uns in seinem Auto.«

Stella und Cettina sahen sich an. In einem Auto?

»Zu Tony, das ist meine Frau Assunta, und das sind unsere Kinder. Mariastella, Concettina, Giuseppe, und das hier muss Luigi sein.« Antonio beugte sich vor, um seinem Sohn, den er noch nie gesehen hatten, in die braunen Augen zu blicken. »Luigi, ich bin dein Papa.«

»Ich weiß«, sagte Luigi, dessen Gesicht glühte.

»Ist das alles, was du zum Anziehen hast? Eine kurze Hose?« Als Luigi, verwirrt, nichts erwiderte, wandte sich Antonio an seine Frau und hob die Stimme. »Du lässt ihn im Dezember eine kurze Hose tragen?«

Assunta antwortete ebenfalls nicht, und Stella versuchte, sich vorzustellen, wie desorientiert sie sich fühlen musste, wissend, dass sie einen Fehler gemacht hatte, andererseits aber nicht sicher war, wann. In Stella regte sich Wut auf ihren Vater, der ihre Mutter demütigte wie ein Kind. Sie schluckte.

Antonio zog seinen Mantel aus und legte ihn Luigi um die

Schultern. Er reichte dem Jungen bis auf den Füße. »Da«, sagte Antonio, »halt ihn zu, damit du dich nicht erkältest. In Hartford ist es noch kälter als hier.«

Benommen und bang folgten sie Antonio nach draußen in den dunklen Park, der sich am Hafen entlangzog. Stella versuchte, trotz Düsternis und Schatten zu sehen, was anders war an dieser Stadt. Die Luft fühlte sich hart an auf ihrer Haut, der kalte Wind ließ ihre Wangen prickeln. Stella zitterte und konzentrierte sich auf den Schmerz in ihren Füßen, um die Kälte zu verdrängen, bis sie auf einen Platz voller geparkter Wagen kamen, deren Scheinwerfer im düsteren Licht wie zwinkernde Augen aussahen. Ehrfürchtig überlegte sie, wie viel Geld wohl all diese Autos wert waren.

»Wir müssen da alle hineinpassen«, sagte Antonio, öffnete die Tür von einem der Autos und holte eine dicke Leine heraus. »Giuseppe, hilf mir, den Koffer aufs Dach zu schnüren. Assunta, du setzt dich nach vorn zu mir und Zu Tony. Stella und Tina, ihr rückt mit den Jungs hinten zusammen.«

»Cettina«, sagte Stella spitz.

Ihr Vater sah sie an. Er wusste, dass sie ihn verbesserte. »Was?«

»Sie heißt Cettina, nicht Tina«, sagte Stella, weil sie wusste, dass Cettina zu scheu war, um selbst etwas zu sagen.

»Hier wird sie Tina heißen«, sagte ihr Vater. »Cettina ist ein altmodischer Name.« Er blitzte Stella mit seinen eng stehenden Augen an und ließ den Blick dann ganz bewusst über ihren Körper gleiten, hinunter über die Hüften und wieder hoch zu ihren berühmten Brüsten. Stella musste plötzlich an die Nacht denken, in der er sie gekniffen hatte, und ihr lief ein Schauer über den Rücken. Galle sammelte sich in ihrer Kehle. »Tina ist der bessere Name für eine Amerikanerin«, sagte Tony.

Als sie und ihre jetzt Tina heißende Schwester sich auf den kalten Rücksitz drängten, begriff Stella, dass sie ihren Vater heute noch mehr hasste, als sie es als Kind getan hatte.

Es gab so vieles zu sehen, aber es war dunkel. Stella musste eingeschlafen sein. Tina rüttelte sie wach, als das Auto einen Berg hinunter auf eine glitzernde Ansammlung großer Häuser zufuhr. »Das ist Hartford, sagt Papa.«

Elektrische Lampen, groß wie Bäume, hingen über der Straße, jede geschmückt mit einer grünen Girlande. Stella bestaunte die Üppigkeit, während Tina die Jungs weckte. War diese Stadt so reich, dass alle elektrisches Licht hatten und die Straßen befestigt waren? War eines von diesen großen Häusern ihres?

»Seht ihr?«, sagte ihr Vater. »Da, das große Geschäft? Das ist G. Fox. Meine Baufirma hat es im letzten Jahr renoviert.«

Stella versuchte, sich vorzustellen, dass ihr Vater etwas mit den glitzernden Glasbögen und dem monumentalen Mauerwerk zu tun hatte.

»Ist das eine Kirche?«, fragte Tina und starrte in die hellen Lichter.

»Was?« Antonio lachte wiehernd. »Nein, *stupida*, ich sage doch, es ist ein Geschäft, das größte Kaufhaus im ganzen Land, direkt hier in Hartford.« Er sah zurück zu Tina. »Warum denkst du, es ist eine Kirche?«

Tina war verstummt, als sie dumm genannt wurde. Stella sagte nichts, weil sie noch ganz benommen war, aber sie wusste, was ihre Schwester meinte. Große, weißhäutige Frauen, Statuen, aber irgendwie lebendiger, standen reglos hinter leuchtendem Glas, und die Lichter waren so durchdringend und hell, wie sie es noch nie gesehen hatte. Sie sahen aus wie Engel, die aus dem Himmel hier gelandet waren.

Es war nach Mitternacht, aber sie hielten erst bei Zu Tony Cardamones Haus. Zu Tonys Frau, Za Pina, die ein wenig verschlafen aussah, aber bester Laune war, hatte eine riesige Platte mit Antipasti vorbereitet. Auberginenkoteletts, Provolone, eingelegte Pilze und in Öl geröstete Paprika. Dazu viel Fisch, Sardellen, Sardinen und panierten *baccalà*. Schließlich war es Heiligabend. Es gab auch eine Schüssel mit festen Fettucine und extra *raù*, die Pina warm gehalten hatte, zum Drübergießen. Dieses Essen war das, wie Stella lernen würde, was amerikanische Italiener aßen. Es ließ sie an zu Hause denken, obwohl sie das meiste davon in Italien nie bekommen hatten.

Stella hatte einen Riesenhunger, und die Furcht, die sie während des endlosen Wartens in New York gepackt hatte, ebbte allmählich ab. Kaum, dass sie gegessen hatte, wurde sie so müde, dass sie dachte, sie könnte gleich dort in dem Sessel mit dem schönen Stoff einschlafen, um bis zum Morgen nicht mehr aufzuwachen. Als es geradezu schmerzte, die Augen offen zu halten, trieb Antonio sie zurück ins Auto, damit Zu Tony sie zu ihrem neuen Zuhause fahren konnte.

Das Haus, vor dem sie hielten, glich dem von Zu Tony, nur war die Straße viel dunkler. Sie stapften zwei Treppen mit schimmelfleckigen Stufen hinauf, und Zu Tony bestand darauf, Assuntas Koffer zu tragen, bevor er ihnen allen eine gute Nacht wünschte. Schläfrig wunderte sich Stella, wie dieser Mann mit der stechend dreinblickenden Za Violetta verwandt sein konnte.

Antonio schloss mit einem langen, silbrigen Schlüssel eine von zwei Türen im zweiten Stock auf und schob sie in die zugige Wohnung, die ihr Zuhause sein würde. Er betätigte einen Schalter an der Wand, und elektrisches Licht erleuchtete ein schäbiges Wohnzimmer. Hier war noch keine Frau gewesen, die sich darum gekümmert hatte, das Leben lebenswerter zu machen.

Stella und Tina folgten ihrem Vater den Flur hinunter. »Das ist euer Zimmer«, sagte er. »Hier seid ihr für euch. Ist das nicht viel besser als zu Hause?« Keine seiner Töchter antwortete. Er zeigte ihnen das Badezimmer und auch, wie die Toilette benutzt wurde. »Die müssen wir uns mit niemandem teilen. Es ist unser Klo. Seid nur vorsichtig, dass ihr es nicht verstopft, ja? Der Klempner kostet ein Vermögen.«

Stella und Tina sahen sich an. Sie wussten nicht, was ein Klempner war oder wie man eine Toilette verstopfte. Stella hoffte, dass das bis zum Morgen Zeit hatte.

Als sie allein in ihrem neuen Zimmer waren, trat sich Stella die Schuhe von den Füßen, setzte sich auf das Einzelbett und rieb sich erst den einen schmerzenden Fuß, dann den anderen. Tina öffnete ihre Tasche und starrte hinein, bis Stella sagte: »Ich bin zu müde, kleiner Käfer. Das machen wir morgen.«

»Ja.« Tina machte die Tasche wieder zu und entdeckte den Vorhang. »Oh, Stella, wir haben ein Fenster!« Sie zog ihn zurück und verstummte so plötzlich, dass Stella kam und hinaussah.

Zwei Stockwerke unterhalb von ihnen, direkt hinter einem mit Stacheldraht bewehrten Maschendrahtzaun, standen zahllose, wild zusammengewürfelte armselige Hütten, die Wege dazwischen waren von Müll übersät. Erleuchtet von einem lodernden Feuer zwischen ihnen, schimmerten düstere Dächer und Wände aus verrostetem Metall und zersplittertem Holz. Um das Feuer herum drängten sich verdreckte Leute, die so, wie es aussah, in Lumpen gekleidet waren, und das in der bitteren Kälte. Stella dachte an die Zigeuner in Nicastro, an die leuchtenden Farben ihrer Kleider und an ihre aufmerksamen Blicke. Ihr wurde schlecht.

»Und hier«, sagte Tina, und ihr Atem beschlug die Scheibe, »hier wohnen wir jetzt?«

TOD 5: VERGEWALTIGT (EHE)

Der fünfte Tod begann mit einem Traum.

An einem Julimorgen des Jahres 1941, im lavendelfarbenen Licht vor dem Sonnenaufgang, stand Stella aus dem Bett auf, das sie sich mit Tina teilte, und ließ ihre Schwester vor einem weiteren zermürbenden Tag auf den Tabakfeldern noch ein paar Minuten schlafen.

Stella ging mit ihrer Keramikschüssel in die Küche, füllte sie mit warmem Wasser, trug sie zurück und stellte sie auf ihren Nachttisch. Das war die Schönheitsecke der Mädchen, wo sie geschützt waren vor dem wilden Herumgerenne und den Ausdünstungen der Jungen. Heute Morgen in ihrem Traum, denn das war es, betrachtete Stella ihr Gesicht in dem zerkratzten blauen Spiegel, der über der Schüssel hing, während sie sich mit dem Waschlappen über die Teile ihres Körpers fuhr, die besondere Aufmerksamkeit verlangten. Sie erkannte sich nicht, doch das schien nicht außergewöhnlich.

Sie bemerkte erst, dass ein Mann ins Zimmer gekommen war, als die Tür ins Schloss fiel. Erst war sie verärgert, hob einen Arm vor die Brüste, drückte sich den Waschlappen zwischen die Beine und wartete, dass der Mann sich entschuldigte und wieder ging. Doch das tat er nicht, sondern stand da, und seine ausgestreckten Arme formten einen Käfig, der Stella den Weg zur Tür verwehrte. In dem Moment begriff sie, dass er nicht aus Versehen hereingekommen war.

»Tina!«, rief sie, doch die Wände der Wohnung, die so durchlässig waren, wenn ihre Brüder sich anschrien, schienen ihren Ruf zu schlucken. »Tina!« Aber ihre Schwester war nicht da – was wirklich nur in einem Traum so sein konnte.

Der Mann hob einen Finger an die Lippen. Er war ein grauer

Schatten im kargen Licht, doch seine schwarzen Augen leuchteten. Stella spürte ein kaltes Jucken unter der Haut ihrer Schenkel, auf die sich sein Blick richtete. Sie war ihm hilflos ausgeliefert. Von Abscheu und Ekel geschüttelt, zuckte sie unkontrollierbar (und im Schlaf trat sie um sich und traf Tina heftig am Bein). Der Mann überquerte die Bodendielen zwischen ihnen, und seine schwieligen Hände legten sich um sie. Die Berührung war ekelhaft, aber sinnlich. Stella spürte, wie ihr Körper mit einem Kribbeln darauf reagierte. Gleichzeitig begann es, in ihrem Magen zu pochen, tief und heftig unter den Narben. Kein Mann hatte sie je so mit seinen schwieligen Händen berührt. Woher wusste ihr träumendes Ich, wie sich das anfühlte?

Er packte sie an der Schulter und zog sie zu sich. Sie versuchte, sich ihm zu widersetzen, doch ihr Körper, vom Schlaf gelähmt, gehorchte ihr nicht. Sie drückte ihren schützenden Arm fest auf ihre Brüste. Erschrocken sah sie ihre unbedeckte Brustwarze, der Nippel schien vor Panik verschwinden zu wollen.

Ihre Angst brachte sie zu sich. Sich nicht weiter um ihre Nacktheit kümmernd, stieß sie den Mann mit aller Kraft von sich weg, und da sie nirgendwo anders hingehen konnte, kletterte sie ins offene Fenster. Dabei öffnete sie die Beine nur den kürzestmöglichen Moment, kauerte sich gleich wieder zusammen und spürte, wie Luft über ihre intimsten Stellen strich. Der Mann schüttelte den Kopf und trat aufs Neue auf sie zu. Es war so schlimm, so schlimm, so fürchterlich schlimm. Seine Hände schlossen sich um ihren Arm.

Vor Panik wurde ihr schwarz vor Augen. Sie schlug um sich, verlor das Gleichgewicht und spürte, wie sie zur Seite fiel. Der Griff des Mannes wurde fester, und sie schrie. Die Welt war unsichtbar, sie konnte sie nur fühlen, die Hände auf ihrem Arm, ihrem Bein, das Blut, das ihr in die Haut schoss, die anschwellenden blauen Flecke. Ihr Traum zersprang. Sie wachte auf.

Der düstere frühe Morgen im Zimmer hatte genau die Lavendelfarbe wie in ihrem Traum. Stellas Sinne stockten. *»Tina!«*, schrie ihr Vater. *»Was, zum Teufel, tust du da?«* Über ihr der verdrehte Stoff des Vorhangs um das geschwollene Gesicht ihrer Schwester, die heruntergerissene Stange auf dem Boden neben ihren Beinen, einer der beiden blauen Vorhangteile um die Arme beider Schwestern gewickelt.

Stella spürte, wie sich die Muskeln um den Schmerz in ihrer Schulter zusammenzogen. Sie begriff, dass die Hände, die ihren Arm gepackt hielten, nicht die des Vergewaltigers in ihrem Traum waren, sondern die ihrer Schwester. So fest griff sie zu, dass weiße Ovale in Stellas Brandnarben zu sehen waren. Stella fasste sich an ihr Kinn und zuckte zurück, der Schmerz fuhr ihr bis unter die Schädeldecke.

Der Umriss ihres Vaters kam auf sie zu. »Du kleines Luder«, zischte er, legte Tina den Arm um den Hals und riss sie hoch. Tina schlug gegen die Wand und hielt sich gerade rechtzeitig am Bett fest, um seinen Handrücken ins Gesicht zu bekommen. »Du kleine Hure. Was, zum Teufel, denkst du dir eigentlich?«

Tina schluchzte, sie konnte nicht antworten. Stella lag benommen auf dem Boden vor dem Fenster und spürte ihre verschiedenen Blessuren: die blauen Flecke am Arm, das schmerzende Steißbein, den Kiefer, die nach innen blutende Wange, die verdrehte Schulter. Ihr Vater über ihr, wütend wie immer, wartend, nass und unregelmäßig in seinen Schnauzbart atmend. Lange Sekunden vergingen, Tina keuchte und hustete in ihr Nachthemd. Sie würde ihm nicht antworten.

Antonio wandte sich an Stella: »Was, zum Teufel, ist hier los?«

Stella kämpfte sich hoch, um die Sicherheit der Wand im Rücken zu spüren. Sie schmeckte Blut und fuhr sich mit der Zunge in die Lücken, wo sie sich zwei Zähne ausgeschlagen hatte.

»Hat sie versucht, dich aus dem Fenster zu stoßen?«

Tinas Kopf kam hoch, sie hob einen Arm, um ihr verheultes Gesicht zu schützen. »Nein, Papa, sie wollte hinausspringen. Sie hätte sich umgebracht. Ich habe nur …«

»Halt den Mund!« Antonio war ein brüllender Löwe, das lockige Haar stand wild von seinem verschatteten Kopf ab. »Stella, ich habe dich gefragt, ob sie versucht hat, dich aus dem Fenster zu stoßen? Habt ihr euch geschlagen?«

Stellas Magen rebellierte, sie hatte ihren Traum noch nicht ganz überwunden. »Nein.« Sie hatte Schwierigkeiten zu sprechen. Ihr Mund schwoll an. »Nein, Papa, es war ein Traum.«

»Ein Traum? Ein *Traum*?«

Stella schluckte Blut. »Ein Albtraum.« Sie spürte ein weiteres Mal, wie sich die kräftigen Arme um ihren nackten Oberkörper legten. »Da war ein ... schrecklicher Mann, und ich wollte ihm entkommen.«

»Sie wollte aus dem Fenster springen, und ich habe sie aufgehalten«, sagte Tina. »Sie war schon fast draußen, ich hab sie wieder reingezogen.«

Antonios angewiderter Gesichtsausdruck sagte Stella, dass er ihnen nicht wirklich glaubte. »Wie schwachsinnig kann man sein, Stella«, sagte er schließlich, »sich wegen eines schlechten Traums umbringen zu wollen?«

Giftgelber Zorn flammte in ihr auf. »Ein Mann kam ins Zimmer, er wollte mich vergewaltigen, Papa.« Das Wort »vergewaltigen« hatte die gewünschte Wirkung. Antonio zog die Brauen zusammen. Stella stand auf, zog ihr Nachthemd zurecht und rieb sich die schmerzende Schulter. »Ich hatte Todesangst. Ich habe das Recht, vor einem Mann wegzulaufen, der mich vergewaltigen will.«

Stella sah, dass Antonio überlegte. Sie zwang sich, ihn fest anzusehen.

»Ah, *mannaggia*.« Wenn er fluchte, war es mit den Schlägen vorbei. »Was sollte die Schreierei?«

»Das war Stella«, sagte Tina. »Damit hat sie mich geweckt, Gott sei Dank, sonst hätte ich sie nicht durchs Fenster klettern sehen.«

Jetzt kam auch Assunta in ihr winziges Zimmer, das Kopftuch für die Feldarbeit bereits umgebunden. »Was ist passiert? Was ist los?«

Tina weinte nicht mehr. »Stella hat geträumt, dass sie einer vergewaltigen wollte, Ma. Sie hat versucht, aus dem Fenster zu springen.«

»Vergewaltigen?« Die Stimme ihrer Mutter war schrill genug, um durch Stellas Übelkeit zu schneiden.

»Es war ein Traum, Ma.«

»Wer war es?« Assunta fuhr Stella über Schultern und Brüste, um sich zu versichern, dass alles mit ihr in Ordnung war.

»Ja, wer war es?«, wollte jetzt auch Tina wissen.

Die Blicke der Schwestern trafen sich, wie von magnetischer Kraft angezogen. Stella kam das Glitzern in Tinas Augen leicht lüstern vor. Sie senkte den Kopf und starrte auf das verletzte linke Handgelenk. Das war die Art von Gespräch, die außer Kontrolle geraten konnte.

»Wer war es?«, fragte Tina noch einmal. Sie hatte ihren Voyeurismus noch nie verbergen können. »War es ein farbiger Mann?«

Bei den Worten »farbiger Mann« flammte der Traum erneut vor Stellas Augen auf. Sie sah die Augen des Vergewaltigers blitzen, den Stoff auf seinen Schultern. Und da waren die Worte. Es war so leicht, die Wahrheit zu verfälschen, und so tat sie, was so viele Italoamerikaner vor ihr und nach ihr getan haben: Sie gab einem Schwarzen die Schuld. »Ja«, sagte sie, »ein farbiger Mann.«

»Wer?« Tina kniete sich ganz aufgeregt neben Stella und fasste sie bei den Schultern. »War es der Bote vom Laden?«

»Einer der Jamaikaner mit dem Lastwagen?«, sagte ihre Mutter. »Dieser Donny vielleicht?«

»Nein.« Stella hatte genug von der Tortur. Sie wollte sich nicht vorstellen, was geschehen würde, wenn sie ihrer Mutter oder ihrer Schwester einen Namen nannte. »Einfach irgendein farbiger Mann.«

Jetzt begann Antonio wieder zu schreien: »Redet nie mit farbigen Männern. Wenn ich euch erwische, wie ihr ...«

»Papa!« Ihr Schrei ließ alle verstummen, Stella war erleichtert. Sie stand kurz davor, sich übergeben zu müssen. »Lasst uns al-

lein. Wir müssen uns fertig machen, sonst verpassen wir den Lastwagen.«

Eine Moment lang sah es so aus, als wollte Antonio die Hand heben, um ihr zu zeigen, was dabei herauskam, wenn sie die Stimme gegen ihren Vater erhob. Doch dann wandte er sich ab, und Assunta folgte ihm. Als Tina die Tür hinter ihnen schloss, rief ihr Vater: »Und das Fenster nagele ich zu.«

Die Schwestern standen vor dem blauen Spiegel, und Tina betupfte Stellas zerkratzte Wange mit einen feuchten Waschlappen. Sie flüsterte: »Sag mir die Wahrheit, Stella. Wer war es? Donny?«

»Ich weiß nicht, wer es war, Tina«, log Stella. »Hör auf zu fragen.«

Sie zog sich so schnell wie möglich an und gab sich alle Mühe, nicht den Blick des Vergewaltigers auf ihrem nackten Rücken zu spüren. Was sie Tina nicht sagte, war, dass der Mann in ihrem Traum, einem Traum, den sie während der nächsten zehn Jahre wieder und wieder träumen sollte, der ihren Schlaf zerstörte und ihre tatsächlichen Beziehungen überschattete, dass der Mann, der sie nackt vor das Fenster gedrängt hatte, ganz und gar kein Farbiger war, sondern ihr Vater.

Das war das fünfte Mal, dass Stella Fortuna fast gestorben wäre – dass sie beinahe Selbstmord begangen hätte, indem sie sich aus ihrem Fenster im zweiten Stock gestürzt hätte.

Das erste Mal hatte Stella den Albtraum im Sommer 1941, achtzehn Monate nach ihrer Ankunft in Hartford. Diese achtzehn Monate waren die leichtesten und schwersten in Stellas bisherigem Leben gewesen.

Tony Fortuna, unter dem Namen kannten sie ihn hier, wohnte in einer Mietwohnung mitten in Hartford, nicht in dem Haus, das er seiner Frau versprochen hatte. Die Wohnung bestand aus einem Wohnzimmer, einer Küche mit einem Gasherd, der ihr erklärt werden musste, und drei engen Schlafzimmern. Es gab in der ganzen Straße keinen Garten, nichts, wo man Tomaten hätte anpflanzen können. Assunta musste sie von Händlern kaufen, die ihre hölzernen Karren in der Front Street aufstellten.

Tony sagte, das mit der Wohnung sei vorübergehend. Es gebe ein Haus in der Bedford Street, dem hübscheren Teil der italienischen East Side, das er kaufen wolle. Der Eigentümer, ein alter Neapolitaner, hatte Antonio versprochen, ihm zwei Jahre zu gewähren, um die vereinbarten zweitausend Dollar zu sparen. »Er mag mich«, sagte Antonio. »Er vertraut mir.«

In mancherlei Hinsicht war Amerika besser als Ievoli, auch wenn es nicht das war, was Stella sich vorgestellt hatte. Im Bad gab es ein Klo mit Wasserspülung. Irgendwie wurde das Wasser hoch in den zweiten Stock gepumpt und spülte alles weg. Zweimal in der Woche aßen sie Fleisch, Antonio bestand darauf. Assunta hatte keine Erfahrung im Zubereiten von Fleisch, bevor sie nach Amerika kam, hatte sie noch nie Rindfleisch gegessen. Pina Cardamone, Zu Tonys Frau, begleitete die Fortuna-Frauen in den furchterregend großen Lebensmittelladen und zeigte ihnen, was von der Orgie an rosa und rotem Fleisch an der Theke des Metzgers sie kaufen sollten. Za Pina brachte Assunta und Tina auch bei, wie man ein Steak in der Pfanne oder Hähnchenschnitzel im Ofen zubereitete. Zunächst waren die Fleischgerichte nervenaufreibend. Ein kleiner Fehler konnte ein ganzes teures Stück ruinieren, und Assunta hatte Angst, dass Antonio sie verprügelte. Aber sie lernte es. Sie war eine ausgezeichnete Köchin, weil sie selbst gern aß und wusste, wie man etwas abschmeckte. Auch Tina war eine geborene Köchin, und sie würde einem Mann einmal eine gute Frau sein. Za Pina sagte das gern immer wieder, besonders, wenn Stella in der Nähe war und es hören konnte. Stella lächelte dann und winkte ab. Sie ließ sich damit nicht aufziehen, und sie würde auch keine Steaks braten, ganz gleich, wie sehr Za Pina sich mühte, es ihr beizubringen.

Die andere Za, die kam, um den Fortunas weiterzuhelfen, war Filomena Nicotera. Sie las mit ihnen das Handbuch zur Erlangung der US-Staatsbürgerschaft. Sie und ihr Mann, Zu Aldo, betrieben einen Lieferservice, und ihr Englisch war sehr gut. Oft kam ihre sechzehnjährige Tochter Carolina mit. Sie hatte ein spitzes Kinn und blitzende dunkle Augen, die sie sehr amerikanisch verdrehte, wenn ihre Mutter lästig wurde. Carolina band Stella und Tina Wollschals um, ging mit ihnen die Front Street hinunter und führte sie in die Mysterien des amerikanischen Shoppings ein. Sie brachte ihnen auch einen Fläschchen Nagellack mit und zeigte ihnen, wie man sich die Nagelhaut schnitt.

Luigi ging in eine amerikanische Schule. Bis zum sechzehnten Lebensjahr herrschte Schulpflicht. Stella vermochte sich nicht mal vorzustellen, was Kinder so lange lernen konnten. Luì war so klein, dass es Monate dauerte, bis er begriff, dass er zwei Jahre älter war als die meisten seiner Kameraden in der zweiten Klasse, die er besuchte. Er war jetzt »Louis Fortuna«, aber die amerikanische Verkürzung »Louie« klang genau so, wie sie ihn immer genannt hatten.

Der Winter in Hartford glich nichts, was sich Stella je vorgestellt hatte. Es schneite fast jeden Tag, dicke weiße Flocken, die so schwer aussahen, dass Stella nicht verstand, warum sie so lange brauchten, um vom Himmel zu fallen. Aus ihrem zugigen Zimmer sahen die Mädchen zu, wie ein untersetzter, verkommen aussehender Mann mit einem Pressspanbrett Schnee von den schiefen Dächern der armseligen Hütten hinter ihrem Haus schob.

Verloren in ihrer schäbigen kleinen Wohnung, suchte Stella nach Ablenkung von ihrem heftigen Heimweh. Ihr war kalt, und sie fühlte sich elend und vermisste ihre Großmutter, ihre *ciucciu* und ihr süßes kleines Haus oben auf dem Berg. Es zog ihr die Brust zusammen, und manchmal fühlte sich ihr pochendes Herz so wund an, dass sie sich hinlegen und um Atem ringen musste. Aber weder ihre Mutter noch ihre Geschwister durften etwas davon bemerken. Wenn sie nicht damit zurechtkam, würden es die anderen auch nicht, und das nähme ihrem Start in ihr neues Leben allen Schwung. Sie brachte ihre Brüder dazu, am Küchentisch Karten zu spielen, wo es wärmer war als im Wohnzimmer, und häkelte zusammen mit Assunta und Tina Decken, um die dünnen Baumwolldinger zu ersetzen, die Tony besorgt hatte. Im Übrigen versuchte sie, ständig für Gesprächsstoff zu sorgen, damit sie nicht ins Grübeln darüber kam, was sie hinter sich gelassen hatten. Wenn ihr nichts einfallen wollte, sang sie die Lieder, die Nonna Maria ihr beigebracht hatte, und hoffte, dass ihre Mutter und Schwester mit einstimmten, und wenn ihr die Worte mal wieder nicht aus der Kehle kommen wollten, summte sie die Melodien.

Die Kälte war unerbittlich, und sie hatten ständig Schnupfen. Stella lernte das Elend rissiger Nasenlöcher kennen, das im Februar und März weit verbreitet war. Die Luft war nicht so wie die, die sie in Ievoli geatmet hatte, sie stach ihr in Hals und Lunge und brachte Krankheiten mit sich, die die Fortunas bislang nicht gekannt hatten: Husten, der klang wie das Bellen eines Hundes, Fieber, das sie vier Tage lang schwitzen ließ, und einen Schmerz hinter den Augen, der ihr die Sinne vernebelte. Fremde husteten ihre Krankheiten in die Luft, in der Kirche, im Bus, in den Straßen, und füllten den Wind mit ihren Leiden.

Keiner der neu angekommenen Fortunas besaß Kleider, die warm genug waren. In ihrem ersten Monat in Hartford, dem Januar 1940, bekamen sie Besuch von Cousins und Cousinen und *paesan*, die Tony aus der Sacred Heart Church und der Italienischen Gesellschaft kannte. Die Frauen brachten Taschen voller alter Kleider mit, Mäntel, Handschuhe, Pullover. Die gebrauchten Sachen machten Stella bewusst, wie sehr sich ihr Leben verändert hatte. Die Stoffe waren mit Maschinen zusammengenäht worden und hatten einmal jemand anderem gepasst, waren eng um die Schultern, die Ärmel zu lang. Sie waren alt und von ihren Trägerinnen ausrangiert worden, aber dennoch schöner als alles, was sie bisher besessen hatte.

In den neun Jahren, seit sie Antonio zum letzten Mal gesehen hatten, waren Assunta und ihre Kinder arm, aber frei gewesen. Jetzt waren sie Gefangene seiner Launen. Tony war der Einzige, der Geld hatte und Englisch sprach, und er kontrollierte ihr Leben in jeder Hinsicht.

Stella hatte sich nie von jemandem kontrollieren lassen, schon als kleines Mädchen nicht, als sie Za Violetta gesagt hatte, dass sie sie nicht respektierte. Mittlerweile war sie eine erwachsene Frau, und an ihren alten Vorstellungen, wer ihre Achtung verdiente, hatte sich kaum etwas geändert. Ihr Vater erfüllte die Voraussetzungen nicht. Er trank, er schrie und sagte nicht, wann er kam und ging.

»Warum hast du uns hergeholt?«, schimpfte Stella, wenn sie wieder einmal mit ihrem Vater stritt. Sie unterdrückte ihre Angst vor ihm und ließ ihn hören, was sie dachte, wann immer es eine Gelegenheit dazu gab. Das hob ihre Moral. »Du sperrst uns hier den ganzen Tag ein wie Sträflinge, hast uns unser Zuhause genommen, unser *paese*, unsere Nonna, unsere Verwandten und Freunde, warum? Zu welchem Zweck?«

Antonio beantwortete ihre Fragen nie. Er schlug sie ins Gesicht oder versohlte ihr den Hintern und drohte, sie solle den Mund halten. Oder er sagte: »Wenn du es da so viel mehr magst, warum gehst du dann nicht zurück?« Was natürlich nicht möglich war. Italien befand sich im Krieg, und die Fortunas waren ihm gerade noch rechtzeitig entkommen.

Tonys Anwesenheit machte alle nervös. Assunta schlug ihre Kinder mit dem hölzernen Kochlöffel auf den Hintern, wenn sie eine ihrer Regeln brachen, aber es war immer gerecht, und sie wussten, sie hatten es verdient. Tonys Verhalten dagegen war nicht kalkulierbar und alles andere als gerecht, besonders, wenn er getrunken hatte.

Da waren die zwei Abende in der Woche eine Erleichterung, an denen Tony nicht nach Hause kam.

Das erste Mal blieb er Ende Januar weg, vier Wochen nachdem Assunta und ihre Kinder nach Hartford gekommen waren. Assunta hatte gekocht, und sie warteten auf ihn. Als er um neun Uhr noch nicht da war, gab Assunta auf und verteilte die inzwischen lauwarme Pasta. Die Kinder aßen schnell. Sobald die Jungen ihre Teller geleert hatten, schickte Stella sie ins Bett. Normalerweise machte Giuseppe erst noch Theater, aber heute verschwanden sie ohne Widerrede und nahmen das Küchenradio mit.

»Wo ist Papa?«, fragte Tina wieder, als die Jungs gegangen waren. Sie hatte es bereits viermal gefragt, als wüsste Stella aus irgendeinem Grund mehr als sie.

Stella unterdrückte ihren Ärger auf ihre Schwester. Es war nicht Tinas Schuld.

»Mach dir wegen Papa keine Sorgen«, sagte sie. »Ich bin sicher, dem geht es gut. Er weiß für sich zu sorgen.« Sie sah zu, wie ihre Mutter die letzten Maccaroni aß. Assuntas Wangen waren nass, aber ihre Augen klein und voller Zorn. Stella erinnerte sich an den Sommer, als sie neun Jahre alt gewesen war und zusehen musste, wie ihr Vater ihre Mutter von hinten bestieg, grunzend wie ein Tier. Sie schob die hässlichen Bilder beiseite, bevor sie ganz vor ihr Besitz ergriffen. Wie hatte dieser Mann mit seinen männlichen Gelüsten zehn Jahre ohne seine Frau verbringen können? Was Stella unterbewusst bereits geahnt hatte, wurde zur Gewissheit, und jedes Gefühl von Sorge verschwand.

Tina sah sie betont verständnislos an. Sie wartete darauf, dass Stella ihr sagte, was sie denken und fühlen sollte.

Stella stand auf. »Tina, warum spülst du nicht schnell ab?«

»Aber was ist mit Papa?«

»Papa kann sich selbst etwas machen, wenn er nach Hause kommt.« Sie drückte sich am leeren Stuhl ihres Vaters vorbei. »Schon gut, bleibt, wo ihr seid. Bleib sitzen«, sagte sie zu ihrer Mutter, die gerade aufstehen wollte. Stella hatte eine Idee.

Sie war nervös, sie hatte so was noch nie getan, ging in die

Küche, nahm drei Gläser aus dem Schrank und den Krug mit Vaters Wein von der Anrichte. Sie stellte die Gläser auf den Tisch und füllte sie bis fast an den Rand.

»Da«, sagte sie.

Ihre Schwester und ihre Mutter sahen sie erwartungsvoll an. Sie wusste, was sie dachten: *Was soll das?, so was tun wir nicht.* Weil Männer das taten, nach dem Essen trinken, eine Pfeife rauchen. Stella gab Tina ein Glas und nahm auch sich eins. *»Salut«*, sagte sie. Sie wartete, bis auch die beiden anderen Frauen ihr Glas erhoben, während sie sie immer noch zweifelnd ansahen. *»Salut«*, sagte Stella noch einmal und nahm einen großen Schluck. Sie fühlte sich fast sofort besser, als wäre der Wein ein Beruhigungsmittel.

»Salut«, wiederholte Assunta und nahm ebenfalls einen großen Schluck. Ohne einen Grund, es nicht zu tun, schloss sich Tina ihr an.

Bis spät in die Nacht tranken die Frauen und spielten *briscola.* Die Spannung ließ nach, da der Wein ihrer Wut und ihrer Wärme Platz verschaffte. Stella spürte, wie das Gefühl von Trunkenheit einsetzte, und genoss es, während die Karten immer schwieriger zu zählen waren und ihre Fehler immer komischer wurden. Das Wohnzimmer war nicht mehr ungemütlich kalt, vielmehr wusste sie den leichten Luftzug zu schätzen, der ihr lustvoll über die Arme strich. Deshalb trinken sie, dachte sie. Wegen dieser glücklichen Milde.

»Es ist mir egal, wenn er zu einer *putana* will«, sagte Assunta zwischen zwei Spielen. Seit sie den Wein tranken, hatte sie nicht mehr geweint. »Oh, Madonna, denkt ihr, ich bin eifersüchtig auf das, was eine andere Frau von ihm kriegt?«

Stella hätte die Worte nüchtern niemals herausgebracht, aber da waren sie und purzelten munter aus ihrem Mund: »Wie ist das, Mamma? Wenn er es mit dir macht?«

Assunta machte eine Geste mit der Hand, als wollte sie einen unangenehmen Gedanken verscheuchen. »Oh, einfach nur eine

Riesenmühe, weißt du? Aber dafür bist du eine Ehefrau. Du musst für ihn da sein, wenn er es machen will, egal, wie du dich fühlst, und manchmal kommt ein Baby dabei heraus.« Assunta starrte mit glasigen Augen auf den Tisch, redete jedoch freimütig weiter. Stella versuchte, völlig reglos zu bleiben, aus Angst, jede Unterbrechung könnte ihre Mutter verstummen lassen. »Und auch, wenn du denkst, wir haben genug Kinder, ich will nicht wieder schwanger werden, kannst du dich deinem Mann nicht verweigern.«

Die Kerze auf dem Tisch zwischen ihnen flackerte. Stellas Herz raste. Ihre Fantasie war in Alkohol getränkt, und sie vermochte sich nicht gegen verschiedene Bilder zu wehren, die sie an die Stelle Assuntas versetzten.

Tina sah ihre Mutter mit großen Augen an. »Tut es weh?«, stieß sie aus.

»Nein, weh tut es nicht«, sagte Assunta. »Nicht immer. Nur, wenn du es wirklich nicht willst. Oder manchmal, wenn er zu viel getrunken hat oder es sehr lang dauert.« Stellas Mutter zog die Nase kraus. »Die besten Ehemänner sind die, die es schnell hinter sich bringen und keine so große *pistola* haben, dann tut es nicht so weh.« Sie zuckte mit den Schultern, ihre Verschämtheit gewann die Oberhand über ihre alkoholische Befreiung. »Aber das kannst du nicht vorher wissen. Das Risiko musst du eingehen.«

Stella trank noch ein Glas. Sie hoffte, bereits sämtliche Risiken ihres Lebens hinter sich zu haben.

Als sie den Krug geleert hatten, waren sie zu betrunken, um weiter Karten zu spielen. Es war ein Uhr morgens, und Antonio war immer noch nicht zu Hause. Stella und Tina halfen ihrer Mutter schläfrig kichernd ins Bett und kuschelten sich in ihr eigenes. Die Kälte hatte angefangen, zurück in die dünne Wein-Wärme zu sickern. Die Mädchen flüsterten noch im Dunkeln. Tinas Atem war süßlich, säuerlich und schwer, und Stella fragte sich, ob ihrer genauso roch. Würde Antonio sie schlagen, wenn er herausfand, wie sie den Abend verbracht hatten? Warum war er zu einer *putana* gegangen, wenn seine Frau hier bei ihm lebte? Sollte Stella froh sein, dass er Assunta in Ruhe ließ, oder ihm übel nehmen, dass er Gottes Gesetz brach und seiner Frau eine andere vorzog? Wie grotesk, zu wissen, dass dein Mann auch groteske Dinge mit einer anderen Frau tat. Hatte die andere Frau auch Kinder von ihm?

Stella dachte an das Geld, das Tony ausgeben musste, um sich eine *putana* leisten zu können. Wie viel eher hätte er seine Familie nach Amerika holen können, hätte er all das Geld gespart, weil er sie wirklich bei sich haben wollte?

Die Dunkelheit schrumpfte und bauschte sich um sie. Stella war voll mit der Erinnerung an jene heiße Sommernacht in Ievoli, an Antonios nackten Hintern, wie er wieder und wieder unter Assuntas hochgeschobene Röcke stieß. Sie spürte, wie er sie zwischen den Beinen kniff, wie das Blut unter seinen Fingern pochte. Stella wurde es übel – der Alkohol und die Erinnerung, die Demütigung, die ihre gute Mutter hatte ertragen müssen, weil sie diesem Scheusal Gehorsam schuldete. Stella spürte, wie ihre Schenkel bebten, sie presste sie fest zusammen. Das würde ihr nie passieren. Niemals.

Der Frühling brach an. Die Bäume entlang des Wegs zur Kirche waren noch kahl, aber graue, trockene Büsche explodierten mit gelben Blüten, von den Wurzeln bis in die Spitzen. Forsythien, sie waren überall, wucherten wild an den Straßen und waren zu breiten eckigen Hecken geschnitten, die die Häuser voneinander trennten. Stella sollte lernen, dass die Forsythien das Zeichen dafür waren, dass der Winter in Connecticut zu Ende war. Die Frühlingsluft war aber immer noch kälter als die zu Weihnachten in Ievoli, und Stella konnte nicht glauben, dass die Blumen nicht eingingen. Aber das taten sie nicht, sondern ihnen folgten immer noch mehr.

Zu Hause in Ievoli, dachte Stella, würden bald die Kamelien

und Narzissen blühen. Sie hoffte, dass jemand Nonna Maria einen Strauß pflückte, denn sie liebte den Duft.

Es gab ein Problem mit dem Haus in der Bedford Street, das Antonio kaufen wollte. Es war eine großartige Gelegenheit, aber wie sollte er die zweitausend Dollar zusammenbekommen, die er dafür brauchte? Er sagte nie etwas über Geld, das er bereits gespart hatte, bevor seine Familie nach Hartford gekommen war. Stella war sicher, dass es kein Geld gab. Mit seinem Baujob verdiente er achtzehn Dollar die Woche. Die Miete für die Wohnung in der Front Street betrug sechs Dollar, ein Dollar landete sonntags im Klingelbeutel. Fünf Dollar kamen ins Glas mit dem Haushaltsgeld auf der Anrichte in der Küche. Auch wenn Antonio die verbleibenden sechs Dollar zur Bank trug, was Stella bezweifelte, konnte er im Jahr nur dreihundert Dollar sparen.

Seine Frau und seine Kinder mussten sich Jobs suchen.

So kamen Assunta, Stella, Tina und Giuseppe im Sommer 1940 auf die Tabakplantage. Antonios Freund Vito Aiello hatte dort zunächst gearbeitet, als er nach Amerika gekommen war, hatte Abdeckungen für Schattentabak errichtet, dessen große Blätter als Deckblätter für gute, teure Zigarren gebraucht wurden, hatte die Pflanzen gepflegt und die Blätter geerntet. Im April hatte Antonio Zu Vito zum Abendessen mitgebracht, damit er ihnen erklärte, wie es funktionierte. Morgens in aller Früh hielt in der Farmington Avenue ein Lastwagen, mit dem sie zu der ein Stück außerhalb von Hartford liegenden Plantage gebracht und auch wieder zurückgefahren wurden. Die Saison dauerte von Mai bis August. Jeder konnte sich zur Feldarbeit melden, und wer sich am ersten Tag gut anstellte, durfte wiederkommen.

Tina weinte in der Nacht davor, mit leisen, kleinen Schluchzern. Stella hatte mit ihrer eigenen Unsicherheit und Furcht zu kämpfen und dachte, dass sie jetzt zu Hause Orangen ernten würden. Sie ließ Tina eine Weile weinen, da sie annahm, dass die Tränen schon versiegen würden, doch das taten sie nicht.

Schließlich schob sie ihre eigenen unguten Gedanken beiseite, strich Tina über das lange Haar und sagte: »Ganz ruhig, mein kleiner Käfer. Komm schon, hör auf zu weinen. Du machst dich ja völlig verrückt.«

Tina hustete, um die verschleimte Kehle frei zu bekommen. »Ich hatte gedacht, wir würden es hier richtig schön haben«, sagte sie. »In einem schönen Haus wohnen und hübsche Kleider tragen. Stattdessen mussten wir unser Haus aufgeben und wohnen zur Miete, und unser Land ist auch weg, und wir müssen wie *cafoni* für andere arbeiten.«

Das stimmte alles. Stella streichelte ihrer Schwester eine Weile über das Haar. Verfall nicht in Trauer wegen dieser Sache, schalt sie sich. Traurig und betrübt zu sein, das heißt, schwach zu sein. Überlege, wie sich das Problem beheben lässt.

»Wir sind keine *cafoni*«, sagte sie schließlich. »Im Gegenteil. Jeder kann in Amerika Land besitzen. Ja, wir werden auf einem Feld arbeiten, aber so verdienen wir Geld, um uns ein Haus zu kaufen. In Ordnung? Vergiss Papa. Wir werden hart arbeiten und Mamma ein Haus kaufen.«

Tina hatte aufgehört zu schluchzen. Stella nahm an, dass ihre Schwester nachdachte – wie überraschend, dass zwei Mädchen wie sie, Stella und Tina, ein Haus kaufen konnten. Bisher hatten sie für Kastanien und Olivenöl gearbeitet, noch nie für Geld.

»Glaubst du wirklich, dass wir das können?«, fragte Tina.

»Wir werden hart arbeiten«, sagte Stella. »Du weißt, wie gut wir das können, kleiner Käfer. Das schaffen wir.«

»Das schaffen wir, Stella«, sagte jetzt auch Tina. »Wir kaufen Mamma ein Haus.«

Jeden Tag gingen Assunta, Stella, Tina und Giuseppe im ersten Licht vor Sonnenaufgang hinunter zur Farmington Avenue und wartete mit den anderen Tagelöhnern auf den Lastwagen, kletterten über ein paar Sprossen auf die Ladefläche, setzten sich Schenkel an Schenkel auf die splitternden Holzbänke und hielten sich an ihren Nachbarn fest. Der Lastwagen fuhr auf einem breiten Highway aus Hartford hinaus, dann über schmalere Straßen an wunderbaren Häusern vorbei, einem nach dem anderen, als lebten hier nur vornehme Adelige. Weiter ging es zu den Schattenblattplantagen, endlose Morgen Land, die mit Bahnen aus dünnem Baumwollstoff, auf zweieinhalb Meter hohen Stecken aufgespannt, bedeckt waren. In der Sommerbrise schlugen die dunkelgrünen, handbreiten Blätter sanft gegen den Stoff, tanzende Schatten, die man von der Straße aus sehen konnte.

Die Sonne ging gerade auf, wenn die Leute in Feldarbeiter und Hefter aufgeteilt wurden. Die Feldarbeiter hatten Unkraut zu beseitigen, die Zelte zu reparieren und die reifen Blätter zu ernten. Zehn Stunden in der sengenden Sommersonne. Der Schatten unter den Abdeckungen bot keine Erleichterung, die Luft darunter war stickig und feucht. Stellas und Tinas weiche rosa Wangen verbrannten so schlimm, dass die Haut riss und sich in juckenden Schichten löste. Die beiden lernten, nach den kleinen grünen Schlangen in der losen Erde Ausschau zu halten, und auch nach den dünnbeinigen braunen, manchmal handtellergroßen Spinnen, die meist in der Nähe von Löchern in der Abdeckung nisteten, wo sich am besten jagen ließ.

In den Scheunen gingen die Hefter zwischen den Körben mit den geernteten Blättern hindurch, die getrocknet und nach Größe sortiert werden mussten. Bündelweise wurden die Blätter in Rahmen gehängt. Und jeweils ein Blatt wurde später zu einer Zigarre gerollt. Der Vorarbeiter achtete auf die älteren Frauen und teilte Assunta nie für die Feldarbeit ein, was ein Glück war bei ihren Krampfadern.

Alle anderen, die morgens auf den Lastwagen warteten, waren Schwarze. Stella hatte zunächst eine fürchterliche Angst vor ihnen, und keiner der Fortunas wäre am ersten Tag auf den Lastwagen gestiegen, hätte Vito sie nicht begleitet.

»Lasst eure Hände und Blicke bei euch, und sie tun euch

nichts«, erklärte er ihnen. »Joe, du passt auf deine Mutter und deine Schwestern auf, okay?«

»Ja, Sir«, sagte Giuseppe, wobei er mehr ein symbolischer Aufpasser war. Mit seinen siebzehn Jahren war er noch jungenhaft schlaksig.

Zum Glück waren viele der Schwarzen Frauen, was weniger beunruhigend war, als nur von schwarzen Männern umgeben zu sein, vor denen Antonio seine Frau und Töchter eindringlich gewarnt hatte. Stella dachte jedoch, wenn ihrem Vater ihre Tugend wirklich so wichtig wäre, hätte er sie gar nicht erst auf die Felder geschickt. Viele der Frauen waren sehr nett und versuchten, sich mit Assunta und den Mädchen zu unterhalten. Einige von ihnen waren auch keine Amerikanerinnen, wie Stella herausfand. Sie kamen aus Jamaica, wo es, wie sie sagten, noch heißer war als im heißesten Sommer in Connecticut.

»Ihr macht Prüfung?«, fragte Stella zwei der Frauen in dem Englisch, das Za Filomena ihr beigebracht hatte. Sie wusste ihre Namen nicht. »Für *sitizenscippu*?«

Sie schüttelten den Kopf. Sie waren nur den Sommer über in Amerika. Nach der Tabakernte fuhren sie zurück auf ihre heiße Insel. »Das ist unser Zuhause, und wir lieben es.«

Stella erlaubte sich einen kurzen, neidischen Tagtraum, in dem sie nach Ende der Tabakernte zurück nach Ievoli fuhr. »Warum kommt ihr dann hier? Wenn dann wieder nach Hause?«

Die beiden lachten. »Wegen Geld, Mädchen«, sagte sie Dünnere. »Genau wie ihr.«

Sie bekamen sechzig Cent für einen Tag, zwei Vierteldollar und eine Zehn-Cent-Münze, einen Dime. Der Vorarbeiter bezahlte sie, wenn sie am Ende des Tages zurück auf den Lastwagen stiegen. Zu Vito hatte sie gewarnt, dass sie leicht ausgeraubt werden könnten, wenn sie bei Sonnenuntergang in Hartford, offensichtlich nach einem Tag Arbeit, vom Lastwagen kletterten, und so beeilten sie sich, zurück nach Hause zu kommen, und hielten den Blick gesenkt. Wenn sie sicher in ihrer Wohnung in der Front Street angekommen waren, gingen sie in die Küche und warfen ihre Münzen in eine ausgewaschene Bohnendose auf dem schmalen Regal neben dem Foto der ersten Mariastella, das Assunta dort hingestellt hatte. Hatten alle ihr Geld hineingeworfen, zählte Stella, was sie bisher gespart hatten, und verzeichnete jeden weiteren Dollar auf der Liste, die sie mit in der Dose aufbewahrte. Die Dose stand extra gut sichtbar da, um sie und die anderen anzuspornen, und die Liste steckte mit drin, damit Giuseppe, und Joey, wie er jetzt hieß, nicht auf die Idee kamen, sich Süßigkeiten oder Zigaretten davon zu kaufen.

Freitagabends nach dem Essen stapelten Stella und Tina die Münzen auf dem Tisch und rollten sie in das Papier, das sie von der Bank bekamen. Eine Zehn-Dollar-Rolle enthielt vierzig Vierteldollarmünzen, und die Fortunas füllten jede Woche mindestens eine von ihnen. Fünf-Dollar-Rollen mit Dimes kamen seltener zustande, nur jede zweite Woche. Samstags, wenn ihre Kinder auch noch einen sechsten Tag auf der Tabakplantage arbeiteten, ging Assunta zur Bank und zahlte ihre Wocheneinnahme auf das Sparkonto für ihr Haus ein.

Ihre Plackerei in der heißen Sonne für ein Haus, von dem sie gedacht hatten, dass ihr Vater es bereits gekauft hatte, hätte eine klägliche Geschichte sein können. Aber ... nein. Der Klang der Münzen in der leeren Dose, die sich über die Woche immer weiter füllte, war zu Stellas Lieblingsgeräusch geworden. Assunta und ihre Kinder kauften sich selbst ein Haus. Sie waren eine kleine Armee, die ihr Ziel gemeinsam in Angriff nahm.

Die Tabaksaison dauerte vier Monate, ab Anfang September gab es keine Arbeit mehr, und Stella und Tina saßen wieder den ganzen Tag in der Wohnung in der Front Street fest.

Verschlimmert wurde die Situation noch dadurch, dass die Nachricht vom Tod Nonna Marias nach Hartford gelangte. Antonios jüngerer Bruder Egidio schrieb einen Brief, um ihnen mitzuteilen, dass er nach Australien auswandern werde, und drückte ihnen bei der Gelegenheit auch gleich sein Beileid aus. Maria musste schon vor Monaten gestorben sein, aber Za Violetta hatte es offenbar nicht für nötig befunden, ihnen davon zu berichten.

Wie zu erwarten, traf Assunta die Nachricht tief. Sie war sicher gewesen, dass sie durch ihren Weggang aus Ievoli das Todesurteil ihrer Mutter unterschrieben hatte, und jetzt fühlte sie sich schuldig. Stumme, schluchzend gesprochene Gebete und wilder Zorn lösten sich bei ihr ab, und in ihrer Trauer verlor sie ihre Furcht und Achtung vor ihrem Ehemann. Sie warf Tony vor, sie in einer Zeit der Not von ihrer Mutter weggeholt zu haben. Sie schrie ihn an, und wenn er sie schlug, um sie zum Schweigen zu bringen, schrie sie noch lauter. Die Nachbarn unter ihnen pochten an die Decke, wenn ihre Auseinandersetzungen zu laut wurden, und die Frau mit dem blonden Haarknoten von gegenüber kam mit einem Nudelholz bewaffnet an die Tür und sagte, sie würde es zu schätzen wissen, wenn sie, die »schreienden Spaghettifresser«, den Ton leiser drehen könnten. Assunta war es egal, ob sie »Spaghettifresser« genannt wurden, Tony allerdings nicht, es machte ihn noch wütender.

Stella wollte ihre Mutter trösten, zusammen mit ihr um Nonna Maria trauern und für sie beten, aber nicht in den Streit ihrer Eltern hineingezogen werden. So versteckte sie sich mit Tina in ihrem Zimmer, häkelte und sah auf die Leute in den Elendshütten der *sciantina* hinunter. Stella verdrehte die Augen, so trostlos sah es dort unten aus, und stellte sich vor, hinten am dunklen Horizont läge ihr kleiner Berg, von dem man aufs Meer blicken konnte, und in einem Haus oben auf ihm stünde eine Schüssel frisch geernteter Oliven auf dem Tisch und wartete darauf, dass sie in ihr zartes grünes Fleisch biss. Stella dachte an die erste Mariastella und daran, dass jetzt, ohne Nonna Maria, niemand mehr da war, um sich an sie zu erinnern und sich um ihr Grab zu kümmern.

Stella bekam einen Brief von Stefanos Mutter in Sambiase. Stefano befand sich nach wie vor in Afrika, und sie bat seine Verlobte, ihr einen Brief zu schicken, den sie für ihn aufbewahren konnte.

Stella war hin- und hergerissen zwischen Schuldgefühlen, ihm nicht geschrieben zu haben, schließlich hatte er kein anderes Mädchen, das ihm Briefe in den Krieg schickte, und der Angst, nicht zu wissen, was sie diesem Mann schreiben sollte, den sie, wie ihr längst bewusst war, niemals heiraten würde. Am Ende ließ sie den kleinen Louie, der in der amerikanischen Schule schreiben gelernt hatte, eine Nachricht an ihn verfassen: *Liebe Signora, wir beten jeden Tag für Stefano und Ihre Familie. Es geht uns gut hier, aber wir arbeiten hart und denken an unsere Familie in Kalabrien. Wir senden unsere besten Wünsche. Mit aufrichtigen Grüßen, Stella Fortuna.*

Danach muss es mit dem Krieg schwieriger geworden sein, oder vielleicht unterband die Zensur auch allen Austausch, weil die Fortunas lange Zeit keinen einzigen Brief mehr bekamen.

Stella und Tina saßen nur ein paar Wochen in ihrer schäbigen Wohnung fest, bevor sie einen anderen Job fanden. Eine ihrer neuen Freundinnen aus der Italienischen Gesellschaft, ein dünnes Mädchen aus Puglia namens Fiorella Mulino, hatte in einer Wäscherei in der Front Street Arbeit für sie gefunden. Für Joey war es nichts, weil sie da nur Frauen einstellten, und auch nicht für Assunta, die keine zehn Stunden auf den Beinen sein konnte, doch Stella und Tina gingen mit Fiorella am ersten Montag im Oktober hin, und die Leiterin nahm sie auf. Sie kamen in Fiorellas Gruppe und bügelten und stärkten oben im ersten Stock.

Statt einen Tageslohn wie auf der Tabakplantage zu bekommen, wurden sie hier pro Stück bezahlt, was einen ziemlichen Druck auf sie ausübte. Stella gefiel das. Jedes gestärkte und gebügelte Hemd bracht zwei Cent. Nach einem enttäuschenden ersten Tag hatte sie den Bogen heraus – das Hemd in die Stärke tauchen, über das Brett spannen, bügeln und dabei die Eisen wechseln. Sie experimentierte mit Drehbewegungen, um die Wärme schneller und gleichmäßiger in dem Stoff zu verteilen, und schaffte vier oder sogar fünf Hemden in der Stunde. Manchmal ging sie mit achtzig oder neunzig Cent abends nach Hause.

Tina dagegen kam mit dem Zeitdruck nicht so gut zurecht. Sie war jemand, der die Dinge gern gründlich machte. Was auch immer alle anderen taten, Tina machte es gründlicher. So säuberte sie bei einer Gelegenheit Assuntas guten Keramikkrug so energisch, dass der Griff abbrach. Diese Art von intensiver Herangehensweise passte nicht recht zu einer Arbeit gegen die Uhr. Unter Druck vermochte sie die verlangte Sorgfalt nicht zu dosieren. Das erste Mal bekam sie Schwierigkeiten, als sie ein Hemd so heftig stärkte, dass es aufgerollt werden musste, um wieder beweglich zu werden. Dann wurde es zurück nach unten gebracht, wo es noch einmal gewaschen werden musste. Über Tinas gerötetes Gesicht strömte während der Arbeit der Schweiß, tränengleich rann er ihr über die Wangen und tropfte auf ihr Kleid. Am vierten Tag versuchte sie, ihre Langsamkeit dadurch zu kompensieren, indem sie das Eisen zu fest auf ein Hemd drückte, was einen Brandfleck zur Folge hatte. Der Leiter der Wäscherei war wütend, aber Tina anzuschreien, das war keine gute Idee, weil sie dann so heftig schluchzte, wie sie Krüge säuberte, und nach einer Weile fühlte man sich dumm wegen der Schreierei und tat alles, um sie zu beruhigen. So wurde Tina an diesem Tag schon um drei Uhr ohne Bezahlung nach Hause geschickt, was aber kein Rauswurf war. Allerdings brauchte Stella den ganzen Abend, um sie davon zu überzeugen. Was sie ihrer Schwester verschwieg, war, dass sie dem Leiter ihre an dem Tag verdienten vierundsiebzig Cent für das verbrannte Hemd gegeben hatte, damit er es ihrer Schwester nicht abzog. Tina konnte am nächsten Tag wiederkommen, musste aber unten im Erdgeschoss in die Waschbrigade, zu den Polinnen, was eine weniger attraktive Arbeit für die Italienerinnen war, aber wenigstens konnte sie da nicht aus Versehen ein Wäschestück ruinieren. Vielleicht bekam sie mit ihrer Kraft ja ein paar hartnäckigere Flecken heraus.

Als er sah, dass seine Töchter Geschmack am Arbeiten fanden, drängte Tony sie, besser Englisch zu lernen. Er versuchte, sie mit dem finanziellen Vorteil zu überzeugen, den es brachte, amerikanische Papiere zu besitzen. Wenn sie sich einbürgern ließen, konnten sie sich für Fabrikjobs bewerben. »Ich verdiene fünfmal so viel Geld wie ihr in der Woche«, sagte er.

Der Einbürgerungstest war jedoch eine unüberwindbare Hürde. Stella und Tina trugen abwechselnd das Übungsbuch mit sich herum, aber auch als sie Monate darin herumgeblättert hatten, verstanden sie nicht mehr als zu Anfang. Mit größter Konzentration vermochte Stella die englischen Worte zu buchstabieren und ihre Bedeutung zu erraten, Tina war in Ievoli jedoch nur so kurz zur Schule gegangen, dass sie sich kaum erinnern konnte, wie die Buchstaben auf Italienisch zu klingen hatten, ganz zu schweigen von dieser merkwürdigen fremden Sprache, in der nichts so aussah, wie es ausgesprochen wurde. Nach zehn Monaten in den Vereinigten Staaten hatten sie kaum Englisch gelernt. Sie waren von italienisch sprechenden Menschen umgeben. Stella schämte sich für ihre Aussprache, und sogar wenn sich die Gelegenheit bot, mit einem Amerikaner zu sprechen, zum Beispiel in einem Laden, zweifelte sie plötzlich an den Wörtern, derer sie sich gerade noch sicher gewesen war, und zeigte stumm auf das, was sie wollte, oder versuchte es auf Italienisch.

Trotzdem fragte sie ihre Schwester ab wie früher mit dem Katechismus. »Das jetzt weißt du«, sagte sie und las auf Englisch: *»Where is the Statue of Liberty?«*

»Das weiß ich *nicht«*, sagte Tina. Es war sinnlos.

»Doch, du weißt es! Du hast sie selbst gesehen!« Stella hob den Arm, reckte die Faust in den Luft wie die grüne Frau die Fackel und wiederholte langsam auf Englisch: »Die Freiheitsstatue.«

»In New York!« Tina lächelte. Sie hatte eine Frage richtig beantwortet.

»Wie heißt der Präsident?«, las Stella sorgfältig.

Ein kurzes Nachdenken. »Rosa Vela«, antwortete Tina, was auf Italienisch »rosa Segel« bedeutete. Stella hatte sich das als Eselsbrücke für Roosevelt ausgedacht. »Stell dir ein elegantes Boot mit rosa Segeln vor«, hatte sie vorgeschlagen. »Es ist so elegant, weil der Präsident damit fährt.«

Doch damit war auch Stella am Ende, und die Antworten des Buchs halfen nicht bei den Fragen.

»Warum hat die amerikanische Flagge dreizehn Streifen?« Stella legte das Buch zwischen sich und Tina, damit ihre Schwester die Fahne sehen konnte.

»Was sind *stripes*?«

»Strisce.« Stella deutete auf das wechselnde Weiß und Grau der Zeichnung. Tina schwieg. »Hier steht, es sind dreizehn Streifen, weil es dreizehn *colonies* gibt.«

»Was sind *colonies*?«

»Du weißt schon, wie *colonia*«, sagte Stella. »Cologne, Parfum.« Das schien nicht richtig, aber etwas Besseres wusste sie nicht. »Vielleicht gibt es in Amerika dreizehn berühmte Parfums.«

Und die Fragen wurden immer noch schwieriger. Sie waren voller Wörter, zu denen Stella noch nicht mal die italienische Entsprechung kannte. Wer hat die Unabhängigkeitserklärung geschrieben? Wie kann sich ein Amerikaner an der Demokratie beteiligen? Welche Rolle hat der Kongress? Welche Befugnisse hat die Bundesregierung laut unserer Verfassung? Wie oft wurde die Verfassung ergänzt? Es war sehr schwierig, Tina zu helfen, sich Antworten zu merken, wenn Stella nicht mal erklären konnte, was gefragt wurde.

Fiorella Mulino erinnerte sie daran, dass sie den Einbürgerungstest bestanden hatte, indem sie in die Abendschule der Hartford High gegangen war. Der Unterricht war umsonst, er fing um sieben Uhr an, sodass man nach der Arbeit hingehen konnte.

Stella mochte die Vorstellung einer Abendschule nicht, sie hätte lieber alles aus einem Buch gelernt. Sie hasste Situationen, in denen ihre Schwächen sichtbar wurden, und sie fürchtete den abendlichen Gang aus ihrem Getto von *paesan*, vorbei am Elendsviertel mit seinen dunklen Gassen und den ihnen auflauernden Fremden.

»Ich komme mit«, bot Fiorella ihr an. »Stella, du bist schlau, vielleicht schaffst du den Test auch allein, aber Tina nicht, ganz gleich, was du tust, und das weißt du. Aber wenn du mit ihr in den Unterricht gehst, kannst du ihr vielleicht helfen, dass sie mitkommt.« Sie lächelte verschämt. »Und du könntest ein paar nette Jungs kennenlernen.«

»Oh, Madonna.« Stella schlug die Hände über dem Kopf zusammen und sah flehentlich zum Himmel. »Bitte, sag das Tina nicht.«

An einem Dienstag Mitte November gingen sie zum ersten Mal in die Abendschule. Beide, Stella und Tina, waren nicht auf die Idee gekommen, die verschwitzten Kleider zu wechseln, die sie den ganzen Tag in der Wäscherei getragen hatten, doch als sie sahen, wie schick sich einige der Einwanderer für den Unterricht herausputzten, taten sie es ihnen nach. Der Unterricht selbst war langweilig und verwirrend, genau wie die Schule früher, nur dass er auf Englisch stattfand. Stella war oft müde, nachdem sie zehn Stunden am Bügelbrett gestanden hatte. Aber sie ging auch weiter hin, angetrieben vom schlechten Gewissen, weil sie viel mehr verdienen könnte, wenn sie einen besseren Job bekäme.

Joey arbeitete als Teilzeithausmeister in der Italienischen Gesellschaft und schien sich wegen der Staatsbürgerschaft keine Sorgen zu machen. Aber er sorgte sich auch ganz allgemein nicht. Das war seine besondere Gabe. Glitzernde braune Augen, schöne weiße Zähne, wenn er lachte, und keine Sorge um irgendetwas.

Nach ihrem ersten amerikanischen Thanksgiving, das sie mit den Nicoteras feierten, überredete Carolina Stella und Tina, sich die Haare schneiden zu lassen. »Ihr solltet es wie ich tragen.« Sie hob die Hand und strich sich über die Locken, die wie ein Heiligenschein ihren Kopf umrahmten. »Und lasst euch eine Dauerwelle legen, dann müsst ihr nicht jeden Abend mit Lockenwicklern herumtun.«

»Unser Vater mag es, wenn wir es lang tragen«, sagte Stella. Tony hatte die Vorstellung, Frauen mit kurzen Haaren wären lasterhaft. Sie konnten sich schneller bewegen und wilder tanzen, ohne sich um wegfliegende Haarnadeln sorgen zu müssen.

»Aber er sagt doch immer, wie sehr er sich wünscht, dass ihr richtige Amerikanerinnen werdet«, wandte Carolina ein. »Sagt ihm, er soll sich mal umsehen. Alle jungen amerikanischen Frauen haben kurze Haare. Die Einzigen mit langen Haaren kommen vom Land.«

Stella verstand, was sie damit meinte. Einige italienische Familien in der Front Street lebten sehr streng und zogen ihre Töchter wie zu Hause auf, mit knöchellangen Röcken, Schleiern und arrangierten Ehen. Tony Fortuna hatte seine eigenen Regeln und explodierte, wenn sie nicht befolgt wurden, doch er zwang seine Töchter nicht, sich die Gesichter zu bedecken, wenn sie in die Kirche gingen. Stella hielt es für klug, dass er seiner Familie nicht so peinliche Beschränkungen auferlegte, schließlich hatten sie den Großteil ihres Lebens ohne ihn verbracht, und er wollte nicht in eine Position geraten, in der sie sich ihm womöglich widersetzten. In Stellas Augen war er ein widerwärtiger Kerl, ein gerissener Despot.

Stella und Tina besprachen Carolinas Vorschlag, als sie sich fürs Bett fertig machten. Es war ein seltsamer Gedanke, sich all das Haar abschneiden zu lassen, das Zeichen ihrer Weiblichkeit. Aber Stella wollte nicht länger mit den Landpomeranzen in einen Topf geworfen werden. Und natürlich würde Tina tun, was immer Stella tat.

Das Gespräch mit Tony begann wie erwartet. »Papa, Tina und ich, wir wollen uns das Haar schneiden lassen«, sagte Stella beim Essen am Sonntagabend.

»Kommt nicht infrage«, sagte er. »Die Frauen in diesem Haus kleiden sich züchtig.«

»Aber, Papa, du sagst, du willst, dass wir Amerikanerinnen werden, und keine Amerikanerin trägt ihr Haar so lang. Alle werden denken, wir ... wir sind arm und neu hier.«

Stella hatte sich auf eine lange Diskussion eingestellt, doch schon nach einigen Momenten ernsthaften Nachdenkens schien Antonio bereit, seine Meinung zu ändern.

»Ja«, sagte er, »du hast recht. Kurze Haare sind besser für ein Leben in Amerika.«

Das schien zu einfach. Stella sah ihn aufmerksam an und fragte sich, was ihm wohl noch an Gedanken durch den Kopf ging. »Du gibst uns also Geld für den Friseur?«

»Ja, ja«, sagte er. »Einverstanden. Ihr zwei lasst euch die Haare schneiden, und dann sollten wir ein Familienfoto machen lassen. Das schicken wir zu Weihnachten nach Hause.« Er schlug sich auf den Schenkel. »Ein Jahr Amerikaner. Ja, wir sollten ein Foto machen lassen.«

Ihr Vater hatte eine bestimmte Vorstellung im Kopf. Stella beschloss, ihr Glück zu versuchen. »Tina und ich, wir brauchen beide fünf Dollar.«

Antonio wandte sich ihr zu. Sein Gesicht lief rot an, und Stella machte sich darauf gefasst, dass er sie schlug, doch dann fing er an zu lachen. »Wenn der Friseur so viel kostet, findet ihr besser heraus, wie ihr euch die Haare selbst schneiden könnt.«

»Nein, Papa, die sind für eine Dauerwelle. Die muss richtig gemacht werden. Dafür tun sie dir Mittel in die Haare, die sie ...«

»Auf keinen Fall eine Dauerwelle. *Mannaggia*, gib ihnen den kleinen Finger, und sie nehmen die ganze Hand.« Antonio wandte sich wieder seinem Teller zu. »Ich sag euch was, ihr bekommt beide zwei Dollar. Und ihr auch«, sagte er zu den Jungen. »Macht damit, was ihr wollt, lasst euch die Haare schneiden, kauft euch was zum Anziehen, was immer. Sorgt nur dafür, dass ihr auf dem Foto gut ausseht.«

Zwei Wochen vor Weihnachten zogen sich die sechs Fortunas ihre besten Sachen an und gingen hinunter zu G. Fox, um Studio-Fotos machen zu lassen. Die Mädchen hatten beide fünfzig Cent für ihren Haarschnitt ausgegeben, sich mit Bändern Locken gelegt und diese so gekämmt, dass sie ihre Gesichter umrahmten. Mit dem Rest des Geldes hatten sie einen blauen Baumwollstoff gekauft, aus dem Stella auf Fiorellas Nähmaschine zwei langärmelige Kleider schneiderte. Sie bat Antonio noch um etwas zusätzliches Geld für neue Schuhe, doch das lehnte er ab.

Die Fortunas posierten mit Antonio und Assunta, die vorn saßen, die Söhne rechts und links neben und Stella und Tina hinter sich, damit man die alten Schuhe aus Nicastro nicht sah. Tina ist drei Zentimeter größer und hat etwas weniger Busen, und natürlich ist da das Muttermal auf ihrer Oberlippe. Im Übrigen lächeln die beiden Schwestern auf die gleiche Art, tragen die gleichen Kleider und zeigen beide die gleiche Haltung – wie sie die Ellbogen anwinkeln und sich auch sonst in allem ähnlich sind, so etwas gibt es nur bei Schwestern. Assuntas Füße sind gekreuzt und zurück unter den Stuhl geschoben. Diesmal lächelt sie. Antonio lächelt womöglich auch, aber wie bei der Mona Lisa kann man bei ihm nie sicher sein, was er gerade denkt. Der Großteil seines Gesichtsausdrucks wird sowieso von seinem Schnauzbart verdeckt. So geben die sechs Fortunas ein beeindruckendes Bild einer Familie ab.

Fünfzig Jahre lang hing das Porträt an verschiedenen Wänden neben dem körnigeren alten mit der ersten Mariastella. Irgendwie gibt es kein anderes Foto von der gesamten Familie, auch nicht anlässlich einer der Hochzeiten der Kinder. Es ist das erste und letzte Mal, dass sie zusammen fotografiert wurden.

* * *

Das Jahr 1941 war besser als 1940. Die Front Street wurde weniger ausländisch. Die Fortunas kannten ihre fliegenden Händler, hatten gelernt, wie mit dem Geld umzugehen war und was wie viel kosten durfte. Sie mochten das amerikanische Essen, seine Vielfältigkeit und die reichhaltigen Zutaten, und konnten jetzt auch etwas mehr Englisch. Sie arbeiteten sechs Tage die Woche, legten regelmäßig Geld für ihr Haus zur Seite und hatten noch genug übrig, um sich amerikanisch zu kleiden. Samstagabends gingen sie zum Tanzen in die Italienische Gesellschaft und trafen sich vorher mit Fiorella Mulino, Carolina Nicotera und Franceschina Perri, um sich gegenseitig die Haare zu machen. Für gewöhnlich taten sie das bei den Nicoteras, weil Carolina keine kleinen Brüder hatte, die den Mädchen auf die Nerven gingen, wenn sie sich herausputzten.

Es gab jedes Wochenende Live-Musik, meist eine Dreimannband, die italienische und englische Lieder spielte und den wöchentlichen Tanz zu einem größeren Fest machte als die jährliche Fhesta in Ievoli. Stella tanzte für ihr Leben gern, und sie war eine gute Tänzerin. Franceschina hatte ihr Foxtrott und Swing beigebracht, und sogar Stella selbst war erstaunt, wie schnell sie ihre dörfliche Schüchternheit ablegte und mit Jungen tanzte. Es war aufregend, sich zu überlegen, was für ein Skandal es zu Hause gewesen wäre, hätten Mädchen und Jungen dort so miteinander getanzt, so schnell, mit fliegenden Röcken, nackten Waden und korsettlos wippenden Brüsten. So frei und glücklich hatte sie sich noch nie in ihrem Körper gefühlt.

Stella konnte sich ihre Tanzpartner aussuchen. Oft tanzte sie mit Frankie D'Agata, der sehr beliebt war unter den Mädchen, bis sie beschloss, dass sie zu viel Zeit mit ihm verbrachte, und ihn abzuweisen begann, was zu Gerede führte. Sie nahm keinen, der nicht größer war als sie, und wollte auch nichts von den Avancen von Fiorellas älterem Bruder Vittorio wissen, den sie für schmierig hielt. Mit den Perri-Jungs tanzte sie aus Prinzip nicht, besonders den älteren, Mario, mochte sie nicht, der gut aussah und fürchterlich eingebildet war. Er forderte sie dennoch auf, um sie zu ärgern, und versuchte, ihr in den Hintern zu kneifen. Manchmal wies sie alle Jungen zurück, einfach so, und tanzte stattdessen mit ihren Freundinnen.

Franceschina bewunderte Stellas Einstellung. »Uuh, du kannst ein solches Biest sein!«, kicherte sie, und die anderen stimmten mit ein, als sie das Wort hörten.

»Wenn du so hübsch bist, musst du ein Biest sein«, sagte Carolina, und sie kicherten gleich wieder. »Sonst nehmen sich die Männer, was sie kriegen können.«

»Wenigstens habt ihr alle keine so schöne Schwester«, sagte Tina, als mache sie einen Witz, aber sie meinte es ernst. »Ich werde immer nur zu hören bekommen: Oh, die hübsche Stella ist deine Schwester? Was für eine Überraschung!«

Die Mädchen lachten wieder und protestierten: *Nein, Dummchen, du bist so hübsch, ihr zwei seht genau gleich aus.*

Stella lächelte Tina wohlgefällig zu. »Sei nicht eifersüchtig, kleiner Käfer. Eifersucht verdirbt das Herz.«

»Ist ja gut.« Mit ihrer schmalen Hand strich Fiorella Tina besänftigend über den Arm, zwinkerte Stella zu und erklärte: »Du bist die brave Schwester, Tina. Alle wissen das.«

Im Frühling 1941 arbeiteten Stella und Tina wieder auf der Tabakplantage. Fiorella hielt es für verrückt, die Jobs in der Wäscherei aufzugeben.

»Aber so können wir mit Mamma zusammen sein«, erklärte Stella, »und wir verdienen mehr, weil wir zu dritt sind und nicht nur zu zweit.« Assunta hatte den ganzen Winter nicht gearbeitet, weil ihre Beine zu angeschwollen waren. Im Übrigen hatte sie eine Fehlgeburt, und Za Pina überredete sie, zu einem amerikanischen Arzt zu gehen. Der Arzt erklärte ihr, sie solle besser keine Babys mehr bekommen. Darüber hinaus diagnostizierte er eine rheumatoide Arthritis und Krampfadern. Assunta war mit ihren zweiundvierzig Jahren bereits eine alte Frau.

Im Sommer 1941, als Stella seit anderthalb Jahren mit den fliegenden Fäusten und dem anzüglichen Spott ihres Vaters lebte, ging es mit ihrem Albtraum los, wegen dem sie fast aus dem Fenster gesprungen wäre und sich beinah selbst umgebracht hätte. Wer kann sagen, was in sie gefahren war und ihr diesen vergifteten Traum in den Kopf gesetzt hatte. Vielleicht hatte sie den bösen Blick auf sich gezogen, hatte zu sehr mit ihrer Schönheit kokettiert und zu viele Herzen gebrochen. Stellas Leben war zuletzt so angenehm und glücklich gewesen, dass einfach wieder ein paar Schmerzen fällig waren, schließlich war es bereits sechs Jahre her, als das Schicksal zuletzt zugeschlagen hatte.

Es war, als hätte der Albtraum einen Damm in ihr brechen lassen, er kam wieder und wieder. Nacht für Nacht drängte ihr Vater sie in die Ecke und belästigte sie, nur die Einzelheiten änderten sich. Manchmal spielte sich der Traum auf der Tabakplantage, manchmal in ihrem alten Haus in Ievoli ab, die Geschichte blieb die gleiche: Stella war entblößt, in der Falle und wurde angefasst. Mit der Zeit entwickelte der Traum sich weiter, und Stella sah sich mit einem männlichen Organ konfrontiert, das an ihr gerieben wurde. Allerdings dauerte der Traum nie lang genug, als dass sie hätte erfahren können, was danach geschah. Sie erwachte nur in dem Wissen, auf eine Weise berührt worden zu sein, wie sie es nicht wollte. Schwitzend schreckte sie hoch, voller Panik und Abscheu.

Tony tat, was er gesagt hatte, und vernagelte das Fenster der Mädchen mit Brettern, damit Stella nicht wieder versuchen konnte hinauszuspringen, im Übrigen wurde der Vorfall zunehmend ins Lächerliche gezogen.

Ich frage mich, warum er nicht ernster genommen wurde. Warum sich später, als Stella wieder und wieder beteuerte, nie heiraten zu wollen, niemand daran erinnerte, dass sie im Traum schon einmal lieber hatte sterben wollen, als sich von einem Mann Gewalt antun zu lassen.

Als das Fenster vernagelt war, wurden die Sommernächte zu langen, stickigen Stunden der Schlaflosigkeit, Stella wurde zum Opfer ihres eigenen Unterbewusstseins. Gequält und erschöpft, konnte sie nicht sagen, wann sie einschlief und wieder hochschreckte. Auch als ihr der Albtraum vertrauter wurde, konnte sie sich nicht an ihn gewöhnen und ihre lähmende Panik überwinden, wenn der Mann seine schwielige Hand nach ihr ausstreckte. Ihre zehn Stunden Feldarbeit waren nur mehr ein Nebel aus Schmerz und Elend. Einmal war sie so müde, dass sie die Arbeit ausfallen lassen musste.

Stella lag in ihrem schmalen Bett neben Tina, grub sich die Fingernägel in die Handteller und versuchte, wach zu bleiben. Sie betete zur Jungfrau um eine Atempause, und zum Geist der ersten Mariastella, den sie, wie sie begriff, nicht in Ievoli zurückgelassen hatte. »Bitte, lass es aufhören«, flüsterte sie immer wieder. »Ich weiß, dass du da bist. Ich weiß, du tust mir das an. Bitte, lass es aufhören. Bitte, lass mich in Frieden.« Aber die Träume hörten nicht auf.

Was bezweckten sie? Waren sie die Strafe dafür, dass sie lebte?

Oder eine Art Warnung?

Stella konnte mit niemandem über den Albtraum sprechen, nicht mal mit Tina, weil er auch in Worte gefasst so schrecklich war. Es genügte, wenn sie darunter litt, er musste nicht auch noch jemand anderen belasten, und so behielt sie ihn für sich. Aber die Wirkung, die er auf sie hatte, war enorm und dauerhaft. Er lehrte sie, dass bestimmte Wunden nicht genäht werden können und einige schlimme Dinge nicht wieder vergehen, sondern immer neu geschehen. In diesem Jahr lernte Stella, mit zusammengepressten Lippen zu lächeln, damit niemand die beiden fehlenden Zähne sah, die sie sich bei ihrem Sturz ausgeschlagen hatte, und sie begann einen unkontrollierbaren Ekel vor ihrem Vater zu empfinden. Ihr graute vor ihm, wenn er ihr zu nahe kam, eine Hand auf ihre Schulter legte und seinen Blick über ihre Rundungen gleiten ließ, wie er es so oft tat. An manchen Tagen zitterte sie, nur weil er ihr am Tisch gegenübersaß.

Falls Tony die Veränderungen im Verhalten seiner Tochter bemerkte, ließ er es sich nicht anmerken.

Es war Carmelo Maglieris Pech, dass er Stella erst ein paar Monate nach Beginn ihrer Albträume kennenlernte. In einer anderen Version dieser Geschichte, einer Version, in der das Fenster auch weiterhin frische Luft ins Zimmer gelassen und Stellas katechetische Erziehung ihr erlaubt hätte, zwischen Sex und Vergewaltigung zu unterscheiden (und der Gifthauch Traccis ihrem Vater nicht um die halbe Welt gefolgt wäre), in solch einer Version wäre Carmelo Maglieri vielleicht nicht zum Schurken geworden.

Stella und Tina fingen im September wieder in der Wäscherei an. Die Ahornblätter verfärbten sich gelb, die der Eichen braun, und die Luft wurde furchterregend kalt, genau wie im Jahr zuvor. Stella kannte mittlerweile die verschiedenen amerikanischen Feiertage, und sie freute sich auf Weihnachten. Sie wusste, was sie von diesem Land erwarten konnte, sie hatte sich daran gewöhnt.

Dann, im Dezember, kam Pearl Harbor.

Der Kriegsausbruch war erschreckend, auch wenn niemand überrascht war. Jetzt, wo die Vereinigten Staaten Italien den Krieg erklärt hatten, gab es unter den italienischen Amerikanern jede Menge zu besprechen. In der Italienischen Gesellschaft waren Männer, die nach Hause fahren und für Mussolini kämpfen wollten, andere schickten Geld, um ihn zu unterstützen. Wieder andere waren froh, in Amerika zu sein, außer Reichweite des Faschismus. Alle sorgten sich um ihre Familien zu Hause. Aber die Zeit für Diskussionen war vorbei, Italoamerikaner kamen aus einem Feindesstaat und mussten sich entscheiden.

Für die Fortunas war Amerika die einzige Wahl. Tony, ihr Patriarch, verspürte keinerlei Liebe zu seinem Heimatland und war stolz auf seine Einbürgerung. Er wäre nie zusammen mit ihnen zurück nach Ievoli gegangen. Die Welt zu Hause hatte sich bereits verändert, als so viele Menschen auswanderten, und jetzt beschleunigte sich der Wandel. Bomben fielen auf die Dörfer ihrer Vorfahren und löschten ihre alte Lebensweise aus. Stella fürchtete, dass das Ievoli, das sie liebte, nur mehr in ihrer Erinnerung existierte.

Nachts donnerten Flugzeuge über sie hinweg. Die Fortunas lagen im Bett und fragten sich, ob Bomben herausfallen würden. Wie ihre Nachbarn brachten sie Verdunkelungsvorhänge an, um ihr Haus nicht zu einem Ziel zu machen. Hartford war eine Munitionsproduktions-Zentrale, und nur zehn Minuten zu Fuß von den Fortunas lag die Colt Armory, in der rund um die Uhr gearbeitet wurde. Hartford im Krieg war ein unheimlicher Ort, die verlassenen Straßen, die verstohlenen Aktivitäten hinter den verdunkelten Fenstern. Jede Art von Straßenbeleuchtung war verboten, und die Mädchen mussten nach der Abendschule durch eine unbeleuchtete Stadt laufen.

Es war zu dumm, dass Stella und Tina nicht schon eingebürgert waren. Mit einem Mal waren alle Fortunas bis auf Antonio feindliche Ausländer. Sie mussten ins Rathaus, um sich registrieren zu lassen, wurden fotografiert, bekamen spezielle Ausweise, und man nahm ihre Fingerabdrücke. Wenn sie angehalten wurden und ihre neuen Papiere nicht vorweisen konnten, bekamen sie große Schwierigkeiten. Es war möglich, sie jederzeit zu durchsuchen oder zu verhören, und die Polizei durfte in ihre Wohnung kommen und ihre Sachen konfiszieren. Jeder Brief aus Italien konnte sie belasten. Einige Italiener wurden festgenommen und in ferne Gefängnislager verfrachtet. Auch ihr Radio konnten die Fortunas nicht behalten, weil die Polizei womöglich glauben würde, dass sie es benutzten, um mit deutschen U-Booten zu kommunizieren.

»Was sollen wir einem U-Boot verraten?«, schimpfte Joey. Er war wütend, dass er *Crime Doctor* nicht mehr hören konnte und auch Jack Benny nicht, den Louie so mochte.

Für junge Männer gab es einen schnellen Weg hinaus aus dem Status als feindlicher Ausländer, hin zur Einbürgerung samt deren Vorteilen: die Army. Wer gewillt war, sein Leben für die Vereinigten Staaten von Amerika aufs Spiel zu setzen, wurde auf der Stelle zum amerikanischen Staatsbürger. Eine halbe Million Italoamerikaner meldeten sich während des Krieges zum Dienst an der Waffe.

Was uns zur nächsten wichtigen Station unserer Geschichte bringt.

* * *

Als Stella das erste Mal mit Carmenantonio Maglieri sprach, schneite es. Sie und Tina waren nach der Abendschule in der Hartford High auf dem Heimweg, es war der Januar 1942, und die verdunkelten Straßen waren mit einer dünnen Eisschicht überzogen.

Carmelo – wobei Stella da natürlich noch keine Ahnung hatte, wer er war – bremste seinen Wagen ab und blieb auf Höhe der Mädchen, was sie nervös machte. Sowohl er als auch der Mann auf dem Beifahrersitz trugen die olivgrüne Uniform der U.S. Army.

Carmelo kurbelte sein Fenster herunter und rief: »Sollen wir euch mitnehmen?« Das waren seine ersten Worte zu Stella.

Ihre lauteten: »Lassen Sie uns in Ruhe.«

Aber das tat er nicht. Stattdessen beugte er sich aus dem Fenster, ein freundliches Lächeln auf den Lippen. Stella beobachtete müde, wie sich nasser Schnee auf seine gewachsten schwarzen Locken senkte. Ihr Magen zog sich zusammen angesichts der beiden Männer, die ihnen da in ihrem Wagen folgten. Sie waren auf der Farmington Avenue, immer noch zwanzig Minuten von zu Hause entfernt, und die harten Absätze ihrer Schuhe schlitterten über den glatten Bürgersteig.

»Kommt schon, springt rein«, sagte Carmelo. Er sprach Italienisch mit dem allgemeinen südlichen Akzent, den viele Einwanderer annahmen, um mit den Sprechern der unterschiedlichen regionalen Dialekte kommunizieren zu können. Er konnte aus jeder Gegend Italiens stammen. »Hübsche Mädchen sollten nicht durch den Schnee laufen müssen, so in der Dunkelheit. Wir bringen euch nach Hause.«

»Nein, danke«, sagte Tina. »Wir fahren auf keinen Fall mit Fremden mit.« Sie fasste Stella am Arm, und die beiden setzten ihren schlitternden Gang fort, sich gegenseitig haltend und Ausrufezeichen im Schnee hinterlassend, in denen sich schnell neuer Schnee sammelte.

Carmelo fuhr wieder von hinten heran. »Sehr klug, nicht mit Fremden mitzufahren. Aber, Ladys! Dieses Wetter ist einfach zu schlecht.«

Weder Tina noch Stella sagte etwas, und der Wagen folgte ihnen, während sie stumm weiterstaksten. In den Papphütten, an den sie vorbeikamen, war es beunruhigend still, der Schnee sammelte sich auf ihren aufgequollenen Dächern. Der Mond schien hell, war aber von Schneewolken verhangen. Jeden Abend mussten sie hier entlang, und Stella wünschte sich, dass es heller wäre, damit sie sehen konnten, wenn sich jemand näherte, dann aber wieder wollte sie es dunkler, damit sie ungesehen hier durchkamen.

»Kommt schon, Ladys.« Der aus dem Fenster hängende Mann versuchte es noch einmal. »Es ist hier nicht sicher. Ich verspreche, wir bringen euch direkt nach Hause. Bei unserer Ehre als Soldaten.« Er lächelte, und seine Wangen wurden zu schimmernden Kugeln der Unbekümmertheit. Stella fand sein Gesicht gut aussehend, den Ausdruck jedoch anbiedernd. Er fing ihren Blick auf, und sie verengte die Augen, damit er sich zu nichts eingeladen fühlte.

»Über Soldaten wissen wir Bescheid«, sagte Stella und bedauerte es gleich. Sie wollte ihm nicht noch zusätzlich was in den Kopf setzen.

Aber er hatte sich wieder ins Auto zurückgezogen und besprach etwas mit seinem Beifahrer. Kurz darauf kam sein Lockenkopf wieder zum Vorschein. »Euer Vater«, sagte er. »Das ist doch Tony Fortuna, oder?«

»Woher wissen Sie das?«, fragte Tina reflexhaft, und Stella stieß ihr so fest den Ellbogen in die Seite, dass sie sich an ihr festhalten musste, um das Gleichgewicht nicht zu verlieren.

»Also sind wir keine Fremden!«, sagte der junge Mann und lächelte noch breiter. »Euer Vater kennt uns. Fragt ihn, wenn ihr nach Hause kommt. Das geht in ein paar Minuten. Er wird euch alles über uns erzählen. Ich heiße Carmelo Maglieri, und das ist Rocco Caramanico.« Er zeigte mit seinem dicken Daumen auf seinen Mitfahrer. »Ich habe mit eurem Vater zusammengearbeitet. Wir alle haben zusammen gearbeitet«, berichtigte er sich. Er war so aufgeregt, dass er eine eigene Geschichte durcheinanderbrachte.

»Wir steigen nicht ein«, sagte Tina, als Stella fragte: »Wo haben Sie zusammengearbeitet?« Die Kälte hatte ihr Misstrauen überwunden. Sie wollte in das warme Auto.

»Auf dem Bau, bei G. Fox«, sagte Carmelo. »Vor zwei Jahren im Sommer.«

Das stimmte, Tony hatte auf der Baustelle von G. Fox gearbeitet. Aber Tina erwiderte: »Wenn Sie meinen Vater wirklich kennen würden, wüssten Sie, dass er uns *nie* in Ihr Auto steigen ließe.«

»Komm, Tina«, sagte Stella. Ihre Füße schmerzten vom Gehen über das Eis. »Das ist zu dumm. Sie fahren uns nur nach Hause.«

»Stella!«

»Gut, dann geh du zu Fuß weiter. Ich fahre mit.« Stella trat zum Bordstein, und der Fahrer, Carmelo, hielt an. »Rutsch nicht aus und brich dir nicht den Hals«, sagte sie zu ihrer Schwester.

»Aber Stella!« Tina sah sie verzweifelt an. Ihr roter Lippenstift wirkte im düsteren Mondlicht noch dunkler, und mit dem Schnee in ihren Haaren sah sie aus wie ein Bild aus einem Film.

Stella rutschte über den Ledersitz des Autos und rief: »Nun komm schon, Tina. Komm her.« Und dann etwas sanfter: »Steig schon ein. Es passiert nichts.« Und Tina setzte sich zu ihr.

Die Mädchen kamen ohne Zwischenfall nach Hause, und ihr Vater schrie sie auch nicht an. Das Problem war nur, ganz gleich, wie kalt und finster der Abend, wer sich von einem Mann mitnehmen lässt, lädt alle Bekannten zum Tratsch ein. Stella hatte es sich selbst zuzuschreiben.

Womöglich haben Sie darauf gewartet, dass Carmelo Maglieri in unserer Geschichte auftaucht, seit sich sein Vater, Tomaso, und Tony vor all den Jahren beim Eisenbahnbau kennengelernt hatten. Nun, Stella hatte nicht auf ihn gewartet, sie hatte noch nicht einmal von ihm gehört. Trotzdem sollte ich Ihnen hier ein wenig mehr von ihm erzählen, da er nicht wieder verschwinden wird, ganz gleich, was Stella ihm immer aufs Neue sagt.

Carmenantonio Maglieri, genannt Carmelo, wurde im März 1921 in Sepino geboren, einem Bergdorf in den Abruzzen, einem Irrgarten mittelalterlicher Kopfsteinpflaster-Gassen über der alten samnitischen Stadt Altilia. Aber trotz der reichen Geschichte der Abruzzen und ihrer typischen, hinreißenden Idylle aus Fels und Blüten gab es dort keine Arbeit. Während Carmelo aufwuchs, schickte sein Vater Jahr für Jahr Geld aus Amerika, 1935 jedoch war Tomaso fast sechzig Jahre alt und nicht mehr in der Lage, die Familie mit dem Lohn seiner körperlichen Arbeit zu unterstützen.

So stellte Tomaso einen Visumsantrag für seinen Sohn. Carmelo war zehn Jahre alt, doch die Zeit verging und nichts geschah. Währenddessen hatte die Familie auf ihrem Stück Land in den Abruzzen zu kämpfen, jedes Jahr wurde es schwerer. Dazu kam, dass Tomaso kein gutes Gefühl hatte, was die Regentschaft Mussolinis anging – dies war einer der Gründe, aus denen er seine xenophobe Frau zu überreden versuchte, mit der ganzen Familie nach Amerika zu kommen. Sie musste sich diesem Wunsch dank der restriktiven Einwanderungsbestimmungen jedoch nie wirklich widersetzen.

Am Ende beschlossen die Maglieris, Carmelo ohne Visum ins Land zu schmuggeln. Zwei Tage fuhr er mit dem Zug nach Genua und ging dort an Bord eines spanischen Frachtschiffes nach New York. Andere junge Männer aus seiner Provinz ohne die nötigen Papiere hatten ähnliche Wege genommen, im Frachtraum versteckt oder unter die internationalen Seeleute gemischt, um dann unbemerkt in einem ausländischen Hafen zu verschwinden. Carmelo hatte genaue Instruktionen erhalten, wen er nach den genuesischen Hafenanlagen fragen sollte, und genug Geld, um die nötigen Fahrkartenleute und Schieber auf der italienischen Seite zu schmieren.

Mit seinen vierzehn Jahren verfügte Carmelo über die jugendliche Sorglosigkeit, an die wir uns alle mit bitterer Ehrfurcht zurückerinnern. Sie half ihm sehr, weil er während der zehntägigen Überfahrt mit niemandem sprechen konnte. Es gab noch zwei weitere blinde Passagiere, doch das waren Griechen, und die Mannschaft sprach nur Spanisch. Als der kritische Moment kam – die Ankunft in New York –, mussten die blinden Passagiere vor der Anlegeinspektion von Bord. Mit einem kleinen Boot wurden sie im Schutz der Nacht an Land gerudert, was eine nervenaufreibende Sache für einen Jungen war, der nie schwimmen gelernt hatte. Das Boot setzte auf dem Sand eines unbeleuchteten Strandes auf, und der spanische Seemann bedeutete seinen Passagieren, auszusteigen und die letzten Meter durch das seichte kalte Wasser an Land zu waten. Das war das Ende der Reise.

Carmelo wusste nicht, was er als Nächstes tun sollte. Er musste den Ort finden, an dem er seinen Vater treffen sollte. Tomaso wusste nicht genau, wann sein Sohn ankommen würde, und so hatte er ihm die Adresse eines *paesan* gegeben, eines Hafenarbeiters, der in Brooklyn wohnte. Carmelo hatte keine Ahnung, was Brooklyn war, und schon gar nicht, wie er dort hinkommen sollte.

Unbeholfen verabschiedete er sich von den beiden Griechen und lief los. Er folgte der ersten Straße, die er erreichte, und gelangte in einen Hafen. Das schien ihm der richtige Ort, um zu übernachten. Am Morgen wollte er jemanden suchen, der ihm den Weg zu seinem Ziel beschreiben konnte.

Das Dumme war, dass Carmelo auch bei Tageslicht nicht weiterkam. Er war völlig verdreckt und roch so übel, dass kein New Yorker mit ihm hätte reden wollen, auch nicht, wenn er Englisch gekonnt hätte. Er hatte etwas Geld, aber keine Vorstellung davon, wofür er es benutzen sollte, und auch sonst keine Idee, sondern wusste nur, dass er auf gar keinen Fall von der Polizei aufgegriffen werden durfte. So verbrachte er neun Tage. Neun Tage! Er schlief auf einer Bank im Hafen, näherte sich zögernd mit seinem besten Italienisch kaum hilfreichen Fremden, versteckte sich, wann immer er jemanden in einer Uniform sah, und nahm Essensreste von Straßenverkäufern an, bei denen er hier oder da mit anpackte. Am Ende war es einer von ihnen, der einen italienisch sprechenden Freund mitbrachte, um zu sehen, ob der das Problem des obdachlosen Jungen lösen konnte. Mit einer Fähre und dann der Subway brachte der Italiener Carmelo zur Adresse des *paesan* in Brooklyn. Carmelo war so erleichtert, dass sein Hafen-Martyrium vorüber war, dass ihm erst später bewusst wurde, wie großzügig der italienische Fremde gewesen war. Er lernte schnell Englisch, um nie wieder sprachlos zu sein.

Tomaso holte Carmelo aus Brooklyn ab und nahm ihn mit zu seinen Eisenbahnern in Pennsylvania. Erst durfte er nur als Wasserträger arbeiten, erledigte verschiedene Aufgaben und verdiente halb so viel wie die anderen. Mit fünfzehn Jahren wurde er aber ein vollwertiger Eisenbahnarbeiter, war beliebt bei den anderen Männern, gesellig, gutmütig, und es störte ihn nicht, wenn sie über ihn lachten. Die Männer brachte ihm das Kochen bei und Englisch zu lesen. Abends am Feuer sangen sie Volkslieder, und wer es konnte, fügte Melodien aus seinem Dorf im eigenen Dialekt hinzu. Von einem Mann namens Otello aus Cosenza lernte Carmelo Ziehharmonika spielen. Im Dezember 1936 ging Otello zurück nach Italien und hinterließ ihm sein Instrument.

Carmelo und Tomaso arbeiteten, wohin immer die Reading Railway Company sie schickte, bis 1937, da fiel Tomaso in einen Graben und brach sich ein Bein. Die Maglieris gingen nach Hartford, damit sich der alte Mann erholen konnte, und teilten sich ein Sofa in der Wohnung der Carapelluccis, Freunden aus den Abruzzen, die in der Front Street wohnten. Carmelo hatte immer noch keine Papiere, es gelang ihm aber, einen Job auf einer Baustelle zu bekommen. Da lernte er Rocco Caramanico kennen, der so etwas wie ein Bruder für ihn wurde. Und dort traf er auch auf Tony Fortuna. Als sich herausstellte, dass Tony Carmelos Vater kannte – was nicht lang dauerte, schließlich ist es das Erste, was Italiener tun, wenn sie auf andere Italiener treffen: alle Möglichkeiten auszuloten, ob es eventuell irgendwelche Verbindungen zwischen den Familien gibt –, da mussten sie herzlich lachen über die Verlobung von Baby Carmelo mit der fernen Stella.

Die Männer hätten gute Freunde werden können, wer weiß, doch dann kam die Überschwemmung von 1938, und die Wohnung der Carapelluccis wurde zerstört. Tomaso ging zurück nach Sepino, aber Carmelo blieb und mietete sich ein Zimmer in einem Männerwohnheim. Er sagte seinem Vater, er werde hart arbeiten, eifrig sparen und alles tun, um die Familie wieder zusammenzubringen.

Als Amerika in den Krieg eintrat, meldete sich Carmelo sofort freiwillig, um die amerikanische Staatsbürgerschaft zu erlangen. Der Anwerbeoffizier wollte seine Papier sehen, und Carmelo sagte, dass er sehr jung von Italien hierhergekommen sei, was ja durchaus der Wahrheit entsprach, und seine Papiere nicht mehr finden könne. Die U.S. Army wies kaum einen jungen Mann ab, der bereit war, für das Land der Freiheit zu kämpfen und zu sterben, nur weil er vielleicht kein Recht hatte, dort zu sein.

Unterhalb der Kirche an der zentralen Piazza von Sepino, Carmelo Maglieris Heimatstadt, gibt es eine der heiligen Cristina, der Schutzpatronin der Stadt, geweihte Grotte. Das Heiligtum ist voller vergoldeter Nischen, die die Stationen ihres Lebens abbilden, ihre Wunder, ihr Märtyrertum. Sie alle wurden von fernen Auswanderern gestiftet. In einer dieser Nischen hängt eine goldene Plakette mit Carmelo Maglieris Namen. Es ist ein altes Klischee, dass italienische Auswanderer ihre Heimat auch weiter im Herzen tragen. Auch Carmelo hörte tatsächlich nie auf, an Sepino zu denken, sogar als klar war, dass er niemals dorthin zurückkehren würde.

Was soll ich sagen. Carmelo war etwas einfach gestrickt. Die Art von Mann, der in Tränen ausbricht, wenn die Enkel zu Besuch kommen. Er war in jeder Hinsicht das Gegenteil von Tony Fortuna, nun, fast in jeder Hinsicht. Vielleicht war der Verlobungswitz deshalb so schrecklich – weil da eine Frau einen Mann heiraten sollte, der sie an ihren Vater erinnerte.

Das zweite Mal sahen sich Stella und Carmelo an dem Abend, an dem sich Rocco entschied, Tina zu heiraten.

»Du solltest die mit dem Muttermal auf der Lippe nehmen«, riet Roccos ältere Schwester Barbara ihm. Die beiden Fortuna-Töchter trugen identische blaue Kleider, so war das Muttermal die beste Möglichkeit, sie zu unterscheiden.

»Die mit dem Muttermal ist Concettina«, sagte Rocco. Es war zwei Tage nachdem er und Carmelo die Mädchen auf der Farmington Avenue aufgelesen hatten. Rocco hatte Tony gefragt, ob er wiederkommen könne – es war klar, dass es ihm um die Schwestern ging. Und zu seinem zweiten Besuch brachte er seine Schwester als Beraterin und als Vertreterin seiner Eltern in Italien mit. Carmelo war zur allgemeinen Unterstützung mitgekommen oder vielleicht auch aus eigenen Gründen.

Rocco wollte Tony um Erlaubnis bitten, eine seiner Töchter zu heiraten, bevor er die Wohnung an dem Abend wieder verließ.

Das hatte er mit seiner Schwester so besprochen. In vier Tagen würde er mit seiner Einheit auf den Pazifik geschickt werden, und es war das Beste, zu Hause jemanden zu haben, der auf einen wartete, der Briefe schrieb und Päckchen schickte.

Rocco und seine Schwester standen in der Tür zur Küche und besprachen sich, und die Fortunas saßen oder standen in ihrer Sonntagskleidung um den Esstisch herum und taten so, als fragten sie sich nicht, was die beiden da wohl diskutierten.

»Concettina hat die richtigen Voraussetzungen für eine Ehefrau«, sagte Barbara. »Du kannst gleich sehen, dass sie hart arbeitet.«

Bruder und Schwester betrachteten die nervöse Partyszenerie ein paar Minuten. Tina, der man die harte Arbeit tatsächlich ansah, stand neben ihrer Mutter, schaufelte Pasta auf Teller und füllte Weingläser auf. Tony saß am Kopf des Tischs, dann kamen Joey, neunzehn Jahre alt, Louie, elf, und Tonys Freund Vito Aiello, dessen Frau noch in Italien war und der manchmal zum Kartenspielen kam. Carmelo Maglieri erzählte eine Geschichte, die die Jungs zum Lachen brachte. Wie Rocco war auch Carmelo in seiner Uniform gekommen. Stella, die als einzige der drei Frauen am Tisch saß, hatte die Lippen leicht geschürzt, und Rocco sah, wie es seinem unwiderstehlichen Kumpel nicht gelang, sie zu bezaubern – was den Wunsch in ihm weckte, es seinerseits zu versuchen.

»Sie arbeiten beide hart«, sagte Rocco zu Barbara. »Sechs Tage die Woche in der Wäscherei, und sie geben all ihr Geld ihrem Vater, er wird es dir bestätigen.« Rocco nahm Barbaras Rat immer gehorsam an. Sie war sechzehn Jahre älter und kümmerte sich gut um ihn. Aber jetzt hielt er dagegen, weil irgendein kleiner Funke in ihm an Stella interessiert war, nicht an Tina. Er hoffte, Barbara würde ihre Meinung ändern.

Barbara ließ sich jedoch nicht überzeugen. »Aber siehst du, wie Stella dasitzt, während ihre Mutter und ihre Schwester alle Arbeit tun?« Ja, das sah er. Es war schwer zu übersehen. »Tina dagegen, sie ist gehorsam. Und diese stämmigen kalabrischen Beine«, sagte Barbara, aus deren Blickwinkel besonders die Waden kräftig aussahen. »Sie wird dir viele Söhne schenken und dann auch noch die Kraft haben, ihnen nachzulaufen.« Was Ersteres anging, sollte sich Barbara täuschen, allerdings würde Tina hinter den Kindern vieler anderer Leute herlaufen.

Rocco versuchte es noch einmal. »Ich ziehe Stella vor. Sie ist hübscher.«

»Hör zu, Rocco. Du suchst dir eine Frau, mit der du dein Leben verbringen wirst, nicht danach aus, wie sie aussieht. So denken nur Männer.« Als Barbara »denken nur Männer« sagte, meinte sie: Du denkst mit deinem Schwanz, hätte das Wort aber nie in den Mund genommen. »Hübsche Mädchen sind dazu da, mit ihnen herumzualbern, die starken, hart arbeitenden Mädchen dagegen sind die zum Heiraten.« Vielleicht war sie stolz darauf, auch selbst zu Letzteren zu gehören. Oder vielleicht stellen manche Schwestern ihre weiblichen Sympathien hintenan und hoffen auf eine gefügige Hausfrau für ihre kleinen Brüder. »Du ziehst in den Krieg«, erinnerte Barbara Rocco. »Da willst du eine, die auf dich wartet, bis du zurückkommst.«

Der Tisch stand voll mit Essen, das Assunta trotz so kurzer Vorwarnung hatte kochen können: einer Riesenschüssel Tagliatelle, die sie und Tina morgens erst ausgerollt hatten, einem Teller *pizzelle* vom letzten Wochenende und einer großen Auswahl eingelegter Köstlichkeiten – den letzten Waldpilzen, die Assunta im Sommer gesucht hatte, einem Glas gelber *lupini* und in Knoblauchöl gerösteten Paprikaschoten. Dazu gab es eine Schüssel mit hühnereigroßen Fleischbällchen, halb Rind, halb Schwein, die in einer immer noch heißen Tomaten-*raù* schwammen. Sie waren fest, mit Käse, und perfekt gebraten. Es war kaum vorstellbar, dass die Köchin überhaupt erst vor zwei Jahren ihre ersten Fleischbällchen gesehen hatte. Wie schnell und vollständig sich die Dinge ändern können, und anschließend gleich wieder. Später würde sich Stella an diese Fleischbällchen als einige der letzten erinnern, die sie, ohne besondere Wertschätzung, noch gegessen hatten, bevor das Fleisch rationiert wurde.

Stella genoss die Party, wenn auch etwas selbstgefällig. Sie betrachtete Rocco auf der anderen Seite des Tischs, der zuhörte, als Tony ihm eine lange Geschichte erzählte, und überlegte, ob ihn die Mädchen in der Italienischen Gesellschaft wohl für eine gute Partie hielten. Sie persönlich fand ihn nicht besonders anziehend, obwohl er zweifellos gut gepflegt und seine Uniform makellos war. Sein Haar war an den Seiten kurz geschnitten, im Übrigen dicht gelockt. Sie spürte eine gewisse Härte an ihm, eine nervöse Energie, und sie nahm an, dass er sich als streng entpuppen würde, ein Perfektionist. In der Hinsicht glich er ihrem Vater. Sie fragte sich, ob Tony Rocco deswegen mögen oder nicht mögen würde.

Die Männer redeten hauptsächlich über den Krieg und das Soldatentum: die Anwerbung Roccos und Carmelos, Tony Fortunas Zeit in den Alpen und wie seltsam es war, dass dort jetzt junge Männer in den Krieg gegen Italien zogen, deren Väter fünfundzwanzig Jahre vorher für Italien gekämpft hatten. Währenddessen versuchte Stella, sich darüber klar zu werden, ob sie nun nervös war oder nicht. Es war das erste Mal, dass jemand mit Tony Fortuna über seine Töchter sprechen wollte. Stella war einundzwanzig Jahre alt und Tina zwanzig, und es war nur eine Frage der Zeit gewesen, dass es so weit kam. Sie war nicht sicher, wie die Antwort ihres Vaters lauten würde, ob er ihre Verehrer verscheuchen würde oder seine Töchter schnell loswerden wollte, an den ersten respektablen Interessierten. Vielleicht würde er mögliche Anträge aber auch auf die amerikanische Art abtun und sagen, das sei Sache seiner Töchter. In dem Fall würde Stella Nein sagen, und die Angelegenheit war erledigt.

Was, wenn Rocco wegen Tina hier war und nicht wegen Stella? Würde er sie ihr wegnehmen? Stella stellte sich vor, wie sie allein in ihrem Bett lag und Assunta allein in der Küche vor den dampfenden Töpfen stand. Irgendwann *würde* es so sein. Tina würde heiraten, mit einem Mann zusammenleben und viele Babys bekommen. Und Stella blieb zurück. Weil sie es so wollte, oder?

Stella beendete ihre Grübelei, aß, was sie sich auf den Teller gelegt hatte, und überließ sich der Atmosphäre des Abends. Carmelo Maglieri, der neben ihr saß, erzählte Louie und Joey Geschichten von der Grundausbildung. Joey sagte, er habe auch schon darüber nachgedacht, sich zu melden, was Stella zum ersten Mal von ihm hörte. Ihr Bruder schien wie gebannt von Carmelos Ausstrahlung. Verglichen mit seinem steifen, zurückhaltenden Freund Rocco war Carmelo äußerst mitteilsam, anregend und energiegeladen. Er sah fraglos gut aus, sein kräftiges, schwarzes Haar hatte einen tiefen Glanz, und seine Augen leuchteten hellblau – es war genau das Blau, von dem alle italienischen Mädchen sehnsüchtig schwärmten. Ja, er war attraktiv. Stella gab es zu. Nicht, dass es sie besonders gekümmert hätte, sie war nicht an Männern interessiert. Aber *könnte* sie ihn mögen? Wenn es einen Grund dafür gäbe?

Sie dachte an ihren ersten zwiespältigen Eindruck von ihm, wie er sich an dem verschneiten Abend bis zu den Schultern aus dem Autofenster gebeugt hatte. Sie erinnerte sich und spürte der Welle des Misstrauens nach, die sie erfasst hatte – es gibt keine guten gut aussehenden Männer, denn gut aussehende Männer haben es nicht nötig, gut zu sein. Dieses alte Diktum machte sich wohlig in ihrem Empfinden breit. Er war hier als Helfer seines Freundes.

»Und wie geht es *dir* heute, Mariastella?«, fragte Carmelo und wandte sich an sie.

»Ganz gut«, antwortete sie, richtete sich auf und verengte die Augen. Sie war bisher zu freundlich gewesen. »Aber nenn mich bitte Stella. Mariastella war meine tote Schwester.«

Sie sah, wie sein Gesicht von Mitleid erfüllt wurde. »Du hattest eine Schwester, die gestorben ist? Das tut mir leid, das wusste ich nicht.«

»Das ist lang her«, sagte Stella nach einer kurzen Pause, Joeys kritischem Blick nachgebend. »Ich habe sie nie kennengelernt.« Als sie das sagte und ihren kleinen Geist verleugnete, kräuselte ein kalter Schauer die Haut ihres verbrannten Arms. Aber sie saß beim Fenster, und wahrscheinlich zog da nur die Januarluft herein.

»Stella wäre beinahe auch gestorben«, erklärte Louie Carmelo. »Und zwar fünf Mal.« Joey schnaubte.

»Was? Fünf Mal?« Carmelo hob die buschigen schwarzen Brauen, damit der Junge mehr erzählte.

Stella hörte zu, wie ihr kleiner Bruder mit ihrem Pech angab – die liebste Familiengeschichte: *Von einer Aubergine angegriffen! Schweine, Innereien ... Lag vier Tage wie tot da ... Wir hätten tatsächlich alle ertrinken können ... Wusste selbst nicht mal, dass sie springen wollte ...* Louie vermochte sich in den Gefahren und Widerlichkeiten, den unterhaltsamsten Einzelheiten festzubeißen, ohne dem Unbehagen seiner Zuhörer irgendeine Beachtung zu schenken. Carmelo machte die erwarteten erschrockenen großen Augen, und Stella tat alles lächelnd mit einer Handbewegung ab. Louies Akzent hatte viel von seiner kalabrischen Färbung verloren, während er mit Carmelo sprach, so als hätte er dessen neutrale Sprechweise in der letzten Stunde übernommen.

»Was soll man erwarten?«, sagte Joey, um Louie zu helfen, zu einem Ende zu kommen. »Bei einem Namen wie Stella Fortuna?«

»Stella Fortuna«, wiederholte Carmelo. »Ja, was für ein Name.«

Jetzt, da Stella Teil des Gesprächs geworden war, konzentrierte Carmelo seine Aufmerksamkeit ganz auf sie. Er fragte sie nach ihrer Arbeit in der Wäscherei, und ob sie und Tina je zu den samstäglichen Tanzveranstaltungen in der Italienischen Gesellschaft gingen. Sie konnte nicht entscheiden, ob er das alles höflich meinte oder flirten wollte, lehnte sich auf ihren Stuhl zurück und verschränkte die Arme. Ihre Antworten ließ sie eher kühl ausfallen.

Joey gefiel das alles nicht mehr so wie vorher, als er noch im Mittelpunkt der Aufmerksamkeit gestanden hatte. »Was ist mit deinem Freund da«, sagte er. »Schmeichelt sich bei meinem Vater ein. Ist er wegen meinen Schwestern hier oder wegen ihm?«

»Du kennst die Regeln, Joey. Wenn dein Vater ihn nicht mag, ist es egal, was deine Schwester denkt.« Carmelo zuckte mit den Schultern. »Rocco ist ein ernsthafter Mensch. Er tut die Dinge auf die italienische Art. Seine Familie ist sehr traditionsbewusst.«

Stella fragte sich, was für eine Familie die Maglieris waren. Junge, auf sich gestellte Männer waren gefährlich, weil sie keine Angst vor den Folgen ihres Verhaltens hatten, keinen Familiendruck verspürten, das Richtige zu tun. Es war so leicht für sie, sich Mädchen gegenüber »amerikanisch« zu verhalten, und wenn die Sache zu heiß wurde, einen Job in einer anderen Stadt anzunehmen. Alle sagten, dass das bei Adelina Rossi so gewesen sei, die im letzten Jahr zurück ins Dorf ihres Vaters in Vibo Valentia geschickt worden war. Stella sah zu, wie Carmelo Maglieri ein Fleischbällchen zerteilte und eine Hälfte auf ein Stück Brot legte. Sah man einem Mann so etwas an?

»Nun, wegen welcher von meinen Schwestern ist er überhaupt hier?«, fragte Joey. »Ich habe ihn noch mit keiner sprechen sehen.«

»Ich weiß es nicht. Aber«, fügte Carmelo galant hinzu, »beide sind so wunderbar, dass ich, wenn er seine Wahl getroffen hat, deinen Vater fragen werde, ob ich der anderen den Hof machen darf.«

»Hmph«, stieß Stella aus.

Joey glaubte ihm nicht. »Er hat es nicht mal dir gesagt, bevor ihr hergekommen seid?«

»Vielleicht kann er sich nicht entscheiden. Du hast zwei sehr hübsche Schwestern.« Dieses Mal war es Louie, der schnaubte. Elfjährige verachten solche Bemerkungen.

Joey hob sein Glas und schickte einen warnenden kleinen Trinkspruch in Carmelos Richtung. »Sag das nicht, wenn sie es hören können. Sie sind auch so schon eingebildet genug.«

Stella nickte Joey spröde zu. Sie wurde gern eingebildet genannt.

Carmelo protestierte natürlich. »Das sind sie bestimmt nicht.«

»Aber sicher«, sagte Jocy. »Verschwende deine Zeit nicht damit, nett zu ihnen zu sein. Sie denken, sie sind zu gut für die Männer hier.«

»Es ist wirklich unverschämt, so etwas über deine Schwestern zu behaupten«, sagte Stella.

»Und warum habt ihr dann keinen Freund?«

»Ich habe einen«, sagte Stella.

»Nein, hat sie nicht«, sagte Joey zu Carmelo.

»Doch, habe ich.« Sie war ganz ruhig, ihre Position unangreifbar. »Du weißt, dass ich mit Stefano Morello verlobt bin.« Sie sah Carmelo an und lächelte. »Er ist in Afrika im Krieg, aber er schreibt mir Briefe.« Stella kam der Gedanke erst jetzt, dass, wenn sie ein paar Einzelheiten ihrer dürftigen, halbherzigen Verbindung mit dem fernen Stefano schönredete, sie das vor einigen der aggressiveren Schürzenjäger Hartfords schützen könnte. »Wir haben die Verabredung, dass wie heiraten«, sagte sie. »Nach dem Krieg.«

»Nach dem Krieg, das könnte noch lang dauern«, erklärte Carmelo. Sah er enttäuscht aus? Sie dachte, ja. Nun gut. Besser heute als später.

Aber er tat ihr auch leid, jetzt, da er nicht länger eine Gefahr für sie darstellte, dieser so gut aussehende junge Mann, der ganz auf sich gestellt in diesem Land lebte und vielleicht nur nach einer Familie suchte, zu der er gehören konnte. Sie sah ihm in die Augen und schenkte ihm ihr schönstes, glückliches Lächeln. Seine runden Wangen leuchteten rosa, als er es erwiderte.

Nach dem Essen nahmen die beiden jungen Männer ihre Mäntel, und Rocco Caramanico fragte Tony, ob er ihn noch einen Moment allein sprechen könne. Tony führte ihn in die Küche.

»Ich würde gern Ihre Tochter Concettina heiraten«, sagte Rocco zu ihm. Im Flur konnte man jedes Wort verstehen.

Antonio hatte den ganzen Abend darauf gewartet, seinen Satz anzubringen. »Wenn Sie lebend zurückkommen«, sagte er, »dürfen Sie mich noch einmal fragen.«

Am ersten Samstag im Mai 1942 begleitete Joey Stella, Tina und Fiorella zum Frühlingsball der Italienischen Gesellschaft. Auf jedem Tisch standen frische Nelken, und die Leute waren gleichzeitig in Feierstimmung und nervös. Die Gespräche wurden so laut geführt, dass Stella nicht immer sicher war, welches Lied die Band gerade spielte.

Viele junge Männer waren in ihren neuen Uniformen gekommen, weil sich alle einschreiben ließen. Man redete über Heimat, Pflicht und sich bietende Möglichkeiten, und die Gespräche wurden hitziger und lauter, je mehr Alkohol floss. Joey gab seit Monaten damit an, dass er überlege, sich ebenfalls freiwillig zu melden, und hatte viel mit den Kaki-Predigern zu bereden. Stella wusste, dass es vor allem die Uniform war, die ihn anzog, und die Wirkung, die sie, wie er gesehen hatte, auf Frauen ausübte.

Unter den jungen Frauen gab es ein eigenes Gefühl von Dringlichkeit. Jetzt, wo so viele der jungen Männer aus Hartford in den Krieg zogen, standen Freundschaften und Verlobungen unter einem höheren Druck. Einige der Mädchen hatten Freunde oder von den Familien auserkorene Partner daheim in ihren Dörfern, andere suchten eifrig, angesteckt vom allgemeinen Gefühl, dass eine Absprache mit einem jungen Mann festgemacht werden musste, bevor sie alle in Marsch gesetzt wurden.

Die beiden Fortunas standen darüber. Tina hatte ihr Versprechen von Rocco Caramanico, Stella ihren kunstvoll ausgeschmückten, halb eingebildeten Verlobten in Afrika. Der zu beobachtende romantische Eifer der italienischen Mädchen amüsierte sie. Was für einen Sinn hatte es, sich womöglich zur Witwe eines Mannes zu machen, den man kaum kannte? Besser eine Witwe als eine alte Jungfer, dachten offenbar alle. Aber so war es schon immer gewesen, oder? Nun, sollen sie doch herumparadieren wie flaumige Pfauen in ihren Frühlingskleidern. Es war eine Wonne, neben Tina als Einzige keinen Plan umsetzen zu müssen.

Stella und Tina wollten etwas feiern: Die Fortunas hatten das Haus in der Bedford Street gekauft. Der alte Neapolitaner hatte beschlossen, zurück nach Italien zu ziehen, und den Verkauf beschleunigt. Es hatte ihn wütend gemacht, oder vielleicht auch ängstlich, dass das FBI zu ihm gekommen war und sein Radio konfiszierte. Am Ende hatte er eintausend und achthundertsechzig Dollar bar auf die Hand für das Haus akzeptiert, verbunden mit dem Versprechen, dass Antonio den Rest an eine Adresse schicken würde, die er ihm mitteilen wollte. Tatsächlich hörten sie nichts mehr von ihm, und so lagen die einhundertvierzig Dollar fünf Jahre lang unberührt auf dem Konto der Fortunas. Sie nahmen an, dass der Mann bei den Bombardements umgekommen war.

Jedenfalls besaßen sie jetzt ein Haus, und als Belohnung für ihre Leistung hatten die Mädchen neue Drei-Dollar-Kleider von Sears bekommen, mit kurzen Ärmeln und großen Knöpfen vorn. Stella fühlt sich extrem amerikanisch in ihrem Kleid. Es war melonenrot, und die Narben auf ihren Armen störten sie nicht, ihr helles Rosa passte zum Kleid.

Fiorella gratulierte ihnen zum neuen Haus mit zwei Emaille-Broschen in der Form kleiner Schmetterlinge. »Nach all eurer harten Arbeit!« Ihr schmales, sanftes Gesicht leuchtete. »Ich habe so einen Respekt vor euch beiden. *Tanti auguri!*«

Carmelo Maglieri kam herangeschlendert, als Stella und Tina sich die Schmetterlinge an ihre Kleider steckten. Erst erkannte Stella ihn in seinem einfachen grauen Anzug nicht. Aber da war etwas Vertrautes – dieser gut aussehende, blauäugige Mann, wer war das? Oh, ja. Aber was machte er hier, ohne seine Uniform? Er verbeugte sich und drückte sich seinen Filzhut auf die Brust. »Guten Abend, meine Schönen!«

»Carmelo!« Tina kreischte fast.

Er küsste sie herzlich auf die Wangen, versuchte es bei Stella aber nicht. »Wofür gratulieren wir dir, Stella?«

»Stella hat uns ein Haus gekauft«, sagte Tina, die ganz außer sich war, ihn zu sehen. »Drei Stockwerke, in der Bedford Street!«

»Ich habe es nicht gekauft, sondern wir zusammen.« Stella ärgerte sich, dass sie Carmelo nicht gleich erkannt und darüber hinaus auch noch attraktiv gefunden hatte.

»Oh, Stella, schreib dir das ruhig zu«, sagte Tina. »Du warst so gut mit der Bank, dem Sparen und …«

»Unsere Stella, das cleverste Mädchen der Front Street«, sagte Fiorella und drückte ihren Arm.

»Das überrascht mich nicht«, sagte Carmelo, und dann neigte er den Kopf zu Fiorella hin. »Stella, würdest du mir die Ehre erweisen, mich deiner Freundin vorzustellen? Ich glaube nicht, dass ich das Vergnügen schon hatte.« Es fühlte sich so steif an, und Stella war sicher, dass er eine Szene spielte, die ihm in einem Film gefallen hatte.

»Das ist Fiorella Mulino«, sagte Stella mit nüchterner Stimme. »Ihre Familie ist aus Apulien.« Carmelo verbeugte sich, und Fiorella errötete und sagte: *»Piacere.«*

»Darf ich den Damen etwas zu trinken bringen?«, fragte Carmelo. »Habt ihr den Punsch probiert?« Sie schüttelten den Kopf. »Bleibt hier.« Seine Stimme klang so herzlich und lebendig, wie Stella sie in Erinnerung hatte. »Ich bringe euch welchen von der Theke drüben.« Und mit einer dritten Verbeugung drehte er sich um und verschwand zwischen Kleidern und Anzügen.

»Was für ein netter Mensch er ist«, sagte Tina. Stella hatte nichts darauf zu erwidern, auch Fiorella nicht, die leicht hingerissen schien. Die Mädchen taten so, als lauschten sie der Musik, bis Carmelo zurückkam, vier Gläser mit rotem Punsch in seinen großen Händen. Er verteilte sie vorsichtig, und die jungen Leute stießen miteinander an und wünschten sich alles Gute. Der Punsch schmeckte wie Rotwein, aber moussierend, mit Kohlensäure. Stella spürte, wie ein wohliger Schauer sie durchrieselte.

Sie fühlte sich glücklich. Sie stießen wie Erwachsene miteinander an und tranken Alkohol mit einem fremden Mann.

Die Wangen gerötet, fragte Stella: »Carmelo, wo ist die Uniform?«

Carmelo lächelte sein breites, freundliches Lächeln. »Oh, hast du es nicht gehört? Die Army hat mich rausgeworfen. Ich bin untauglich.« Seine blauen Augen leuchteten, sogar nachteilige Dinge gab er gutmütig zu. »Ich habe Plattfüße.«

»Plattfüße?«, fragte Tina. »Was heißt das?«

»Genau das, was das Wort besagt.« Carmelo hob eine Hand vor das Gesicht und formte damit eine kleine Kuppel. »Der mittlere Teil deines Fußes sollte so gewölbt sein. Wenn nicht, gibt es Probleme bei längerem Marschieren, wie es Soldaten tun. Und Gott hat mir solche Füße geschenkt.« Er streckte die Hand flach aus und sah, lächelnd, zu Tina hinüber, die sein Lächeln erwiderte. »Platt wie ein Pfannkuchen«, sagte er auf Englisch, und Tina und Fiorella kicherten. »Das war's mit mir als Soldat.«

»Und mit deinem Pass«, sagte Stella und spürte, wie sie errötete. Das war aggressiv, würdelos.

Aber Carmelo hob einen Finger. »Oho, nein, nein, Signorina. Ich war dreißig Tage in der U.S. Army, damit bin ich ein Bürger der Vereinigten Staaten. Das lässt sich nicht rückgängig machen.«

»Wirklich?« Stella konnte es nicht glauben. »Warum haben sie deine Füße nicht gleich angesehen?«

Carmelo zuckte mit den Schultern. »Es war einfach Glück. Ich hatte sehr großes Glück«, sagte er. »Selbst die Plattfüße, mit denen ich geboren wurde, sind am Ende gute Füße.«

»Truffatore«, sagte Stella, *Schwindler*, und sie meinte es so, aber sie lächelte und nahm dem Wort seine Schärfe.

»Genau das hat Rocco auch gesagt«, antwortete Carmelo kleinlaut. »Oh, der war sauer. Es war meine Idee, zur Army zu gehen, und jetzt zieht er allein in den Krieg.«

Stella sah Tina an und wartete darauf, was ihre Schwester dazu sagen würde. »Was hat er gesagt?«, fragte sie.

»Er hat versucht, auch wieder herauszukommen«, erklärte Carmelo. »Aber er hat perfekte Füße. Einen wunderbaren Spann, Tina«, fügte er hinzu, als wollte er sie für ihre Wahl beglückwünschen.

Sie schwatzten noch etwa zehn Minuten. Carmelo fragte Fiorella nach ihrer Familie, und als sie ihren Punsch fast getrunken hatten, verbeugte er sich ein weiteres Mal und verabschiedete sich. Stella wurde unvermittelt von Eifersucht erfasst, als er ging. Er war also nicht gekommen, um mit ihnen zu flirten, sondern hatte sie nur begrüßen wollen. Nun, mehr wünschte sie sich auch nicht. Ihr hatte lediglich der Gedanke gefallen, dass er sie mochte und nicht haben konnte.

Stella sah Carmelo noch ein Mal in diesem Sommer, und zwar, als Joey ihn zur Einberufungsparty in ihr neues Haus in der Bedford Street einlud. Es war der zweite Samstag im Juni, und das Wetter war sehr schön. Alle Freunde der Fortunas – die Nicoteras, die Perris, deren Söhne Mario und Mikey in diesem Sommer ebenfalls in die Army eintraten, die Mulinos, die Cardamones und natürlich Zu Vito Aiello – drängten sich in die frisch gestrichenen Räume und wanderten hinten in den Garten, wo sie Assuntas in der Woche zuvor frisch angepflanzte Tomaten bewunderten.

Auch Carmelo Maglieri tauchte auf, als gehörte er längst dazu. Er hatte einen sperrigen schwarzen Kasten dabei, den er bei der Garderobe abstellte. Joey führte Carmelo zwischen Tanten und Onkeln hin und her und stellte ihn vor. Stella hörte, wie ihre Freunde auf das Lächeln und die blitzenden blauen Augen des gut aussehenden jungen Mannes aus den Abruzzen reagierten. Die Mütter mit Töchtern kreischten förmlich vor Entzücken, diesen herrlichen Fisch im Teich schwimmen zu sehen.

»Was ist los mit dir, Stella?«, flüsterte Franceschina Perri. Die beiden jungen Frauen standen in der Küche und steckten die Köpfe zusammen, beobachtet nur von Assuntas irgendwie frömmelnder kleiner Statue der heiligen Jungfrau, die auf dem Wandaltar neben dem Foto der toten Mariastella stand. »Warum tust du lang herum? Es schnappt ihn dir noch jemand vor der Nase weg.«

»Nur zu, wenn du magst«, sagte Stella. Sie wollte keinesfalls ins Gedränge geraten und ihren Vater denken lassen, dass sie Carmelo Hoffnungen machte. »Ich schenke ihn dir. Danken kannst du mir später.«

»Aber diese Augen!« Franceschina schnalzte mit der Zunge. »Zum Sterben schön.«

»In Kalabrien haben viele Männer blaue Augen«, sagte Stella ungerührt. »Das ist nichts Besonderes für mich. Ich mag dunkle sowieso lieber.«

Als alle gegessen hatten, öffnete Carmelo den schwarzen Kasten, den er mitgebracht hatte, und hervor kam eine Harmonika. »Darf ich Ihnen ein Lied vorspielen, Signora Fortuna?«, fragte er laut, weil die Leute bereits herandrängten, um zu sehen, was los war.

Assunta kicherte über die Aufmerksamkeit, die ihr zuteilwurde, und musste die Hände auf den Mund drücken, um sich zu fassen. »Oh, Carmelo, sei nicht so formell. Nenn mich Assunta.«

»Nun, liebste Za Assunta, darf ich dir ein Liedchen spielen?« Er hatte die Harmonika umgehängt und spielte ein paar Akkorde – alle waren voller Vorfreude auf die Musik. »Ich weiß genau, welches ich spielen will. Es klingt in meinem Kopf, wann immer ich dich sehe.« Er machte große Augen und legte sich eine Hand aufs Herz. Was für ein Schmierenkomödiant, dachte Stella.

Assunta kicherte immer noch und nickte. Carmelos Fuß klopfte dreimal auf die hölzernen Dielen, und bevor er auch nur den Eröffnungsakkord spielte, ahnte Stella, was er singen würde. Das Blut rauschte ihr in den Ohren, sie wusste, dass sie vor Aufregung errötete. Der Text war etwas anders, als Stella ihn in Erinnerung hatte, der Dialekt klang etwas nördlicher als der in Ievoli, aber es war Kalabrisch. Wo hatte Carmelo kalabrisch singen gelernt?

»Ich sah sie am Wasser ihre Wäsche waschen,
Meine Calabrisella mit ihren dunklen Augen.«

Schon als er die zweite Zeile anstimmte, kreischten und klatschten alle vor Freude, denn *Calabrisella Mia* war das Lieblingslied aller Kalabrier, besonders hier, so weit von zu Hause entfernt. Sogar der griesgrämige alte Zu Aldo lächelte. Carmelo hatte einen ganzen Raum sturer, misstrauischer Kalabrier mit einem einzigen Lied auf der Harmonika für sich gewonnen. Stellas Herz raste immer noch, gefangen in der Erinnerung an die Fhesta in Nicastro vor all den Jahren, wo sie unter den herumwirbelnden Pacchiane und Zigeunern ums Feuer getanzt waren, in der Erinnerung an den Abend, den sie für den glücklichsten ihres Lebens hielt. Das Lied hatte sie nach Hause getragen.

Carmelos Stimme war klar und weich, und er war völlig überwältigt, als alle im Raum in den Refrain einstimmten:

»Tirulalleru lalleru lala! Sta Calabrisella muriri mi fa!«

Als der letzte Takt des Liedes verklungen war und alle klatschten und johlten, sah Carmelo zu Stella hinüber und zwinkerte ihr zu.

Im Herbst 1942 nahm Fiorella eine neue Arbeit an, in einer Fabrik, in der sie Mörsergranaten herstellten. Sie zahlten ihr dreißig Cent in der Stunde, zwölf Dollar die Woche, denn sie waren streng und ließen sie nur acht Stunden pro Tag arbeiten. »Wenn du müde wirst und nicht alles genau richtig zusammenbaust, könnte jemand getötet werden«, erklärte Fiorella. Aber wie immer, zwölf Dollar die Woche! Sie würde nie wieder in der Wäscherei anfangen.

Hartford, Sitz von Pratt & Whitney, die Flugzeugteile produzierten, und Munitionsfabriken wie Colt, hatte sich in eine Kriegsmaschine verwandelt. Die Fabrikbesitzer suchten verzweifelt nach Arbeitern, um ihre Regierungsverträge erfüllen zu können. Sie stellten viele junge Frauen ein und mussten auch ihnen den Mindestlohn zahlen.

Stella und Tina waren aber immer noch feindliche Ausländer und durften kriegswichtige Fabriken nicht mal betreten. Ihre vier Dollar die Woche, die sie ihrem Vater gaben, wirkten nun mehr armselig.

Antonio, der seinen Baujob aufgegeben hatte, um für Pratt & Whitney Propeller zu bauen, sagte: »Wünscht ihr nicht, ihr hättet auf mich gehört, hättet gelernt und eure Einbürgerung bekommen?«

Rocco Caramanico schrieb Tina regelmäßig von seinem Posten in Neuguinea. Er schrieb zweimal, manchmal sogar dreimal in der Woche, was am Datum oben auf der Seite zu sehen war, tatsächlich aber kamen die Briefe nur ein Mal im Monat an. Wenn eine Zeit lang nichts eintraf, wusste Tina, es lag daran, dass Briefe verloren gingen, nicht, weil er nicht geschrieben hatte. Er hatte sich als beständiger junger Mann erwiesen, und wenn zu viel Zeit zwischen den Sendungen verstrich, nahm Tina an, er war tot, und Stella musste ihre Schwester trösten und daran erinnern, dass er auch beim letzten Mal nicht tot gewesen war.

Die Briefe richteten sich immer an »meine Freundin Tina«:

An meine Freundin Tina,
danke für die Geschenke, die du geschickt hast. Das war sehr nett von dir. Die Kekse waren sehr gut und nur etwas trocken, obwohl du sie, wie ich denke, vor über einem Monat abgeschickt hast. Danke, dass du sie für mich gebacken hast. Es regnet hier im Moment, und ich sollte schlafen gehen. Bitte grüße deine Familie von mir.
Dein Freund Rocco Caramanico

Louie zeigte ihnen auf einer Karte in seinem Erdkundebuch, wo Neuguinea lag – weiter weg, als sie es sich hatten vorstellen können, in der Nähe von Australien. Und er erklärte ihnen auch die unvertrauten Worte, die zum Leben in der Army gehörten, wie »Messe« und »KD«.

»Das heißt Küchendienst«, sagte Louie. »Das heißt, er kocht für die anderen.«

Rocco schrieb oft über den KD, und besonders über die Kisten mit den Hähnchenteilen. Das Fleisch wurde in Kisten geliefert, die mal tiefgefroren gewesen waren. Wenn sie allerdings bei Rocco ankamen, waren Schenkel, Innereien und alles andere ein Klumpen, der in einer schleimigen gelben Flüssigkeit schwamm. Roccos Job war es, das Ganze in einen Topf zu geben und so, wie es war, zu kochen. Das aßen sie tagein, tagaus. Manchmal fand er Federn in der Kiste.

In den Briefen war nie von Kämpfen die Rede, von Feinden oder davon, was sein chemisches Ingenieurkorps machte. Die Frauen hatten keine Ahnung, inwieweit er sich selbst zensierte, damit seine Briefe bei ihnen ankamen.

Für Barbara, Roccos Schwester, schien es kaum vorstellbar, dass ihr Bruder in der Küche arbeitete. »Rocco hat keine Ahnung, wie man kocht«, sagte sie. Er war ja sehr traditionell eingestellt, was einer der Gründe war, warum er so unbedingt eine Frau für Küche und Haushalt brauchte.

Tina und Barbara stellten die Päckchen zusammen, die sie zu Beginn jedes Monats nach Neuguinea schickten, mit Selbstgebackenem, gestrickten Socken und was immer, wie sie dachten, die Reise überstehen würde.

Von den dreißig Päckchen, die sie ihm während der Kriegsjahre schickten, kamen acht bei Rocco an.

Im Oktober 1942 bekamen die Fortunas einen Brief mit dem Poststempel von Nicastro. Stefano Morello war in Nordafrika gefallen.

Als Tony den Brief zu Ende gelesen hatte, brach Tina in lautes Schluchzen aus. »Er war so ein netter Junge«, sagte sie. »Es tut mir so leid, Stella, er war so ein netter Junge.« Auch Assunta hatte zu weinen begonnen und hob die Schürze, um sich die Tränen abzuwischen.

Stella, die nicht weinen konnte, selbst jetzt nicht, hielt ihre Mutter und ihre Schwester in den Armen und rieb ihnen über den Rücken, während sie sich an ihrem Busen ausweinten. Tief im Herzen hatte sie gewusst, dass sie Stefano nie heiraten würde, aber nach sechs Jahren, in denen sie die Leute hatte glauben lassen, dass sie es plante, wurde sie dennoch von einer tiefen Melancholie erfasst. Sie dachte an den Tag, da sie sich auf der Fhesta in Nicastro kennengelernt hatten, an seine winterlichen Besuche in Ievoli und wie sie im Garten Schnee für die *scirubetta* gesammelt und den kleinen Luigi mit seinem Löffel gefüttert hatten.

Stefano war gestorben, ohne je zu erfahren, dass sie ihre Verlobung hatte lösen wollen.

Abends im Bett, nachdem Tina sich in den Schlaf geheult hatte, versuchte Stella, ein Bild von Stefano vor ihren Augen erstehen zu lassen, von seinen Händen, seinem Haar, von der Art, wie er sich gekleidet hatte. Selbst sein Gesicht blieb unbestimmt. Vielleicht hätte sie mehr an ihn gedacht, wenn sie eine Erinnerungshilfe gehabt hätte, so wie ihre Mutter mit dem Foto der toten Mariastella.

Sie war ein wenig empört über sich, verspürte jedoch vor allem Erleichterung. Stefanos Tod war ein Geschenk, eine Entschuldigung für ihre Jungfernschaft. Niemand würde erwarten, dass sie sich den Hof machen ließ. Sie trauerte. Stefano hatte ihr Zeit verschafft, vielleicht genug Zeit. Sie konnte die Trauerzeit auf fünf Jahre ausdehnen, dachte sie. Dann war sie siebenundzwanzig Jahre alt. Viel zu alt zum Heiraten.

Sie betete für Stefano.

Das Fest am Heiligen Abend war das Ereignis des Jahres in der Italienischen Gesellschaft und verlangte viel Vorbereitung. Franceschina Perri hatte ein Auge auf einen Jungen namens Frank Carapellucci geworfen und spannte alle Freundinnen dafür ein, ihn einzufangen. Stella hatte noch nie ein Mädchen erlebt, das so unverblümt verrückt nach jemandem war. Und Franceschina war eine heißblütige amerikanisierte junge Frau; sie gab nichts auf die Regeln von Etikette und Schicklichkeit, mit denen sie als Italienerin großgezogen worden war. Man tat, was man tun musste, um zu bekommen, was man bekommen wollte.

Franceschina hatte Frank auf seiner Willkommensparty Anfang Dezember kennengelernt. Er hatte sich eingeschrieben, war in den Pazifik verlegt, ins Rückgrat geschossen und zurück nach Hause geschickt worden, alles innerhalb von sechs Monaten. Die Kugel wurde herausoperiert, und Frank bekam seine Entlassungspapiere, ein freier Mann, der ein Bein ganz leicht nachzog. Franceschina war entschlossen, sich den gut aussehenden Kriegshelden unter den Nagel zu reißen, bevor eine andere die gleiche kluge Idee hatte.

Unglücklicherweise war Frank aber die Ruhe selbst und hatte Franceschinas Flirtversuchen bisher erfolgreich widerstanden. Sie hatte ihre Mutter sogar dazu bringen können, die Carapelluccis sonntags nach der Messe zum Essen einzuladen, aber die Sache hatte zu nichts geführt, weil Frank nur auf ein Sandwich geblieben und dann gegangen war, um Freunde zu treffen. Franceschina hatte angedeutet, dass sie zustimmen würde, wenn er mit ihr ausgehen wollte, doch er hatte nicht weiter darauf reagiert.

»Ich verstehe das nicht«, jammerte sie. Die Mädchen waren nach dem Mittagessen zu Hause nach und nach zu den Perris gekommen, um zu hören, wie es gelaufen war, und jetzt saßen sie in Franceschinas Zimmer. »Er scheint mich zu mögen, mir schöne Augen zu machen, aber er hat mich nicht gefragt, ob ich mit ihm ausgehen will! Warum? Ich habe ihm so klar gezeigt, dass ich ihn mag, das ist so peinlich.«

»Wahrscheinlich hat er eine andere, von der er dir nichts erzählen will«, sagte Stella. »Deshalb verhält er sich so.«

Fiorella, die immer die nettere Seite der Menschen zu sehen versuchte, verteidigte diesen Frank, den sie kaum kannte: »Nein, ich glaube, er ist einfach schüchtern.«

»Das glaube ich auch«, sagte Carolina. »Und bei den Schüchternen musst du hart rangehen, oder sie flutschen dir weg, und eine andere holt sie sich.«

»Uuh, Carolina.« Stella gab ihr einen Klaps auf den Arm. »Sag das nicht! Sie hat sich ihm praktisch schon an den Hals geworfen. So funktionieren Männer nicht.«

»Was soll ich denn machen, Stella? Sag du es mir«, bettelte Franceschina. »Wie kann ich ihn dazu bringen, dass er mich beachtet?«

»Du kannst ihn nicht dazu bringen«, sagte Stella. »Das ist genau der Punkt. Er muss es selbst *wollen*. Sonst wird das nichts.«

»Okay, und wie mache ich es, dass er mir Beachtung schenken *will*?«

Von ihren Plätzen auf Bett und Teppich blickten alle – Carolina, Tina, Fiorella und die verzweifelte Liebende Franceschina selbst – zu Stella. Stella war die Expertin, was Männer anging, da alle sie wollten. Und sie wurde von den Mädchen respektiert, weil es ihr völlig egal war.

Stella schwieg eine Minute und überlegte, was sie für eine solche Situation im Arsenal hatte. »Also, wenn wir dir ein wirklich tolles Kleid besorgten ... Carolina, hast du noch den Schnitt, den du mal ausprobieren wolltest? Du weißt schon, den mit der ...« Sie gestikulierte vor ihrer Brust. Natürlich wussten alle, was sie meinte. Carolina nickte. »Wenn du mir den Stoff besorgst, kann ich dir das Kleid für die Weihnachtsparty in der Gesellschaft nähen.«

»Du kannst meine Nähmaschine dafür benutzen, Stella«, bot Fiorella an. Darauf hatte Stella gehofft. Sie war die beste Schneiderin von ihnen allen, wäre ohne Fiorellas Maschine aber nicht in der Lage, das Kleid rechtzeitig fertig zu bekommen.

»Was, wenn er nicht hingeht?«, fragte Tina.

»Das ist unser Job«, sagte Stella. »Wir lassen nichts unversucht, um dafür zu sorgen, dass er kommt.«

Stella verteilte die Aufgaben. Fiorella würde Stella und Tina in der kommenden Woche jeden Abend nach der Arbeit zu sich zum Essen einladen, damit Stella das Kleid schneidern konnte. Carolina übernahm die Gerüchteküche: Sie musste herausfinden, wer Frank Carapelluccis Freunde waren, und sie dazu überreden, dass sie ihren Kumpel zur Weihnachtsparty mitbrachten.

»Das musst du nicht raffiniert einfädeln«, riet Stella ihr. »Sag ihnen einfach, dass ihn dort ein Mädchen erwartet.« Stella überlegte einen Moment und fügte dann noch hinzu: »Flirte mit seinem Freund, wenn nötig. Gib ihm einen Grund, mitzumachen, okay?«

Carolina warf sich ihr dunkel schimmerndes Haar über die Schulter. »Alles für die Sache.«

»Wenn ihr heiratet, seid ihr Francesco und Franceschina«, sagte Tina.

Franceschinas Augen leuchteten. »Das ist so süß! Einfach zu perfekt.«

Stella hatte Mitleid mit dem Jungen, falls er plante, Nein zu sagen.

Vor der Party trafen sich die Freundinnen im Haus der Nicoteras, bereiteten sich auf ihre Schlacht vor, zogen die letzten heißen Lockenwickler aus den Haaren und reichten eines der Parfums von Fiorellas Mutter herum.

»Da ist noch etwas, was ich dir sagen muss, Stella«, meldete sich Carolina schließlich zu Wort. »Aber bevor du mir den Kopf abreißt, denk daran, dass du mir gesagt hast, ich soll alles tun, damit Frank zur Party kommt, richtig?«

»Das hat sie«, sagte Franceschina gewichtig.

»Was ist es, Carolina?«

Die Gefragte lächelte ein böses kleines Lächeln. »Nun, ratet mal, wer noch aus Franks Dorf stammt?«

»Er kommt aus den Abruzzen«, erinnerte sich Franceschina. »Wie hieß das Dorf?«

Stella wusste die Antwort schon, bevor Carolina zwitscherte: »Carmelo Maglieri! Also, Stella, ich habe ihm gesagt, dass du auch zur Party kommst, und wenn er dafür sorgt, dass Frank kommt, würdest du mit ihm tanzen.«

Fiorella und Tina kreischten.

»Uuh, Carolina! Du bist so ein Scheusal.« Stellas Herz schlug heftig. Der gut aussehende, eingebildete Carmelo Maglieri – sie wollte ihn nicht wiedersehen und ganz sicher keinen Tanz mit ihm durchstehen. »Und du wartest bis jetzt, um mir das zu sagen? Mir bleibt nicht mal die Zeit, mir eine Entschuldigung auszudenken, wie ich da rauskomme.«

»Ich hätte dich ja angerufen, wenn ihr Telefon hättet.« Carolina hielt inne, um einen leuchtend roten Lippenstift aufzutragen, der zu ihrem Kleid passte. »Im Übrigen, Stella, gibt es weit schlimmere Leute, mit denen du tanzen müsstest. Warte, bis du siehst, wem ich Fiorella versprochen habe.« Sie zwinkerte, und die Mädchen prusteten vor Lachen.

Stella wusste, sie würde nicht erklären können, warum sie Carmelo nicht ausstehen konnte. Alle fanden ihn toll mit seinen funkelnden blauen Augen, seiner Harmonikastimme und dem schicken grauen Anzug. Sie konnte es sich selbst kaum erklären, aber in ihr revoltierte alles gegen ihn.

Stella löst das Problem, indem sie während der gesamten Party bei ihrer Mutter blieb und sich nicht unter ihre Freundinnen mischte. Tina bedauerte es, die romantische Ausgelassenheit zu verpassen, wollte ihre Schwester aber nicht allein lassen und blieb bei den beiden. Die Fortunas verfolgten, wie Carolina, Fiorella und Franceschina die Jungs aus den Abruzzen attackierten, sie mit ihren Röcken einkreisten und wie das Gelächter bald schon groß war und sie sich bestens unterhielten. Stella beglückwünschte sich, wie prächtig Franceschinas Busen dargeboten wurde, von dem Frank offenbar kaum den Blick abzuwenden vermochte.

»Gut gemacht, Stella«, sagte Tina.

»Danke.«

»Franceschina sollte besser auf ihre *minne* aufpassen, sonst fallen sie ihr noch heraus«, sorgte sich Assunta.

Aber Carmelo Maglieri ließ sich nicht abschütteln. Als sein *paesan* Frank sicher mit seiner Jägerin tanzte, kam er durch die Menge zu den Fortunas herüber und verbeugte sich tief, um Assunta die Hand zu küssen. Stella sah, wie die Geste ihre Mutter entzückte, ihre einfache Mutter, die noch nie im Kino gewesen war. Carmelos Krawatte war distelgrün, und es war schwierig, das Leuchten in seinen Augen zu ignorieren.

Tina hatte Dutzende Fragen zu Rocco, doch es wurde schnell klar, dass Carmelo ihr kaum etwas berichten konnte. Rocco schrieb ihm keine Briefe. Als Tina das nicht verstehen wollte, lachte Carmelo. »Warum sollte er mir Briefe schicken?«, sagte er. »Es ist viel zu wichtig für ihn, seiner Auserwählten zu schreiben.«

Wie zu erwarten, wurde sie tiefrot. »Bin ich wirklich seine Auserwählte?«

»Ich bin sicher, dass er täglich an dich denkt.«

Stella kam der Gedanke, dass Carmelo Tina für seinen Freund womöglich auf den Zahn fühle wollte. Ob sie ihm treu war. Neues Misstrauen flammte in ihr auf.

»Wir beten jeden Tag für ihn«, sagte Tina voller Kraft, obwohl ihre Augen feucht geworden waren. »Das solltest du auch tun.«

»Das werde ich«, sagte Carmelo. Er klang jetzt sehr ernst und wandte sich an Stella. »Es tut mir leid, von deinem Verlobten zu hören. Mein Beileid für dich und deine Familie.«

Stellas Skepsis und ihr Misstrauen zogen ihr den Magen zusammen. Warum sollte ihm Stefano leidtun, den er doch gar nicht gekannt hatte? Kein Mann war so weichherzig. Nein, indem er auf Stefano zu sprechen kam, machte Carmelo sie darauf aufmerksam, dass er sie wieder für verfügbar hielt.

»Wir sind sehr traurig«, sagte Stella. »Er war ein guter Mensch.«

»Er war ein guter Mensch«, wiederholte Tina und schnappte nach Luft. Oh, nicht auf der Party hier, Tina, dachte Stella, da streckte Assunta die Hand aus und griff nach Carmelos Arm. »*Du* bist ein sehr guter Mensch«, sagte sie zu Carmelo. »Danke, dass du so an uns denkst.«

Plötzlich rebellierte Stellas Magen, und vor ihren Augen tanzten silbrige Punkte. »Entschuldigt mich«, sagte sie, wandte sich ab und eilte davon. Sie musste weg. Sollten sie doch denken, dass ihr das mit Stefano naheging. Zum Glück wartete niemand vor der Toilette. Sie schloss sich in eine Kabine ein und setzte sich mit ihrem Kleid auf die Brille, atmete die urinschwere Luft und versuchte, sich zu beruhigen.

Eine Vision, mit Carmelo verheiratet zu sein, hatte sie erschüttert, dem geschmeidigen Carmelo mit seinen geduldigen Scherzen und unbekannten Zielen. Und als der Gedanke erst einmal in ihrem Kopf war, löste er etliche weitere aus: seine Hände auf ihr, was ihr kalte Angstschauer über den Körper jagte. Ihr Bauch, der mit seinem Baby anschwoll. Ihre geöffneten Schenkel, wie sie es bei ihrer Mutter gesehen hatte, als Louie geboren wurde, dieses schreckliche violette Etwas voller Blut. Stellas Körper krampfte sich erneut zusammen, sie konnte sich von den Bildern nicht befreien, hielt ihren Leib umschlungen und spürte die Narben darauf durch den Stoff ihres Kleides. Sie war schon einmal aufgebrochen worden. Das würde sie nie, nie wieder zulassen.

Als Tina kam und nach ihr rief, antwortete Stella nicht. »Stella? Steeel-la! Komm heraus, Stella!«

Stella blieb stur, und schließlich, nachdem einige Frauen dazugekommen waren, ging Tina wieder.

Stella schloss die Augen und versuchte, ein Bild von Ievoli vor sich erstehen zu lassen, von den blausilbrigen Olivenblättern, die sich wie Wasser in der Brise kräuselten. Sie blieb sitzen, bis sich ihr Magen beruhigt hatte, und nahm, bevor sie zurück auf die Party ging, die Gelegenheit wahr, sich zu erleichtern. Als sie ihren Slip herunterzog, entdeckte sie ein paar Blutstropfen darin – sie hatte wieder mal die Tage nicht gezählt. Sie nahm eine Handvoll Toilettenpapier, knüllte es zusammen, stopfte es in sich hinein und fühlte sich bereits besser. Vielleicht waren es ihre normalen Beschwerden gewesen, die ihre Reaktion so aus dem Ruder hatten laufen lassen. Einfach ihre Regelkrämpfe.

Trotzdem. Sie durfte Carmelo Maglieri nicht zu nahe an sich herankommen lassen.

»Hast du dir je überlegt«, fragte sie ihre Mutter am nächsten Tag, als sie den Tisch zum Mittagessen deckten, »ob man bei blauen Augen wie Carmelos ... besonders auf den bösen Blick achten muss?«

»Was für ein Unsinn«, sagte Assunta sofort.

»Du weißt, was sie über blauäugige Männer sagen«, fuhr Stella fort. »Nichts kann den Teufel abhalten, sich hinter ihnen zu verstecken.«

»Das ist nichts als dummer Aberglaube«, sagte Assunta. »Du weißt, dass es so nicht geht.«

»Jaja«, sagte Stella kleinlaut.

Aber am Abend vor dem Schlafengehen sprach Assunta die alte Beschwörungsformel viermal, für jedes ihrer Kinder.

Der Krieg war eine harte, buchstäblich dunkle Zeit, eine Welt hinter Verdunkelungsvorhängen. Mit den Sperrstunden und den fehlenden jungen Männern wurden die gesellschaftlichen Treffen zu unsinnigen Veranstaltungen. Und es gab kein Fleisch mehr, keinen Zucker, dafür Gedenkgottesdienste für alle, die nicht wieder nach Hause kommen würden.

Die Fortunas arbeiteten hart und schlugen sich durch. Tony vermietete den ersten und zweiten Stock ihres Hauses in der Bedford Street und besserte mit den Mieteinnahmen ihr Einkommen auf. Er nahm immer noch das von seinen Töchtern verdiente Geld, ließ ihnen aber genug für Kino, Friseur und Limonade. Sie wurden mit jedem Tag amerikanischer.

Nach und nach verblasste Stellas Sehnsucht nach Kalabrien etwas mehr. Der Trennungsschmerz wurde zu einer schwärmerischen Erinnerung, und sie bekam ein schlechtes Gewissen, wenn es ihr bewusst wurde, aber so war es nun einmal. Ievoli verheilte, war eine Wunde, die Stella, die Überlebende, allmählich vergaß. In Amerika gab es so vieles, was sie lieben konnte: ihre bunten Kleider, das köstliche, reichhaltige Essen, die Kinos und Autos und die Toiletten mit Wasserspülung.

Sie arbeitete hart, und die Zeit verging. Auch harte Zeiten vergingen, wobei sie das für Stella nicht waren, sie hätte gern so weitergelebt, mit ihrer Arbeit, ausreichend zu essen und den gemeinsamen Abenden mit Mutter, Schwester und Freundinnen. Für den Rest ihres Lebens hätte es so weitergehen können.

Joey war 1942 in die Army eingetreten und wurde nach zweijähriger Vorbereitung im Spätherbst 1944 mit seiner Einheit nach Europa verschifft. Er schickte einen Brief, eine einzige traurige, an Assunta adressierte und in zensursicherem Englisch verfasste Seite. Der Brief endete mit einer Zeile in mangelhaft geschriebenem Italienisch: *Ich wünschte, ich wäre zu Hause.* Sechs Monate hörten sie nichts weiter von ihm, bis zu dem Tag im März 1945, als der Junge von der Western Union in die Bedford Street kam.

Stella wusste, warum er gekommen war, sobald sie ihn durch die Gardine sah. Die Uniform, die hohe Kappe mit der goldenen Plakette – sie schickten nicht ohne Grund ein Telegramm.

»Ich mach schon auf, Ma«, rief Stella in die Küche hinüber. Sie musste ihre Mutter davor schützen. Koste es, was es wolle, Assunta durfte nicht an die Tür kommen. Stella atmete tief durch, als Tina neben sie trat.

»Stella, was will er hier?« Ihre Stimme war bereits tränenschwer.

Stella holte noch einmal Luft. Ihr Herz schlug heftig. Ihr würde gesagt werden, dass ihr Bruder tot war. Sie musste sich dagegen wappnen.

Stella öffnete die Tür ein Stück, stellte sich breit in den Spalt und versperrte Tina den Weg hinaus auf die Veranda. »Ja?«, sagte sie zu dem Botenjungen. Ihre Kehle war wie zugeschnürt.

Er war wahrscheinlich gerade mal fünfzehn Jahre alt, hatte Pickel auf der Stirn und trug eine dicke, randlose Brille.

»Ma'am, ist dies das Haus von Anthony und Assunta Fortuna?« Statt Assunta sagte er *»Ah-sahn-ta«*.

Tina drückte Stellas Arm so fest, dass es wehtat. »Ja«, sagte Stella, »das sind meine Eltern.«

»Er hat ein Telegramm«, sagte Tina auf Kalabrisch und begann zu schluchzen.

»Ma'am, ich habe etwas für die beiden.«

»Ich nehme es für sie an.« Stella hatte eine Hand auf den Türrahmen gelegt und drückte mit ihrem ganzen Gewicht gegen das Holz, das ihr in den Handteller schnitt. Tinas Schluchzen war zu einem schrillen Keuchen geworden.

Der Junge rieb sich die Nase. »Ich soll es entweder Mr oder Mrs Anthony Fortuna geben.« Stella trat vor und nahm ihm das Telegramm aus der Hand. »Ist mein Bruder tot?« Sie spürte, wie sich ihr Magen zusammenzog, während sie Joey in seiner Uniform vor sich sah, den schneidigen, gut aussehenden Joey, dann den kleinen, flaumigen Kopf, der sich im Bett an ihre Schulter drückte, damals, als sie noch Kinder gewesen waren. Hinter sich hörte sie Tinas Hände auf die Dielenfliesen schlagen, auf denen sie heulend kniete.

Der Botenjunge trat einen Schritt zurück, aber Stella hielt ihn fest. »Was steht drin?«, wollte sie wissen. Es waren nur ein paar Zeilen Text, aber Stella verstand nichts, sah nur Joeys Namen und das Datum. Sie suchte nach »tot«, »getötet« oder »gefallen«, doch das formelle Englisch des Telegramms wollte sich ihr nicht erschließen. »Mein Bruder Joey, ist er tot?«

»Äh.« Der Junge beugte sich vor und las, was da stand. »Nicht tot, nein. Ist mit ihr alles in Ordnung?«, fragte er und deutete auf Tina, die schluchzend dalag, den Mund auf den Boden gepresst.

»Ja ja, alles in Ordnung.« Stella schwarzer Angsttunnel begann sich zu öffnen. »Mein Bruder ist nicht tot?«

Er schüttelte den Kopf.

Sie hielt den Jungen immer noch fest und drehte sich zu Tina um. »Reiß dich zusammen«, sagte sie. »Joey ist nicht tot.«

Tina hörte augenblicklich auf zu schluchzen. »Nicht tot?« Sie bekam Schluckauf. »Was dann?«

Der Junge sagte etwas auf Englisch, was Stella nicht verstand. Als sie ihn verständnislos anblickte, sagte er es noch einmal und zeigte auf das Telegramm.

»Er ist verwundet?«, sagte Stella. »Schlimm?«

»Himmel, nein.« Der Junge wurde ungeduldig. Er hatte noch ein ganze Tasche voller Telegramme zuzustellen. »Gibt es bei Ihnen im Haus niemanden, der besser Englisch spricht?«

Nach einigen Monaten in einem Lazarett in Frankreich wurde Joey nach Hause geschickt. Er hatte sich von einer sich selbst zugefügten Schusswunde in den linken Unterarm erholen müssen, zumindest wurde seine Verwundung in den Entlassungspapieren so beschrieben. Joey wollte es nicht zugeben, und so sollten die Leute immer mit den Schultern zucken und sagen: »Wir werden wohl nie genau wissen, was passiert ist.«

Auch nach seiner zweijährigen Ausbildung war Joey mental offenbar nicht auf tatsächliche Kampfhandlungen vorbereitet gewesen, und als seine Einheit in Frankreich landete, hatte ihn seine Angst überwältigt. Während der Rest der 103. nach Norden vorrückte, um in Deutschland einzumarschieren, kam Joey Fortuna nie über Marseille hinaus.

Die Army hatte ihn vor ein Militärgericht gestellt, als er das Lazarett verlassen konnte, ihn unehrenhaft entlassen und nach Hause geschickt. Trotz seines Vergehens der Selbstverletzung bot ihm das Veteranenkrankenhaus Hartford an, seinen Arm kostenlos wiederherzustellen. Joey lehnte die Operation ab. Er hatte Angst, dass sie ihn, wenn der Arm wieder in Ordnung käme, zurück in den Krieg schicken würden. Was sinnlos war, denn wäre Joey klug genug gewesen, sich ein wenig umzuhören, hätte er erfahren, dass unehrenhaft Entlassene nicht noch einmal eingesetzt wurden.

Trotz seines langen Aufenthalts in dem französischen Lazarett verheilte Joeys Arm nur unzureichend. Elle und Speiche waren von der Kugel durchschlagen worden, und ein gestresster Militärarzt, der sich nur wegen seines hippokratischen Eids mit Selbstverstümmlern wie Joey befasste, hatte den Arm eher nachlässig gerichtet. Joey war an einer Gefängnisstrafe vorbeigekommen, doch die unehrenhafte Entlassung und seine körperliche Behinderung wurden zu einem langen Schatten, der sich über sein Leben senkte.

Im Übrigen hatte die INS, die Einbürgerungsbehörde, wie es bei ausländischen, unehrenhaft entlassenen Soldaten dem Protokoll entsprach, Joeys Einbürgerungsprozess beendet.

Tony schleppte Joey mit ins Büro der Army in der Asylum Street, um dagegen zu protestieren. Auf sein Geheiß hin trug Joey einen Anzug. »Das können Sie nicht machen«, schrie Tony den diensthabenden Soldaten an. »Er ist für Sie in den Krieg gezogen! Der ganze Papierkram, das ist alles erledigt. Er ist eingebürgert.«

Der Soldat hatte kein Mitleid mit Feiglingen und sagte ebenso frostig wie ruhig: »Im Fall einer unehrenhaften Entlassung kann man die Einbürgerung stoppen, auch rückwirkend.«

»Rückwirkend?«, wiederholte Tony.

»Das heißt, wenn sie bereits erfolgt war. Sie können es rückgängig machen.«

Joey starrte auf den Linoleumboden, während Tony die Pferde durchgingen. »Er hat für Ihr Land gekämpft!«

»Mein Land?«, sagte der Soldat sachlich. »Hören Sie, Mr Fortuna, Ihr Sohn hat sich in Kriegszeiten eines Vergehens gegen das US-Militär schuldig gemacht. Er hat Glück, dass er nicht mit strengeren Disziplinarmaßnahmen belegt wurde.« Und der

Klarheit halber sprach er es aus: »Sie haben Glück, dass er nicht im Gefängnis gelandet ist.«

Das war das Ende der Verhandlungen, Tony stürmte ohne ein weiteres Wort zu seinem Sohn in die Kneipe. Joey trottete allein nach Hause.

Wäre Joey während seines Dienstes umgekommen, hätte seine gesamte Familie, Eltern und Geschwister, ein Anrecht auf Einbürgerung gehabt. Aber genau da lag das Problem: Joey hatte nicht sterben, ja nicht einmal ein zu großes Risiko zu sterben eingehen wollen. Und jetzt war er ein in Ungnade gefallener Kleinkrimineller ohne die erhofften Vorteile, aber mit einem kaputten Arm.

Tony sollte seinem Sohn seine Feigheit nie vergeben. Er, der vier Jahre an einer der blutigsten Fronten der menschlichen Geschichte gekämpft und sich nicht in den Arm geschossen hatte, hasste die Schwäche, die er in Joey sah. Ein Sohn sollte der Beweis für die Mannhaftigkeit seines Vaters sein. Tonys Sohn war es nicht. Er war weich und verhätschelt, ein Angsthase, der keinen Respekt verdiente. Zeit ihres Lebens vermochte die beiden Männer diesen Riss zwischen sich nicht zu kitten. Tony ignorierte seinen Sohn, wenn er im selben Zimmer war, und wenn sie doch einmal miteinander sprachen, wenn es Joey nach Dramatik dürstete und er ein Gespräch erzwang, endete das Ganze mit herausgeschrienen Vorwürfen und einer Tonleiter zuschlagender Türen.

Joey war körperlich nicht in der Lage, viele der Bau- und Fabrikjobs zu übernehmen, mit denen sich andere ausländische Männer über Wasser hielten, und das Geschehene war ein Makel, der ihm anhing und den potenzielle Arbeitgeber schnell durchblickten, deren eigene Jungs tapfer für das Land kämpften. *Sie sind kriegsbeschädigt, haben aber keine amerikanischen Papiere oder bekommen keine Veteranen-Unterstützung …?* Nach vier halbherzigen Versuchen, eine Arbeit zu finden, gab Joey auf und verkroch sich in seinem Zimmer in der Bedford Street. Er trank, kaum dass er aufgewacht war, normalerweise gegen Mittag, bis er schließlich wieder einschlief. Er trank Liter über Liter von Tonys Wein. Das Trinken hatte er auf der anderen Seite des Atlantik gelernt, und offenbar plante er, den Rest seines Lebens hinter seinem weingetränkten Dunstschleier zu verbringen.

»Das brauchst du nicht«, sagte Assunta zu ihm, wenn er sich in seinem Unterhemd und der langen Unterhose an den Küchentisch setzte. Und während sie das sagte, schüttete sie ihm ein großes Glas Rotwein aus dem Krug ein, den sie auf der Anrichte bereitstehen hatte.

»Glaub mir, Ma, es geht nicht ohne«, erwiderte er daraufhin und wartete, dass sie einen Teller mit Frühstücksgebäck vor ihn hinstellte. »Das bin ich jetzt, dein armseliger, versoffener Versager-Sohn. Und werde es immer bleiben.«

Die Anwesenheit dieses Ungeheuers, das so gar nichts mit dem verschmitzten, warmherzigen, hübschen Joey zu tun hatte, der in den Krieg gezogen war, blieb ein Schock für Stella. Ihn am verschmierten Küchentisch sitzen und Wein trinken zu sehen, belastete sie. Er war ihr Bruder, das Baby, das sie zu halten gelernt hatte, als sie selbst noch ein Kind gewesen war, der kleine Junge, der einen ganzen Tag geheult hatte, als seine liebste Straßenkatze verschwunden war, der ihr zugezwinkert hatte, wenn er mit einem scharfen, kräftigen Biss Kastanien für sie knackte. Ihr kleiner Bruder – der immer noch gut aussah, trotz seiner geröteten Augen und seines zynischen Lächelns. Aber er war ein Ungeheuer geworden, dem es egal war, wem er wehtat, solange er den eigenen Schaden feiern konnte. Sie erkannte sein Leiden nicht so wie ihre Mutter. Er brachte Verderben ins Haus, ein perfekter Apfel, der verfault und entschlossen war, alles andere auch verfaulen zu lassen.

Joeys Rückkehr war für Louie besonders ärgerlich, der jetzt fünfzehn Jahre alt war und das Zimmer der Jungen die letzten drei Jahre für sich gehabt hatte. Louie war offen, ordentlich, höflich und hatte guten Manieren, was seine Lehrer zu schätzen wussten. Er würde seinen Highschool-Abschluss machen, als Erster in der Familie, der so weit kam, und er hatte sich auch in der Football-Mannschaft hervorgetan. Und jetzt war da plötzlich der säuerlich riechende, weinerliche ältere Bruder. In den Sommerferien schlief Louie oft bei Freunden und kam manchmal tagelang nicht nach Hause.

Assunta beklagte das, weil Louie ihr Liebling war. »Du weißt, dass er der Beste von euch allen ist«, sagte sie zu Joey, als er im offenen Bademantel am Küchentisch saß. »Und du lässt dich von ihm umsorgen, als wäre er der Ältere von euch beiden.«

»Mein Herz ist alt, Ma«, sagte Joey dann. »Ich bin so alt, dass ich keinen Grund mehr habe, rumzurennen und Scheiß zu machen, um die Leute zu beeindrucken. Ich weiß, wie sinnlos das ist.«

Manchmal ging Carmelo Maglieri mit Joey ein Bier trinken. Es schien das zu sein, was Joey brauchte, und wenn er anschließend nach Hause kam, hatte er bessere Laune.

»Du solltest ihn heiraten, Stella«, sagte er eines Abends vor der ganzen Familie zu seiner Schwester. »Du weißt, dass er eine Schwäche für dich hat. Er wartet seit drei Jahren, dass du zurück auf den Boden kommst.«

Tony sah von seinem Teller auf und taxierte seine ältere Tochter. Stella schoss das Blut so heftig zu Kopf, dass ihr Hals zu jucken begann.

»Gut für ihn«, sagte sie knapp.

»Komm schon, Stella, du könntest es weit schlechter erwischen.«

»Shut up, Joey«, sagte sie. So auf Englisch klang es weit energischer. »Du bist ein Idiot.« Ihr war bewusst, dass ihr Vater sie immer noch ansah.

»Und du bist eingebildet.« Joey schüttelte den Kopf. »Was an dir ist so toll, dass du was Besseres verdienst als Carmelo? Er ist ein gut aussehender Kerl. Sämtliche Mädchen in der Gesellschaft würden auf der Stelle Ja zu ihm sagen.«

»Sollen sie sich doch um ihn schlagen.« Stella konzentrierte sich auf die kühle Luft um sie herum und versuchte, die Hitze aus ihrem Gesicht und Hals zu vertreiben.

»Du solltest an deine Aussichten denken, Stella«, sagte Tony. »Du bist fünfundzwanzig, und niemand kann sagen, wer aus diesem Krieg zurückkommt.«

»Papa, Tina braucht kaum noch einen zusätzlichen Grund, sich um Rocco zu sorgen«, sagte Stella. Es war gemein, das Gespräch in diese Richtung zu lenken, stellte sich aber als genial heraus. Ab sofort ging es um die letzten Neuigkeiten von Rocco Caramanico. An diesem Abend sagte niemand mehr etwas über Carmelo Maglieri, aber Stella wusste, die Idee hatte sich im Kopf ihres Vaters festgesetzt. Carmelo war damit ihr Feind.

Carmelo arbeitete bei Pratt & Whitney wie Tony, aber in der Motorenabteilung. Nachdem Joey abends am Tisch Stellas Heiratsaussichten zur Sprache gebracht hatte, begann Carmelo Tony morgens mit seinem Plymouth zur Arbeit abzuholen. Stella war nicht sicher, ob ihr Vater ihn darum gebeten oder Carmelo es angeboten hatte. So oder so war es ein schlechtes Zeichen.

Wenn er Tony nach der Arbeit wieder zu Hause absetzte, kam Carmelo ab und zu auf ein Glas Wein mit herein und blieb schließlich zum Essen. Er war nicht unbedingt sensibel, was sein Interesse an Stella betraf. Um sie wurde geworben, und ihrem Vater, der altmodisch genug war, zu denken, dass seine Meinung dazu zählte, gefiel das. Stella war sich der Gefahr bewusst. Unschuldig aussehende Veränderungen wie die Gewohnheit, dass Carmelo ihren Vater mit zur Arbeit nahm und manchmal abends zum Essen blieb, würden den Druck auf sie weiter erhöhen, bis sie plötzlich die Mutter von Carmelos zehn Kindern war, ohne ernsthaft sagen zu können, wann genau sie ihren Widerstand gebrochen hatten.

Stella wurde in ihrem eigenen Haus belagert, und ihre eigentlichen Verbündeten sympathisierten mit dem Feind. Alle mochten Carmelo. Er flirtete mit Assunta, die gluckste und mit dem Geschirrtuch nach ihn schlug. Sie lud ihn Abend für Abend immer wieder zum Essen ein. »Der arme Kerl«, sagte sie, »wohnt mit lauter Männern in diesem schrecklichen Junggesellenhaus.«

Stella tat er kein bisschen leid. Carmelo hungerte ganz sicher nicht und konnte im Übrigen leicht eine andere in ihn vernarrte Mutter dazu bringen, ihn mit Leckerbissen zu füttern.

Carmelo tratschte mit Tina, als wären sie alte Freundinnen. Louie brachte er Kartenspiele bei. Wenn er zum Essen da war, blieben Tony und Joey beide zu Hause, und die Männer setzten sich hinterher an den Küchentisch und spielten Karten, was eine seltene Annäherung zwischen Joey und seinem Vater ermöglichte. Es war das Jahr, in dem Tony anfing, abends seltener wegzugehen. Vielleicht fand damals die Beziehung mit der anderen, unbekannten Frau ein Ende. Sosehr Stella es hasste, dass Carmelo sich in ihre Familie einschlich, sah sie doch auch, dass ihre Mutter glücklicher war und die Angst und Traurigkeit verlor, mit der sie jede Nacht zu kämpfen gehabt hatte, die ihr Mann nicht nach Hause kam.

Carmelo las und schrieb sehr gut, auf Englisch und Italienisch. Er lese jeden Morgen die Zeitung, erzählte er ihnen, und habe so alles gelernt, was er wisse. Und es war auch Carmelo, der es Stella und Tina schließlich ermöglichte, ihren Einbügerungstest zu bestehen, im Juli 1945. Carmelo las die Übungsfragen laut vor, übersetzte sie ins Italienische und fragte die Schwestern ab, bis es sich für Stella irgendwann anfühlte, als könne sie sich das alles merken, weil sie es verstand. Mit Tina redete er Englisch, da er wusste, dass sie mit der Sprache Schwierigkeiten hatte, und half ihr geduldig weiter.

Carmelo benutzte jetzt auch kalabrische Ausdrücke, die er von den Fortunas gelernt haben musste. Bemühte er sich so sehr, zu ihnen zu passen, dass er sogar seine Sprache änderte? Stella fragte sich, ob er es gezielt oder unterbewusst tat. Was wäre schlimmer?

Sie würde irgendwann kommen, die direkte Konfrontation. Am Ende war es in der Woche so weit, nachdem Stella eine Bürgerin der Vereinigen Staaten von Amerika geworden war.

»Mit Erlaubnis deines Vater«, sagt Carmelo beim Abendessen vor der ganzen Familie, »würde ich gern mit dir ausgehen, Stella.«

»Ausgehen«, sagte Antonio. »Wann und wohin?«

»Am Samstag, erst zum Essen und dann ins Kino«, erklärte Carmelo. Er wirkte ruhig und zuversichtlich. Stella dagegen blickte erschreckt auf ihre Pasta, während der Rest der Familie sie ansah. Die Freude der anderen war greifbar, füllte das Esszimmer und schloss sich um Stella wie ein unsichtbarer Schraubstock. Was konnte sie gegen seine Ausstrahlung tun?

»Nun, Stella?«, fragte Tony.

»Nein, danke«, antwortete sie so höflich, wie es ging. Sie durfte dem Druck nicht nachgeben. Sie würde sich nicht bezwingen lassen. »Ich gehe nicht aus.«

»Dann wird es Zeit, damit anzufangen«, sagte Tony. »Oder du wirst eine alte Jungfer.«

»Nein, *danke*«, wiederholte sie, richtete sich auf und erwiderte den Blick ihres Vaters. »Ich gehe nicht aus. Ich trauere um meinen toten Verlobten.«

»Horseshit«, sagte Joey. Assunta hätte ihm einen Klaps gegeben, wenn sie ihn verstanden hätte.

»Genug!« Tony war bereits wieder im Brüllmodus. »Sie nimmt deine Einladung an«, sagte er zu Carmelo. »Du kannst sie am Samstag um sechs abholen.«

Stellas Hände zitterten vor Wut. Sie hatte die Situation nicht unter Kontrolle. Was konnte sie tun? »Tina, du kommst als Begleitung mit«, sagte sie.

»Du bist fünfundzwanzig Jahre alt«, sagte Tony knapp. »Du brauchst keine Aufpasserin.«

Stella sah in die Runde: Ihre Brüder, ihre Schwester, ihre Eltern und ihr Verehrer – alle starrten sie an und warteten darauf, dass sie etwas sagte. Mit Joey auf der einen Seite und Tina auf der anderen neben sich konnte sie nicht einfach aufstehen und würdelos hinausstürmen. Sie überlegte, ob sie ihren Teller gegen die Wand werfen sollte, aber auf die Art von Melodramatik wäre sie auch nicht stolz.

Und so gab sie ihnen denn so wenig Befriedigung wie nur möglich. Sie nahm ihre Gabel, zerteilte ein paar Zitis und steckte sie sich in den Mund. Ihre Zunge war trocken und der Magen verkrampft. Der Moment zog sich hin, alle warteten auf ihre Reaktion, während sie sich stetig durch ihre Pasta arbeitete.

»Also gut«, sagte Carmelo schließlich, als es zu lang dauerte, »ich hole dich am Samstag ab.«

All sein Gentleman-Gehabe – wenn er wirklich einer wäre, hätte er den Rückzug angetreten, nachdem sie klargemacht hatte, dass sie nicht wollte. Nein, er war wie alle anderen, war Teil der zermürbenden Verschwörung der Männer, die gemeinsam dafür sorgten, dass die Frauen taten, was sie, die Männer, wollten.

Sie würde diesen klaren Beweis nicht vergessen, dass Carmelo keinesfalls so nett war, wie er vorgab zu sein.

Später, und in allen weiteren Nächten bis zu ihrer Verabredung, hatte Stella ihren Albtraum. Seit dem letzten Mal war mehr als ein Jahr vergangen, und sie hatte gehofft, dass er nicht wiederkommen würde. Doch da war sie, die Enge, in die sie getrieben wurde, sie spürte die Hände des Vergewaltigers auf ihrer nackten Haut, ihre Hilflosigkeit. Schlaflos und erschöpft setzte sie sich an den Küchentisch unter den Altar der ersten Stella, ließ den Kopf auf die Arme sinken und versuchte, ein wenig zu schlafen. Sie versuchte, das Gefühl der Erektion der Vergewaltiger an ihrem Schenkel wegzureiben, rieb und rieb, bis ein blauer Fleck blieb. Sie betete zu Maria um Schutz und Vergebung.

Von Schlaflosigkeit verfolgt, zermürbt und unwillig, weigerte sich Stella, sich für ihre Verabredung besonders herzurichten.

Assunta verlor die Fassung. »Warum nicht, Stella?«, schluchzte sie. Der Freitagabend hatte in einem einzigen Geschrei geendet. »Warum kannst du nicht ein kleines bisschen nett zu ihm sein, um deine Chancen nicht zu verderben?«

»Gott noch mal, Mamma, warum *hörst* du mir nicht zu?« Stella Stimme zitterte vor Wut. »Ich sage, dass ich ihn *nicht heiraten will.* Es ist mir egal, ob ich mir irgendwelche Chancen verderbe, weil ich *ihn nicht will.*«

»Doch, das tust du!«, rief Assunta. »Das tust du, und du weißt es genau!«

»Mamma, warum glaubst du mir nicht? Warum hörst du mir nicht zu?« Eine Auseinandersetzung wie diese mit ihrem Vater wäre leichter gewesen, er war ein Rohling und Stella hasste ihn. Aber mit Assunta … Stella fühlte sich von der Frau betrogen, die sie mehr als alles auf der Welt liebte und der es offenbar egal war, was ihre Tochter hoffte oder sagte. »Wann habe ich dich je angelogen? Nie.«

Assuntas Schluchzen wurde zu Geheul. Sie war nicht mehr zu verstehen, die Situation aussichtslos. Erschöpft ging Stella ins Bad, wusch sich die Haare und legte sie in Locken. Für die Kirche am nächsten Morgen hätte sie es sowieso getan, es war nur einen Tag zu früh.

Carmelo dagegen hatte sich für ihre Verabredung groß herausgeputzt. Als er sie abholte, waren seine Locken angefeuchtet und ordentlich in der Mitte gescheitelt. Er trug seinen grauen Anzug und eine himmelblaue Krawatte und drückte sich einen neuen Filzhut an die Brust, als sie an die Tür kam.

Carmelo schwatzte, offenbar etwas nervös, während der kurzen Autofahrt, Stella saß stumm und bedrückt neben ihm. Der Streit mit ihrer Mutter lag ihr noch im Magen. Es war so frustrierend. Niemand glaubte, dass sie wusste, was für sie das Beste war. Alle wollten sie kontrollieren.

Jetzt war sie allein mit Carmelo und musste die Situation meistern. Sich einfach nur schlecht zu fühlen, das würde ihr nicht helfen. Sie musste sich auf Carmelo konzentrieren und seine Ambitionen beenden.

Sie hatte sich noch nicht überlegt, wie sie es anstellen wollte. Sollte sie kalt, höflich und distanziert bleiben? Oder gemein und grob? Oder sollte sie normal und freundlich sein, da es so schwierig war, ihm anders zu begegnen und ihm offen zu sagen, dass sie sein Bemühen zu schätzen wusste, aber nie Ja sagen würde, und wäre es nicht das Einfachste für sie beide, wenn er seine Versuche einstellte? Sie hatte sich noch nicht entschieden, als sie zu Toms Restaurant kamen, das Carmelo für ihr Essen ausgesucht hatte.

Auch während des Essens – sie bestellte einen Hamburger, Carmelo ebenfalls – schwankte sie noch. Jedes Mal, wenn sie bemerkte, dass sie zu nett schwatzte, wurde sie wütend auf sich und brach schmollend ab, was sich dann aber dumm und schwach anfühlte. Die Situation wurde anstrengend, wann immer sie sich daran erinnerte, dass sie sich nicht amüsieren sollte.

Und Stella fühlte sich unansehnlich in dem hell erleuchteten Diner. Sie stellte sich vor, dass die anderen Gäste zu ihnen herübersahen, zu dem attraktiven, gut gekleideten Mann und der ein wenig ungepflegten Frau, die keinerlei Make-up trug, nicht einmal etwas Lippenstift. Sie unterdrückte jedes Bedauern. Das war Eitelkeit, und sie würde sich ihrer Eitelkeit nicht ergeben. Die Meinung von Fremden zählte nicht.

Carmelo war unverzagt. Tatsächlich schien er sich im Laufe des Essens immer wohler zu fühlen und zuversichtlicher zu werden. Er erzählte von seiner Zwillingsschwester in Montreal und seinen Eltern und seinem Bruder daheim in den Abruzzen. Er stellte höflich Fragen, auf die er bereits die Antwort wusste. Sie war im Nachteil, da er schon so viel Zeit damit verbracht hatte, mehr von ihr zu erfahren.

»Das nächste Mal«, sagte Carmelo, als Stella ihre Serviette zusammenfaltete und auf den Teller legte, »kann ich mit dir zum Rosengarten fahren.«

Stella hatte ihren Hamburger genossen, fühlte sich fast zufrieden und musste sich aus ihrer Trägheit herausholen. »Carmelo. Es wird kein nächstes Mal geben.«

»Doch, das wird es.« Er zwinkerte ihr selbstsicher zu.

Kalter Hass stieg in ihr auf. Ja, das ist gut, füttere ihn. »Ich bin hier, weil mich mein Vater dazu gezwungen hat. Das weißt du. Ich mag dich nicht und werde es nie tun.«

»Oh, du wirst sehen, ich bringe dich dazu.« Wieder zwinkerte er. »Ich glaube, du magst mich jetzt schon.«

»Carmelo, hör mir zu.« Die Zwinkerei ekelte sie an, aber sie unterdrückte ihren Frust und sprach klar und deutlich, damit er dieses Mal vielleicht begriff, was sie sagte: »Das hier, mit dir und mir, führt zu nichts. Du kannst machen, was du willst, aber ich werde dich niemals heiraten. Weder dich noch einen anderen.«

»Unsinn«, sagte er fröhlich, »jede Frau will heiraten.«

»Ich nicht.« Sie konnte kaum frei atmen. Die Wut vom letzten Abend kam zurück und richtete sich ganz auf ihn.

»Doch, du auch«, widersprach er. »Auch, wenn du es noch nicht weißt. Du wirst deine Meinung ändern. Wart's nur ab.«

Sie starrte ihn über den Tisch hinweg an. Und sah zum ersten Mal, dass er ein paar widerspenstige Haare in den Augenbrauen hatte, die wie Insektenfühler aus der Ordnung ausbrachen. »Carmelo. Ich sage dir, ich liebe dich nicht und werde dich auch nie lieben. Du hörst mir nicht zu.«

Er zuckte mit den Schultern und zählte das Geld aus seiner Brieftasche, aber sein Lächeln war erstarrt. »Du denkst, du weißt, was du willst, Stella, doch du wirst sehen, dass du dich täuschst.«

Die Wut kochte ihr in der Kehle. Es war, als spräche sie zu einer Wand. »Warum bist du so hartnäckig?«, fragte sie. »Es gibt

Hunderte anderer Mädchen, die dich mögen. Hör auf, deine Zeit mit mir zu verschwenden.«

Carmelos Augen leuchteten, als er ihren Blick erwiderte. »Stella, ich kann unsere gemeinsame Zukunft sehen. Sie ist schön, und du wirst sie auch sehen. Wir sind füreinander bestimmt, seit unserer Geburt.« Sie schnaubte. Meinte er das ernst? »Hör zu. Mein Freund Rocco wird aus dem Krieg zurückkommen und mit deiner Schwester eine Familie gründen. Wie schön es wäre, wenn wir dann auch heirateten. Unsere und ihre Kinder würden wie Brüder und Schwestern aufwachsen.«

Über Jahre hatte sie gezögert, was Carmelo Maglieri betraf. War er aufrichtig oder gefährlich, nett und sanftmütig oder gerissen und manipulativ? Endlich begriff sie es: So nett er wirken mochte, am Ende war er genauso ein Tyrann wie Tony, auf seine eigene Weise. Carmelo liebte Stella nicht – wie sollte er auch, wenn er nicht mal in der Lage war, ihr zuzuhören. Er liebte allein seinen Traum von seiner Zukunft, für den er sie brauchte. Er hatte keinerlei Interesse daran zu verstehen, warum sie nicht Teil dieses Traums sein wollte.

Sie musste ihn zurückweisen, etwas Drastisches tun, um seine Fantasie zu zerstören. Sie sah auf ihre Arme neben dem Teller, ließ ihr linkes Handgelenk kreisen, um die Narbe auf dem Unterarm zu studieren, und zermarterte sich den Kopf. Das Blut pochte ihr in den Ohren. »Du weißt, das ich nicht koche. Und es auch nicht vorhabe.«

»Oh, dann solltest du mich erst recht heiraten. Ich bin ein toller Koch.« Er senkte wissend den Kopf. »Nicht viele Männer würden das ihren Frauen durchgehen lassen.«

Da war die Wut wieder. »Was stimmt mit dir nicht?«, fragte sie. Sie stand auf und wurde lauter. »Warum läufst du mir nach, obwohl du weißt, ich will dich nicht? Ich könnte einen Mann wie dich niemals respektieren. Das ist so erbärmlich.« Sie machte zwei Schritte auf die Tür zu, drehte sich noch einmal um und rief: »Genau, ich habe gesagt, dass du erbärmlich bist!« Lass die anderen Gäste ruhig denken, was für eine laute Itakerin ist das denn. Es war ihr egal. Sollte Carmelo doch auch denken, dass sie eine laute Itakerin war. Genau das.

Carmelo stand auch auf, aber sie ließ ihn nicht zu Wort kommen. »Willst du eine Frau, die dich nicht respektiert?«, kreischte sie. »Magst du es, wenn man einen Narren aus dir macht?«

Sein Gesicht lief rot an. »Okay, Stella, gehen wir.«

»Erbärmlich«, sagte sie noch einmal. Ein fürchterliches Gefühl machte sich in ihrem Magen breit. Die Kellnerin kam in ihre Richtung, einen Besen in der Hand. Sie hatte keine Ahnung, was das Geschrei sollte, begriff Stella.

»Komm.« Carmelo machte eine Geste zur Tür hin, und sie trat vor ihm auf die Straße. Ihr war schlecht. Es war so würdelos. Sie versuchte, sich zu fassen. Die Szene war es wert gewesen, wenn er sie endlich in Ruhe ließ.

»Ich will nach Hause«, erklärte sie. »Ich fühle mich nicht gut.«

Er brachte sie zu seinem Auto und hielt ihr die Tür auf. Sein Gesicht war immer noch gerötet, als er sich hinters Steuer setzte. War er wütend? Verlegen?

Schweigend fuhren sie in die Bedford Street. Er stieg aus, öffnete ihr die Tür und begleitete sie die Stufen hinauf. Assunta kam herbeigehastet. »Was ist? Wolltet ihr nicht ins Kino?«

»Stella fühlt sich nicht gut«, sagte Carmelo. Er blieb auf der Türmatte stehen.

»Sie fühlt sich nicht gut? Stella, ist alles in Ordnung?« Ihre Mutter packte Stella an der Schulter.

»Ist schon gut, Ma.« Stella kämpfte gegen Wellen der Demütigung und Wut an. War das alles, was sie sagen würde? War es das? »Ich habe mir nur etwas den Magen verdorben. Ich gehe ins Bett.«

Carmelo tippte sich mit zwei Fingern an den Hut, verbeugte sich vor Assunta und dann vor Stella. »Danke für den schönen Abend«, sagte er tonlos. »Ich hoffe, du fühlst dich bald wieder besser.« Er drückte sich den Hut auf die Ohren und ging zurück zu seinem Auto.

Assunta sah ihre Tochter mit großen Augen an. Sie schien sich vorzustellen, was wohl Schreckliches bei der Verabredung geschehen war. »Was ist denn, Stella?«

Stella antwortete nicht. Sie ging an ihrer Mutter vorbei ins Bad, wo sie ihren Hamburger in die Toilette spuckte.

Nach ihrer verunglückten Verabredung mit Carmelo Maglieri durchlebte Stella ihren Albtraum noch viermal, in den vier darauffolgenden Nächten. Sie hatte eine solche Angst davor, dass sie trotz ihrer Erschöpfung kaum einschlafen konnte. Dann war es mit einem Mal vorbei.

Carmelo blieb nicht mehr zum Essen. Wenn er Tony nach der Arbeit absetzte, kam er nur noch selten herein, um Hallo zu sagen. Sie hatte sein Werben erfolgreich beendet.

Tina und Assunta bedrängten sie, und Tony schlug ihr ein blaues Auge, das sie eine Woche stolz zur Schau trug. Aber der Schaden war angerichtet, Carmelo wollte sie nicht mehr. Sie war sicher, bis ihr Vater mit einem anderen Kandidaten kam. Was Stella angesichts des harten Wettbewerbs unter den jungen Italienerinnen der East Side um die zurückkehrenden Soldaten wenig Sorge bereitete. Carmelo war ihre gefährlichste Annäherung an die Ehe gewesen, da war sie sicher. Von jetzt an würde es viel einfacher werden.

* * *

Jetzt, da sie amerikanische Staatsbürger waren, arbeiteten Stella und Tina bei Silex am Fließband, in der Kaffeekannen-Produktion. Zu ihrem Einstellungsgespräch wurden sie von Assunta begleitet, mit einer Schüssel Ravioli, um den Vorarbeiter zu bestechen. Ob es nun an den Ravioli lag oder nicht, die beiden wurden eingestellt.

Eines Abends im August brach Carmelo Maglieri seinen Vorsatz, das Haus in der Bedford Street nicht mehr zu betreten, und so saß er am Küchentisch, um mit Assunta zu plaudern, die kochte und tat so, als wären nicht Wochen vergangen, seit er das letzte Mal hereingekommen war. Stella hatte ihrer Mutter Gesellschaft geleistet und dabei ein paar Bohnen geschnippelt. Als sich Carmelo ihr gegenüber an den Tisch setzte, nickte sie ihm einen höflichen Gruß zu. Sein Gesichtsausdruck war sehr ernst und zeigte nichts von seinem Engelslächeln. Die oberen Knöpfe seines Hemds standen offen, und ein goldenes Kreuz hing in seinem Brusthaar, von dem Stella kaum den Blick abwenden konnte.

Carmelo nahm ein Glas Wein von Assunta, die so überglücklich war, ihn zu sehen, dass sie über ihre Worte stolperte. Stella liebte ihre Mutter für ihr warmes Herz, auch wenn sie eine Verräterin war.

»Ich habe Neuigkeiten, Za ›Ssunta«, erklärte Carmelo, sah dabei jedoch Stella an. »Zu Tony und ich haben bereits darüber gesprochen, aber ich wollte es dir persönlich sagen.«

Carmelos älterer Bruder Gio hatte von einem *paesan* einen Lebensmittelladen in Chinatown gekauft. Offenbar hatte Carmelo so viel Geld nach Hause geschickt, dass Gio die Eltern durch den Krieg bringen konnte und trotzdem noch genug für den Kauf übrig hatte.

»Er sagt, da es mein Geld ist, hat er den Laden in meinem Namen gekauft«, erklärte Carmelo. Wie schaffte er es, so bescheiden zu wirken?

Gio war bereits in Chicago. Er würde den Laden führen, bis Carmelo kam. Dann wollten sie ihn gemeinsam betreiben. Carmelo hatte den Brief seines Bruders mitgebracht, und Assunta hielt ihn in der Hand und studierte die Schrift, als könnte sie ihn lesen. »Wie schön, ein Laden. Aber heißt das, du gehst weg, Carmelo?«

Er zuckte mit den Schultern. »Ein Laden ist eine große Sache. Harte Arbeit, aber wenn du ein guter Geschäftsmann bist, kannst du viel Geld verdienen. Die Fabrikarbeit hier ist gut, doch die Männer werden aus dem Krieg zurückkommen und ihre Jobs wiederhaben wollen.«

Tina, die im Garten gearbeitet hatte, trat in die Küche, das Haar verschwitzt, das Gesicht gerötet. Sie gab Carmelo einen schmatzenden Kuss auf die Wange, und er musste die ganze Geschichte für sie noch einmal erzählen. Stella lauschte den abwechselnd traurigen und begeisterten Ausrufen ihrer Mutter und ihrer Schwester.

»Aber ich bin hier, um mit dir zu sprechen, Stella«, sagte Carmelo, nahm den Brief und richtete ihn wie eine Drohung auf sie. Assunta und Tina verstummten abrupt.

Er starrte sie an. Sie starrte zurück.

»Hör zu, Stella.« Als er ihren Namen ein zweites Mal aussprach, erschauderte sie. »Alles, was du im Moment tun musst, ist, das Wort ›vielleicht‹ zu sagen. Dass du mich ›vielleicht‹ eines Tages heiraten wirst. Sage nur ›vielleicht‹, und ich reiße diesen Brief hier vor deinen Augen in Stücke und bleibe in der Front Street. ›Vielleicht‹, sage nur: ›Vielleicht, Carmelo. Vielleicht eines Tages.‹«

Sie sah ihn fest an. »Niemals.« Sie war so dankbar, dass ihr Vater nicht in der Küche war, um sich an der Unterhaltung zu beteiligen.

»Stella!«, kreischte Tina.

»Niemals?«, fragte Carmelo.

»Niemals.«

Ein fester, harter Schlag auf den Hinterkopf überraschte sie. Sie griff durch das Sirren in ihrem Schädel nach hinten zu der Quelle des Schmerzes, und ihre Finger fühlten Nässe. Olivenöl. Sie brauchte einen Moment, bis sie begriff, dass ihre Mutter sie mit dem dicken Holzlöffel geschlagen hatte, den sie zum Knoblauchanschwitzen benutzte.

»Stupida brutta«, sagte Assunta. »Was ist mit dir los? Was für ein Spiel spielst du da?« Sie sah wütend und verletzt aus. Es war,

als hätte Stella Assuntas eigenen Sohn zurückgewiesen. »Wie oft, denkst du, wird er noch fragen, bevor er es leid ist und sich eine andere sucht?«

Stella rieb sich den Kopf. »Mamma, wie kannst du auf seiner und nicht auf meiner Seite sein?« Da sie sah, wie Assunta den Löffel hielt, machte sie sich auf einen weiteren Schlag gefasst.

»Ich würde dir geben, was immer du dir wünschst, Stella«, sagte Carmelo. »Die Welt würde ich dir zu Füßen legen. Ich will dich nur glücklich machen.«

Die Bilder, die ihr durch den Kopf schossen – seine Hände auf ihrem Fleisch, auf ihrem anschwellenden, schwangeren Bauch. »Du könntest mich nicht glücklich machen«, sagte sie mit trockenem Mund.

Sein Gesicht verhärtete sich. »Was genau ist es, was du vom Leben willst? Was denkst du, würde ich dir nicht geben können?«

Stella wusste nicht, was sie sagen sollte. War sie je vage geblieben, wenn es darum ging, was sie wollte? Wie oft hatte sie es ihm bereits gesagt? Ihnen allen? »Ich will in Ruhe gelassen werden«, sagte sie endlich.

Für einen Moment trat Stille ein. Carmelo schüttelte den Kopf. »Du bist ein herzloser, kalter Mensch, Stella.«

Und als wäre es ein Fluch, spürte sie einen kalten Schauer auf Armen und Leib. »Vielleicht ist es so«, sagte sie. »Aber das geht dich nichts an.«

»Denkst du, du wirst je jemanden finden, der dich so liebt, wie ich dich geliebt hätte?« Er starrte sie so durchdringend an, dass sie den Blick abwenden musste. »Was für eine Närrin du bist.«

Nach einem Moment des Schweigens, das ihr in den Ohren pochte, stand er auf und verbeugte sich leicht vor Tina und Assunta. »Ich habe es versucht, Za ›Ssunta«, sagte er. »Ich wäre gern dein Schwiegersohn geworden. Aber ich denke, ich gehe jetzt besser.«

Assunta und Tina versuchten, ihn zu überreden, zum Essen

zu bleiben, doch es war ein halbherziges Bemühen. Carmelo küsste Assunta und Tina feierlich auf die Wange und wünschte ihnen gute Gesundheit. »Stella«, sagte er und nickte ihr säuerlich zum Abschied zu.

Carmenantonio Maglieri verließ ihr Leben.

Rocco Caramanico überlebte den Krieg. Er blieb fast vier Jahre weg wie so viele Männer, die in den Pazifik geschickt worden waren und Dinge getan hatten, von denen ihre Familien nichts wussten und nichts begriffen. Rocco hängte ein gerahmtes Foto seiner Chemieingenieurs-Einheit in den Flur, wo es für den Rest seines Lebens blieb, aber was in Neuguinea geschehen war, das wusste niemand. Hatte er geschossen? Hatte er Japaner getötet? Hatte er Gräuel miterlebt? War er gefährlichen Chemikalien ausgesetzt gewesen, hatte er Freunde sterben sehen? War er überhaupt in einem Gefecht gewesen, hatte er sich in Gefahr begeben? Wer kam ohne äußere Verletzungen zurück, ohne Schrapnellsplitter und Orden? Was hatte er die ganze Zeit gemacht? Nun, das war das Geheimnis des Krieges. Das Einzige, was Rocco klarmachte, war, dass er nie wieder Hähnchen essen würde. Im Übrigen erzählte er niemandem jemals mehr, als in seinen steril korrekten Briefen an Tina gestanden hatte.

Rocco und Tina hielten beide ihr Versprechen. Rocco kehrte im Januar nach Hartford zurück, nachdem seine Einheit aufgelöst und er aus einer langen Quarantäne entlassen worden war. Er kam an einem Samstag und rief gleich am nächsten Tag, als alle aus der Kirche zurück waren, Tony an und bat um die Erlaubnis, ihnen am Abend einen Besuch abstatten zu dürfen.

Er kam um sechs Uhr, mit seiner Schwester. Barbara brachte eine Platte *mustazzoli* mit, Rocco zwölf rote Rosen. Stella, die ihnen die Tür öffnete, war wider Willen beeindruckt.

Die Fortunas versammelten sich um dem Kaffeetisch, auf den Assunta Barbaras Platte und kleine Weingläser stellte. Stella sah, dass Rocco viel schlanker war als früher, er mochte zehn, zwölf Kilo weniger wiegen. Der schwarze Anzug, den er trug, musste noch von vor dem Krieg stammen, denn er war ihm zu weit, ansonsten aber makellos.

Tina und Rocco begrüßten einander nach fast vier Jahren Trennung, gaben sich die Hand und lächelten schüchtern. Tina setzte sich unbeholfen auf einen Stuhl mit geflochtener Lehne neben dem Sofa, Roccos Rosen auf dem Schoß. Stella stand in der Tür und hörte schweigend zu, wie sich Tina und Rocco ebenso nichtssagend wie verbindlich unterhielten. Die Lampe auf dem runden Tisch zwischen ihnen hatte einen Schirm aus buntem Glas im Tiffany-Stil, golden mit grünen und violetten Weinranken. Das Licht färbte Tinas Gesicht gelbbraun, Roccos stark gelbsüchtig. Stella dachte an all die Dinge, die ihm im Krieg hätten zustoßen können. Was für ein Glück für Tina, dass er offensichtlich unverletzt entkommen war.

Assunta schenkte Wein ein und verkündete, dass sie sich in der Küche um das Abendessen kümmern wolle. Tina stand auf und folgte ihr. Barbara blieb auf dem Sofa sitzen. Sie würde an den Verhandlungen teilnehmen. Stella, die nicht in der Küche erwartet wurde, trat still einen Schritt zurück in die Diele, in den Schatten der Tür, und hoffte, dass niemand auf den Gedanken kam, sich zu fragen, wo sie war.

»Nun, ich bin lebend zurückgekommen«, sagte Rocco ohne weitere Einleitung zu Tony, »und ich möchte Sie um die Hand Ihrer Tochter bitten.«

Es geschah tatsächlich. So sah jemand aus, der einen Heiratsantrag machte.

»Ich bin froh, dich zu sehen, Rocco«, sagte Tony, »und freue mich, dass alles gutgegangen ist.«

»Ich hatte Glück.«

»Gott hat über ihn gewacht«, sagte Barbara. Es gab eine kurze Pause, in der sie Gott dankte, Tony sein Glas hob und sie einander zuprosteten.

»Ich möchte Tina heiraten«, sagte Rocco noch einmal, als sie alle getrunken hatten. »Ich denke, sie wäre eine ausgezeichnete Frau für mich.«

»Aber wärst du auch ein ausgezeichneter Mann für sie?«, fragte Tony.

Rocco richtete sich auf. »Ich glaube, ich wäre ein Mann, den jedes kluge, gute Mädchen gern heiraten würde.«

Tony kicherte. »Das wärst du, ja?«

Stella war sich nicht sicher, ob er Rocco aufzog oder nicht. Rocco wusste es wohl auch nicht.

»Ja, Sir.«

»Okay, okay, du denkst also, ihr zwei passt zusammen. Ich denke, da könntest du recht haben, nach allem, was ich gesehen habe. Die ganzen Briefe und so weiter.«

»Ich habe also Ihre Erlaubnis, sie zu heiraten?«, fragte Rocco.

»Du hast meine Erlaubnis, sie zu *fragen*. Das hier ist ...« Tony hustete in seine Hand, und Rocco und Barbara saßen in Habachtstellung da, während er einen Schluck Wein nahm und sich anschließend den Schnauzbart mit dem Ärmel abwischte. »Das hier ist Amerika, mein Junge. Ich werde nichts für sie arrangieren. Sie muss das selbst entscheiden.«

Es wurde kurz still. Stella fragte sich, ob sich ihre Mutter und Schwester in der Küche ebenfalls bemühten, alles mitzuhören. Es war kein Töpfeklappern zu vernehmen, niemand drehte das Wasser auf oder briet Knoblauch an.

Rocco streckte die Hand aus: »Danke, Sir. Es wird mir eine Ehre sein.«

Tony zögerte oder wartete vielleicht auch nur einen Moment, bevor er Rocco die Hand schüttelte. »Nun, viel Glück.«

»Danke, Sir«, sagte Rocco erneut. Gott, war er steif.

Jetzt kam Barbara. »Was die Mitgift betrifft«, sagte sie, und das genügte. Damit hatte sie bei Tony den Schalter umgelegt.

»Mitgift?«, fuhr er auf. »*Mitgift?* Ist es das, worum es hier geht? Ihr denkt, ich zahl euch auch noch *Geld* dafür, dass ihr mir meine

Tina wegnehmt, die Seele meines Hauses? Dass ich euch das wenige gebe, was ich während der letzten zwanzig Jahre mit meiner Plackerei habe sparen können?« Er schüttelte den Kopf und schnaubte wie ein Bulle. Die Haare standen ihm wie ein wütender Heiligenschein vom Kopf ab. Stella verspürte die gewohnte Angst vor dem Zorn ihres Vaters, da flogen leicht die Fäuste, aber das jetzt war reines Theater. »Ich glaube, sie zäumen das Pferd vom Schwanz her auf, Signora. Wie wäre es, wenn *Sie mir* erklärten, wie Ihr Bruder sich vorstellt, *meine* Tochter zu versorgen?«

Barbara war nicht leicht zu erschüttern. Es war nicht das erste Mal, dass ein Mann sie anschrie. »*Scusi*, Zu, aber Sie wissen sehr gut, dass es Sache der Braut ist, eine Aussteuer mit in die Ehe zu bringen. Womit sonst sollten sie und ihr Mann ihre Ehe beginnen?«

»Meine Tochter bringt eine ausgezeichnete Aussteuer mit, keine Sorge.« Stella konnte hören, wie sehr ihr Vater schäumte. Er schnappte nach Luft. »Aber dass ihr hier Geld von mir wollt, da ist erst mal Ihr Bruder gefragt. Woher ich stamme, da hat ein Mann, der einer Frau einen Antrag macht, ein Haus, in dem er mit ihr wohnen kann. Hat Ihr Bruder ein Haus für meine Tochter?«

Zögern. »Noch nicht, Sir.« Aber Barbara fuhr tapfer fort: »Es ist Sitte, dass der Vater der Braut dem Bräutigam hilft …«

»Sitte!« Tony brüllte schon wieder. »Woher ich komme, ist es *Sitte*, dass ein Mann ein *Mann* ist. Mir scheint, in eurer Familie zählen die Männer darauf, von den Frauen versorgt zu werden.«

Stella beugte sich gefährlich aus dem Schatten vor, um die Gesichter der Geschwister zu sehen. Barbara hatte die Arme vor der Brust verschränkt und presste die Beine zusammen, Rocco saß immer noch in einer Art Habachtstellung da. Sein Mund war ein dunkelgelber Strich.

Barbaras Stimme klang beherrscht, aber zornig. »*Sitte* ist, dass ein *Mann* seine Töchter unterstützt, wenn es Zeit für sie ist, zu heiraten.«

Tony blieb einen Moment lang stumm. »Mir scheint, dass Sie noch nicht so weit sind, mir ein ernstes Angebot zu machen.«

Stella spürte, wie ihr Herz vor Aufregung schneller schlug. Ruderte Tony mit seiner Zustimmung zurück? Würde er Tina wirklich nichts für ein neues Haus geben? Oder war das alles nur Gepolter? Stella versuchte, sich vorzustellen, wie sich ihre in der Küche lauschende Schwester fühlen musste.

»Wenn …«, begann Barbara, aber Rocco hob eine Hand, und sie verstummte. Er hatte bis jetzt so ruhig dagesessen, dass Stella sein Eingreifen überraschte.

»Es ist mir sehr ernst«, sagte Rocco, und Stella spürte, dass auch er zornig war. Was für ein Mensch war er geworden, wie reagierte er heute, fragte sie sich, wenn die Dinge nicht in seinem Sinn verliefen? »Ich werde Ihrer Tochter ein Haus kaufen. Ich habe meinen gesamten Sold gespart. In zwei oder drei Jahren werde ich genug haben.«

»Was für ein Haus?«, fragte Tony. Er machte eine ausladende Geste, um auf sein Schloss zu verweisen. »Die Kinder meiner Tochter werden in etwas Besserem aufwachsen als dem hier, wenn ihr Vater ein ehemaliger amerikanischer Soldat ist. Es wird mindesten vier Zimmer brauchen.«

Rocco kniff die Augen zusammen. Stella konnte kaum atmen vor Spannung. »Ich verspreche ihr ein Haus mit mindestens drei Zimmern.« Rocco verhandelte, wie Stella begriff. Es war wie beim Kauf eines Esels auf dem Landwirtschaftsmarkt.

Das schien Tony zu befriedigen. »Einverstanden«, sagte er und beugte sich vor, um Wein nachzuschenken. »Nun, in dem Fall …«

Da hob Rocco die Hand ein zweites Mal und brachte diesmal seinen zukünftigen Schwiegervater zum Schweigen. »Und Sie«, sagte er, »Sie kaufen das Mobiliar. Alles.« Er zählte die Dinge an seinen Fingern ab: »Zwei Betten für die Schlafzimmer, zwei Kleiderschränke, ein Sofa für das Wohnzimmer und einen Kaffeetisch. Einen Küchentisch und einen fürs Esszimmer, samt Stühlen.« Tony hatte während der Aufzählung verächtlich gelacht.

Rocco wartete auf eine Antwort, fügte dann aber noch hinzu: »Und einen Kühlschrank.«

Da hörte Tony auf zu lachen. »Einen Kühlschrank? Für euer Haus?«

»Ja.«

»Hast du auch nur irgendeine Vorstellung, wie teuer der ist?«

»Bald wird es in jedem Haus einen geben«, sagte Rocco. »Ihre Tochter wird einen in ihrer Küche brauchen.«

Das darauf folgende Schweigen dauerte für Stella sehr lang. Endlich sagte Tony: »Wenn du das Haus gekauft hast, kaufe ich euch zwei Betten und ein Sofa. Und ich kaufe euch einen Esstisch mit Stühlen. Aber wie meine Tochter ihre Küche einrichtet, ist ihre Sache, das heißt, ihr kauft euch selbst einen Kühlschrank. Das ist mein Hochzeitsgeschenk für euch: zwei Betten, ein Sofa und ein Esstisch mit Stühlen.«

Rocco sagte: »Okay, Tina sucht sich ihre eigene Kücheneinrichtung aus, und ich kaufe sie ihr, wenn wir einziehen. Und ich verzichte auf den Kaffeetisch. Aber Sie beschaffen die Kleiderschränke, einen für jedes Schlafzimmer.« Stella fühlte sich erleichtert, sie kamen zu einer Einigung. Doch dann fügte Rocco noch hinzu: »Und Sie kaufen eine Lampe für jedes Zimmer des Hauses. Gute Lampen.« Stella hörte Gift in seiner Stimme. »Und Sie kaufen die Glühbirnen für die Lampen.«

Er macht einen Witz, dachte sie. Das muss ein Witz sein.

Tony lachte wieder, und diesmal klang er ehrlich erheitert. »Nein, mein Junge, deine Glühbirnen kannst du dir selbst kaufen.« Immer noch kichernd, streckte er die Hand aus. »Ich denke, damit haben wir es. Du kannst gehen und sie fragen.«

Rocco stand auf und ignorierte die ausgestreckte Hand. »Sie kaufen die Glühbirnen, oder Sie können Ihre Tochter behalten.«

Ein Moment erschreckten Schweigens. Barbaras Augen waren riesig. Sie mochte Tina und war wahrscheinlich nicht sicher, ob sie etwas sagen oder ihren Bruder seine Schlacht allein austragen lassen sollte.

»Das war's dann, Signor Fortuna«, sagte Rocco. »Ich bin hier fertig. Wenn Sie denken, Ihre Tochter kann eine bessere Partie machen, wünsche ich Ihnen beiden viel Glück.« Er wischte sich die Hände an der Hose ab. »Ich kenne viele gute Mädchen, die im Moment glücklich wären, einen Mann zu bekommen, ganz zu schweigen von einem Veteranen der U.S. Army mit einem guten Wehrpass. Ich muss hier nicht nachgeben.«

Ein nervöser Kitzel durchfuhr Stella. Diese Boshaftigkeit. War das wirklich der Mann, den Tina heiraten wollte? Würde er sie wirklich gegen acht oder zehn Glühbirnen eintauschen? Selbst noch nach vier Jahren mit Briefen und Päckchen? Oder war das jetzt auch nur Gepolter?

Tony stand ebenfalls auf. Er sagte nüchtern: »Also gut, ich bezahle die Glühbirnen. Zwei für jedes Zimmer.«

»Die Glühbirnen *und* die Lampen«, sagte Rocco.

»Ja«, sagte Tony ruhig, »Glühbirnen und Lampen.«

Rocco und Barbara blieben nicht zum Essen. Es wäre unerträglich gewesen, nach dieser Vorstellung gemeinsam am Tisch zu sitzen, und für die Schwestern, das Geschehene nicht besprechen zu können. Im Übrigen wäre Joey womöglich stinkend aus seinem Zimmer gekommen. Stella war froh, dass er während der Schreierei nicht aufgetaucht war, zog ihn Dramatisches doch mitunter an. Stattdessen bat Rocco Tina, mit ihm in die Diele zu gehen, um mit ihr reden zu können. Dazu mussten sie an Stella vorbei, aber Rocco schien sie nicht wahrzunehmen.

Da sie immer noch nicht sicher war, wie viel Tina mitbekommen hatte, beschloss Stella, den Antrag selbst nicht hören zu wollen, und so ging sie durchs Wohnzimmer, nickte ihrem Vater kühl zu, der verärgert und verwirrt schien, und trat zu ihrer Mutter in die Küche, wo sich die beiden wortlos ein großes Glas Wein einschenkten, sich zuprosteten und es in einem Zug leerten.

* * *

Die Hochzeit sollte am 17. August 1946 stattfinden, die Trauung in der Sacred-Heart-Kirche, mit einem anschließenden Empfang im Italoamerikanischen Haus in der Platt Street. Tony Fortuna bezahlte alles, wie es der Brautvater tun sollte. Er ging mit Tina in die Brautabteilung von G. Fox, um ein Kleid und einen Schleier auszusuchen. Sie kosteten hundert Dollar das Kleid und fünfundzwanzig der Schleier. Das Kleid war aus steifem weißen Leinen. Auch wenn Seide nicht mehr rationiert war, war sie doch noch teuer, und so hatte Tina nicht einmal ein Seidenkleid anprobiert, was Stella auf jeden Fall getan hätte.

Stella würde natürlich die Trauzeugin sein. Sie wurde von einer merkwürdigen Mischung von Gefühlen erfüllt, herzzerreißendem Stolz und Begeisterung auf der einen Seite, ihrer kleinen Schwester bei der Hochzeit zu helfen, aber auch von persönlichen Befürchtungen über die Ehe, auf die Tina sich da einließ. Es war das zweite Mal, dass Stella Trauzeugin war, im letzten Herbst war sie es bereits bei Franceschina Perri gewesen, die Frank Carapellucci geheiratet hatte, und so hatte sie ein paar gute Ideen, wie sie ihre Schwester feiern konnte. Sie gab fünfzehn Dollar, die sie von ihrem Arbeitslohn gespart und vor ihrem Vater in einem rosa Strumpf in ihrer Unterwäscheschublade versteckt hatte, für eine wunderschöne Brautparty aus, kaufte Gebäck von der Federal Bakery an der State Street und machte selbst winzige »Tee«-Sandwiches, wie es sie im Café von G. Fox gab, zu Dreiecken geschnittenes, amerikanisches Brot mit Käse und Konfitüre. Näher an das Kochen war Stella nie herangekommen und hätte es sicher auch für niemand anderen getan. Die eingeladenen Frauen waren ganz entzückt von der feinen Zierlichkeit der Sandwiches. Stella hatte Monate damit verbracht, Partygeschenke für sie zu produzieren, Taschentücher mit mehrfarbig gehäkelter Spitze, und hatte sich und Tina neue Sommerkleider und neue Schuhe gekauft. Zu guter Letzt hatte sie sich von Joey noch eine Flasche Anisette besorgen lassen, den die Damen nach dem Tee herumreichten. Alle lachten ausgelassen, als sie Tina einen Abschiedskuss gaben, und alle ließen einen Umschlag mit Geld auf dem Tisch zurück. Es war ein großer Erfolg. Stella war zufrieden und wurde als East-Side-Gastgeberin lange Zeit nicht übertroffen.

Stellas Trauzeuginnenkleid war gelb, mit seinen bauschigen Schultern und seinem herzförmigen Ausschnitt in Anlehnung an Tinas Brautkleid. Die Brautjungfern würden alle die gleichen Kleider in Babyblau tragen. Es waren Fiorella Mulino, Carolina Nicotera, Franceschinas jüngere Schwester Loretta und eine junge Frau namens Josie Brandolino, die Tochter von Tonys neuem Chef, der aus den Abruzzen stammte. Tony hatte seinen Fabrikjob im März verloren, weil sie Platz für die heimkehrenden Soldaten schaffen mussten. Im Moment übernahm er Gelegenheitsarbeiten für Brandolinos Baufirma. Er wollte einen guten Eindruck auf seinen neuen Chef machen, und Tina musste Josie fragen, ob sie eine ihrer Brautjungfern werden möge, obwohl sie und Stella sie kaum kannten.

Tony buchte eine Band und bestellte das Essen, Sandwiches und Pizza. Stella hätte gern eigene Vorschläge gemacht, aber Tina beschwerte sich nicht. Tony zahlte, also konnte er aussuchen, was ihm gefiel.

Gut für ihn, erinnerte sich Stella. Es würde die einzige Hochzeit sein, die er auszurichten hatte.

Roccos Schwester Barbara erbot sich, die Torte zu backen, einen vierstöckigen Fruchtkuchen voller Rosinen, Feigen, Pflaumen und Honig, womit sich der immer noch rationierte Zucker zum Teil ersetzen ließ. Barbara brauchte dennoch allen Zucker, den sie auftreiben konnte, um das fast ein Meter hohe und sechzig Pfund schwere Monstrum mit einer engelsgleichen brautweißen Glasur zu versehen. Es war nicht Barbaras erste Hochzeitstorte – und ein Geschenk, das wenigstens fünfunddreißig Dollar wert war. Über die Jahre sollte Roccos Schwester zu einer wahren Spezialistin für Hochzeitstorten werden. Die Dekoration war jedoch noch nicht ihre Stärke, und so verpflichtete sie Stella, ihr zu helfen. Zwei Donnerstage vor der Hochzeit gingen die beiden die State Street hinunter und standen zwei Stunden auf dem Bürgersteig vor der Federal Bakery, wo sie zusahen, wie deren professionelle Konditoren mit ihren weißen Schürzen vorn im Fenster, wo alle hineinsehen konnten, eine Hochzeitstorte dekorierten. Jeden Morgen taten sie das. Stella schmerzten die Füße, weil sie ihre hübschen Schuhe trug, damit sie als reguläre Einkaufsbummler durchgehen konnten. Barbara starrte unverfroren durch die Scheibe und murmelte Dinge wie: »Aha! Hast du gesehen, wie er das mit dem Messer gemacht hat?«, oder: »Also *solche* Blüten kriegen wir zu Hause sicher nicht hin, oder was meinst du, Stella?«

In der Woche nach seinem Antrag hatte Rocco Tina einen Verlobungsring im amerikanischen Stil gekauft, aus Gelbgold mit einem halbkarätigen Diamanten in der Mitte. Sie trug ihn ständig, selbst bei der Arbeit in der Kaffeekannenfabrik, für den Rest ihres Lebens, bis zu dem Tag, da sich der Diamant beim Geschirrspülen aus seiner Fassung löste und in den Abfluss fiel. Sie ließ ihren Neffen Archie das Rohr ausbauen, aber der Diamant blieb verschwunden. Das war im April 2006, wenige Monate vor ihrem sechzigsten Hochzeitstag und zwei Wochen nachdem Rocco gestorben war.

In der Woche vor Tinas Hochzeit zog Louie, der gerade sechzehn Jahre alt geworden war, mit zwei Schulfreunden, Bobby Minghella und Danny Peach, in den Wald beim Keney Park. Dannys Vater, ein Polizist vom HPD, hatte Danny entweder seine Pistole zum Ausprobieren überlassen oder irgendwo abgelegt, wo Danny sie gefunden hatte (der Teil der Geschichte variiert), und die Jungs gingen auf Eichhörnchenjagd. Aber noch bevor sie den ersten Schuss abgeben konnten, ging die Pistole ungewollt los. Entweder Danny oder Bobby hatten versucht, sie zu laden, und die Kugel drang in Louies Herz, in die Muskelwand zwischen der linken und rechten Herzkammer.

Es war eine äußerst knappe Geschichte. Wäre die Kugel ein paar Millimeter weiter rechts oder links eingedrungen, hätte sie das Herz gestoppt. Bobby und Danny gerieten in Panik, als sie das Blut hervorquellen sahen, so überraschend dunkel. Sie ließen die Pistole fallen und rannten davon, da sie annahmen, dass Louis so gut wie tot war. Allerdings hielten sie die erste Person an, die sie im Park sahen, einen mittelalten Mann mit seinem deutschen Schäferhund, und zeigten auf die Lichtung, wo sie Louie zurückgelassen hatten.

Der Mann mit dem Hund eilte zurück nach Hause und rief einen Krankenwagen, der noch rechtzeitig kam, um Louie das Leben zu retten. Er wurde mit dem Blut anderer Leute vollgepumpt, sediert und verbunden, mehr konnte man nicht tun. Der Arzt erklärte, wenn er versuche, die Kugel zu entfernen, stünden die Chancen fünfzig zu fünfzig, dass er den Jungen umbringe. Sie konnten nur warten und beten. Das Herz mit der Kugel werde wahrscheinlich nie wieder normal arbeiten, bei guter Genesung aber womöglich verheilen. Dreiundvierzig Jahre später sollte Louie einen dreifachen Bypass bekommen, und bei der Gelegenheit würde der Kardiologe die alte Kugel herausholen, ohne Probleme. Am Ende würden es Louies Nieren sein, die ihn umbrachten, nicht sein Herz.

Obwohl die Fortuna-Caramanico-Hochzeit lang erwartet und gleichsam vier Jahre vorbereitet worden war, wurde es am Ende nicht mehr als ein verwirrender Tag in einer anstrengenden Woche. Tina dachte, dass sie die Hochzeit vielleicht absagen sollten, doch es war alles bezahlt, und Tony wollte nichts davon hören.

Assunta weigerte sich, von Louies Seite zu weichen. Sie schlief in einem Sessel, was schrecklich für ihren Kreislauf war, und auf den Nachttisch stellte sie eine Vase mit Minze. Jeden Tag rezitierte sie zahllose Beschwörungsformeln. Das Geschehene war ein ziemlich klassisches Beispiel für das Wirken des bösen Blicks. Eine Woche lang ging sie nicht mal nach Hause, um die Kleider zu wechseln. Am Abend vor der Hochzeit wollte Stella, die den ganzen Tag damit verbracht hatte, Barbara dabei zu helfen, mit einer Pinzette winzige silberne Kügelchen zu einem Spitzenmuster in den Kuchenguss zu implantieren, und deren Haar immer noch nach Puderzucker roch, ihre Mutter und ihre Schwester aus dem Krankenhaus holen, doch Assunta wollte nicht mitkommen. Louies Arzt versuchte zu helfen und versicherte Assunta, dass es keinerlei Problem sei, wenn sie ginge. Die Sache eskalierte, Assunta schluchzte, der Arzt schrie. Stella, mit dem Blick der mittlerweile Zweisprachigen, sah mit wachsender Verlegenheit, dass der Arzt ihre Mutter für verrückt hielt, für eine geistesgestörte Proletin voller kindischer Vorstellungen von Hexerei, die seinen vernünftigen medizinischen Rat ablehnte. Tina, der es nicht hätte erlaubt werden sollen, am Abend vor ihrer Hochzeit ins Krankenhaus zu kommen, begriff, dass ihre Mutter am nächsten Tag nicht dabei sein würde, woraufhin sie zusammenbrach, auf einen Boden, der mit weiß Gott wie vielen Krankheitskeimen bedeckt war. Tony machte dem Spektakel schließlich ein Ende, indem er zu seiner Frau sagte: »Ist gut. Du bleibst hier bei Louie. Tina braucht dich nicht.«

Assunta beruhigte sich sofort, vor Schreck von einem Schluckauf überwältigt.

Später kam sie in die Bedford Street, badete, drehte sich ihre Lockenwickler ins Haar und schlief in ihrem eigenen Bett, stand morgens auf und machte den Mädchen Frühstück, bevor die sich auf den Fotografen vorbereiteten. Die Feststellung, dass ihre Tochter sie nicht brauche, schien ihren Zweck erfüllt zu haben.

Tina war durch Louies Unfall völlig abgelenkt gewesen und hatte ihre Angst vor dem bevorstehenden sexuellen Zusammentreffen mit ihrem Ehemann komplett vergessen. Was sicher gut war. Stella hatte die Spekulationen und Sorgen ihrer Schwester dazu kaum mehr ertragen.

Die Hochzeit verlief reibungslos, und Tony Fortuna bekam viele Komplimente, weil alles so schön arrangiert war.

Stella hatte schon etliche amerikanische Hochzeiten miterlebt, und sie wusste, was sie zu erwarten hatte, aber als sie Tina so heiter und heilig den Gang herunterkommen sah, füllte sich ihr Herz mit Melancholie. Ihre Schwester verließ sie, um ihre eigene Familie zu gründen.

Carmelo Maglieri war nicht aus Chicago gekommen, um Roccos Trauzeuge zu sein, aber er schickte den Frischvermählten eine Karte und acht Dollar. Statt Carmelo hatte Rocco einen anderen *paesan* gefragt, einen unruhigen jungen Mann namens Jack Pardo. Zu seinen anderen Begleitern gehörten Joey, Mikey Perri und, aufregend, ein junger Portugiese namens Jimmy, ein Kollege von Rocco aus der Fabrik, in der er arbeitete. Rocco und Tina ließen Jimmy Josie Brandolino begleiten, die nicht sehr hübsch war und, wie sie annahmen, für einen Begleiter dankbar sein würde, auch wenn es kein Italiener war.

Fiorella Mulino fing den Brautstrauß, aber sie würde nicht die Nächste sein, die heiratete. Tatsächlich sollte sie nie heiraten. Sie starb zwei Jahre später an Brustkrebs, mit sechsundzwanzig Jahren, und musste bei der Hochzeit bereits krank gewesen sein, obwohl es niemand wusste. Auf dem Brautfoto, das immer noch an Tina Caramanicos Wand hängt, leuchten Fiorellas Augen, und ihr süßes Lächeln ist ein Abbild jugendlicher Perfektion.

Am Abend fuhren Mr und Mrs Caramanico, das frisch vermählte Paar, in einer Limousine zu einem schicken Hotel beim Bahnhof. Ihre Taschen waren bereits gepackt und warteten dort auf sie. Am nächsten Morgen würden sie den Zug nach Washington, D.C., nehmen, für eine einwöchige Hochzeitreise.

Stella schlief in dieser Nacht zum ersten Mal allein, wachte immer wieder auf und musste sich in ihrer Verwirrung klarmachen, dass Tina nicht mehr da war.

Washington war offenbar heiß und voller großer, weißer Gebäude. Aber darum ging es nicht.

»Es tat so weh, Stella«, erzählte Tina ihr. »Ich hatte eine solche

Angst. Und er wollte es so oft, jeden Abend und manchmal auch morgens.«

Stella war nicht überrascht, dass sich Rocco als Bock mit ausufernden sexuellen Gelüsten erwies. Sie war nicht sicher, wie viel von Tinas Flitterwochen-Geschichten sie noch hören wollte – sie war so neugierig, wie Tina begierig war, alles zu erzählen, aber die Einzelheiten schlugen ihr auf den Magen. So sagte Stella nichts, sondern ließ Tina einfach reden.

»Ich musste all meine Sachen ausziehen, sogar meinen Büstenhalter.« Bevor sie nach Amerika gekommen waren, hatten sie nie einen getragen oder auch nur davon gehört, aber jetzt, wo sie wussten, wozu er da war, hielten sie es für pervers, keinen zu tragen. »Er will an meiner Brustwarze saugen wie ein Baby.« Tina sah ihre Schwester empört an. »Hast du so etwas schon mal gehört? Ein erwachsener Mann, der wie ein Baby an dir saugt?« Stella verzog das Gesicht. Sie hatte immer schon gedacht, dass Männer alle möglichen abscheulichen Dinge taten. »Und dann, wenn er seine Flüssigkeit in dich spritzt, ist alles klebrig, und es juckt. Du willst sie dir wegwaschen, weil sie riecht, aber du weißt nicht, ob du es tun sollst, weil du dann vielleicht kein Baby kriegst. Manchmal kann ich es sogar draußen auf mir riechen, wenn wir spazieren gehen, und ich frage mich, ob die anderen Leute es auch können.«

»Das ist ekelhaft«, sagte Stella.

»Ja«, sagte Tina, doch dann bekam ihr Blick wieder etwas Versöhnliches. »Vielleicht, wenn ich schnell schwanger werde, hört er auf.«

Rocco Caramanico hatte eine gute Stelle bei Gillette, als Vorarbeiter in der Produktion. Das Geld für das Haus, das er seiner Braut versprochen hatte, hatte er jedoch noch nicht zusammen, und so zogen die Caramanicos zunächst einmal bei den Fortunas ein, um Geld zu sparen.

Damit musste die Wohnung neu aufgeteilt werden. Das junge

Paar brauchte zweifellos sein eigenes Zimmer mit einer Tür, und das konnte allein das Zimmer sein, das sich die Schwestern bisher geteilt hatten. Aber wo sollte Stella hin? Bei den Jungen konnte sie nicht schlafen, und Assuntas Wohnzimmer war auch keine Möglichkeit. All die schönen Sachen, die Assunta Tony abgetrotzt hatte, standen dort zur Schau. Der marmorne Kaffeetisch mit der hübschen Zierdecke, das golden gepolsterte Sofa, sämtliche Symbole ihres besseren Lebens hier in Amerika, die sie von dem einfachen Dorfmädchen unterschieden, das sie einmal gewesen war. Niemand würde im Schlaf auf dieses Sofa schwitzen oder es mit seinem Speichel beflecken.

»Wenn du heiraten und ausziehen würdest, wäre das Problem gelöst«, sagte Tony halb scherzend zu Stella.

Assunta hoffte, dass die Mieter im ersten Stock bald auszogen, damit die Caramanicos dort wohnen konnten und Stella ihr Zimmer zurückbekam. Das Haus in der Bedford Street war für drei Familien gedacht, und wenn Assunta es richtig anstellte, würden all ihre Kinder auf unbestimmte Zeit weiter unter ihrem Dach leben. Aber sie konnten ihre zahlenden Mieter nicht so einfach hinauswerfen, besonders da es für Tony im Moment finanziell etwas schwierig war, weil er nur zeitweise arbeitete und die Hochzeit hatte bezahlen müssen.

»Du könntest bei mir im Bett schlafen, und dein Vater nimmt die Liege bei uns im Zimmer«, sagte Assunta. Seit ihrer letzten Fehlgeburt wurden Tony seine ehelichen Rechte, auf ärztliche Anordnung, verweigert.

»Niemals, zum Teufel, nein«, sagte Stella, und Assunta schlug ihr auf die Hand, weil man sich so nicht ausdrückte. Sie wusste nicht von Stellas Albtraum mit ihrem Vater, aber Stella wäre lieber in eine der Elendshütten hinter der Front Street gezogen, als ein Schlafzimmer mit Tony zu teilen.

So schlief sie denn auf dem Ausziehbett in der Küche. In der Wohnung war es wegen der vielen Leute laut und roch. Abends konnte Stella nichts ins Bett, bis alle schlafen gegangen waren, wenn sie in der Küche nicht im Weg sein wollte. Sie litt unter Schlafmangel und war ständig gereizt, hatte keinerlei Rückzugsmöglichkeit, und obendrein lief auch noch ein zusätzlicher Mann durch die Wohnung. Stella hatte in der Küche keine Möglichkeit, ihre Kleider aufzubewahren, sie blieben in Roccos und Tinas Zimmer, und das Anziehen morgens wurde zu einem peinlichen Versteckspiel. In der Zeitspanne, während der Rocco militärisch kurz duschte, versuchte Stella, ins Zimmer zu huschen, um die Unterwäsche zu wechseln, und hasste es, wenn er sie dabei überraschte. Dann stand er in seinem Bademantel da, und sie spürte seinen Blick auf ihrem Nachthemd.

Roccos unterschwellige Lüsternheit machte sie nervös. Er gehörte zu den Männern, die nie gelernt hatten, nicht auf die Brüste einer Frau zu starren. Sein Blick wanderte über alles Weibliche, was sich ihm darbot. Mit dem Gedanken im Kopf, dass der Mann ihrer Schwester sich ihren Körper vorstellte und, wenn er wollte, zu ihr kommen konnte, hatte Stella Schwierigkeiten, abends einzuschlafen. So lag sie immer erst eine Weile wach und fühlte sich fürchterlich verletzlich.

Im ewigen Nebel des Halbschlafs kam ihr Albtraum zurück, und die Tage begannen in Schlieren der Müdigkeit zu verschwimmen. Die Arbeit in der Fabrik erledigte sie nur noch lustlos und ungenau.

So zu leben, dachte sie, so zu leben, das könnte mich mürbe machen.

In diesem Moment der Schwäche geschah das Schlimmste, was geschehen konnte. Es war, als würde Gott Stellas Zukunft zerstören. Sie sah es kommen, doch es gab kein Entweichen.

Am 12. Januar 1947 feierten die Fortunas Stellas siebenundzwanzigsten Geburtstag. Tina hatte einen Zitronenkuchen gebacken, und Stella fühlte sich vom Wein gewärmt und genoss ihre Party. Die Fortunas, die Caramanicos, Zu Ottavio, Za Caterina Perri und die gesamte Familie Nicotera, alle drängten sich um den Esstisch, der mit Assuntas hübschen gelben gläsernen Desserttellern gedeckt war, als es an der Tür klingelte.

Joey stand auf, um hinzugehen, und kam auch schon zurück ins Esszimmer gerannt und rief: »Seht, wer da ist!«

Und da war er und schwenkte ein Dutzend Gewächshausrosen wie ein Ritter sein Schwert. Sein Gesicht leuchtete verfroren, und auf den Schultern seines Mantels und der Krempe seines Huts hatte sich Schnee gesammelt. Vielleicht war es nur die kalte Luft, die er mit hereinbrachte, aber es fühlte sich wie Hexerei an. Die Temperatur sank genug, um Stellas Arme mit einer Gänsehaut zu überziehen. *Du bist ein herzloser, kalter Mensch.* Stella erinnerte sich an seine Worte, als sie ihn das letzte Mal gesehen hatte, seinen Fluch, der auf ihr lastete.

»Carmelo!« Assunta brach in Freudentränen aus. »Was ist, Joey? Nimm seinen Mantel, ihm muss ja eiskalt sein, er ist völlig durchnässt! Carmelo, was tust du hier? Gib Joey deinen Mantel! Komm, wärm dich auf!«

»Die sind für dich, Stella«, sagte Carmelo und hielt die Rosen in ihre Richtung, während Joey ihm den schon halb ausgezogenen Mantel auch von der zweiten Schulter zog und den Schnee auf den Teppich schüttelte. »Entschuldige, wenn ich deine Geburtstagsparty unterbreche. *Auguri, tanti auguri.*«

Stella nahm die Blumen, verblüfft, wie betäubt, auf dem falschen Fuß erwischt. Ein weinseliges Lächeln überzog ihr Gesicht, was sie jedoch erst bemerkte, als es zu spät war und Carmelo ihr mit seinem kirschgesichtigen Lächeln antwortete. Stella schien auf Carmelo den Eindruck zu machen, als freute sie sich, ihn zu sehen.

Sie musste nichts sagen, Gott sei Dank, weil alle mit Küssen, Umarmungen, Handschlägen und Schulterklopfen über ihn herfielen. Kam er zurück? Oder war er nur zu Besuch? Stella saß still in der Mitte des Aufruhrs, rieb ein Blütenblatt zwischen Daumen und Zeigefinger und hoffte, dass seine seidige Struktur sie zurück in die Wirklichkeit holte.

Assunta brachte einen Hocker, und Carmelo wurde mit einem Stück Kuchen, dick wie ein Ziegel, an den Tisch gesetzt.

Mit den typischen Unterbrechungen seitens seiner Zuhörer war Folgendes die Geschichte, die er zu erzählen hatte.

Die Sache mit dem Laden in Chicago hatte nicht so recht funktioniert. Das Geschäft ging gut, die Leute kamen, es wurde viel verkauft und ständig nachbestellt, doch Carmelos Bruder Gio war zu großzügig, ließ die Leute anschreiben, und die beiden machten kaum Gewinn. Nach anderthalb Jahren war es Carmelo klar, dass er einen Fehler gemacht hatte. Er beschloss, seinen Anteil zu verkaufen und zurück nach Hartford zu gehen. Gio wollte seinen Teil ebenfalls verkaufen und würde ihm in ein paar Monaten folgen.

Carmelo war vor Weihnachten schon wieder zurückgekommen, brauchte einen Job, kam aber trotz intensiver Suche nicht weiter. Mit all den Soldaten, die wieder im Land waren, und ohne die Aufträge für die Kriegsproduktion war kaum Arbeit zu finden. Als ihm schon fast nichts mehr einfallen wollte, hatte er Glück.

Morgens um halb sechs war er die Franklin Avenue hinuntergegangen, hatte sich eine Zeitung besorgt, um die Anzeigen durchzusehen, und kam an einer Truppe Männer vorbei, die bei einem Maschendrahtzaun standen, neben sich Schaufeln und Spitzhacken. Aus einer Laune heraus zog er seinen langen Wollmantel aus, legte ihn neben den Zaun und gesellte sich zu den Männern. Ihm war kalt, aber ohne Mantel fiel er weniger auf. Der Zeitpunkt war perfekt, da der Vorarbeiter noch keine Aufgaben verteilt hatte, und Carmelo nahm eine Hacke und folgte ihm und den anderen zu einer weißen, auf brüchigen Beton gemalten Linie. Er sah zu, wie sich ein paar der Männer an die Arbeit machten, entlang der weißen Linie den alten Beton hochhebelten und schmale, vorgegebene Gräben in die Straße gruben. Es ging um das Verlegen unterirdischer Stromkabel.

Carmelo grub und grub. Stunden vergingen, die anderen Männer redeten mit ihm, aber niemand erkundigte sich, woher er kam, oder wunderte sich, dass sie zu viele Arbeiter waren. Er begann gerade in Schwung zu kommen und zu denken, dass er womöglich gut genug war, um zu fragen, ob sie ihm nehmen würden, als er mit der Hacke in ein unter Spannung stehendes Kabel traf. Jemand hatte mit der weißen Linie, der er folgte, einen Fehler gemacht.

»Plötzlich war mir nicht mehr kalt!« Carmelo schlug sich auf den Schenkel, und alle bis auf Stella lachten und schrien vor Schreck auf.

Er wachte flach im Krankenhaus auf, fast durch den Stromschlag getötet, und da erst, als sie die Krankenhausrechnung vorbereiteten, stellte sich heraus, dass Carmelo Maglieri gar nicht bei United Electric angestellt war. Alle wurden sehr nervös, was mögliche Schadensersatzforderungen anging, und schienen erleichtert, als klar wurde, dass Carmelo nicht vorhatte, sie zu verklagen, sofern sie einen Job für ihn hatten. Den bekam er und eine mehr oder weniger freiwillige Zuwendung, um Krankenhaus und Arzt bezahlen zu können.

Joey schenkte allen Wein nach, als sich die Geschichte dem Ende näherte. Tina lächelte und sammelte die Teller ein. Ihre Freude darüber, Carmelo wiederzusehen, war eindeutig und unverfälscht. Ihr Freund war zurück. Ausnahmsweise half Stella ihr, das schmutzige Geschirr in die Küche zu tragen. Ihre Schwester so glücklich zu sehen, ließ sie sich schuldig fühlen, wusste sie doch, dass sie ihn vertrieben und all den Menschen genommen hatte, die ihn mochten. Aber Tina dachte nicht so darüber. Wenigstens hoffte Stella das.

An der Spüle, in die Tina heißes Wasser laufen ließ, flüsterte Stella: »Ich kann nicht glauben, dass er hier ist, Tina. Ich dachte, wir wären mit ihm durch.«

»Aber er mag dich, Stella.« Tina stellte das Wasser ab und wrang das Spültuch aus, mit ihrer gewohnten Kraft. »Begreifst du denn nicht? Er ist hier, weil er dich immer noch mag, obwohl du so gemein zu ihm warst.«

Stella schluckte. »Ich war nicht …«

»Er ist ein guter Mensch, Stella«, unterbrach Tina sie. »Du solltest aufhören, ihn zu quälen. Das verdient er nicht.«

Mit den Worten ließ sie das Spültuch ins Wasser fallen und Stella allein in der Küche zurück.

* * *

Im Februar 1947 war Tina sechs Monate verheiratet. Während der ersten drei Monate hatten die Frauen der Gemeinde über Tinas robuste Gesundheit gewitzelt und dass da wahrscheinlich was Kleines unterwegs sei, aber als Tina errötete und abwinkte, ließen sie sie in Ruhe. Alle wissen, dass es Unglück bringt, über eine Schwangerschaft zu reden, bevor sich der Bauch zu wölben beginnt. Um die Weihnachtszeit herum jedoch wurde Tina zu Freiwild. Sie war jetzt lang genug verheiratet, und alle Frauen, die das auch selbst hatten durchmachen müssen, fingen an zu sticheln, denn warum sollte es ihr besser gehen als ihnen? Nach der Messe kamen sie zu ihr, klopften ihr noch in der Kirche auf den Bauch und fragten, ob da was heranwuchs.

»Wir geben uns Mühe«, sagte Tina verlegen.

Und die Frauen kicherten und sagten: »Ihr müsst euch eben mehr Mühe geben!«

Jetzt, nach einem halben Jahr, fragten die Leute geradeheraus, worauf Tina warte, oder stimmte da was nicht? Tina wusste nicht, was sie auf die Fragen antworten sollte, war traurig und verlegen. Es tat weh, das mitanzusehen. Wenn möglich, ging Stella dazwischen und wechselte des Thema. Für gewöhnlich hieß das, dass sie sich selbst als Opferlamm anbot, störten sich die meisten Frauen doch mehr an Stellas Ehelosigkeit als an Tinas ausbleibender Schwangerschaft.

Am Aschermittwoch kochte Tina ein großes Essen für die ganze Familie: scharfe Fleischklößchen mit Ricotta, in Petersilie gebackenen Fisch und dazu frische Linguine, die sie vor der Arbeit vorbereitet hatte. Aber ihr sechsmonatiger Hochzeitstag war gerade verstrichen, ohne dass sich ein Baby ankündigte, und sie war so verzweifelt, dass sie von ihrem Festmahl selbst nichts hinunterbekam. Ein halbes Jahr war sie jetzt verheiratet und nicht in der Lage, ihre wichtigste Ausgabe zu erfüllen. Stella massierte ihrer Schwester den Rücken, während sie weinend im Caramanico-Zimmer lag. »Was stimmt mit mir nicht, Stella?«, fragte Tina, als hätte die eine Antwort darauf.

»Du weißt, dass es dauern kann«, sagte Stella. »Du hast die gleichen Geschichten gehört wie ich, und es sind erst sechs Monate.«

»Vielleicht habe ich etwas Unrechtes getan, und Gott will nicht, dass ich Mutter werde.« Die eigenen Wort brachten Tina erneut zum Schluchzen.

»Tina, es reicht. Du hast in deinem ganzen Leben nichts Unrechtes getan.« Stella rieb ihr sanft die Kopfhaut, was Tina von klein auf getröstet hatte. »Gib dir Zeit, kleiner Käfer, und bete zur heiligen Maria. Ich verspreche, ich bete auch. *Va bene?«*

Stella wollte Tina nicht so leiden sehen. Aber sie wollte auch, dass sie so schnell wie möglich schwanger wurde, und das aus ganz egoistischen Gründen: Mit einem Enkel, auf den Tony und Assunta sich konzentrieren konnten, würde es weniger Druck für Stella geben, Carmelo zu heiraten.

Niemand konnte Tina vorwerfen, an dieser besonderen Aufgabe weniger hart zu arbeiten als an anderen Dingen. Sie hatte Stella mehr als ein Mal erzählt, dass sie hoffe, Roccos Leidenschaft werde irgendwann nachlassen, aber hinter verschlossener Tür schien sie nicht übertrieben zu leiden, wenn sie ihrer ehelichen Pflicht nachkam. Später am selben Abend noch, nachdem sie zu sehr hatte weinen müssen, um ihre eigenen *polpette* essen zu können, stieß Tina zarte Babyschreie aus, und Stella, auf Zehenspitzen unterwegs zum Bad, blieb im Flur stehen, um ihr so entrüstet wie belustigt zu lauschen. Roccos Stimme war leise, ein raues Rumpeln, was er sagte, nicht zu verstehen, dafür aber Tina.

Stella hätte es nicht tun sollen, machte aber dennoch vorsichtig einen Schritt zur Tür ihres ehemaligen Zimmers und presste das Ohr aufs Holz.

»Das ist schön«, hörte sie Tina sagen, dann Roccos leises Rumoren und wieder: »Das ist so schön.«

Es war nicht das erste Mal, dass Stella die Caramanicos beim Akt hörte. Alles andere wäre auch unmöglich gewesen, schlief Stella doch gleich um die Ecke in der Küche. Trotzdem fand sie es erschreckend und faszinierend zugleich, ja fast unglaublich, dass ihre brave Schwester es zu genießen schien, was da mit ihr gemacht wurde. Kaum atmend, das erhitzte Ohr an der kühlen Tür, versuchte Stella zu ergründen, was die verschiedenen Geräusche wohl bedeuten mochten, und spürte, wie sich ihr der Magen zusammenzog, die vertraute Übelkeit aus ihrem Traum, während sie sich vorstellte, was Tina Rocco alles tun ließ.

Stella war so darauf bedacht, sich nicht zu verraten, dass sie ihren Vater erst bemerkte, als sein fauliger, knoblauchgesättigter Atem über ihren Nacken strich. »Eifersüchtig, was?«

Stella hustete überrascht und verschluckte sich an ihrem eigenen Speichel, als sie herumfuhr und in das verschwitzte T seiner lockigen, bleigrauen Brustbehaarung blickte.

Tony gluckste. »Ich hab immer schon gewusst, dass du eine kleine Hure bist. Du kannst es kaum verbergen.« Und bevor Stellas verschlafenes Gehirn begriff, was da gerade geschah, umfasste er ihr linke Brust und drückte sie leicht. »Keine Sorge, wir werden dir bald schon eine *pistola* verschaffen.«

Zum ersten Mal dachte Stella daran, die Bedford Street zu verlassen. Eine unverheiratete Frau, die das Haus ihrer Eltern verließ, das gab es nicht, aber wie konnte sie weiter dort wohnen? Als ihr der Gedanke erst einmal gekommen war, wurde sie ihn nicht wieder los. Sie wusste allerdings nicht, wie sie dies anstellen konnte, ohne Carmelo Maglieri zu heiraten, was ihren Körper aus dem Maul eines Wolfs befreien und ihn nackt in das eines anderen stecken würde.

Eine Nonne zu werden, das schien Stella eine schreckliche Vorstellung, den ganzen Tag nur Hausarbeit und Beten, ausgeschlossen von allem, was interessant und angenehm war in dieser Welt. Aber wie sonst konnte eine Frau allein überleben? Sie hatte nichts gelernt und verstand nur wenig Englisch. Das Problem reichte jedoch viel weiter. In der Welt, in der Stella und Tina aufgewachsen waren, verließ eine Frau das Haus ihres Vaters nur, wenn sie heiratete. Wegzulaufen war gleichbedeutend damit, eine Hure zu werden. Damit ginge sie das Risiko ein, für immer aus ihrer Welt auszuscheiden. In der Kirche würde man sie meiden, ihre Freundinnen würden sich nicht mehr mit ihr treffen dürfen, und ihrer Mutter brach es wahrscheinlich das Herz. Stella schob die Angst vor Assuntas Reaktion beiseite, sie konnte sich jetzt nicht um ihre Mutter sorgen.

Welche Form ihre Flucht am Ende auch annehmen mochte, Stella wusste, dass sie Geld dafür brauchte. Ein wenig hatte sie gespart, von ihrem Lohn abgezweigt, bevor sie ihn ihrem Vater gab. Eines Morgens im Februar trödelte Stella herum, um ihr Geld zählen zu können, nachdem Rocco zur Arbeit gegangen war. Sie hatte vierzehn Dollar in Münzen. Nur vierzehn Dollar. Mit leichtem Verdruss musste sie an die fünfzehn Dollar denken, die sie für Tinas Party ausgegeben hatte, ermahnte sich dann aber selbst. Das war der glücklichste Tag im Leben ihrer Schwester gewesen, und auch in ihrem eigenen. Aber von der Party mal abgesehen, all die Kleider, die Stella nicht hätte kaufen müssen, das Geld für Kinokarten und Sprudel mit den Mädchen. In ihrem Kopf brodelte es. Es war eine Mischung aus hektischen strategischen Überlegungen und Selbstvorwürfen.

»Wir kommen noch zu spät, Stella«, sagte Tina, als sie auf dem Ehebett der Caramanicos saßen und Stellas Münzen zählten.

»Ich frage mich, wie viel Miete Papa nimmt«, sagte Stella. Sie dachte an Miss Catherine Miller, die in der Wohnung oben im zweiten Stock wohnte. Miss Miller war eine pensionierte Schullehrerin und hatte nie geheiratet. Stella wünschte, sie könnte sie fragen, wie sie es damals geschafft hatte, von zu Hause auszuziehen. Aber Miss Miller war eine englischsprachige Amerikanerin, für die andere Regeln galten. Zudem war die alte Dame nie besonders nett gewesen, und es bestand die Möglichkeit, dass sie Tony gleich weitererzählte, was seine Tochter von ihr hatte wissen wollen. Stella wusste, dass sie nur sich selbst trauen konnte.

»Sie zahlt zwanzig Dollar im Monat«, antwortete Tina.

Stella sah ihre Schwester an, die bereits ihren Wintermantel zugeknöpft hatte. »Was? Woher weißt du das? Hat er es dir gesagt?«

»Er hat es Rocco gesagt. Du weißt doch, dass er eine der Wohnungen frei bekommen will, damit Rocco und ich sie mieten können.«

Stella verspürte kurz eine Erleichterung. Ein Ende ihrer Küchennächte deutete sich an. »Wann?«

»Vielleicht im Sommer«, sagte Tina. »Der Ehemann über uns« – sie meinte Mr Czarnecki, konnte den Namen aber nicht aussprechen –, »er sucht im Moment eine neue Stelle, und er hat versprochen, dass sie ausziehen, sobald er eine gefunden hat.«

Zwanzig Dollar im Monat. Stella verdiente in der Fabrik sechzehn in der Woche. Sie überlegte und hatte an dem Umstand zu kauen, dass Tina von den Plänen gewusst hatte, ohne es ihr zu sagen. Tina hatte in ihrem ganzen Leben noch nichts für sich behalten, doch offenbar änderten sich ein paar Dinge, wenn man heiratete.

»Komm, Stella. Wir sind spät dran.« Auf Tinas Gesicht lag ein Schimmer, aber vielleicht war ihr auch nur zu warm, weil sie ihren dicken Wintermantel schon so lange anhatte.

Auf den Weg zu Silex fragte Tina: »Wofür ist das Geld in dem Strumpf, Stella?«

Stella dachte, Tina sollte zwei und zwei zusammenzählen können. Es auszusprechen, gab Stella das Gefühl, ihrem Vergehen näherzukommen.

»Ich will ausziehen«, sagte sie schließlich, und weil Tina sie verständnislos ansah, fügte sie noch hinzu: »Ich meine, ich möchte woanders wohnen. Nicht mehr bei Mamma und Papa.«

»Mit Carmelo?«, fragte Tina. Ihre Augen waren so groß, dass ihre kaffeebraune Iris rundum von Weiß gesäumt wurde. »Stella!«, kreischte sie.

»Nein.« Stella zwang ihre Wut nieder. »Nicht mit Carmelo. Allein.«

»Was? Warum?«

Eine Weile gingen sie schweigend weiter, während Stella ihre Antwort überlegte. »Ich kann nicht mehr mit Papa zusammen wohnen«, erklärte sie endlich. Wie nervös sie Roccos über ihren Körper wandernde Blicke machten, konnte sie nicht sagen. Und sie konnte auch nicht sagen, dass sie begriffen hatte, Tina wohl noch nicht, dass sie kein Team mehr waren und Stella keine Verbündeten mehr im Haus hatte. »Ich hasse Papa. Das weißt du. Ich ertrage es mit ihm nicht mehr.«

Tina sagte nichts, und Stella sah sie an und folgte ihrem Blick. Rechts von ihnen befand sich ein Spielplatz, und wenn es auch erst Viertel vor acht war, stand dort bereits eine junge Mutter von vielleicht zwanzig Jahren lustlos am Sandkasten, in dem ihr Kleiner mit blauem Schal und roter Strickmütze buddelte. Tina starrte dermaßen intensiv zu den beiden hinüber, dass Stella an den *mal'oicch'* denken musste, Tina am Ellbogen fasste und schnell vorbeischob.

»Wie immer. Ich denke, wenn ich ein bisschen mehr spare, könnte ich mir eine eigene Wohnung leisten. Wie Miss Miller oben.« Stella war froh, dass Tina ihr wieder zuhörte und der düstere Bann des Mutter-Kind-Bildes gebrochen war. »Kaffeekannen produzieren, sparen und allein leben – wie Za Ros ihr Seidenraupengeld gespart hat, weißt du noch?«

Tina zog die Stirn kraus. »Wer würde für dich kochen, Stella? Was würdest du essen?«

»Oh, Tina, das ist nicht wichtig. Ich muss einfach nur aus dem Haus.« Sie spürte die warme, schwere Hand ihres Vaters auf ihrer Brust, als fasste er sie in diesem Moment wieder an. »Ich muss weg, oder ich sterbe.«

»Sei nicht so dramatisch, Stella«, sagte Tina. »Warum heiratest du nicht Carmelo? Dann kannst du problemlos ausziehen, und Papa wird dich nicht aufhalten.«

Stella zog es das Herz zusammen, als griffe noch eine größere Hand als die ihres Vaters danach und schlösse sich fest darum. »Ich will Carmelo nicht heiraten, Tina.« Wie konnte ihre Schwester solche Sachen sagen? Wie, wo sie doch ständig zusammen waren? Hörte sie nicht zu? »Ihn nicht und auch keinen anderen. Ich verspreche dir, ehrlich, wahrhaftig, ich werde niemals heiraten.« Ihre Stimme wurde lauter, sie spürte, dass sie einem hysterischen Anfall nahe war. »Ich schwöre es aus tiefstem Herzen, bei Gottvater und der heiligen Jungfrau, es ist die Wahrheit, Tina. Ich weiß nicht, warum du mir nicht glaubst.«

»Ich glaube dir ja«, sagte Tina kleinlaut. Aber Stella wusste, dass ihr Satz nur für diesen Moment galt. Sobald Tina mit Assunta sprach, mit Tony, Carmelo, Rocco oder einer ihrer Freundinnen, war er wieder vergessen, und sie würde mit den Schultern zucken und sagen, zu wem auch immer, dass sie nicht verstehe, wie ihre Schwester so stur sein könne.

Schweigend gingen sie weiter, und Stella versuchte, ihre Wut, ihren Schmerz und ihre Verzweiflung herunterzuschlucken. Als die Fabrik hinter der nächsten Straße auftauchte, sagte Tina: »Aber wo könntest du allein hin, Stella?«

»Ich weiß es nicht. Im Moment weiß ich nur, dass ich so viel Geld wie nur möglich sparen muss.«

»Ich werde dir helfen«, sagte Tina und griff nach Stellas Hand, um ihr Versprechen zu besiegeln.

Es gab so viele Fragen, auf die Stella keine Antworten hatte.

Wohin konnte sie? Gab es auch für ledige Frauen Zimmer zu mieten wie das, in dem Carmelo wohnte? Ihr Englisch war so schlecht, wie würde sie dem Vermieter ihre Situation erklären können? Wie sollte sie wissen, wem sie trauen konnte? Gab es jemanden, den sie um Rat bitten konnte, ohne sich in Schwierigkeiten zu bringen? Ohne, dass ihr Vater gleich davon erfuhr?

Sie glaubte, zwei Dollar die Woche auf die Seite legen zu können, ohne Tony zu alarmieren. Sie würde sich gute Entschuldigungen dafür überlegen müssen, warum sie das Geld brauchte. Aber das ging. Wenn sie fünfzig Dollar sparen konnte ... Das würde reichen, um ausziehen zu können, oder?

Würde sie es auch allein schaffen? War sie dazu in der Lage?

Und wenn nicht, was dann?

* * *

Das letzte Mal wies Stella Carmelo Maglieri am Palmsonntag 1947 ab. Sie war auf das Treffen nicht vorbereitet gewesen und zog sich nicht gerade elegant aus der Affäre. Aber sie hätten schließlich wissen müssen, was passieren würde, wenn sie Stella so in die Enge trieben.

Die Fortunas besuchten die Messe in der Sacred Heart, sangen, bekamen ihre Palmwedel, leisteten ihren Beitrag zur Kollekte und gingen zur Kommunion. Danach aßen sie bei den Perris. Za Caterina servierte gebratenen *baccalà* und eine schöne Auswahl fleischfreier Antipasti, Provolone, eingelegte Gurken und *lupini*-Bohnen. Durch die glitzernde Märzsonne spazierten sie schließlich zurück in die Bedford Street. Alle waren leicht betrunken vom Wein und freuten sich auf den Orangenkuchen, den Assunta für den Nachmittag gebacken hatte.

Kaum, dass sie zu Hause waren, klopfte es an der Tür. Stella war gleich alarmiert, da Tony, der sonst nie nachsah, aufsprang und bellte: »Assù, mach Kaffee!«

Sie folgte ihrer Mutter in die Küche. »Wer ist da, Ma?«

Assunta sagte nichts, aber ihre Hände zitterten, als sie das Kaffeepulver in den Filter löffelte. Assunta war nicht gut darin, etwas zu verbergen.

Aus der Diele hörte man, wie es erneut klopfte und die Schlösser geöffnet wurden. *»Wer ist es?«* Stella formte die Worte mit ihren Lippen. Ihre Mutter verstreute etwas Kaffee auf die Anrichte und wischte ihn mit der Hand zusammen. Sie sagte immer noch nichts.

Auch gut. Stella schlich aus der Küche und leise weiter um die Ecke, während Tony die Tür öffnete. Sie schloss sich im Bad ein, setzte sich auf die Toilette und lauschte, die Fäuste geballt, dem Unvermeidlichen.

Und da war er, Carmelos dröhnender Tenor, sicher, dass die ganze Welt nur auf ihn wartete. »Was für ein wunderschöner Tag!«, hörte sie durch die Tür, und dann all die Plattitüden eines solchen Besuches: *Zu Tony, wie nett von dir, mich einzuladen. Za Ssunta, ja, ein Kaffee wäre toll. Der Kuchen sieht köstlich aus ...*

Ihr wurde bewusst, dass ihre Mutter, die Verräterin, den Kuchen gebacken hatte, weil sie wusste, dass Carmelo kommen würde. Wie lange schon hatten sie es geplant? Hatte Tina davon gewusst?

Es klopfte an der Tür. Stella war derart außer sich, dass sie kaum Luft bekam, und antwortete nicht.

»Stella, komm heraus.« Es war natürlich Tina. »Stella, Carmelo ist hier. Komm und sag Hallo.«

Die Naivität, mit der sie das sagte, machte Stella noch wütender. »Ich habe dich gewarnt, Tina.«

Eine unaufrichtige Pause. »Was? Er besucht Rocco. Komm einfach und sag Hallo.«

»Quatsch«, erwiderte Stella. Diese Sache war geplant. Assunta hatte einen Kuchen gebacken. Stella würde jede Wette eingehen, dass Carmelo hier war, um ihr einen Antrag zu machen. Jede Wette, das Tony dem Ganzen seinen Segen gegeben, es vielleicht sogar angezettelt hatte.

Tina klopfte noch einmal, als ließe sie irgendetwas glauben, dass Stella aus dem Bad kommen würde. »Stella, komm und sag Hallo. Carmelo ist hier.«

So ging es noch ein paar Minuten, bis Tina aufgab und ging. Stella zwang sich, gleichmäßig zu atmen, und spürte, wie die Hitze aus ihrem Gesicht wich. Ihr Magen schien rebellieren zu wollen, und sie rieb ihr *cornetto*, um die Übelkeit zu vertreiben, bis sie begriff, dass es kein Fluch oder Déjà-vu war, sondern eine bloße Erinnerung: Bei der Weihnachtsfeier in der Italienischen Gesellschaft vor vier Jahren hatte sie sich auch schon vor Carmelo auf der Toilette versteckt und gedacht, sie müsste sich übergeben, dabei war es nur ihre Monatsblutung gewesen. Zur Sicherheit sah sie nach, aber es war heute nicht ihre Zeit, sondern allein die Erinnerung, die sie beinahe überwältigt hätte. Sie spritzte sich Wasser ins Gesicht.

Die Zeit verrann, und sie wartete, dass Carmelo wieder ging. Jedes Mal, wenn sie Schritte vor der Tür hörte, wurde sie von einer stummen Angst erfasst. Sie rechnete damit, dass Tony kam, die Tür eintrat, ihr für ihre Widerspenstigkeit ein oder zwei verpasste und sie so gezüchtigt ins Wohnzimmer zerrte. Aber Tony kam nicht.

Etwa jede Viertelstunde kam dafür Tina an die Tür, klopfte und bat sie herauszukommen. Stella antwortete nicht. Einmal hämmerte jemand gegen die Tür, und sie hörte Roccos Stimme: »Stella, komm da raus, ich muss pinkeln.«

»Geh und pinkle aus dem Fenster«, fuhr sie ihn an und bedauerte gleich, etwas gesagt zu haben. Rocco fluchte, aber er ging.

Es gab im Bad wenig zu tun, außer sich in den Ängsten zu verlieren. Sie fand ein Fläschchen roten Nagellack im Medizinschrank, und sich die Nägel zu lackieren, das lenkte sie eine Weile ab. Sie summte, zwang sich zu etwas Gelassenheit und ging vorsichtig zu Werke. Normalerweise lackierte Tina Stellas rechte Hand. Sie versuchte, nicht an die Folgen dieses Nachmittags zu denken. Wie heftig würde Tony sie schlagen, wenn Carmelo gegangen war? Würde so ihr weiteres Leben aussehen? Stella, die sich auf dem Klo versteckte?

Carmelo schien entschlossen, sich als ebenso stur wie Stella zu erweisen. Zwei Stunden mochten vergangen sein, und immer noch hörte sie seine herausfordernd frohe Stimme, die aus dem Wohnzimmer zu ihr herüberdrang. Begriff er nicht, dass sie, wenn sie jetzt hier noch herausgezwungen wurde, völlig gedemütigt wäre? Hatte er vor, ihr alle Würde zu nehmen?

Als Tina das letzte Mal klopfte, änderte sie ihren Ton. »Stella, komm heraus. Ich muss eine Nummer zwei machen. Es ist dringend.«

Stella antwortete nicht. Sie war eingeschnappt und schämte sich dafür, sah aber keinen Ausweg. Die Sonne draußen vor dem Fenster verlor an Kraft, und ihr Kopf füllte sich mit einem Dämmerschmerz.

Zwei Minuten später kam Tina wieder. »Stella! Bitte komm heraus. Ich muss unbedingt.« Sie klopfte heftig. *Bäng, bäng, bäng.* »Stella! Bitte, bitte, Stella, bitte. Es ist ein Notfall. Bitte, komm heraus. Oder lass mich hinein! Du kannst mit drin bleiben.«

Tina war keine gute Schauspielerin und litt wahrscheinlich wirklich. Nun. Geschah ihr recht. Sie hatte sich entschlossen, Carmelo zu helfen. Sich auf seine Seite geschlagen, statt zu ihrer Schwester zu halten. Voller Groll hoffte Stella, dass sie sich in die Hose schiss.

»Bitte, Stella.« Tina drohte die Stimme zu versagen. »Ich tu nichts. Ich gebe dir meine goldene Halskette. Bitte, Stella.« Wieder klopfte sie. »Meinen ganzen Schmuck. Ich tu, was du willst. Bitte, Stella.«

Stella blickte auf ihre kleinen, trocknenden Nägel. Sie waren nicht perfekt lackiert, aber doch ziemlich gut. *Du bist ein herzloser, kalter Mensch, Stella,* hörte sie Carmelo sagen.

Stumm saß sie da, bis ihre schluchzende Schwester davonging.

Endlich hörte sie, wie sich Carmelo verabschiedete. Zur Sicherheit wartete sie noch eine Viertelstunde. Was, wenn sie herauskam, und sie hatten sie an der Nase herumgeführt und er war noch da? Etwas steif verließ sie das Bad und strich mit den frischen roten Nägeln den verknitterten Rock ihres rosa Palmsonntagskleids glatt.

Rocco saß auf dem Sofa und grinste höhnisch. Sie hoffte, er hatte sich ihren Rat zu Herzen genommen und tatsächlich aus dem Fenster gepinkelt. Neben ihm saß Tina, in sich zusammengesunken, den Blick gesenkt. Stella musste nicht entscheiden, ob sie Tina fragen sollte, was sie gemacht hatte, denn in diesem Moment kam ihre Mutter ins Wohnzimmer und verkündete: »Das Essen ist fertig. Ich muss nur noch das Wasser von der Pasta abgießen. Deck den Tisch, Tina.« Assunta schickte einen wütenden Blick in Stellas Richtung. »Du auch, *stupida brutta.* Hilf deiner Schwester ein einziges Mal in deinem Leben.« Sie schnaubte und präsentierte ihre Art eines verärgerten Abgangs zurück in die Küche, die breiten Hüften über den geschwollenen Beinen hin und her schwingend.

Tina und Stella aßen schweigend. Stella hatte Angst, die Aufmerksamkeit auf sich zu lenken, damit ihr furchterregend zurückhaltender Vater nicht auf die Idee kam, seiner Meinung zu ihrem Verhalten am heutigen Nachmittag Ausdruck zu verleihen. Tina starrte finster auf ihren Teller. Stella begann zu bereuen, wie rachsüchtig sie ihrer Schwester gegenüber gewesen war, auch wenn diese sie verraten hatte. Sie fragte sich, was aus Tinas Nummer zwei geworden war.

Nach dem Essen ging Rocco hoch in ihr Zimmer, um sich umzuziehen. Die Frauen konnten ihn bis in die Küche schimpfen hören. »Tina! Was ist hier los? Es stinkt nach Scheiße!«

Stella fasste Tinas Arm. »Was hast du gemacht?«, flüsterte sie.

Tina stellte den Stapel schmutzige Teller neben die Spüle und wischte sich mit dem Ärmel ihres guten Kleides den Schweiß von der Stirn. »Oh, Madonna, Stella. Als du nicht aus dem Klo kommen wolltest, musste ich so dringend ... mein Magen rumorte, ich weiß nicht, was es war. Es war so schlimm, ich konnte nichts dagegen tun. Also habe ich ...« Stella gab ihr ein Spültuch, mit dem sich Tina über die Lippen wischte – sogar die schwitzten. »Also bin ich ins Schlafzimmer und habe eine der Schüsseln vom Hochzeitsgeschirr unter dem Bett hervorgeholt, du weißt, aus der Kiste da. Dann habe ich in die Schüssel ... und ...«

Stella verschluckte sich fast an einem entrüsteten Lachen. »Tina! Du hast in euer Hochzeitsgeschirr ...?« Aber noch während sie das sagte, überlegte sie, was ihre Schwester hätte tun sollen. Hinaus in den Garten gehen?

»Tina!«, brüllte Rocco.

»In die große Schüssel«, sagte Tina. »Du weißt schon, für Suppen. Und ich hatte nichts, um mich zu säubern, also habe ich mein Nachthemd genommen, das seidene von den Flitterwochen. Aber dann wusste ich nicht, wohin damit, und da habe ich die Schüssel und das Nachthemd unterm Bett versteckt, und jetzt stinkt das ganze Zimmer.« Tina schniefte. »Was mache ich nur? Wenn Rocco das herausfindet ...«

»Tina!«, schrie Rocco.

»Roooo-ccoo!«, schrie Assunta zurück, so laut, dass Tina zu schniefen vergaß. »Rocco, ich brauche dich hier!« Sie schickte einen dramatisch anklagenden Blick in Stellas Richtung und rief: »Da klemmt was hinter dem Herd, Rocco! Ich brauche dich, du musst es rausholen!«

»In einer Minute«, rief Rocco zurück.

»Nein, auf der Stelle!« Assunta zog den Herd von der Wand weg. »Schnell, oder er fällt auf mich drauf!« Es war wie eine Varieténummer, Assunta sank auf die Knie. Da kam Rocco endlich in die Küche, also vielleicht war es doch nicht so lächerlich. »Los doch, *stupida*!«, zischte Assunta und schlug Tina gegen die Wade.

Stella und Tina liefen an Rocco vorbei den Flur hinunter ins zweite Schlafzimmer. Es stank wie ein Haufen Metzgerabfall im Juli, nach einem Tag in der prallen Sonne.

»Uuh, Tina!«, sagte Stella, doch es gab keine Zeit zu verschwenden. Sie hörten, wie Rocco den Herd viel zu schnell wieder zurückschob. »Ich verstehe nicht, warum du dachtest, er fällt auf dich drauf«, sagte er zu Assunta. Ihnen blieben nur Sekunden.

Tina bückte sich hinter das Bett und kam vorsichtig wieder hoch, die bis an den Rand mit gelbbrauner Flüssigkeit gefüllte Porzellanterrine in den Händen, in der Stella bedauerlicherweise die *lupini* erkennen konnte, an denen sich Tina mittags gütlich getan hatte. Stella hörte Rocco den Flur herunterkommen und drückte in perfekter Abstimmung mit Tina das Fenster auf, während die vorschoss – einen Moment lang waren die beiden wieder eins, wie als Kinder, als sie immer wieder mit einem Paar Augen und einem Paar Hände aus einem gemeinsamen Empfinden heraus gehandelt hatten –, und Tina warf alles, das Nachthemd und die gefüllte Terrine, aus dem offenen Fenster, das Stella wieder zuschlug, noch bevor das Porzellan auf den Steinen draußen zerbarst.

Rocco öffnete die Tür und sah von einer rotgesichtigen Schwester zur anderen. Sie lächelten ihm freundlich zu.

»Was machst denn du hier?«, fragte er nach einem Moment der Verwirrung Stella.

»Bin schon wieder weg«, sagte Stella. »Tina hat mir ihren roten Nagellack geliehen.« Sie wünschte, ihr wäre etwas anderes eingefallen, aber war es wahrscheinlich, dass Rocco sah, dass ihre Nägel bereits rot waren?

»Puuh«, grunzte Rocco. Stella war bereits an ihm vorbei, gefolgt von Tina, die sich waschen ging, bevor ihr Mann den braunen Fleck auf ihrer Brust sah.

Es war zu schön, um wahr zu sein, aber Tony hatte während der gesamten Scharade friedlich auf dem Sofa gehockt.

Tina und Rocco waren bereits schlafen gegangen, und Stella saß mit ihrer Mutter am Küchentisch, als Tony dazukam. Er schien bester Laune und voller Tatendrang. Carmelos Art war offenbar ansteckend. Er schenkte sich ein Glas Wein ein und füllte die Gläser seiner Frau und seiner Tochter ebenfalls auf.

»Salut!«, sagte er, und als er mit seinem Glas gegen ihres stieß, antwortete Stella leise: *»Salut«*, Assunta ebenfalls, sah ihren Mann dabei aber auf eine Weise an, die Stella in Alarm versetzte. Ihre Mutter wusste, was jetzt kam.

»Ich trinke auf die bevorstehende Heirat meiner ältesten Tochter, von der alle angenommen haben, dass sie als alte Jungfer enden würde.« Tony lächelte seine Frauen an. »Gratuliert mir.«

»Tonnon«, sagte Assunta warnend.

»Gratuliert mir!« Er schlug auf den Tisch, um zu zeigen, dass seine Gutmütigkeit nicht selbstverständlich war. »Das ist etwas Tolles für einen Vater.«

»Meinen Glückwunsch«, flüsterte Assunta und sah Stella entschuldigend an.

»Ab jetzt, *fhijlia mia*«, sagte er zu Stella, »hast du eine Menge Arbeit mit deiner Aussteuer.« Er hob drohend den Finger, fast verspielt. »Ich habe so das Gefühl, dass du da etwas nachlässig warst.«

»Papa, ich werde *nicht* heiraten.« Stella zitterte. *Du bist eine herzlose, kalte Frau, Stella.*

»Oh, doch, das wirst du. Ich habe es Carmelo heute Nachmittag gesagt. Er kommt morgen mit einem Ring.« Er zuckte aufgeräumt mit den Schultern. »Wer weiß, vielleicht kauft er dir einen Diamanten, auch wenn du, wie Gott weiß, keinen verdienst.«

Stella war völlig perplex. Sie war sich nicht einmal ihrer Überzeugung mehr sicher, niemals zu … Ihre Pritsche in der Küche, ihr wiederkehrender Albtraum, der sofort wieder da war, Carmelos Gewächshausrosen. Carmelo, Carmelo. Carmelo, der sie von ihrem Vater kaufte, als wäre sie eine Kuh, Carmelo, dem es egal war, ob sie Ja sagte, solange Antonio es tat. Aber ... sie hasste sich für den Gedanken, aber ... würde es wirklich so schlimm sein, Carmelo Maglieri zu heiraten? Er war kein Rocco Caramanico, würde nicht um Glühbirnen feilschen oder ihrer Schwester nachschauen. Aber heiraten, ihren Körper von einem Mann aufgebrochen bekommen ...

»Aber, Papa.« Stella schluckte die Hälfte ihres Weins. Galle war ihr in den Hals gestiegen. »Weißt du noch, als du Rocco gesagt hast, du würdest Tina nicht zwingen, ihn zu heiraten? Dass Tina sagen müsse, ob sie ihn heiraten wollte?«

»Du hast auch die Wahl«, sagte Tony. »Du kannst Carmelo Maglieri heiraten oder gleich zur Hölle fahren, und wenn ich dich selbst hinschicken muss.«

Ausnahmsweise einmal zeigte sich Tony gnädig, stand auf und verließ die Küche, der dramatische Abgang des *pater ex machina*. Wenigstens musste Stella jetzt nicht mehr mit ihm streiten und sich auch noch ihr letztes bisschen Würde nehmen lassen.

Ohne ihre Mutter anzusehen, trank Stella ihren Wein aus und versuchte, ihre Gefühle zu ordnen. *Ich würde dir geben, was immer du dir wünschst, Stella*, hatte Carmelo gesagt. *Die Welt würde ich dir zu Füßen legen.* Hatte er das ehrlich gemeint? Aber was sollte sie mit der Welt, wenn ihr der eigene Körper nicht mehr gehörte? Das zweite Glas Wein breitete sich in ihr aus. Sie ging zur Anrichte, um die Flasche zu holen.

Assunta folgte ihr, hob die Hand und legte sie Stella in den Nacken. Die Hand war warm und machte Stella bewusst, wie kalt es in der Küche war.

Ihre Mutter hatte Carmelo immer gemocht. Assunta, die ihre Tochter so liebte. Ihre kluge, einfache Mutter, die so gut zu überleben wusste. Sie würde sich diese Ehe für Stella doch nicht wünschen, wenn sie so schrecklich wäre?

Assunta berührte das weiße Knochen-*cornetto*, das Stella auf der Brust hing. »Das brauchst du jetzt.«

Stella stand noch lang reglos vor der Anrichte, nachdem ihre Mutter zu Bett gegangen war. Sie brauchte jetzt weit mehr als nur Schutz vor dem bösen Blick. Sie brauchte einen Plan.

Mitspielen.

Stella erinnerte sich an die alte Volksweisheit: Die beste Art, eine Affäre zu verbergen, sei, jemand anderen zu heiraten. Eine junge Frau litt unter weit weniger öffentlicher Aufmerksamkeit, wenn ihre Jungfräulichkeit kein Thema mehr war. Stella verfolgte eine ähnliche Strategie, allerdings mit gegenteiligen Vorzeichen: Sie wollte ihre Jungfräulichkeit retten, indem sie sich verlobte. Statt Carmelo auch weiter wie einen Feind zu behandeln, würde sie ihn bei ihrem Plan, Tony zu entkommen, als Verbündeten einsetzen, allerdings ohne sein Wissen. In den Monaten vor einer Hochzeit, das hatte Stella bei Tina gesehen, gab es zahlreiche unsinnige Ausgaben, die ihr die Möglichkeit boten, Geld von ihrem Lohn auf die Seite zu bringen. Gleichzeitig arbeitete sie an der Logistik. Sie musste sich auf die Möglichkeit vorbereiten, verstoßen zu werden und ihre Mutter nie wiedersehen zu können.

Der erste Schritt war auf jeden Fall die Verlobung.

Am Montag nach der Arbeit gab sich Stella die größte Mühe, sich für Carmelos Besuch herauszuputzen, und schloss sich ein weiteres Mal im Bad ein. Sie zog ihr melonenfarbenes Kleid an, auch wenn es für das leichte Leinen noch etwas früh im Jahr war, und steckte sich Fiorellas Schmetterlingsbrosche an den Busen. Zeit, sich vor dem Essen noch die Haare zu waschen, hatte sie nicht, aber sie toupierte sie ein wenig auf und steckte sie hübsch über den Ohren fest. Sie waren lang genug seit dem letzten Schnitt, sodass die Locken bis auf die Wangen reichten, die sie mit einem Hauch von Rouge betonte.

Sie frischte ihren Lippenstift noch etwas auf, als sie Carmelo kommen hörte, und dann Tinas nervöses Klopfen an der Tür. »Er ist da! Stella?« Tina musste sich fragen, ob es heute zu einem weiteren Kräftemessen kommen würde.

»Nur eine Minute noch.« Stella nahm sich Zeit, als sie sich ein letztes Mal über die Lippen fuhr. Sie war ruhig, hatte alles im Griff. So eins mit sich, so glücklich hatte sie sich seit Monaten nicht mehr gefühlt, nicht seit Rocco eingezogen war – nein, seit Louie angeschossen worden war, nicht mehr.

Als sie aus dem Bad kam, standen die Fortunas bereits laut schwatzend um das kleine Büfett, das Assunta angerichtet hatte, mit im Ofen gebackenen Hähnchenschnitzeln, heißen Artischockenherzen, immer noch in dem Topf, in dem sie geschmort worden waren, einer Schüssel mit zwei Pfund Pasta *aglio e olio* und einem Löwenzahnsalat aus dem Garten. Stella setzte eine Miene gezüchtigter Melancholie auf, als sie Carmelo ihre Hand zum Gruß entgegenstreckte. Sie wollte nicht, dass ihr Vater Verdacht schöpfte.

Carmelo wartete nicht lang, nur bis alle außer Assunta saßen. Obwohl es kaum Platz zwischen dem Tisch und der Esszimmerwand gab, schob er seinen Stuhl zurück und kniete neben Stella nieder. »Stella Fortuna, ich möchte dir eine Frage stellen«, sagte er. Er zog ein Kästchen aus seiner Anzugtasche, öffnete es und stellt es auf den Tisch zwischen ihnen. Es war ein Goldring mit drei Diamanten. Stella starrte ihn an, gegen ihren Willen vom Glitzern des mittleren Steines angezogen, der, wie sie nicht umhinkonnte zu registrieren, größer war als der einzelne, den Rocco Tina gekauft hatte.

Carmelo kniete immer noch und nahm Stellas Hand, was sie mehr beobachtete als fühlte. »Stella Fortuna«, wiederholte er ihren Namen, und noch einmal: »Stella Fortuna, es wäre mir ein Ehre, wenn du meine Frau würdest. Willst du mich heiraten?«

Er sprach Italienisch, die Art zu fragen war amerikanisch. Eine galante Bitte um ihre Gunst. Als wäre es ihre Entscheidung. Als wäre es weniger ein Handel als Roccos Feilscherei mit Tony um ein paar Glühbirnen.

»Ja«, sagte Stella schnell, und sie war froh, dass es das Einzige war, was von ihr als Antwort erwartet wurde. Und jetzt schwand ihre Ruhe, und tief in ihrem Inneren meldete sich Beklommenheit. Sie war keine geborene Lügnerin, so theatralisch sie ihren Gefühlen Ausdruck zu geben vermochte.

»Bist du sicher, dass du mich heiraten willst, Stella?« Carmelos blaue Augen waren fragend auf sie gerichtet, und sie mühte sich, seinem Blick standzuhalten. Der Ring steckte im Kästchen auf dem Esstisch zwischen ihnen. »Du hast lang Nein gesagt. Bist du sicher, dass du deine Meinung geändert hast?«

Ihre Beklommenheit wuchs. Er fragte sie geradeheraus, was sie wollte. War es richtig, ihn da zu belügen, ihn zu benutzen?

Aber nein, sagte sie sich, er wollte es nicht wirklich wissen. Er hatte sie noch nie ernst genommen. Warum jetzt plötzlich?

»Ja, ich bin sicher.« Es war ein Schock, ihre Stimme das sagen zu hören, so fest, so neutral. Aber es gab keine andere Möglichkeit, den Krieg gegen ihren Vater zu gewinnen. Wenn Tony sie nicht umbrachte, womit er gedroht hatte, würde er ihr zumindest einen anderen Mann suchen. »Ich wollte eigentlich gar nicht heiraten«, sagte sie. »Aber jetzt habe ich beschlossen, keinen anderen als dich zu heiraten.«

* * *

Die Verlobungszeit sollte sechs Monate dauern, nicht zu kurz, nicht zu lang. Carmelos Ring war ein bisschen zu eng und hinterließ einen roten Abdruck an ihrem Finger, wenn sie ihn ablegte, um sich die Hände zu waschen. »Damit musst du aufhören«, warnte Za Pia sie. »Du wirst ihn noch verlieren. Du musst dich daran gewöhnen, ihn immer zu tragen.«

Alle, die sie während der letzten vier Jahre genervt und gedrängt hatten, waren plötzlich lieb und nett zu ihr. Sie veranstalteten Partys ihr zu Ehren, machten ihr Geschenke und waren ehrlich glücklich für sie, jetzt, wo sie nicht mehr aus der Reihe zu tanzen versuchte.

Carmelo kam drei-, viermal in der Woche zum Essen, und alle waren bester Laune. Er küsste sie auf die Wangen, wenn er kam und ging, und sie akzeptierte es. Sie machte keine Probleme. Sie wartete.

An den heißen Sommerabenden des Jahres 1947 saß Stella mit einem Glas Wein am Küchentisch und wartete darauf, dass sie zu Bett gehen konnte, während Assunta den Herd säuberte und mit einem Stück Zitrone über die Oberflächen rieb, um die Ameisen fernzuhalten. Wenn der Rest des Hauses bereits schlief, saßen die beiden noch da unter der einen nackten Glühbirne und tranken ein Glas Wein. Früher hätte sich Tina zu ihnen gesetzt, aber sie war jetzt bei ihrem Mann hinter der Tür ihres Schlafzimmers. Trotzdem war dies die glücklichste Zeit des Tages für Stella, wenn sie mit ihrer Mutter zusammen sein konnte. An diesen trägen Sommerabenden konnte sich Stella fast vorstellen, dass sie wieder daheim in Ievoli waren, in einer Welt ohne Männer, denen sie zu dienen hatten, nur sie und ihre Mutter, die sie liebte – dass sie, wenn sie jetzt durch die Tür hinten in die warme Abendluft hinaustrat, nicht den Lattenzaun sehen würde, der das Grundstück der Fortunas von dem der Nachbarn trennte, sondern die Via Fontana, die den Berg hinunter ins Tal voller silbrig grüner Olivenbäume führte.

Stella liebte ihre Mutter sehr. Der Gedanke, dass dies ihre letzten gemeinsamen Abende waren, so am Tisch in der Küche sitzend, zog ihr die Brust zusammen. Stella hatte zweiundvierzig Dollar in ihrem geheimen Sparstumpf und noch sechs Wochen, bis sie, wie die Fortunas dachten, zum Altar vortreten würde. Sie hatte sich noch nicht überlegt, wohin sie gehen konnte und wollte, und ihr blieb nicht mehr viel Zeit. Oder sie saß für immer in der Falle.

»Ich habe solche Angst, Mamma«, sagte sie. Sie hatten an diesem Abend einen ganzen Krug Wein ausgetrunken. Stellas Herz pochte schmerzvoll angesichts dessen, was sie ihrer Mutter zu sagen versuchte. »Ich bin nicht wie du«, sagte sie. Genauer vermochte sie nicht auszudrücken, was sie meinte. »Ich kann keine Mutter sein.«

»Natürlich kannst du das, mein kleiner Stern.« Assunta legte eine Hand tröstend auf Stellas. »Jede Frau kann eine Mutter sein. Das ist ihre Natur. Es gibt keinen Grund, dich zu fürchten.«

Stella unterdrückte die groteske Vorstellung, dass ein Kind in ihr heranwachsen könnte. »Meine nicht. Ich liebe Babys nicht so wie andere Frauen. Ich mag sie nicht mal.«

»Das wird anders, wenn es deine eigenen sind, Stella. Du wirst sehen. Mehr als alles wirst du dein Baby lieben. Es ändert alles.«

»Was, wenn ich nicht wie andere Frauen bin, Mamma?« Stella hatte kaum genug Luft, um die Frage auszusprechen.

»Doch, das bist du«, sagte Assunta. »Alle Frauen sind gleich.«

Nachdem ihre Mutter zu Bett gegangen war, lag Stella da und sah zu der Glühbirne hinauf, deren Draht ein letztes Schimmern in die schwarzgraue Dunkelheit der Küche abzugeben schien. Selbst ihre Mutter, der Mensch, den sie auf dieser Welt am meisten liebte, begriff nicht, dass Stella meinte, was sie sagte. Selbst ihre Mutter nahm sie nicht ernst.

Aber es gab jemanden, der Stella ernst nahm: ihr Feind, ihr Vater. Er hatte sie genau beobachtet und auf Widerstand gewartet. Vielleicht hatte sie sich zu gefügig gezeigt. Vielleicht hatte das seinen Verdacht erregt.

Stella hatte noch einen leichten Kater, als sie am nächsten Tag von der Arbeit nach Hause kam. Ihre Kopfschmerzen hatten sich während der acht Stunden am Fließband verfestigt. Die Luft im Haus an der Bedford Street war stickig feucht von der Hitze draußen und von Assuntas *raù* mit dem Geruch von Basilikum und Knoblauch geschwängert. Stella löste ihr Kopftuch und folgte Tina in die Küche, wo sie für gewöhnlich noch vor dem Essen einen kleinen Bissen aßen.

Aber Tony war heute zu Hause, er saß am Küchentisch. Und die Art, wie Assunta am Herd stand und in ihren Topf starrte, sagte Stella, dass etwas nicht stimmte, noch bevor sie sah, was Tony vor sich auf dem Tisch liegen hatte: etliche Münzen und verschiedene zerknitterte Dollarscheine, die er glatt gestrichen hatte. Daneben ein schlaffer rosafarbener Strumpf.

»Papa«, sagte Tina.

»Warum gehst du nicht, Tina«, sagte Tony. »Geh zu deinem Mann.«

Das Gesicht knallrot und mit hängendem Kopf, lief Tina aus der Küche. Sie sah Stella nicht an, als sie an ihr vorbeikam. Im Nachhinein betrachtet, hätte damit alles klar sein sollen, doch Stella versuchte noch zu begreifen, was gerade genau passierte.

»Tonnon.« Assunta rannen die Tränen herunter. Warum hatte Stella das nicht gleich gesehen?

»Still, Frau.« Tony sah sie nicht an und klang auch nicht zornig. Er klopfte auf das Geld vor sich. »Rocco hat mir das Geld hier gegeben«, sagte er zu Stella. »Er hat es in einer Schublade in seinem Zimmer gefunden und fürchtete, dass es mir jemand gestohlen hätte. Also hat er es mir gegeben. Weißt du, woher das Geld stammt, Stella?«

Rocco. Der Perverse, der Dieb, der Verräter. Stella fühlte sich schuldig, Blut schoss ihr in die Wangen und rauschte in ihren Ohren. Sie ging mit Wut dagegen vor. »Es gehört mir«, sagte sie. »Es ist mein Geld.«

»Wie meinst du das, dein Geld?« Tonys Brauen fuhren in die Höhe. »Du sagst, es ist *deines*, aber du meinst, es ist *meines*, oder? Du bist meine Tochter, und solange du in meinem Haus lebst, ist das Geld, das du nach Hause bringst, mein Geld.«

Stella glühte und suchte fieberhaft nach einer Möglichkeit, ihn zu beruhigen. Assunta hatte beide Hände vors Gesicht geschlagen und schluchzte.

»Wofür ist das Geld, Stella?«, sagte Tony. »Wofür stiehlst du Geld von deinem Vater? Von deinem Vater, der auch noch seinen letzten Penny dafür ausgibt, damit du eine schöne Hochzeit bekommst?« Sein Stuhl rutschte kreischend über das Linoleum, als er aufstand. »Dreißig Dollar allein für gottverdammte Blumen, nun?«

Ihr Geld auf dem Tisch. Wider alle Vernunft überlegte Stella, wie sie es zurückbekommen konnte. Später wusste sie sich nicht zu erklären, warum sie nicht einfach davongerannt war, die Ausweglosigkeit erkannt hatte und um ihr Leben gelaufen war. In dem Moment jedoch, nun, es war einer jener Augenblicke, den man erst versteht, wenn er lang vorbei ist.

»Nun?« Tony stand jetzt vor ihr. Er packte sie an der Schulter und presste seinen breiten Daumen rücksichtslos tief in das weiche Fleisch ihrer Schulter. Er zwang sie vor die Tapete mit den roten Blumen. Stella schrie auf. Tony griff ihr in die Locken und schlug ihren Kopf gegen die Wand, direkt über Assuntas kleinem Altar für die erste Stella. Ihr Blick verwischte, und als er sich wieder klärte, sah Stella, dass das gerahmte Foto auf den Boden gefallen war, das Bild nach unten. »Nun, *fhijlia mia*? Wofür war das Geld? Wolltest du deine Hochzeitstorte selbst bezahlen?«

»Um wegzulaufen.« Wie ein Fluch kamen die Worte aus ihrem Mund, und sie wusste auch später nicht, warum sie das gesagt hatte. Vielleicht, weil sie so wütend war, dass es ihr egal war, ob sie sich um Kopf und Kragen redete, Hauptsache, sie versetzte ihm einen Schlag. Vielleicht auch, weil sie noch nie eine gute Lügnerin gewesen war oder weil sie wusste, dass es um ihren Plan, wegzulaufen, damit ein für alle Mal geschehen war, und sie verzweifelt um sich zu schlagen versuchte. Oder der kleine Geist hatte es sie sagen lassen, der dort auf dem Boden lag und seine letzte Chance nutzte, es ihr heimzuzahlen. »Ich wollte weglaufen«, sagte Stella, »und nie wieder zurückkommen.«

»Halt den Mund!«, brüllte Tony Assunta an, die jetzt schrie und ein ohrenbetäubendes Geheul hören ließ, das Stella frösteln ließ. »Du«, sagte ihr Vater zu ihr, »du bringst deine Mutter zum Weinen. Ihre älteste Tochter sagt, sie will davonlaufen und wie eine Hure leben?« Seine Faust voll mit ihrem Haar, zerrte er sie, die gebückt dahinstolperte wie ein dreibeiniger Hund, hinter sich her ins Elternschlafzimmer. Stella war in höchster Panik und mühte sich, nicht hinzufallen. »Dir muss eine Lehre erteilt werden«, sagte Tony. »Du bist so verdammt stur und weigerst dich zu lernen, wo dein Platz auf dieser Welt ist. Das kann so nicht weitergehen. So kann ich dich deinem Mann nicht übergeben.«

Er warf sie aufs Bett und schloss die Tür hinter sich ab, ein eichener Schutz zwischen ihm und den blutigen Knöcheln und kratzenden Nägeln seiner Frau. »Zieh dein Kleid aus«, sagte Tony zu Stella. »Deine Schuhe. Alles. Zieh alles aus.«

»Ich ...« Sie stand auf und starrte ihren Vater an, dessen zerzaustes Haar ihm im matten Licht des heraufziehenden Abends wie ein schwarzer Kranz um den Kopf lag. Stella tauchte tief in ihren Albtraum ein. Wie gelähmt stand sie da und schluckte. »Was?«

»Ich sagte, zieh dich aus«, sagte Tony. »Du kannst mir gehorchen und dich freiwillig ausziehen, oder ich schneide dir deine Sachen mit dem Messer herunter.«

Mit zitternden Fingern, sich innerlich in die tiefste Ecke ihres Seins zurückziehend, wandte sich Stella von ihrem Vater ab, sah gegen die Wand, trat sich die Schuhe von den Füßen und verdrehte die Arme, um den Reißverschluss ihres Kleides zu öffnen. Ihr Körper wurde von Schaudern erschüttert. Sie faltete ihr Kleid zusammen und ließ es sich vor die Füße fallen.

»Alles«, sagte Tony. »Alles, was du anhast.«

Sie öffnete ihren Büstenhalter und sah zu, wie er von ihren schweren Brüsten auf den Boden fiel. Ihre Ellbogen zuckten und zitterten, als müsste sie erfrieren. Gänsehaut bedeckte ihre Arme, ihre Narben brannten. Sie hakte die Daumen unter ihren Hüfthalter, verschluckte sich und schob ihn die Hüften hinunter. Hinter ihr klackte die metallene Gürtelschnalle ihres Vaters und, *ziiischsch!!*, wurde der Ledergürtel aus seinen Laschen gezogen.

Aber er vergewaltigte sie nicht, wie es die Traumversion ihres Vaters getan hätte. Denn welche Form Tony Fortunas Perversionen auch annehmen mochten, würde er doch nicht den einzigen Aktivposten seiner Tochter zerstören, ihre Jungfräulichkeit. Er mochte ihre Brüste angestarrt, sie gekniffen und ihr Albträume verschafft haben, aber Tony wusste, wo er seine persönliche Grenze zu ziehen hatte. Die Jungfräulichkeit einer Frau gehörte ihrem Mann, das war eine heilige Regel. Von seiner Mutter hatte er das gelernt, deren Vater sie nicht geschützt hatte.

Nein, er vergewaltigte sie nicht, er schlug sie nur. Er sagte ihr, sie solle sich aufs Bett legen, und als sie sich wehrte und schrie, schlug er ihr mit der Faust ins Gesicht, ganz so, wie er ein Glas auf den Tisch knallen würde. Der Eckzahn und der Backenzahn, die er dabei traf und lockerte, würden später ausfallen und die dritte und vierte Lücke in Stellas Gebiss bilden. Nach dem Schlag sirrte Stella der Kopf, und sie gab ihren Widerstand auf, legte sich aufs Bett und ließ die Prügel über sich ergehen. Gürtel und Schnalle trafen auf ihren nackten Hintern, auf Schenkel und Rücken.

»Du bist schlimmer als ein Maultier«, schimpfte Tony. Sie konnte ihn nicht sehen, sondern hörte nur seinen schweren, keuchenden Atem. »Wie einem Maultier muss ich dir beibringen, deinem Herrn zu gehorchen.«

Stella starrte an die Wand, verdrängte den Schmerz und überließ sich der Tortur, damit sie schneller endete. Dabei dachte sie an den *ciucciu*, den sie in Ievoli zurückgelassen hatten, und fragte sich, ob Tony den genauso behandelt hätte.

An dem Abend gab Stella Fortuna auf, gab ihren Widerstand, gab alles auf.

Zwei Tage konnte Stella nicht zur Arbeit gehen, weil sie weder normal laufen noch auf einem Stuhl sitzen konnte. Überall auf ihren Schenkeln und dem Rücken war die Haut aufgeplatzt und sickerte Blut heraus, tagelang, bis die Wunden endlich verkrusteten. Sie lag bäuchlings auf einer Decke auf dem Sofa ihrer Mutter im Wohnzimmer, wo sie wegen ihres Zustand schlafen durfte. Ging jemand an ihr vorbei, hielt Stella die Augen geschlossen und das Gesicht der Rückenlehne zugewandt.

Wenn Carmelo zum Essen kam, bewirtete Tony ihn in der Küche, und Stella lag da, betrachtete die Nähte der Polsterung und lauschte Carmelos dröhnendem Lachen, während sich die graue Dunkelheit weiter in ihr ausbreitete. Er hatte ihr einen Strauß Sonnenblumen mitgebracht, den Assunta auf den Kaffeetisch stellte, damit Stella ihn sehen konnte. Ins Wohnzimmer ließen sie Carmelo nicht. Was hatten sie ihm gesagt? Dass sie sich nicht wohlfühlte? Die Wahrheit? Bald würde ihm ihr zerschlagener Körper gehören. Der Gedanke hinterließ eine kalte Leere in ihr.

Ihre Mutter brachte ihr einen Teller Pastina und strich ihr übers Haar. »Bis zur Hochzeit wird dein Auge wieder gut sein, *piccirijl*«, sagte sie. Stella antwortete nicht. Sie hatte ihrer Mutter nichts zu sagen.

Ihrer Schwester noch weniger. Tina kam herein und setzte sich in den Sessel neben Stellas Sofa. »Es tut mir so leid, Stella«, sagte sie. »Ich wusste nicht, dass Rocco Papa von dem Geld erzählen würde. Ich konnte ihn nicht anlügen, als er mich danach gefragt hat. Er ist mein Mann. Ich musste ihm die Wahrheit sagen.«

Stella hörte die Stimme ihrer Mutter in ihrem Kopf: *Sie ist noch so klein und nicht so klug wie du. Concettina muscarella, mein kleiner Käfer.*

»Ich konnte ihn nicht anlügen, als er mich gefragt hat«, sagte Tina noch einmal.

Als Stella nichts erwiderte, gab sie auf und ließ ihre Schwester mit ihrem Elend allein. Tina gab in letzter Zeit schrecklich schnell auf.

In einem versteckten Teil ihres leidenden Herzens fragte sich Stella, ob Tina ihr das gewünscht hatte? Hatte sie, mit ihrem herrschsüchtigen Mann und ihrem nicht zu schwängernden Leib, die Pläne ihrer hübschen, klugen, so selbstständigen Schwester vereiteln wollen?

Der Gedanke quälte sie, während sie da auf dem Sofa lag. Aber sie konnte nicht mit ihm leben, sodass sie ihn verdrängte, und zwar so erfolgreich, dass er vierzig Jahre in ihr verborgen blieb.

Da Tina bereits verheiratet war, wurde Carolina Nicotera Stellas erste Brautjungfer. Wer die anderen Brautjungfern waren, kann ich nicht sagen, da alle Fotos von der Hochzeit vernichtet wurden und diese Einzelheiten verloren sind. Gäbe es die Fotos noch, würde sich auf keinem von ihnen eine lächelnde Stella finden. Ihr ganzes langes Leben hat sie auf keinem Foto mehr gelächelt, denn jetzt hatte sie vier fehlende Zähne zu verbergen.

Stellas Kleid war aus weißer Seide und teurer als Tinas steifes, formelles Leinenkleid. Tony kaufte Stella einen bodenlangen Spitzenschleier, wie auch Tina. Was für eine Verschwendung, hätte sie doch auch einfach Tinas nehmen können. Ausgerechnet dafür fünfundzwanzig Dollar aus dem Fenster zu werfen, die Hälfte des Geldes, die sie gebraucht hätte, um weglaufen zu können.

Stella erinnerte sich später nicht daran, dass man sie frisiert und Fotos gemacht hatte, nicht mal an das Ja-Wort erinnerte sie sich. Sie war wie betäubt, fast blind vor Angst, die sie wie eine Decke umhüllte, ein Schutzschild zwischen ihr und der Welt. Für die Hochzeitsgäste wirkte sie ruhig und verklärt mit ihrem angedeuteten Lächeln.

Das eine, woran sie sich noch erinnerte, war ihr erster Kuss. Carmelo legte einen seiner weißen Handschuhe seitlich auf ihr Gesicht, beugte sich vorsichtig vor und küsste sie sanft auf die geschlossenen Lippen. Das Gefühl war ein Schock für Stella, so weich und wie elektrisch geladen. Völlig verängstigt erschauderte sie und fasste nach Carmelos Hand, um sich zu fangen. Er lächelte ihr ins Gesicht. Er war so glücklich.

Der Empfang fand im gerade eröffneten Offiziersclub des State

Armory statt, der sich für besondere Gelegenheiten mieten ließ. Stella saß auf dem goldenen Stuhl der Braut am erhöhten Tisch am Kopf der Tafel und sah den Tanzenden zu, und Carmelo saß solidarisch neben ihr. Diese glücklichen Menschen dort tanzen zu sehen, auf diesem Fest offensichtlich zu ihren Ehren, gab Stella ein Gefühl großer Ferne. Sie hatte keinerlei Kontrolle über das Geschehen. Das Gefühl rief eine ihrer frühesten Erinnerungen in ihr wach: Wie sich ihre kleine Kinderhand unlösbar um ein Stück Brot geschlossen hatte, während sich die Schweine um sie herumdrängten. Gleich würde sie zertrampelt werden, und es gab nichts, was sie tun konnte, weil wieder jemand ihre Hand hielt.

Der Club war bis Mitternacht gemietet, aber Stella verließ das Fest um Viertel vor zehn. In dem für die Brautleute reservierten Raum zog sie ihr blaues Reisekleid an, eine Jacke mit großen Knöpfen und einen eng geschnittenen Rock mit passendem Pillbox-Hut, den Assunta ihr bei Sage-Allen gekauft hatte. Sie würden die Flitterwochen in Montreal verbringen, wo es im Oktober kalt sein konnte. Ihr Wintermantel lag oben auf ihrem wartenden Koffer.

Ihre Mutter und ihre Schwester, die ihr halfen, das Hochzeitskleid auszuziehen, gurrten förmlich, als sie mit ihren kräftigen, liebevollen Händen über den feinen blauen Stoff strichen und ihn über Schultern und Brüsten glatt zogen. Sie war froh, dass es keinen Spiegel gab, denn sie wollte sich nicht in die Augen sehen. Sie hieß jetzt Stella Maglieri, und ihr perfekt blau gekleideter Körper war ein Paket für einen Mann, der es auspacken und konsumieren, aufbrechen und zerlegen würde.

Assunta nahm Stella am Arm, Tina trug ihren Koffer und Mantel. Sie brachten Stella den Flur hinunter, der ihr so dunkel vorkam, die Musik der Band so weit weg. Draußen warteten Carmelo und Tony neben Roccos mit laufendem Motor dastehenden Wagen. Assunta und Tina weinten beide und küssten Stella zum Abschied. Carmelo öffnete die hintere Tür der Limousine, damit Stella sich hineinsetzen konnte, ging um den Wagen herum und stieg ebenfalls ein. Auch er war nervös. Er hielt die Hände auf dem Schoß, sodass der mittlere Platz zwischen ihnen frei blieb. Tony setzte sich nach vorn auf den Beifahrersitz, und Rocco fuhr. Ihr Vater würde dafür sorgen, dass sie in den Zug einstieg, wenn nötig, mit Gewalt.

Stella hatte während des Empfangs nichts getrunken, da Alkohol sie verletzlicher machte. Selbst in ihrer Betäubung und Distanziertheit konnte sie an nichts anderes denken als an den drohenden Geschlechtsverkehr. Ihr ganzer Körper war vor Angst verkrampft und wollte sich nach innen zurückziehen wie eine Schnecke, die sich in ihrem Haus verkroch.

Ihre erste Nacht als Mann und Frau würden die Maglieris in einer Abfolge von Zügen verbringen. Zuerst nahmen sie den Boston & Maine Railroad Service, der um 23:45 Uhr die Union Station verließ. In Boston stiegen sie um, und es ging weiter durch Neuengland bis hinauf nach Kanada. Carmelo trug die Fahrkarten in einer ledernen Brieftasche, zusammen mit einer Liste der Bahnhöfe, die er sich aufgeschrieben hatte. Stella fühlte sich erschöpft und hohläugig und starrte hinaus in die Dunkelheit, bis sie den Südbahnhof von Boston erreichten, der fast so groß war wie der Bahnhof von Neapel, zu dieser späten Stunde allerdings vergleichsweise leer. Einen unwirklichen Moment lang hatte Stella den Eindruck, in einen anderen Zug zu steigen und nicht zu ihrer Entjungferung nach Kanada, sondern nach Hause nach Ievoli zu fahren. Neben dem Zug, den sie verließen, und dem, in den sie stiegen, gab es keine anderen Züge im Bahnhof. Sie konnte mit ihrem Mann weiterfahren oder zu ihrem Vater zurückkehren – nicht, dass sie wirklich eine Wahl hätte, ohne einen Penny in der Tasche. Alles, was sie hatte, waren ihr Reisekleid, zwei neue Lücken im Mund und eine unsichtbare kalte Hand, die sie umklammerte.

* * *

Am Sonntag um zwei Uhr nachmittags kamen sie ziemlich erschöpft in Montreal an. Carmelos Zwillingsschwester Carmela und ihr Mann Paolo holten sie vom Bahnhof ab. Stellas Schwägerin war groß, vielleicht einssiebzig, schlank, aber kräftig. Die Ähnlichkeit um Nase und Augen herum war auffällig.

Carmela hatte einen Korb voller Essen für sie, mit Schinkensandwiches, Äpfeln und einem Krug Wein. Paolo fuhr sie zu ihrem Hotel, einem imposanten Gebäude, das Stella an die Villen in der Prospekt Avenue in West Hartford erinnerte, äußerst gepflegt und ein Bild des Reichtums. Das geschliffene Glas der Eingangstür glitzerte in der tief stehenden Oktobersonne, als der Hotelpage in seiner weißen Uniform sie ihnen aufhielt.

Stella hatte noch nie eine Nacht in einem Hotel verbracht, mit Ausnahme jener schrecklichen Nächte in Neapel. Ein »Hotel« war in ihrer Vorstellung etwas zwielichtig Heimtückisches, etwas, wohin Männer Frauen brachten, um es mit ihnen zu machen, ohne dass ihr Vater oder ihre Brüder sie stören konnten. Ein Ort, wo alle wussten, was man im Sinn hatte, voller lüsterner, grienender Fremder. Aber hier war alles aus Marmor, die Böden glänzten frisch gebohnert, der reine Luxus. Stella hatte noch nie etwas Eleganteres gesehen.

Carmela half ihnen auf Französisch, sich anzumelden. Der Hotelaufenthalt, fünf Nächte, war Carmelas und Paolos Hochzeitsgeschenk für die beiden und ihre Entschuldigung, dass sie nicht nach Hartford gekommen waren. »Warum ruht ihr euch nicht erst einmal aus und macht euch frisch?«, sagte Carmela. »Wir kommen um fünf Uhr wieder her und führen euch zum Essen aus.«

Carmelo bekam den Schlüssel für Zimmer sechs, das im ersten Stock lag. Als Stella ihrem Mann die Treppe hinauf folgte, wallte Übelkeit in ihrem Magen auf. Ihre Situation war genau wie die aller Frauen, die mit einem Mann in ein Hotel gingen, in keiner Weise hintergründiger oder geheimnisvoller als die einer Hure. Alle, die sie kannten, alle Männer, die sie je zurückgewiesen hatte, alle Frauen, die sie hochnäsig genannt hatten – sie alle wussten, dass sie hier in dieses Hotel ging, um es gemacht zu bekommen. Sie stellte sich vor, wie diese Leute sich ihre Demütigung ausmalten und wie sie selbst in dem Moment, in dem Carmelo sein schmutziges Ding in sie steckte, an deren Erheiterung darüber denken würde.

Ihr Atem ging flach und gehetzt, als sie Zimmer Nummer sechs betraten. Carmelo wandte sich ihr hinter der Tür zu. Wahrscheinlich und soweit sie wusste, hatte er sich in seiner eigenen sexuellen Träumerei über die Vollendung seiner vierjährigen Brautwerbung verloren. In seinem Lächeln lag Besorgnis. »Ist alles in Ordnung?«

Wie automatisch winkte sie ab. »Nur Frauenbeschwerden.« Das sagte ihm nichts, und Stella war es einfach herausgerutscht und verschaffte ihr vielleicht etwas Zeit.

Das Zimmer wäre ihr riesig vorgekommen, hätte es neben dem Bett mit dem dicken Plumeau und den roten und goldenen Kissen noch ein anderes so zentrales Möbel gegeben. Der Stoff der Kissen glänzte leicht. Fremde hatten darauf gesabbert, dachte Stella. Wie konnten die Hotelleute so glänzenden Stoff richtig waschen?

Carmela hatte einen Strauß weiße Rosen geschickt, die auf dem polierten schwarzen Waschtisch standen, mit einer steifen, grauen Karte: *Herzlichen Glückwunsch, Stella & Carmelo Maglieri.* Stella überlegte, wie viel sie wohl für diesen wunderlichen Ort ausgegeben hatten. Schade, dass sie ihn nicht würde genießen können.

»Magst du dich etwas hinlegen und ausruhen?« Carmelo machte eine Geste zu der roten und goldenen Seide hin. »Es war eine beschwerliche Reise.«

Ja. »Nein.« Ihr Rückgrat ächzte vom langen Sitzen im Zug. Sie konnte ihn nicht ansehen und zog sich die Handschuhe aus. »Ich … ich glaube, ich gehe besser ins Bad.«

»Ja, ja.« Er verbeugte sich umständlich und trat zur Seite. Als sie die Tür zwischen ihnen schloss, warf sie noch einen Blick auf ihren Ehemann, der am Fenster stand und auf die Straße hinaussah. Er lächelte noch immer.

Stella drehte das Wasser auf, damit kein anderes Geräusch nach draußen drang. Sie versuchte, über ihre Situation nachzudenken. Sie wollte sich nervös, wütend oder abgefeimt fühlen, war aber einfach nur müde.

Nach ein paar Minuten konnte sie das Wasser nicht länger laufen lassen. Sie hatte ein schlechtes Gewissen wegen der Wasserrechnung des Hotels, steckte die Handschuhe in ihre Handtasche, setzte sich auf den Klodeckel und starrte auf die Muster des Schmutzes, den ihre Absätze auf den weißen Fliesen des Bads hinterlassen hatten. Sie schwitzte, aber als sie sich den Mantel aufknöpfen wollte, besann sie sich eines Besseren. Da war zu viel Bett auf der anderen Seite der Tür, um irgendein Kleidungsstück abzulegen.

Also gut, also gut. Was machst du jetzt?

Sie war in den Flitterwochen. Die Reise hatte ihr die Hochzeitsnacht erspart, aber die Stunden bis dahin waren gezählt. Der Moment würde kommen, und es schien keine vernünftige Ausflucht zu geben, ihn weiter hinauszuschieben. Sie würde die Vereinnahmung ihres Körpers ertragen müssen, die bestialischen Qualen von Wehen und Geburt und vielleicht sogar den Tod. Auf nicht sehr hilfreiche Weise wie Klee, der aus einer Mauer spross, kam ihr der Gedanke, dass sie Joey falsch beurteilt hatte. Jetzt endlich verstand sie, warum er sich lieber in den Arm geschossen hatte, als seinen Körper Umständen zu überlassen, die außerhalb seiner Kontrolle lagen.

Würde *sie* es einfach geschehen lassen? Würde sie ihr Leben Entscheidungen unterordnen, die andere Leute für sie trafen? Sie hatte nie für sich selbst entschieden, das war ihr Fehler, hatte sich nie klargemacht, was sie von ihrem Leben erwartete, nur, was sie nicht wollte. Die Leute verstanden keine negativen Überzeugungen. Ein Mann, der bereit ist, für etwas zu sterben, ist ein Held, jemand, der auf keinen Fall sterben will, ein Feigling. Vielleicht hatte ihr deswegen niemand zugehört, sondern alle hatten nur gedacht, dass sie die schwer zu Erobernde spielte.

So hockte sie in ihrem zerknitterten blauen Reisekostüm auf dem Klo. Schweren Herzens und ohne alle Kraft. War das Verzweiflung? Was sollte sie tun? Sie hatte sich schon während seiner Brautwerbung lang genug auf der Toilette vor Carmelo versteckt und bezweifelte, dass sie mit dieser Strategie durch ihre Ehe kommen würde.

Stella und Carmelo verbrachten den Nachmittag damit, durch die gepflasterten Straßen rund um das Hotel zu spazieren. Sie gingen in Läden und Konditoreien, Stella ließ Carmelo das Gespräch bestreiten und nahm seinen Arm, wenn er ihn ihr anbot. Es war kein schlechtes Gefühl, durch eine hübsche Stadt zu schlendern und die Hand auf dem Arm eines gut aussehenden Mannes liegen zu haben. Aber sosehr sie es genoss, wuchs auch die Angst in ihr: Ihre selbstgefälligen, zufriedenen Gedanken waren eine Gefahr. Wenn Stella sich erlaubte, einzelne Dinge an ihrer Ehe zu mögen, ergab sie sich ihrer Situation womöglich ganz.

Zum Essen führten Carmela und Paolo sie in ein Restaurant, bei dem Tina von »elegantem Essen« gesprochen hätte. Es gab rosafarbene Tischdecken und kurze, dicke Kerzen in Kristallgläsern. Carmela hielt Stellas Hand eine lange Weile. Ihre war kalt. Stella trug Handschuhe, doch die Kälte drang durch sie hindurch.

»Mein Bruder hat uns erzählt, wie schön du bist«, sagte Carmela.

Carmelo fasste Stella am Ellbogen, an dem sich der Stoff des Ärmels leicht staute. »Jetzt siehst du es selbst«, sagte er zu seiner Schwester.

Paolo winkte den Kellner heran und bestellte auf Französisch. Sie teilten sich verschiedene Gerichte, damit Stella und Carmelo alles probieren konnten: Muscheln in Weißwein, *Ossobuco* mit schimmerndem Mark, lange, weiche frittierte Kartoffeln ... Stella hatte so ausgefallene Sachen noch nie gegessen und bemerkte erst, als sie alles Fleisch von einem Entenknochen genagt hatte, dass der Knochen bei Carmela noch auf dem Teller lag. Sie hatte das Fleisch mit Messer und Gabel vom Knochen getrennt.

Carmela und Paolo schienen gutherzige, beflissene Menschen zu sein. Paolo arbeitete im Hafen, Carmela putzte in der Universität. Paolo war ein zurückhaltender Mann, er sagte während des gesamten Essens kaum etwas. Carmela glich ihrem Bruder sehr und hörte aufmerksam zu, als Stella ihre Fragen zu ihrer, Stellas, Familie beantwortete, zu Ievoli, und was ihr die Freundinnen alles zur Hochzeit geschenkt hatten. Carmela wollte wissen, ob sie noch etwas für die Küche bräuchte, und Stella lächelte nett und sagte: »Oh, ich koche nicht, da musst du deinen Bruder fragen«, was Carmela schockiert verstummen ließ. Carmelo tat es mit einem Lachen ab, und der Ausdruck seiner Schwester wurde zu einem Grinsen. »Du hast Glück, dass er all die Jahre bei der Eisenbahn für die Männer gekocht hat«, sagte Carmela. »So ist ein toller Koch aus ihm geworden. Er kocht mindestens doppelt so gut wie ich.«

Zum Nachtisch bestellte Carmela einen kleinen, weichen Schokoladenkuchen, der innen warm war. Er war eine Überraschung für Stella, als Paolo darauf bestand, die Rechnung zu übernehmen. Carmelo fächerte bunte kanadische Geldscheine auf den Tisch und drohte gutmütig damit, nie wieder zu Besuch nach Montreal zu kommen, falls Paolo an diesem Abend bezahlte. Währenddessen versteckte sich der Kuchen bescheiden unter seiner Orangenschalen-Dekoration und duftete ganz wunderbar. Stella hatte so viel gegessen, dass es in ihrem Magen zu rumoren begann, aber Carmela sagte, sie müsse den Nachtisch unbedingt probieren. »Wenigstens einen kleinen Bissen. Eine *forchetta*.«

»Nicht *forchetta*«, unterbrach Carmelo sie. »Das ist Italienisch.

Wir müssen jetzt Kalabrisch lernen, Carmela.« Er zwinkerte Stella zu. »Das heißt jetzt *›na bròcc‹*.«

Das Licht der Kerzen auf dem Tisch kräuselte sich in seinen Lachfalten, und Stella kam nicht umhin zu denken, dass er schon weit mehr gelächelt hatte, als es seinen siebenundzwanzig Jahren angemessen war. Eine andere Frau hätte das an ihm geliebt, aber sie machte es traurig. Sie liebte ihn nicht und würde es auch nie tun. Ein andere Frau hätte ihn glücklich machen wollen, aber er war ja so unsäglich stur. Die schwere Schokolade in ihrem Hals verursachte ihr Hustenreiz. Wie dumm Carmelo doch war, sie in diese Ehe zu zwingen, die sie beide unglücklich machen würde.

Das Gute an dem schweren Schokoladenkuchen war, dass er in ihrem Magen keine Ruhe geben wollte und Stella sich übergeben konnte, als sie und Carmelo zurück ins Hotelzimmer kamen. Sie ließ die Badezimmertür dabei offen, damit Carmelo sah, wie schlecht es ihr ging. Es war eine Schande, die Ente und die schönen Kartoffeln wegzuspülen, aber so erhielt sie sich ihre Jungfernschaft eine weitere Nacht. Sie schlief in ihrem blauen Kostüm, zog nicht mal Strümpfe oder Jacke aus.

Montreal war schön in der ersten Oktoberwoche, das Laub so herbstlich bunt, wie es nur sein konnte. Eine kalte Brise wehte zwischen den steinernen Fassaden, sodass es Stella in ihrem dicken neuen Mantel nie zu warm wurde. Die Stunden verstrichen, und Stellas Beklemmung wuchs, langsam, aber unerbittlich wie der Sand, der sich unten in einer Sanduhr sammelte. Irgendwann würde es so weit sein.

Sie gingen in die Messe in der Basilique Notre-Dame, eine Kathedrale, und endlich begriff Stella, was dieses Wort tatsächlich bedeutete. Die Kirche war größer als das Auswanderungsschiff *Countess of Savoy*, und die hoch oben schwebende Decke wurde von kräftigen, in die Höhe wachsenden Säulen getragen. Stella wäre gern noch für eine zweite Messe dageblieben und hätte sich weiter in der Betrachtung der bunt glitzernden Fenster verloren.

Nach der Messe, beim Essen in der Rue Notre-Dame, erzählte Carmelo Stella von den großen Kathedralen Italiens und dass sie eine Inspiration für alle Kirchenarchitektur seien. »Notre-Dame ist schön«, sagte er, »aber, Stella, unsere Kathedralen sind noch zehnmal schöner.«

Sie konnte sich nicht mal vorstellen, dass zum Beispiel der Petersdom in Rom noch prächtiger war. »Hast du sie gesehen?«

»Nur die Kathedrale in Genua. Als ich vierzehn war, am Nachmittag, bevor ich das Schiff bestieg, um hierherzukommen.« Er blinzelte in die Sonne. »Sie ist sehr alt, Stella, achthundert Jahre. So was haben sie in Amerika nicht.« Er machte eine Pause. »Ich hoffe, es gibt sie noch, nach all den Bomben.«

Ein sentimentaler Mann. Stella sah auf die Krümel ihres Sandwiches.

»In Rom«, sagte er nach einer Weile, und seine Stimme klärte sich wieder. »Der Vatikan, der Petersdom, das ist die großartigste Kirche der Welt. *Certo*. Wir werden da eines Tages hinfahren. Wir werden den Petersdom gemeinsam bewundern.«

Carmelo täuschte sich. Dazu sollte es nie kommen.

An jenem zweiten Abend ihrer Flitterwochen gingen Stella und Carmelo mit Carmela und Paolo in ein Kino, das wie ein Palast aussah. Es gab nur einen Film auf Englisch, eine Liebesgeschichte zwischen einer Pianistin und einem Pianisten. Stella verstand die schnell sprechenden Schauspieler nicht, aber der Film war voller wunderbarer Musik.

Auf dem Weg zurück ins Hotel nahm Carmelo Stellas Hand, und die Angst, die sie während des schönen Tags hatte vergessen können, war wieder da. Sie hatte ihre Deckung aufgegeben und war nett zu ihm gewesen, wie könnte sie jetzt Nein zu ihm sagen? Sie hyperventilierte fast, als Carmelo mit dem Zimmerschlüssel herumhantierte.

Immer noch in ihrem Wintermantel, lief sie zu der Schublade, in die sie ihre Sachen gepackt hatte, nahm alles in den Arm und schloss sich, wie gewohnt, im Bad ein. Angespannt durch den Mund atmend, versuchte sie, sich zu beruhigen, und suchte aus, was sie im Bett tragen wollte: ihr langärmeliges Flitterwochen-Nachthemd über einer langen Unterhose. Letztere hatte sie dabei, weil Za Filomena ihr ein paar Wochen vor der Hochzeit den Tipp einer verheirateten Frau gegeben hatte: Wenn Filomena Zu Aldo signalisieren wollte, dass es kein guter Tag für sie war, trug sie lange Unterwäsche im Bett. Dann war klar, dass er da unten keinen Zugang hatte. »Es ist kein Problem mehr, jetzt, wo wir alt sind und ich meine Wechseljahre hinter mir habe«, hatte Za Filomena ihr anvertraut. »Aber als ich jünger war, habe ich sie manchmal auch angezogen, wenn ich nicht geblutet habe. Weil ich einfach meine Ruhe haben wollte.« Stella hatte dafür gesorgt, dass zu ihrer Aussteuer drei lange Unterhosen gehörten.

Sonst gab es nicht viel, womit sie sich panzern konnte, doch dann kam ihr der Gedanke, noch einen Hüfthalter über die lange Unterwäsche zu ziehen, womit sie sich noch geschützter fühlte. Es würde nicht einfach sein, da durchzukommen, und unmöglich, wenn sie nicht mithalf, dachte sie. Mehr konnte sie nicht tun.

»Ich bin sehr, sehr müde«, verkündete Stella, als sie aus dem Bad trat. Sie war alarmiert, als sie sah, dass Carmelo nur seine Hose und ein ärmelloses weißes Unterhemd trug. Die Konturen seines Körpers, die sie so noch nicht gesehen hatte, erinnerten sie an ihren Vater. Carmelo hatte kräftige, muskulöse Arme, die Arme eines Mannes, der mit zunehmendem Alter stämmig, nicht sehnig werden würde.

Stellas Mund war trocken, und unter ihrem Hüfthalter pochte es. »Ich ... ich bin sehr müde«, sagte sie wieder. Ihre Stimme klang schwach. Sie hasste sich. »Ich gehe schlafen.«

»Stella ...«, begann Carmelo.

»Gute Nacht«, sagte sie und machte das Licht aus.

Ängstlich schlug Stella in der Dunkelheit das Federbett zurück, kroch darunter und schob zur Sicherheit ihr Kopfkissen zwischen sich und die andere Seite des Betts.

Aus Carmelos Richtung kam kein Geräusch, und erst fürchtete Stella, dass sie ihn im Dunkeln verloren hatte, denn das Blut pochte und rauschte in ihren Ohren wie eine wilde Meeresbrandung. Aber dann, nach einer langen Weile, seufzte er laut, und sie hörte, wie er den Gürtel öffnete und aus seiner Hose stieg. Sie war wie gelähmt vor Angst und fragte sich, ob er sie respektieren oder anzufassen versuchen würde. Es dauerte lang, bis sie ihn endlich, endlich schnarchen hörte.

So lag sie in der Dunkelheit, den Kopf flach auf der Matratze, die Füße geschwollen vom langen Gehen in ihren hochhackigen Schuhen über die gepflasterten Straßen, und spürte ihrem rasenden Herzen nach. Es dauerte endlos, Stunden, bis auch sie einschlief.

Am Dienstag musste sie ihre Bemühungen steigern. So knapp wie am Abend zuvor durfte es nicht wieder werden. Heute wollte sie gemein sein, Streit anfangen und alles unternehmen, um ihn abzuschrecken.

Nach einer unruhigen Nacht war sie mit dem ersten Licht aufgewacht und hatte sich schnell angezogen. In der meditativen Stille des Morgens war ihr der Gedanke gekommen, dass Carmelo sie vielleicht, wenn die Flitterwochen nur enttäuschend genug verliefen, danach, wieder in Hartford, ihrer Familie zurückbrachte. Wenn die Ehe nicht vollzogen wurde, konnte sie annulliert werden. Das war ein Hoffnungsschimmer, sie musste nur dafür sorgen, dass er sie hasste.

Am dritten Tag ihrer Flitterwochen hatte Carmelo eine Überraschung für Stella: Er hatte eine Pferdekutsche gemietet, um eine Stadtrundfahrt zu machen. Schweigend fuhren sie dahin, und Stella hielt den Blick in malerische Straßen und Parks gewandt. Sie stellte sich vor, dass Carmelo in sich hineinschimpfte, einen Wochenlohn für etwas zum Fenster hinausgeworfen zu haben, das seine neue Frau nicht genießen wollte. Stella schwelgte in ihrer eigenen schlechten Laune, pflegte ihren Groll und ihre Verbitterung und hoffte, Carmelo würde ihre Boshaftigkeit wie ein giftiger Wind treffen.

Der Tag zog sich hin, und Stellas Missmut nahm auch Carmelo jeden Elan. Das Schlimmste, für alle, sollte jedoch erst noch kommen, beim Abendessen mit den Martinos. Carmelas warmherziges, beflissenes Geplauder machte Stella ganz schwindelig. Sie musste jedes noch so kleine Pflänzchen einer Freundschaft, das Carmela zwischen ihnen aufkeimen sehen mochte, rücksichtslos ersticken.

Während des gesamten Essens sagte sie kein Wort, ignorierte Fragen und wich jedem Blick aus. Carmelo hintertrieb ihre Versuche, Feindseligkeit zu säen, jedoch erfolgreich, indem er sie schamlos in Schutz nahm, lachte und Witze erzählte und sich bei Carmela und Paolo ausgiebig dafür entschuldigte, dass er Stella einen so ermüdenden Tag zugemutet habe. Er reichte einfach noch nicht, Stella musste noch eins drauflegen.

Die Gelegenheit kam, nachdem der Hauptgang aufgetragen worden war. Carmela sagte zu ihrem Bruder: »Es ist schwierig für uns, Urlaub zu nehmen, aber wir werden euch in Hartford besuchen, wenn ihr ein Baby bekommt. Ich hoffe, dass das schon sehr bald der Fall ist.«

Das war Stellas Stichwort, jetzt konnte sie gemein werden. »Ich verstehe nicht«, sagte sie und überraschte alle mit der glockenhellen Klarheit ihrer Stimme, »warum ihr so an unseren zukünftigen Kindern interessiert seid, wo ihr doch selbst keine Anstalten macht, welche zu bekommen.«

Das daraufhin eintretende Schweigen dauerte so lange, dass es selbst Stella, der Verursacherin, zu viel wurde. Paolo starrte auf seinen Teller.

»Wir bemühen uns seit unserer Hochzeit«, sagte Carmela. Die gewohnte Herzlichkeit war aus ihrer Stimme geschwunden.

»Ich … ich hatte bisher kein Glück. Aber Gott weiß, was das Beste ist.«

»Kein Glück?« Stella legte ihre Gabel ab. Gemein, sie wollte gemein sein. Ihr Magen verkrampfte sich warnend, doch sie zwang die Worte heraus: »Das stimmt, Gott weiß, was das Beste ist. Vielleicht denkt er ja, du verdienst es nicht, eine Mutter zu sein.«

»Stella«, sagte Carmelo. Er war schockiert. »Wie kannst du so etwas sagen?« Sie wusste, dass er an Tina dachte, deren Gesicht sie aus ihrem Kopf zu vertreiben versuchte.

»Ich finde es ziemlich unverschämt«, sagte Stella so laut, dass es an den Tischen um sie herum leiser wurde. Sie richtete ihren Blick auf Carmela und verengte die Augen, um nicht aus Versehen zu blinzeln oder gar wegzusehen. »Uns mit Fragen zu unseren Kindern anzugreifen. Manche Leute sollten lernen, sich um ihre *cazzi* zu kümmern.« Stella war froh, dass das Licht so gedämpft war, da sie diesen vulgären Ausdruck nicht benutzen konnte, ohne zu spüren, wie ihr die Hitze ins Gesicht schoss. Sie hatte das Wort noch nie laut ausgesprochen, nur ihren Vater und Joey es benutzen hören. Aber es hatte den gewünschten Erfolg.

Carmela sah Paolo an, das Gesicht so verhärmt wie das einer alten Frau. »Können wir gehen?« Sie wartete nicht auf seine Antwort und ließ die Serviette auf ihren Teller fallen, als sie sich erhob. Paolo stand ebenfalls auf und zog seine Brieftasche heraus, während Carmela zur Garderobe lief.

Carmelo protestierte. »Paolo, bitte nein, das machen wir.«

»Nein, nein«, sagte Paolo mit seiner sanften, zurückhaltenden Stimme. »Bitte, lass mich. Carmela meint es nur gut.«

Carmelo versuchte, Paolos Großzügigkeit abzuwehren, doch der legte einige Geldscheine auf den Tisch und folgte seiner Frau nach draußen. Carmelo stand wie betäubt da. Stella schlug das Herz bis zum Hals. Einige der anderen Gäste starrten Stella offen an, die sich damit tröstete, dass die meisten dieser Französisch sprechenden Leute wahrscheinlich keine Ahnung hatten, wie gemein sie gewesen war. Sie aß ein kleines Stückchen ihres Schweinefleisches und versuchte, den Geschmack zu genießen.

Carmelo setzte sich wieder und sagte ein paar Minuten lang nichts. Stella widmete sich ihrem Fleisch, aber sie musste es in winzige Stücke schneiden und lang kauen. Ihr Magen war empfindlich, fast wund wegen dem, was sie getan hatte.

»Lass uns gehen, Stella«, sagte Carmelo schließlich.

»Nein«, sagte sie und klang bewusst taktlos und missbilligend. Sie konnte ihn nicht ansehen. »Warum sollten wir all die teure Sachen verschwenden? Das wäre dumm.«

Schweigend saßen sie da, während sich Stella durch ihr Essen arbeitete und zwischendurch kleine Schlucke Wein nahm, um ihren Magen zu beruhigen. Der Kellner kam herüber, um zu sehen, ob etwas nicht stimmte, und Carmelo kämpfte sich durch ein kurzes Gespräch, bei dem er umständlich erläuterte, dass er bezahlen wolle. Als sie Carmelos großartige Gesten sah, loderte Zorn in Stella auf.

Der Kellner brachte das Wechselgeld, Carmelo trank sein Glas aus und griff nach Paolos. Und als Stella ihr letztes Stück Fleisch aß, sagte er plötzlich: »Sie hat es nur gut gemeint. Ich weiß es, weil sie meine Schwester ist, aber vielleicht war es etwas viel, uns nach unseren Kindern zu fragen. Allerdings tun das manche nun mal, auch wenn sie es nicht sollten«, sagte er ziemlich schnell, zu sich selbst, dachte Stella, nicht zu ihr. »Sie wollte nur zeigen, dass ihr die Familie wichtig ist. Mehr nicht. Du solltest das Ganze einfach vergessen.« Jetzt sprach er mit *ihr* und berührte wieder ihren Ellbogen.

Sie hob den Blick und sah sein sanftes Lächeln und seine traurigen Augen im Kerzenlicht. »Ich hoffe, du sorgst dich deswegen nicht, Stella«, sagte Carmelo. »Ich weiß, es wird ihr leidtun, dass sie dich aufgebracht hat. Sie will nur deine Freundin sein und hat einen Fehler gemacht.«

Stella wurde es schlecht. Wie konnte er sich auf ihre Seite schlagen? Warum nahm er seine Schwester nicht in Schutz und beschimpfte seine bösartige, vulgäre Frau? In diesem Moment war Stella sicher, dass sie der Welt Schaden zugefügt hatte, ohne selbst dadurch zu gewinnen.

»Ich bin jetzt so weit, wir können gehen«, sagte sie und klang wie ein Kind.

Als sie in ihr Hotelzimmer kamen, wurde Stella von Angst und Gewissensbissen gequält. Es war schrecklich, was sie getan hatte, schrecklich. Aber sie musste stark sein und dabei bleiben. Sie riss sich zusammen, räusperte sich und sagte zu Carmelo, dass sie das, was geschehen sei, zu sehr mitgenommen habe und sie ihn heute nicht mehr ansehen könne, er gleiche dieser Frau zu sehr. Sie starrte vor sich auf den Boden. »Du lässt mich besser allein.«

Er erwiderte nichts, und als sie endlich den Blick hob, schien er ungläubig seine Wut zu unterdrücken, nahm jedoch seinen Mantel und sagte: »Ich denke, ich gehe was trinken.« Damit verließ er das Zimmer.

Stella sah ihn in dieser Nacht nicht mehr. Sie hatte Schwierigkeiten einzuschlafen, fühlte sich schuldig und suchte nach Rechtfertigungen. Als sie am Morgen aufwachte, war das Bett auf der anderen Seite so unberührt wie am Abend zuvor.

Unsicher, was sie mit sich anfangen sollte, zog Stella ihr viertes Flitterwochenkleid an. Es war mattgrün und erinnerte sie an die graugrünen Olivenbäume zu Hause in Ievoli. Stella ging hinunter in den Salon des Hotels, wo das Frühstück serviert wurde, setzte sich an einen Tisch und trank eine Tasse Kaffee, die ihr eine Bedienung einschenkte. Dazu aß sie etwas Gebäck und fühlte sich schuldig. Andere Gäste kamen, um zu frühstücken, und gingen wieder, und Stella trank noch eine Tasse Kaffee. Sie konnte nicht zurück in ihr Zimmer, da Carmelo den Schlüssel hatte, und sie wusste nicht, wo er war. Aber das wollte sie ja. Sie wollte in Ruhe gelassen werden.

Sie betrachtete ihr grünes Kleid, dessen Farbe sie tröstete. Es erinnerte sie an den jungmädchengrünen Rock ihrer Pacchiana, die sie sicher zehn Jahre nicht mehr getragen hatte. Heute, wo sie eine verheiratete Frau war, wäre er rot. Aber sie trug immer noch ihr jungfräuliches Grün. Vorsichtig schob sie die Ärmel hinauf, sodass man die Narben sehen konnte. Wie weit weg war jene gefährliche, schöne Welt, in der sie so oft fast gestorben wäre? Sieben Jahre lag das letzte Mal zurück, als sie sich beinahe selbst umgebracht hätte, um einem Albtraum zu entfliehen, der mittlerweile Teil ihres alltäglichen Lebens geworden war. Wie schnell diese letzten sieben Jahre doch vergangen waren, ganz so, als wären sie unwichtig gewesen, nicht mehr als ein endloser Kreislauf aus Bügeln, Beten, Lockenlegen und Deckchenhäkeln, der alles zusammenhielt und gleichzeitig auflöste. Es gab ein paar dunkle Flecken und Höhepunkte, doch sogar die verliefen ineinander, als hätten alle Erinnerungen ihre Bedeutung verloren.

Stella wurden mögliche schwierige Gespräche erspart, weil Carmelo in den Salon kam, als die alte Standuhr beim Kamin Viertel nach neun zeigte. Er trug ein frisches gelbes Hemd mit geknöpftem Kragen, und auch sein Jackett war frisch gebügelt. Er musste dies selbst oben in ihrem Zimmer getan haben.

»Guten Morgen, Stella«, sagte er und setzte sich auf den Platz ihr gegenüber. Sein schwarzes Haar war gewaschen und exakt gescheitelt.

»Guten Morgen«, antwortete sie. Sie fragte sich, wo Carmelo die ganze Nacht gewesen war. Bei seiner Schwester? In einem anderen Hotel? Einem Hurenhaus?

Sie wechselten während des Frühstücks kein weiteres Wort mehr. Stella trank noch eine Tasse Kaffee, während Carmelo zwei Scheiben Toast mit Marmelade aß.

Zwei Tage noch musste sie überstehen und zwei weitere Nächte.

Am Mittwoch litt Stella unter den Folgen ihres schlimmen Verhaltens, ihr gesamter Körper verspannte sich um die Schuld in ihrem Bauch. Carmelo brachte sie zum Anleger, wo sie eine Touristenfähre bestiegen, die den Fluss hinunter- und anschließend wieder hinauftuckerte. Es gab eine Bar an Bord, und Carmelo kaufte sich eine Flasche Bier. Stella fühlte sich zu unwohl, um auch nur ein Glas Wasser zu trinken.

Abends gingen sie ohne Carmela und Paolo essen. Carmelo suchte ein Restaurant nicht weit vom Hotel aus. Der Kellner war unfreundlich und machte ein großes Theater darum, die französischen Wörter nicht zu verstehen, die Carmelo von der Speisekarte ablas. Sie aßen schweigend. Stellas Leiste schmerzte, es war ein Stechen, wie sie es manchmal während ihrer Periode spürte, aber sie wusste, heute war es, unglücklicherweise, eine Folge ihrer Schuldgefühle. Was dachte Carmelo? Gab er sie bereits auf? Gegen Ende des Essens ging er zur Toilette, und Stella nutzte die Gelegenheit, ein Steakmesser in ihre Handtasche zu stecken. Es fühlte sich melodramatisch an, aber vielleicht musste sie später ja melodramatisch werden.

Der Weg zurück zum Hotel war zu kurz. Als Carmelo die Tür zu ihrem Zimmer hinter sich schloss, sagte Stella: »Komm besser nicht auf den Gedanken, mich jetzt anfassen zu wollen.«

Er drehte sich zu ihr hin und nahm den Hut ab. Seine Wangen waren gerötet und seine Augen voller Zorn. »Das ist lächerlich«, sagte er. »Denkst du, ich weiß nicht, was du im Schilde führst?« Sie antwortete nicht. »Wir sind verheiratet«, erklärte er ihr. »Es ist mein Recht.«

»Wenn du es versuchst, wirst du sehen, was du davon hast«, sagte Stella. Sie hasste ihn in diesem Moment, und sie war sich sicher, er sie auch. »Und wenn ich mit einem Messer unter dem Kissen schlafen muss.«

Es kam zu einer unguten Pause, in der beide nachdachten, was sie als Nächstes sagen sollten. Nachdem sie etwas zu lang gewartet hatte, öffnete Stella den Verschluss ihrer Handtasche, schob die Handschuhe zur Seite und holte das Steakmesser hervor.

»Das ist ja lächerlich«, sagte er wieder. »Wie stellst du dir das vor? Denkst du, wir verbringen den Rest unseres Lebens zusammen, ohne miteinander zu schlafen?«

»Wenn ich es verhindern kann …«, antwortete sie.

Damit war es heraus.

»Zieh dich aus und bring es hinter dich.« Carmelo wurde lauter. »Du wirst sehen, es ist keine große Sache.«

Stellas Magen zog sich zusammen, ihr Inneres verhärtete sich. »Nein, niemals.«

Carmelo riss die Arme hoch. Der Zimmerschlüssel flog gegen die Wand und fiel auf den Teppich. »Erinnerst du dich an das, was du gestern zu meiner Schwester darüber gesagt hast, dass Gott sie bestraft? Wie soll das gehen? Was sagst du, wenn die Leute fragen, warum du kein Baby bekommst?«

»Das geht sie nichts an«, sagte Stella. Der Gedanke an Carmela erfüllte sie mit einem tiefen Schuldgefühl.

»Sicher, es interessiert sie ja auch nicht. Weil die Welt nun mal ist, wie sie ist.«

»Es ist ganz einfach.« Stella räusperte sich, um ihre Stimme zu festigen, bevor sie hinzufügte: »Ich sage ihnen einfach, dass deine *pistola* nicht funktioniert.«

Auch die letzten Reste von Güte verschwanden aus Carmelos Gesicht. »Okay, Stella. Warum durchdenkst du das nicht ein bisschen? Ist dir klar, wie ich dann dastehe?«

»Ich denke …« Stella musste sich erneut räuspern. »Ich denke, ich möchte ins Bett.« Sie hob demonstrativ ihr Kissen an und legte das Steakmesser darunter. »Vielleicht ist es das Beste, wenn du auf dem Boden schläfst.«

»Nein, danke«, sagte Carmelo. »Ich bin nicht müde. Ich denke, ich gehe was trinken.« Er hob den Hut in ihre Richtung und sagte auf Englisch: »Ich wünsche Ihnen einen schönen Abend, Signora Maglieri.«

Sie hatte sich für eine weitere Nacht gerettet, lag im Bett und versuchte, der Panik Herr zu werden, die sie während ihres Gesprächs erfüllt hatte. Ihr Herz schmerzte, es kam seit so vielen Tagen nicht zur Ruhe.

Am Donnerstag erwachte sie im schwachen Dämmerlicht des Morgens, wieder in einem halb leeren Flitterwöchnerbett. Sie hatte nicht daran gedacht, die Vorhänge zuzuziehen, lag zwischen den zahllosen Schmuckkissen und beobachtete, wie das gelbe Morgenlicht an der Decke intensiver und heller wurde. Was für ein Bett das doch war. Sie würde nie wieder in etwas Ähnlichem schlafen und wünschte, sie hätte es genießen können.

Endlich, als sie dringend zur Toilette musste, stand sie auf, schloss die Badezimmertür hinter sich ab und duschte lang. Sie ließ das heiße Wasser über sich rauschen und brachte danach vor dem Spiegel ihre Locken wieder in Ordnung. Heute würde sie ihr letztes Kleid tragen, ihr rosafarbenes Osterkleid.

Stella hatte sich gerade den Hut ins Haar gesteckt, als sie den Schlüssel in der Tür hörte. Sie stand beim Fenster und leerte abgerissene Eintrittskarten aus ihrer Handtasche auf den Nachttisch. Carmelo schloss die Tür hinter sich, warf den Hut aufs Bett und zog seinen Wintermantel aus. Er sah zerzaust aus, das Haar unordentlich – wie ein Mann, dachte Stella, der in einem Sessel geschlafen hatte.

»Zieh dich aus und leg dich ins Bett«, sagte er zu ihr.

Sofort pochte ihr das Blut wieder in den Ohren. Ihre Finger fuhren starr über die abgerissenen Karten. Sie stieß ein Lachen aus, als machte er einen Witz.

»Zieh dich aus und leg dich ins Bett«, wiederholte er. »Du bist nicht meine Ehefrau, bis du es tust, und ich fahre mit einer Ehefrau nach Hause.«

»Nein«, sagte sie und kehrte ihm den Rücken zu. Das Messer war weit weg, und er kam zu ihr. Sie konnte seine Schritte auf dem dicken Teppich hören.

»Du bist meine Frau, Stella, und Frauen tun, was ihre Männer ihnen sagen, und ich sage dir jetzt, dass du dein Kleid ausziehen sollst.« Seine Finger schlossen sich um ihren Oberarm.

»Nimm deine schmutzigen Hände von mir«, sagte Stella und machte sich von ihm los. Sie hätte auf den Gang hinaus- und die Treppe hinunterlaufen können, stattdessen aber tat sie, was sie normalerweise tat, lief ins Bad und warf sich mit ihrem ganzen Gewicht gegen die Tür, um sie zu schließen. Aber nein, er hatte den Fuß hineingestellt und drückte sie auf. Sie hielt mit aller Kraft dagegen, ihre hochhackigen Schuhe rutschten über die vom Duschen feuchten Kacheln, und in ihrem Kopf war nur noch Panik. Er war so stark, sie vermochte ihm nichts entgegenzusetzen. Die Tür öffnete sich, unvermeidlich, und er war bei ihr im Bad.

Er stieß ihr gegen die Schulter, sodass sie sich drehte und in den Spiegel sah. Mit dem linken Arm zog er ihr die Ellbogen hinter den Rücken, dass ihr die Schultern schmerzten, drückte sie gegen das Waschbecken, zog ihr das Kleid hoch und riss Mieder und Strümpfe herunter. Es dauerte lang, weil das Gummi fest war, und als er es zu zerreißen versuchte, schnitt es in ihr zartestes Fleisch.

Stella war in ihrem Traum gefangen, es war die gleiche apathische Hilflosigkeit, die Hände waren so grob und zielstrebig, während sie in Kraftlosigkeit versank. Kalter Marmor drückte gegen ihren Bauch, sie starrte in ihr ausdrucksloses Gesicht, Haut rieb über Haut, trocken, furchterregend, doch das war nur das Vorspiel zum wirklichen Schmerz. Ihr Kopf war leer, ein grau-weiß traumverlorenes Nichts.

Du hältst so eng daran fest, so furchtsam über so lange Zeit, und dann ist es so schnell verloren wie ein Topf Wasser, der in einen Fluss geleert wird.

Sie spürte ihr Blut am linken Schenkel hinunterrinnen, eine sich schnell bewegende Perle, der Marmor an ihrem Bauch wurde warm. Carmelos Gesicht im Spiegel zeugte von höchster Konzentration, während er stieß und stieß und stieß, hin zu einem gewollt schnellen Schluss. Seine Flüssigkeit folgte der Blutperle über den gleichen Pfad ihren linken Schenkel hinunter, und als er sich mit einem lauten Seufzen aus ihr zurückzog, sah er seinen rosa gefärbten Samen auf dem weißen Fliesenboden, milchig klar wie das Eiweiß eines befruchteten Hühnereis. Carmelo verließ das Bad, schloss die Tür hinter sich, und Stella kniete sich auf den Boden und wischte die klebrige Masse mit Toilettenpapier auf.

TEIL III: REIFE

Fhijlii picciuli, guai picciuli; fhijlii randi, guai randi.
Kleine Kinder, kleine Probleme; große Kinder, große Probleme.

Kalabrisches Sprichwort

U lupu perde llu pilu, ma no llu vizzu.
Ein Wolf mag sein Fell verlieren, aber niemals seine Verderbtheit.

Kalabrisches Sprichwort

Chi sulu mangia sulu s'affuca.
Wer allein isst, verschluckt sich allein.

Kalabrisches Sprichwort

TOD 6: AUSBLUTEN (MUTTERSCHAFT)

Eines Morgens im September 1954 wachte Stella Maglieri allein in dem Bett auf, das sie sich mit ihrem Mann teilte. Er war bereits vor Stunden zu seiner Fünf-Uhr-Schicht in der Elektrofirma gefahren. Das Morgenlicht lag mandarinenfarben auf den Lamellen der Jalousie. Stella starrte auf das Laken, das sich eng über die perfekte Kugel ihres Bauchs legte. Darin befand sich ihr rastloser fünfter Fötus. Wenn er lebend zur Welt kam, war es ihr viertes Kind. In der Wiege neben ihr lag ihr zehn Monate altes, drittes Baby und jammerte. Im umgebauten Wandschrank schliefen ihr erstes und zweites Kind in einem Etagenbett. Während sie zusah, wie die Sonne über ihren Bauch strich, sagte eine Stimme in ihrem Kopf: *Du bist ein Niemand.*

Einen Moment lang lag Stella wie erstarrt da und fragte sich, ob da noch jemand im Haus war. Die Stimme klang klar wie die eines Vorarbeiters in der Fabrik. *Du bist ein Niemand.* Nur, dass sie schon seit sechs Jahren in keiner Fabrik mehr gearbeitet hatte, und im Übrigen klang die Stimme ganz wie ihre eigene.

Du bist ein Niemand, sagte sie erneut.

Und so war es.

Dies ist die Geschichte, wie Stella Fortuna zum sechsten Mal fast gestorben wäre.

* * *

Vor der Mutterschaft liegt die Schwangerschaft, und zu der kam es wahrscheinlich bereits im Hotelbadezimmer in den Flitterwochen in Montreal. Dort hatte Stella Fortuna, die bereits fünf Beinahe-Tode überlebt hatte, durchleiden müssen, was sie noch mehr als den Tod gefürchtet hatte. Und dieses Mal hatte niemand Mitleid mit ihr.

Während der dreizehnstündigen Zugfahrt nach Hause sah Stella nichts von der Schönheit des bunt lodernden Neuengland-Laubes entlang der Wasserwege draußen vor dem Fenster. In ihr war es grau, und dieses Grau erfasste die ganze Welt. Jemand hätte ihr den Hut vom Kopf stehlen können, ohne dass sie es bemerkt hätte. Und in all dem Grau gab es einen einzigen, ständig wiederkehrenden Gedanken: Ich bin keine Jungfrau mehr. Sie hatte die *rosetta* aufgegeben. Selbst jetzt noch war etwas von einem anderen Körper in ihr. Es war vorbei, es war vorbei, sie hatte keine Wahl mehr, keine Chance, davonzulaufen. Niemals würde sie ihre Unschuld zurückbekommen.

Das war der Beginn ihres verheirateten Lebens.

Als sie in Hartford ankamen, ging Carmelo Maglieri mit seiner neuen Frau deren Familie besuchen, noch bevor sie in seine Wohnung fuhren. Carmelo und Stella tranken an Assuntas Esstisch Kaffee und aßen übrig gebliebene *chiacchiere* von der Hochzeit. Tina hatte einen Orangenkuchen gebacken, und Assunta holte ihre gelben Glasteller heraus, als wäre es ein besonderer Anlass.

Stella saß müde da und schämte sich. Sie überließ Carmelo das Erzählen, obwohl sie wusste, dass das zu ihrem Urteil über sie beitrug: Er hatte sie gebändigt, mussten sie denken, hatte sie bezwungen, endlich hatte es einer geschafft. Das, was alle am Tisch wussten, war, dass Stella, seit sie sie dass letzte Mal gesehen hatten, defloriert worden war. Sie fragten sich, wie der Akt sie verändert hatte, so wie die Leute immer über eine Frau redeten, wenn sie *es* erlebt hatte. Sie musste es nur gemacht bekommen, dachten sie, und schon verhält sie sich wie eine normale Ehefrau. Stella wusste, dass es niemanden gab, auch unter den von ihr am meisten geliebten Menschen nicht, der irgendeine

Art von Mitleid mit ihr verspürte. Während Carmelo geschönte Geschichten über Montreal erzählte und die Kuchengabeln auf Assuntas dünne Dessertteller klickten, sah sich Stella verstohlen am Tisch um und musterte die Anwesenden. Ihre gebeugte, lächelnde Mutter, die Augen feucht vor Herzenswärme für ihren gut aussehenden neuen Schwiegersohn. Ihre neugierige Schwester, die auch ihr Blicke zuwarf. Und ihren grinsenden, feixenden Schwager Rocco. Sie konnte nicht beeinflussen, was Rocco sich vorstellte, und der Umstand, dass es der Wahrheit wahrscheinlich recht nahe kam, ließ sie ihre Schwäche schmerzhaft spüren.

Ausnahmsweise einmal wünschte sich Stella, dass Tina sie mit ihren allzu unverblümten Fragen bedrängte. Sie wollte ihr ganzes Leid vor ihr ausbreiten, wusste aber nicht recht, wie. Vielleicht bekam Tina es mit ihrer offenen Art aus ihr heraus. Aber die Schwestern hatten nicht einen Moment für sich.

Als es dämmerte, trug Carmelo die Kisten mit Stellas Kleidern in seinen Wagen. Er öffnete ihr die Beifahrertür, und sie setzte sich hinein, während ihre Familie von der Tür aus zusah. Jetzt gehörte sie Carmelo, und ihr Schicksal war es, ihm zu folgen, wohin er sie führte. Tina winkte, als Carmelo davonfuhr, aber Stella konnte sich nicht dazu überwinden, zurückzuwinken.

Carmelos Wohnung in der Front Street befand sich in einem Junggesellenhaus. Fünf Etagen mit Einzelzimmern, einer gemeinsamen Küche und einem einzigen Bad unten im Erdgeschoss. Das Haus war sechzig Jahre alt und entsprach längst nicht den aktuellen Wohnvorschriften. Seit den Überschwemmungen in den 1930er-Jahren saß Schimmel im Gemäuer. Es sollte nur ein vorübergehendes Provisorium für die beiden sein, war aber dennoch widerlich. Die Gänge waren niedrig und düster, und in der Küche schien immer etwas herumzuhuschen.

Carmelos Zimmer lag im zweiten Stock. Es gab ein an die Wand genageltes Einzelbett, einen Kleiderschrank und ein Regal, auf dem Carmelo seine Töpfe, Pfannen und Lebensmittel aufbewahrte, damit sich weder Schaben noch Nachbarn daran vergreifen konnten. Sonst war da nur noch ein Kartentisch mit einem Klappstuhl, der so aussah wie die, die sie in der Italienischen Gesellschaft hervorholten, wenn es ein Fest gab.

Carmelo machte Stella höflich zwei Drittel des Schranks für ihre Kleider frei, und er hielt auch sein Versprechen und bat sie nie darum, beim Kochen zu helfen. An diesem Abend gab er verschiedene Dinge von seinem Vorratsregal in einem Topf und sagte: »Ich lass dich in Ruhe auspacken.«

Stella hatte das Gefühl, als existierte die Welt um sie herum nicht wirklich. Eines nach dem anderen schüttelte sie ihre Kleider in der unbewegten, schalen Stille des Zimmers aus. Die Straße draußen verblasste bereits in der Dämmerung, die Oktobersonne war hinter dem Horizont verschwunden. Als es noch dunkler wurde, sah sich Stella nach einem Lichtschalter um, konnte aber keinen finden. Vor zehn Jahren hatte sie elektrisches Licht nicht gekannt, und jetzt war sie nicht sicher, wie sie sich ohne zurechtfinden sollte.

Als Carmelo eine halbe Stunde später zurückkam, saß sie im Dunkeln. Er setzte den dampfenden Topf auf dem Tisch ab, öffnete eine Kommode und holte drei kleine Kerzen heraus, die er auf einen Teller stellte und mit dem Feuerzeug entzündete, das er immer dabeihatte. Dabei summte er eine Melodie, die sie nicht kannte. Im Licht der Kerzen sah Stella die Hitzeflecken auf dem Tisch zwischen ihnen. Im Topf war *pasta e fagioli*, und es roch nicht schlecht.

Carmelo löffelte Stella etwas Suppe in eine Schale, packte ein Stück sehr guten Parmesan aus, auf dem Salzkristalle funkelten, und rieb ihr etwas davon über die Suppe. Sie sah zu, wie die Stückchen in der heißen Flüssigkeit schmolzen, eine extra Käseration von diesem Mann, der ihr wieder einmal zeigen wollte, wie großzügig er war. Wussten sie beide bereits, dass es zu spät war? Oder nur sie?

Sie waren müde von der Zugfahrt und dem schwierigen letzten Abend, und so sprachen sie kaum. Carmelo sagte, wann er am nächsten Morgen aus dem Haus gehen würde und wo etwas Geld für den Notfall und die Wertsachen aufbewahrt wurden. Als er keine Ratschläge mehr zu geben hatte, schaltete er einen Sender im Radio ein, der Big-Band-Musik spielte. Sie aßen und tranken dazu jeder zwei Glas Rotwein aus einem Acht-Liter-Krug. Anschließend sammelte Carmelo das schmutzige Geschirr und den Topf ein und verschwand wieder in der Küche.

Stellas Magen war ein harter Ball. Sie konnte nicht mehr kämpfen, nur noch verlieren. Während die Saxophone im Radio röhrten und rumpelten, zog sie Hüfthalter und Unterwäsche aus und ihr weißes Nachthemd an und legte sich in Carmelos Bett. Die Erinnerung an das, was in Montreal geschehen war, an den sich aufwärmenden Marmor an ihrem Bauch, als er in sie stieß, flammte schmerzhaft in ihrer Erinnerung auf, und während sie darauf wartete, dass er aus der Küche zurückkam, fragte sie sich, ob schon ein Baby in ihrem Bauch heranwuchs und es bereits zu spät war. Sie musste es annehmen, musste glauben, dass alle Hoffnung verloren war, alles andere wäre unerträglich gewesen, weil sie dann jedes Mal, wenn sie es tun musste, denken würde: *Pflanzt er heute ein Baby in mich? War ich bis jetzt noch sicher?*

Carmelo kam zurück und verteilte das saubere Geschirr auf dem kalten Heizkörper, damit es trocknen konnte. Er blies die Kerzen aus, und in dem durch das vorhanglose Fenster fallenden Straßenlicht sah Stella, wie er sein Hemd auszog, es in den Schrank hängte, dann Gürtel und Hose, die er über den Stuhl legte, und zuletzt Unterhemd und Unterhose.

Wie konnte er vor ihr so sicher auftreten? War er schon mit so vielen Frauen zusammen gewesen, dass es ihm nichts mehr ausmachte, sich vor einer auszuziehen? Oder bedeutete seine mangelnde Scham, dass es ihm egal war, was sie von ihm hielt? Warum sollte es auch anders sein, dachte sie. Er muss mich nicht mehr umwerben.

So sah also er nackt aus, überraschend weniger beeindruckend ohne seine schicken Sachen, sogar ein wenig komisch mit seiner übertriebenen Arbeiterbräune und dem wenig bedrohlichen, teigigen Penis samt Hodensack, die aus dem schwarzen Schamhaarnest heraushingen. Ihr Magen krampfte sich besorgt vor dem zusammen, was gleich kommen würde. Dass Carmelo tatsächlich so weit weniger furchterregend schien, ließ sie sich noch schwächer fühlen, noch erbärmlicher, weil sie sich ihm gestern ergeben hatte.

Ihr Mann kam zum Bett und zog die Decke von ihren Beinen, kniete sich neben sie und schob das spitzenbesetzte Nachthemd hoch. Wenn es ihm gefiel, zu sehen, dass sie keine Unterhose trug und es diese Art von Hindernis wie abends zuvor nicht geben würde, ließ er es sich nicht anmerken. Mit einer entschiedenen, kräftigen Bewegung hob er ihre Hinterbacken von der Wand weg, und im Halbdunkel sah sie, wie sich der Umriss seines Penis zu verändern begann und von seinem dunklen Hodensack aufstieg.

Es war so weit, es würde wieder geschehen. Stella befand sich außerhalb ihres Körpers, wie an jenem Tag im Schweinekoben, als sich die unsichtbare Hand um die ihre geschlossen hatte. Sie sah zu, wie Carmelo ihre Knie arrangierte. Ihr Ehemann, der Mann, mit dem sie den Rest ihres Lebens verbringen sollte – es war ihm gleichgültig, wie verletzt oder verängstigt sie war. Er machte sie gebrauchsfertig. Ein kalter Luftstrom richtete die Haare auf ihrer heißen, geheimen Haut auf, als er sich in die Hand spuckte und nach unten griff, um sich den Penis zu reiben. Sie spürte ihr Herz in ihrer Leiste schlagen, als sich sein Bauch kurz auf ihren legte. Scheu und Ekel sammelten sich in ihr und formten einen harten, runden Stein. Und dann war er wieder in ihr.

Ihre Haut dort war zart, und sie erschauderte, als er in sie eindrang. Der Schmerz ließ jedoch schnell nach, und eine Weile war es eine absurde, sonst aber wenig bemerkenswerte rhythmische

Aktivität, bei der sie Carmelo beobachtete: stoßen, stoßen, stoßen. Er schien entrückt, fasste hin und wieder nach ihrer Brust unter dem Stoff des Nachthemds und drückte sie sanft.

Nach ein paar Minuten jedoch meldete sich der Schmerz wieder und änderte sich, als sein Stoßen trockener und grober wurde. Es wurde stetig schlimmer, und auch Carmelo schien es zu spüren, der immer heftiger in sie hineinstieß. Als es anfing, so sehr zu schmerzen, dass Stella überlegte, ob sie ihn bitten sollte aufzuhören, stieg ein ächzendes Geräusch tief aus seiner Kehle auf, er erstarrte, und sein Leib bäumte sich genauso auf, wie sie es bei ihrem Vater auf ihrer Mutter gesehen hatte. Ein paar Sekunden verstrichen, dann zog sich Carmelo etwas unbeholfen zurück, stieß mit seiner Kniescheibe auf ihre, woraufhin sie aufschrie und er sich entschuldigte.

Stella lag reglos da, während Carmelo wieder in seine Unterhose stieg. So ohne Decke spürte sie, wie die kalte Luft die Feuchtigkeit auf der weichen Haut ihres Schenkels abkühlte. Wie gern hätte sie sich das, was dort klebte, abgewischt, wollte es aber nicht berühren. Bei dem Gedanken, es an ihren Fingern zu fühlen, ballte sie die Hände zusammen.

»Willst du nicht ins Bad?«, fragte Carmelo.

Stella schüttelte den Kopf, was dumm war in der Dunkelheit, doch sie fand ihre Stimme nicht. Er musste sie dennoch verstanden haben, denn er kam zurück ins Bett, zog die Decke bis zur Brust hoch und sagte: »Nun, gute Nacht.« Das war es, mehr brauchte es nicht, und nach ein paar tiefen, lauten Atemzügen begann er zu schnarchen.

Stella lag da in dem schmalen Bett, eine Hüfte am kalten Putz der Wand, die andere am heißen Schenkel ihres Mannes. Sie hatte keinen Platz für ihre Arme, also faltete sie die Hände auf dem Bauch. Und so erschöpft, wie sie war, dachte sie nicht mehr an Angst und Ekel, Verzweiflung und Ausweglosigkeit, sondern schlief irgendwann ein.

So war ihre Ehe, ein gemeinsames Leben auf engstem Raum mit einem Mann, dessen persönliche Gewohnheiten ihr fremd waren, nicht so vertraut wie die ihrer Familie, mit denen sie aufgewachsen war.

Stella hasste das Haus, in dem sie wohnten. Sie besaßen nicht viel, somit war das Zimmer wenigstens nicht zu voll. Ihre Hochzeitsgeschenke blieben in der Bedford Street, bis sie etwas Eigenes, Größeres gefunden hatten. Vor allem das gemeinsame Bad war täglich aufs Neue eine Demütigung. Zwei Etagen musste sie hinab und sich hinten anstellen, und jeder, der das Haus betrat oder hinausging, sah, wer wartete. Eine günstigere Situation für einen Einbruch oder eine Belästigung konnte sich Stella nicht vorstellen. In der Schlange standen nur Männer, und man wusste immer, wer von ihnen eine Nummer zwei plante, denn der hatte ein Bündel Papier dabei. In ihrer Kindheit hatte Stella ihre Notdurft im Wald verrichten müssen, aber das hier war schlimmer. Wenigstens war sie im Wald für sich gewesen.

Und dann die alles umfassende Intimität mit Carmelo, zusätzlich dazu, dass sie ihm ihren Körper für seine Bedürfnisse überlassen musste. Zum Beispiel, wenn er zusah, wie sie sich Haare aus ihrem Unterarm rupfte. Sich voreinander anzuziehen war ihr ebenfalls unangenehm, wobei es Carmelo zu gefallen schien, dass seine Frau sah, wie er Hose und Unterhose noch einmal hinunterschob, um ein paar Korrekturen in Bezug auf seine männliche Ausstattung vorzunehmen, bevor er den Gürtel schloss. Das war das Leben einer verheirateten Frau, begriff Stella. Sogar intime Dinge voreinander tun zu müssen, ohne ein Wort darüber zu verlieren.

Stella war nicht wirklich selbstmordgefährdet, sie hatte noch nie sterben wollen. Dafür hatte sie schon zu sehr um ihr Leben gekämpft. Dennoch wünschte sie oft, das alles nicht erleben zu müssen. Ihre gegenwärtige Existenz war die perverse Verwirklichung ihrer größten Angst.

Es war die Zeit, in der sich ein Gedanke in ihrem Kopf festsetzte: *Was für einen Sinn hat das alles?* Natürlich hat es keinen. Die Frage sollte Stella nicht wieder aus dem Kopf, sie drang ihr durch die Haut und erfüllte ihr ganzes Sein. Ihre schnellen, vollkommenen Finger wurden träge, die Ellbogen schwerer, der Hals schmerzte. Ihre Tage waren grau und flossen ineinander. Es gab keine Lichtblicke, keine Erinnerungen, die sie mit sich nehmen wollte aus der ersten Zeit ihrer Ehe.

Früher hatte Stella ein Lebensziel gehabt, etwas Wertvolles, das sie sich unbedingt wünschte, so wie ihr Vater Amerikaner hatte werden wollen, ihre Mutter ein Haus und Tina ein Baby gewollt hatte. Jetzt war Stella nur eines noch klar, und es gab nichts daran zu rütteln, und zwar, dass es kein Ziel mehr gab. Sie hatte nichts mehr zu verlieren, vor allem aber nichts mehr zu gewinnen.

Wenn ich an Stellas Leben zu dieser Zeit denke, wird mir das Herz schwer, aber mein Verhältnis zu ihrem Elend ist nicht ganz einfach, bin ich doch ein Produkt davon. Wie Sie es sicher geahnt haben, ist Stella Fortuna meine Großmutter. Und wie Sie sehen werden, wenn Sie ihr auch noch durch die schwierigsten Jahre ihres Lebens folgen, ist mein Leben nur eines von vielen, das sie dadurch gerettet hat, ihres nicht zu beenden.

* * *

Tony hatte das dreistöckige Haus in der Bedford Street mit der Vorstellung gekauft, einmal alle Etagen mit seiner Nachkommenschaft zu füllen, eine Art Palazzo Fortuna daraus zu machen. Aber jetzt, da sich die Nachkommen einstellten, hatte er Schwierigkeiten, seine Mieter loszuwerden.

Die Familie im ersten Stock räumte friedlich das Feld, als sie etwas anderes gefunden hatte, und so waren die Caramanicos kurz vor Stellas Hochzeit ein Stockwerk höher gezogen. Die Frau im obersten Stock jedoch, Miss Catherine Miller, wollte nicht weichen.

»Das ist mein Haus«, erklärte Tony ihr, »und wenn ich Ihnen sage, Sie sollen ausziehen, haben Sie das zu tun.«

»So geht das hier nicht«, sagte Miss Miller mit der salbadernden Überzeugung einer pensionierten Lehrerin. »Ich kenne meine Rechte als Mieterin. Ich kann meinen Anwalt herrufen, damit er Sie daran erinnert, worin diese bestehen.«

Beide Seiten genossen das zornige Hin und Her, und sie wäre womöglich nie ausgezogen, hätte sie nicht direkt vor Weihnachten einen Herzinfarkt erlitten, sodass sie in ein Pflegeheim musste. Unter anderen Umständen hätte Stella mit Miss Miller sympathisiert – es war keine Überraschung für sie, dass ihr Vater einen Menschen in einen Infarkt zu treiben vermochte. Aber insgeheim verübelte sie es der alten Frau, dass sie ihr nie das Geheimnis ihrer Unabhängigkeit verraten hatte. Natürlich war es ein unbegründetes Gefühl, hatte Stella doch nie den Mut besessen, mehr als ein paar Worte über irgendwelche Nichtigkeiten mit ihr zu wechseln.

Am Ende aber war Stella Miss Miller auf bittere Weise dankbar, dass sie gerade jetzt einen Herzinfarkt bekommen hatte, wo Stella schwanger war und öfter ins Bad musste, was in Carmelos altem Haus unerträglich wurde. Wenn ich jetzt sterben würde, hatte sie gedacht, und es tatsächlich auch laut zu Carmelo gesagt, wenn ich jetzt sterben würde, müsste ich wenigstens nie wieder auf diese Toilette.

»Sag doch nicht so etwas Dummes, Stella«, hatte Carmelo darauf geantwortet, aber sie zogen noch an dem Tag in die Wohnung im zweiten Stock in der Bedford Street, als Catherine Millers Neffe Tony erklärte, dass sie nicht wieder zurückkommen werde. Tony gab dem Neffen fünfzig Dollar in bar für die größeren Möbelstücke, und Assunta und Tina packten ihre übrigen Besitztümer in Kartons und stellten sie in die Garage. Miss Miller würde nie kommen und sie abholen.

Stella konnte nun in Ruhe zur Toilette, sooft sie wollte, musste diese aber auch putzen. Sie hatten eine Badewanne mit Löwenfüßen, aber sie wollte nicht baden. Ihr Haar war in diesen Tagen kurz, doch sie wollte es nicht waschen. Sie hatte immer Hunger, wollte das Ungeheuer in ihr aber nicht füttern. Sie aß und hasste sich hinterher dafür, rieb und kratzte sich das schmierige Gefühl von Schuld von Gesicht und Hals und hinterließ rote Striemen und Quaddeln auf ihrer Haut.

Sie sah zu, wie ihr Körper die ersten Phasen der Zerstörung durch ihre Schwangerschaft durchlief, was sie ein Leben lang gefürchtet hatte. Sie war eitel gewesen, hatte sich für schön gehalten, und jetzt wurde sie für ihre Eitelkeit bestraft, indem ihr Schritt für Schritt alles, worauf sie einmal stolz gewesen war, genommen wurde. Ihr flacher Bauch wurde dick und würde nie wieder etwas anderes als geschwollen sein oder leer herunterhängen. Ihre einstmals glatte, bronzene Haut wurde von Ausschlägen heimgesucht, und aus dem Spiegel sahen sie trübe Augen an, deren Weiß eine rötlich gelbe Farbe angenommen hatten. Die dunklen Schatten unter ihren Augen und die geschwollenen Tränensäcke würden sich nahtlos in das allgemeine Altern einfügen, und ihr Gesicht würde nie genug Zeit zwischen den Schwangerschaften bekommen, um seine alte Schönheit zurückzugewinnen. Alles Schöne in Stella Fortunas Leben war verloren.

Das Schlimmste an ihrer körperlichen Demütigung war, dass ihrem Mann dadurch nicht die Lust auf sie verdorben wurde. Er nahm sie fast jede Nacht. Stella wandte das Gesicht zur Wand, damit sie ihn dabei nicht ansehen musste. Carmelo konnte ihr zwar keinen weiteren Schaden mehr zufügen, das Kind wuchs ja längst in ihr heran, dieses Wissen nahm ihr jedoch nichts von ihrem Ekel und ihrer Furcht vor der Begattung. Während sie die Wand anstarrte, kämpfte sie gegen die verwaschenen, widerlichen Erinnerungen – an ihren Albtraum, an den Ledergürtel ihres Vaters auf ihren nackten Brüsten, an das marmorne Waschbecken in Montreal. Wenn sie die Augen schloss, dachte sie an den weisen Satz ihrer Mutter, dass sie besten Ehemänner schnell fertig wurden. Manchmal war Carmelo schnell, manchmal nicht.

Sie wurde ihren Albtraum nicht los, lernte aber, aus ihm zu fliehen. Wenn der Vergewaltiger mit seinen großen, groben Händen auf sie zukam, kletterte sie ins Fenster, wo sie sicher vor ihm war, und während Carmelos Penis in sie stieß und in ihrem Inneren kratzte, stellte sie sich vor, was jenseits des Fensters lag, hinter dem metallenen Zaun und dem Elendsviertel. Ievoli stellte sie sich vor, Ievoli und das leuchtende Gelbgrün der Zitronenblätter in der Aprilsonne, das Silberblau der Olivenbäume im September und die sonnengesättigten Reihen der Tomatenpflanzen im Juli, die wie Soldaten den terrassierten Berg entlangmarschierten.

Die wirkliche Welt war nichts als ein grauer Schmerz, in dem sie nicht leben konnte.

Sonntags musste sie zum Essen hinunter zu Tony und Assunta, und sie schämte sich, von ihrer Familie so gesehen zu werden. Sie wusste, sie betrachteten sie und dachten: *Wie nett und ruhig sie jetzt ist*, und: *Sie hat bekommen, was sie brauchte.* Sie hörte ihre Gedanken rund um den Esstisch, hinter ihren beflissenen Fragen nach ihrer Gesundheit und ihrem Befinden. Allein Joey war ehrlich und machte sich offen über ihre Fruchtbarkeit lustig. Joey war ehrlich, aber dennoch der Schlimmste.

Carmelo gab ihr Geld, sie solle sich Kleider kaufen, aber sie wollte nicht aus dem Haus. Ihr Körper schmerzte und ekelte sie an, und warum ein Kleid kaufen, wenn es in einer Woche schon nicht mehr passte? Er sagte ihr, sie solle mit dem Geld tun, was sie wolle, was immer sie glücklich mache, aber nichts konnte sie glücklich machen.

Nachts, wenn sie zwischen ihren Ausflügen ins Bad keine Erholung im Schlaf fand, schloss Stella manchmal die Augen und stellte sich das Gesicht der ersten Stella vor, des elenden kleinen Geistes, der sie ein Vierteljahrhundert lang verfolgt hatte. »Bist du immer noch neidisch auf mich?« Denn Neid gab es in beiden

Richtungen, Stella empfand es nicht mehr als ein Glück, die lebende Stella zu sein.

Samstags, wenn sie nicht zur Arbeit musste, gab Stella vor, krank zu sein, während Tina zu den Hochzeitspartys ihrer Freundinnen in der Italienischen Gesellschaft ging. Hinterher kam sie hoch in Stellas dunkles Zimmer und versuchte, sie mit ein paar mitgebrachten Keksen aufzumuntern.

»Tina«, fragte Stella ihre Schwester eines Tages, »glaubst du, es gibt wirklich einen Gott?«

»Stella! Aber natürlich gibt es den. Was redest du denn da?« Tina flüsterte, als könnte ihr allmächtiger Gott sie dann nicht hören.

»Aber warum denkst du das?«, fragte Stella. »Weil der Priester es sagt? Warum bist du so sicher, Tina?«

»Natürlich bin ich das«, erwiderte Tina.

»Aber warum?«

Stella erwartete keine Antwort. Tina konnte nur sagen, was ihr andere Leute gesagt hatten, Leute, die ihr versicherten, dass es richtig war, zu glauben. Und so litt sie nicht mal unter dem Anflug eines Zweifels.

Doch dann *hatte* Tina eine Antwort, nach kurzem Zögern. »Ich weiß, dass es einen Gott gibt, denn was wäre sonst der Sinn all der schlimmen Dinge? Sie hätten keinen, also muss es einen Gott geben.«

Als Tina gegangen war, sinnierte Stella über diesen Gedanken, war er doch fast ein Echo dessen, was sie dachte. Wäre die Antwort ihrer Schwester zuversichtlicher gewesen, hätte sie Stella nicht geholfen. Aber so reichte sie gerade aus, um sie weitermachen zu lassen.

Ihre Mutter hatte gesagt, so werde es sein: Wenn sie selbst ein Kind bekomme, werde sie verstehen, dass es nichts gibt, was eine Frau mehr liebt. Stella hatte erwidert, sie sei anders. Sie hatte sich geirrt.

Es geschah am Aschermittwoch 1948. Stella saß in der Abendmesse, und in ihrem runden Bauch meldete sich Hunger. Doch dann war es nicht mehr nur Hunger, sondern noch etwas anderes, etwas Zusätzliches, Lebendiges. Da war ein Baby in ihr, und auch das meldete sich, denn auch dieses Baby war hungrig. Und es schien, als wollte es damit seine Solidarität ausdrücken. Das Baby signalisierte ihr: *Ich bin dein Verbündeter.*

Das war nicht der rationalste aller Gedanken, das war ihr gleich klar. So saß sie nach einem langen Tag in der Fabrik in der harten Kirchenbank, war müde und hungrig, und niemand störte sich daran. Außer dem Baby.

Fortan spürte sie das Baby jeden Tag, und jetzt, da sie das sprichwörtliche neue Leben in ihrem Leib fühlte, konnte sie es nicht mehr vergessen. Auch wenn es sich nicht bewegte, wusste sie, es war da, und dachte daran. Stella vermochte sich kaum dazu zu zwingen, mit Carmelo zu reden, mit dem Baby sprach sie stundenlang. Sie hatte nie besonders gut singen können, aber welche Lieder ihr jetzt auch einfielen, sie kamen schön aus ihr heraus. Ihre Stimme hallte angenehm von den Wänden wider, und das Echo, das sie hörte, klang glücklich.

Carmelo war verrückt vor Freude, Vater zu werden. Er rieb seiner Frau den Bauch und gab jedem gegenüber, der ihm zuhören wollte, damit an, wie groß sein Sohn werden würde. Lass ihn reden. Stella hatte aufgehört, sich über Carmelo Gedanken zu machen. Sie hasste ihn immer noch, aber nicht mehr mit so einer Wut. Die Schwangerschaft machte sie müde, und sie musste mit ihrer Kraft haushalten.

Stella fragte sich, wie Gott das mit den Babys anstellte. Ein Kind zu bekommen war das Letzte gewesen, was sie in ihrem Leben gewollt hatte, und jetzt hatte Gott ihre Meinung geändert, und sie wollte es mehr als alles andere. Zumindest erklärte ihre Mutter sich das so. Stella hielt es eher für eine Art Infektion ihres Denkens. Ihre Gedanken gehörten nicht mehr ihr allein, genauso wenig wie ihr Körper. Sie erinnerte sich lebhaft, dass sie vor nur einem Monat nicht mehr hatte leben wollen, und es war nicht nur so, dass dieser Schatten von ihr gewichen war, sondern sie wollte geradezu verzweifelt noch zusätzlich etwas ins Leben hereinholen. Ihr Reichtum und ihre Finsternis waren zu einer faustgroßen glühenden Kugel geworden, die sie in ihrem Leib mit sich trug.

Tina lächelte. Tina gab eine Baby-Party für sie. Tina liebte Stella und streichelte ihren Bauch. Aber Tina war ein ehrlicher Mensch, und sie konnte ihren Neid nicht verheimlichen, selbst wenn sie lächelte.

Stella wusste, es war verwirrend für ihre Schwester. Und für sie selbst war es nicht anders. Tina hatte sich ihr Leben lang darauf vorbereitet, Mutter zu werden, und wünschte sich sehnlichst dieses neue Leben. Stella hatte es nie gewollt, war einen dunklen Weg zur Mutterschaft gegangen und hatte Tage durchlebt, an denen sie am liebsten gestorben wäre. Und jetzt das. Ihr Leib schwoll an, und sie war glückselig, geschwängert gleich beim ersten Vollzug der Ehe, während Tina sich mühte und mühte, und nichts geschah. Der Arzt hatte alle möglichen Tests mit ihr angestellt, aber nichts gefunden.

Hinter Tinas Rücken, und manchmal offen, fragten die Frauen Stella, ob es an Tina oder Rocco lag. Für gewöhnlich war es die Frau, das wussten alle. Stella konnte darauf nicht antworten, auch wenn es keine ungewöhnliche Frage war. Wie konnten die Leute so dumm und grausam sein? Sahen sie nicht, wie sehr Tina litt? Wollten sie ihr vielleicht wehtun? Sollte sie dafür zahlen, dass sie die Opfer nicht erbringen musste, die ihnen abverlangt wurden?

Wenn Tinas Blick ihren traurigen, verwirrten Neid verriet, drückte Stella die Hand ihrer Schwester. »Du wirst die Beste aller Tanten sein«, sagte sie. Tina mühte sich ein weiteres Lächeln ab, und Stella fügte hinzu: »Es ist zu dumm. Meine Kinder werden dich mehr lieben als mich. Oh, werden sie sagen, Mommy kann nicht kochen, wir wollen lieber zu Tante Tina.«

Tina lachte und sah auf ihren Rock. »Nun, Carmelo kann für sie kochen.«

»Da sollte er sich auch drauf einstellen«, sagte Stella bissig, um Tina erneut zum Lachen zu bringen.

Stella liebte Tina, weil diese Gedanken nicht ihre Schuld waren und auch, weil es in Stellas Herz keinen Platz mehr gab für Kälte und Unmut.

Assunta bemerkte Tinas Neid ebenfalls und zeichnete das Entzauberungszeichen wenigstens ein Mal täglich auf Stellas Stirn. Sie kam hinauf in den zweiten Stock, um Minze in die Fenster zu hängen.

»Das erste Baby«, sagte sie. »Die schwierigste Zeit.«

Carmelo wollte, dass Stella bei Silex aufhörte, sobald sie wusste, dass sie schwanger war, aber sie arbeitete gern. Sie schaffte es, bis Mai durchzuhalten, dann war sie so rund, dass die Fabrikarbeit unangenehm wurde.

An Stellas letztem Tag brachte Tina alles Mögliche für eine kleine Party mit in die Arbeit: eine Platte voller mehliger, s-förmiger Kekse und eine Schüssel kalte Ravioli. Die Frauen am Fließband klaubten die Ravioli mit ihren Fingern aus der Schüssel, nahmen kleine Bissen und fingen die Soße mit ihren Papierservietten auf. Alle kicherten wie verrückt. Stella hatte Tausende Kaffeekannen mit ihnen produziert, aber die meisten der Frauen würde sie nie wiedersehen.

Am Morgen des 24. Juli ging es los. Unten in Mutters Küche lief Stella im Kreis herum, während sie darauf warteten, dass die Wehen schneller kamen und heftiger wurden. Stella war gereizt vor Hunger, aber Assunta wollte sie nichts essen lassen, so hatte der Arzt es gefordert. Es war ein verrückt machender, endloser Tag voller schwerer Krämpfe, fürchterlicher Sommerhitze und der für Connecticut typischen hohen Luftfeuchtigkeit. Stella hatte sich gerade in Assuntas Badewanne gestellt, um sich mit kaltem Wasser abzukühlen, als die Fruchtblase platzte. Wenigstens wurde das nicht so eine Schweinerei.

Jetzt riefen sie auch Carmelo. Er brachte Stella eiligst ins Krankenhaus, wo das schmerzvolle Schwitzen und Warten weiterging. Das Krankenhaus war so unangenehm, wie Stella es erwartet hatte, zudem konnte der Arzt, ein Mann, nur Englisch.

Erbärmliche, sich ewig hinziehende Stunden voller wiederkehrender Qualen folgten. Sie legten sie auf ein mit Papier bedecktes Krankenhausbett, die Füße in Beinhalter. Darauf war Stella nicht vorbereitet gewesen. Es war schrecklich, so zur Schau gestellt zu werden, doch die Demütigung ging in der Heftigkeit der Schmerzen unter. Das Bild ihrer Mutter, wie sie auf dem mit Minze ausgelegten Bett in Ievoli wie ein Tier Giuseppe zur Welt gebracht hatte, stieg vor Stellas Augen auf. Sie fühlte sich nicht wie ein Tier, eher wie ein Ungeheuer, das sich mit seinen Klauen selbst zerfleischte. Wenigstens waren nur Fremde um sie herum, und niemand, den sie liebte, konnte sie so sehen.

Die Zeit kroch dahin, mit immer neuen Wehen und Schmerzen. Stella hatte jedes Gefühl dafür verloren, wie lange es schon so ging, wie viele Wehen, wie viele Qualen ... Von den Schweinen zertrampelt zu werden, so schlimm war das nicht gewesen, oder? Es konnte nicht mal so wehtun, zu sterben. Das Fenster hinter dem Papiervorhang war dunkel. Es war Nacht, und diese Nacht würde niemals enden.

»Sie müssen pressen, Stella«, sagte der Arzt zu ihr.

»Ich bin pressen«, suchte sie nach englischen Wörtern, die nicht aus ihr herauskommen wollten. *»Ich tun pressen.«*

Das war das Letzte, woran Stella sich erinnerte.

Später erzählten Stellas und Carmelos Kinder, was danach passiert war. Der Arzt kam aus dem Kreißsaal und fragte Carmelo, wessen Leben er retten wolle, das seiner Frau oder das seines Sohnes.

»Da gibt es kein Oder«, antwortete Carmelo. »Ich will sie beide.

Ich weiß noch, wie ich die Geschichte als Kind gehört habe – dass mein Großvater zwischen meiner Großmutter und dem Baby wählen sollte und er dem Doktor sagte: Ich will beide. Und wie ich gedacht habe, *wow*, Großvater ist so taff und so treu, so ein Familienmensch. Ein Held, der keine Kompromisse macht.

Wenn ich heute darüber nachdenke, werde ich wütend. Aus Sturheit und Stolz hat er das Leben meiner Großmutter aufs Spiel gesetzt. Er wollte das Baby, von dem er nichts wusste, das er nicht kannte, wollte es so sehr, dass er das Leben seiner Frau dafür aufs Spiel setzte, die er doch angeblich liebte, wie es hieß. Und wie leid mir Stella tut, die in dieser Ehe leben musste. Was für ein Glück ich habe, dass ich mir nicht mal vorstellen kann, mit einem Mann verheiratet zu sein, der sich nicht sofort für mich entscheiden würde.

Stella entging dem Tod an jenem Tag zum sechsten Mal.

Als sie aufwachte, brannte ihr Körper wie nach einer Operation. Noch die kleinste Ader versuchte, sich neu zu verbinden, zu heilen, gegen eine Infektion anzukämpfen. Schmerz war ihr bekannt, aber nicht in diesem Ausmaß. Die Stunden des Pressens hatten ihren Körper erschöpft, die Entfernung von so viel Masse, der Verlust von so viel Blut.

Das Krankenhauszimmer war rosa, ihre Gedanken durcheinander wie wirres Garn. Sie sah ihre Mutter in einem niedrigen Sessel mit hölzernen Lehnen schlafen, hob den Kopf und sah das rosa Hemd über ihrer Brust. Sie versuchte, sich klar zu werden, warum sie im Krankenhaus lag, und als ihr die Antwort einfiel, geriet sie in Panik, und ihre Gedanken stellten sich scharf, denn sie war nicht mehr schwanger. Das Gefühl des in ihr pulsierenden Babys war weg, da war nur noch Leere, wie ihr abrupt bewusst wurde. Sie tastete über ihren eingefallenen Bauch, bäumte sich auf, oder wollte es, wurde jedoch von so einem scharfen Schmerz durchzuckt, dass sie das Bewusstsein für einen Augenblick verlor – vielleicht auch für Minuten, Stunden, wer konnte es wissen.

Sie öffnete die Augen aufs Neue, endlich, und versuchte, ihre Mutter zu rufen, doch ihr Mund war zu trocken. Ein Schlauch führte in ihren Arm, die Haut um die Nadel juckte, war geschwollen. Sie konzentrierte sich auf dieses kleine Unbehagen und versuchte, eine Wand zwischen sich und ihrem Körper zu errichten. Es war Tag. Licht drang durch den verdammten Papiervorhang.

»Mamma«, sagte sie. Ihre Stimme klang wie ein Stück Papier, das in einer Hand zerknüllt wurde. Aber jetzt war Assunta wach, und da war auch Tina, sie stand neben dem Bett. »Mamma. Wo ist mein Baby? Mein Baby?«

Tina half Stella dabei, ein wenig Saft aus einem Papierbecher zu trinken, und Assunta schluchzte und fasste Stellas Hand so fest, dass ihre Knöchel rot und weiß hervortraten.

»Mamma«, sagte Stella wieder, aber Assunta hatte nur Luft für Tränen und ihr Gebetsmantra: *Danke, lieber Gott, danke, heilige Mutter Maria, danke, lieber Gott, danke, heilige Mutter Maria …*

Stella schluckte, und Tina half ihr wieder zu trinken. Ihr Becken schmerzte, ein Schmerz in vielen Schichten. Diesmal versuchte sie es bei ihrer Schwester. »Tina«, sagte sie. Ihre Stimme, war das ihre Stimme? Sie klang so merkwürdig. »Tina. Wo ist mein Baby? Haben Sie mir mein Baby weggenommen?«

Tina sah zu ihrer Mutter, aber Assunta schluchzte in Stellas Hand. Sie überließ es Tina, das Geschehene in Worte zu fassen. Halb begriff Stella es, bevor sie es aussprach, ganz zu begreifen vermochte sie es nicht, auch nachdem es gesagt war.

»Dein Baby ist bei Gott, Stella«, sagte Tina, dann sank sie auf den Linoleumboden und weinte in ihren Rock.

Stella sah zur Decke. Ihre Mutter weinte links, ihre Schwester rechts von ihr. Sie hoffte, eine der Krankenschwestern käme und brächte sie weg. Sie konnte nicht mehr mit ihnen sprechen. Vielleicht nie mehr. Sie schloss die Augen und tauchte in ihren Schmerz ein.

Stella hatte ein gesundes Baby ausgetragen, einen Jungen von vier Kilo und fast siebenhundert Gramm. Er war in einer Steißlage, als die Wehen begannen, und der Arzt, ein Anfänger, hatte versucht, ihn zu drehen. Als die Wehen nicht wie erwartet verliefen, hatte der Arzt den Jungen mit einer Zange aus Stella herauszuziehen versucht. Aber er war zu groß für den Geburtskanal, seine Schultern blieben stecken. Als die Situation in Panik mündete, versuchte der Arzt es mit einem Dammschnitt, der spätere Generationen in Staunen versetzte. Wo genau, hatte er gedacht, dass das Baby war? Als sie es endlich aus Stella herausbekamen, war es tot, mit der eigenen Nabelschnur erwürgt.

Agonie, Delirium, Finsternis, Agonie.

War es auch als Kind so schlimm gewesen, auseinandergerissen zu werden? Oder lag es daran, dass sie jetzt groß war und damit auch größeren Schmerz empfinden konnte?

Stella hatte keine Kontrolle darüber, ob sie schlief oder wach war. In den schlimmsten Momenten, wenn der Schweiß in den wunden Stichen juckte und das Gewicht des Verlusts so schwer auf ihrer Brust lastete, dass sie darum kämpfen musste, Luft in ihre Lunge zu bekommen, in diesen Momenten, wenn sie sich nichts so sehr wünschte, wie aus sich selbst herauszukönnen, und Schlaf die größte Erleichterung gewesen wäre, fand sie ihn nicht, musste dem Trauern und den fatalen Gesprächen der schrecklichen Menschen lauschen, die sie besuchten. Alle waren jetzt schrecklich.

Warum hast du mich diesmal leben lassen?, fragte sie Gott wieder und wieder. *Warum nur?*

Manchmal sagte sie es laut, und wenn Assunta es hörte, sagte sie: »Nein, sag das nicht. So ist das mit Gott nicht.«

Tina wischte Stellas Stirn mit einem kühlen, feuchten Tuch ab. Sie schüttelte Stellas Kissen auf und tupfte ihr Wasser auf die trockenen Lippen. *»Brava Stella. Stella Fortuna, stella fortunata«*, summte sie und machte ein Lied aus Stellas Namen. *Tüchtige Stella, glückliche Stella, du Glücksstern.*

Stella wartete, bis Assunta das Krankenzimmer verlassen hatte, und sagte dann: »Du denkst, ich habe Glück?«

Tina wurde von der Stimme ihrer Schwester überrascht, nachdem sie so viele Stunden nichts gesagt hatte. »Glück, dass du noch lebst«, erwiderte Tina, aber es klang eher wie eine Frage.

Stella spürte den bösen Blick auf sich. Ihr Schmerz verdichtete sich zu einer Übelkeit, die sie endlich verstand. »Wenigstens haben wir jetzt beide kein Baby«, sagte sie.

Tina wurde blass. »Stella. Nein.«

»Gib es zu, rede es dir von der Seele, damit Gott dir vergeben kann.« Stella war immer noch so erschöpft, dass sie keinerlei Nachdruck in ihre Worte zu legen vermochte, aber das brauchte sie auch nicht. »Du warst neidisch auf mein Baby, und jetzt, tief im Herzen, bist du froh, dass es tot ist.«

Tinas Gesichtsausdruck erfüllte Stella mit Hass – diese dummen Tränen. Tina würde sich aus der Sache herausheulen, als laste alles Leid der Welt allein auf ihr. Stella hasste ihre Schwester in diesem Moment mehr, als sie je einen Menschen gehasst hatte, mehr noch als Carmelo, mehr noch als ihren Vater. Selbst ihr Vater hatte ihr Baby nicht getötet.

»Nein, Stella, das stimmt nicht.« Tina wischte sich den Rotz vom Kinn. »Ich wollte es lieben. Ich wollte dein Baby lieben, und es tut mir so leid für dich.«

»Was immer du sagst, das vergebe ich dir nicht«, erklärte Stella. Sie hatte all ihre Kraft aufgebraucht, drehte den Kopf weg und schloss die Augen.

»Warum weinst du, Tina?«, fragte Assunta, als sie zurückkam.

»Ich weine nicht«, hörte Stella ihre Schwester sagen. Dann schniefte sie und putzte sich die Nase.

Tina sang nicht mehr, aber sie wich auch nicht von Stellas Seite.

Wenn Stella die Augen öffnete, waren meist Assunta und Tina bei ihr. Aber dieses Mal war es dunkel, das einzige Licht kam von draußen, vom Seitenflügel des Krankenhauses, und im Sessel mit den hölzernen Lehnen saß ein Mann.

»Carmelo?«, sagte sie ins Dunkel hinein, weil sie einen Moment lang nicht sicher war.

»Stella.« Er weinte. Sie hörte es an seiner Stimme. Typisch Carmelo, er versuchte nicht, es vor ihr zu verbergen. »Meine Stella, mein Stern. Meine teure Stella. Es tut mir so leid, so leid.« Ihr wurde bewusst, dass er ihre Hand hielt, als er seinen Griff verstärkte. »Bitte, komm zurück zu mir. Bitte, verlass mich nicht. Lass mich für dich sorgen. Lass mich dafür sorgen, dass es dir wieder besser geht.«

Vielleicht war Stella in ihrem Leben nie schwächer gewesen, denn sie spürte, wie sich ihm ihr Herz zuwandte. Als sie sich fragte, wie sie all diese Dinge hinter sich lassen konnte, begriff sie, dass sie nicht einmal mehr wissen wollte, was alles geschehen war. Doch der Weg schien mit einem Mal ziemlich klar. Sie würde das erste Jahr ihrer Ehe zusammen mit ihrem kleinen Jungen begraben. So würde sie sich retten.

Stella Maglieri drückte die tränennasse Hand ihres Mannes. »Ich bin ja hier, Carmelo«, sagte sie, »und ich gehe nirgends hin.«

Das Krankenhaus entließ sie nach vier Tagen mit der Empfehlung, mindestens fünf Wochen im Bett zu bleiben. Der Arzt verschrieb ihr Schmerztabletten, die Stella während der ersten Tage hin und wieder nahm, doch sie verwirrten sie so sehr und verursachten ihr so ein Unwohlsein, dass sie damit aufhörte. Den schlimmsten Schmerz trug sie sowieso in der Seele, und da halfen keine Tabletten.

Zu den Dingen, die ihr schwerfielen, gehörten das Aufstehen und Hinsetzen, alles, was irgendeinen Druck auf ihren Damm ausübte. Zur Toilette zu gehen war eine Qual, die die Agonie des noch nicht verheilten Fleisches wachrief, das der Arzt durchschnitten hatte, um seine Zange ansetzen zu können. Aber die Vagina ist ein Organ des Traumas, und so schlimm ihr Leiden war, als sie heilte, heilte sie vollständig.

Während jener Tage lag Stella im Bett, die Haut auf ihren Armen bräunte sich im späten Morgenlicht, aus ihren wunden, verhärteten Brustwarzen sickerte ungenutzte Milch in den säuerlich riechenden Stoff ihres Nachthemds, und sie schob ihre Gedanken hin und her. Tina kam vor der Arbeit mit einem Omelett oder einem Muffin und einer Tasse Kaffee und stellte ihr beides auf einem Stuhl neben das Bett. Sie sagte dabei nie etwas, und Stella tat für gewöhnlich so, als schliefe sie noch.

Abends kochte Carmelo für Stella, warme Gerichte mit Fleisch, damit sich ihr Blut erholte. Stella hörte ihn oft mit Tina in der Küche reden, und sie wusste, dass vieles von dem, was er ihr brachte, tatsächlich von ihrer Schwester stammte. Sie erkannte Tinas im Ofen gebackene Hähnchenschnitzel und die Tomatensoße ihrer Schwester, die würziger war und nicht so süß wie Carmelos.

In Assuntas Beinen wütete die Arthritis, sie hatte das ganze Jahr nicht arbeiten können, und so saß sie bei Stella und häkelte. Meist schwiegen sie, doch dann platzte es aus Stella heraus: »Mamma, was ist, wenn es nie wieder besser wird?«

Assuntas weiche Wangen hingen traurig herunter. Sie legte eine Hand um Stellas Fußgelenk unter der Decke. »Ich weiß, wie du dich fühlst, Stella. Auch ich habe mein erstes Baby verloren.« Sie schwieg einen Moment. »Aber dann hat Gott mir dich geschickt. Mein größtes Geschenk.« Sie drückte Stellas Fuß sanft. »Vielleicht hat er für dich noch ein größeres Geschenk.«

Es war Carmelos Idee. Antonio sagte, es sei reine Geldverschwendung, ein Grab und einen Grabstein für ein Baby zu kaufen, das keinen einzigen Atemzug in dieser Welt getan hatte, aber Antonio traf keine Entscheidungen mehr für sie.

Die Beerdigung fand zwei Wochen nachdem Stella aus dem Krankenhaus entlassen worden war, statt. Eigentlich sollte sie noch das Bett hüten, aber es waren ja nur ein paar Stunden, eine Andacht beim Gab und die Beerdigung des winzigen Sargs mit dem gesalbten Körper von Baby Bob Maglieri.

»Was für ein Name ist das denn?«, spottete ihr Bruder Joey. »Überhaupt keiner ist das. Warum habt ihr ihn nicht wenigstens Robert genannt?«

Stella schuldete niemandem Erklärungen und schon gar nicht ihrem Bruder, diesem nichtsnutzigen Säufer. Sie hatte ihr totes Baby Bob genannt, damit es seinen Namen nie mit einem lebenden Kind würde teilen müssen.

Stella trug ein neues schwarzes Kleid. Sie ging zwischen Tina und Assunta, die sie an den Armen stützten, genau wie Assunta bei der Beerdigung ihres eigenen Kindes dreißig Jahre zuvor von ihrer Mutter und ihrer Schwester gestützt worden war.

Stella warf Erde auf den in die Grube hinabgelassenen Sarg. Der kahle, bärtige Bestattungsunternehmer musste ihnen erklären, wie so etwas hier ablief. Hinterher gab es ein Mittagessen im Haus in der Bedford Street.

Als ihre Freunde den Friedhof verließen, sagte Tina: »Stella, kannst du mir verzeihen?«

»Mach dich nicht lächerlich«, sagte Stella. »Was soll ich dir verzeihen?« Sie sah ihre Schwester von der Seite an und fragte sich, ob sie noch mehr zu sagen hatte. Sie hatte.

»Dass ich ... neidisch war?« Tinas Stimme versagte.

»Tina. Du glaubst doch nicht wirklich an den ganzen Unsinn von früher?« Stella hakte sich bei ihrer Schwester unter und verdrängte die Angst aus ihrem Herzen. »Der Arzt hat einen Fehler gemacht. Sonst kann man niemandem eine Schuld geben. Hör nicht auf die dummen, geschwätzigen Alten, die dir etwas anderes einreden wollen. Sie machen dir dein Leben kaputt.«

Auf dem Weg zu ihrem Auto sagte Za Pina zu Assunta: »Was ist mit Stella? Sie weint nicht einmal auf der Beerdigung ihres eigenen Sohnes?«

»Du kennst meine Stella nicht«, sagte Assunta. »Sie hat in ihrem ganzen Leben noch nicht geweint, nicht mal als kleines Mädchen, als unsere Schweine ihr den Bauch aufgerissen haben.«

Carmelo schlief auf dem Sofa, bis die Fäden bei Stella gezogen wurden. Im September wechselte er zurück zu ihr ins Bett, als sie wieder mobil genug war, um es mithilfe ihrer Mutter frisch zu beziehen. Ganz vorsichtig lag er neben ihr, voller Furcht, ihr aus Versehen in der Nacht wehzutun. Manchmal streichelte er ihr das Haar, bis er einschlief.

Ein weiterer Monat verging. Stellas heilendes Fleisch hatte alle Lücken geschlossen, und der Schmerz, den sie in sich trug, war nur mehr ein geistiger. Carmelo wusste, dass er ausreichend lang warten musste, bevor er sie fragte. Und als er eines Abends im Oktober sagte: »Stella, können wir es noch einmal versuchen?«, da antwortete sie ihm, vielleicht weil es ihre Seele war, die am verzweifeltsten auf Heilung hoffte, mit einem Ja.

Für den Rest ihres sexuellen Lebens, das fünfzehn Jahre dauern sollte, überließ Stella ihren Körper ihrem Mann, ohne Widerstand oder Kommentar, selbst wenn sie so schwanger war, dass sie dachte, ihr müsse das Rückgrat brechen, oder wenn sie so müde war, dass sie mittendrin einschlief. Mit der Zeit lernte sie, ihr Denken komplett von ihrem Körper abzukoppeln. Sie lernte, ins Fenster ihrer Vorstellung zu klettern und über das Elendsviertel ihres Unterbewusstseins hinaus weit, weit aufs Tyrrhenische Meer zu blicken, den Hafen und den Berg mit der Chiazza Ievolis, mit der Heiligsten Schmerzensmutter, der Santa Maria Addolorata, immer geduldig, das goldene Herz für den toten Sohn blutend.

* * *

Im April 1949 war Tina zweieinhalb Jahre mit Rocco Caramanico verheiratet und Stella im vierten Monat, als ihre Schwester ihr das endgültige Ergebnis mitteilte.

»Wir werden nie Kinder bekommen. Etwas stimmt nicht.«

Es hätte keine Überraschung sein sollen, nicht nach all den Versuchen, dennoch war Stella betroffen. »Ich dachte, du sagtest, die Tests wären ...«

Tina brachte zwei Tassen Kaffee zum Küchentisch. Obwohl es Stellas Wohnung war, verhielt sich Tina wie die Gastgeberin. Sie stellte die Tassen links und rechts neben das Marmeladenglas mit den Veilchen, die Carmelo tags zuvor für Stella gepflückt hatte.

»Mit mir ist alles in Ordnung«, sagte Tina nicht ohne Befriedigung. »Es liegt an Rocco. Als er in Neuguinea war, hatte er Mumps, deshalb, weißt du.«

»Unfruchtbar? Er ist unfruchtbar?«

»Ja.« Tina war errötet. »Sein Ding, du weißt schon, funktioniert normal.« Stella wusste das bereits besser als nötig. »Aber was drin ist, hat keine ... nun, keine Babys. Er wird nie ein Baby zeugen können.«

Für einen Moment breitete sich ein unbehagliches Schweigen zwischen den beiden Schwestern aus, während sich die Worte auflösten und der Endgültigkeit der Situation Platz machten.

»Aber er muss doch gewusst haben, dass er Mumps gehabt hatte, als er dich geheiratet hat«, sagte Stella. »Er wusste es die ganze Zeit.«

Tina zuckte mit den Schultern. Sie starrte in ihre Tasse. Ihre Augen waren groß, ihr Blick trostlos.

Konnte Rocco das wirklich gemacht haben? Hatte er Tina geheiratet, von der er wusste, wie sehr sie sich Kinder wünschte, und sie die ganze Zeit vergeblich hoffen lassen? Selbst Rocco konnte nicht so grausam und egoistisch sein. Oder? Aber das durfte Stella ihre Schwester in diesem Moment nicht fragen. Das wäre ebenfalls grausam.

»Tina«, sagte Stella endlich, »das tut mir sehr leid.«

»Wie könnten die Ehe annullieren lassen, wenn ich wollte«, sagte ihre Schwester. »Ich könnte es mit jemand anderem versuchen. Der Priester sagt, das wäre in diesem Fall kein Problem.«

»Willst du sie denn annullieren lassen?«, fragte Stella vorsichtig und spürte, wie ihr Herz stolperte.

»Nein«, sagte Tina schnell, »ich habe geschworen, in guten wie in schlechten Zeiten, oder?«

»Aber Tina, das ist nicht fair, da du nicht wusstest …«

»Wir führen eine gute Ehe«, unterbrach Tina sie mit entschlossener Stimme. »Wir wollen auch ohne Kinder zusammenbleiben.«

Stellas Hoffnungsschimmer, dass Rocco Caramanico bald schon der Vergangenheit zugerechnet werden könnte, schwand wieder. Aber was meinte Tina überhaupt damit, eine gute Ehe? Stella wusste eine Weile nichts zu sagen, während sie darüber nachdachte. Was machte eine Ehe zu einer guten Ehe? Stella hatte die Ehe immer nur als ein Arrangement angesehen, das zu erdulden war, um Kinder zu produzieren, etwas, das sie aus genau dem Grund immer zu vermeiden versucht hatte. Wie konnte Tinas Ehe gut sein, wenn sie das eine verhinderte, was sie sich mehr als alles im Leben wünschte, nämlich Mutter zu werden? Stella schluckte, verwirrt und traurig.

»Du könntest ein Kind adoptieren«, sagte sie und fühlte sich nutzlos.

Tina schüttelte bereits den Kopf. »Wir brauchen kein Baby von jemand anderem mit weiß Gott was für Problemen von jemand anderem. Wir haben beschlossen, dass wir auch so glücklich sind. Wir müssen nicht mehr dafür beten, erhört zu werden.« Sie sah Stella an und lächelte. »Es ist schon gut, Stella. So werde ich mich um alle deine Babys kümmern können. Wer weiß, wie viele du bekommen wirst.«

Die Antwort war zehn. Zehn, die ihre Kindheit überlebten.

Im Juni 1949 schloss Louie die Hartford High ab. Stella saß während der Zeremonie in dem drückend heißen Saal, musste dringend zur Toilette und klatschte laut, als ihr kleiner Bruder auf die provisorische Bühne unter dem Basketballkorb stieg, um dem Rektor die Hand zu schütteln. Tony ließ sein Zeugnis rahmen und hängte es ins Wohnzimmer der Fortunas.

Den Sommer über arbeitete Louie für einen Freund von Zu Tony Cardamone, einen zugelassenen Elektriker namens Bill Johnson. Um Punkt sechs musste er morgens in West Hartford sein, Zeit war Geld, und die Zeit eines Elektrikers besonders. Damit er rechtzeitig zur Arbeit kam, schenkte ihm Tony ein Fahrrad mit schimmernden schwarzen Nabendeckeln. Carmelo nahm Louie beiseite und sagte ihm, er solle sich keine Sorgen machen, er werde ihm helfen, ein Auto zu kaufen.

Und Joey fand endlich auch einen Job. Carmelo stellte ihn dem Personalchef der Elektrofirma vor, der ihn mochte und ihm Arbeit gab. Stella hoffte nur, dass ihr Bruder diese Gelegenheit genug schätzte, um nicht etwas Dummes anzustellen. Sie wollte nicht, dass Carmelo Schwierigkeiten bekam, weil er Joey empfohlen hatte.

Am 2. September 1949 brachte Stella einen Jungen von knapp drei Kilo zur Welt. Die Geburt verlief normal und ohne Komplikationen, wobei gesagt werden muss, dass sie nicht so viel weniger schmerzvoll war als das erste Mal, als Stella fast gestorben wäre.

Sie tauften das Baby Thomas, nach seinem Großvater väterlicherseits, aber in der amerikanischen Schreibweise. Ein gesunder Junge, der den Familiennamen erhalten würde. Natürlich wurden Tina und Rocco seine Taufpaten.

An diesem Punkt begannen sich die Dinge für Stella zu beschleunigen. Es fing damit an, dass die Stunden ineinanderflossen und die Tage ihren Rhythmus verloren. Essenszeiten wurden bedeutungslos. Stella aß, wenn sie Hunger hatte, was ständig der Fall war, da das Baby sie wie ein hinreißender Kannibale systematisch leer saugte. Das Einzige, was Stella noch wichtig war, war ihr Tommy, bis sie spürte, dass ein weiteres Baby in ihr heranwuchs, was sie ihre Aufmerksamkeit und Sorge auf zwei aufteilen ließ, aber schon kam ein drittes Kind, und es ging mit der Aufteilung immer weiter und weiter, bis sie so zerteilt und zergliedert war, dass sie selbst und alles andere nur mehr ein Blinken an einem fernen Horizont zu sein schien, und als das Gebären nach fünfzehn Jahren endlich aufhörte und sie in den Spiegel sah, blickte sie eine vierundvierzigjährige Frau an, die Schwierigkeiten hatte, zu benennen, was in der Zwischenzeit alles geschehen war.

Da war zum Beispiel Queenie. Zuckersüß schien sie, aber im Nachhinein wurde klar, dass es von Beginn etliche Warnsignale gegeben hatte.

An einem Dienstagabend im Mai 1950 saß Stella in der Küche ihrer Mutter und stillte den kleinen Tommy, als Louie hereingeplatzt kam und die Fliegentür, die hinaus in den Garten führte, hinter sich zuschlug. Er übersah Tina, die Möhren schälte und die er fast mit den Tür getroffen hätte, genauso wie Stella, die den Kopf schüttelte und sich ein Stück Stoff über die nackte Brust und Tommys verkniffenes, konzentriertes kleines Gesicht zog.

Assunta stand am Herd und rührte im Pastatopf, damit nichts am Boden festbackte. »Mommy«, sagte er zu ihrem Rücken, »ich will heiraten.«

Assunta drehte sich um und sah ihren Sohn an. »Okay, Louie«, sagte sie. »Suchst du dir ein Mädchen?«

»Ich habe schon eins gefunden«, erwiderte er. »Und ich habe sie gefragt, ob sie mich heiraten will, aber sie hat Nein gesagt.«

Assunta und Tina schnappten beide nach Luft, und Stella verbarg ein Lächeln, indem sie das Gesicht hinter Tommys Decke versteckte. »Du hast einem Mädchen einen Antrag gemacht, ohne es erst hierherzubringen?«, rief Tina, und Assunta schlug ihm mit dem tropfenden Kochlöffel auf die Schulter.

»Was muss das so schnell gehen?« Assunta schlug ihn noch einmal. Fester. »Seid ihr in Schwierigkeiten?«

»Keine Schwierigkeiten«, erklärte Louie. »Sie ist ein ordentliches Mädchen, mit einem sehr strengen Vater.« Die Tränensäcke unter seiner Augen verliehen ihm etwas Hündisches, was ihn ausgesprochen ernst erscheinen ließ. »Ich musste etwas sagen, weil ich nicht wollte, dass sie wegging. Ich wollte nicht, dass sie dachte, ich würde es nicht ernst meinen.«

»Klingt ganz so, als ob du uns mehr von diesem Mädchen erzählen solltest«, sagte Stella. »Und wir überlegen uns, was wir sagen wollen, wenn Papa nach Hause kommt.«

Zwei Wochen zuvor war Louie mit Bill Johnson zu einem Notfall in West Hartford gerufen worden. Die älteste Tochter der Familie ließ sie ins Haus und erklärte das Problem mit dem Sicherungskasten. Sie sprach perfekt und schnell Englisch, und Louie hatte keine Ahnung, dass sie Italienerin war, bis er ein hölzernes Schild über dem Türrahmen entdeckte, ein pastellfarbenes Bild Jesu mit den Worten DIO BENEDICA LA NOSTRA CASA. Das hübsche Mädchen beobachtete sie genau bei ihrer Arbeit. Louie schwitzte, weil er seinen Job nicht in Gefahr bringen wollte, aber auch nicht einfach wieder gehen konnte, ohne etwas zu sagen.

Am Ende schaffte er es nur, sie nach ihrem Namen zu fragen. Pasqualina Lattanzi war ein beeindruckender Name für die winzige Person, als die Louie sie beschrieb, nur *so* groß und ein Gesicht wie eine Puppe. Aber alle nannten sie nur Queenie, wie er erfahren sollte.

Er konnte sie vor Bill nicht fragen, ob sie mit ihm ausgehen wollte, und so merkte er sich die Adresse und fuhr mit seinem Rad nach der Arbeit gleich wieder hin. Sie saß vorn im Garten, las ein Buch und passte auf ein paar Jungen auf, die um den Holzapfelbaum ein Kriegsspiel spielten.

»Du musst hier verschwinden«, sagte Queenie zu ihm. »Mein Vater bringt dich um.«

»Ich habe keine Angst vor ihm«, sagte Louie.

»Nun, aber ich, und ich will nicht, dass er mich umbringt.« Sie stand auf, legte ihr Buch auf den Stuhl und verschränkte die Arme vor der Brust.

»Ich wollte fragen, ob du mit mir ausgehen magst«, sagte Louie. »Wenn dein Vater es möchte, kann ich ihn erst auch um seine Erlaubnis fragen.«

»Ich gehe nicht aus«, sagte Queenie, doch Louie sah, dass sie ihn genauer unter die Lupe nahm.

Louie fragte: »Warum nicht? Wie alt bist du?«

»Ich bin achtzehn. Aber meine Familie ist altmodisch.« Ihre breite amerikanische Aussprache klang für ihn alles andere als altmodisch. »Mein Vater mag es nicht, wenn Mädchen mit Jungs ausgehen. Nur richtige Brautwerbung, verstehst du, wie in Italien, mit Anstandsdame und so. Nur, wenn man heiraten will.«

»Was, wenn ich dich heiraten wollte?«, fragte Louie, bevor er auch nur darüber nachgedacht hatte, und beschloss schnell, so weiterzumachen. »Könnten wir zusammen ausgehen, wenn wir heiraten wollten?«

»Du weißt nichts über mich«, sagte sie.

»Das lässt sich ändern«, erwiderte er. »Müssen wir uns verloben, bevor wir miteinander reden dürfen? Ich kann dir gleich hier einen Antrag machen.«

Queenie schüttelte den Kopf. »Ich gehe aufs Junior College, und ich fange erst an, über so was nachzudenken, wenn ich fertig bin und einen Job als Sekretärin habe.«

Mittlerweile hatte sich einer ihrer Brüder von der Gruppe der spielenden Jungen gelöst, stellte sich neben Queenie und verschränkte genau wie sie die Arme vor der Brust. Er reichte ihr bis zur Schulter. »Du bewegst dich am besten weiter, junger Mann«, sagte er genau so, wie es eine sehr kleine Ausgabe von John Wayne gesagt hätte.

»Das habe ich ihm auch gesagt.« Queenie nickte.

Louie bewegte sich weiter, kam aber jeden Tag nach der Arbeit wieder zum Haus der Lattanzis.

»Du musst damit aufhören«, sagte Queenie zu ihm. »Du kannst nicht immer einfach so herkommen. Du bringst mich in große, große Schwierigkeiten.«

»Ich höre damit auf, wenn du mit mir ausgehst«, sagte Louie dann. Aber bisher wollte sie noch nicht.

Als Louie seiner Mutter und seinen Schwestern von seinem Problem erzählte, sagte Stella: »Du bist so schlimm wie Carmelo. Weißt du nicht, dass einige Frauen einfach in Ruhe gelassen werden wollen?«

»Sie will heiraten«, sagte Louie. »Wenn ihr Vater nicht wäre, würde sie Ja sagen und auf der Stelle mit mir ausgehen, das weiß ich.«

»Das wisst ihr alle, oder«, sagte Stella, aber niemand achtete auf sie. Sie sah den kleinen Tommy an. »Wirst du eines Tages auch so sein?«, fragte sie ihn. »Wirst du *wissen*, dass du der Beste überhaupt bist und immer, immer bekommen solltest, was du willst, wenn du nur genug Druck machst?«

»Du musst gerade reden, Stella«, sagte Louie.

»Dein Vater wird ihren Vater ansprechen müssen, und wir laden sie zum Essen ein«, sagte Assunta. »Das ist der richtige Weg.«

»Ja, bringt sie her«, sagte Stella. »Papa wird sie mit dir verloben, ob sie will oder nicht.«

Louie verlobte sich im Juni 1950 mit Queenie Lattanzi. Heiraten würden sie erst, wenn sie mit dem College fertig war und eine Stelle gefunden hatte. »Es ist viel schwieriger für verheiratete Frauen, eine Arbeit zu finden«, erklärte Queenie Stella. »Da denken sie, du hörst gleich wieder auf, weil du ein Kind kriegst. Man muss sich was suchen, solange man noch Miss Soundso ist.

Queenies Eltern lebten schon lang in Amerika. Ihr altmodischer Vater war ein geachteter Schreiner, dessen Möbel in den besten Geschäften standen. Er selbst war nur drei Jahre zur Schule gegangen, »mehr ging drüben in Italien nicht«, sagte Queenie entschuldigend. Aber er war ein großer Verfechter einer guten Ausbildung, weshalb er auch Queenie so förderte.

Queenie selbst war noch nie in Italien gewesen. Sie sprach perfekt Italienisch, machte jedoch kein Hehl daraus, dass sie Leute verachtete, die sich nicht bemühten, völlig amerikanisch zu leben. Sie hatte alles, was eine italienische Frau brauchte, und dazu das Selbstbewusstsein einer Amerikanerin. Jetzt, wo sie und Louie verlobt waren, kam sie zwei-, dreimal in der Woche in die Bedford Street und gab ihren zukünftigen Schwiegereltern rechthaberisch Ratschläge, wie sie ihr Leben verbessern konnten. Sie mussten elektrische Deckenventilatoren installieren, schließlich lebten sie nicht mehr in ihrem Dorf, und ins Wohnzimmer gehörte ein Fernsehapparat, schließlich musste man informiert sein. Aus der Zeitung sollten sie Coupons ausschneiden, um beim Einkaufen Geld zu sparen, die Wände im Haus neu streichen und Kunst aufhängen – kein Amerikaner wohnte in Zimmern mit leeren weißen Wänden. Und das hier, das hier war das weit bessere Rezept für Blaubeer-Muffins als das von Tina.

Die Fortunas mochten sie, auch wenn sie eine kleine Besserwisserin war. Sie hatte, fand Stella, im Allgemeinen recht. Zum Beispiel auch, was Tony betraf, da sie bereit war, zu sagen, was niemand sonst sagte.

Queenie war es auch, die sah, dass etwas mit dem kleinen Tommy nicht stimmte, denn obwohl sie noch jung und unverheiratet war, schien sie doch als Einzige eine Vorstellung von dem zu haben, was amerikanische Babys können sollten.

»Er ist über ein Jahr alt«, sagte Queenie. »Da sollte er eigentlich laufen können.«

»Stimmt das, Ma?«, fragte Stella Assunta später.

Assunta sah Tommy an, der unbeholfen über ihren Küchenboden krabbelte. Sie zog die Mundwinkel nach unten, und Stella sah, wie unwohl ihr war, keine Antwort darauf zu haben. »Das stimmt«, sagte sie schließlich. »Ihr seid alle vor eurem ersten Geburtstag gelaufen, glaube ich. Aber vielleicht ist es hier anders. Hier sind die Kinder nicht so viel draußen.«

Jetzt machte sich Stella Sorgen und sagte Carmelo, er solle sie ins Krankenhaus fahren. Der Arzt war nicht glücklich über das, was er sah. Stella verstand die schwierige medizinische Sprache nicht, aber sie begriff, dass es schreckliche Möglichkeiten gab, die er Arzt nicht ausschloss. Tommys armer kleiner Körper, nicht groß genug, sagte der Arzt, und er wuchs nicht auf die richtige Weise. Er vermaß ihn, beklopfte, dehnte und beugte ihn. Drei schlaflose Wochen sorgte sich Stella darum, ob Gott ihr noch ein Kind nehmen würde.

Die Tests waren negativ. Tommy hatte keinen Krebs. Aber er litt unter einer sehr seltenen Krankheit, die überall in seinem Körper gutartige, das Wachstum behindernde Tumore entstehen ließ. Er würde immer schwache Knochen haben, keinen Mannschaftssport betreiben oder sich wehren können, wenn er von Gleichaltrigen drangsaliert wurde. Sie musste vorsichtig mit ihm sein, ihn so lange wie möglich zu Hause behalten und vor Ärger schützen.

Wie sich herausstellte, wurde das »so lange wie möglich« ein »für immer«. Tommy würde nie weiter vom Haus seiner Mutter wegziehen als auf die andere Straßenseite und achtunddreißig Jahre alt sein, als seine Mutter ihren Unfall erlitt, der sie handlungsunfähig machte. Vielleicht hätte er doch noch geheiratet und seine eigenen Träume verfolgt, aber er blieb und kümmerte sich um sie.

Am 28. Mai 1951 brachte Stella ihren zweiten lebenden Sohn auf die Welt, Antonio »Nino« Maglieri, nach seinem Großvater mütterlicherseits benannt. Trotz seines Namensgebers sollte er Stellas Liebling werden, der letzte Junge, dessen Heranwachsen Stella noch mit Herz und Verstand genießen konnte, bevor einfach zu viele Babys spuckten und spielten, schrien und schimpften. Louie und Queenie wurden seine Paten, auch wenn sie noch nicht verheiratet waren.

Nino sollte ein robuster, fröhlicher Junge werden, mit vielen Freunden und einer unbeschwerten Art, sich aus drohendem Ärger herauszureden. Er war der Beschützer seines älteren Bruders und sein bester Freund. Niemand legte sich mit Tommy in der Schule an, weil sich niemand mit Nino anlegte, nirgends. Da Tommys medizinische Probleme Nino nicht schützen konnten, wurde er 1970 von der neunten Welle der Einberufungen erfasst, aber wenigstens konnte sich Stella, als sie ihren hübschen, schokoladenäugigen kleinen Junge stillte, noch nicht vorstellen, dass sein vollkommener Körper neunzehnjährig von einer Landmine im südvietnamesischen Wald zerfetzt werden würde.

Als sie im April 1952 aus ihren Flitterwochen zurückkamen, zogen Mr und Mrs Louis Fortuna, die sie nun waren, in die Wohnung im Erdgeschoss in der Bedford Street ein, in das Zimmer, das sich einst Stella und Tina geteilt hatten. Queenie redete nicht groß um das Missbehagen herum, das sie dabei empfand.

»Man kann sich nirgendwohin zurückziehen«, sagte sie zu Stella und Tina. »Wir sind *frisch verheiratet.* Da ist es nicht richtig, dass immer jemand im nächsten Augenblick durch die Tür kommen könnte.«

»Das ging uns allen so«, sagte Tina. »Es ist ja nur, bis ihr etwas gespart habt.«

»Ich bin nicht wie ihr«, sagte Queenie. »Ich bin in Amerika aufgewachsen, und wir geben uns hier nicht mit allem zufrieden wie früher in der alten Heimat.« Sie meinte das nicht böse, war nur wie immer gnadenlos offen.

»Es ist doch nur für eine Weile«, tröstete Stella sie, bevor Tina sich aufregen konnte. »Denk einfach dran, dass ihr nichts bezahlen müsst.«

»So ganz umsonst ist es nicht«, schnaubte Queenie. »Euer Vater denkt, weil es sein Haus ist, kann er ins Zimmer platzen, wann immer er will. Wann *immer.*« Was sie meinte, war ziemlich klar, und sie sprach es offen aus. »Stella, er kommt bei uns rein, wenn er uns dabei hört, verstehst du?«

»Wenn ihr ... es tut?«, fragte Tina entsetzt. Stella war empört, aber nicht überrascht. Wenigstens schien Tina nicht zu wissen, dass Tony auch sie und Rocco ausspioniert hatte. Wie froh sie über die abschließbaren Türen und Treppen zwischen ihrem Eheleben und ihrem Vater war.

»Und ich habe eure Mutter dabei erwischt, wie sie meine Sachen durchsucht hat«, sagte Queenie.

»Nein«, sagte Stella, »das würde Mamma nie tun.« Stella war ganz auf Queenies Seite, solange sie sich über Tony beschwerte, aber sie würde dieses kleine Putten-Püppchen keine Bosheiten über Assunta verbreiten lassen.

»Unmöglich«, stimmte Tina mit ein.

»Würde sie nicht?«, sagte Queenie.

»Vielleicht, um mit der Wäsche zu helfen oder so«, erklärte Stella. »Aber sie würde niemals in deinen Sachen herumschnüffeln. Wenn du das denkst, kennst du sie nicht.«

»Nun«, sagte Queenie. Sie lehnte sich auf ihren Stuhl zurück und sagte nichts mehr zu der Sache. Queenie mochte ja immer recht haben, aber sie hatte gelernt, dass mit Stella nicht zu reden war, wenn sie erst einmal eine Position eingenommen hatte.

* * *

Wessen Fehler war das, was später passierte? Nun, eindeutig Tonys, ihn allein traf die Schuld an dem, was er tat. Aber das heißt nicht, dass sonst niemand irgendeine Art von Verantwortung oder Mitschuld trug.

Zum Beispiel hatte Assunta Mickey in die Familie gebracht.

Im Juli 1952, als Louie und Queenie seit drei Monaten aus den

Flitterwochen zurück waren und es in der Wohnung unten, wie Stella annahm, ein wenig eng wurde, überraschte Assunta ihre Familie mit einer Ankündigung: Es sei jetzt zwölf Jahre her, seit sie ihre Leute in Ievoli gesehen habe, und sie wolle sie besuchen. Zur Madonna in Dipodi wolle sie pilgern, am Himmelfahrtsfest teilnehmen und das Grab ihrer Mutter besuchen.

Tatsächlich hatte Assunta einen Plan ausgeheckt, um ihren Nachzügler Joey zu einem erwachsenen Mann und Familienvater zu machen. So wie es jetzt lief, würde er nie eine Frau bekommen, sondern all sein Geld in Kneipen und für *putane* ausgeben. Assunta hatte es mit Tränen und Gezeter versucht, ohne Erfolg. Dann hatte sie beschlossen, dass die Dinge vielleicht vom anderen Ende her aufzuzäumen waren: Mit einer Frau, für die er zu sorgen hatte, würde er zur Ruhe kommen *müssen.* Es galt nur, ihn in eine Ehe zu locken. Nun, da konnte sie in Hartford nicht viel tun, weil sie junge Frauen wie Queenie nicht verstand und nicht wusste, wie man sie beeindruckte. Im Übrigen musste sie Joey von seinen schlechten Gewohnheiten wegholen und von den Leuten, denen diese bekannt waren. In Ievoli hatte sie die Situation unter Kontrolle.

Die Pilgerfahrt-Idee nahm schnell Form an, und als sie die Familie beim Sonntagsessen davon unterrichtete, fügte sie hinzu, dass sie einen Begleiter brauche, und bat Joey, mit ihr zu kommen. Es sei ja nur für ein paar Monate.

»Ein paar Monate? Unmöglich, Ma. Da müsste ich meinen Job aufgeben.«

»Nein, müsstest du nicht«, sagte Assunta, wobei er das natürlich musste. Einen guten Job mit Pensionsanspruch, den er gerade erst ergattert hatte. »Im Übrigen habe ich die Fahrkarten schon gekauft.«

Allen war klar, was sie im Sinn hatte. Assunta war nicht gerade gut im Kaschieren ihrer Ziele. Stella wunderte sich nur, dass ihr Vater das alles so einfach hinnahm.

»Frauengeschichten«, sagte er. Tony hatte es aufgegeben, seinen Sohn auf den richtigen Weg bringen zu wollen, und vielleicht dachte er ja, dass Assuntas Plan einen Versuch wert war.

Joey und Assunta fuhren am 27. Juli. Mitte September bekam Tony einen Brief in Joeys fürchterlichem Englisch-Italienisch-Durcheinander, in dem er schrieb, sie würden über Weihnachten in Ievoli bleiben und dann mit seiner Frau Michelina nach Hause kommen, die er Mickey nannte.

Du hast es geschafft, Ma, dachte Stella. Sie war beeindruckt und fragte sich, wo Assunta eine bereitwillige Frau gefunden haben mochte und wie sie die beiden in den heiligen Bund der Ehe gezwungen hatte. Sie hoffte, diese Michelina war stark genug, ihren nichtsnutzigen Bruder in die Spur zu bringen. In der Messe betetet sie zur Jungfrau, dass ihre Mutter eine gute Wahl getroffen hatte. Schließlich würde Assunta mit diesem Trick nur ein Mal landen können.

Joey und seine Braut Mickey zogen im Januar 1953 ins alte Jungenzimmer unten im Haus in der Bedford Street. Mickey war bereits erkennbar schwanger, was für Stella bedeutete, dass es sich um eine Frau handelte, die nicht lang fackelte.

Mickey war gerade achtzehn Jahre alt geworden und in Nicastro aufgewachsen, auch wenn Assunta deren zahlreiche Verbindungen nach Ievoli aufzählte: Mickeys Mutter war eine direkte Cousine von Za Violèt aus Pianopoli, und ihr älterer Bruder hatte Marietta, eine Schulfreundin von Stella und Tina, geheiratet. Mickey war groß und hatte lange, schlanke Beine, was alle sahen, denn sie lief in kurzen seidenen Nachthemden im Haus herum. Stella fragte sich, wie sich Kalabrien dermaßen hatte ändern können, dass es ein so laszives Geschöpf hervorgebracht hatte. Mickey lachte laut und flirtete mit jedem Mann – mit ihrem Schwager, Schwiegervater, mit jedem, fasste sie bei den Armen, wenn sie mit ihnen redete, und setzte sich neben sie aufs Sofa und legte ihnen den Kopf auf die Schulter. Stella war auf finstere Weise amüsiert zu sehen, wie verunsichert Carmelo,

Louie und Rocco auf sie reagierten, Queenie dagegen fand es ganz und gar nicht lustig. Und sie war die Frau, die mit Mickey den engsten Kontakt hatte. Stella freute sich auf den Tag, wenn jemand Mickey ein paar Manieren beibrachte.

»Ich halte das nicht aus«, sagte Queenie wenigstens einmal pro Woche zu Stella und Tina. »Ich kann nicht länger mit dieser Frau unter einem Dach leben. Es war vorher schon schlimm genug, aber jetzt …«

Tina beugte sich vor und senkte die Stimme. »Was willst du tun?«

Queenie ächzte. Stella, die häkelte, hob den Blick. Queenie hatte die Nase voll.

»Ziehst du aus?«, fragte Tina.

»Wie sollte ich?«, sagte Queenie. »Eure Mutter würde es nie erlauben.«

Stella wusste nicht, wie es gelänge, Queenie zu trösten. Sie war froh, dass sie und Carmelo ihre Tür verschließen konnten.

Anfang Mai 1953 gab Mickey eine Baby-Party für sich, auf Bitten ihrer neuen Freundinnen aus der Kirche, die kamen, Kuchen und Kekse aßen und alle möglichen kleinen Geschenke mitbrachten. Draußen war es kalt und regnerisch, und Mickey ließ sie ihre nassen Mäntel auf Queenies und Louies Bett legen.

Das brachte das Fass zum Überlaufen, auch wenn Queenie ihren Plan schon lang gefasst haben musste.

Am letzten Sonntag im Mai ging der Fortuna-Clan gemeinsam in die Elf-Uhr-Messe. Queenie fühlte sich nicht wohl, und so blieben Louie und sie zu Hause. Auf dem Weg zur Kirche spekulierten Assunta und Tina, ob da womöglich ein Baby unterwegs war.

Nach der Messe gingen sie noch zu Za Filomena und Zu Aldo zum Mittagessen. Es war ein schöner Tag, und die Jungen spielten im Vorgarten mit Carolinas zweijähriger Tochter. Assunta brach als Erste auf in die Bedford Street, um das Abendessen vorzubereiten. Die anderen folgten eine halbe Stunde später, als Nino anfing zu quengeln.

Stella hörte das Geschrei, als sie den Fuß auf die Eingangsstufen setzte. Erst dachte sie, es wäre ein Tier, das sich irgendwo verfangen hatte, oder ein halb verstopftes Rohr. Aber nein. *Mamma.*

Stella drückte Carmelo Nino in die Arme und eilte keuchend die Stufen hinauf. Sie war erst im vierten Monat, hatte aber diesmal bereits viel zu tragen. Die unverschlossene Tür schwang auf in einen dunklen, stinkenden Flur. Der Gestank traf sie unerwartet. Als Stella den Lichtschalter drückte, brauchte sie einen Moment, um sich klarzuwerden, was sie da sah.

Ihre Mutter kniete keuchend im Flur vor einer Pfütze Erbrochenem. Blutige, kahle Flecken stachen aus ihrem wild zerzausten Haar hervor (später würde Stella die Büschel, die sie sich ausgerissen hatte, in der Küchenspüle finden), und etwas Dunkles klebte seitlich auf ihrem Gesicht. Kot, Durchfall, wie sich herausstellen sollte, der auch an die Wände geschmiert war, etwa bis auf Hüfthöhe, als wäre Assunta auf allen vieren den Flur hinauf- und hinuntergekrochen und hätte ihre verschmutzten Hände an der Tapete abgewischt. Über dem Kot verrieten Risse und Dellen in der Wand, dass es Queenie und Louie bei ihrer Unternehmung eilig gehabt hatten.

Sie hat es geschafft, dachte Stella fast triumphierend, doch der Gedanke war auch schon wieder vergessen.

Tina kniete sich auf den Boden neben Assunta und fragte: »Ma, was ist passiert?«

Als das Schluchzen erneut einsetzte, stieg Stella über das Erbrochene, ging durchs Haus und sah sich um. Queenie, das durchtriebene Biest, und Louie mussten, kaum dass die Familie aufgebrochen war, aufgesprungen sein und angefangen haben, einen Umzugswagen zu beladen. Gott allein weiß, wo und wie sie eine Firma gefunden hatten, in der sonntags gearbeitet wurde. In den vier kurzen Stunden, die die Fortunas weg gewesen waren, hatten sie alles mitgenommen, das gesamte Mobiliar aus

Wohnzimmer, Esszimmer und Schlafzimmer. Aus der Küche hatten sie Töpfe und Pfannen mitgehen lassen und sogar die Seife aus dem Bad. Das Einzige, was noch an sie erinnerte, war das helle Rechteck an der Wand im Wohnzimmer, wo Louies Abschlusszeugnis gehangen hatte.

»Malandrina«, sagte Antonio immer wieder. Nicht besser als eine Straßenräuberin, diese Queenie.

Vielleicht hätte sie dir nicht all deine Möbel gestohlen, dachte Stella, wenn du dich nicht so an ihr sattgesehen hättest, du versauter alter Bock.

Aber was immer Stella auch an Sympathien für Queenie haben mochte, das wurde durch Assuntas Reaktion vernichtet. Es war zweifellos übertrieben, wie sie reagierte, aber Stella glaubte nicht, dass sie Theater spielte. Assunta dachte wirklich, sie würde diese Katastrophe nicht überleben: Ihr war ihr Lieblingssohn genommen worden, das Haus verwüstet, die Familie zerstört.

Es gab keine Sonntagssoße an diesem Abend. Queenie hatte keinen Topf zurückgelassen, in dem sie hätte gekocht werden können. »Sie hat mein *Pastasieb* mitgenommen«, sagte Assunta immer wieder, als wäre das die größte Unmenschlichkeit des ganzen Tages. »Mein *Pastasieb*. Sie hätte mir doch wenigstens etwas dalassen können, um meine Pasta abzugießen.«

Carmelo versuchte, sie alle aus der leeren Wohnung zum Essen nach oben zu holen. Aber sie konnten Assunta nicht allein lassen. Stella hatte sie unter die Dusche gezwungen, den Kot von ihr abgewaschen, vorsichtig ihren blutigen Kopf gespült und sie zu Bett gebracht. Assunta war zutiefst getroffen und vergoss auch weiter hysterische Tränen. Tina weinte leise mit.

»Vergiss es, Carm«, sagte Stella. »Es hat keinen Sinn.«

Am Ende brachte Carmelo einen Topf Pasta nach unten, den er oben in ihrer Küche gekocht hatte. Wer etwas essen konnte, tat es auf dem Teppich im Wohnzimmer sitzend. Die Jungs rannten wild durch die leeren Zimmer, und Nino warf das Käseschälchen um.

Vier Tage später lag eine Karte mit der neuen Adresse in der Post, ausgefüllt mit Queenies Sekretärinnenschrift. Am Samstag ließ Stella die Kinder bei Tina und fuhr mit Carmelo zu dem neuen Haus, das an der Grenze West-Hartfords lag. Es war klein, nur ein Stockwerk, aus roten Ziegeln und mit einer ordentlichen Hecke. Louie und Queenie mussten heftig gespart haben, vielleicht hatten aber auch Queenies Eltern etwas beigesteuert.

Stella sagte Carmelo, er solle im Auto warten. »Es wird nicht lang dauern«, erklärte sie. Sie wollte nicht von seiner Geselligkeit und seinem Mitgefühl aufgehalten werden.

Louie war nicht zu Hause, und das war gut so, denn Stella hatte mit ihrer Schwägerin ein Hühnchen zu rupfen.

»Schämen solltest du dich«, sagte sie, als die hübsche junge Frau an die Tür kam. Queenie trug ein mit Blumen bedrucktes rosa Hauskleid, das sich um eine, wie Stella dachte, unnatürlich schlanke Taille legte. »Schäm dich für das, was du meiner Mutter angetan hast. Sie war immer nur gut zu dir.«

»Mit deiner Mutter habe ich kein Problem. Sie ist eine nette Frau, wenn auch ein wenig unausgeglichen.« Queenie sprach schnell und bestimmt, und als Stella verarbeitet hatte, was sie meinte, war es zu spät, angemessen darauf zu reagieren. »Aber dein Vater ist ein Perversling, dein Bruder Joey ein Versager und seine Frau ein ungebildetes, faules Flittchen. In diesem Haus ziehe ich keine Kinder groß.«

Stella kochte vor Zorn, aber wenn sie es ernsthaft betrachtete, war sie in keinem Punkt anderer Meinung als ihre Schwägerin.

»So musstet ihr nicht gehen«, sagte sie schließlich. »Das war grausam.«

»Es tut mir leid, wenn du es so empfindest.« Queenie wurde etwas freundlicher. »Deine Mutter hätte uns niemals gehen lassen, Stella. Und dein Bruder Louie hätte den Mut nicht aufgebracht, mit ihr deswegen zu streiten.«

Tony ging zu Mr Greenburg in der Franklin Avenue und kaufte neue Möbel. Mr Greenburgs Preise waren gut, und er gab Kredit. Zahl, was du willst, und dann gib mir jede Woche, was du kannst.

»Du hättest die Möbel von Queenie zurückfordern können, Pa«, sagte Stella.

Tony winkte ab. »Sie sind noch Kinder, sie haben kein Geld. Und deine Mutter kann sich neue Sachen aussuchen.«

Stella fragte sich, ob er ein schlechtes Gewissen hatte, traute ihm das aber nicht wirklich zu. Es war eher eine päpstliche Gunst, nur dass der Papst Assunta war.

Mickeys Baby kam im Juli zur Welt, ein kleines Mädchen, das sie Betty nannten. Tina und Rocco wurden ihre Taufpaten. Stella war erleichtert, dass Mickey nicht sie und Carmelo gefragt hatte.

Am zweiten Sonntag im Oktober fühlte sich Mickey nicht wohl und ging nicht mit in die Messe. Joey blieb bei ihr, um sich um das Baby zu kümmern. Als die anderen zurück nach Hause kamen, war Stella eher angewidert als überrascht, dass die Wohnung unten völlig leer geräumt war.

»Schon wieder?«, flüsterte Tina Stella zu.

»Was für ein Schwein«, sagte Stella, ohne sich die Mühe zu machen, leise zu sprechen. Sie war schwanger und hatte nur noch die Kraft, sich an die um die Bilder beraubte Wand zu lehnen. »Im Stall aufgezogen, wie ich es immer schon geahnt habe.«

»Ich denke nicht, dass sie noch einmal eine Überraschung daraus hätte machen müssen«, sagte Tina.

»Natürlich nicht. Sie will nur, dass alle über sie reden, als wäre sie was Besonderes.« Stella sah sich im leeren Raum um, sah die Kerbe im Türrahmen, die die unvorsichtigen Umziehenden hinterlassen hatten. »Weißt du, was? Es geschieht ihnen ganz recht. Jetzt müssen sie Miete zahlen, ihr eigenes Essen kochen und putzen und das aufräumen, was ihr Baby durcheinanderbringt.«

»Oh, das arme Baby«, sagte Tina, doch bevor sie die Schleusen öffnen konnte, schalt Stella sie: »*Entspann dich.* Du wirst sie reichlich oft zu sehen bekommen, pass nur auf.« Aber wie sollten sich die beiden über Wasser halten?, dachte Stella. Joey hatte seinen Job in der Elektrofirma nicht zurückbekommen und die letzten sechs Monate damit verbracht, in einem Friseursalon den Boden zu fegen.

Diesmal war Assunta wütend, zu Stellas großer Erleichterung. »Es war nicht nötig, uns so zu hintergehen«, sagte sie.

»Sie ist eine Hexe«, sagte Stella. »Ein melodramatisches Miststück. Sie will Beachtung.«

Assunta sah in einen Schrank nach dem anderen, knallte mit den Türen und versicherte sich, dass sie auch noch den letzten Topf und sogar ihr neues Pastasieb mitgenommen hatten. »Wir hätten ihnen gegeben, was immer sie brauchen. Wir wissen, wie wenig Joey verdient. Wir hätten ihm sein eigenes Haus gekauft, er musste nicht stehlen.«

»Gar nichts hätten wir ihm gekauft«, unterbrach Tony sie. »Damit ist Schluss. Es ist Zeit, zum Teufel noch mal, dass er erwachsen wird und seinen Mann steht.«

Assunta sah ihn bestürzt an. »Aber Tonnon ...«

»Nein«, erwiderte er. »Es ist so, wie die Amerikaner sagen. Sie haben ihr Bett gestohlen, jetzt können sie auch drin liegen.«

Im November 1953 brachte Stella ihr drittes lebendes Baby zur Welt, ein Mädchen, das sie Bernadette nannten, nach der Heiligen in dem Film, den Stella im Krieg gesehen hatte, mit dem Mädchen aus Frankreich, das die Jungfrau auf dem Berg sah. Carmelos Bruder Gio und seine Frau wurden die Paten der Kleinen.

Bernie sollte Stellas einzige Tochter bleiben. Sie wuchs zu einer jungen Frau heran, die keinerlei Furcht davor hatte, Männern zu sagen, was sie zu tun hatten. Sie rümpfte die Nase über die Tücken der Pubertät, sah zu, wie ihre Brüder in jede einzelne Falle tappten, die damit einherging, und war am Ende die Erste in der Familie, die einen College-Abschluss machte, den ihr stolzer Vater bezahlte. Ihre nüchterne Art war genau richtig für ihre Karriere als Buchhalterin bei einer großen Hartforder Versicherungsgruppe, wo sie am Ende zur Vizepräsidentin gemacht wurde. Nachdem sie jahrelang, genau wie ihre Mutter, darauf bestanden hatte, keine eigene Familie gründen zu wollen, änderte sie schließlich ihre Meinung, wofür ich ihr dankbar bin, da sie meine Mutter ist. Sie heiratete einen deutschstämmigen Computerprogrammierer, den sie in einem Geschäftsentwicklungsseminar an der UConn kennengelernt hatte, meinen Dad, den blauäugigen, blonden Grund dafür, dass ich kaum als Italienerin durchgehe.

Meine Mom ist der einzige abtrünnige Zweig am Stammbaum der Maglieris, der einzige Spross, der aus dem Italienerviertel in die Vorstadt zog, Science-Fiction-Romane las und sich weigerte, ihre Kinder taufen zu lassen. Aber das hören Sie von einer Art Außenseiterin. Eine wahre Maglieri würde das niemals so sagen.

Im Mai 1954, nach monatelangen Planungen und, am wichtigsten, Assuntas hart erarbeitetem Segen, zogen Stella und Carmelo Maglieri aus der Bedford Street in ein Haus, das Carmelo eine Stadt weiter, in Dorchester, gekauft hatte. Die italienische Gemeinde zerfiel, und die Maglieris waren nicht die Einzigen, die wegzogen.

Das neue Haus war etwa zwanzig Jahre alt und würfelförmig wie ein hellblaues Geburtstagsgeschenk, das darauf wartete, ausgepackt zu werden. Es hatte zwei Schlafzimmer, zwei Bäder und hinten eine geschlossene Veranda, von der man auf die leicht morastige Wiese hinaussah, auf der Carmelo eine Laube errichtete und seinen Gemüsegarten anlegte. Und es gab ein mit Teppich ausgelegtes Treppenhaus, das Stellas Jungen die nächsten zwanzig Jahre hinaufrennen und bäuchlings wieder herunterrutschen würden. Alder Street hieß die Straße, nach einem Baum, wie Stella erst später begriff, *ontano* auf Italienisch, einem Baum, den es in Ievoli überall gab, den sie in Amerika aber noch nie gesehen hatte.

Am Ende kamen zwei Etagenbetten in das zweite Schlafzimmer, dann noch eines auf den Treppenabsatz und ein viertes an die Stelle, wo der Esszimmertisch gestanden hatte, den sie nie wirklich benutzten. Die Jungen aßen normalerweise im Stehen in der Küche, und die Sonntagsessen fanden bei Tina statt. Stella baute den begehbaren Kleiderschrank zu einer Kammer für Bernie um, damit ihre Tochter nicht mit den Rabauken in einem Raum schlafen musste. Trotzdem würden die Maglieris immer ein Bett zu wenig haben, und so lag meist ein hemdloser Teenager auf dem Sofa, die Füße in den stinkigen Socken über die Armlehne hinausgestreckt, oder auf dem Teppich vor dem Fernsehapparat dösend. Manchmal waren gleich mehrere Betten frei, weil ein paar von den Jungen die Nacht über nicht nach Hause gekommen waren, aber wer konnte schon wirklich nachprüfen, wo sie waren? Stella sicher nicht.

Das Haus in der Alder Street hatte links einen Nachbarn, rechts gab es nur ein leeres Grundstück, das Rocco und Tina kauften. Rocco mochte den feuchten Garten hinten nicht und bezahlte eine ansehnliche Summe dafür, den Grund mit etlichen Lastwagenladungen Erde aufzufüllen. Dann bauten sie sich ein Haus genau nach ihren Wünschen.

Sie würden immer gleich nebenan sein, damit Tina mit den Babys helfen konnte.

Wegen der Hypothek und all den Kindern, für die er ständig neue Schuhe kaufen musste, nahm Carmelo einen zweiten Job an, als Hilfe hinter der Theke in Charlie's Restaurant & Bar. Von sechs Uhr früh bis drei Uhr nachmittags war er in der Firma, kam nach Hause, kochte Pasta, wechselte die Arbeitskleidung und machte um fünf Uhr die Bar im Charlie's auf. Am Ende hatte Carmelo noch einen dritten Job, am Wochenende in einem größeren Gärtnereibetrieb, für den er Rasenflächen mähte und Hecken schnitt. Das Geld reichte dadurch immer, wenn auch manchmal nur knapp.

Im Oktober 1954 bekam Stella ihr viertes lebendes Baby, ihren dritten Sohn. Stella und Carmelo besprachen, wen sie als Paten wollten. Mit Joey und Mickey redeten sie noch nicht wieder, also fragten sie Franceschina Perri, jetzt Mrs Carapellucci, und ihren Mann Frank.

Carmelo suchte den Namen aus, Gaetano, nach einem Freund aus seiner Zeit bei der Eisenbahn, der im Krieg umgekommen war. Gaetano, »Guy«, sollte der wohlhabendste von Stellas und Carmelos Söhnen werden, mit am Ende vier erfolgreichen Restaurants, einem Bowling-Center und einer Automatenfirma. Die meisten seiner Brüder würden auf irgendeine Weise für ihn arbeiten, außer Tommy, der mit seinem Dad in der Elektrofirma angestellt war. Obwohl er selbst nie auf ein College ging, sollte Guy seine zukünftige Frau Annabelle, eine halb professionelle Tennisspielerin und Tochter eines Kongressabgeordneten, auf der Party einer Studentinnenverbindung der Wesleyan University kennenlernen, die er mit seinen Motorradkumpeln enterte. Alle mochten sie, auch wenn sie Carmelo das Herz brach, da sie seinen Sohn zu einem Republikaner machte.

Im Dezember 1954, kurz vor dem ersten Schnee, zogen Rocco und Tina in ihr neues Haus. Sie hatten sogar ein Gästezimmer, einen amerikanischen Luxus. Für gewöhnlich hielt Tina das Zimmer verschlossen, damit die Jungs nicht darin herumturnten und die Kekse aßen, die sie für die bevorstehenden Babypartys der einen oder anderen *paesan* gebacken hatte.

Von der Straße aus wirkten das zweistöckige Haus der Maglieris und die Caramanico-Ranch gleich hoch, da Rocco seines auf einen künstlichen Hügel gestellt hatte, und wann immer es in den nächsten sechzig Jahren heftig regnete, lief den Maglieris der Keller voll Wasser. Carmelo hatte dann Tage damit zu tun, zu lüften, um den üblen Gestank loszuwerden, aber die Jungen liebten die Überschwemmungen, rannten die Treppe hinunter und spielten Wasserkriegsspiele in der Brühe. Allerdings trat Johnny dabei einmal in einen Schraubenzieher, und seine Fußsohle musste genäht werden.

Manchmal saß Stella auf ihrer geschlossenen Veranda und sah zu dem sauberen, weißen Haus ihrer Schwester mit seinem militaristisch ordentlichen Garten hinauf und wünschte sich ebenfalls ein sauberes Haus und einen trockenen Keller und dass all die verdreckten Kinder jemand anderem gehörten. Aber sie sagte nie etwas, weil sie sicher war, dass Tina manchmal neben Rocco im Liegestuhl dort oben saß und auf die von Pfützen bedeckte Wiese der Maglieris hinuntersah und dachte, wie gern würde ich unser Haus und alles dafür eintauschen, um nur eines ihrer Kinder zu haben.

Jetzt, wo das Haus in der Bedford Street leer und alle Kinder ausgezogen waren, dachte Stella, dass Tony die Wohnungen oben wieder vermieten würde, aber stattdessen bot er sie zum Verkauf an.

Stella erinnerte sich daran, wie die Fortunas gekämpft hatten, um das Haus kaufen zu können, jeden Penny hatten sie in einer Blechdose gesammelt. Und jetzt hatte sie es nur zehn Jahre bewohnt.

»Bist du nicht traurig, auszuziehen, Ma?«, fragte sie Assunta.

»Wir sind zu weit von unseren Enkeln entfernt«, erwiderte ihre Mutter, womit sie Stellas, nichts Joeys Kinder meinte. Tony hatte mit Joey seit deren Flucht nicht gesprochen, und Mickey rächte sich damit, dass sie Assunta ihre Enkelin nicht besuchen ließ.

Stella begriff, dass sie und Carmelo zum Herz der Familie geworden waren. Alle anderen sammelten sich um sie und richteten ihr Leben um das der Maglieris ein. War es das, was ihr alle schuldeten? Sie hatten sie dahin gebracht, wo sie heute war, und jetzt machten sie sie zu ihrer Königin.

Louie und Queenie kamen gelegentlich sonntagabends zum Essen, hatten aber noch keine eigenen Kinder. Als Assunta Queenie beiseitenahm, um sie zu fragen, ob es ein Problem gebe, sah die sie an und sagte: »Nicht, dass ich wüsste, so Gott will. Wir warten nur, bis wir genug Geld haben.«

»Wie meint sie das, warten?«, hatte Assunta ihren Töchtern zugeflüstert, als sie spülten, nachdem Louie und Queenie gegangen waren.

Stella lachte, spürte aber Kälte im Herzen. Sie ließ Baby Guy auf ihrem Knie hüpfen, um das Gefühl abflauen zu lassen. Der Gedanke flammte in ihr auf, dass Queenie einen Trick anwandte, den sie nicht hatte anwenden können, doch da verschwand er auch schon wieder wie die Erinnerung einer Fremden an eine ferne Vergangenheit.

»Wisst ihr, was ich gehört habe«, sagte Tina. Sie war bereits errötet, und Stella wusste, dass jetzt etwas Wundervolles oder Widerliches kam. »Wenn man nicht schwanger werden will, kann man den Mann ihn in den ...« Sie zögerte aufgeregt, hatte aber Angst, nicht die richtigen Worte zu finden, »ihn in *il cul'* stecken lassen. Da kann er tun, was er will, ein Baby gibt es nicht. Oder er steckt ihn hierhin«, sagte sie und zeigte überdeutlich auf ihre Achsel, »oder in den Mund.«

»Tina! Schschsch!« Rocco, Carmelo und Tony waren im Wohnzimmer und tranken *amaro*, nicht unbedingt außer Hörweite. Die drei älteren Kinder saßen bei ihnen auf dem Boden und spielten mit Autos und Puppen. Wenn es etwas gab, was Stella Carmelo nicht hören lassen wollte, dann das, was Tina gerade gesagt hatte. »Von wem hast du das denn?«

»Von den Frauen bei Silex«, sagte Tina voller Vertrauen in die Autorität ihrer amerikanischen und polnischen Kolleginnen am Fließband.

»Sind das die, die behaupten, man kann an der Nase erkennen, wie groß das Ding eines Mannes ist?«, fragte Stella, aber Tina begriff ihren Sarkasmus nicht.

»Doch, ja.« Tina klang wehmütig.

»Woher wollen sie das wissen, Tina? Es sei denn, sie haben etliche gesehen und können Vergleiche anstellen«, stichelte Stella. »Ich glaube, deine Silex-Freundinnen sind ziemlich verdorben.«

»Nein.« Tinas Gesicht rötete sich noch stärker. »Sie haben es von ihren Freundinnen gehört.«

Assunta dachte noch über die Vorlieben ihres jüngsten Sohnes nach. »Tina, meinst du, Louie steckt ihn … steckt ihn ihr in den *cul*?« Sie musterte ihre Tochter und konzentrierte sich auf diesen Gedanken. »Oder in den Mund?«

»Ma!«, rief Stella. Im Wohnzimmer war es beunruhigend ruhig geworden. »Frag sie selbst, wenn du sie das nächste Mal siehst.«

Nachts lag Stella wach im Bett, ihre Brüste schmerzten, weil sie bereits abstillte, und sie wandte den Gedanken hin und her. Würde sie Carmelo sein Ding in ihren Mund stecken lassen, wenn das bedeutete, dass sie dann nicht wieder schwanger werden musste? Ihr wurde schlecht, und sie konnte sich kein Ja auf diese Frage vorstellen.

* * *

Stella beauftragte Gärtner, eine Hecke an die vordere Grundstückbegrenzung zu pflanzen, damit die Kinder nicht auf die Straße liefen, wenn sie im Garten spielten. Es gefiel ihr, den Männern in ihren schmutzigen weiten Jeans zuzusehen, wie sie Löcher aushoben und sich über Töpfe beugten. Die Sache dauerte nur ein paar Stunden, und *schon* trennte eine üppige grüne Mauer Stellas Privatgrund vom Rest der Welt ab.

Carmelo war wütend und behauptete, er hätte die Hecke ebenfalls pflanzen und damit viel Geld sparen können. Stella fragte: »Wann hättest du Zeit für so etwas?«

Etliche Monate später, als Stella besonders wütend auf ihren Mann war, bestellte sie Anstreicher, die das Haus rosa strichen, während er bei der Arbeit war. Er würde schon lernen, ihr nicht auf die Nerven zu gehen.

Später, viel später, nachdem sie den Verstand verloren hatte, schnitt sie die Hecke mit einer Gartenschere komplett herunter, und ihre erwachsenen Söhne staunten, woher sie die Kraft dafür genommen hatte.

In ihrem ersten Sommer in der Alder Street, im Jahr 1953, grub Carmelo den schwammigen Boden hinterm Haus um, pumpte das Wasser ab und füllte Erde für einen Garten auf. Beim ersten Lichtschimmer morgens stand er auf, um noch vor der Arbeit Unkraut zu jäten, pflanzte Zucchini, Tomaten und Erbsen an. Dazu kamen zwei Stachelbeerbüsche, eine besondere Art, die ein albanischer Arbeitskollege aus der Elektrofirma am Zoll vorbeigeschmuggelt hatte, und zwei Traubenspaliere, eines an der Gartenseite entlang und eines, das über einen Picknicktisch ragte.

Stella betrachtete die perfekt belaubten Stämme und dachte, dass Carmelos Garten so aussah, als wäre er von einer Bergterrasse Ievolis hierhergebracht worden. Sie stammten zwar aus unterschiedlichen Dörfern, sie und Carmelo, doch in der Ferne verwischten die Unterschiede.

Die Luft war zu feucht, der Winter zu kalt, aber an einem heißen Junitag legte sich Stella in das zeckenverseuchte Gras, blickte durch die im Licht der Sonne durchsichtigen, limettengrünen Blätter der Bohnen in den Himmel und stellte sich vor, wieder zu Hause zu sein.

Die nächsten fünfzig Jahre über, wenn sie in ihren jeweiligen Gärten arbeiteten, rief Carmelo hinauf zu Tina und sie hinunter zu ihm: Hast du noch Bänder, damit ich meine Bohnen anbinden kann? Hat Freddy euren Rasen geschnitten, wie ich es ihm gesagt habe? Ist euer Staubsauger noch kaputt? Magst du auf ein Glas Wein herüberkommen?

Die Stachelbeeren und das Traubenspalier würden ebenfalls abgeschnitten werden, und der wunderschöne fünf Meter hohe Feigenbaum wurde abgesägt, als Stella den Verstand verlor.

Im August 1955 kam der kleine Tommy mit den Knubbelknien in den Kindergarten. Es war schrecklich für ihn. Er war so klein und konnte weder rennen noch einen Ball werfen. Er hatte nichts in der Art von seinem Vater gelernt, der mit Bällen auch nichts anzufangen wusste. Das Schlimmste jedoch war, dass Tommy nichts von dem verstand, was die anderen sagten, weil er im Schoß seiner italienischen Familie kein Wort Englisch gelernt hatte. Tommy war ein sprachloser Zwerg, und als solcher in die Gesellschaft gestoßen zu werden, das ist sehr schmerzhaft.

Tommy hatte es als das älteste Kind zweier Einwanderer-Eltern am schwersten. Als Nino ein Jahr nach ihm in den Kindergarten kam, war es für ihn ebenfalls schwer, aber doch nicht mehr so sehr, schließlich hatte er Tommy. Und als Bernie dazukam, zwei Jahre später, war sie es gewohnt, ihre älteren Brüder zu Hause Englisch sprechen zu hören, dazu kam das englischsprachige Fernsehen im Wohnzimmer, sodass es für sie kein Problem war.

Im Oktober 1955 bekam Stella Frederico. Carmela und ihr Mann Paolo kamen mit dem Zug aus Montreal und wurden seine Paten.

Freddy würde der bestaussehende von Stellas Söhnen werden, mit dem glänzenden schwarzen Haar (bevor es komplett ausfiel) und den nach unten geschwungenen Schokoladenaugen seiner Großmutter, die sehr ungewöhnlich für die Mascaros waren, Assunta zur Schönheit Ievolis gemacht hatten und dafür sorgten, dass Freddy den Spitznamen der »Japs« bekam. Von seinem Vater erbte er die Musikalität und wurde später zum Frontmann einer örtlichen Band.

Freddy, das fünfte Baby, war eine Art Wendepunkt in Stellas

Denken. Nach ihm sah sie ihre Kinder nicht länger als Individuen, sondern als Masse. Vielleicht wären vier in Ordnung gewesen, aber fünf waren eindeutig zu viel, und als die ältesten Teenager wurden, gab es nur noch *TommyNinoGuyFreddy*. Bernie war die Ausnahme, war sie doch eine Prinzessin und kein Rabauke.

Als Nächstes kam Nicola, »Nicky«, im August 1956, weniger als ein Jahr nach Freddy. Niemand war wirklich bereit für Nicky. Stella dachte noch bis fast in den sechsten Monat, dass sie nicht schwanger sein konnte. Sie hatte sich über die letzten acht Jahre so an die Übelkeit morgens gewöhnt, dass sie den Unterschied zu einem normalen schweren Kopf nicht mehr erkannte. Stella und Carmelo wussten nicht, wen sie so schnell als Paten gewinnen sollten, und so mussten Tina und Rocco noch mal herhalten. Das hieß, dass die Maglieris mit der Taufe warteten, bis die Caramanicos von ihrer Reise nach Italien zurückgekehrt waren, die sie aus Anlass ihres zehnten Hochzeitstages unternommen und bereits geplant hatten, als noch niemand an Nicky dachte. Stella und Carmelo waren bereit, ein paar Zugeständnisse zu machen, und sie dachten, dass der Herrgott das schon verstehen würde.

Zum Glück wohnte Assunta mittlerweile auf der anderen Straßenseite. Sie arbeitete immer noch auf der Tabakplantage, konnte an schlimmen Tagen aber zu Hause bleiben und Stella mit den beiden Kleinen helfen. Sosehr Stella die Nähe zu ihrem Vater ärgerte, so dankbar war sie, dass ihre Mutter nicht weit weg war.

Nicky war einer von nur zwei Söhnen Stellas, die die berühmten blauen Augen Carmelos geerbt hatten, und er sollte der sanfteste ihrer Jungen werden. Er liebte Tiere, und Stella erwischte ihn immer wieder dabei, wie er mit einer verdächtigen, sich windenden Auswölbung unter der Jacke die Treppe hinaufflitzte. Sie lief ihm hinterher, schlug gegen seine Tür und rief: »Nicky, was hast du da drin!«, falls er wieder ein blutendes Eichhörnchen vor der Katze auf sein Bett gerettet oder eine grüne Schlange aus dem Garten in der Badewanne untergebracht hatte. Nicky war zu weich für diese Welt. Er zog sich in seine Höhle zurück, verbrachte sein Erwachsenenleben fernsehend in dem Zimmer, das er sich einst mit seinen Brüdern geteilt hatte, und nutzte die Ergebnisse verschiedener Tests seiner geistigen wie körperlichen Behinderungen dazu, sich mit Gras und Traubensaft zu therapieren.

Wenn Sie aus einer großen italienischen Familie stammen, haben Sie nicht nur mehr Verwandte als die meisten Amerikaner, Sie bleiben auch in engerem Kontakt mit ihnen. Das bedeutet, dass sozial konforme Italoamerikaner weit mehr familiäre Verpflichtungen haben, als es ihre nicht italienischen Freunde begreifen können. Beerdigungen und Taufen, Geburtstage, Schulabschlussfeste, Geburten, vor allem aber Hochzeiten, Hochzeiten, Hochzeiten, mit all den ihnen vorausgehenden Partys und Anproben, zum Beispiel der Brautjungfern, die ihre Schuhe farblich auf ihre von der Braut entworfenen Kleider abstimmen müssen.

Carmelo war ein sozialkonformer Italiener, und Stella war nun einmal mit ihm verheiratet, weshalb sie fast so gut wie jeden Samstag bei einer Hochzeit verbrachten. Carmelo schickte sie hübsche Kleider kaufen und dachte, dann würde sie sich besser fühlen, aber sie hasste es, sich in Pailletten und Seide zu zwängen, wenn ihre Brüste leckten und der Stoff zu fest auf ihren Leib drückte. Die Musik und das Geplauder ermüdeten sie genauso wie das Aussuchen von Geschenken auf Hochzeitslisten und Leuten zulächeln zu müssen, an deren Namen sie sich nicht erinnern konnte. Sie dachte daran, wie sehr sie die September-Fhesta in Ievoli und die Bälle der Italienischen Gesellschaft zur Zeit des Krieges geliebt hatte, doch die Stella, die dort getanzt hatte, war nicht mehr diejenige, die sich heute daran zurückerinnerte.

Italiener, für den Fall, dass Sie es nicht wissen, laden ihre Kinder mit zu all diesen Gelegenheiten ein. Das bedeutete, dass die Rabauken jedes Wochenende in ihre kleinen Anzughosen gezwungen werden mussten, die genau aus dem richtigen Stoff waren, um damit über die frisch gewachsten Böden zu rutschen. Die Jungen veranstalteten ihre eigene Party, selbst wenn es die des Brautpaares zerlegte. Niemand wusste, ob er über sie lachen – sahen sie doch wirklich hinreißend aus in ihren kleinen, gleichen Anzügen – oder die Polizei rufen sollte. Nino, der wie ein Ingenieur dachte, war für die Ausrichtung von Servierwagen-Rennen berühmt, die sie aus der jeweiligen Küche entwendeten. Eine Hochzeitstorte torpedierten sie nie, aber einmal schafften sie es, eine Schüssel Marinara auf die Schleppe der Braut zu kippen.

Es war etwa um diese Zeit, 1958 oder 1959, dass Stella aufgab und sie tun ließ, was sie wollten. »Das sind wilde Kinder, Stella«, sagten die Leute auf ihre tadelnde, aber wenig hilfreiche Weise zu ihr.

»Was soll ich machen«, antwortete sie. »Es sind einfach zu viele. Sie sind in der Überzahl.« Sollten doch alle, die auf sie herabsahen, die Sache ihrem katholischen Mann gegenüber zur Sprache bringen. Gott hatte ihr diese Kinder geschenkt, also musste es einen Grund geben, dass er ihr nicht auch die Fähigkeit oder den Wunsch verliehen hatte, mit ihnen Schritt zu halten.

Manchmal ertrug Stella den Gedanken an eine weitere Hochzeit nicht. Erst gab sie vor, krank zu sein, doch dann, immer öfter, machte sie sich einfach nicht fertig, und Carmelo begriff, dass er ohne sie gehen musste. Er war auch nicht besser darin, die Rabauken zu kontrollieren, aber Stella wusste, dass keine der Frauen schimpfend zu ihm kommen würde, um sich über das Benehmen seiner Söhne zu beschweren, was nur einer der Gründe war, warum sie sich persönlich nicht schuldig fühlte. An diesen Abenden, selig frei, mit nichts als den kleinen Babys, um die sie sich zu kümmern hatte, holte sie Wein aus dem Keller, trank ihn auf der Veranda und sah zu, wie die Sonne hinter den Eichen im Schwemmland versank.

Im Januar 1958 kam Giovanni zur Welt, so benannt nach seinem väterlichen Onkel und Paten. Direkt auf seinen zu weichen Bruder Nicky folgend, war Johnny wild genug für zwei. Er sollte der Sohn werden, der das größte Chaos ins Haus der Maglieris brachte, angefangen damit, dass er in der vierten Klasse von der Schule flog, weil er ein Messer mit in den Unterricht gebracht hatte. Als Kleinkind war er jedoch der Pflegeleichteste, aus Stellas Perspektive. Keine gottverdammten Koliken.

Dann, im Herbst 1958, kam es zu einer Fehlgeburt. Stella war noch nicht mal im vierten Monat und verspürte keine besondere Trauer, nur einen fahlen Widerwillen, als sie die rosa Gewebestückchen das Klo hinunterspülte. Ehrlich gesagt, empfand sie ganz allgemein kaum noch etwas, und wenn, trank sie sich ihre Empfindungen weg.

Assunta und Tina kamen nach der Arbeit, um Stella Gesellschaft zu leisten. Die Schwestern häkelten, während sich Assunta das Album mit Tinas Fotos von ihrer Reise nach Italien ansah, das aus diesem Grund bei Stella im Haus stand. Rocco hatte Tina inmitten von Tauben auf dem Markusplatz in Venedig fotografiert, auf der Spanischen Treppe in Rom, genau wie Audrey Hepburn in dem Film, in dem sie eine entflohene Prinzessin spielt, und vor dem Petersdom, so nahe bei Seiner Heiligkeit, dem Papst. Es war schön, zu denken, die herrlichen Dinge auf den Bildern gehörten zu ihrem kulturellen Erbe als Italiener, auch wenn Hartford mehr mit Ievoli gemeinsam hatte als mit der venezianischen Lagune. Angesichts des Staunens, mit dem Assunta die Fotos betrachtete, war nur schwer vorstellbar, dass sie das seit Jahren jeden Tag tat.

Das abendliche Treffen der drei Fortunas dauerte an, bis Rocco oder Tony nach Hause kamen und etwas zu essen wollten. Carmelo kam frühestens um elf von seiner Schicht hinter der Theke zurück, sodass Stella den Abend für sich hatte, für sich und ihre sieben Kinder, und um diese nicht überwachte Zeit auszufüllen, holte sie sich für gewöhnlich eine Flasche Wein aus dem Keller.

Als Domenico im Februar 1960 geboren wurde, war er der Liebling von allen, vielleicht weil alle glaubten, er wäre der Letzte. Als Erwachsener war er der unbeliebteste der Maglieris, weil er seine eigentlich gute Ehe durch seine Trinkerei zerstörte und den Rest seines kurzen Lebens mit Drogen verschwendete. Aber er war zweifellos ein hinreißendes Baby mit einem runden Gesicht und dickem schwarzem Haar. Sie nannten ihn Mingo, oder einfach Ming, nach Carmelos Onkel.

Joey und Mickey wurden seine Paten. Carmelo dachte, sie zu fragen, das würde den Riss durch die Familie heilen helfen. Das Leben war nicht leicht für die Joey Fortunas. Sie lebten immer noch in der Wohnung, in die sie 1953 geflohen waren. Mickey zog sich nach wie vor zu offenherzig an, aber ihre Mutterschaft hatte sie etwas reifer werden lassen. Stella ertrug sie ein Sonntagsessen lang.

Joey und Mickey hatten zwei kleine Mädchen, und Mickey wurde mit einem dritten Kind schwanger. Stella war nicht ganz sicher, ob Mickeys Töchter normal waren, da sie in einer Welt kleiner Jungen lebte. Die Mädchen hatten einen wirren Blick und kamen ihr wild und vernachlässigt vor. Kein Wunder, dachte Stella, da ihre Mutter selbst ein großes Kind war. Die Mädchen nahmen Bernies Spielzeuge auseinander, während sie ihnen gönnerhaft zusah. Stella musste ihrer Tochter erklären, dass ihre schmuddeligen Cousinen zu Hause keine Spielzeuge hatten und sie ihre guten Puppen in ihrem Kopfkissen verstecken sollte, damit die armen, kleinen Fortuna-Mädchen sie nicht kaputt machten oder stahlen.

Im Juli 1961 brachte Stella ihr neuntes lebendes Baby auf die Welt, Enrico »Ritchie« Maglieri. Er wog gut sieben Pfund und rutschte nach fünfundvierzig Minuten Wehen schon aus ihr heraus, Gott segne ihn. Queenie und Louie wurden seine Paten.

Richie wurde zu einem ewigen Junggesellen. Er fand keine Möglichkeit, seine sexuelle Orientierung mit seinen katholisch-sexistischen Familienwerten in Einklang zu bringen, und so outete er sich nie und blieb sein Leben lang ohne Partner. Vielleicht sollte ich das Gute daran sehen, vielleicht rettete er so ja sein Leben, bedenkt man, dass die Aids-Krise zwei liebe Freunde aus seiner Theatergruppe hinwegraffte. Währenddessen tun seine Brüder immer noch so, als hätte es Richie einfach nie geschafft, richtig um eine Frau zu werben. Sogar heute noch sagen sie: »Armer Richie, hat nie die Richtige gefunden. Wer weiß, vielleicht tut er's ja noch.« Wenn irgendjemand auch nur anzudeuten wagt, dass es einen anderen Grund geben könnte, hat er sofort die ganze Familie am Hals. Aber so geht es, oder? Wenn schwul zu sein eine Beleidigung ist, gegen die man verteidigt werden muss, gibt es nicht viel Raum für einen Mann wie Richie, der niemanden verletzen möchte und auch selbst keine Unruhestifter mag.

Im April 1963 kam Assunta eines Samstagmorgens herüber, und auf dem Küchenboden lag eine halbe Packung Pasta verstreut. Baby Richie, der gerade stehen gelernt hatte, hielt sich am Mülleimer fest, am schmierigen Müllbeutel darin, und Mingo versuchte, eine weitere Packung Pasta aufzureißen. Assunta nahm sie ihm weg, was ihn trübsinnig werden ließ. Wo die anderen Junge steckten, war nicht klar.

Stella kniete unten vor der Toilette. Ihr Haar war zu einem Knoten gebunden, wie sie es nachts zum Schlafen trug, und ließ erkennen, wie viel Grau sich bereits bei ihr eingeschlichen hatte.

»Ich bin dreiundvierzig, Ma«, sagte Stella. Sie fühlte sich wie ein Kohlkopf unten im Gemüsefach, der vor zwei Monaten dort vergessen worden war. »Wie kann ich immer noch schwanger werden?«

Assunta rieb ihrer Tochter den Rücken und half ihr aufzustehen, damit sie die Spülung drücken konnte. »Die Frauen in meiner Familie sind stark«, sagte Assunta, kniff Stella in die Hüfte und fügte einen englischen Satz hinzu, den sie aus dem Fernsehen hatte: *»Built to last – für die Ewigkeit gebaut.«*

Am 4. Januar 1964 gebar Stella ihren letzten kleinen Jungen, den sie Arturo nannten. Artie war der Zweite mit Carmelos blauen Augen. Er war ein notorischer Lügner, sodass man ihm nie irgendetwas glauben konnte, trotzdem aber ein liebenswerter Schlingel. Mit zwölf Jahren fing er an, seinen Lohn fürs Rasenmähen zu sparen, und kaufte sich für zweihundert Dollar einen heruntergewirtschafteten Ford Mustang, den er komplett selbst restaurierte. Er war ein kleines Genie, was Motoren betraf, und heiratete seine Highschool-Liebe Nancy, die halb sizilianisch und halb eine Cherokee war. Sie bekamen vier Töchter, von denen zwei absolut ehrlich waren, während die anderen beiden ihrem Vater nacheiferten.

Artie war riesig, er wog fast fünf Kilo und war damit Stellas schwerstes Baby. Er schaffte es auf die natürliche Art auf die Welt, nach zwei Stunden erschöpfenden Pressens. Es war kein schönes Erlebnis. Eine Woche danach wurde Stella vierundvierzig Jahre alt und hatte endgültig genug von diesem gottverdammten Unsinn.

Als ihr Mann nach der Geburt in ihr Krankenhauszimmer kam, sagte Stella: »Ich bin damit durch, Carmelo. Du kannst schlafen, mit wem immer du willst, mit mir nicht mehr.«

TOD 7: ERSTICKEN (ÄNDERUNG DES LEBENS)

Am Morgen des 24. Juli 1970, einem Freitag, an dem sie zum siebten Mal fast starb, wachte Stella Maglieri in ihrem durchgeschwitzten Bettzeug auf, mit einen mittelschweren Brummschädel vom Wein am Abend zuvor. Der Tag würde heiß werden, so heiß wie der zuvor, und der Umstand, dass Stella in den Wechseljahren war, machte das Schwitzen noch schlimmer.

Die Uhr auf der Kommode zeigte zehn nach acht. Das Bett neben ihr war leer. Seit Arties Geburt schlief Carmelo im Lehnsessel unten vor dem Fernseher. Und er war sowieso schon vor drei Stunden zur Arbeit aufgebrochen.

Stella stellte ihre Füße auf den Boden und spürte, wie sich das Blut in den Sohlen sammelte. Seit einiger Zeit waren sie morgens empfindlich, sie machte sich jedoch keine zu großen Gedanken darüber, was das bedeuten konnte. Ihr Körper war kaum mehr als eine Ruine voller Narben: von den Verbrennungen auf dem einen Arm, der Naht auf dem anderen, der halbmondförmigen Wunde am jetzt silbergrauen Haaransatz bis zu dem unter den Schweinehufen aufgeplatzten Bauch. Die Brüste waren leer gesaugt, der Leib von elf Schwangerschaften aus der Form geraten. Die Dehnungsstreifen auf der losen Haut ihrer Oberarme verstand sie nicht (warum hatte die Haut dort so gedehnt werden können?), und ihre Fußballen waren so extrem verschoben, dass es aussah, als versuchte ihr großer Zeh, sich den übrigen vier zuzuwenden wie an ein Richtergremium. Ihre Fußgelenke waren so dick wie ihre Waden, ganz wie die Baumstammfüße der alten, tagein, tagaus bergauf und bergab gehenden Frauen in Ievoli, über die sie und Tina als Mädchen gegrinst hatten. Stella war verbraucht und an dem Punkt, wo es sich in das Leben einer alten Frau hinüberzuschwitzen galt. Schwitzen, schwitzen.

Stella sah die alte Frau im Spiegel nicht an, die sich das Kopftuch umband, und verknotete es so fest im Nacken, dass der Stoff gegen ihre vom Wein pochenden Schläfen drückte. Das brachte ein wenig Linderung – auf den Trick war sie während der letzten zwei Jahre gekommen. Sie zog sich ein Paar wadenhohe dünne Strümpfe an und schlüpfte in ihre hellblauen Pantoffeln, die sie tragen würde, bis sie zu ihrer Nachtschicht musste.

Die Tür zum Jungenzimmer war noch zu. Die Teenager würden den ganzen Tag schlafen, wenn keiner sie weckte. Das würde jedoch nicht Stella sein. Sie genoss die friedlichen Morgenstunden, bevor das Haus zum Leben erwachte, auch wenn das nur bedeutete, ihre Kater-Kopfschmerzen auszusitzen, statt sie wegzuschlafen. Sie schlurfte die mit einem dicken blauen Teppich ausgelegte Treppe hinunter, vorsichtig, die Stufen waren schmal und der dicke Teppichflor nicht unbedingt sicher. Zum Frühstück gab es zwei Scheiben weiches Brot mit einer Tasse Wein. Sie toastete das Brot nicht, sondern zupfte den weichen Teig heraus und saugte an der Kruste, die sie durch die Zahnlücken zog und sich so die alten Wunden rieb.

Währenddessen knöpfte sich Stellas Tochter Bernie oben im einzigen vollständigen Bad des Hauses die gestreifte Bluse ihrer Arbeitskleidung zu. Bernie hatte gerade das zweitletzte Jahr der Highschool hinter sich gebracht und einen Teilzeitjob an der Kasse des Gartencenters angenommen. Sie sollte um halb neun bei der Arbeit sein und war eben erst aufgewacht, aber da sie sich nicht schminkte oder die Haare wusch und föhnte, brauchte sie morgens nicht viel Zeit.

Ihre letzte Aufgabe, bevor sie zur Tür hinausrannte, bestand darin, Pennys Hundenapf zu füllen. Keiner ihrer Brüder würde daran denken, außer Nicky, doch der war dreizehn Jahre alt und konnte leicht bis vier Uhr nachmittags schlafen, und dann hatte die arme Penny den ganzen Tag nichts zu fressen. Bernie rannte die Treppe hinunter, durch die Küche, hielt kurz an, um ihrer am Küchentisch sitzenden Mutter einen Kuss auf die Stirn zu geben, und schnappte sich zwei Scheiben Brot aus der Plastiktüte. Den Mund voll, lief sie weiter auf die Veranda, wo Pennys Napf und das Hundefutter standen. Der Napf war voll.

Ihr Brot kauend, dachte Bernie darüber nach. Warum hatte Penny ihr Futter nicht gefressen? Normalerweise hatte sie morgens einen Heißhunger und japste und sprang um Bernies Beine, wenn diese ihr den Napf füllte. Aber Penny war ja nicht mal da. War das ihr Fressen von gestern? Moment mal, Bernie hatte vorletzte Nacht bei ihrer Freundin Patty geschlafen und die Hündin seit Mittwoch nicht mehr gefüttert. Wobei, wenn sie es recht überlegte, hatte sie das Tier seit Tagen schon nicht mehr gesehen. Aber jemand musste Bescheid wissen. In diesem Haus lebten elf Leute, die vielen Durchreisenden nicht mitgerechnet.

»Mommy, hast du Penny gesehen?«, fragte Bernie in die unbeleuchtete Küche, bevor sie feststellte, dass ihre Mutter nicht mehr da war. Bernie stampfte die Treppe hinauf, ohne unbedingt laut sein zu wollen, aber ihre Arbeitsschuhe waren einfach fürchterlich schwer. Oben angekommen, wagte sie sich in die Höhle der Schnarchenden und Furzenden. Das Zimmer der älteren Teenager war eindeutig der übelste Ort des Hauses. Sie klopfte erst kräftig an, wollte sie doch nichts Unangenehmes sehen, was ihre Brüder in ihrem Teenagerschlaf tun mochten, und öffnete dann die Tür, um zunächst ein wenig frische Luft in den Raum zu lassen, bevor sie den Kopf hineinsteckte.

»Hey!«, sagte sie. Kein Lebenszeichen, aber sie kannte die Übung. »*Hey!* Tut nicht so. Hat einer von euch Penny gesehen?« Keine Bewegung in einem der Etagenbetten. Bernie schlug gegen die nackte Wade, die aus dem oberen Bett direkt bei der Tür ragte, etwa auf Augenhöhe. Sie gehörte Freddy, der blind austrat. Bernie wich noch rechtzeitig zurück. »Freddy, hast du Penny gesehen?«

»Nein. Lass mich.«

»Guy?« Sie beugte sich zum unteren Bett hinunter und rüttelte an der Schulter ihres Bruders. Guy reagierte nicht. Er würde so tun, als schliefe er, selbst wenn das Haus in Flammen stünde, einfach aus Prinzip.

Sie versuchte es bei Nicky. »Nicky«, sagte sie, während der sich verschlafen umdrehte, »Nicky, Penny ist weg. Hast du sie gesehen?«

»Penny ist weg?«, fragte er erschrocken, doch seine Augen blieben geschlossen. Es war gut möglich, dass er das Gespräch völlig vergaß, wenn Bernie erst wieder weg war.

Sie würde zu spät zur Arbeit kommen, aber je mehr sie über Penny nachdachte, desto schlechter fühlte sie sich. Solange Bernie Penny nicht sah, musste sie glauben, dass sie irgendwo im Graben neben dem Farms Boulevard lag. Der Verkehr, der vorbeiraste, hatte über die Jahre etliche Haustiere der Maglieris das Leben gekostet. Und Penny war etwas Besonderes. Alle liebten die Hündin, sie war so süß mit ihrem kupferfarbenen kleinen Kopf.

Bernie rief aus dem Schlafzimmer ihrer Mutter bei ihrer Tante an. Aber Tante Tina und Onkel Rocco waren natürlich arbeiten, also antwortete niemand. Sie versuchte es im Haus ihres Großvaters gegenüber, doch da ging auch keiner ran. Sie hatten wahrscheinlich den Stecker gezogen. Sie würde selbst hingehen müssen.

Den letzten Bissen Brot schluckend, überquerte Bernie die Alder Street, klopfte an die Tür von Nummer vier und ging hinein. Wie angenommen waren alle da, obwohl es ganz still war im Haus. Tante Mickey und ihre siebzehnjährige Tochter Betty saßen auf dem Sofa und sahen fern. Der Ton war leise gedreht. Die anderen schliefen noch oder waren vielleicht hinten im Garten.

»Hi, Tante Mickey«, sagte Bernadette. »Hi, Betty. Habt ihr Penny gesehen?«

»Hi, Schatz«, sagte Mickey in ihrem nasalen, stark akzentuierten Englisch. »Wir haben deine Penny gesehen?«

»Penny, unsere Hündin.« Im Fernsehen sang Captain Kangaroo. »War sie hier?«

»Nein, Schatz, ich hab deinen Hund nicht gesehen«, sagte Mickey. »Nicht hier.«

Betty sah Bernie ausdruckslos an. Sie hätten Freundinnen sein sollen, schließlich waren sie fast gleichaltrig, aber Bernie hatte bei ihrer Cousine nie irgendeine Art von Persönlichkeit erkennen können. So saß sie jetzt hier, an einem Freitagmorgen, und sah fern. Betty sollte eigentlich Friseurin lernen, aber sie hatte einige nervliche Probleme, und niemand glaubte, dass sie je einen Job würde ausfüllen können.

Da Bernie schon mal da war, konnte sie auch ihren Großvater fragen. Grandpa Tony war nie nett zu den Haustieren der Familie und schien es witzig zu finden, dass die Kinder so vernarrt in sie waren. Um ihnen eine Lehre zu erteilen, hatte er im letzten Sommer Stellas kleine weiße Ziege geschlachtet, sie hinten bei sich im Garten gebraten und laut gekichert, als er sie gegessen hatte. Das war eine schreckliche Geschichte gewesen, und Bernie hatte damit bei ihren Freundinnen großen Erfolg gehabt. Aber dass Grandpa Tony keine Haustiere mochte, hieß nicht, dass er Penny nicht gesehen hatte. Im Gegenteil, vielleicht wusste er ganz genau, wo sie war. In Bernie keimte ein Verdacht. »Wo ist Grandpa Tony?«

»In seinem Zimmer, Schatz.« Mickeys Blick war fest auf Captain Kangaroo gerichtet.

Mit einem unguten Gefühl im Magen ging Bernie den gelb tapezierten Flur zum letzten Zimmer auf der linken Seite hinunter. Sie tat ihr Bestes, sich ihren Großvater nicht halb angezogen vorzustellen, klopfte an die Tür und rief: »Hey. Hast du Penny gesehen?«

Erst nach längerem Schweigen war Tonys Stimme zu hören: »Vergiss den Köter. Ist sicher auf die Straße gelaufen. Wir brauchen hier keine kleinen Kläffer mehr.«

Typisch. *Gemeiner alter Kerl.* Aber Bernie kam zu spät zur Arbeit. Sie würde sich am Abend um Penny kümmern müssen. Sie ging durch die Hintertür, um sich nicht von ihrer Tante oder Cousine verabschieden zu müssen.

Später stand sie hinter ihrer Kasse, wartete auf Kunden mit ihren Einkäufen, überlegte, was ihr Großvater tatsächlich geantwortet hatte, und nein, dass er die Hündin nicht gesehen hatte, hatte er nicht gesagt.

Mickey und Joey lebten deshalb im Haus Alder Street 4, weil ihre Wohnung in Hartford im Sommer 1967 ausgebrannt war. Nicht nur, dass sie all ihre weltlichen Besitztümer dabei verloren hatten, die Versicherung hatte sich zudem geweigert, den Schaden zu ersetzen, weil Joey den Vertrag erst vor kurzer Zeit unterschrieben hatte, oder so etwas.

Tatsächlich hatte die Versicherungsgesellschaft Joey erklärt, sie würden eine Untersuchung beantragen, falls er Ansprüche geltend machen wolle, und dass er auf alles vorbereitet sein solle. Mit anderen Worten, falls der Inspektor entsprechende Hinweise finden würde, sollte Joey darauf gefasst sein, wegen Brandstiftung und Versicherungsbetrug ins Gefängnis zu wandern.

»Wovor hast du Angst?«, fragte Stella ihren Bruder. »Wenn du deine Wohnung nicht angesteckt hast, kann es auch keine Beweise geben, die sie dir vorhalten können.«

Joey winkte ab. »Das sind doch alles Verbrecher. Die sorgen schon dafür, dass sie was finden, damit sie nicht zahlen müssen, selbst wenn ich dafür unschuldig ins Kittchen komme.«

»Verbrecher«, wiederholte Stella angewidert, und ihr Bruder tat so, als hörte er ihren Sarkasmus nicht.

So waren die Joseph Fortunas also ohne Heim. Die späten Sechziger, als John Lennons Mähne die beliebteste Frisur war, können nicht gerade als Blütezeit für Friseursalons angesehen werden, und Joey brachte kaum genug Geld nach Hause, um die Kinder satt zu bekommen. Zur Zeit des Feuers, 1967, hatten Joey und Mickey fünf Töchter: Betty, vierzehn Jahre alt; Mary, elf; Janet, neun; Barbie, fünf; und Pamela, drei. Joey sah keinen Grund, warum seine Eltern ihm in dieser schwierigen Zeit nicht helfen sollten.

»Ihr habt ein ganzes Haus, Pop«, hatte Joey argumentiert. »Mit zwei Zimmern, die ihr nicht nutzt. Wir bleiben nur eine Weile, bis wir das Geld gespart haben, um uns was Neues zu kaufen.« Joey und Tony wussten beide, dass es nichts Neues geben würde, weil Joey und Mickey niemals das Geld dafür zusammenbekommen würden. Aber Assunta wusste es nicht oder wollte es nicht wissen, und sie heulte und bettelte und drängte, bis Tony endlich Ja sagte. Er hatte nicht mehr die Kraft wie früher, um mit seiner Frau zu streiten.

Also zogen Joey, Mickey und ihre fünf Töchter in die Alder Street 4, gegenüber von den Maglieris und den Caramanicos. So viele Cousins auf der einen und Cousinen auf der anderen Straßenseite. Joey und Mickey nahmen das kleinere Zimmer und statteten das größere wie die Maglieris mit Etagenbetten für ihre Töchter aus.

Drei Jahre waren ins Land gegangen, und es sah nicht so aus, als ob Joey und Mickey dem Ziel, wieder auszuziehen, auch nur einen Schritt nähergekommen wären. Es schien eher so, als sei es ihr neuer Plan, abzuwarten, dass sie das Haus erbten, in dem sie bereits wohnten.

Stella versuchte, nicht nach drüben zu gehen, es sei denn, es gab keine andere Möglichkeit.

Auf der anderen Seite der Straße hatte Stella gerade die Wäsche aus der Waschmaschine gezogen und auf die Leine zwischen ihrem und dem Haus der Caramanicos gehängt. Sie ließ den Korb auf der Veranda stehen und ging wieder nach drinnen. Vielleicht würde sie fernsehen, aber erst warf sie noch einen Kontrollblick in den Kühlschrank. Sie wollte etwas essen, was ihr die Säure aus dem Magen vertrieb.

Es gab eine Schüssel mit kalter Pasta samt Soße vom Vorabend. Sie nahm sie heraus, stellte sie auf den Tisch, und bevor sie sich mit ihrer Gabel hinsetzte, schenkte sie sich das zweite Glas Wein des Morgens ein. Als sie die Pasta gegessen hatte, war auch das dritte Glas getrunken. Sie spürte, wie das Gehirn von der Schädeldecke wegschrumpfte, und hörte ihr Herz hinten in der Kehle schlagen, gegen die Höhle ihres Bewusstseins. Ihr Kater wich einem weicheren Gefühl von Trunkenheit.

Sie erinnerte sich an das erste Mal, als sie gespürt hatte, was Wein mit ihr machen konnte, an jenem Tag im kalten Winter 1940, ihrem ersten Jahr in Hartford, als Tony nicht nach Hause gekommen war. Sie erinnerte sich, wie sie mit ihrer Mutter und ihrer Schwester am Tisch gesessen und sie sich gegenseitig große Gläser Wein eingeschenkt hatten, bis sie zu betrunken gewesen waren, um noch Karten spielen zu können.

Stella sah durch die Küche zu dem gerahmten Foto aus dem Jahr 1918 hinüber, ihre Mutter und ihr Vater rechts und links von der kurz darauf gestorbenen Mariastella. Das Foto hing jetzt neben Stellas Kühlschrank. Assunta war noch so jung auf dem Foto, erst neunzehn Jahre alt, und so schön, was Stella erst richtig als Erwachsene begriffen hatte. So schön in ihrer Gewöhnlichkeit, ihrer unverdorbenen Direktheit, ihrer Stärke. Solche Dinge sah man an seiner Mutter als Kind nicht.

Mit dem Gedanken an Assunta goss sie sich auch noch ein viertes Glas ein.

Anderthalb Jahre zuvor, im Dezember 1968, war sie von ihnen gegangen.

Tony und Assunta hatten am Küchentisch zu Abend gegessen, während Tina Töpfe und Geschirr spülte. Es gab ein dumpfes Geräusch, und Tina drehte sich um, und da saß ihr Vater noch am Tisch, aber keine Mamma. Assunta war vom Stuhl heruntergerutscht und dabei mit dem Kopf gegen die Heizung geschlagen. Tina fuhr im Krankenwagen mit ihr mit, doch der Arzt sagte, dass sie bereits tot sei.

Sie hatten einen komplizierten englischen Begriff dafür, den niemand verstand. Kurz gesagt, war es ihr Herz gewesen, vielleicht wie das, was ihren Vater so früh hatte sterben lassen.

Als die Sanitäter Assunta das Kleid öffneten, um sie wiederzubeleben, fiel ein mit einem Brotbeutelband zusammengebundenes Bündel Minze aus ihrem Büstenhalter.

Stella war während der letzten Minuten nicht bei ihrer Mutter gewesen, Tina schon. Nicht da gewesen zu sein, das war etwas, was Stella immer bedauern würde.

Tina war in dem Sommer bei Silex entlassen worden. Die Firma hatte den Besitzer gewechselt, und viele der Fließbandarbeiterinnen hatten ihren Job verloren. Achtundvierzig Jahre war ein merkwürdiges Alter, um arbeitslos zu sein. Es dauerte fast ein Jahr, bis Tina eine andere Stelle fand, für die sie keine Schreib- und Lesefähigkeit nachweisen musste. Bis dahin blieb sie zu Hause bei Tony und Assunta. Tony nahm in dem Sommer noch hin und wieder einen Job auf dem Bau an, aber er hatte Probleme wegen seiner Zuckerkrankheit, und Assunta kam mit seiner Diät nicht zurecht, besonders mit all den Enkelinnen im Haus. Mickey war kaum ein Hilfe. Sie war eher der Typ, für den man kochte, als dass sie für andere gekocht hätte.

Stella hatte sich entschieden, wieder zu arbeiten, als Artie in den Kindergarten kam. Sie fand einen Job in einer Putzkolonne im Versicherungsgebäude von Families First. Carmelo sagte immer wieder, dass sie nicht zu arbeiten brauche. Sie nahm an, dass es an seinem Stolz kratzte, eine Frau zu haben, die putzen ging. Aber Stella liebte es, wieder produktiv zu sein, einen zweiten Ort neben ihrem Zuhause zu haben, wohin sie ging und gehörte, und eine Putzkolonne war in ihrem Alter und nach zwanzig Jahren ohne Anstellung absolut in Ordnung. Die Schicht dauerte von drei Uhr nachmittags bis acht Uhr abends, damit sie den Versicherungsangestellten, die um fünf Feierabend hatten, nicht zu sehr in die Quere kamen. Einige in der Kolonne stammten aus Jamaika und erinnerten Stella an die Frauen auf der Kaffeeplantage vor all den Jahren, von denen sie ihre ersten englischen Wörter gelernt hatte. Der Großteil ihrer neuen Kolleginnen kam jedoch aus Puerto Rico und sprach ein schnelles, energisch klingendes Spanisch. Die Frauen kicherten überrascht, wenn sich Stella in ihre Unterhaltungen mischte. Für gewöhnlich verstand sie kaum etwas, doch dann wieder klang das, was die Frauen sagten, fast wie Kalabrisch.

Am Tag, als Assunta zusammenbrach, wusste niemand in der Alder Street, wie Stella zu erreichen war. Die Putzfrauen zogen von Büro zu Büro und waren erst am Ende der Schicht wieder zu lokalisieren. Bernadette rief die Reinigungsfirma an, aber da wurde ihr gesagt, es gebe keine Möglichkeit, eine Nachricht zu übermitteln.

Bernie wartete auf Stella, als sie nach Hause kam.

»Es ist Großmutter«, sagte sie und weinte bereits. »Großmutter ist tot.«

Bernie war weder eine Lügnerin, noch machte sie gern Witze. Und sie irrte sich nie. Trotzdem dachte Stella, dass sie lügen, scherzen oder sich täuschen musste. Bernie brauchte eine halbe Stunde, bis ihre Mutter es endlich begriff. Es war so fürchterlich quälend, dass sie am Ende fast lachen musste. Stella staunte, wie nachdrücklich ihre Tochter auf ihrem Irrglauben bestehen konnte. Papa war derjenige, der krank war, nicht Mamma. Mamma war erst neunundsechzig Jahre alt. Sie würde nicht so einfach tot zusammenbrechen, ohne Stella eine Chance zu geben, sich darauf vorzubereiten.

Dann verschwand die Welt in einem tiefen Schlund.

Die Totenwache war schrecklich. Assunta war von zu vielen Menschen zu sehr geliebt worden, die zu überrascht waren. Selbst die Rabauken in ihren Jacken mit den zerschlissenen Ellbogen und ihren schlecht geknoteten Krawatten waren kleinlaut geworden. Selbst Artie, der durchtriebene Schlingel, weinte die gesamten vier Stunden, in denen Hände geschüttelt wurden und sich die Leute ins Kondolenzbuch eintrugen, genau wie es seine verstorbene Großmutter getan hätte. Tränen rannen ihm über die runden Wangen und verdunkelten die Seide seiner Krawatte.

Stella ging nicht zur Totenwache ihrer Mutter. Sie hätte die Kondolenzbezeugungen nicht überstanden und schaffte es gerade mal zur Beerdigung. Fünfundvierzig Jahre lang hatte sie keine Träne vergossen, auch nicht, als ihr eigenes Baby tot zur Welt kam. Jetzt verlor sie die Kontrolle, und es war nicht mehr nur die Welt, die ihr entglitt, sondern sie selbst. Sie schluchzte wie ein hysterisches Kind, bis ihr die Brust schmerzte und die Kehle so wund war, dass sie Blut schmeckte. Sie weinte und weinte und fragte sich in ihrem Delirium, ob es der Geist Assuntas war, der sie nicht wieder zur Ruhe kommen ließ. Assunta hatte mit ihren Tränen auch die schlimmsten Dinge wegwaschen können, und jetzt war sie nicht mehr da.

Stella ließ die Jalousien in ihrem Zimmer herunter und zog sich die Decke über den Kopf. Sie aß nicht, trank nicht, ging nicht zur Toilette – da musste auch nichts aus ihr heraus, weil sie völlig dehydriert war. Die Luft im Zimmer war stickig-feucht und roch nach ihrem Schweiß, ihren Tränen und ihrem ungewaschenen Haar.

In der Finsternis musste sie daran denken, wie Assunta nach der Flucht Louies und Queenies zusammengebrochen war, wie sie sich das Haar ausgerissen, erbrochen und ihre Fäkalien an die Wände geschmiert hatte. Die Reaktion ihrer Mutter hatte Stella verstört; barbarisch und unmenschlich war sie ihr vorgekommen. Jetzt verstand sie sie und wünschte, sie könnte sich ebenfalls ihre Trauer aus dem Leib scheißen und mit den Haaren ausreißen. Aber das ging nicht, sie war nicht Assunta. Ihr ganzes Leben hatte sich Stella für so stark gehalten, und jetzt stellte sich heraus, dass ihre Mutter die Stärkere gewesen war – diejenige, die sich wirklich unter Kontrolle gehabt hatte. Stella dagegen vermochte sich ihrer Dämonen nicht zu entledigen.

Die Wunde sollte nie verheilen, Stella sich niemals von ihrer Mutter verabschieden können. Es gab keine Erlösung, nur immer das »nie wieder«, so viele Sätze begannen jetzt damit. Nie wieder würde sie das verschmitzte Lächeln ihrer Mutter sehen, nie wieder ihr mädchenhaftes Lachen hören. Nie wieder würde sie mit Assunta hinten auf der Veranda sitzen und ihren Geschichten lauschen, nie wieder ihre *raù* genießen können. Nie wieder die kühle Hand ihrer Mutter auf der Stirn fühlen, während sie ihre Entzauberungssprüche murmelte, nie wieder ihre warme Hand auf dem Rücken, die sie stützte, wenn die Welt um sie herum aus den Fugen geriet.

Bernie hatte ihre Mutter noch nie so erlebt. Niemand hatte das.

Sie versuchte, Stella dazu zu bringen, ein wenig zu trinken oder ein paar Löffel Suppe zu essen. Bernadette weinte ebenfalls. Sie hatte ihre Großmutter geliebt. Stella begriff in ihrer endlosen, alles umfassenden Trauer, dass sie in diesem Moment keine gute Mutter war. Es war ihr egal.

»Mommy«, schluchzte Bernadette, »du machst mir Angst.«

Die Welt ist ein bedrohlicher Ort, dachte Stella. Sie starrte aus dem Fenster auf die Straße hinaus, auf deren anderer Seite das Haus stand, in dem ihre Mutter nicht mehr lebte. Diese Welt ist ein bedrohlicher Ort, und du bist ganz allein, sieh das endlich ein.

Ab jetzt trank Stella, wann immer sie wollte.

Sie hatte Bob verloren, das war schrecklich gewesen. Sie hatte nicht gewusst, ob sie es überleben würde. Und dann verlor sie Assunta, und die Finsternis, in die sie dadurch gestoßen wurde, war so tief, wie sie es sich nicht hatte vorstellen können.

Natürlich wusste sie im Sommer 1970 noch nicht, dass es

noch finsterer werden würde. Ein halbes Jahr später würde sie fern im Dschungel Vietnams auch noch ihren Nino verlieren. Sie wusste nicht, dass sie ihn nicht wiedersehen würde, als er im Frühling, nach seiner Einberufung, Richtung Asien eingeschifft worden war.

Assunta lebte also nicht mehr, und Tony war nur noch ein unleidlicher, Ziegen schlachtender Diabetiker. Stella rutschte willentlich in den Alkoholismus ab. Die Alder Street war voll mit Joeys und Mickeys unsäglicher Mädchen-Nachkommenschaft und Carmelos unerträglichen Teenager-Söhnen mit ihren Motorrädern und dumpf wummernden Gebrauchtwagen.

Sonntags ging Stella zwar immer noch mit Carmelo in die Kirche und zur Kommunion, betete aber nicht mehr. Wenn sie betete, fühlte sie sich so töricht wie jemand, der beim Einkaufen laut mit sich selbst redete.

Bernie stand im Gartencenter an der Kasse und gab den Kunden mit zitternden Händen ihr Wechselgeld heraus. Das Schicksal des Hundes ging ihr nicht aus dem Kopf. Wenn Penny tot war, konnte Bernie daran nichts ändern, aber sie musste es auf die eine oder andere Weise herausfinden. Sie musste nach Hause und ihrem Großvater auf den Zahn fühlen. Sie war mittlerweile überzeugt, dass er wusste, was geschehen war.

Als sie es keine weitere Minute mehr aushielt, holte sie einen der Verkäufer an ihre Kasse, damit sie den Filialleiter sprechen konnte, der hinten im Imbiss arbeitete. »Ich muss nach Hause, Mr Fastiggi. Ich fühle mich nicht gut.« Es war durchaus wahr, was sie sagte, und so konnte sie ihm dabei in die Augen sehen.

Er musterte sie von Kopf bis Fuß. »Für mich siehst du okay aus.«

»Mir ist schlecht«, sagte Bernie, was auch nicht gelogen war. Ihre Nervosität schlug ihr auf den Magen.

Der Filialleiter seufzte. Die beiden Imbiss-Jungs wechselten vielsagende Blicke. Sie dachten, dass es die Mädchen immer leichter hatten, frei zu bekommen. Ja, und? »Kannst du noch bis halb eins bleiben? Dann kommt Janice und kann für dich einspringen.«

Laut Bernies Uhr war es Viertel nach zwölf. Die Viertelstunde würde nichts daran ändern, ob Penny nun tot war oder noch lebte, oder? »In Ordnung«, sagte sie, und dann noch, weil sie sich daran erinnerte, wie schlecht es ihr ging: »Ich werde es versuchen.«

Die Uhr auf dem Sims über dem Fernsehapparat schlug halb eins, und Stella schreckte hoch. Sie war auf dem Sofa sitzend eingeschlafen, aber sicherlich nur ganz kurz, denn ihr Kopf schwirrte noch vom morgendlichen Wein. Ihre Häkelarbeit war auf den Boden gefallen, und die Nadel hatte sich gelöst. Sie hob beides auf und überlegte, was sie zu Mittag essen wollte.

Als sie aufstand, fiel ihr Blick aus dem Fenster auf die leere Zufahrt vor dem Haus ihres Vaters. Mickey musste unterwegs sein, und Stella fragte sich, ob sie die kleinen Mädchen mitgenommen hatte. Manchmal ließ Mickey sie stundenlang bei ihrem Großvater, als glaubte sie ernsthaft, dass er auf sie aufpasste. Tony würde nicht mal daran denken, ihnen etwas zu essen zu geben. Er konnte sich ja kaum selbst etwas kochen.

Stella ging nicht gern nach drüben, beschloss aber, heute einmal eine gute Tante zu sein. Sie würde den Mädchen und sich Sandwiches machen, schließlich hatte sie sonst nichts zu tun.

Die letzten Reste ihrer Trunkenheit spürend, sah Stella vielleicht etwas übervorsichtig nach beiden Seiten, bevor sie die Straße überquerte. Das wie elektrisch grüne Gras des Rasens schimmerte nach dem seltenen Sommerregen in der Mittagshitze. Es ging kein Wind, aber die Sonne trocknete ihren Schweiß.

Stella ging, ohne anzuklopfen, durch die Hintertür. In der Küche war niemand, und so folgte sie dem Geräusch des Fernsehers ins Wohnzimmer, doch auch da war niemand. Offenbar hatte Mickey diesmal die Mädchen alle mitgenommen. Nachdem sie überall nachgesehen hatte, wollte sie das Haus durch die Eingangstür vorn wieder verlassen, sah jedoch die kleine Pammy im Schneidersitz im Flur hocken und mit einer alten Puppe spielen. Hatte Mickey sie allein zurückgelassen?

»Hallo, Pam«, sagte Stella.

Pam sah sie schweigend an. Keines von Mickeys Mädchen war eine große Rednerin. Stella nahm an, dass ihre Mutter ihnen keine Möglichkeit dazu gab.

»Hast du Hunger, Pammy?«, fragte sie auf Englisch. »Soll ich dir *sanguicci* machen?«

Pam schüttelte den Kopf.

Stella gab sich Mühe, nicht zu schimpfen. »Da sagt man: Nein, danke, Tante Stella.«

»Nein, danke, Tante Stella«, wiederholte Pam gehorsam.

»Gut«, sagte Stella, doch jetzt meldete sich ihr Mutterinstinkt. Irgendwas stimmte hier nicht. »Bist du ganz allein, Pammy?«

»Nein«, antwortete ihre Nichte. »Barbie und Grandpa sind noch da, aber die spielen.«

»Wo sind sie denn?«, fragte Stella. Sie hatte niemanden hinten im Garten gesehen.

Pammy benutzte den Arm ihrer Puppe, um auf die Tür hinter ihr zu zeigen. Tonys Schlafzimmer.

Stella spürte, wie ihr Herz zu rasen begann, noch bevor sich ein klarer Gedanke in ihr formte. »Warum haben sie beim Spielen die Tür zu?«, fragte sie Pam laut, während sie bereits dachte: Das kann nicht der Grund sein, warum sie keine Hose anhat. Wie hatte ihr nicht auffallen können, wie seltsam es war, dass Pam hier nur in ihrer Unterwäsche auf dem nackten Boden saß.

»Sie spielen das Spiel«, sagte Pam. »Ich muss warten, bis ich drankomme.«

Das kann er nicht tun, dachte Stella, aber sie wusste es, die Puzzleteile setzten sich in ihrem Kopf zusammen, alles rutschte an seinen Platz. Sie hatte es immer schon gewusst.

Stella bückte sich, hob sich Pam auf die linke Hüfte und legte den Arm um sie. Sie drückte die Klinke nach unten, aber natürlich war die Tür abgeschlossen. Sie erschauderte in Erinnerung an ihren Albtraum von früher, an die großen Hände ihres Vaters, die ihren Körper berührt hatten. Ohne darüber nachzudenken, ob es richtig war oder sie dem kleinen Mädchen dabei wehtun konnte, warf sich Stella gegen die Tür. Sie hatte Glück, denn der Rahmen war aus billiger Kiefer, er splitterte und gab nach. Pammy ächzte und hielt sich an Stellas Hals fest, die sich ein weiteres Mal gegen das Holz warf. Die Tür flog auf.

Der Vorhang war zugezogen, und bevor Stella noch überlegen konnte, ob sie sehen wollte, was in diesem feucht-muffigen Zimmer geschah, hatte sie bereits das Licht angeschaltet. Sie wusste es, sie wusste es, es war keine Überraschung. Ihre achtjährige Nichte Barbie hockte auf dem Bett, den Kopf über das Geschlecht ihres Großvaters gesenkt, den kleinen nackten Hintern zur Tür hin gerichtet, sodass Stella einen klaren Blick bekam, wo ihr Vater seine Finger hatte.

»Nein!«, kreischte Stella. Ihre Stimme kam ihr unmenschlich vor, wie der letzte Schrei eines Schweins, das abgestochen wurde. Und noch einmal, dieses Kreischen: *»Nein!«* Sie packte ihre kleine, nackte Nichte mit dem rechten, freien Arm und riss sie vom Bett herunter, während sich Tony betreten aufsetzte und die Decke hochzog.

»Du!« Stella keuchte vor Wut. *»Du Scheusal!«*

»Stella«, sagte er und machte eine abwehrende Bewegung mit der Hand. »Es ist nichts. Ich habe sie nicht verdorben.«

»Du Unmensch!« Sie kämpfte sich durch einen Nebel von Gefühlen und Impulsen – zu schreien, sich zu übergeben, ihm die Augen auszukratzen, aber sie hielt die beiden kleinen Mädchen auf dem Arm, und das vom Wein verdünnte Blut hämmerte in ihren Schläfen, lähmte und verwirrte sie. Ihr Hass auf ihren Vater, ihr Ekel vor ihm, die ganze verkrustete Kuppel, unter der sie ihr Leben verbracht hatte – fünfzig Jahre Schicht um Schicht aufgebaut durch Konfrontationen, Albträume, Trauer –, sie zerbarst und vergrub sie unter sich.

Die kleinen Mädchen. Sie musste sie von hier wegbringen. »Ich komme wieder, warte«, spuckte sie in seine Richtung, drehte sich um, lief den Flur hinunter und stolperte auf ihrer Flucht über die Straße fast durch die gläserne Haustür.

Gott sei Dank war keiner der Jungen im Wohnzimmer, als sie zu sich ins Haus kam. Sie hatte das alles nicht durchdacht. Was, wenn sie jetzt hier gesessen hätten? Sie trug Pammy und Barbie die Treppe hinauf, rutschte auf dem zu dicken Teppich aus, und fast wären sie zu dritt rücklings unten auf dem Boden gelandet. Die nackte Barbie hielt sich schweigend an ihrer Tante fest, Pammy heulte schniefend in Stellas Bluse.

Sie setzte sich mit den Mädchen aufs Bett und wickelte Barbie in eine Häkeldecke. »Was ist in euch gefahren?«, fuhr sie die beiden an. »Was habt ihr euch dabei gedacht, ihn das tun zu lassen?«

Die Mädchen schwiegen. Pammy hörte abrupt auf zu weinen, und sie starrten sie mit ihren identischen braunen Augen mürrisch an. Kuhaugen, dachte Stella, wie sie es so oft bei Tina gedacht hatte, wenn diese wieder mal nichts begriff.

Was war mit ihnen? Wie dumm waren sie?

»Nun?«

Sie wollte sie schütteln, doch dann ... *Nein, Stella, was ist mit dir?* Die beiden waren kleine Mädchen. Kleine Mädchen, die einem Ungeheuer mit einem Herz aus Stein ausgeliefert waren.

»Mädchen, lasst euch *niemals* von jemandem in sein Schlafzimmer einschließen. *Niemals.* Versteht ihr mich?«

Sie nickten, und Barbies Blick ging zur Tür hinüber. Vielleicht war es der Wein, der Stella über den Gedanken stolpern ließ: War es verwirrend für die Kleine, dass sie die beiden gerade in ihr Schlafzimmer eingeschlossen hatte? Aber sie mussten doch wissen, dass es Unterschiede zwischen Frauen und Männern gab.

»Euer Körper«, versuchte sie es noch einmal, »ist das Einzige, was ihr besitzt. Lasst euch nie von jemandem anfassen. *Niemals.*«

»Es tut mir leid, Tante Stella«, sagte Barbie, und Pammy wiederholte es: »Es tut mir leid, Tante Stella.« Pammys Stimme klang belegt, Barbies war klar. Stella wunderte sich über die harte kleine Seele des Mädchens. Wie lange schon spielte sie Großvaters »Spiel«?

»Entschuldigt euch nicht bei mir«, fuhr Stella auf und hörte selbst, wie sie klang. *Was soll das, Stella?* Sie legte den beiden je eine Hand auf den Kopf. »Ihr müsst euch nicht entschuldigen, versteht ihr?« Sie klang immer noch so schroff, als wollte sie, dass sie sich für ihre Entschuldigung entschuldigten. »Ich liebe euch!«, zwang sie sich zu sagen. Es war nicht einfach, weil sie keine große Lügnerin war, aber ihr fiel nichts anderes ein, um die beiden zu trösten. »Ich möchte euch nur schützen, wenn es sonst keiner tut. Die Welt ist voller schlechter Menschen, und euer Großvater ist ein sehr, sehr schlechter Mensch. Ihr müsst euch vor ihm schützen.«

Die Mädchen starrten sie mit ihren Geschwistergesichtern an.

»Okay?«

Sie nickten.

In ihrem Kopf pochte es immer noch. Was sollte sie tun? Die beiden anziehen. Sie wühlte in ihren Schubladen, um etwas zu finden, was die Kleinen tragen konnten, und dachte endlich an Richies und Arties Schublade im Flur. Barbie passten die kurzen Hosen und T-Shirts, für Pam waren sie zu groß, aber es gab nichts anderes.

Was jetzt?

Oh, wenn Mamma hier wäre. Aber das war sie nicht.

Stella brachte die Mädchen nach unten und setzte sie an den Küchentisch. Mickeys Auto war noch nicht zurück, und Stella machte Sandwiches mit Mayonnaise und amerikanischem Käse, auch für sich, und die drei aßen schweigend. Stellas Mund war so trocken, dass sie Mühe hatte zu schlucken. Sie wollte sich ein

Glas Wein einschenken, aber erst musste sie überlegen, wie sie mit ihrem Vater verfahren sollte.

»Ich muss noch einmal über die Straße, nur für eine Minute«, sagte sie zu den beiden kleinen Mädchen. »Ihr bleibt hier im Haus, ja?« Sie nickten. »Ihr könnt fernsehen oder hinten im Garten spielen« – *spielen*, sie erschauderte –, »was ihr wollt, aber ihr *bleibt hier*, okay?«

Sie nickten wieder.

Nicht sicher, ob sie das Richtige tat: Sollte sie die Mädchen allein lassen oder darauf verzichten, ihren Vater zur Rede zu stellen? Beides schien falsch. Und so stürmte Stella zurück über die Straße. Schuldgefühle erfassten sie, wie Wellen schlugen sie über ihr zusammen und hüllten die Welt in einen undurchdringlichen Nebel.

Stella hätte Pammy im Flur sitzen lassen können, sie musste das arme kleine Ding nicht mit in Tonys Schlafzimmer nehmen, als sie dort hineingestürmt war. Das zumindest hätte sie ihr ersparen können. Sie hätte auch das Licht nicht anmachen und dieses Bild in sie beide einbrennen müssen. Und wie kam Stella dazu, mit den beiden über die Straße zu rennen, sodass alle ihre nackten Hintern sehen konnten. Sie waren noch klein, aber hatten doch Gefühle und ein Schamempfinden. Stellas Gedanken gingen durch die lange Liste schlimmer Erinnerungen, die sie auch in fünfzig Lebensjahren nicht hatte abschütteln können, und plötzlich, zum ersten Mal seit langer Zeit, überkam sie das Bedürfnis, zu beten und Gott darum zu bitten, dass sie den beiden nichts angetan hatte, wovon sie sich niemals würden befreien können.

Stella polterte durchs Haus, riss Türen auf und schlug sie wieder zu, platzte ins Bad und fand ihn nirgends. Ihr Vater war nicht da, es war überhaupt niemand da. Lediglich der Fernseher lief im Wohnzimmer, das einzige widerlich verlogen Freudvolle in diesem elenden Haus. Es war niemand im Keller, niemand im Garten und auch nicht im Schuppen. Wo war er, der üble

Dreckskerl? Es war schließlich nicht so, als könnte er einfach wegfahren.

Stella ging zurück zu ihrem Haus und saß nervös mit den kleinen Fortuna-Mädchen zusammen. Sie sahen fern, und Stella spähte hinaus über die Straße und wartete, dass entweder Mickey oder Tony zurück nach Hause kam.

Janice kam zehn Minuten zu spät zu ihrer Schicht. Kaum, dass sie gestempelt hatte, lief Bernie hinaus auf den Parkplatz. Das Gartencenter lag nur ein paar Straßen von der Alder Street entfernt, aber sie hatte ein Auto, Ninos alten Chevy, den er ihr überlassen hatte, bis er aus Vietnam zurückkam. Und wenn man siebzehn Jahre alt ist und ein Auto hat, fährt man überall damit hin. Sie raste nach Hause, so schnell es möglich war, ohne irgendwelche Verkehrsregeln zu übertreten, und parkte direkt in der Einfahrt ihres Großvaters.

Sie fand ihn hinten auf der komischen Betonveranda, die er im Jahr seiner Betonphase angelegt hatte. Seine Beine baumelten über den Rand wie die eines Kindes, das gleich in einen Swimmingpool springen wollte.

»Wo ist meine Hündin?« Bernie stemmte die Hände in die Hüften. »Sag's mir jetzt sofort.«

»Woher soll ich das wissen?« Die Worte des alten Mannes klangen abwehrend.

»Wo – ist – meine – Hündin?«

Er winkte schwerfällig ab. Ihre Sorge war unbegründet und unwichtig.

»Wo?«

»Ich habe mich um sie gekümmert«, sagte Antonio.

Ein Stein formte sich in Bernies Magen. »Wie meinst du das, gekümmert?«

»Du musst dir keine Sorgen mehr um sie machen.«

»Was hast du getan?«

Wieder die schwerfällige Geste. Aber er sah unglücklich aus.

»Ich habe sie weit weg gebracht, von wo sie nicht zurückkommen kann. Vielleicht findet sie einer.«

Bernie war so wütend, dass sie schrie: »Wohin?«

»Weit weg. Zu weit, um sie zu finden.«

Sie machte einen Schritt auf ihren Großvater zu, und fast wie von selbst schoss ihre Hand vor und kniff ihn seitlich in den Hals, unter dem Ohr. Sie spürte, wie sich seine Schilddrüse unter dem Druck ihres Daumens zusammenzog, als er überrascht aufstöhnte. »Zeig es mir«, sagte sie. Als er seinen großen Hände hob, um sie abzuschütteln, kniff sie stärker zu, und er keuchte vor Schmerz auf. »Sofort. Setz dich in mein Auto.«

Bernie hatte keine Ahnung, warum er auf sie hörte. Sie war kräftig für eine Siebzehnjährige, aber ihr Grandpa Tony war ein Bulle von einem Mann, selbst noch in seinen Siebzigern, und hätte ihren Versuch, ihn zu etwas zu zwingen, problemlos abwehren können. Aber er stand auf, ging gehorsam nach vorn und quetschte sich auf den Beifahrersitz.

Sie fuhren mehr als eine Stunde über den Highway und dann über kleine, kurvige Straßen auf die südöstliche Küste Connecticuts zu. Sie schwiegen, allein Bernies Wut und die Richtungsangaben erfüllten den Wagen. Der alte Mann hatte nie Autofahren gelernt, vergaß aber keine Straße. Sie bogen in das von Hecken gesäumte hügelige Strandviertel ab, Bernie kroch durch den Kleinstadtverkehr mit lauter Touristen, die zum Strand oder nach Hause zum Essen wollten. Schließlich fuhren sie auf einem unbefestigten Pfad ins Marschland am Long Island Sound.

»Hier?«, fragte Bernie.

»In etwa.«

»Warum, verflixt, hast du sie hergebracht?« *Verflixt* war für Bernie ein Fluch.

Antonio war mit seinem Freund Sandro hier gewesen, der eine Baufirma betrieb und manchmal einen Tagesjob für ihn hatte. Sandro hatte Tony am Dienstagmorgen abgeholt, es musste kurz nachdem Bernadette zur Arbeit gegangen war, gewesen sein.

Und aus einer Laune heraus hatte sich Tony den verdammten Köter geschnappt und mit ins Auto genommen. Hier hatte Sandro dann angehalten, und Antonio hatte die Hündin am Straßenrand ausgesetzt.

»Was hast du dir dabei gedacht?«, fragte Bernie.

»Ich will keine Welpen mehr.« Er zuckte mit den Schultern. »Sie würde immer noch mehr kriegen, alle sechs Monate.«

»Was stören *dich* ihre Welpen? Sie haben nichts mit dir zu tun«, sagte Bernadette wütend. In ihren Augen brannten Tränen.

Penny war jetzt seit fast vier Tagen hier draußen, wenn sie nicht verhungert oder ertrunken war, wenn kein Fuchs oder Falke sie erwischt hatte. Sie war so ein kleines Ding.

»Wir fahren erst wieder nach Hause, wenn wir sie gefunden haben«, sagte Bernadette.

»Sie ist weg«, rief Antonio. Seine Kraft kehrte zurück. »Du findest sie nie.«

»Dann ist es dein Fehler, wenn wir die ganze Nacht hier bleiben«, sagte Bernie. Und sie stieg aus, lief den Pfad hinunter und rief: »Penny! Penny! Hierher, Mädchen!

Stella war nüchtern, als Joeys Oldsmobil in die Zufahrt bog und Mickey auf der Fahrerseite aus dem Wagen stieg. Ein brauner Plateauschuh nach dem anderen schob sich aus der Tür. Wie konnte sie in diesen Dingern laufen, und warum tat sie sich das in ihrem Alter noch an? Aus dem Auto kamen auch die älteren drei Mädchen, die lustlose Betty, die immer noch kleine elfjährige Janet und die knochige Mary, die jetzt vierzehn Jahre war, dürr und düster. Die vier Fortunas sammelten sich für einen kurzen Moment um den Kofferraum und paradierten dann die Zufahrt hinauf, jede mit einem Beutestück von ihrem Einkaufstrip, bezahlt mit dem Geld, das sie an Miete sparten und eigentlich für eine eigene Wohnung zur Seite legen sollten.

Stella starrte aus ihrem Sessel zu ihnen hinüber und bemerkte erst, wie sie den Hals verdrehte, als ihr Nacken zu schmerzen begann. Ihr Herz schlug bereits heftig in Erwartung der bevorstehenden Konfrontation mit Mickey. Wie konnte sie ihre Babys allein im Haus zurücklassen? Verfügte sie über keinerlei gesunden Menschenverstand? Stella wollte sie packen und schütteln, dass ihr das kleine Hirn im Schädel hin und her schwappte.

Seit zwei Stunden saßen Barbie und Pam jetzt im Wohnzimmer der Maglieris und sahen fern. Richie, Mingo und Artie waren am frühen Nachmittag eingetrudelt, erschöpft von ihren Kriegsspielen im Wald, und jetzt saßen sie zu fünft auf dem roten Sofa und dem blauen Teppich. Gerade lief die Springfield Story. Stella hatte ihre Kinder immer herumlaufen lassen, wie sie wollten, ohne groß auf sie aufzupassen. Solange sie nichts anstellten … Aber wenn sie daran dachte, was den beiden Mädchen passiert war, fühlte sie sich schuldig, sie jetzt hier allein zu lassen. Sie tat es trotzdem. Mickey war ihre Mutter, und es war Aufgabe der Mutter, in dieser Situation zu entscheiden. Als sie die Straße zum fünften Mal an diesem Tag überquerte, gingen ihr genau die Gedanken durch den Kopf, die sie quälten, seit sie die Tür ihres Vaters aufgebrochen hatte: Waren es nur Mickeys Kinder, die verlotterten, unzivilisierten kleinen Strolche? Oder hatte er auch auf andere Jagd gemacht? War er je mit Bernie allein gelassen worden? Bei dem Gedanken drehte sich Stella der Magen um. Nicht ihre Bernie, das war unmöglich. Ihr Herz verwarf die Vorstellung, bevor sie ihr weiter nachgehen konnte. Was war mit den Jungen? Waren sie vor ihm sicher? Und, oder … waren sie selbst gefährlich? Wurden diese monströsen Neigungen von einer Generation an die nächste weitergegeben? Stella musste an Bemerkungen denken, die ihre Mutter in Bezug auf die Fortunas in Tracci gemacht hatte: Wie Assunta das Haus mit dem einen Bett als einen Brutherd von Krankheit und tierischem Verhalten beschrieben hatte. Endlich verstand Stella, was sie mit »tierischem Verhalten« gemeint haben musste. War die ganze Familie vergiftet?

Mickey räumte gerade Lebensmittel weg, als Stella durch die Hintertür kam. Janet saß am Küchentisch und aß Chips direkt aus der Tüte. Stella musterte das magere kleine Mädchen, das nicht auf den prüfenden Blick seiner Tante reagierte. In sie ist nicht hineinzusehen, dachte Stella.

»Ist Papa hier?«, fragte sie.

»Ich habe ihn nicht gesehen, *honey*«, sagte Mickey. Selbst wenn sie mit Stella Kalabrisch sprach, mischte sie das *honey* in ihre Worte. »Vielleicht ist er mit Pam und Barbie spazieren gegangen.«

»Pam und Barbie sind drüben bei mir«, sagte Stella. Sie wollte jetzt hier nicht vor einem weiteren unglücklichen kleinen Mädchen eine Szene machen und sagte auf Englisch: »Janet, ich muss mit deiner Mutter reden. Geh und setz dich ins Wohnzimmer, okay?«

Janet erwiderte nichts, was darauf hinwies, dass sie Stella verstanden hatte, rutschte einen Moment später aber von ihrem Stuhl und verschwand im Flur. Die Tüte Kartoffelchips ließ sie auf dem Tisch liegen. Soweit Stella sagen konnte, hatte sie ihr nicht gehorcht, sondern einfach das Interesse verloren. Sie war ein Rätsel, diese Janet, wie auch ihre älterer Schwester Betty.

»Was ist denn, Stella?«, fragte Mickey. »Stimmt was nicht?«

»Ja«, sagte Stella, »ja, Michelina.« Jetzt, da es so weit war, brachte sie es nicht heraus. »Ihr müsst hier ausziehen«, sagte sie schließlich.

»Oh, Stella, du weißt, das geht nicht.« Mickey hatte einen englischen Muffin aus einer frischen Packung geholt und zerteilte ihn mit einer Gabel. »Wir haben im Moment nicht das Geld dafür. Du weißt, wie es für Joey mit der Arbeit ist. Wir kriegen ja die Mädchen kaum satt.«

Stella wollte etwas dagegen sagen und die Minderbemittelte an die Einkaufstaschen erinnern, die sie gerade erst aus dem Kofferraum ihres Autos geräumt hatten. Aber sie widerstand dem und brachte das Gespräch zurück auf den wichtigen Punkt.

»Michelina, ihr müsst aus diesem Haus raus. Es ist mir egal, wie ihr es macht, aber ihr müsst einen Weg finden.« Sie erschauderte vor den Worten und senkte die Stimme für den Fall, dass die Mädchen drüben im Wohnzimmer lauschten. »Deine Töchter sind hier nicht sicher. Verstehst du mich?«

Mickey sah von der Butterdose und den Krümeln auf der Arbeitsplatte auf. Ihre dunklen Augen richteten sich eindringlich auf Stella. »Wie meinst du das?«

»Sie sind nicht ... sie sind nicht sicher bei meinem Vater.« *Sag es ihr, Stella.* »Mickey, ich bin heute Morgen hergekommen und habe ihn ... ich habe ihn dabei erwischt, wie er sie angefasst hat.«

Mickey wandte ihre Aufmerksamkeit wieder ihrem Muffin zu. »Oh, das ist nichts. Er spielt nur gern mit ihnen.«

Stella hatte dieser Frau schon oft Gewalt antun wollen, aber noch nie mehr als in diesem Augenblick. »Mickey«, sagte sie und mühte sich so sehr, sich zu zügeln, dass die Dringlichkeit vielleicht nicht so klar wurde. »Mickey, er *spielt* nicht mit ihnen. Er ... fasst sie an. Er ... benutzt sie wie *putane.*«

Mickey blieb still. Sie strich die von der sommerwarmen Anrichte weiche Butter dick ins Innere ihres Muffins. Stella wartete. Endlich sagte Mickey: »Nun, es ist nicht so, als würde er sie vergewaltigen, oder?«

»Du weißt es.« Eine Zeit lang machte der Schock Stella wie blind. Sie hatte mit Leugnen gerechnet, mit Dummheit, Jammern, einem hysterischen Anfall. Auf das jetzt war sie nicht vorbereitet. »Du weißt es«, wiederholte sie. »Du weißt es und lässt es ihn einfach so tun?«

Mickey zuckte traurig mit den Schultern. »Was soll ich machen, Stella? Es ist sein Haus.«

»Du weißt, was er mit deinen Töchtern macht, und du *lässt* ihn?« Wut verschleierte ihren Blick, das Bild der Küche und dieser Hexe von einer Mutter. »Du *lässt* sie hier mit ihm allein? Was, um es ihm einfacher zu machen? Damit du es nicht mit ansehen musst?«

Mickey sagte darauf nichts. Es arbeitete in ihr, Stella wusste es, sie suchte nach einer Möglichkeit, diesem Gespräch ein Ende zu setzen. Sie wollte, dass Stella ging.

»Du bist widerlich«, sagte Stella, »aber deine Kinder sind unschuldig, und du unternimmst besser was, oder ich tu es selbst, und das wird dir nicht gefallen.«

»Was soll ich denn tun, Stella?«, sagte Mickey. Sie verlegte sich aufs Schluchzen, auf ihre aufdringliche, um Mitleid heischende Art, mit offenem Mund. »Ich kann kein Theater machen, dann wirft er uns raus, und wir haben kein Geld, um anderswo unterzukommen.«

Stella trat zu ihrer Schwägerin, drängte sie gegen die Wand und umfasste ihr Kinn mit der rechten Hand. Mickey war zu überrascht, um zu kreischen.

»Hier geht es nicht um Geld, du miese Schlampe.« Stella drückte fester zu, dann ließ sie los. »Ihr lasst euch was einfallen und sucht euch was anderes, oder ich hole die Polizei und zeige euch alle an.«

»Weswegen?«, fragte Mickey zwischen ihren Schluchzern.

»Da fällt mir schon was ein.« Stella trat ein paar Schritte zurück. »Und jetzt holst du deine kleinen Mädchen bei mir aus dem Haus. Sie brauchen ihre Mutter, auch wenn sie eine miese Schlampe ist.«

Das brauchte sie ihr nicht zweimal zu sagen, schon lief Mickey aus der Küche hinaus. Stella hörte, wie sie vorn durch die Tür eilte. Sie sah nach hinten in den Garten auf den leuchtend grünen Rasen. Keine Spur von ihrem Vater, dem Ungeheuer.

Was jetzt?

Instinktiv spürte Stella, dass ihre Aufgabe damit noch nicht erledigt war. Sie nahm ein Tranchiermesser aus der Schublade bei der Spüle, setzte sich auf die Veranda und wartete auf ihren Vater.

Mehr als zwei Stunden und keine Spur von Penny. Bernadette war längst heiser, aber stur. Sie konnte nicht mehr rufen, und so klatschte sie in die Hände, während sie die Wege durchs Marschland auf und ab lief. Die Hitze hatte nachgelassen und ließ die feuchte Luft irritierend kalt wirken. Das gelborange Licht der tief stehenden Sonne schnitt durch das kniehohe Schilf, das hier und da aus dem Wasser ragte.

Bernie weinte, während sie immer weiter lief und klatschte. Wenn Penny hier wäre, wäre sie längst gekommen. Bernie war jeden einzelnen Fußweg zwischen Highway und Ozean auf sicher drei, vier Kilometern Breite abgegangen, hatte gepfiffen, ängstlich mit einem Stock zwischen dichten Büschen herumgestochert und gehofft, nicht einen toten kleinen Körper zu finden. Nicht zu wissen, was passiert war, war in diesem Moment noch das Beste, dachte sie. Dann konnte sie sich immerhin vorstellen, dass Penny eine liebevolle neue Familie gefunden hatte und nicht von Waschbären zerrissen worden war.

Sie wischte sich mit dem Ärmel ihrer gestreiften Gartencenter-Kluft den salzigen Rotz vom Kinn und blinzelte die Tränen aus den Augen. Keine Trauer vor ihrem Großvater, nur Wut. Sie sah ihn in der Ferne etwa fünf, sechs Meter vom Auto weg stehen und hin und wieder halbherzig in die Hände klatschen. Bernie hatte das Auto abgeschlossen, sodass er sich nicht vor der Aufgabe drücken konnte, die sie ihm gegeben hatte. Der alte Bock würde mitmachen müssen, bis es vorbei war.

Nun. Es war vorbei. Sie konnte nicht noch mehr tun.

Dieser Dreckskerl. Bernadette wünschte ihm ernsthaft den Tod.

Sie ging zurück zum Auto, und etwa auf halbem Weg, jedenfalls raschelte etwas, und sie blieb stehen. Ja, da raschelte es im Gras, ungefähr eine Footballfeld-Länge entfernt, aber sie hörte es.

»Penny«, krächzte sie, beschämt, weil ihre Stimme so wenig hergab. Sie räusperte sich. »Penny!«

Die Hündin drückte die Schilfhalme zur Seite und kam auf sie zugerannt, das kupferfarbene Fell zerzaust, die kleinen Beine voller Matsch.

»Penny!« Sie kniete sich hin, und die Hündin sprang ihr in die Arme. Ihre Beine waren so schwach und zittrig, dass sie abrutschte und mit dem Kinn auf Bernies Knie landete. Bernie drückte sie wie ein Baby an sich, wiegte sie, hielt ihr Köpfchen und weinte hilflos. Es war zu schön, um wahr zu sein. Bernadette spürte, dass Gott, dessen Existenz sie den ganzen Sommer über in Zweifel gezogen hatte, ein Wunder für sie gewirkt hatte. Die süße, kleine Penny hätte eigentlich tot sein müssen, drei Tage in dieser feindlichen Wildnis, ohne etwas zu fressen. Aber hier war sie.

Auf der Fahrt nach Hause drehte Bernadette das Radio auf und sang euphorisch mit den Rolling Stones mit. Sie hatte Penny auf dem Schoß und streichelte sie, wann immer sie die Hand nicht zum Schalten brauchte. Grandpa Tony saß auf dem Beifahrersitz. Bernie hoffte, dass er sich in Grund und Boden schämte.

Als sie sich Hartford näherten, kurz vor der Ausfahrt, drehte Bernie den Ton aus. »Alter Mann«, sagte sie zu ihrem Großvater, »rühr den Hund nie wieder an, keines von unseren Tieren, oder ich bringe dich um, ich höchstpersönlich. Verstanden?« Sie meinte es in diesem Moment tatsächlich ernst. Bernadette war kein gewalttätiger Mensch, aber ernsthaft betrachtet, wenn ein Akt der Gewalt gut für die Gesellschaft war, wäre sie dazu fähig, dachte sie. »Mit meinen eigenen Händen bringe ich dich um.«

Er schnaubte, sagte jedoch nichts. Sie fuhren in die Zufahrt von Nummer 3, Bernie sprang, Penny an die Brust gedrückt, aus dem Auto, knallte die Tür hinter sich zu und ließ ihren Großvater allein zu sich nach Hause laufen.

Stella wartete hinten auf der Veranda von Haus Nummer 4, als Tina um Viertel nach fünf kam, um nach ihrem Vater zu sehen.

»Solltest du nicht bei der Arbeit sein?«, fragte Tina. »Was machst du hier?«

»Ich warte darauf, dass der alte Mann wieder nach Hause kommt«, sagte Stella. Sie zeigte Tina das Tranchiermesser, das sie hinter ihrem Bein versteckt hielt. »Ich habe mir frei genommen, um ihm zu sagen, dass ich ihn umbringen werde. Er braucht etwas Angst in seinem Leben.«

»Stella!«, rief Tina alarmiert.

»Komm her, Tina.« Stella klopfte auf den Platz neben sich. »Ich werde dir sagen, warum ich ihn umbringen will, aber das geht nur leise.«

Tina hörte der Geschichte zu, die Augen entsetzt aufgerissen. »Aber was willst du machen, Stella?«, fragte sie endlich.

»Ich werde ihm sagen, dass ich ihn umbringe, wenn er sie noch einmal anrührt.«

»Aber das kannst du nicht!« Tina war empört.

»Warum nicht?«

»Das kannst du doch deinem Vater nicht sagen!«

»Nein?«, fuhr Stella sie an.

»Du musst ihm in seinem Haus Respekt erweisen.«

»Was hat der Mann je getan, um meinen Respekt zu verdienen?« Der Abscheu ihrem Vater gegenüber übertrug sich auf ihre Schwester. Wie konnte sie so eine ehrfürchtige Kuh sein, nach allem, was passiert war? »Es sind unschuldige kleine Kinder, Tina. Mickeys Kinder und meine! Wir müssen alles tun, um sie zu schützen.«

»Aber du kannst doch Papa nicht umbringen.« Tina klang ängstlich. »Nicht deinen eigenen Vater.«

Stella verzog angeekelt das Gesicht. »Nach dem, was er den Babys angetan hat, kann der Kerl zur Hölle fahren, ob er mein Vater ist oder nicht.« Ihr kam ein finsterer Gedanke, Tina war ständig im Haus ihres Vaters. Hatte sie vielleicht auch davon gewusst? Oder zumindest eine Ahnung gehabt? Das wäre zu schrecklich, und Stella erklärte es gleich für unmöglich, doch bevor sie sich zügeln konnte, sagte sie: »Wenn du selbst Mutter wärst, würdest du das verstehen. Dann lebst du für deine Kinder, nicht für deinen Vater.«

Tina senkte den Blick. Wahrscheinlich fragte sie sich, ob Stella recht hatte oder einfach nur gemein war. Der Schmerz der Kinderlosigkeit war auch nach zwanzig Jahren nicht kleiner geworden, zwanzig Jahre, in denen sie Stellas Kindern ihr Herz und ihre Aufmerksamkeit geschenkt hatte, da sie selbst keine bekommen konnte. Stella hatte kein Recht, sie anzugreifen. Tina war hier nicht der Feind. Aber sie war ein leichtes Ziel, und in diesem Augenblick hasste Stella sie dafür, die gleichen alten Phrasen zu wiederholen, die Tony während der letzten fünf Jahrzehnte seine Ungeheuerlichkeiten erlaubt hatten.

Was gesagt war, war gesagt, und Stella hatte dem nichts hinzuzufügen. Schweigend saßen sie auf der Veranda, Stella hielt ihr Messer fest. Schließlich stand Tina auf. »Tja, Stella, sei vorsichtig«, sagte sie säuerlich. Wahrscheinlich dachte sie, dass sie bekäme, was immer das Schicksal diesmal für sie bereithielt. Stella sagte nichts, als ihre Schwester davonging.

Sie warten auf die Geschichte, wie Stella an diesem Julitag im Jahr 1970 fast erstickte, ich weiß. Wir sind fast so weit.

* * *

Assunta pflegte zu sagen, auf Granit oder Beton zu sitzen sei das, wovon man Hämorrhoiden bekomme. Stella wusste nicht, ob ihr das ein Arzt gesagt hatte oder ob es eine ihrer Volksweisheiten war, aber ihre Mutter hatte es oft wiederholt. Jetzt hörte sie ihre Stimme wieder, während der Schatten des Hauses über die Veranda wuchs und der Beton unter ihrem Hintern kälter wurde.

Es war vielleicht sechs Uhr, als Antonio den zementierten Weg heraufgetrottet kam, den er entlang der Zufahrt angelegt hatte. Stella richtete sich unbeholfen auf, damit sie den alten Mann an der Hintertür abfangen konnte. Ihre Beine wollten erst nicht recht, belebten sich dann aber schnell. Ihr wurde bewusst, dass sie immer noch ihre hellblauen Pantoffeln trug.

Mit der Bewegung kam das Messer in Sicht, das sie in ihrem Rock verborgen hatte, und musste in der untergehenden Sonne aufgeblitzt sein. Antonio sah Stella an. »Was ist das?« Er schien erschöpft, als er die Stufen heraufkam.

Sie zitterte. Warum zitterte sie? Es gab nichts, was sie sich mehr in diesem Leben wünschte, als dass dieser Mann nicht mehr Teil davon war.

Stella hob das Messer, damit er es genau sah. »Du willst wissen, was das ist?«, sagte sie. »Ich zeige dir gleich alles, was du darüber wissen solltest.«

Sein Lachen klang müde. Da war er, so alt, doch immer noch so groß, und sah schmierig aus mit seiner fettigen Red-Sox-Kappe.

»Willst du mich auch umbringen, Stella?«

Sie wusste nicht, was er mit »auch« meinte, aber sie wollte nicht, dass er sie einfach nur für übertrieben dramatisch hielt. »Wenn du die Mädchen nicht in Ruhe lässt …«, sagte sie, und da war das Bild wieder, die dünnen nackten Beinchen. Sie schluckte ihre Übelkeit hinunter. »Ja. Ja, ich werde dich umbringen, wenn du sie nicht in Ruhe lässt.«

Er kam auf sie zu. Ihr Herz schlug schneller, raste. Was, wenn er sie angriff? Würde sie wirklich in der Lage sein, das Messer gegen ihren eigenen Vater zu richten?

»Du weißt ja nicht, wovon du redest, Stella.« Er ging um sie herum und schob die Tür auf. »Das alles geht dich nichts an.«

Wie konnte es sein, dass sie keine Macht über diesen Mann hatte? Er war alt und kaputt und ging dennoch an ihr vorbei, als gäbe es sie nicht. Ihr Herz war bereits besiegt, hatte sich zurückgezogen, als hätte er wieder mal für sie entschieden. Wieder mal. Sie wollte nach Hause, wollte ihre Wunden lecken – und musste sich daran erinnern, dass ihre Konfrontation noch nicht vorbei war. Sie hatte noch nicht verloren.

Ihr fehlte die Leidenschaft, die Energie, doch am Ende geht es nur um die Handlung selbst, nicht um das, was dahinter steckt. Sie wandte sich um, streckte ihre Hand vor, bis sie spürte, wie die

Spitze des Messers in den Schritt seiner Hose drückte. Sie konnte nicht sagen, ob die scharfe Spitze der Klinge tatsächlich in seinen Hodensack stach oder von der dicken Naht der Hose abgehalten wurde.

»Langsam«, rief ihr Vater.

»Mach schon«, sagte Stella. »Gib mir einen Grund, dir die Eier abzuschneiden.« Sie drückte noch etwas fester zu, und er jaulte auf wie ihre kleine Hündin Penny. »Irgendeine Entschuldigung, alter Mann. Wenn du nicht lernst, auf deine Eier aufzupassen, weiß ich nicht, wofür du sie noch brauchst. Das würde dein und mein Problem lösen, oder?«

»Die arme Irre!« Antonio schlug nach ihr und versuchte, sich wegzudrehen, doch der Türrahmen war im Weg. »Heilige Mutter Maria, rette mich vor dieser armen Irren!«

Seine Stimme brach, und Stella trat einen Schritt zurück, plötzlich von Zweifeln gelähmt. Er war schließlich ihr Vater. Ihr schrecklicher, verdorbener Vater. Ein Tier, das keines Stalls würdig war, das sie bestohlen, ihr alles genommen hatte – ihr Zuhause, ihr Land, ihre Ehre, ihre Zähne, ihre Mutter, ihre Freiheit – und das sie zu dieser kläglichen alten Vogelscheuche gemacht hatte, die sie war.

Sie konnte es nicht.

»Nie wieder«, sagte Stella. Ihre Schwäche zog wie ein Stein an ihrem Herzen. »Hörst du? Nie wieder.«

»Fahr zur Hölle«, sagte er, verschwand in die Küche und schloss die Tür hinter sich. Sie blickte ihm durch die Scheibe nach, und er drehte sich zu ihr um, argwöhnisch. Dann ging er in Richtung seines Zimmers.

Mit schmerzender Brust überquerte Stella die Alder Street, der rosaorangefarbenen Sonne entgegen, die in den Baumkronen hinter ihrem Haus versank.

Der Fernseher lief, ansonsten brannte kein Licht im Haus. Es war niemand zu Hause, nur die kleine Hündin, Penny, die von der

Türmatte aufsprang, wo sie gelegen hatte, wie verrückt mit dem Schwanz wedelte und Stellas Fußknöchel leckte, als sie ins Haus kam. Die schmutzigen Teller der Jungen stapelten sich in und neben der Spüle. Sie würden niemals lernen, ihr Geschirr abzuwaschen. Wie viele Stunden ihres Lebens hätten sie ihr mit dieser einen kleinen Sache schenken können?

Keiner ihrer Söhne war irgendwo zu finden. Auch ihre Tochter nicht. Es war Freitagabend, Essenszeit, wo konnten sie sein? Bernie war wahrscheinlich bei ihrer Freundin Patty, die kleinen Jungs – Arie, Richie und Mingo – sicherlich bei Tina. Mingo war Tinas Liebling, er wohnte praktisch drüben bei ihr und kam oft nicht mal zum Schlafen zurück. Und die Teenager würden mit den Dirt-Bikes ihrer Freunde auf dem leeren Stück Land hinter der Highschool herumkurven.

Stella schenkte sich ein kleines Glas Wein ein, trank es aus und schenkte noch einmal nach. Sie war den Tag über nüchtern geblieben und hatte wegen dieses ekligen alten Mannes ihre Arbeit verpasst. Sie musste etwas in den Magen bekommen. Seit den Käse-Sandwiches hatte sie nichts mehr gegessen. Im Kühlschrank war nichts. Was immer Carmelo zum Abendessen gekocht haben mochte, war restlos aufgegessen worden. Kein Wunder bei so vielen Jungs im Teenager-Alter und ihren Freunden, die hier durchkamen, als wäre es die Union Station. Oder das Hartforder Bezirksgefängnis.

In der Schublade unten im Kühlschrank lagen ein paar abgepackte Hähnchenteile aus dem Supermarkt, Unter- und Oberkeulen, deren Knochen gegen die Einschweißfolie drückten. Ja, dachte Stella, so viel kann ich auch. Sogar Rocco Caramanico war in der Lage gewesen, Hähnchen zu kochen. Sie legte die Packung auf die Arbeitsfläche, holte den Pastatopf unter der Spüle her, füllte ihn mit Wasser, stellte ihn auf den Herd und drehte die Flamme darunter auf. Eins nach dem anderen gab sie die Hähnchenteile in das Wasser. Das pfirsichfarbene Fleisch fühlte sich schleimig an, und das Wasser wurde schnell trüb.

Stella betrachtete ihr Werk, das Essen, das sie da kochte. Sie machte sich Hähnchen. Sie war fünfzig Jahre alt und brauchte niemanden. Keinen Vater, dem sie ein Messer auf die Eier drückte, und auch keinen Mann, der sie die letzten zwanzig Jahre bekocht hatte. Der Welt galt sie nichts, sie war alt, nicht hübsch und auch keine gute Mutter – aber sie war alles, was *sie selbst* brauchte. Sie konnte arbeiten, und sie konnte kämpfen. Sie hatte alles überlebt. Sie hatte überlebt.

Sie setzte sich an den Küchentisch und wartete darauf, dass das Wasser kochte. Sie hatte Hunger. Die schlimmen Gefühle aus der Vergangenheit kamen wieder zurück. Sie trank ein drittes Glas und betrachtete den Schatten des Wasserhahns im hellen Lichtstreifen über dem Herd. Der alte Albtraum kehrte zurück, von Anfang bis Ende. Ihr Vater drängte sie in die Ecke, seine Hände glitten über ihre Hinterbacken, ihre Rippen, Brüste. Sie bekämpfte ihre Übelkeit mit einem vierten Glas Wein und wartete, dass ihre Vision abklang.

Als die Brühe zu kochen begann, überlegte sie, ob sie Salz und Pfeffer hinzugeben sollte. Kam da sonst noch was an ein Hähnchen? Sie wusste es nicht und trank ein fünftes Glas Wein. Der tröstende Nebel alkoholischer Loslösung besänftigte ihre lebhaften Erinnerungen. Auf dem Herd blubberte das Wasser und schickte köstliche Dämpfe in die Luft, vor denen sie zurückwich, als sie sich zu weit über die brodelnde Flüssigkeit beugte.

In der dunklen Küche nahm sie vier Hähnchenteile mit Carmelos Kochzange aus dem Topf, legte sie in eine Schüssel und sah den Dampfschwaden nach, die in die schwere Juliluft aufstiegen. Während sie wartete, trank sie noch ein Glas Wein. Der Dampf erinnerte sie in diesem Moment an den Tau, der vor vielen Jahren in Ievoli von den Stechpalmenblättern aufgestiegen war, an dem Morgen, als sie sich von den Kastanien und dem Friedhof verabschiedet hatte. Alles war anders, aber dieses eine, der aufsteigende Dampf, der war gleich.

Sie suchte nach Halt.

Sie hatte sich verloren.

Als das Fleisch kalt genug war, um es zu essen, nahm sie ein Stück mit den bloßen Händen und schlang es herunter. Es schmeckte nicht gut, war wie Gummi und verklebte ihr den Magen. Aber sie hatte großen Hunger. Sie nahm ein zweites Stück und begann, zu kauen und zu saugen. Da plötzlich verklemmte sich etwas in ihrer Kehle. Die Speiseröhre zog sich eng um den geschluckten Knochensplitter. Sie wollte husten, bekam aber keine Luft, also hustete sie nicht. Sie drückte auf ihren Hals. Die Luftzufuhr war blockiert, und sie bekam die Luftröhre nicht frei.

Konnte das sein? Es war doch nicht ernst. Oder?

Es war ernst. Sie bekam keine Luft. Ein Hund bellte, doch sein Bellen war weit weg.

Die Küche funkelte um sie herum. Das ging nicht, so würde sie nicht sterben. Nicht nach allem, was sie schon überlebt hatte, nicht wegen eines Hühnerknochens. Sie würde nicht an ihrem selbst gekochten Huhn ersticken.

Speichel rann ihr das Kinn hinunter und tropfte auf ihre Hände, auf die Anrichte. Sie versuchte zu husten, kämpfte um Luft. Nichts. Dunkelheit senkte sich herab. Stella fiel auf die Knie, stützte sich auf dem Boden ab und schlug sich mit der Faust auf die Brust. Sie spürte, wie sich der Knochen in ihrer Kehle bewegte, aber es gab keine Gnade.

Stella dachte an ihre Mutter, die so jung, mit neunundsechzig Jahren, gestorben war, und begriff, dass sie, Stella, noch jünger sterben würde. Ihre Gedanken sahen das tote Baby, ihre Schwester Mariastella, vor sich. Das ist ihr letzter Versuch, dachte sie. Der verdammte Familiengeist bekam sie endlich. In jenen letzten Momenten dachte Stella nicht an ihren Mann oder ihre Kinder und auch nicht an ihren schrecklichen Vater, der erst ihr Leben ruiniert hatte und jetzt die Leben der Kleinen zerstörte. Nein, es waren die quälend leeren Augen des toten Babys, die ihr den Kopf füllten. Selbst noch durch den anschwellenden

Schmerz in der zugeschnürten Kehle, das Feuerwerk platzender Adern, dachte Stella: Nach all dieser Zeit und deinen weit klügeren Bemühungen kann ich nicht glauben, dass du mich auf diese Weise umbringst.

Sie konnte es nicht hören, weil das ihr Blut so laut in den Ohren rauschte. Sie kniete auf den Fliesen in der Küche, und Tina rief nach ihr. Tina hatte über den Rasen zwischen ihren Häusern geblickt, und bei Stella war alles dunkel gewesen. Das schien ihr nicht richtig. Da stimmte was nicht. Stellas Bemerkung über ihre Kinderlosigkeit schmerzte Tina noch immer, und sie überlegte, ob sie ihren Groll über Nacht schmoren lassen sollte, damit sie morgen früh aufeinander losgehen konnten. Stellas drei Jüngste, völlig erschöpft nach einem anstrengenden Sommernachmittag, waren auf Tinas Teppich während der Abendnachrichten eingeschlafen. Sie hätte sie zudecken, das Licht ausmachen und den Rest dieses ruhigen Freitagabends mit Rocco in der Küche verbringen können, wo er Patiencen legte. Aber es nagte zu sehr an ihr, sie wollte nach drüben zu Stella und die Sache mit ihr heute Abend noch klären.

Sie bekam keine Antwort, als sie an der Tür nach Stella rief, hörte über das Murmeln des Nachrichtensprechers hinweg aber ein dumpfes Schlagen aus der Küche und hastete hinein. Tina wusste nichts vom Heimlich-Manöver, aber sie konnte Schläge austeilen, sie war stark wie ein Ochse, wie ihr Vater. Ausnahmsweise einmal dachte sie nicht lang nach und machte sich auch keine Sorgen, nicht zu wissen, was sie tun sollte. Sie schlug zu, und schlug und schlug, bis der Hähnchenknochen sich löste.

Stella lehnte sich an den Spülschrank und keuchte. Ihre Zähne waren ganz lila vom Wein.

»Tina«, sagte die endlich, »Tina. Fast wäre ich erstickt.«

»Ich weiß«, sagte Tina. »Es ist schon eine Weile her.«

* * *

Offenbar ist der nächste Teil der Geschichte, den ich hier erzählen will, reine Fiktion, denn ich glaube nicht an Geister, denke ich, und schon gar nicht würde ich Ihnen zumuten, daran zu glauben. Aber seien Sie einen Moment nachsichtig mit mir. Stellen Sie sich einfach vor, die Möglichkeit könnte bestehen, dass ein kleines Mädchen, dem das Leben genommen wird, etwas von sich zurücklässt, tatsächlich oder imaginiert, und dieses Etwas verfolgt die liebende Mutter, der es genommen wurde. Stellen Sie sich dieses Etwas vor – lassen Sie es uns einen Geist nennen. Und stellen Sie sich vor, dass dieser Geist die Trauer seiner Mutter sieht, unsichtbar an ihrer Seite leidet, sich nach ihrer sanften Berührung und ihrer warmen, tröstenden Brust sehnt. Stellen Sie sich vor, wie es diesem Geist das kleine Herz bricht, zu sehen, dass ihre Mutter ihn durch ein anderes Baby ersetzt, dem sie den gleichen Namen gibt, zu sehen, wie sie ihre mütterlichen Hoffnungen auf diese schöne, perfekte neue Tochter setzt. Stellen Sie sich vor, wie es sich angefühlt haben muss, sein Leben ungelebt weggenommen zu bekommen und beobachten zu müssen, wie alle Spuren, die an einen erinnern, nach und nach von dieser robusteren, liebenswerteren, allgemein besseren Version seiner Selbst ausgelöscht werden.

Ich erwarte nicht, dass Sie an Geister glauben oder an eine Seele, die durch ihre Trauer und ihren Neid aus dem Himmel ausgeschlossen bleibt. Niemals würde ich von Ihnen verlangen, an etwas zu glauben, woran ich selbst nicht glaube, und ich glaube an nichts. Aber was, wenn ich sagen würde, dass die Macht des menschlichen Geistes Dinge real werden lassen kann, die es nicht sind – dass wir, wenn wir imaginierten Entitäten unseren Glauben schenken, wenn wir ihnen erlauben, Macht über uns auszuüben, dass sie dann zu etwas Realem werden? Denn was ist der Glaube anderes als der Wille zu glauben?

Und jetzt folgte dieser kleine Geist diesem Mädchen, seinem Ersatz, das in ein Leben hineinwächst, das seines sein könnte, wäre er nicht aus diesem herausgerissen worden. Stellen Sie sich die eine Mariastella vor, wie sie der anderen dabei zusieht, wie sie schön wird, klug ist, geliebt und umschwärmt wird. Stellen Sie sich ihren Hass und ihren Groll vor, ihr unerfüllbares Verlangen nach all den Dingen, die ihre lebende Schwester für selbstverständlich hält oder gar verschmäht. So mag sie dann am Ende glauben, dass die Schwester der Feind ist. Stellen Sie sich vor, wie die erste Stella um sich geschlagen haben mag, wie sie versucht hat, der zweiten Stella eine Lehre zu erteilen, ihr zu zeigen, wie wertvoll und gefährdet das Leben ist, wie sie sie dazu bringen wollte, sich zu fragen, womit gerade sie all das verdiente, was das Schicksal für sie bereithielt. Stellen Sie sich vor, dass es genau diese Angriffe waren, die Stellas Persönlichkeit geformt, sie so stur gemacht haben, so abweisend gegen alle Romantik und Zweisamkeit, nach der der kleine Geist sich so sehnte. Und stellen Sie sich vor, dass erst jetzt, ein halbes Jahrhundert später, ein halbes Jahrhundert voller Rachsucht und Herabsetzung, nach einem letzten Versuch, ihrer Schwester das Schlimmste zuzufügen – dass erst jetzt der ersten Stella die Augen aufgehen.

Ich verstehe, warum die zweite Stella für die erste Stella wie ein Feind ausgesehen haben muss. Ich verstehe den Neid, den Hass und den Schmerz, zusehen zu müssen, wie ihr Ersatz alles bekam, was ihr verweigert worden war. Aber die beiden Stellas hätten niemals Feinde sein sollen, sondern treue Verbündete gegen das eine Ungeheuer, den Mann, der ihnen beiden, auf verschiedene Weise, das Leben genommen hatte, der nie auch nur daran dachte, was er alles zerstört hat, und der ihre gemeinsame Mutter quälte, die sie beide mehr liebten als alles auf der Welt. Und ein halbes Jahrhundert nachdem er das Leben der ersten Stella beendet hatte, als er mit einer Grippe nach Hause gekommen war und ihr herzlos einen Arzt verweigerte, ein Vierteljahrhundert nachdem er auch der zweiten Stella ihr Leben genommen hatte, indem er ihren Widerstand aus ihr herausprügelte und sie zu der einen Sache zwang, die sie mehr fürchtete als den

Tod selbst – nach all dieser Zeit, jetzt, hier und heute, ruinierte er die Leben anderer kleiner Mädchen.

Warum versuchte die erste Stella immer wieder, die zweite zu töten? Es war ihr Vater, den sie hätte umbringen sollen.

Stellen Sie ich also Folgendes vor: Der kleine Geist sieht, wie seine Schwester, diese gebrochene, Schmerzen leidende Frau, auf dem Küchenboden zu ersticken droht und mit der Faust auf die Fliesen schlägt – und erlebt einen Sinneswandel. Als die kleine Schwester Tina angerannt kommt, um die zweite Stella ein weiteres Mal zu retten, was für ein Glück, dass sie immer, immer da ist, denkt der Geist daran, wie die zweite Stella eben erst das Messer geschwungen hat und wie sie in dem Moment, wenn sie nur den Mut dazu gehabt hätte, diesem Unhold das Recht und die Möglichkeit hätte abschneiden können, weitere Leben zu zerstören. Und mit einem Mal spürt der Geist eine neue Kraft in sich, ein begeistertes Pochen, wo sein Herz sein sollte, und während Tina ihre gemeinsame Schwester ins Bett bringt, trennt sich die erste Stella von ihrer ständigen Gesellschaft und treibt über die Straße. Körperlos dringt sie durch die Hausverkleidung, schließlich gibt es sie ja gar nicht, und gleitet ins Schlafzimmer des Mannes, wo er keuchend seine schmutzigen Träume träumt. Selbst ein Tag wie dieser, denkt der Geist, hindert ihn nicht daran, tief zu schlafen.

Die erste Stella setzt sich auf die Kommode, neben seine vergoldete Uhr, die er sich beim Kartenspielen mit seinen Kumpeln umbindet, vor das alte, gerahmte Familienfoto der Fortunas von Weihnachten 1940, das hier steht, seit die Mamma es vor fünfzehn Jahren aufgestellt hat. Und die erste Stella sieht ihm beim Schlafen zu, und der Hass und die Wut in ihr ziehen sich zu einem leuchtenden Ball zusammen, sammeln all die schlechten Gefühle in ihrem Leib, genau wie sie es in der zweiten Stella jetzt täten, denn schließlich ist sie, die zweite, in so vielerlei Hinsicht ein Abbild der ersten, die wie sie geworden wäre, hätte sie groß werden dürfen. Die ganze Nacht sitzt sie da und sieht ihn an, und die Wut beider Stellas vereinigt sich, bis sich der Gifthauch der alten Welt auf seine Haut senkt, ihm die Nasenlöcher verklebt und sogar er nicht mehr schlafen kann. Nervös wacht er auf, verwirrt, zieht an der Decke und kauert sich unter sein Kissen, denn er spürt, dass etwas ganz und gar nicht stimmt, und die erste Stella kann das kranke, alte Herz in seiner Brust stottern hören. Sie drückt ihn auf das Bett, sie ist noch nicht ganz so weit, sie hat sich noch nicht entschieden, was sie tun wird, aber sie fühlt sich von ihm nicht eingeschüchtert wie ihre Schwester. Er war nie ihr Gebieter.

Als das erste Licht des Tages den Tau in seinem Garten glitzern lässt, hört Antonio Fortuna, wie sich die Hintertür seines Hauses öffnet und schließt. Es ist seine Tochter Tina, die ihm sein Frühstück macht, bevor sie zur Arbeit geht. Wirr vor Schlaflosigkeit zieht sich seine Brust beklommen zusammen. Der erste Stella spürt sein sich überschlagendes Herz in seiner Brust und drückt ein bisschen fester. Er versucht, sie wegzuschieben, kann sie aber nicht sehen und weiß nicht, womit er es zu tun hat. Er richtet sich mühsam auf, stellt die Füße auf den Boden, seine vergilbte Unterwäsche riecht widerlich nach Schweiß, und der kleine Geist weicht zurück. Aber als Tony seinen burgunderfarbenen Bademantel anzieht, schluckt die erste Stella ihren Ekel hinunter, springt ihm auf den Rücken und schlingt ihm ihre unsichtbaren kleinen Arme um den Hals. Sie spürt, wie er unter dem Druck erschaudert, und ja, sie will Zeugen dabeihaben. Ein Geist will Zeugen, wenn möglich.

Als er die Schlafzimmertür öffnet, verdreht Tony die Schultern. Er weiß nichts von der ersten Stella, aber er spürt ihr Gewicht. Er versucht, sie loszuwerden. »Tina«, sagt er und geht in seine Küche. »Tina, hilf mir. Ich fühle mich nicht gut.«

Tina gibt Haferflocken ins Wasser und schaltet den Herd an. »Was ist denn, Papa? Setz dich, ich koche dir einen Kaffee.«

»Tina«, sagte Tony wieder und klingt wie eine blökende Ziege, wie die hübsche kleine, weiße Ziege, die er getötet hat. »Tina.«

Und endlich sieht sie beunruhigt zu ihm hin. »Deine Schwester Mariastella«, keucht er. »Sie bringt mich um.«

Diese letzten Worte versteht der kleine Geist als Aufforderung und drückt ihm mit all seinem Hass und seiner leuchtenden Wut mit beiden Armen die Kehle zu.

Und ganz einfach so würgt die erste Stella das Leben aus ihm heraus.

Selbstverständlich ist diese Vorstellung von einem Geist nichts als reine Fantasie und hat in einer ansonsten sorgfältig recherchierten Familiengeschichte nichts zu suchen. Wahrscheinlich ist Tony aus einem Albtraum über seine zweite Tochter Stella erwacht, die ihn nur Stunden zuvor mit dem Messer bedroht hat, und vermutlich wollte er das der verschreckten Tina mit seinen letzten Worten sagen.

Im Krankenhaus, wo sie Tony Fortuna für tot erklärten, sagten sie, er habe einen schweren Herzinfarkt erlitten. Es ist nicht ungewöhnlich, dass Opfer eines Herzinfarkts das Gefühl haben zu ersticken, was erklärt, warum Tony sich zuletzt an die Kehle griff. Er starb mit der eigenen Haut unter den Fingernägeln und roten Striemen auf dem Hals.

TEIL IV: ALTER

A vecchiaja è na carogna.
Das Alter ist ein Luder.

Kalabrisches Sprichwort

TOD 8: HIRNBLUTUNG (DEMENZ)

Es folgt das letzte Mal, dass Stella Fortuna fast gestorben wäre. Das Mal, das alle den »Unfall« nennen.

Es war der 8. Dezember 1988, aber der 9. stand kurz bevor. Stella saß auf ihrem Platz auf dem Sofa, sah zufällig um acht Minuten vor zwölf auf die Uhr über dem Fernseher und konnte anschließend ihren Blick nicht mehr davon abwenden. Sie sah zu, wie der Minutenzeiger höher und höher stieg. Um Mitternacht jährte sich der Tod ihrer Mutter zum zwanzigsten Mal. Assunta war neunundsechzig Jahre alt geworden, und Stella stand heute selbst kurz vor ihrem neunundsechzigsten Geburtstag.

Um Mitternacht geschah nichts, um dem Übergang zu diesem beklemmenden Jahrestag Ausdruck zu verleihen. Die CBS-Nachrichten wurden für eine Reinigungsmittel-Werbung unterbrochen, und Stella versuchte, sich anders zu fühlen als zuvor. »Mamma?«, sagte sie in die Leere ihres Wohnzimmers hinein und kam sich dumm vor, weil ihre Mutter ja nicht da war. Stella goss sich ein Glas Wein ein, aus einer Flasche, die sie zwischen den Füßen stehen hatte. Ihre Hände zitterten, doch das hatte sie sich selbst zuzuschreiben, mit all dem Wein und nur ein wenig kalter Pasta Stunden zuvor.

Du betest für die Toten, für die Seelen im Fegefeuer, damit Gott ihnen durch deinen Glauben Gnade erweist. Das hatte Assunta Stella beigebracht, als sie noch ein kleines Mädchen war, das erste Mal, als sie ihre Tochter mit auf den Friedhof nahm, um das Grab ihrer toten Schwester zu säubern. Assunta hätte sich gewünscht, dass Stella für ihre Seele betete. »Gegrüßet seist du, Maria, voll der Gnade«, sagte Stella mit schlechtem Gewissen in die vom Fernseher flackernd erleuchtete Dunkelheit des Wohnzimmers hinein, konnte sich aber nicht an den weiteren Text erinnern. Sie hatte seit Jahren nicht gebetet. Es war dieser Tage so schwierig, ihre Gedanken oder Gefühle auf Gott zu richten, so schwierig, sich beim Reden im Dunklen nicht dumm vorzukommen.

Dreiundzwanzig Minuten nach zwölf. Stella schenkte sich Wein nach und stellte die Flasche zurück auf den Boden, die sich auf dem dicken blauen Teppich leicht zur Seite neigte. Der Teppich war alt und verschlissen, sein Flor klumpig und ausgefranst, nachgedunkelt vom Schmutz der Schuhe, den der Staubsauger nicht wegbekam. Seit fünfunddreißig Jahren lief Stella jetzt über diesen Teppich, genau wie ihre wilden neun Söhne und ihre eine strenge Tochter, die Horden von Freunden und wechselnden Bekannten. Heute war das Haus leer, selbst ihr Baby, Artie, hatte geheiratet und war ausgezogen.

Fünfunddreißig Jahre, das war mehr als die Hälfte ihres Lebens. Sie war diese Person, diese Ehefrau und Mutter, als sie je die Chance gehabt hatte, jemand anders zu sein.

Wie sehr Assunta dieses Haus geliebt hatte, wie stolz sie auf ihren Schwiegersohn Carmelo gewesen war, der es gekauft hatte. Wie viele Stunden hatte sie auf diesem Sofa gesessen, den einen oder anderen Enkel auf ihren Knien reiten lassen, alte Lieder gesungen, Bohnen geschnippelt und mit ihren Töchtern gelacht. Aber Stella hatte noch weit mehr Stunden ohne ihre Mutter hier verbracht. Zwanzig Jahre ohne sie.

Assunta hatte so vieles erlitten – Hunger und Krankheit, den Verlust geliebter Menschen, einen herrischen und pflichtvergessenen Mann, körperliche Mühen und Schmerzen und großen Kummer. Und doch hatte sie ihr Leben geliebt. Und hier saß Stella, die Ersatz-Matriarchin wider Willen, mit einem kaputten und doch unzerstörbaren Körper, aber ohne eine der Freuden ihrer Mutter oder ihre selbstverständliche menschliche Wärme. Stella nahm ein paar Schluck Wein und spülte damit ihre Verlegenheit und Scham hinunter. »Mamma«, sagte sie ins Leere und versuchte, so zu klingen, als spräche sie tatsächlich mit ihr. Sie schloss die Hand um das knöcherne *cornetto*, das ihre Mutter ihr vor einem halben Jahrhundert geschenkt hatte. »Mamma, bist du zufrieden mit mir? Habe ich es richtig gemacht? Habe ich getan, was du wolltest?«

Natürlich bekam sie keine Antwort. Aber es war auch keine Frage, auf die Stella eine Antwort gewollt hätte.

Es war zwanzig vor eins und kalt geworden. Besonders ihre Arme waren völlig ausgekühlt. Stella wickelte ihre zitternden Hände in den Rock ihres baumwollenen Hauskleides. Mit zunehmendem Alter wurden ihre Arme immer teigiger und schwollen an, die Narben ihrer Verbrennungen versteckten sich in den tiefen, mit Leberflecken überzogenen Falten. Manchmal fuhr Stella mit den Fingern darüber und musste an die Sandbank von Rocky Neck nach Einsetzen der Ebbe denken.

Stella hielt den Gedanken an den warmen Strand fest. Assunta hatte ihn geliebt, diesen Strand, als die Kinder noch klein gewesen waren. Sie selbst ging nie ins Wasser oder trug auch nur einen Badeanzug, aber sie füllte ihre zwölf Liter große Tupperware-Schüssel mit kalter Pasta, eine weitere mit ölgetränktem Salat und gab den Kindern ständig zu essen, wann immer sie aus dem Wasser kamen. *Der Ozean macht euch hungrig*, sagte sie. Pasta am Strand, da denken doch alle, wir sind *Itaker*, stichelten die Jungen, aber sie aßen sie, ob sie sandig war oder nicht.

Es war mindestens zehn Jahre her, dass Stella zuletzt am Strand gewesen war. Bernadette hatte sie im August eingeladen, eine Woche mit ihren Mädchen in einem Sommerhaus am Cape zu verbringen. Stella hatte abgelehnt, aber vielleicht sollte sie im nächsten Jahr mitkommen. Was würde sie hier schon verpassen?

Stella schenkte sich zitternd ein weiteres Glas Wein ein und konzentrierte sich auf die Kälte. Sie versuchte, sie in ihre Brust eindringen und ihr Herz umfangen zu lassen. Es hieß, in Gegenwart eines Geistes empfinde man Kälte, aber da musste es noch andere Zeichen geben. Es war Dezember in Connecticut, draußen fror es, und der Wind rüttelte an den Fenstern. Da brauchte sie schon noch andere Beweise, um davon überzeugt zu sein, dass sie von einem Geist verfolgt wurde.

»Mamma«, sagte sie wieder in die Dunkelheit hinein, aber diesmal nur, um den Klang der eigenen Stimme zu hören.

Es war jetzt halb zwei, und das Programm des regionalen offenen Kanals begann. Unschärfe von Ton und Bild brachten Stella wieder zu sich. Sie war betrunken, leicht verwirrt und wusste nicht, wo die letzte Stunde geblieben war, aber gleichzeitig war der Kern ihres Denkens luzide, eine glockenklare Trauerfuge. Sie bekam sich nicht in den Griff, doch das war auch nicht der Sinn eines solchen Tages.

Die Weinflasche war leer. Ein Zeichen, dass sie nach oben gehen und sich ins Bett fallen lassen sollte. Aber sie wollte nicht. Sie wollte verfolgt werden, und wenn sie den Geist ihrer Mutter nicht erreichen konnte, verfolgte sie sich eben selbst.

Stella mühte sich aus der weichen Tiefe des Sofas in die Höhe, kurzzeitig ernüchtert durch den scharfen Schmerz in ihren steifen Knien. Die Flasche und das Glas ließ sie auf dem Boden vor dem Fernseher stehen (beides wurde später zu forensischen Beweisstücken für ihre Kinder) und stolperte in die Küche.

Sie brauchte das ganzen Weg zur Kellertür, um sich zu orientieren. Ihr Herz schlug heftig, all das ruhige Blut, das wieder in Wallung geriet. Ihr wurde schwindlig, und sie hielt sich am Türrahmen fest. Doch da endete der Schwindel auch schon wieder, sie war nicht so betrunken, wie sie gedacht hatte. Was bedeutete er, dieser Schwindel? Stand ihr Herz kurz davor, seinen Dienst einzustellen, wie es auch das ihrer Mutter getan hatte – und das ihres Vaters? Achtundsechzig Jahre war kein schlechtes Alter, um zu sterben.

Trotzdem. Sie durchquerte die Küche und trank Leitungswasser aus einem Glas, das auf dem Abtropfgestell gestanden hatte. Sollte sie etwas essen? Sie spürte das Wasser an ihren weingesättigten Magenwänden. Aber wenn sie etwas aß, würde sie noch länger wach bleiben. Sollte sie nicht einfach ins Bett gehen?

Nein. Ein Stück Brot und eine Scheibe von dem amerikanischen Käse aus der matten Plastiktüte aus dem Deli. Sie wischte die Krümel in die offene Hand und warf sie in die Spüle. Das war besser. Ihr Kopf fühlte sich weich und fließend an, der Schwindel war weg. Jetzt konnte sie ihre nächste Flasche holen.

Die unebenen Betonstufen hinunter in den Keller waren schmal wie die Stufen aller Treppen im Haus. Nicht breit genug, um Stellas großen Fuß zu tragen. Es war nicht das erste Mal, dass sie sich einen Lichtschalter oben an der Tür gewünscht hätte, nicht nur die nackte Birne mit der Kette, an der man ziehen konnte, wenn man unten angelangt war.

Sie stürzte, als sie schon zu zwei Dritteln unten war, und diesmal war da keine Geisterhand, die sie in ihr Schicksal stieß, diesmal war niemandem die Schuld an ihrem »Unfall« zu geben, nur Stella selbst, der trauer- und weintrunkenen, bedauernswerten alten Stella. Sie setzte ihren Fuß ungeschickt auf die nächste Stufe, zu weit vor, sodass der Fußballen keinen Halt fand. Zwar hätte sie immer noch ihr Gleichgewicht wiederherstellen können, da war ein Geländer, da waren die Wände, doch ihre Hände griffen ins Leere. Sie fiel. Ihr Kopf traf als Erstes auf Widerstand. Die Stirn prallte gegen die Ecke des hölzernen Regals direkt unten an der Treppe. Der Schmerz blendete sie, sie schwankte, fiel weiter, jetzt nach hinten. Zu benommen, um ihre Glieder kontrollieren zu können, ging sie zu Boden und schlug mit dem Schädel auf den harten Beton. Und so ohrenbetäubend laut der Schmerz in ihrem Kopf auch brüllte, hörte sie doch das Brechen des Schädelknochens.

Zahllose Male war sie hier hinuntergestiegen. Was war diesmal schiefgegangen? Sie nutzte ihr letztes bisschen Bewusstsein dazu, den Kopf zu drehen, um zu sehen, wer sie gestoßen hatte. Aber da war niemand auf den Stufen, lediglich das mattblaue Flimmern des Fernsehers zuckte über die graue Wand.

Als Stella die Augen öffnete, war es finster um sie herum. In ihrem Kopf pulsierte eine Welle, aber ohne jedes Geräusch. Sie wusste, wo sie war – im Keller –, sie war die Treppe hinuntergestürzt oder etwas Ähnliches. Etwas war passiert, und sie ...

Sie versuchte aufzustehen, drückte die Hand auf den nasskalten Beton und schob sich hoch. Die Welt überrollte sie mit einem Wirbel aus Schmerz und Übelkeit. Aber da war sie, sie stand, hielt sich am Regal fest und zog an der Aluminiumkette des Lichts. Der grelle Schein der nackten Birne nahm ihr aufs Neue die Orientierung.

Den Kopf verdreht, sah sie zu Boden. Das Blut war überall, eine flache, dunkle Lache, die sich auf dem abschüssigen Boden in Richtung Abfluss reckte. Was für eine Schweinerei sie da aufwischen musste, trotz der fürchterlichen Schmerzen. Sie nahm eine Rolle Küchenpapier aus dem Regal mit den Putzmitteln direkt vor ihr – wenigstens musste sie in ihrem Zustand nicht erst nach oben – und dann noch eine zweite, weil sie Angst davor hatte, auf die Knie zu sinken. Und doch kniete sie sich hin. Noch nie zuvor war ihr so schlecht gewesen, auf dem Schiff über den Atlantik nicht und auch nicht morgens während einer ihrer Schwangerschaften. Sie fand den Anfang der Rolle nicht und mühte sich zu lang, wer weiß schon, wie lange, das Papier abzurollen. Endlich gelang es ihr, und sie riss ein Blatt ab und legte es in die Lache auf dem Boden. Sofort wurde es zu einem kardinalsroten Quadrat, röter und heller als das verschattete Blut ringsum. Das reicht nie, dachte Stella. Sie zog mehr Papier von der Rolle, knüllte zusammen, was sie in der Hand hielt, und drückte es in das Blut. Es saugte sich schnell voll.

Schlecht, das war schlecht. So würde sie es nie wegbekommen. Sie wickelte mehr Papier von der Rolle ab, so viel sie konnte, aber ihre Arme waren schwer und müde. Sie hyperventilierte. Warum? Sie verhielt sich wie eine Idiotin. Aber die Küchenrollen, das war nichts, sie bewirkten nichts. Ein zweiter Bausch, ein dritter. Auch ihre Hände waren voller Blut, hellrot, als trüge sie

Handschuhe aus einem dünnen, roten Leder. Noch ein Versuch, nein, und dann überkam sie eine letzte Welle. Sie fiel vor auf den Boden, eine Wange landete auf den blutnassen Küchentüchern.

Es war jetzt kalt, viel kälter als vorher. Ihre Haut erschauderte. Selbst das klebrige Blut unter ihren Händen war kalt. Rufen konnte sie keinen, denn um diese Zeit würde niemand sie hören.

Als Carmelo eine halbe Stunde später von seiner Schicht im Charlie's nach Hause kam, setzte er sich in den braunen Sessel im Wohnzimmer, zog das Fußbänkchen heran und schlief sofort ein. Es wäre ihm nicht in den Sinn gekommen, dass Stella irgendwo anders als oben in ihrem Bett sein könnte.

Tommy Maglieri hatte die Schicht von vier Uhr früh bis mittags in der Elektrofirma und kam am 9. Dezember, einem Freitag, um Viertel nach drei ins Haus seiner Eltern, wie er es oft vor der Arbeit tat, um zu sehen, ob alles in Ordnung war. Wer tut so etwas? Nun, Tommy schon. Er ist der Grund dafür, dass Stella auf schnellstem Wege ins Krankenhaus gebracht wurde und ein achtes Mal dem Tod entging.

Diesen Teil der Geschichte kennen Sie bereits. In Stellas gebrochenem Schädel kam es zu einer Hirnblutung, und sie mussten eine Möglichkeit finden, den Druck zu verringern. Die Ärzte hatten eine Idee, es war ein Versuch, der die geringe Chance bot, dass die Patientin überlebte. Sie würden das verletzte Gewebe des Stirnlappens entfernen, um Platz zu schaffen. Der leitende Chirurg wollte die Operation vor allem aus wissenschaftlichen Gründen durchführen, klärte die Maglieris im Wartezimmer aber sachlich über die Chancen auf. Sogar wenn der Eingriff erfolgreich verlaufen sollte, würde ihre Mutter den Rest ihres sicher verkürzten Lebens wohl nur mehr dahinvegetieren.

Die Versicherung würde für die unerprobte Operation jedoch nicht aufkommen. Somit waren hunderttausend Dollar zu begleichen. Aber wer ist derjenige, der am Ende sagen will: *Nein, wir haben nicht alles getan, was wir konnten*?

»Das sind elftausend für jeden«, sagte Tommy. »Für Mommy. Ihr habt doch elftausend für eure Mutter übrig?«

Tommy, Bernie, Guy, Freddy und Richie legten ihre Elftausend in den Topf. Mingo zahlte ebenfalls seinen Teil, das war noch vor seinen Heroinproblemen. Artie und seine Frau brachten gemeinsam viertausend auf, den Rest lieh er sich von seinem Bruder Guy, der auch sein Boss war. Nicky hatte nur seine Invalidenunterstützung, aber Tommy hatte schon immer gewusst, dass er für Nicky aufzukommen hatte. Johnny war nicht beim Familientreffen. Tommy übernahm auch seinen Anteil und tat so, als würde Johnny ihm das Geld eines Tages zurückzahlen. Nun, vielleicht sollte es so sein, schließlich musste Tommy keine eigene Familie unterstützen.

Wie Sie bereits wissen, täuschten sich die Ärzte in Bezug auf die Prognose für Stella. Vielleicht waren ihre Fähigkeiten größer, als sie dachten. Vielleicht war ihnen auch noch nie jemand wie Stella mit ihrer sturen Unsterblichkeit begegnet.

Dies ist der Beginn der längsten dreißig Tage.

Wenn man Ihnen den Stirnlappen herausschneidet, nimmt man Ihnen Teile Ihrer Persönlichkeit. Man nimmt Ihnen Ihre Hemmungen, aber nicht die Angst, dazu die Kontrolle über Ihre Gesichtszüge, sodass Sie immer lächeln, auch wenn Sie wütend sind. Man nimmt Ihnen Ihr Einfühlungsvermögen, aber nicht Ihre Fähigkeit zu Zuneigung und Liebe.

Man nimmt Ihnen Teile Ihrer Erinnerung, holt aber auch andere Teile wieder hervor, die Sie längst begraben oder verdrängt hatten, ganz nach oben. Wie Kartoffeln, die man gerade aus der Erde gezogen hat, liegen sie in Reihen da und warten darauf, dass Sie kommen und die Erde abschütteln.

Das sind die Dinge, die Stellas Denken erfüllten, im Koma, nachdem ihre erinnerte Welt beschnitten worden war.

Ganz frisch, die Erinnerung, wie sie die Treppe hinunterfällt.

Sechzig Jahre zuvor, die Geisterarme, die die Tür der Schule in Ievoli zuhalten. Der Fuß ihrer kleinen Schwester, der sie stolpern lässt, als sie mit der aufschwingenden Tür nach hinten fällt.

Der stickige Sommermorgen 1941, als sie auf dem Boden ihres Zimmers in der Front Street aus ihrem Albtraum erwacht und Tina ihren pochenden Arm gepackt hält.

Die Küche ihrer Mutter in der Bedford Street. Wie Tony ihr den Kopf gegen Assuntas Altar für das tote Baby rammt, nachdem Rocco ihr verstecktes Geld gefunden hat.

Die regennasse Via Fontana im Januar 1926, die unsichtbare Hand, die ihre gepackt hält, als die Schweine sie in den eisigen Matsch stoßen; die großen, sie stumm anstarrenden Augen der kleinen Cettina.

Die kalten Bodenfliesen in ihrer dunklen Küche in der Alder Street, als sie beinahe an einem Hähnchenknochen erstickt wäre. Tina kniet hinter ihr.

Tina schluchzt: *Kannst du mir verzeihen? Dass ich neidisch war?*, bei der Beerdigung von Baby Bob. *Du glaubst doch nicht wirklich an den ganzen Unsinn von früher*, sagt Stella.

Ihr ganzes Leben über hat Stella geglaubt, vom Geist ihrer toten Schwester verfolgt zu werden. Jetzt endlich erkennt sie die Wahrheit.

Es ist ihre lebende Schwester, die sie verfolgt.

* * *

Sie kann nicht sprechen. Sie wacht in ihrem Krankenhauszimmer auf, es ist ihr zweites Mal, und vermag sich nicht zu bewegen. Sie muss dort liegen und das verweinte Gesicht ihrer Schwester über sich betrachten, sich von ihr mit Schwämmen betupfen und die Hände halten lassen. Es dauert lang, womöglich Tage, bis sich Stella wieder genug unter Kontrolle hat, um es sagen zu können: *Raus hier.*

Ihre Kinder sind da, in unterschiedlichen Kombinationen, immer Tommy, Artie und Bernie, manchmal Freddy, Guy und Richie, die Frauen der Jungs, ihre Schwägerin Queenie. Sie halten ihre Hand und tätscheln ihr Bein. Sie sind so froh, sie etwas sagen zu hören, dass sie nicht darauf achten, was sie sagt. Stella sagt es noch einmal: *Raus hier.*

Sie muss dafür sorgen, dass sie sie verstehen: dass sie ihr glauben.

Raus hier.

Sie gewinnt die Herrschaft über ihren Arm zurück, hebt ihn und zeigt auf Tina: *Du. Raus hier.*

Die Kinder sagen: *Das meinst du nicht wirklich, Mommy. Sie hat sich die ganze Zeit um dich gekümmert. Sie hat hier auf dem Boden geschlafen. Sie liebt dich mehr als alles andere auf der Welt.*

Raus hier.

Tina leidet Qualen, sie schluchzt, sie schreit: *Sie weiß nicht, was sie sagt!* Aber Stella sieht die Schuldgefühle in den Augen ihrer Schwester. Tina weiß, was sie getan hat. Deshalb hat sie auf dem Boden des Krankenhauszimmers geschlafen, hat Stellas bewusstlosen Körper gewaschen. Deshalb hat Tina Stellas Kinder gefüttert und Stellas Mann Wein eingeschenkt. Weil sie seit siebenundsechzig Jahren ihren Neid zu unterdrücken, ihn hinter guten Taten zu verstecken versucht. Aber sie ist eine Giftschlange, sie ist gefährlich, und sie weiß es.

Raus hier, sagt Stella. *Du weißt, was du getan hast.*

Für den Rest ihres Lebens glaubt niemand Stella, dass Tina weiß, was sie getan hat. Ihr verwirrter Geist täuscht sich, ist grausam, denken sie. Aber Stellas Überzeugung hat alle anderen Überzeugungen ersetzt. Ihr ganzes Leben wollte Tina Stellas Leben. Als Mädchen wollte sie Stellas hübsches Gesicht, ihre Gewandtheit und ihre Ausstrahlung. Als junge Frau Stellas Verehrer. Stellas gutherzigen, gut aussehenden Mann, ihre vielen Kinder. Was immer Tina für Stella getan hat, war Teil des missgünstigen Versuchs, ihren Neid zu unterdrücken.

Mit dem Finger auf einen Sünder zu zeigen, das heißt, die Sünde selbst zu kennen, hat Nonna Maria Stella einmal beigebracht. Aber die Operation hat diese Lebenslehre entfernt. In der Düsternis ihres Denkens kann Stella nicht mehr sehen, wie sich der anklagende Finger in ihre Richtung wendet.

Am Neujahrstag 1989 wird sie nach Hause entlassen.

Es gibt eine Geburtstagsparty.

Seht euch diese Frau an. Sehr euch diese schöne Frau an.

Alle jubeln und klatschen.

Weißt du, was die Ärzte gesagt haben? Sie haben gesagt, dass du nie wieder gehen oder reden können wirst.

Er versucht, nicht zu weinen, ihr Sohn. Wie sein sentimentaler Vater. Und da ist Bernadette, die ihren Tränen freien Lauf lässt, genau wie es ihre Großmutter getan hätte.

Stella lächelt und hebt die Hand. Sie sieht, dass ihre Fingernägel rot lackiert sind.

Nun, sie haben sich getäuscht, oder?

Wieder Beifallklatschen. All diese tobenden Menschen in ihrem Wohnzimmer, all ihre Kinder und ihre erwachsenen Kindheitsfreunde, die Olivensandwiches in ihrer Küche gegessen haben.

Steh auf, Ma! Zeig ihnen, wie sehr sie sich getäuscht haben!

Die Stelle hinten in ihrem Kopf pulsiert warm. Sie greift nach Tommys Hand und steht auf, wie er es gesagt hat. Sie jauchzen und klatschen, all diese dunkelhaarigen Kinder, die sie überragen, mit ihren weißblonden Kindern, die mit ihren großen, hellen Augen auf dem Boden spielen und zu ihr aufsehen. Wie komisch, dass die Kinder ihrer Kinder nichts von ihr in sich tragen, lediglich eine Generation weiter.

Aber das Jauchzen ist zu einer Tarantella geworden, das Klatschen nimmt einen Rhythmus an. *DAH-da, DAH-da, DAAH …*

Stella wedelt mit den Armen. Sie wird heute nicht den ganzen Tanz mittanzen. Sie lächelt.

Was für eine Frau! Es ist der Größte, der das ruft. Freddy. *Was für eine Frau du geheiratet hast, Dad!* Und sie wechseln die Melodie, ihre Söhne rufen auf Kalabrisch, das nicht alle so gut können: *Ai jai jai chi mujetta mi capitai.*

Und Carmelo weint natürlich. Er küsst Stella sehr sanft auf den Wangenknochen, unter den Verband. *Was für eine Frau ich geheiratet habe*, sagt er.

Einige Dinge funktionieren besser, einige nicht.

Sie steht, sie geht, sie tanzt.

Ihre Sprache kommt zurück. Nicht immer die richtigen Worte.

Sie häkelt. Schnell. Sie häkelt alles: Decken, Mützen, Schals. Sie sehen nicht immer sehr schön aus. Sie kombiniert Farben wie Weihnachts-Bunt mit Valentin-Rosa.

Die Enkel sehen fern, während sie häkelt. Sie liebt sie. Keiner von ihnen ist alt genug, um sich daran zu erinnern, wie sie vorher war. Die Maglieri-Enkel wachsen in dem Glauben auf, dass es normal ist, eine unverständlich sprechende, häkelnde Großmutter zu haben, die in einer Blutfehde mit ihrer Schwester lebt und jederzeit Fremde auf der Straße anhalten kann, um ihnen Mardi-Gras-Perlen oder winzige Deodorant-Sticks zu schenken, die sie in ihrer roten Handtasche versteckt. Die jungen Maglieris werden durch den Unfall so geprägt, dass sie sogar noch als Erwachsene, als sie alt genug sie, die Welt ein wenig zu kennen, staunen, wenn ihnen ihre Freunde von ganz anderen Erfahrungen mit ihren Großmüttern erzählen.

In der Messe versucht Stella zu beten, aber die Gebete sind verschwunden. Sie versucht, an Gott und die Jungfrau zu denken, kann sich aber nicht konzentrieren.

Sie spricht nicht von ihrer Mutter. Vielleicht gehört Assunta zu dem Teil, der ihr mit den Skalpellen aus dem Gehirn geschnitten worden war.

Sie trinkt auch nicht mehr. Die Ärzte sagen, sie sollen sie keinen Alkohol trinken lassen, aber das ist egal, weil sie es von sich aus nicht mehr will. Oder vielleicht doch, aber sie kann nicht richtig identifizieren, wie sich trinken zu wollen anfühlt.

Darf Tante Tina wenigstens zum Weihnachtsessen herkommen?, bitten ihre Kinder Stella.

Sie verstehen es nicht. Sie verstehen die Gefahr nicht.

»Sie ist neidisch«, erklärt Stella ihnen, wieder und wieder. Sie hat mein Baby getötet, will sie sagen, mich hat sie sieben Mal fast getötet. Sie trägt das Böse im Herzen. Aber wenn sie es zu erklären versucht, findet sie die Worte dafür nicht.

Sie kann sich nicht an die Entzauberungsformel gegen den bösen Blick erinnern, weil sie nie genug daran geglaubt hat, um sie zu lernen. Jetzt glaubt sie daran, aber es ist zu spät. Stattdessen macht sie die Geste, die vor *invidia* schützen soll, wenn sie ihre Schwester sieht, eine Faust mit ausgestrecktem Zeigefinger und kleinem Finger, zwei Hörner, die den bösen Blick durchstoßen sollen.

»Hör doch damit auf, Ma«, sagen ihre Kinder. »Das tut man nicht.«

Diese Kinder, die nie um ihr Leben kämpfen mussten, die sich nie für etwas haben anstrengen müssen, sie sorgen sich, weil sie grob ist.

Sie fangen an, zwei Muttertagspartys zu veranstalten, eine mit einem weiß-rosa Kuchen in der Alder Street 3 für Stella, und eine zweite im Haus Nummer 5 für Tina. Auf der ersten Party gibt es Pasta, auf der zweiten Kaffee. Tina kocht die Pasta für die erste

Party, zu der sie nicht eingeladen ist, Stella tut so, als wüsste sie nicht, woher die Pasta kommt.

Stella hat jetzt elf Enkelkinder. Tina nicht eines.

Mario und Carolina Perri kommen aus Las Vegas zu Besuch, wohin sie nach Marios Pensionierung gezogen sind. Sie können jeweils nur eine der beiden Fortuna-Schwestern treffen, wegen der Regeln.

Ist sie immer noch wütend, nach fünf Jahren?, fragt Carolina. Sie war vor fünfundvierzig Jahren Stellas Brautjungfer.

Das darf man nicht ernst nehmen, sagt Tommy. *Sie ist nicht richtig im Kopf.*

Sie war schon immer sehr stur, erwidert Carolina und streckt die Hand aus, um Stella das Knie zu tätscheln.

Stella lächelt und kneift Carolina so fest in den Arm, dass sie aufschreit und zurückzuckt.

Stellas Sohn Tommy geht mit ihr jeden Morgen um halb acht in die Messe. Er führt sie zum Altar, damit sie die Kommunion empfangen kann. Sie lässt sich die Hostie vom Priester auf die Zunge legen. Sie erinnert sich nicht, wie es sich anfühlte, als sie glaubte, die Hostie würde auf ihrer Zunge zum Leib Christi. Sie hat sich seit vielen Jahren nicht mehr von ihren Sünden losgesprochen gefühlt.

Sie häkelt so schnell, um sich von den Erinnerungen abzulenken, die sie ihr nicht weggeschnitten haben, und den verdrängten Erinnerungen, die wie Kartoffeln daliegen. Baby Bob. Das Hotel in Montreal. Nino.

Sie häkelt so viele Decken, sie kann sie nicht alle verschenken. Tommy gibt sie in die Kleidersammlung.

Du treibst mich noch in den Ruin, Ma, sagt er. *All das Garn, das du brauchst.* Aber er fährt sie dreimal in der Woche zu Jo-Anns Laden, um mehr zu kaufen.

Wenn das Häkeln sie nicht abzulenken vermag, wiederholt sie ihre Geschichten. Sie kann keinen Gefühlen mehr Ausdruck verleihen, und so sind es für ihre Zuhörer nur Worte. Vielleicht sind es auch für sie nur Worte. Vielleicht haben ihr die Ärzte den Schmerz weggeschnitten und ihr nur ihre Besessenheit gelassen. Wir werden es nie sagen können.

»Mein Mann hat mich in den Flitterwochen vergewaltigt«, sagt sie zu einem jungen Mann und einer jungen Frau, die zusammen im Franklin Diner frühstücken. Sie lächeln sie an. Sie hat nicht bemerkt, dass sie Kalabrisch gesprochen hat.

»*Schschsch*, Mommy, das stimmt nicht«, sagt ihr Sohn Freddy, während er sie wegführt. »Man läuft nicht herum und erzählt den Leuten solche Geschichten.«

Im August 1996 veranstalten die Maglieris eine Überraschungsparty zu Tante Tinas und Onkel Roccos fünfzigstem Hochzeitstag. Sie mieten DiMarco's Bankettsaal in der Franklin Avenue und locken Tina hin, indem sie sagen, es ist eine Baby-Party für Franceschina Carapelluccis Enkelin Angie. Für Jahre wird die Familie Witze darüber machen, dass Tina sechs Platten Engelsflügel für ihre eigene Überraschungsparty gebacken hat. Der liebe kleine Mikey Perri bringt eine extra Anzugjacke für Rocco mit, der denkt, er führt nur Tina dorthin. Tina und Rocco sind so überwältigt, dass beide in Tränen ausbrechen.

Fast acht Jahre ist es her, dass sich Stella und Tina im selben Raum befanden. Carmelo und seine Kinder überlisten Stella, zu kommen, indem sie so tun, als wäre es eine Party für sie. Sie führen sie an den Tisch der Jubilare, wo sich ein halbes Jahrhundert nach dem eigentlichen Ereignis alle von damals zu einem Foto versammelt haben (außer natürlich Fiorella Mulino, die jung gestorben ist, *benadic'*). Carmelo setzt sich zwischen Stella und Tina und gestikuliert mit den Händen, um das Blickfeld seiner verrückten Frau zu begrenzen.

Stella begreift, was gespielt wird, lässt sie aber in dem Glauben, übertölpelt worden zu sein. Sie möchte die Party nicht verpassen. Sie tanzt zu *Pepino Suricillo* und dem *Ententanz*. Sie klatscht in die Hände, wedelt mit den Armen und verspeist ihr Hähnchen *parmigiano* mit dem neuen Gebiss, das Tommy ihr gekauft hat.

Sie achtet darauf, den Kopf nicht in Richtung ihrer Schwester zu drehen, damit sie weder Tina noch ihren perversen Mann Rocco sehen muss. Fünfzig Jahre sind vergangen, doch sie kann sich nur an seine egoistischen Lügen und anzüglichen Blicke erinnern. Einen herzlichen Glückwunsch den beiden.

»Sie werden gemeinsam zur Hölle fahren«, sagt sie zu ihrem Sohn Rickie, als er ihr eine Cola light bringt.

»*Schschsch*, Ma«, sagt Richie. »Sei doch *ein* Mal nett.«

Im Jahr darauf gibt es auch für Stella und Carmelo eine Party zu ihrem fünfzigsten Hochzeitstag, aber die ist viel kleiner, nur ein Essen in einem Restaurant.

Im Frühling wird Stella sehr zornig, als sie sich in der Erinnerung an Baby Bob verheddert, daran, wie er sich in ihrem Bauch bewegt hat, in jenem grauen Frühling 1948, als die Welt sie erdrückte und das Baby ihr einziger Verbündeter war. Sie setzt ihren Zorn in körperliche Aktivität um. Als Carmelo im Restaurant seines Sohnes Guy aushilft, nimmt Stella eine schwere Gartenschere und zerstört damit Carmelos Traubenspalier, die Stachelbeerbüsche und den jungen Pfirsichbaum. Gott allein weiß, wie sie den Stamm zerhackt hat, werden ihre Kinder sagen. *Wer wusste, dass Mommy so viel Kraft hat?*

Warum macht sie so was?, fragen sie einander und antworten: *Sie ist nicht richtig im Kopf. Was soll man machen.*

Später fällt Stella Carmelos zwei wunderschöne, fünf Meter hohe Feigenbäume. Niemand hat je solche Feigen gesehen, weder vorher noch danach, *purtroppo*.

Im Herbst wird Stella wieder zornig, als das frische Wetter sie an Montreal erinnert und an das Gefühl des kalten Marmors an ihrem Bauch, das sie mit sich trägt. Sie verbrennt alle Fotos in der Küchenspüle. Als Carmelo aus der Bar nach Hause kommt, stinkt das Haus nach verkohltem Plastik. Schwarzgrauer Ruß ist über die mit Äpfeln bedruckte Tapete geschmiert, die Carmelo ersetzen lassen wird.

Stellas Sohn Tommy sitzt vor ihr auf einem Klappstuhl, den er sich herangezogen hat. Seine Knie berühren ihre Knie, und er bewegt den Mund, als würde er etwas sagen. Stella weiß nicht, ob sie ihr Gehör verliert oder ob er sie nur necken will.

Stellas älteste Enkelin schließt die Highschool ab. Sie wird auf eine der besten Universitäten des Landes gehen. Stella kennt ihren Namen nicht, und niemand wird ihr je erklären können, was für einen tollen Job in der großen Stadt ihre Enkelin schließlich bekommt. Aber Stella geht stolz zu allen ihren Abschlussfeiern und posiert für Fotos, den flachen Master-Hut ihrer Enkelin auf dem Kopf.

Ihre übrigen Enkel werden Mechaniker, Friseure, Krankenschwestern, Banker, Buchprüfer, Grafiker und Restaurateure. Eine wird Rektorin einer Grundschule. Einer betreibt einen Country Club, einer ein Beerdigungsinstitut, einer eine Autowaschanlage. Eine geht nach Hollywood und spielt in Filmen von J. J. Abrams, Jodie Foster und den Coen-Brüdern mit. Stella wird auch deren Namen nicht kennen, sich aber freuen, das Gesicht ihrer Enkelin metergroß auf der Leinwand des Kinos zu sehen.

Carmelo überquert den Parkplatz bei der Post und wird von einem Auto erfasst. Ein neunundachtzigjähriger Fahrer hat Brems- und Gaspedal verwechselt.

Er überlebt. Als er mit drei gebrochenen Rippen aus dem Krankenhaus kommt, warten seine Kinder darauf, dass die mit der Gehirnerschütterung einhergehende Verwirrung nachlässt, doch das passiert nicht, und am Ende ist klar, dass er zusätzlich noch einen schweren Schlaganfall erlitten hat.

Ihre Tochter Bernadette nimmt Stella in ihrem blauen Wagen mit zu den Lyman-Obstgärten. Stella ist früher mit ihren Kindern im Sommer immer hierhergekommen. Man pflückt und erntet, was gerade reif ist – Erdbeeren, Äpfel, Kürbisse –, und bezahlt dann nach Gewicht. Heute pflücken sie Blaubeeren.

Stella pflückt und pflückt. Sie ist so schnell – sie war auch früher, als sie noch jung waren, immer schneller als Tina, beim Kastanienpflücken, bei der Olivenernte, dem Sortieren von Tabakblättern. Nun, Tina ist nicht dabei. Bernie hat sie nicht eingeladen. Ein Grund mehr für Tina, neidisch zu sein.

Stella trägt einen Strohhut, Lavendel, mit einer breiten Krempe, die ihr Gesicht schützt. Die Sonne macht Stella nichts aus, sie ist zäh. Sie pflückt, bis ihr Plastikeimer bis an den Rand gefüllt ist, steht auf, entdeckt Bernie ein paar Reihen weiter und winkt. Sie muss warten, dass ihre Tochter zu ihr kommt, weil der Eimer zu schwer für sie ist.

Oh, Ma! Was hast du gemacht? Bernie lacht. Sie schafft es kaum, den Eimer zum Farmhaus zu tragen, wo sie die Beeren in Plastikbeutel füllen und wiegen. Bernadette reibt sich die Stirn. *Ich hatte keine Ahnung, dass sie so viel pflücken würde*, sagt sie zu der jungen Frau an der Kasse. *Kann ich Ihnen einen Scheck geben?* Die junge Frau trägt ein orangefarbenes Tuch um den Kopf, das sie im Nacken verknotet hat. Genauso hat sich auch Assunta ihr Tuch umgebunden, mit dem sie ihre kahlen Stellen auf dem Kopf bedeckte. *Es ist mir so peinlich. Kein Geldautomat?*

Auf der Fahrt zurück nach Hause hält Bernie an einem Drive-in und bringt Stella ein Zitroneneis in einem Papierbecher.

Tommy nimmt Tina und Rocco mit auf eine Reise nach Italien und Frankreich, um die alten Verwandten zu besuchen, die noch leben. Mingo wohnt bei Stella und Carmelo, während Tommy weg ist. Seine Frau hat ihn verlassen, und er ist frisch aus der Reha zurück und offiziell clean. Mingo muss nur ein Auge auf Stella haben und darauf achten, dass sie ihre Medizin nimmt und nicht versucht, ihrem Mann etwas anzutun.

Aber es macht sie schier verrückt, Carmelo in seinem Sessel vor dem Fernseher sitzen zu sehen. Ihn so schwach zu sehen wie ein Baby, das lässt die siebenundfünfzig Jahre ihrer Ehe verpuffen, und sie muss immer daran denken, wie er sie überwältigt hat. Es ist, als wäre es erst am Morgen geschehen, sie fühlt, wie die Strümpfe ins weiche Fleisch ihrer Schenkel schneiden, so alt und schlaff sie mittlerweile tatsächlich sind. Seit zwanzig Jahren hat sie keine Strümpfe mehr getragen. Es macht sie so wütend, dass sie ihm wehtun möchte, und jetzt kann sie es.

Was machst du denn auf dem Boden, Dad?, fragt Mingo, als er nach Hause kommt – ich denke, er war in einer Kneipe. Aber Carmelo kann sich nicht verständlich machen. Er hat einen Bluterguss hinten am Kopf.

Stella sitzt in ihrem Sessel und häkelt.

Mommy, was ist mit Daddy passiert?, fragt Mingo.

Er hat was Schlimmes getan ist alles, was Stella ihrem Sohn antwortet.

Stella häkelt die Decken nicht mehr fertig. Nach der Hälfte verliert sie das Interesse und fängt eine neue an. Tommy sitzt neben ihr und ribbelt die halb fertige Decke wieder auf. Mit dem Garn kann sie eine neue Decke anfangen, wenn sie an der anderen das Interesse verliert.

Rocco Caramanico erleidet einen Schlaganfall und stirbt. Das Sterben dauert drei Tage. Er hängt am Tropf und kann nicht sprechen, aber er ist noch nicht so weit. Er gestikuliert und versucht, mit allen Nichten und Neffen zu kommunizieren, die ihn besuchen.

Du bist unser zweiter Vater, sagen sie und weinen. Viele von Assuntas Enkeln und Enkelinnen haben ihr Heul-Gen geerbt. Zusammen mit Tina halten sie Wache an seinem Krankenhausbett, bis er schließlich geht. Es findet eine zweitägige Begräbniszeremonie statt.

Tommy bringt Stella zur Totenwache, was alle nervös macht. Sie steht in der Reihe der Angehörigen, die geliebte Schwägerin des Verstorbenen, und nimmt Beileidsbezeugungen entgegen. Das geht drei Stunden so, bis sie anfängt, den Leuten Sachen zu erzählen. Er wollte mich heiraten, sagte sie und drückt Hände, *und sie wird in der Hölle schmoren für ihren Neid*, woraufhin Richie sie in sein Auto setzt und nach Hause fährt.

Louies Nieren setzen aus. Queenie ist untröstlich. Sie verliert fast dreißig Kilo.

Es war keine perfekte Ehe, sagt sie ihren Nichten und Neffen. Wie bei jedem Paar gab es Höhen und Tiefen. Aber ich denke wirklich, *dass er der Beste von ihnen war.*

Stella weint nicht bei Louies Beerdigung. Aber nur deshalb nicht, weil sie nie weint.

Als Carmelo stirbt, tragen sich mehr als sechshundert Leute ins Kondolenzbuch ein.

Keiner kann sagen, wie sich Stella bei der Beerdigung fühlt. Sie lässt keine Regung erkennen. Dreiundsechzig Jahre waren sie verheiratet, zwanzig Jahre davon, nachdem ihr ein Stück ihres Gehirns weggeschnitten wurde. Zehn Kinder haben sie zusammen großgezogen. Gegenseitig angegriffen haben sie sich, auf verschiedene Weise kaputt gemacht, bis sie das Kriegsbeil begruben und Frieden fanden. Der dann durch Unfall und Krankheit zerstört wurde. Sie haben es durchgestanden.

Alle außer Stella heulen wie die Schlosshunde. Ich auch. Ich habe Carmelo geliebt. Ich weine jetzt auch, da ich an ihn denke.

Aber niemand sonst musste ihm die Dinge vergeben, die Stella ihm zu vergeben hatte.

Es sind nur noch die Frauen übrig. Wie es begonnen hat, wird es enden.

Tommy gehört jetzt das Haus seines Großvaters. Tony hat es ihm überraschenderweise hinterlassen, was die Familie dauerhaft entzweite. Der harmoniesüchtige Tommy versuchte, den Riss zu kitten, und bot Joey und Mickey an, in dem Haus wohnen zu bleiben, das sie zu erben gehofft hatten, bot ihnen Geld an, das sie annahmen. Aber Joey starb schon im Sommer darauf, als das Blut noch in Wallung war. Dreißig Jahre später sprechen Cousins und Cousinen immer noch nicht miteinander.

Nach Carmelos Tod hat Tommy Stella über die Straße ins Haus ihres Vaters geholt. Es ist leichter, sich hier um sie zu kümmern, da es nur eine Etage gibt. Und wenn sie durch Nummer 4 gehen, muss keines der Maglieri-Kinder den fehlenden Vater vor sich sehen, der dasitzen, Zeitung lesen und an einem Michelob light nippen sollte.

Fünfundneunzig Jahre ist ein hohes Alter, und die Tage verschwimmen ineinander. Stella kann sich die Zahl fünfundneunzig nicht immer merken. Manchmal sagt sie den Leuten, dass sie hundert Jahre alt ist oder hundertzwanzig. Was nicht unrealistisch scheint.

Wann immer jemand zu Besuch kommt, führt sie ihn in ihr Zimmer und zeigt ihm die Studioaufnahme ihrer zehn Kinder, die gemacht wurde, als Artie drei Jahre alt war. *Das sind meine zwanzig Kinder,* sagte sie. Das Foto steht vor einem Wandspiegel, und so sind es tatsächlich zwanzig, nun ja. Niemand weiß, ob sie wirklich glaubt, dass sie zwanzig Kinder bekommen hat oder ob sie ihre Besucher nur zum Besten halten will.

Eine alte Frau kommt zu Besuch. Stella kennt sie von irgendwoher, weiß sie aber nicht einzuordnen. Vielleicht aus der Kirche? Dort sind die meisten der alten Frauen. Ihr Haar ist an den Spitzen weiß und dünn, ansonsten dunkelgrau.

»Was häkelst du heute?«, fragt die alte Frau. Sie spricht laut genug, damit Stella sie hören kann, also lächelt Stella.

»Das ist eine Decke für meine Tochter Bernadette«, sagte Stella. Das Gesicht der alten Frau strafft sich. Ist sie neidisch? »Du kennst meine Tochter Bernadette?«, fragt Stella zurückhaltend. *Invidia* ist böse. Sie wird die alte Frau auf die Probe stellen. »Sie ist sehr klug. Sie hat ein sehr schönes Haus oben auf einem Berg. Ihr Mann hat es ihr gebaut.«

»Er hat es nicht gebaut, Ma«, sagt die alte Frau. »Aber es freut mich, dass du es magst.«

Stella verbringt ihre Tage häkelnd in ihrem Sessel am Erkerfenster. Sie kann über die Alder Street ins Erkerfenster ihrer neidischen Schwester Tina sehen, die neue beschnittene Büsche vor ihr Haus gepflanzt hat, da sie denkt, wenn sie ihr Geld für den Garten aus dem Fenster wirft, werden sie Leute sie mögen.

Tina sitzt in ihrem Sessel und starrt wehmütig zurück.

* * *

Ich habe Ihnen erzählt, was ich über meine Großmutter Stella Fortuna weiß, alles, was ich aus öffentlichen und privaten Quellen ausgraben konnte. Jetzt ist es an Ihnen, zu entscheiden, was sie davon glauben wollen. Vielleicht sehen Sie als Außenseiter etwas, was wir, die wir so nahe daran sind, nicht sehen.

Für mich ist Stella eine Frau mit einem unglaublichen Willen. Sie ist stark und verfügt über eine bemerkenswerte Ausstrahlung und eine natürliche Intelligenz. Sie passte nicht in ihre Zeit und musste einen hohen Preis dafür zahlen, sich nicht einfügen zu wollen. Wenn es Stella erlaubt gewesen wäre, ihr Leben nach ihren eigenen Vorstellungen zu leben, was wäre dann anders gekommen? Mich zum Beispiel würde es nicht geben, sicher nicht … Würde ich mich aus ihrer Geschichte herausschreiben, wenn ich ihr damit ihr Leiden ersparen könnte? Nein, würde ich nicht, egoistisch, wie ich bin. Also habe ich mich hineingeschrieben.

Hundert Jahre nach ihrem Tod habe ich nach der ersten Mariastella gesucht. Ich war in Ievoli, auf dem Gipfel des kleinen Berges, von dem aus man auf Olivenhaine und zwei Meere hinabsieht. Das Dorf ist so gut wie leer. Es gibt nicht mal mehr einen Briefkasten, weil die Post nicht mehr dorthin kommt.

Ievoli ist ein Geisterdorf, Mariastellas Geist konnte ich jedoch nicht finden. Wenn er sich unglücklich an diese Erde klammert, weiß ich nicht, wie er jemanden verfolgen sollte. Ich kenne mich mit dem Okkulten kaum aus, mir scheint jedoch, dass ein Geist nur dann jemanden verfolgen kann, wenn man sich an ihn erinnert, und an die erste Stella scheint sich niemand mehr zu erinnern. Das einzige Foto von ihr muss zerstört worden sein, es wurde seit Jahren nicht mehr gesehen. Als ich mit diesem Bericht anfing, wusste ich, wie sie aussah. Mittlerweile kann ich mich kaum mehr an ihr Gesicht erinnern, nur an die großen schwarzen Augen. Nach mir erinnert sich womöglich niemand mehr an sie.

Ich war auf dem Friedhof von Ievoli, um zu sehen, ob ich sie finden kann. Ich habe ein Gebet gesprochen, obwohl ich nicht an Gott glaube. Ich bin an den gleichförmigen Grabstätten entlanggegangen, habe meine Hände auf die kühlen Marmorwände gelegt, mein Gesicht an schützendes Glas gedrückt, durch echte und Seidenblumen-Blätter gespäht und Namen zu entziffern versucht. Aber natürlich war ihr Name nicht zu finden. Sie hat keinen liebenden Überlebenden, niemanden, der eine Kerze anzündet oder den Klee ausrupft, der Halt in den Ritzen ihrer Grabkammer gefunden hat. Das heißt, wenn sie überhaupt noch eine Kammer hat. Wer kann mir sagen, ob ihre sterblichen Überreste nicht entfernt und ihr Platz neu vergeben wurde in den fast hundert Jahren, in denen niemand nach ihr sah?

Es gibt keine Fortunas mehr in Ievoli, vielleicht auch anderswo nicht. Ich jedenfalls konnte keine finden. Sie sind verschwunden, ausgemerzt, die grässlichen Männer rund um den Globus getrieben worden, wo sie auf die eine oder andere Art absorbiert wurden, die Frauen haben in andere Familien eingeheiratet und neue Namen angenommen. Mariastella Fortuna, falls sie sich noch irgendwo unter den Lebenden versteckt hält, ist die Letzte ihrer Art, ein kleiner Geist mit einem unglücklichen Namen.

EPILOG: HIC IACET

Es ist der Samstag vor Weihnachten, und ich bin mit Tante Tina zum Kochen verabredet. Ich parke strategisch in Stellas Einfahrt und besuche sie als Erste, damit sie mich nicht ignoriert. Sie liegt im Bett und sieht Turner Classic Movies. Ich lege mich neben sie auf die weiße Bettdecke, und sie greift mit ihren Händen nach meinem Handgelenk. Eine Dreiviertelstunde sehen wir gemeinsam *Böse Saat.* Aus irgendeinem Grund läuft der Film immer dann, wenn ich zu Besuch komme. Stella ist heute nicht sehr gesprächig. Ab und zu bewegt sie den Kopf hin und her, und ich sehe, dass sie ihr Gebiss nicht trägt. Dennoch sieht sie mich gelegentlich an, lächelt mit geschlossenen Lippen und streicht mir über den Arm. Ich bin nicht sicher, ob sie weiß, wer ich bin, aber sie liebt mich trotzdem.

Ich verabschiede mich mit einem Kuss, als ich bemerke, dass ihr die Augen zufallen. Draußen auf der Straße spüre ich noch immer die weichen Kuppen ihrer Fingerspitzen, wie sie sanft auf meinen Arm drücken. Ich überlege, wie viel Liebe sie in sich trägt, und spüre den vertrauten Kummer darüber, dass sie sogar jetzt noch, in ihren letzten Jahren, ihrer Schwester nichts davon schenken kann.

Tante Tina ist unten in der Küche, als ich das Haus betrete. Sie hat bereits ihre ehedem gelbe Schürze und ihr Kopftuch umgebunden, und ich vermute, dass sie schon seit dem Morgen hier herumwerkelt, wenn ich die puckgroßen *totò* sehe, die zu Hunderten auf drei provisorischen Tischchen ausgebreitet sind. Ich küsse sie auf die Wange, sie ist ganz verschwitzt. Im letzten Jahr war sie bei einem neuen Arzt, um sich durchchecken zu lassen, und er war so besorgt wegen ihres Schwitzens, dass er sie eine ganze Reihe Lymphdrüsenkrebs-Tests hat machen lassen. Keine siebenundneunzigjährige Frau sollte so schwitzten, meinte er. Tja, nun. Getäuscht hat er sich.

»Warst du bei Grandma?« Das ist das Erste, was Tante Tina mich fragt.

»Jepp.«

»Mach sie nicht wütend«, warnt sie mich.

»Ich war fast eine Stunde bei ihr.« Mir ist bewusst, dass sie das natürlich weiß. Ich bin sicher, dass sie meinen Wagen gesehen hat.

»Vielleicht gehst du noch mal zu ihr, wenn wir fertig sind?«, schlägt sie vor. »Sie ist den ganzen Tag allein.«

»In Ordnung«, sage ich traurig. »Komm, lass uns kochen.«

Ich bin hier, um Tante Tinas Rezepte zu »studieren«, was schwierig ist. Ich war schon oft deswegen hier und habe Stunden der Ermahnungen und Sabotage ertragen, denn die unausgesprochene Wahrheit ist, dass Tante Tina zwar nicht will, dass ihre Rezepte mit ihr sterben, aber sie will auch nicht wirklich, dass andere sie nachkochen. Oh, die innere Qual, zusammen mit der Großnichte zu kochen! Die erschreckende Balance zwischen Anleitung und Mystizismus, die es zu halten gilt, um sie nicht übermütig werden zu lassen! Kein Wunder, dass Tante Tina so schwitzt.

Die *totò* sind bereits gebacken und abgekühlt, es fehlt nur noch der Guss. Man muss sie mit einem Guss überziehen, um die Feuchtigkeit in ihnen zu halten. Natürlich wird mir diese ehrwürdige Aufgabe nicht zugetraut: Tina wird die *totò* in den Guss tauchen, und ich darf sie besprenkeln, was weniger heikel ist. Ich habe erst ein paar *totò* besprenkelt, als meine allzu große Unzulänglichkeit erkennbar wird und Tina mir auch den Sprenkler wegnimmt. Sie macht beides, taucht die runden Rohlinge mit der einen Hand in den Guss und besprenkelt sie mit der anderen.

Ich will schon sagen, dass ich zu Hause meine eigenen *totò* backe und sie mir durchaus gelingen. Nicht, dass sie mit denen hier konkurrieren könnten. Aber meine nicht italienischen Freunde mögen sie.

Ich verdrücke mich an die Spüle, wo ich das seit dem Morgen angesammelte Geschirr spüle, einschließlich Tante Tinas Tupperware-Teigschüssel. Es ist die größte Tupperware-Schüssel, die ich je gesehen habe, abgewetzt und trüb meergrün. Im Boden ist ein mit einem Klebeband reparierter Riss. Vor etwa zehn Jahren hat meine Mutter die Schüssel eklig genannt und Tante Tina eine neue als Ersatz gekauft, die sie gleich verschenkt hat.

Als die *totò* fertig sind und nur noch trocknen müssen, gehen wir nach oben, um eine Mittagspause einzulegen. Tante Tina springt alle paar Minuten nervös von ihrem Stuhl auf und blickt in ihren Kühlschrank, um zu sehen, ob sie etwas vergessen hat, was sie mir vorsetzen kann. Sie bietet mir *pastina* an, die ich viermal ablehne. Auf dem Tisch stehen bereits sieben verschiedene Dinge: *lupini*, hausgemachte *suppressata*, eingelegte *funghi*, *pizzelle*, etwas übrig gebliebene *salsiccia e peperoni* von vor ein paar Tagen und *mustazzoli* von meiner Tante Queenie. »Nicht so gut«, vertraut mir Tante Tina an, als sie den Teller auf den Tisch stellt. Pflichtbewusst breche ich ein Stückchen ab, probiere es und sage, dass Tante Tinas weit besser sind.

Als wir nach dem Essen kleine Hackfleischbällchen für eine Kleine-Hackfleischbällchen-Suppe rollen, spreche ich mein Projekt an. »Ich bin fast fertig«, erkläre ich meiner Großtante. »Dank dir und deiner Hilfe.«

»Du bist mit der Geschichte über deine Großmutter fertig?« Tina legt ein traubengroßes Bällchen auf eine Platte bereits gerollter, völlig identischer traubengroßer Bällchen. »Was schreibst du über mich?«

»Willst du es lesen?«, stichele ich.

Aber Tina lacht nicht. Sie zögert und sagt dann: »Vielleicht kannst du noch schreiben, dass es nicht ihr Fehler ist, sondern dass sie nicht richtig im Kopf ist.«

»Was ist nicht ihr Fehler?«

Aber sie erklärt mir nicht, was sie meint. Stattdessen sagt sie: »Vielleicht kannst du auch noch schreiben, dass es nicht stimmt, dass ich neidisch auf sie war.«

»Oh, Tante Tina.« Der Neid, da ist er wieder, von all den Dingen, die nicht mehr wichtig sein sollten. Und doch werden sich weder Stella noch Tina je von ihrem Zerwürfnis erholen, für den Rest ihres Lebens werden sie darunter leiden, wie die Welt ihnen und ihrem Verhältnis zueinander mitgespielt hat, werden sich gegenseitig ihre Schwäche vorwerfen und insgeheim sich selbst die eigene. Und es gibt nichts, was ich sagen könnte, um ihnen da herauszuhelfen.

Ich sehe, dass sie weint, stumm, so wie Assunta geweint haben würde. Die Tränen tropfen von ihren alten Wangen herab und fügen der bereits fleckigen Schürze ihr Umbra hinzu. »Du kannst schreiben, dass ich sie liebe und nur für sie sorgen möchte.«

»Tante Tina.« Ich spüre, wie sich auch bei mir Tränen melden, doch das würde nicht helfen. Tina kann das Zerwürfnis mit Stella nicht kitten, und jetzt setzt sie all ihre Hoffnung in mich, als könnte ich die Geschichte irgendwie retten und ein Happy End finden. »Alle wissen, dass du sie liebst«, sage ich wie immer. »Alle wissen, wie sehr du dich bemühst.«

»Ich liebe sie«, sagt sie wieder und putzt sich mit einem Küchentuch die Nase. »Ich habe sie immer geliebt. Vielleicht kannst du das schreiben.«

»Ja, das werde ich schreiben.« Ich greife über den Tisch nach ihrer Hand und drücke sie, um mein Versprechen zu besiegeln. Meine Finger sind voll mit klebrigem rohem Rindfleisch, ihre sind so sauber, als hätte sie nicht eines ihrer zweihundert perfekten Fleischbällchen gerollt.

»Du nimmst zu viel Wasser, das macht das Fleisch klebrig«, schimpft sie und zieht ihre Hand zurück. Ihre Nase ist rosa, aber die Tränen sind versiegt.

Sie steht auf und kommt um den Tisch herum auf meine Seite.

Meine Platte ist erst halb voll mit Bällchen. »Zu groß«, sagte sie, nimmt eines meiner verunglückten Rindfleischbällchen und rollt es neu. »Oh, nein, das hier ist zu klein.«

»Hier, lass mich …« Ich versuche es, aber es ist nicht gut genug. So taktvoll sie kann, also eher taktlos, schiebt sie die Platte aus meiner Reichweite, damit ich ihr nicht in die Quere komme, und rollt jedes einzelne meiner Bällchen neu, eines nach dem anderen.

»Na, dann«, sage ich und stehe auf, um mir die Hände zu waschen. »Das war's dann wohl.«

Tante Tina, die bereits die Pfanne auf den Herd stellt, hält kurz inne, um mir reumütig zuzulächeln. »Keine Sorge«, tröstet sie mich, »wenn sie erst in der Suppe sind, kann keiner sagen, welche Fleischbällchen von dir sind.«

NACHWORT UND DANK

Die sieben oder acht Leben der Stella Fortuna sind ein Werk der Fantasie, aber für alle, die an seinen historischen Hintergründen interessiert sind, möchte ich ein paar Sachbücher nennen und die Neugierigen ermutigen, sie zu lesen: Da sind einmal die Arbeiten von Ann Cornelisen, ganz besonders *Women of the Shadows* mit seinem sehr nützlichen Blick von außen auf das Alltagsleben im Mezzogiorno zur Mitte des zwanzigsten Jahrhunderts. Jerre Mangiones und Ben Moreales *La Storia: Five Centuries of the Italian American Experience* ist ein guter Ansatzpunkt für alle, die mehr über die Einwanderer aus Italien und ihre Identität erfahren wollen. Wen die kalabrische Geschichte besonders interessiert, der sollte Gay Taleses *Unto the Sons* lesen, das unter anderem einen seltenen detaillierten Bericht über die Erfahrungen eines italienischen Soldaten im Ersten Weltkrieg enthält. Ein anderes sehr erhellendes Buch über den Ersten Weltkrieg in Italien ist Mark Thompsons *The White War: Life and Death on the Italian Front, 1915–1919*. Eine komplette Leseliste würde weit länger ausfallen, ich möchte mich jedoch darauf beschränken, nur noch eine weitere persönliche Inspirationsquelle zu nennen: Toni Morrisons Roman *Gnade*, der auf elegante Weise darstellt, was die Leute zu tun bereit und gezwungen waren, um Amerikaner zu werden.

Meine Inspirationen und Quellen waren jedoch nicht nur textlicher Natur. *Stella Fortuna* wäre ohne einige überlebensgroße Charaktere aus meiner italoamerikanischen Familie nie so entstanden. Und so danke ich denen, die ihre Erinnerungen mit mir geteilt haben, besonders John Cusano, Connie Rucci, Filomena Rotundo und vor allem meiner Großtante und wertvollen Freundin Connie Sanelli. Auf der nicht italienischen Seite meiner Familie schulde ich meiner Großmutter väterlicherseits großen Dank, Patricia Grames, die mir den Wert des Erhalts von Familiengeschichte und örtlicher Geschichte nahegebracht hat.

Tiefster Dank auch an das ganze Dorf Ievoli, das mich während meiner Recherchen mit offenen Armen empfangen hat. Luigi Mascaro, der pensionierte *Postino*, und seine Frau Caterina Gallo nahmen mich, ohne zu zögern, bei sich auf und lehrten mich die Schönheiten kalabrischer Sprichwörter. Rina Scalise, die Besitzerin der Kneipe Ievolis, war äußerst nachsichtig, wenn ich stundenlang über einem Kaffee bei ihr saß und mit gefurchter Stirn in mein Notizbuch starrte. Francesca Mascaro, Gemeindeangestellte in Feroleto Antico, und der Historiker Franco Falvo waren unschätzbare Quellen in Sachen Gemeindegeschichte. Aber ich danke auch vielen anderen Ievolitanern und Sepinesern dafür, mir ihre Geschichten erzählt zu haben, darunter Nicola und Anna Mascaro, Marisa Mancuso, Angelina Fazio, Frederico Gaetano, der Familie Cusano-Maglieri, Mariangela, Teresa, Walter, Mariteresa und Martina, und weiter meiner lieben Freundin, der verstorbenen Saverina Gallo. Dank auch dir, Chiara Scaglioni, dafür, dass du Stella zurück nach Italien gebracht hast, und Mariafrancesca Ierace, meiner ersten, sehr geschätzten kalabrischen Leserin, sowie Gioacchino Criaco, der mich neue Wege des Nachdenkens über Kalabrien gelehrt hat. Und schließlich meinen herzlichsten Dank an Francesca Fragale, deren Freundschaft zu finden ich schon früh bei meinen Recherchen das Glück hatte und deren Rat, wenn es um kalabrische Dialekte, Volksmusik, Rezepte und örtliche Traditionen geht, nicht überschätzt werden kann.

Zu Hause in New York möchte ich meinen »Tagesjob«-Kollegen bei Soho Press sehr danken, die mir ohne Übertreibung zu einer zweiten Familie geworden sind und von allem Anbeginn wirkliche Helden dieses Romans waren. Für das, was sie mir beigebracht haben, bewusst und unbewusst, über das Schreiben, das Erzählen und das Leben, möchte ich ihnen und allen Autoren danken, für die ich als Lektorin arbeiten durfte.

Ein Absatz des Dankes auch für meine Englischlehrer, die einen tiefen Eindruck in meinem Herzen und meinem Denken hinterlassen haben. Ich entzünde hier eine Kerze im Gedenken an die verstorbene wunderbare Mrs Marie Miller. Ihr Einfluss lässt sich nicht in Worte fassen, trotz all der Worte, die sie an mich gerichtet hat, wie an viele andere.

Es ist ein Privileg, in Deutschland von dem tollen Team von Droemer-Knaur herausgebracht zu werden. Meine Lektorin dort, Christine Steffen-Reimann, hat sich von Beginn an sehr für dieses Buch eingesetzt und es durch alle Phasen begleitet. Ich könnte ihr nicht dankbarer sein: Sie hat Stella nach Deutschland gebracht. Dank auch an Werner Löcher-Lawrence, meinen Übersetzer, für seine Sorgfalt und sein Einfühlungsvermögen. In New York Dank dem gesamten Team von Ecco und Harper-Collins, das die englische Originalausgabe herausgebracht hat, und dort besonders der Programmleiterin Megan Lynch für ihre Energie und Genauigkeit. Herzlichen Dank auch an die Scouts und Subagenten, die Stella in die Welt hinausgetragen haben, besonders Mary Ann Thompson und Antonia Fritz. Dank all den vollendeten Profis der Gernet Company, und da wiederum besonders Rebecca Gardner, die sich um die Auslandsrechte kümmert, sowie meiner unersetzlichen Agentin Sarah Burnes.

Während ich diese Geschichte über Schwestern schrieb, war ich stets dankbar für meine eigene Schwester Katherine. Sie und ihr Zwillingsbruder Jeffrey sind tägliche Quellen der Inspiration. Mein tiefster Dank gilt aber vor allem meinen Eltern: Michael, der mich zu einem Buch-Menschen gemacht hat, und Linda, meiner ersten und wichtigsten Leserin, die mich von klein auf mit Geschichten erfüllt hat. Zutiefst stehe ich in der Schuld meiner Großmutter Antonette Cusano, die diese Worte nicht lesen würde, selbst wenn sie noch lebte, und die nie ermessen konnte, wie viel sie mir gegeben hat.

Und schließlich danke ich meinem Mann, Paul Oliver, meinem Partner in allem und dem Grund, warum ich entschieden an Liebesgeschichten glaube. Was für ein Glück, dass ich dich habe und dir diese letzte Zeile widmen kann.